KB172711

천국의 열쇠

The Keys of the Kingdom

A.J. CRONIN박사의 近影

THE KEYS OF THE KINGDOM

Original Copyright by Dr. A. J. Cronin in U. S. A, 1941.
Copyright by Jiseong—moonhwa Publishing Co. in Korea.

지성문화사

천국의 열쇠

차례

■ 주요 등장인물

프랜치스 치섬 · 이 소설의 주인공. 어릴 때 부모를 잃고 친척집에서 자란다. 정이 깊은 용감한 혼의 소유자로서 신부가 되어, 중국 대륙에 선교사로 파견된다.

폴리 바논 · 프랜치스의 아주머니. 고생하는 프랜치스를 불쌍히 여겨 양육해 준 아름다운 마음씨의 여인.

네드 바논 · 폴리의 동생. 프랜치스의 고모부. 유니온 주점을 경영.

노라 · 네드의 조카. 부모를 잃고 네드의 집에서 자란다. 프랜치스와 서로 사랑한다.

안셀모 밀리 · 프랜치스의 고향 친구. 프랜치스와 같이 성직자가 된다. 사교적이며 출세가 빠르다.

다니엘 그레니(성 다니엘) · 소박하고 열광적인 신앙을 가진 사람으로서 프랜치스의 외할아버지.

미세스 그레니 · 다니엘 그레니의 처. 성질이 꽤 괴팍하여 프랜치스를 학대한다.

윌리 탈록 · 프랜치스의 진실한 벗. 술을 좋아하며, 무신론자인 정의파 의사.

쥬디 · 노라의 딸. 폴리가 키운다. 결혼하여 안드레아를 낳고 죽는다.

마그냅 · 프랜치스를 감싸주고 격려해 주는 호인형의 신부. 프랜치스의 신학교 시절엔 교장이었으나 후에 주교가 된다.

타란트 · 프랜치스의 신학교 시절의 부교장. 수재이지만 매우 차가운 성격의 신부.

제1부 • 끝머리의 시작

1938년 9월의 어느 늦은 오후, 프랜치스 치섬 노(老)신부는 성(聖) 콜롬바 성당에서 언덕 위에 있는 자기 집으로 통하는 가파른 언덕길을 다리를 절름거리며 올라가고 있었다. 노쇠하긴 했으나, 바카트 와인드의 완만한 비탈길보다는 이 언덕길이 더 좋은 것이다. 이윽고 토담으로 둘러싸인 정원의 좁은 문 앞에 다다르면 어린애처럼 천진스러운 정복의 기쁨을 느끼고, 멈추어 서서 가쁜 숨을 가다듬으면서 언제나 좋아하는 경치를 내려다보는 것이었다.

눈앞에는 은빛 티드 강의 조용하고 폭넓은 흐름이 가을의 석양에 엷은 사프란 빛을 발하며 넘실거리고 있는 것이 보였다. 북쪽 스코틀랜드쪽의 강변 언덕바지에는 너저분한 티드사이드 시(市)의 집들이 늘어서고, 핑크와 노랑의 헝겊조각 같은 타일을 한 지붕들이 꾸불꾸불한 돌포장 길을 가리고 있었다. 이 국경에 위치한 마을은 지금도 성벽으로 둘러싸여 있었으나, 그 성벽 위의 크리미아 전쟁 때에 노획한 대포는, 지금은 게를 쪼아 먹으러 오는 갈매기가 쉬었다 가는 나뭇가지 역할밖에 하지 못했다. 강어귀의 모래톱에서 말리고 있는 그물에는 안개가 끼고, 항구에 들어온 고깃배의 약해 보이는 돛대들은 하늘을 향해 뻗친 채 늘어서 있었다.

육지로 눈을 돌리니 청동색의 조용한 다람숲에는 이미 석양빛이 스며들고, 그 숲을 향해 백로가 한 마리 부지런히 날아가고 있었다. 맑고 싸늘한 주위의 공기는 장작 타는 내음과 떨어진 사과의 강한 향기로 가득 차 있고, 마치 계절보다 빨리 첫서리라도 내릴 것 같은 느낌이었다.

치셤 신부는 매우 만족스럽다는 듯이 긴 한숨을 내쉬고는 발길을 돌려 자기 집의 정원으로 들어갔다. '비취(翡翠) 언덕'의 정원과는 비교가 되지 않았으나 스코틀랜드 특유의 아름다움이 있고, 부드러운 울타리를 따라 손질이 잘 되어 있는 과목이 심어져 있어 참으로 풍요한 느낌을 주었다. 특히 정원 남쪽에 있는 배나무가 더 좋았다. 잔소리가 많은 정원사 다골의 모습이 보이지 않으므로, 신부는 조심조심 부엌쪽을 살펴보고 제일 좋은 배를 하나 비틀어 따가지고 법의(法衣) 속에 감추었다. 낡아서 파이탄(柏塘)에 두고 온 양산 대신에 유일한 사치품으로써 사들인 격자무늬의 새 양산을 지팡이 대신 짚고는, 노란 주름살투성이의 얼굴을 자랑스럽게 빛내면서 느릿느릿한 절름발이 걸음으로 걸어갔다. 무심코 현관쪽을 바라보니 정면의 현관 앞에 자동차가 한 대 서 있었다.

얼굴이 서서히 흐려져 갔다. 기억이 흐린데다가 때때로 허탈상태로 되는 것을 괴로워하고 있었는데, 차를 보고는 갑자기 얼마 전에 주교의 편지로 당황했던 일을 생각해 낸 것이다. 주교는 자기의 비서인 스리스 신부의 방문을 제안이라기보다는 통지해 온 것이었다. 그는 손님을 맞으러 급히 집안으로 들어갔다.

스리스 신부는 불도 없는 객실의 난로를 등지고 약간 딱딱한 자세로 서 있었다. 거무스레하고 야윈 기품 있는 얼굴이었으나 청년다운 너그럽지 못한 기질로 해서, 주위의 초라함을 보고 성직자로서의 위엄을 손상당한 것 같은 기분이 되어 있는 참이었다. 도자기라든가 칠기 같은 뭔가 동양의 토산물이라도 있어, 주인의 취미를 엿볼 수 있을 것으로 생각하고 주위를 둘러보았으나 방안은 텅 비어 있고, 마루에는 허술한 리노륨이 깔려 있으며, 말가죽 의자가 몇 개 놓여 있을 뿐 특징이라고는 하나도 없었다. 낡아빠진 맨틀피스 위에 아직 계산도 하지 않은 헌금 동전이 쌓여 있고, 그 옆에 팽이가 하나 있는 것을 그는 아까부터 책망하는 듯한 곁눈으로 노려보고 있었다. 그러나 그는 예절만은 잘 지키리라고 마음먹은 것 같았다. 그렇기 때문에 얼굴을 부드럽게 하고, 치셤 신부가 정중한 말로 변명하는 것을 만류했다.

"저는 벌써 가정부의 안내로 제가 쓸 방을 보았습니다. 사오 일 신세를 질까 하는데 폐가 되지는 않을는지요? 오늘은 참으로 근사한 오후였습니다. 그 경치는 참으로 좋았습니다. 타인카슬로부터 여기에 이르는 길은 산 모라레스에 있는 기분이었습니다." 그는 일부러 어두워지는 창너머로 시선을 보냈다.

스리스 신부를 보고 있으려니, 타란트 신부와 신학교 시절의 일이 생각나서 치셤 신부는 하마터면 미소를 지을 뻔했다. 그 기품 있는 몸가짐이나 날카로운 눈초리며, 오뚝한 콧날까지가 모두 타란트 신부와 꼭 닮았었다.

"편히 쉬십시오."하고 신부는 중얼거리듯 말했다.

"이제 곧 식사를 하시게 됩니다. 정식을 준비하지 못해서 죄송합니다. 여기에서는 그만 스코틀랜드 하이 티의 습관이 모두 붙어 버렸답니다."

스리스는 약간 얼굴을 외면한 채 애매하게 끄덕여 보였다. 마침 그때, 미스 모파트가 들어와 낡은 커튼을 내리고 조심조심 식사 준비를 하기 시작했다. 스리스 신부는 무서운 듯이 자기를 힐끔 쳐다본 조심성 있는 이 여자가, 이 방과 잘 어울린다고 생각했다. 세 사람 분을 준비하고 있는 것을 보고 조금은 불쾌한 느낌을 받았으나, 그녀가 있는 덕분에 화제는 별 지장없이 이어져 갔다.

식탁에 앉자, 스리스 신부는 이번에 세우는 타인카슬 대성당의 외장(外裝)을 위하여 주교(主敎)가 일부러 카라라에서 구해 온 특별한 대리석을 칭찬하는 이야기를 했다. 그리고 햄과 기드니를 넣은 계란비빔밥을 먹어 치우고, 브리타니아의 티 포트로 부어 준 홍차를 받아들었다. 그리고 잘 구어진 토스트에 버터를 바르고 있는데, 치셤 신부가 가만히 이렇게 말하는 것이 들렸다.

"수프는 안드레아도 함께 먹도록 하면 어떻습니까. 안드레아, 이분이 스리스 신부님이시다."

스리스는 문득 얼굴을 들었다. 아홉 살쯤의 사내아이가 어느새 방에 들어와 있었다. 푸른 색 스웨터를 입고, 창백한 긴 얼굴을 신경질적으로 긴장시키고 약간 머뭇거리고 있었으나, 이윽고 조용히 자기 자리에 앉으며 기계적으로 우유 주전자에 손을 내밀었다. 접시 위로 몸을 숙였을 때 젖은 갈색 머리카락이—미스 모파트가 스폰지로 씻어 주었기 때문에 젖어 있었다—야윈 이마에 늘어져 있다. 그 파란 눈에는 어리지만, 이 자리에는 무언가 매우 심상치 않은 일이 있다는 것을 예감한 듯했다. 소년은 불안한 듯이 고개를 숙인 채 얼굴을 들려고 하지 않았다.

스리스 신부는 너그러움을 보이며 다시 천천히 식사를 계속했다. 그리고 아직은 이야기의 본론을 꺼낼 시기가 아니라고 생각했다. 그러나 때때로 그의 시선은 넌지시 소년에게로 돌려졌다.

"아, 네가 안드레아냐?" 단순한 예의로라도 뭔가 말하지 않을 수 없었고, 다소 상냥한 데를 보여주어야겠다고 생각한 것이다.

"그래, 이곳 학교에 다니고 있니?"

"네……."

"오! 그럼 무엇을 배웠니?" 그는 상냥하게 두세 가지 간단한 질문을 해보았다. 소년은 가슴이 두근거려 아무 말도 못했고, 다만 얼굴만 붉히며 묵묵히 완전히 무지를 드러내 버리고 말았다.

스리스 신부는 눈살을 찌푸렸다. 그는 속으로 생각했다. '이건 너무 심하군……. 흡사 빈민굴의 아이가 아닌가…….'

그는 기드니를 다시 한 입 먹었다. 문득 깨닫고 보니 자기만이 좋은 요리를 먹고, 다른 두 사람은 다만 죽을 먹고 있었다. 얼굴이 화끈했다. 노인으로부터 이런 금욕주의를 과시(誇示)당하는 것은 견딜 수 없는 불쾌한 일이었다.

치셤 신부도 이러한 그의 기분을 눈치챈 모양이다. 그는 머리를 저었다.

"나는 스코틀랜드의 맛있는 오트밀을 오랫동안 먹어보질 못해서 보시는 바와 같이 요즘은 매일 그것만 먹고 있습니다."

스리스 신부는 잠자코 상대방이 말하는 것을 듣고 있었다. 이윽고, 머리를 숙이고 말이 없었던 안드레아가 힐끗 쳐다보며 먼저 자리에서 일어나도 좋으냐고 물었다. 그러나, 식사 후의 기도를 하고 일어나는 순간에 팔꿈치에 스푼을 부딪혀 떨어뜨려 버렸다. 그리고 무거운 장화소리를 내면서 문쪽으로 걸어나갔다.

다시 침묵이 흘렀다. 그러는 동안 식사를 마친 스리스 신부는 의젓하게 일어나, 이렇다 할 이유도 없이 다시 난로 앞으로 갔다. 그런 후 두 다리를 벌리고 뒷짐을 진 채로 아직 식탁에 앉아서 무엇을 기다리고 있는 듯한 이상한 모양을 하고 있는 늙은 동료를 슬며시 관찰하고 있었다. '이거 참 난처하군.'하고 스리는 생각했다. 성직자의 신분으로서는 이것은 너무나도 한심스러운 것이었다. 얼룩투성이의 수단에 땟국이 반질거리는 칼라, 혈색이 나쁜 꺼칠한 피부를 하고 있는 이 초라한 노인! 한쪽 볼에 있는 흉터처럼 보기 흉하게 부르튼 자국은 아래눈꺼풀을 뒤집어 놓았고, 이 때문에 머리가 한쪽으로 기울어진 느낌이었다. 영원히 비뚤어진 것 같은 목은 짧은 한쪽 다리와 잘 균형이 잡혀져 있는 듯한 인상을 주고 있다. 언제나 내리뜬 눈은—때로는 위를 보는 수도 있긴 하지만—쏘는 듯한 사팔뜨기이며, 그것이 이상하게도 사람을 쩔쩔매게 하는 힘을 가지고 있었다.

"여기 오신 지는 얼마나 되셨나요?"

"일 년이 되었습니다."

"아, 그렇습니까. 주교님께서 신부님을 여기로 오시게 한 것은 퍽 친절하신 배려라고 생각합니다. 귀국하자 바로 이 고향에……."

"여기는 주교님의 고향이기도 합니다."

스리스는 정중하게 고개를 끄덕여 보였다.

"주교님께서 신부님과 같은 고향이란 것은 알고 있었습니다. 그렇다면……신부님의 춘추는 어떻게 되시나요? 벌써 70에 가깝지요?"

치섬 신부는 끄덕여 보이고 나서 온화한 노인다운 위신을 가지고 덧붙여 말했다.

"나는 안셀모 밀리와 같은 나이에요."

스리스는 그 무례한 말투에 얼굴을 찌푸렸으나 그것은 이내 동정의 미소로 변하고 있었다.

"그렇겠지요.…… 그러나 같은 일생일지라도, 쉽게 말해서 신부님은 주교님에 비해서 동떨어진 것이었군요." 그는 몸을 뒤로 젖히고 부드러운 어조로 말했다.

"주교님이나 저도 신부님의 지금까지의 오랜 성실한 봉사에 대해서는 이제는 보답을 받으셔도 좋은 때라고 생각하고 있습니다.……바꾸어 말하면 은퇴하실 때가 되었다는 말씀입니다."

순간 묘한 정적이 주위에 충만했다.

"그러나 나는 은퇴할 생각이 없소."

"여기에 오는 것이 저로서는 대단히 괴로웠습니다만." 스리스의 조심스런 시선은 천정을 더듬고 있었다.

"조사를 한 다음……, 주교님께 보고를 하게 되어 있습니다. 간과할 수 없는 사태가 있어서요."

"그게 뭐지요?"

스리스는 초조한 듯한 태도였다.

"여섯 가지……, 열 가지……, 아니 더 있다고 생각합니다. 숫자를 세는 것이 제 역할은 아닙니다만, 신부님의……, 그 동양적인 엉뚱한 행동 말씀입니다."

"그건 유감이군." 노인의 눈에서는 서서히 불꽃 같은 것이 타오르고 있었다.

"내가 중국에서 서른다섯 해를 살았다는 것을 제발 잊지 말아주시오."

"이 성당의 사무가 손댈 수 없을 정도로 엉망이 되어 있다지요?"

"빚이라도 지고 있다는 말씀인가요?"

"그런 것은 우리가 알 까닭이 없지 않습니까. 일 년에 네 번 내는 헌금에 대하여도 요즘 6개월째 아무런 보고가 없었습니다." 스리스의 말소리는 높아짐과 동시에 조금 빨라지고 있었다.

"모든 것이 조금……, 너무 비사무적입니다. ……예를 들면 말씀입니다, 브랜드의 거래처에서 전달에 청구서를 낸 것에 대하여……양초대의 3파운드와 기타에 있어서……신부님은 그것을 모두 동전으로 지불하셨지요?"

"받은 돈이 모두가 동전이었으니까……."

치셤 신부는 물끄러미 스리스 신부의 얼굴을 쳐다보았다. 마음속까지 꿰뚫어 보는 듯한 시선이었다.

"언제나 나는 돈에 대해서는 둔하답니다. 돈이라고 하는 것에는 경험이 없었기 때문에……, 그런지도 모르지요. 그러나 결국 당신은 돈이란 것을 그처럼 중대하게 생각하고 있군요."

난처하게도 스리스 신부는 자신이 의식할 정도로 얼굴이 붉어졌다.

"소문이 돌고 있습니다." 하고 그는 다그쳤다.

"여러 가지가 있습니다. 신부님이 하신 설교나……, 충고나……, 교리에 대하여도 어느 정도로……."

그는 아까부터 손에 들고 있던 가죽표지의 노트를 들여다보았다.

"모두 위험할 정도로 변질되고 있습니다."

"천만의 말씀……."

"성령강림 대축일에도 신부님은 신자들에게 이런 말씀을 하셨습니다. '천국은 하늘에 있다고 생각해서는 안 된다. ……여러분의 손바닥에 있다. ……그것은 어디에나 있고, 그리고 어디 있어도 좋을 것이다.'라고."

스리스는 페이지를 넘기면서 검열관처럼 양미간을 찌푸렸다.

"그리고 또……, 사순절 동안에도 조금 믿을 수 없는 말씀을 하시고 계셨습니다. '무신론자라고 해서 모두 지옥에 간다고는 할 수 없다. 나도 한 사람 지옥에 가지 않은 무신론자를 알고 있다. 지옥에는 하느님 얼굴에 침을 뱉은 자만이 가는 곳이다.' 그리고 이건 더욱 심한 말씀이었습니다. '그리스도는 완전한 인간이었으나 공자는 그리스도보다 더 유머가 풍부했다.'라고."

분개하여 마지 않는다는 듯이 페이지를 또 한 장 넘겼다.

"그리고 이건 믿어지지 않는 사건입니다. ……여기 신자 가운데서도 가장 훌륭한 미세스 그렌드닝—아무리 살이 쪘다 하더라도 자기로서는 어쩔 수가 없는 것 아닙니까—이 영적 지도를 받으러 왔을 때 신부님은 그 얼굴을 바라보면서 이렇게 대답하셨다지요. '먹는 것을 줄이시오. 천국의 문은 어느 것이나 좁으니까.' 어떻습니까. 이 이상 계속할 필요가 있을까요?"

그는 단호한 태도로 노트를 덮어 버렸다.

"즉, 신부님은 이미 자기의 혼에 대한 지배력을 잃으신 것 같습니다."

"그러나." 하고 치셤 신부는 온화한 표정으로,

"나는 누구의 영혼에 대하여도, 지배력 따위를 가지고 싶다고는 생각하고 있지 않아요."라고 말했다.

스리스의 얼굴에는 불쾌한 듯이 빛이 짙어갔다. 이제 와서 이런 비칠비칠한 늙은이를 상대로 신학상의 토론을 할 계제가 아니라고 생각한 것이다.

"이밖에도 많은 문제가 있습니다. 신부님이 양자로 삼은 그 사내아이의 일에 대해서도 어디가 잘못인지 생각해 보십시오."

"내가 돌보지 않는다면 누가 돌봐 주겠소?"

"랄스톤에 수녀원이 있지 않습니까? 그곳은 이 관할 구역에서 가장 좋은 고아원입니다."

다시 한 번 치셤 신부는 사람을 쩔쩔매게 하는 눈으로 스리스 신부를 쳐다보았다.

"당신은 어떻습니까. 자기 자신의 어린 시절을 그런 고아원에서 지낸다는 것을 생각해 본 일이 있습니까?"

"그렇게 개인적인 일에까지 비약시킬 필요가 있을까요. 아까도 말한 것처럼……, 어느 경우에는 그 이유를 인정한다 할지라도 말입니다.……이런 상태는 대단히 변칙적인 것이며, 어떻게든 빨리 마무리하지 않으면 안 됩니다. 더구나……." 하고 그는 두 손을 쭉 펴며 말했다.

"신부님이 여기를 나가시면……, 어딘가 그애의 거처를 마련해야 하겠지요."

"우리를 내쫓으려고 결심을 하셨군요. 나더러 수녀원 신세를 지란 말씀이오?"

"아닙니다, 신부님은 클리톤의 노인사제(司祭)관으로 가시면 됩니다. 거기에는 완전한 평화와 안정이 기다리고 있습니다."

노인은 갑자기 웃기 시작했다. 메마른 짧은 웃음이었다.

"완전한 안정이라면 죽어도 충분히 취할 수 있습니다. 살아 있는 동안에는 늙은이 신부들과 함께 있고 싶지는 않군요. 이상하게 생각하실지 모르지만……, 신부가 많이 모인 곳 따위는 나는 언제나 참으로 견딜 수가 없어요."

스리스 신부는 쓰디쓴, 그리고 당황한 듯한 미소를 지었다.

"이상하다고는 생각지 않습니다, 신부님. 실례입니다만 적어도……, 신부님의 평판은 중국에 가시기 전에도 역시……, 신부님의 생애가 좀 특이한 것이었으니까요."

약간 침묵이 흘렀다. 이윽고 치셤 신부는 조용한 소리로 말했다.

"나는 일생의 청산서를 하느님께 제출하겠소."

스리스는 자신의 경솔이 계면쩍게 여겨져서 시선을 떨구었다. 좀 지나친 것 같았다. 성격은 냉정한 편이지만 그는 언제나 공정하게, 아니 신중하게 행동하려고 노력하고 있는 것이다. 그리고 난처한 표정을 짓는 것쯤은 알고 있었다.

"물론 나는 신부님의 재판관이라든가, 또는 조사관이라고는 생각하고 있지 않습니다. 아직 아무것도 결정된 것은 아닙니다. 그러므로 이렇게 찾아뵈온 것입니다. 어떻게 결정이 날 것인지 며칠 기다려 볼 필요가 있겠지요."

그는 문쪽으로 걸음을 옮겼다.

"잠깐 성당에 다녀오겠습니다. 그대로 계십시오. 길은 알고 있으니까요."

스리스 신부는 부자연스러운 미소로 입을 일그러뜨리며 밖으로 나갔다.

치셤 신부는 깊은 생각에 잠겨 있는 듯, 손으로 눈을 감싸고, 꼼짝도 하지 않고 테이블을 향한 채 앉아 있었다. 겨우 얻은 이 한적한 생활이 이다지도 갑자기 위협을 받으리라고는 생각지도 않은 일이었다. 무언가가 산산조각이 난 느낌이었다. 오랜 세월에 걸쳐서 여러 가지 환경에서 어거지로 얻은 체념도 이번 만큼은 도저히 받아들일 수 없는 심정이었다. 갑자기 자기가 하느님에게도 인간에게도 버림받은 무의미한 낡아빠진 인간인 것처럼 여겨졌다. 타는 듯한 적막감이 가슴에 가득 찼다. 사소한 것이지만 그것이 매우 무게를 가지고 밀어닥쳤다. 큰 소리로 외치고 싶을 정도였다.

"하느님, 하느님, 어찌하여 저를 버리십니까?"

그는 울적한 듯이 일어서서 2층으로 갔다.

안드레아는 객실 위에 있는 다락방에서 이미 잠들어 있었다. 모로 누워 몸을 방어라도 하는 듯 야윈 한 팔을 베개 위에 구부리고 있었다. 치셤 신부는 그 잠든 모습을 물끄러미 바라보면서 주머니에서 배를 꺼내어 침대 옆의 등의자에 개어 놓은 옷 위에 올려놓았다. 그 이상은 아무것도 해줄 것이 없었다.

조용한 미풍이 모슬린 커튼을 흔들고 있었다. 그는 창가로 다가가서 커튼을 열었다. 서리가 내릴 듯한 하늘에 별이 떨고 있었다. 그 별 아래 형태도 없고 고결함도 없는 보잘것없는 노력 위에 세워진 자기의 어리석은 생애가 줄곧 펼쳐진 것이다. 이 티드사이드의 거리에서 뛰어놀던 소년시절의 나날이 아직도 엊그제의 일처럼 생각되었다. 이렇게 생각하니 추억은 먼 과거로 거슬러 올라갔다. 만약 자기의 일생이 어느 일정한 형(型)에 따라 쓰여진 것이라 한다면, 그 숙명적인 첫머리의 기록은 틀림없이 60년 전, 그 4월의 토요일에 시작되었다고 할 수 있을 것이다. 아직 그 아무것에도 방해받지 않는 행복한 날이었기 때문인지 그것은 마음속 깊이 아로새겨져 있으면서도 그 누구에게도 알려지지 않은 채 지나가 버렸던 것이다.

제2부 • 기묘한 천직(天職)

1

그 봄의 아침, 프랜치스는 자그마하고 아담한 어두운 식당에서 긴 장화를 신은 다리에 불기운의 따스함을 느끼면서 나무가 타는 냄새와 뜨거운 오트케이크의 향긋한 내음이 식욕을 불러일으켜 이른 아침식사를 하고 있었다. 비가 내리고 있었으나 토요일이었고, 연어 낚시에는 알맞은 날씨였으므로 그는 매우 기뻤다.

어머니는 나무국자로 솜씨 있게 휘저으며 완두콩이 든 오트밀 냄비를 아버지와 프랜치스의 사이에 놓았다. 그는 뿔로 된 스푼을 쥐고 오트밀을 한 숟가락 떠서 자기 앞에 있는 버터 밀크의 컵 속에 넣었다. 그리고 덩어리도 귀리알도 없이 솜씨 좋게 만들어진 금빛의 오트밀을 혀로 굴리듯 먹고 있었다.

아버지는 낡은 청색 스웨터에 수선한 낚시용 장화를 신고 맞은편에 앉아서 그 큰 체구를 앞으로 숙이고 빨간 손을 천천히 움직이면서 역시 묵묵히 식사에 여념이 없었다. 어머니는 오트케이크의 마지막 한 개를 철판에서 떼어내어 오트밀 접시의 옆에 놓고 식탁에 앉으며 홍차 컵을 보았다. 노란 버터가 그녀 몫의 쪼개진 오트케이크 위에서 녹아내리고 있었다. 작은 식당은 조용하고 부드러운 느낌이 충만했고, 백토를 칠한 난로에서는 빨갛게 탄 재받이 안에서 불꽃이 춤추고 있었다. 아홉 살 난 프랜치스는 지금부터 아버지와 함께 어부의 합숙소로 갈 참이었다.

합숙소에서 그는 모든 사람에게 잘 알려져 있었다. 알렉스 치셤의 어린 아들인 것이다. 털 스웨터에 허리까지 차는 가죽장화를 신은 어부들은 그를 보면 조용히 고개를 끄덕이거나 혹은 묵묵히 친근미를 얼굴에 담아 맞아들이는 것이다. 그러한 사람들과 함께 바다로 나가는 것이 그에게는 남모르는 자랑이었다. 크고 펑퍼짐한 어선이 노젓는 마찰음을 시끄럽게 내면서 방파제를 크게 한 바퀴 돌아 바다로 나가면, 선미쪽에 있는 아버지는 큰 밧줄을 솜씨 있게 늦추고 당기곤 한다. 방파제 끝에 다다르면 어부들은 바람을 피하여 한 덩어리가 되고, 혹은 노랗게 색이 바랜 돛을 어깨에 걸치고 몸을 움츠리고, 어떤 사람은 까맣게 손때 묻은 짧은 파이프를 물고서 추위를 면하려고 한다.

그럴 때, 그는 아버지와 함께 다른 사람에게서 떨어져 나와 자기 위치에 선다. 알렉스 치셤은 어부들의 지휘자이고, 티드 제3어장의 주임이었다. 묵묵히 아버지와 나란히 서서 찬바람을 맞으면서 두 사람은 강이 바다로 흐르는 역류의 파도 속에서 멀리 원을 그리고 있는 찌가 춤추는 것을 바라보고 있다. 잔물결이 햇빛에 반짝이는 것을 보고 있으면, 흔히 눈앞이 캄캄해지는 수가 있다. 그러나 눈을 깜짝거리는 것은 금물이다. 아주 순간적인 그 일순간이라도 잘못 보면 한 다스 정도의 연어를 놓치는 것이 있기 때문이다. 연어는 요즘 적게 잡히므로 먼 비링스게이트의 어물시장에까지 가져가면, 어업회사는 파운드 당 반 크라운의 벌이가 넉넉히 되는 것이다.

아버지의 키가 큰 모습이나 약간 어깻죽지에 파묻힌 듯한 머리나, 차양이 뾰죽한 모자 밑의 씩씩한 얼굴 윤곽이나, 깨끗하고 불그스름한 높은 관골 등에는 어느 것이나 아직도 확고한 기개를 엿볼 수가 있었다. 때로는 먼 파제스 읍의 대시계 소리나, 다람숲의 까마귀 울음소리가 의식 속에서 뭍으로 밀린 해초의 향기와 미묘하게 어울려서 가만히 있어도 기쁘기만 하는 아버지의 기분이 가슴에 스며들면 이미 소년의 눈에는 눈물이 글썽이는 것이다.

갑자기 아버지가 큰 소리를 쳤다. 아무리 보아도 프랜치스는 찌가 가라앉는 것을 먼저 발견할 수가 없는 것이다. 아마 보통사람의 눈에는 소용돌이가 인다고 하며 긴장하지만 숙련된 눈에는 고기가 밀어 올리는 것을 바로 알 수 있는 것이다. 그 서서히 아래로 찌가 이끌리는 것이 아무래도 눈에 들어오지 않는 것이다. 아버지의 큰 외침소리를 들으면 어부들은 한꺼번에 우르르 그물을 끄는 권선기에 뛰어가서 말아 올린다. 그 순간의 감격은 몇 번을 되풀이해도 결코 신선미를 잃지 않는다. 어획고에 따라 그에 상당한 보너스가 나오지만, 어부들을 움직이는 것은 돈이 아니다. 그 커다란 흥분은 좀더 훨씬 원시적인 근원에서 나오고 있는 것이다. 바닷말이 얽힌 그물이 물을 줄줄 흘리면서, 밧줄을 나무 드럼에 끼익끼익 마찰시키면서 서서히 올라온다. 그럼 최후 한 순간에 고기를 가득 채운 큰 그물의 넘실거림 속에, 녹은 금속의 빛과 같은 힘차고 미묘한 섬광이 번쩍하고 나타난다. ─그것이 연어인 것이다.

어느 토요일에는 한 그물에 40마리나 걸린 일이 있었다. 번쩍번쩍 빛나는 큰 연어가 몸뚱이를 활처럼 굽히고는 서로 다투며 그물에서 빠져나오려고 팔딱거리거나, 미끈미끈한 방파제에서 미끄러져 강으로 도망치려고 하기도 한다. 프랜치스도 모두 함께 뛰어가서 도망치려고 하는 연어를 필사적으로 붙잡기도 하였다. 어부들이 그를 안아 일으켰을 때는 그는 고깃비늘투성이가 되어 흠뻑 물에 젖곤 하였으나, 팔 안에는 괴물처럼 큰 연어를 꼭 안고 있었다. 그날 저녁 때, 아버지의 손을 잡고 어두컴컴한 황혼 속을 발소리도 우렁차게 집으로 돌아왔다. 도중에 아버지는 번화가의 파레이 상점 앞에서 말없이 멈추어 서서는, 그가 좋아하는 하커가 든 봉봉과자를 1페니어치 사주신 것이다. 잊을 수 없는 날이었다.

부자의 정은 그 뿐만이 아니었다. 일요일이 되면 미사를 마친 후, 낚싯대를 메고─점잖은 분들을 놀라게 하지 않으려고─안식일로 조용한 거리를 뒷길로 살짝 빠져나와서 숲이 우거진 워타다 계곡으로 나가는 것이다. 톱밥이 가득한 깡통 속에는 엊저녁에 미리의 쓰레기장에서 주워 온 미끼로 쓸 구더기가 들어 있다. 그런 다음은 하루종일 시냇물이 흐르는 소리를 들으며, 들풀의 향기를 맡으면서, 아버지가 고기가 물린 곳을 가리켜 주면서, 빨간 반점이 있는 송어가 해안 하천의 밑바닥에서 넘실거리는 것을 보면서, 아버지가 삭정이로 피운 모닥불에 생선을 굽는 것을 보면서, 싱싱하고 맛있는 생선구이를 먹으면서 보낸다. 그런 날은 머리가 지칠 정도로 즐거운 것이다.

그들은 다른 계절에는 흔히 귤이나, 산딸기나, 고급 잼을 만드는 노란 들딸기를 따러 쏘다녔던 것이다. 어머니와 함께 갈 때에는 마치 축제날과 같았었다. 아버지는 그런 것이 있는 장소를 잘 알고 있었다. 꾸불꾸불한 숲 속 길이나, 아직 아무도 발견하지 못한 딸기덩굴 등에 데리고 가주곤 했던 것이다.

눈이 와서 땅바닥이 꽁꽁 얼어붙는 겨울이 되면, 두 부자는 다람숲 금렵구역의 언 나무 사이에 몰래 숨어 들어가기도 했었다. 내쉬는 입김이 하얀 서리가 되고, 피부도 경비원의 호각소리가 들리지나 않을까 하고 긴장한다. 별장의 거의 창밑까지 가서 덫을 열어볼 때에도 프랜치스는 마치 귓속에서 심장이 두근두근하는 것 같았다. —이윽고 무거운 사냥자루를 짊어지고 집으로 발걸음을 재촉할 때는 토끼 파이를 먹을 것을 생각하면, 눈은 빛나고 마음은 녹아나는 것 같았다. 어머니는 요리 솜씨가 좋았고, 더구나 검약가여서 살림을 잘 꾸려나갔기 때문에 좀처럼 겉치레 인사를 하지 않는 스코틀랜드인들 사이에서도 '엘리자베스 치섬은 훌륭한 부인이지.'라고 이웃의 칭송을 받는 사람이었다.

아침식사가 끝나자, 그는 어머니가 식탁의 맞은편에 있는 아버지를 향하여 이야기하고 있는 것을 깨달았다.

"알렉스, 오늘 밤은 읍내에 가야 하니까 좀 일찌감치 돌아오셔야 해요."

아버지는 잠자코 있었다. 틀림없이 강물이 불어났을 것이기 때문에 연어잡이가 신통치 못할 것 등을 생각하고 있을 것이다. 어머니의 말에 문득 오늘 밤 가지 않으면 안 될 연례시민음악회 일이 생각난 모양이다.

"여보, 당신 정말 음악회에 가고 싶소?" 아버지는 조용하게 미소를 지으며 물었다. 그녀는 약간 얼굴을 붉혔다. 프랜치스는 왜 어머니가 그런 묘한 얼굴을 했는지 이상하게 생각되었다.

"좀처럼 갖기 힘든 즐거움의 하나가 아니에요? 일 년 동안에 단 한 번의, 더군다나 당신은 읍의원이시잖아요. 단상에서 가족과 함께 자리를 같이 하는 것은 당연하잖아요."

아버지는 더욱 미소를 지으면서 다정한 주름살이 눈언저리에 잡혀졌다. 프랜치스가 제일 좋아하는 미소였다.

"아무래도 가지 않으면 안 되겠군, 엘리자베스."

홍차의 컵이나, 빳빳한 칼라나, 삐걱삐걱 소리나는 외출용 구두가 싫은 것과 마찬가지로 마을의 집회에 나가는 것도 싫었다. 그러나, 함께 가주기를 바라는 그녀는 싫지 않았다.

'꼭 빨리 돌아와 주세요, 네, 알렉스. 그렇게 하시겠지요?' 하고 무심코 말하려 했으나 그녀의 소리에는 묘하게 겨우 구원받은 듯이 안도의 한숨을 내쉬는 그런 여운이 있었다.

"타인카슬에서 폴리와 노라를 오도록 기별해 놓았어요. 그리고 네드는 오지 못할 사정인가 봐요."

거기서 잠시 머뭇거리다가 그녀는 말을 이었다.

"에탈에 계산서를 가지고 가는 것은 다른 사람을 시켜도 되지 않아요?"

아버지는 기지개를 켜며 아내의 의도가 무엇인가 하는 것을 꿰뚫어 보기라도 하듯이 그녀를 힐끗 쳐다보았다. 프랜치스는 너무나 기뻤기 때문에 처음엔 아무것도 눈치채지 못하였다.

돌아가신 고모는 여기에서 60마일이나 떨어져 있는 남쪽의 홍청거리는 타인카슬에서 유니온이란 술집을 경영하는 네드 바논에게 출가했었다. 그 네드의 누이동생인 폴리와 어머니가 없는 열 살이 된 폴리의 조카인 노라는 어느 의미에서는 가까운 친척은 아니었다. 그래도 이 두 사람의 방문은 언제나 프랜치스의 집에서는 대단히 환영을 받았던 것이다.

갑자기 아버지가 온화한 소리로 말하는 것을 그는 들었다.

"아니야, 에탈에는 역시 내가 가지 않으면 안 돼."

가슴이 두근거리는 것같은 긴장된 침묵 가운데서 프랜치스는 어머니의 안색이 변하는 것을 보았다.

"당신이 아니라도 되잖아요. ……덤 마리스라든지, 그밖의 누구라도 기꺼이 가줄 텐데요."

아버지는 대답 하지 않았으나, 스코틀랜드인 특유의 배타적인 자존심이 손상된 때문인지 그대로 조용히 쳐다볼 뿐이었다. 어머니는 더욱 더 흥분되어 갔다. 이제는 부끄러움도 체면도 따지고 있을 수가 없었던지 몸을 굽혀 아버지의 소매를 잡았다.

"날 안심시켜 주세요, 알렉스. 요전에 무슨 일이 일어났는지 당신도 알고 있잖아요. 그곳에 또 위험한 일이 생기고 있다는 것을……. 매우 위험한 상태라고 하잖아요."

아버지는 자신의 커다란 손을 어머니의 손 위에 올려놓고 안심시키려는 듯 아주 열심히 말하였다.

"내가 남몰래 간다면 당신도 싫을 거요, 그렇지?"

그는 웃으면서 벌떡 일어났다.

"일찍 갔다가 일찍 돌아오겠소.……당신과 폴리가 좋아하는 음악회에 늦지 않도록 틀림없이 빨리 돌아오겠소."

결국 남편의 말대로 되어 버렸지만, 역시 걱정스러운 얼굴을 하고 그녀는 남편이 고무장화를 신는 것을 물끄러미 지켜보고 있었다. 프랜치스는 낙심천만이었다. 어쩐지 무서운 일이 일어날 것 같은 예감이 들었다. 아버지는 역시 일어나서는 프랜치스를 돌아보며 여느 때와는 달리 마음에 걸리는 것이라도 있는 듯 다정한 목소리로 말했다.

"자아, 우리 도련님. 오늘은 집에서 기다리고 있는 거예요, 알겠나! 어머니가 바쁘시니까 너도 거들어 드려야지. ……아줌마들이 올 때까지는 준비할 것이 많이 있을 테니까, 알았지?"

프랜치스는 실망하여 눈물로 앞이 보이지 않았으나, 싫다고는 말하지 않았다. 어머니의 힘찬 만류의 손이 어깨에 닿는 것을 느꼈다.

아버지는 잠깐 문 앞에서 걸음을 멈추고 애정이 가득 찬 깊은 눈으로 두 사람을 바라보고는 그대로 말없이 나가 버렸다.

정오가 되자 비는 그쳤다. 프랜치스는 어쩐지 쓸쓸하였고 시간이 가는 것도 지루하였다. 근심스러운 듯한 어머니의 굳은 얼굴을 될 수 있으면 보지 않으려 하였지만 사정을 잘 알고 있는 그로서는 걱정이 되어 견딜 수가 없었다. 이 평화스러운 읍내에서는 그들 치섬 일가는 잘 알려진 집이었다. 그래서 모든 일에 방해를 받기는커녕 오히려 존경을 받고 있는 처지였다. 그러나 매월 아버지가 어획고(漁獲高)의 청산을 하러 가지 않으면 안 되는 어업회사의 본사가 있는, 여기에서 4마일 떨어진 시장촌인 에탈은 전혀 다른 분위기가 지배하고 있었다.

백 년 전, 에탈 읍은 프로테스탄트 장로교파의 피로 물들여졌던 곳이었으나 지금은 그 반대로 가톨릭 신자가 가차없이 탄압을 받는 운명에 놓여 있었다. 새 시장(市場)이 앞장을 서서 맹렬한 종교적 박해가 최근에 이르러 야기된 것이다. 비밀집회가 결성되거나, 광장에서 군중대회가 열리거나 하여, 민중의 심리는 완전히 들떠 있었다. 군중의 폭력은 일단 억제의 힘이 완화되기만 하면 읍내에 있는 소수의 가톨릭 신자는 집에서 추방당하는 형편이었고, 지방에 있는 신자는 에탈 읍에는 모습을 나타내지 않도록 엄중한 경고를 받고 있었던 것이다. 프랜치스의 아버지는 그러한 협박을 전적으로 무시하고 있었다. 그렇기 때문에 특히 증오의 대상이 되어 있었다. 지난달만 해도 습격을 당하기는 했으나 그때는 건장한 이 어장감독은 보기 좋게 그들을 때려 눕혀 버린 것이다. 그러한 위험이 더욱 격화되고 있기 때문에 보내지 않으려는 어머니의 만류를 무시하고 아버지는 그곳으로 간 것이다.

프랜치스는 자기의 생각에 위축되어 자포자기한 사람처럼 두 손을 불끈 쥐었다. 왜 사람들은 제각기 자기가 믿고 싶은 대로 내버려 두지 않는 것일까? 아버지와 어머니는 같은 종파가 아니었다. 그래도 서로 존경하며 평화롭게 살아가고 있다. 아버지는 대단히 착한 사람이다. 아마도 온 세계에서 제일 착한 사람일 것이다. ……그런데 왜 그러한 아버지를 사람들은 해치려고 하는 것일까? 뜨거운 피가 돌고 있는 심장의 한가운데를 불의의 예리한 칼로 찔리기라도 한 듯이, 그는 이 '종교'라는 말 앞에 몸이 오그라들어 버린 것이다. 똑같은 하느님을 제각기 다른 말을 사용하여 예배드린다 해서 왜 사람들은 서로 미워하지 않으면 안 되는 것일까? 그것은 그에게 있어서 몸뚱이가 얼어붙는 것 같은 수수께끼였다.

4시에 손님을 맞이하여 역에서 집으로 돌아오는 도중, 같은 또래인 노라가 명랑하게 말을 걸어 왔으나 내키지 않은 얼굴로 대꾸를 해주었다. 도랑을 뛰어넘으면서도 그는 뭔가 불길한 것이 억누르고 있는 것처럼 여겨져서 견딜 수가 없었다. 말쑥하게 차려 입은 차분한 폴리 아주머니는 어머니와 나란히 뒤에서 걸어오고 있었다. 노라가 떠드는 것도, 새 갈색 끈이 달린 옷의 예쁜 모습도, 그를 만난 굉장한 기쁨도 프랜치스의 기분을 전환시켜 주지는 못하였다.

프랜치스는 이상하게 침울한 얼굴을 한 채로 카넬게이트 앞의 아담한 낮은 회색 석조건물인 자기 집에 다다랐다. 집 앞에는 여름이 되면 아버지가 시온과 베고니아를 피게 하는 손질이 잘 된 작은 정원이 있고, 번쩍번쩍하는 놋쇠로 된 현관문의 고리나, 먼지 하나 없는 입구의 계단은 지나치게 깔끔한 어머니의 성미를 잘 말해 주고 있는 것이다. 새하얀 커튼을 친 창문 뒤에는 제라륨의 화분에 진홍의 꽃이 한창 만발하고 있었다.

노라는 벌써, 얼굴이 빨갛게 되어 숨을 헐떡이고, 재미나서 파란 눈을 반짝거리며 완전히 들떠서 장난꾸러기의 본성을 발휘하고 있었다. 어머니가 차 마시는 시간까지 안셀모 밀리와 세 사람이서 함께 밖에 나가 놀고 있으라고 하였기 때문에 집을 돌아 뒤뜰로 나갔다. 노라는 머리카락이 야윈 얼굴을 온통 덮어 버릴 만큼 몸을 구부리고 프랜치스의 귀에 속삭였다. 겨우 뛰어넘을 수 있는 물웅덩이와 지면의 습기가 그녀에게 어떤 놀이를 할 생각을 하게 한 것이다.

프랜치스는 처음엔 싫다고 했다. 언제나 노라가 말하는 것이라면 무엇이나 바로 기꺼이 해주었는데 이건 이상한 일이었다. 잠자코 망설이면서 의아스러운 얼굴을 하며 그녀를 보고 있었다.

"하겠지, 꼭?" 하고 그녀는 독촉했다.

"언제나 안셀모는 성당놀이밖에 모른다니까. 자아, 프랜치스, 우리 안셀모를 골탕먹일까?"

다물고 있는 입술이 겨우 열리고 프랜치스는 방긋 웃었다. 그다지 내키지는 않았으나 마당 구석에 있는 헛간에서 삽과 물뿌리개를 가지고 나왔다. 노라가 시키는 대로 월계수의 우거진 나무 사이에 2피트 가량의 구덩이를 파고, 거기에 물을 붓고, 그 위에 신문지를 펼쳤다. 노라가 솜씨 있게 그 위에 마른 흙을 뿌렸다. 두 사람이 삽을 갖다 두고 돌아왔을 때, 안셀모 밀리가 아름다운 흰 세일러복을 입고 나왔다. 노라는 프랜치스에게 대단히 재미있다는 듯한 얼굴을 지어 보였다.

"어서 와, 안셀모!" 하고 노라는 만면에 희색을 띄우고 환영했다.

"야, 참으로 예쁜 옷이야. 기다렸어. 무슨 놀이를 하고 놀까?"

안셀모 밀리는 명랑하게 인심 쓰는 체하는 얼굴을 하고 잠시 생각하고 있었다. 열한 살인데도 키가 크고, 잘생기고, 하얀 얼굴에 볼이 빨간 아이였다. 갈색 머리칼은 곱슬곱슬했고, 눈이 초롱초롱했다. 집안이 유복하고 신앙심이 두터운 양친의 외아들로 태어난 그는 경건한 모친의 희망도 있었고 또한 자기도 그럴 생각이 있어, 장래 신부가 될 작정으로 북 스코틀랜드의 유명한 가톨릭 계통의 호리웰 신학교에 가기로 결정하고 있었다. 그의 아버지는 강 건너에 벌이가 좋은 어분 공장을 가지고 있었다. 또 그는 프랜치스와 마찬가지로 성(聖) 콜롬바 성당 합창단의 한 사람이었다. 때때로 그 성당에서 무릎을 꿇고, 커다란 눈에 정열적인 눈물을 머금고 있는 것을 볼 수가 있었다. 그럴 때, 그 옆을 지나가던 수녀들은 그의 머리를 쓰다듬어 주곤 했다. 이런 이유로 모든 사람들이 꼬마 성자(聖者)라고 말하는 것도 이상할 것이 없었다.

"그렇군, 행렬놀이를 하자구." 하고 안셀모는 말했다.

"성(聖) 쥬리아님을 모시고. 오늘은 성 쥬리아 축일이니까 말이야."

노라는 손뼉을 치며 좋아라 했다.

"그럼, 저 월계수 아래에 제단(祭壇)이 있는 것으로 하자구. 그런데 옷은 이것을 입어도 될까?"

"으응." 하고 안셀모는 고개를 저었다.

"놀이보다는 진짜 기도를 하는 거야. 내가 신부가 되어 수단을 입고, 보석이 박힌 성합을 가지고 있는 것으로 하면 돼. 넌 하얀 옷을 입은 칼트 교단의 수녀야. 그리고 프랜치스, 너는 내 시중드는 복사가 되는 거야."

프랜치스는 문득 가책 같은 것을 느꼈다. 그는 아직 두 사람 사이를 확실히 이해할 나이가 되지는 못했다. 안셀모는 네가 제일 좋은 친구라고 말하기는 하지만 상대가 대단히 신심이 깊기 때문에 오히려 자신이 이상하게 괴롭고 부끄럽게 되는 것밖에 의식하지 못하고 있었다. 하느님이 그로서는 대단히 두려운 존재였다. 왠지는 모른다. 그러나 몸 안에 있는 예민한 신경처럼 그는 그 감정을 감추고 있었다. 안셀모가 교리 학습에서 "저는 구세주를 진심으로 사랑하고 찬송합니다."라고 열정적인 말을 했을 때, 프랜치스는 주머니 속의 유리 구슬을 만지작거리면서 온몸이 빨개지는 부끄러움을 느꼈다. 그는 화난 얼굴을 하고 집에 돌아와선 느닷없이 유리창을 한 장 깨뜨려 버린 적이 있었다.

이튿날 아침, 병자 위문을 정기적으로 가는 안셀모가 통닭구이를 학교에 가지고 와서 팍스톤 할머니에게 갖다 줄 것이라 하면서 뻐기는 것을 보고—팍스톤 할머니는 어부의 아내로 위선자였고, 그리고 간경변증 때문에 바싹 말라빠져 버렸으나 토요일 밤이 되면 카넬게이트에서 흡사 정신병자처럼 소란을 피우곤 한다—프랜치스는 무슨 생각을 했는지 수업시간중에 대기실로 빠져나가 그 닭꾸러미를 열고 맛있는 닭 대신—통닭은 친구들과 나누어 먹어 버리고—썩은 송어대가리를 넣어 둔 것이다. 안셀모의 눈물과 팍스톤 할머니의 저주는 그에게 깊고 어두운 만족감을 주었다.

그러나 지금은 안셀모가 낭패를 당할 기회를 피하도록 하려는 속셈인지 망설이면서 천천히 말했다.

"누가 먼저 할 건가?"

"나야, 나, 물론." 하고 안셀모가 거드름을 피우며 말했다. 그리고 선두에 섰다. "노래하는 거야, 노라야. 탄토움 엘고(성체 강복식 때의 찬송가)를 시작!"

한 줄로 서서 노라의 노랫소리에 맞추어 행렬은 움직이기 시작했다. 월계수가 우거진 곳에 가까이 가자 안셀모는 합장한 손을 하늘을 향해 벌렸다. 순간, 신문지를 덮어놓은 구덩이에 발을 헛딛고 흙탕물 속에 풍덩 빠져버린 것이다.

한 10초 동안 모두들 꼼짝도 하지 않았다. 구덩이에서 빠져나오려고 허우적거리는 안셀모의 울음소리가 노라를 웃겨 버리고 말았다.

안셀모가 엉엉 울면서 "죄악이다, 이건 죄악이야!" 하고 계속 부르짖고 있는 동안 노라는 배꼽이 빠지게 웃어 젖혔다.

"정신 차려, 안셀모. 정신 차려요. 왜 프랜치스를 때려주지 못하지?"

"싫단 말이야. 그렇게 할 순 없어. 난 이 빰을 내놓을 거야. 난……." 하고 신음하는 것이었다.

그는 집으로 뛰어가 버렸다. 노라는 어쩔 줄을 모르고 프랜치스에게 매달렸다. 우스워서 제대로 숨도 못쉬며 눈물이 볼에 흐를 정도였다. 그러나 프랜치스는 웃지 않았다. 그는 우울한 얼굴을 하고, 땅바닥을 내려다보고 있었다. 아버지는 에탈 읍에서 적들이 우글거리는 속을 걸어가고 있을 터인데 어쩌다가 이런 바보짓을 한 것일까? 차 마실 시간에 집으로 들어가서도 그는 역시 말이 없었다.

아담한 방에는 스코틀랜드 식으로 손님을 대접할 준비가 이미 되어 있었고, 소박한 살림 중에서도 가장 좋은 접시와 그릇, 전기도금을 한 나이프와 포크가 식탁에 가지런하게 놓여 있었다. 프랜치스의 어머니는 폴리 아주머니와 함께 벌써 자리에 앉아 있었다. 어머니의 순진한, 약간 지나칠 만큼 진지한 얼굴은 불을 쬐어 약간 상기되어 있었다. 그 건장한 모습은 곧바로 자세를 잡고 있었으며, 때때로 힐끔 사발시계를 바라보곤 했다.

불안과 안심이 뒤얽혀서 조금도 침착하지 못했던 하루가 지나고—그렇게 초조해 하다니, 참으로 바보 같다고 자신에게 타이르면서—그녀는 지금, 전신의 신경을 귀로 모으고 남편의 발걸음소리를 기다리고 있었다. 참으로 견딜 수 없이 그의 귀가가 기다려졌던 것이다. 그녀는 그다지 크지 않은 작은 빵집을 하고 있는 다니엘 그레니의 딸이었다. 아버지는 타인카슬 시에서 20마일쯤 떨어진 조선소가 많은 교단(敎團)의 옥외설교사로 선출되어 색다른 그리스도교단을 지도하고 있었다. 그녀는 18세 때에, 아버지의 점포가 1주일간 휴업하는 동안에 티드사이드의 어부인 젊은 알렉산더 치셤과 열렬한 연애를 하여 그대로 단숨에 결혼해 버린 것이다.

이론상으로는 전적으로 서로 용납될 수 없는 다른 종파끼리의 이러한 결혼은 불행을 가져오는 것으로 흔히 알고 있었으나, 그들의 실제 생활은 보기 드물게 성공을 거두고 있었다. 신앙에 있어서도 치셤은 무턱대고 믿는 신자가 아니었다. 온건하고 오히려 대범한 타입이었다. 아내에게 자기의 종지(宗旨)를 강요하려고는 털끝만치도 생각하지 않았다. 그녀도 역시, 어릴 적부터 신물나도록 신앙교육을 받았고, 부친으로부터 관용의 미덕을 가르치는 색다른 교리를 배워왔기 때문에 종파적인 토론 따위는 하려고도 하지 않았다.

결혼 초의 꿈 같은 시절이 지나서도 그녀는 매우 행복했었다. 그녀의 말을 빌자면 '그분이 집에 있어 주는 것만으로도 기쁜' 것이었다. 남편은 재간이 있는 사람이어서 무엇이나 잘해 주었다. 세탁기를 고치거나, 닭장을 잠그는 일이나, 꿀벌통에서 꿀을 따는 일을 부탁하여도 언제나 바로 해주었고, 결코 서투른 일이 없었다. 그가 재배하고 있는 탱알〔紫苑〕밭은 티드사이드에서 제일 아름다웠으며, 그가 사육하고 있는 애완용 닭은 전람회에서 반드시 1등을 하였다.

최근 프랜치스를 위하여 만들어 준 비둘기 집은 상점에서 파는 것보다 훨씬 훌륭한 것이었다. 겨울 밤 같은 때에 프랜치스는 이미 잠이 들고 집 밖에서 바람부는 소리가 들리고, 주전자의 물 끓는 소리를 들으면서 난로 옆에서 뜨개질을 하고 있으면 꺽다리에 말라깽이 남편이 식당을 맨발로 왔다갔다 하면서 묵묵히 뭔가 일을 하고 있는 것이었다. 그것을 바라보고 그녀는 문득 상냥한 미소를 머금고 "나요, 참으로 당신이 좋아요."라고 말하곤 했다.

침착성을 잃은 눈으로 그녀는 시계를 보았다. 벌써 돌아와야 할 시간은 지나고 있었다. 밖은 구름이 사방에서 모여들어 갑자기 깜깜해지는가 싶더니 굵다란 빗방울이 유리창을 때리기 시작했다. 마침 그때, 노라와 프랜치스가 들어왔다. 그녀는 애써 아들의 근심스러운 시선을 피했다.

"자아, 이리 오너라." 하고 폴리 아주머니는 두 사람을 자기 옆으로 불러 앉히고 뭔가 그 자리의 분위기를 바꾸어 보려고 했다.

"재미있었나? 그래, 잘했군. 노라야, 넌 손을 씻었니? 프랜치스, 넌 오늘 밤의 음악회가 기다려졌었지? 나도 노래는 좋아해. 그러니까 부탁이야, 조금만 더 기다려 응, 노라. 알았지, 얌전하게 있어야 해요. 이제부터 차를 마실 시간이야."

이렇게 말을 듣고 보니, 이젠 더 이상 어쩔 수가 없었다. 조바심으로 안절부절 못하는 것을 감추려고 하기 때문에 더욱 더 마음이 안정되지 않는 엘리자베스는 그만 그 자리에서 일어났다.

"이젠 알렉스를 기다리는 것을 단념합시다. 자, 시작하기로 해요."

그녀는 무리하게 웃으려고 했다.

"틀림없이 곧 돌아오실 거예요."

차는 맛이 있었다. 핫케이크나 과자도, 잼도 엘리자베스가 손수 만든 것이었다. 그러나 긴장된 분위기가 무겁게 식탁 주위에 가득 차 있었다. 폴리 아주머니는 프랜치스를 언제나 은근히 재미나게 해주는 그 시치미를 딱 떼고 하는 웃기는 말도 하지 않고 단정하게 앉은 채 팔꿈치를 딱 붙이고 컵을 잡은 손가락 하나를 꾸부리고 있다. 그녀는 노처녀로서, 이미 40세에 가까운 나이였다. 갸름하고 피로한 얼굴을 하고 있으나 유쾌한 사람이었고, 약간 이상한 옷을 입고는 있었지만 그 품위 있고 침착한 태도는 퍽 교양이 있는 것처럼 보였다. 레이스가 달린 손수건을 무릎에 올려놓고 있는 모습이나, 코끝이 뜨거운 차로 완전히 빨갛게 된 것이나, 모자에 장식한 새털 등을 보아도 퍽이나 친절한 사람이라는 인상을 주는 것이었다.

"그렇긴 하지만, 저는." 하고 그녀는 자연스럽게 침묵을 깨뜨렸다.

"밀리를 이 자리에 부를 걸 그랬나 봐요. 저는 그의 아버지의 기분을 잘 알고 있어요. 안셀모는 신학교에 간다지요."

그녀는 조용히 무엇이나 잘 알고 있다는 듯 다정한 시선으로 프랜치스를 바라보았다.

"프랜치스도 호리웰에 보내는 것이 좋지 않을까요? 엘리자베스, 당신도 이 애가 설교단 위에서 설교하는 것을 보고 싶죠?"

"그렇지만 외아들이라 안 돼요."

"그런 외아들을 하느님은 좋아하신다구요."

폴리 아주머니는 아는 척하면서 그렇게 말했다. 그러나 엘리자베스는 방긋도 하지 않았다. 자기 아들은 '틀림없이 훌륭한 사람이 될 것이다.' 하고 그녀는 믿고 있었다. 유명한 변호사라든가 혹은 의사라든가. 어느 것이든 좋았다. 그렇지만 성직자가 되어서 화려하지도 않게, 더구나 괴로운 평생을 보내게 한다는 것은 생각만 해도 견딜 수 없는 일이었다.

아무튼 그녀는 점점 더 불안해지기만 했다. 마침내 그녀는 큰 소리로 말했다.

"정말이지 알렉스가 빨리 돌아와 주었으면 좋겠는데……. 무슨 일이지 도대체. 이러다간 우리는 모두 늦어지고 말 텐데……."

"틀림없이 아직 계산이 끝나지 않았기 때문일 거예요." 하고 폴리 아주머니는 골똘히 생각하는 것 같은 표정으로 말했다.

엘리자베스는 완전히 침착성을 잃어버리고 보기 딱할 정도로 상기되어 있었다.

"아마 지금쯤은 합숙소에 돌아와 있을 시간이라고 생각되지만……에탈에서 돌아오면 으레 거기에 들르거든요." 그녀는 어떻게 해서든지 불안을 억누르려고 했다.

"우리들 일을 잊어버렸을지도 모르지. 대단히 성질이 느긋한 사람이니까."

그리고 잠깐 말을 끊었다가,

"앞으로 오 분만 더 기다려 봅시다. 폴리 아주머니 한 잔 하실까요?"

그러나 차를 마시고 난 다음에는 더 이상 기다리고 있을 수도 없었다. 불쾌한 침묵이 계속되었다. 무슨 일이 있었단 말인가……, 이제는 돌아오지 않는단 말인가……, 매우 근심이 되어 이 이상 엘리자베스는 자기를 억제할 수가 없었다. 불길한 예감이 깃든 얼굴을 하고 다시 한 번 대리석 사발시계쪽으로 마지막 시선을 던지고 그녀는 벌떡 일어났다.

"폴리 아주머니, 잠깐 실례하겠어요. 빨리 다녀올게요. 무슨 일이 있었는지 알고 오겠습니다. 오래 걸리지 않아요."

프랜치스는 아까부터 걱정이 되어 어쩔 줄을 모르고 있었다. 후미진 소로와 캄캄한 어둠 속에서 살기등등한 얼굴들이 보이기도 하고,

아버지가 여러 사람에게 포위되어……, 서로 치고 받고……, 군중 속에 쓰러져 있기도 하고……, 돌바닥의 포도 위에 머리가 깨져 있기도 하고, 그런 환상에 사로잡혀 있었다. 그런 생각을 하면 이상하게 몸이 후들후들 떨리는 것을 참을 수가 없었다.

"저도 데리고 가주세요, 어머니." 하고 말했다.

"쓸데없는 소리 말아요." 하고 그녀는 간신히 미소를 지어 보였다.

"여기에서 아주머니들을 대접하고 있어야지."

뜻밖에도 폴리 아주머니는 고개를 저었다. 그녀는 그때까지 더해 가기만 하는 불안에도 안절부절 못하는 기색은 없었으나 지금도 그런 내색은 털끝만치도 보이지 않고 침착한 태도를 지키고 있었다.

"데리고 가세요, 엘리자베스. 노라와 저는 조금도 염려하지 마시고."

누구도 잠시 동안은 아무 말도 하지 않았으니 프랜치스는 눈으로 데리고 가 달라고 애원하고 있었다.

"그래, 그럼 따라오려무나."

어머니는 그에게 두터운 외투를 입혀 주었다. 그리고 자기도 망토를 걸치고 아들의 손을 잡고 밖으로 나갔다.

밖은 비가 억수로 퍼붓고 칠흙같이 어두웠다. 비는 길바닥에 물거품을 일으키며 전혀 인기척이 없는 거리의 도랑으로 분류처럼 흘러내리고 있었다. 겨우 바카트 와인드의 언덕을 올라서니 멀리 읍내 공회당 광장에 켜진 조명등이 희미하게 보였다. 프랜치스는 심한 바람과 어둠 때문에 다시 새로운 공포감을 느꼈다. 그것을 떨쳐 버리려고 입술을 깨물었고, 자꾸만 빨라지는 어머니의 발걸음에 보조를 맞추면서 무턱대고 걸었다.

그리고 10분 후, 두 사람은 국경에 있는 다리를 건너 물에 잠긴 부두를 따라서 제2합숙소 앞까지 왔다. 그러나 여기에서 어머니는 깜짝 놀라 멈추어 섰다. 합숙소에는 자물쇠가 잠겨져 있었다. 아무도 없는 것이다. 그녀는 어떻게 하면 좋을까 하고 망설이면서 발걸음을 돌렸다. 그러자, 갑자기 강 위쪽으로 1마일쯤에 있는 담 마리스가 살고 있는 제5합숙소의 희미한 등불이 눈에 띄었다. 마리스는 어느 모로 보나 술주정꾼에 지나지 않았으나 틀림없이 뭔가 뉴스를 알려 줄는지도 모른다. 그녀는 다시 걷기 시작하였다. 물로 보이지 않는 풀섶의 목책이나 도랑에 빠져 넘어지면서 홍수가 진 들판을 힘겨운 줄도 모르고 가로질렀다. 어머니 옆에 바싹 달라붙어 걷고 있는 프랜치스도 한 발짝을 옮길 적마다 어머니의 불안이 더해 가는 것을 느꼈다.

두 사람은 겨우 제5합숙소까지 도달했다. 그집은 콘탈을 칠한 목조의 바라크로, 강 언덕에 쌓아올린 석축의 높은 방파제를 등지고 있었다. 바라크의 주위에는 어망이 빙 둘러쳐져 있었다. 프랜치스는 이제 1분도 지체할 수가 없었다. 숨을 헐떡이면서 뛰어가 황급히 문짝을 밀어 젖혔다. 그러자 하루 종일 근심하던 참이라 그는 그 광경에 자기도 모르게 큰 소리를 치며 눈이 휘둥그래졌다. 담 마리스의 간호를 받으면서 아버지가 거기 벤치에 누워 있었다. 흙빛이 된 얼굴은 피투성이가 되었고, 한쪽 팔에는 아무렇게나 붕대를 감고, 얼굴에는 시뻘건 상처가 깊게 나 있었다. 두 사람은 다같이 스웨터에 허리까지 차는 장화를 신고 있는 채였으나, 옆 탁자 위에는 술병과 컵 두 개가 놓여 있고 세숫대야의 탁한 물 속에는 빨갛게 물든 해면이 떠 있었다. 강풍용의 칸데라가 두 사람 위에 희미하고 노란 불빛을 던지고, 지붕을 때리는 심한 빗속에서 구석구석에 기분 나쁜 파아란 그림자가 흔들리고 있었다.

어머니는 황급히 달려가서 벤치 옆에 쓰러질 듯이 무릎을 꿇었다.

"알렉스……, 알렉스! ……많이 다쳤군요."

아버지는 눈이 흐려 보이지 않는 것 같았으나, 핏기가 없는 부르튼 입술로 약간 웃어 보인 것 같았다. 아니, 웃으려고 한 것 같았다.

"그렇지만, 상대 놈보다는 덜 하답니다, 아주머니!"

그녀의 눈에는 눈물이 넘쳐 흐르고 있었다. 그의 고집과, 그에 대한 사랑과, 그를 이 지경으로 만든 자들에 대한 분노의 눈물이었다.

"여기 왔을 때는 이미 가망이 없다고 생각했을 정도였습니다." 하고 마리스는 애매한 표정으로 말했다.

"그래도 내가 위스키를 두어 잔 먹였더니 기운을 차렸어요."

그녀는 타는 듯한 시선을 마리스에게 돌렸다. 토요일 밤이니까 여느 때와 마찬가지로 취한 것일까. 이 바보녀석이 이렇게 중상을 입은 남편에게 술을 먹였는가 하고 생각하니 너무나 엄청난 일에 온몸이 마비되는 것 같아 아무 말도 할 수가 없었다. 그러나 그가 많은 양의 피를 흘린 것을 바로 깨달았다. 그러나 여기에는 무슨 수를 쓰고 싶어도 붕대 하나 없는 것이다. 바로 데리고 가지 않으면 안 된다. ……일각이라도 빨리, 그녀는 긴장하여 중얼거리듯 말했다.

"어때요, 알렉스. 나와 함께 걸을 수 있겠어요?"

걱정 없을까? 천천히 걸어가기만 하면…….그녀는 공포와 싸우면서도 열기 오른 머리로 생각했다. 그녀는 본능적으로, 어떻게 해서든지 남편을 따스하고 밝은 안전한 장소로 옮겨야겠다고 생각했다. 관자놀이의 뼈까지 파고든 가장 심한 상처는 다행히 겨우 출혈이 멎은 것 같았다. 그녀는 자기 아들을 돌아보았다.

"프랜치스, 빨리 뛰어가. 폴리 아주머니에게 빨리 준비해 달라고 말이야. 그리고 바로 의사 선생님을 부르러 가는 거다. 알겠지!"

프랜치스는 오한이라도 든 것처럼 떨면서 자기도 모르게 알았다는 표시로 고개를 끄덕여 보였다. 그리고, 아버지에게 마지막 시선을 던지고는 고개를 떨군 채 미친 듯이 부두쪽으로 달려갔다.

"자, 여보, 일어나 보세요. 자, 내 손을 붙잡고."

방해가 될 뿐이라는 것을 잘 알고 있었으므로 마리스가 부축하려는 것을 냉정히 거절하고, 그녀는 남편을 부축해 일으켜 세웠다. 다리를 휘청거리면서 그는 시키는 대로 천천히 발걸음을 내딛었다. 그는 몹시 떨면서 무엇을 하고 있는지 자기 자신도 모를 정도였다.

"난 가네, 담! 잘 가게나." 하고 그는 어지러움을 느끼면서 중얼거렸다.

그녀는 미덥지 못하다는 생각이 가슴에 치밀어 입술을 깨물었으나, 그러면서도 쏟아지는 빗속으로 그를 억지로 데리고 나섰다. 출입구의 문이 안으로 닫혔다. 날씨 따위는 상관할 것도 없었으나 비틀거리면서 서 있는 남편을 돌아보고, 엘리자베스는 비로소 이 부상당한 사람을 데리고 돌아가지 않으면 안 될 그 들판의 흙탕물 속의 꾸불꾸불한 길을 생각하고 망설였다.

그렇게 망설이고 있을 때 불현듯 한 생각이 머리에 떠올랐다. 이 생각을 어째서 진작 하지 못했을까. 기와공장의 다리를 건너 지름길로 가면, 적어도 1마일 정도는 가까우니까 20분이면 집에 도착하여 침대에 뉘일 수가 있을 것이다. 그녀는 새로운 결심을 하고 남편의 손을 잡았다. 억수로 쏟아지는 빗속을 남편을 부축하여 강 위쪽의 다리를 향해 걷기 시작했다.

처음에는 그도 아내의 속셈을 짐작하지 못했으나 심하게 흐르는 물소리가 들려오자 문득 멈추어 섰다.

"어디로 가는 거요? 엘리자베스, 티드 강이 이렇게 세차게 흐르고 있는데 기와공장 다리를 어떻게 건넌단 말이오? 난 건너지 못해요."

"잠자코 계셔요, 알렉스. 말을 많이 하여 체력을 소모하지 말아 주세요."

그녀는 남편을 달래고 끌어안듯이 하면서 전진해 갔다.

이윽고 다리가 있는 곳에 다다랐다. 다리는 철사로 된 로프의 난간이 달려 있는 좁은 판자의 가교이며, 강폭이 가장 좁은 곳에 있었다. 비교적 튼튼하게는 되어 있으나 기와공장을 위해서 놓은 것이므로 꽤 오래전에 공장이 폐쇄된 후부터는 사용하는 사람들이 거의 없었다. 한 발을 다리에 걸친 엘리자베스는 어둠과 귀가 막힐 정도로 세찬 물소리에 불현듯 막연한 불안과 일종의 예감 같은 것이 마음을 스쳐 갔다. 다리는 두 사람이 나란히 서서 걸어갈 만큼 폭이 넓지 못했으므로 그녀는 잠깐 멈추어 섰다. 갑자기 모성애와 같은 묘한 감정이 치밀어올랐다. 비에 흠뻑 젖어 무력해진 남편을 돌아다보며 물어보았다.

"난간을 붙잡고 있지요?"

"응, 잡고 있어."

굵은 철사의 로프가 남편의 커다란 손 안에 있는 것을 확인했다. 그러나 머리는 혼란해지고 숨은 차고, 마치 무엇에 홀리기라도 한 사람처럼 그녀는 그 이상 어떻게 해야 좋을지 몰랐다.

"저를 꼭 잡고 따라오세요." 하고 다짐을 했다.

두 사람은 한 걸음 한 걸음 걷기 시작했다. 겨우 중앙까지 왔을 때였다. 그는 비로 미끈거리는 널빤지에 한쪽 발이 미끄러졌다. 이러한 밤이 아니었다면 대단한 일도 없었을 테지만, 이미 다리 위까지 넘치고 있는 티드 강의 세찬 탁류는 순간적으로 그의 장화에 물을 가득 차게 했다. 세찬 탁류와 장화의 무게에 저항하여 필사적이었으나 다시 한쪽 다리마저 미끄러져 버렸다. 납덩이처럼 무거운 두 다리의 장화는 에탈에서 얻어맞아 기진맥진이 된 그의 체력으로써는 어쩔 수가 없었다.

그의 소리에 놀라 돌아다본 그녀는 반사적으로 큰 소리를 치며 그의 몸뚱이를 꼭 붙잡았다. 그 때 밀려온 탁류에 남편은 난간의 로프를 놓쳐 버렸다. 그녀는 두 팔로 남편을 껴안고 전신의 힘을 다 내어 그를 끌어당기려 했다. 그 때 탁류와 칠흙의 어둠이 순식간에 두 사람을 집어삼키고 말았다.

그날 밤 프랜치스는 밤새도록 아버지와 어머니를 기다렸다. 그러나 끝내 두 사람은 돌아오지 않았다. 이튿날 아침, 약간 강물이 줄어들었을 때에 서로 꼭 껴안은 두 사람의 시체가 모래톱에 가까운 물가에서 발견되었다.

2

그로부터 4년이 지난 9월의 어느 목요일, 저녁 때의 일이었다. 프랜치스 치섬은 달로 조선소가 파하자 여느 때와 같이 피로한 다리를 이끌고 그레니의 빵공장을 향해 터벅터벅 걸어가고 있었다. 페인트를 칠한 공장의 허술한 판자 울타리가 있는 데까지 왔을 때, 그는 갑자기 중대한 결심을 해야겠다고 생각했다. 공장과 점포 사이의 밀가루투성이의 통로를 지나 뒷문으로 들어가, 부엌 설거지통에 빈 도시락을 놓았을 때는 그의 천진스러운 까만 눈동자에 어떤 결심의 빛이 타오르듯 역력히 보였다. 몸집은 작달막하나 특대(特大)의 무명 작업복이 몸에 맞지 않았고 거꾸로 쓴 어른의 모자 밑에 있는 얼굴은 기름투성이이다.

부엌에서는 땅딸막한 키에 창백한 얼굴을 한 열일곱 살이 된 말캄 그레니가 식탁을 향하여—더러운 식탁보 위에는 여느 때와 마찬가지로 식기가 너절하게 흩어져 있었다—팔꿈치를 괴고 로크의 '부동산 양도절차'라는 책자를 읽고 있었다. 한쪽 손으로는 기름기가 반들거리는 까만 머리칼을 박박 긁으면서 비듬을 털고 또 다른 한 손으로는 어머니가 암스트롱 대학에서 돌아온 말캄을 위하여 만들어 놓은 쇠간 요리를 부지런히 입에다 나르고 있었다.

프랜치스는 찬장에서 자기의 저녁밥인 2센트의 파이와 점심 때에 구워 놓은 감자를 꺼냈다. 유리가 반밖에 끼워지지 않은 칸막이의 빈 틈으로 점포에서 말캄의 어머니 미세스 그레니가 손님 응대를 하고 있는 것을 내다볼 수 있었다. 그쪽을 보면서 식탁에 널려 있는 식기를 치우려고 하자 이 집 아들인 말캄은 화난 듯한 시선으로 날카롭게 쏘아 보았다.

"공부하고 있는데 좀 조용히 할 수 없어? 여아, 그 손은 뭐야…… 언제나 식사 전에 손을 씻지 않는군."

프랜치스는 완강하게 침묵을 지켰다. 그것이 최상의 방위책이었다. 프랜치스는 화상자국과 못투성이가 된 손으로 나이프와 포크를 집어 들었다.

칸막이 문이 열리고 미세스 그레니가 근심스러운 얼굴로 슬그머니 들어왔다.

"다 먹었니, 말캄. 대단히 맛이 좋은 계란빵을 구웠으니 먹어 보려무나. 싱싱한 달걀과 우유로 만들었으니까 위에도 해롭지 않아."

"난 하루 종일 배가 불러 어쩔 수가 없단 말야."

투덜투덜 그렇게 말하면서, 여봐란 듯이 크게 호흡을 하여 배를 불쑥 내밀었다.

"이봐, 이 소리를 들어보라구요."

"공부를 지나치게 하니까 그래." 그녀는 큰 솥이 있는 곳으로 종종 걸음으로 걸어갔다.

"그렇지만 이것을 먹으면 기운이 날 거야……. 조금 먹어 봐요. ……엄마에게 효도하는 셈치고 말이야."

그는 어머니가 빈 접시를 치우고 대신 계란빵의 큰 접시를 가져다 놓은 것을 잠자코 보고 있었다. 찢어진 코르셋을 입고, 스커트 자락을 칠칠치 못하게 늘어뜨린 그녀는 아들이 걸신들린 것처럼 먹는 것을 만족한 듯이 바라보았다. 아들이 한 입 먹을 적마다 몸을 그에게로 꾸부리고선 길고 가는 코에 엷은 입술을 한 심술궂게 생긴 얼굴에 모성애를 드러내고 있었다.

"네가 빨리 돌아와주어 잘된 거야. 오늘 밤 아버지는 집회가 있단다." 하고 중얼거렸다.

"아니, 그래요?" 하고 말캄은 귀찮다는 듯이 머리를 들었다.

"미션 홀에서인가요?" 그녀는 작은 머리를 저었다.

"아니야, 공원이야."

"우리 모두 가는 건 아니지요?"

그녀는 이상 야릇한 소리로 자랑처럼 말했다.

"그렇지만 말이야, 말캄. 그것은 아버지가 나와 너에게 주신 오직 하나의 지위잖아. 아버지 설교가 엉망이 아닐 바에는 우리도 가는 것이 좋아요."

그는 완강하게 거절했다.

"어머니는 자랑일지는 모르지만, 나는 그따위 집회에 나가는 것은 질색이야. 아버지가 성서를 두들기면서 설교하는 옆에서 아이들이 '다니엘 성자(聖者), 다니엘 성자.' 하고 떠드는 것을 듣고 있으란 말이에요! 어릴 적에는 그다지 싫지는 않았어. 하지만 지금은 나도 말이지 변호사가 되려고 하는 판인데."

마침 그 때 밖의 문이 열리고, 아버지 다니엘 그레니가 조용히 방안으로 들어왔기 때문에 말캄은 화난 얼굴로 입을 다물어 버렸다.

다니엘은 식탁으로 가까이 와서 치즈를 한 조각 자르고 컵에 우유를 부어 선 채로 간단한 저녁식사를 하기 시작했다. 벌써 작업용 조끼와 바지와 해어진 융단 슬리퍼를 벗고, 뻔쩍뻔쩍 빛나는 까만 양복 바지를 입고, 예복으로는 몸에 맞지 않는 짧은 모닝을 입고 있었다. 그러나 와이셔츠의 앞가리개는 셀룰로이드였고, 더구나 까만 끈으로 된 넥타이를 매고 있었으므로 한층 빈약하고 초라해 보였다. 세탁비를 절약하기 위하여 커프스도 셀룰로이드를 사용하고 있었으나, 이것에도 벌써 때묻고 금이 가 있고, 구두도 수선하지 않으면 안 될 정도로 되어 있었다. 허리도 약간 굽었고, 시력도 좋지 못했으나 눈은 뭔가 열심히 먼 곳을 보고 있는 일이 가끔 있었다. 다만 오늘 밤은 안경너머로 무엇인가를 생각하고 있는지 지극히 온화했었다. 그리고, 식사를 하면서 물끄러미 프랜치스를 지켜보았다.

"프랜치스, 너 몹시 피곤한 얼굴을 하고 있구나. 저녁은 먹었니?"

프랜치스는 고개를 끄덕였다. 노인이 들어온 후부터 어딘지 모르게 방안이 밝아진 것 같았다. 그에게 쏟고 있는 눈길은 그의 모친의 것과 똑같은 것이었다.

"얘야, 저기에 지금 체리케이크를 만들어 놓은 것이 있으니 먹고 싶으면 가서 먹으려무나. 솥 위 선반 위에."

미세스 그레니는 노인의 이 무분별한 너그러움에 화가 난 듯이 코를 벌름거렸다. 이렇게 자기 것을 누구에게나 인심썼기 때문에 두 번이나 파산하는 실책을 범한 것이다. 그러나 그녀는 할 수 없다는 듯이 고개를 끄덕여 보였다.

"언제 나가시겠어요? 지금 바로 나가시겠다면 점포의 문을 닫겠어요."

그는 노란 상아의 장식이 달린 커다란 은제 회중시계를 꺼내 보면서,

"야, 닫아 주구려. 하여간, 하느님의 일이 먼저니까. 그러나……."

하고 잠시 말을 끊었다가,

"오늘 밤엔 손님도 없을 테니까 일찍 닫는 게 좋을 거야."

그녀가 파리똥투성이인 과자 진열장의 덧문을 닫고 있는 동안 노인은 멍하니 선 채로 오늘 밤에 할 설교의 말들을 생각하고 있었다. 이윽고 몸을 움직이면서,

"자, 말캄, 가자!" 그리고 프랜치스를 돌아보고 "조심해야 한다. 너무 늦게까지 자지 않으면 안 된다." 하고 말했다.

말캄은 입 속으로 뭔가 투덜거리면서 책을 덮고 모자를 집어들었다. 그리고 부르튼 얼굴을 하고 아버지를 따라 밖으로 나갔다. 미세스 그레니는 손에 맞지도 않은 까만 장갑을 억지로 끼었다. 그녀는 집회 때마다 느끼는 것처럼 나들이가는 얼굴을 하고 있었다.

"접시 닦는 것을 잊지 말아라." 하고 의미 있는 어두운 미소를 프랜치스에게 던졌다. "함께 가지 못해 유감이구나."

세 사람이 나가 버리자 그는 식탁 위에 엎드려 버리고 싶은 충동이 일어났다. 아까의 새로운 영웅적인 결심이 다시금 마음속에 타올랐다. 윌리 탈록의 일을 생각하면 피곤한 사지에 갑자기 활기가 되살아났다. 기름기가 낀 접시를 설거지통에 쌓아 놓으며 문득 자기가 놓여 있는 처지를 생각하고 이마를 찌푸리면서 화가 난 것처럼 접시를 씻기 시작했다.

그것은 아버지와 어머니의 장례식을 치르기 전날의 일이었다. 다니엘이 폴리 아주머니를 향하여 열심히 '엘리자베스의 아이는 내가 맡겠어요. 핏줄이 닿는 것은 우리뿐이니까. 그애는 우리가 데려가겠습니다.'라고 말했었다. 그 이후 억지로 주는 은혜의 어두운 그림자가 그에게 달라붙게 된 것이다.

그러한 억지스러운 은혜만이었다면 아직 그의 전도는 그래도 이처럼 비참한 것이 되지는 않았을 것이다. 그의 운명을 완전히 망쳐 놓은 것은 그 후, 미세스 그레니가 약간의 유산과 아버지의 생명보험과 가재도구를 판 돈을 자기 것으로 만들려는 속셈에서 그를 맡겠다고 한 폴리 아주머니의 요청을 법률에 호소하겠다고까지 협박하여 그를 데려온 그 혐오스러운 사건 때문이었다.

이 결정적이고 악랄한 태도가 그로 하여금 폴리 바논 일가와의 관계를 일체 단절시켜 버리는 것이다. 더구나 간접적인 책임은 프랜치스에게 있다고 생각하여 대단히 화가 난 폴리 아주머니는 그래도 최선을 다해 주었다 하는 확신에서 프랜치스의 일은 앞으로는 절대로 생각하지 않겠다고 결정해 버린 것이다.

빵집에 와 보니, 프랜치스의 눈에는 모든 것이 낯설고 이상한 것투성이었다. 미세스 그레니가 먼지를 털어준 옷을 입고, 책가방을 메고 프랜치스는 말캄과 함께 읍내의 달로 중학교에 다니게 되었다. 두 사람이 학교에 가는 것을 미세스 그레니는 제딴에는 제법 보호자다운 태도로 점포에서 바라다보곤 했던 것이다.

아, 그러나 그러한 애정은 불꽃처럼 한때 번쩍 빛났다가 바로 꺼져 버리고 말았던 것이다. 다니엘 그레니는 사람들의 웃음거리가 될 정도로 유순한 성격에 고결한 정신의 소유자였으나 파이를 싼 꾸러미와 자기가 쓸 팸플릿을 사람들에게 나누어 주거나, 토요일 밤이 되면 마차 뒤에 '네 이웃을 사랑하라, 그리하면 복을 받으리라.'라고 쓴 간판을 내걸고 반드시 읍내를 돌아다니기도 했다. 그러나 그는 천국의 꿈속에서 살고 있는 사람 같았으나, 때때로 정기적으로 하계에 내려와서 식은땀을 흘리면서 빚쟁이의 성화를 받지 않으면 안 되었다. 생각은 천국을 뛰어다니면서도 두 다리를 밀가루 속에 처박고 뼈가 가루가 되도록 일하지 않으면 안 되었기 때문에 외손자의 일 따위는 잊어버리기 쉬운 것은 당연한 것이었다. 그래도 생각이 나면 프랜치스의 손을 잡고 뒤뜰로 데리고 가서는 봉지에 넣은 빵부스러기를 참새들에게 뿌려 주거나 했었다.

인색하고 살림도 잘 꾸려가지 못하는 미세스 그레니는 남편의 잇따른 실패로—자기 점포의 짐마차 마부나 점원에게 속아서 빵가마솥을 하나하나 팔아 버리고, 드디어는 2페니의 파이나 1페니의 케이크를 파는 싸구려 빵집으로 전락하기까지—자기만을 불쌍하게 여기고 살아온 그런 여자였으므로 이내 프랜치스의 일도 귀찮은 짐으로 생각하기 시작한 것이다. 그를 맡을 때에 함께 붙어 온 70파운드의 매력이 사라져 버리자 이 흥정은 결국 손해를 보았다고 곧바로 후회했다. 그렇지 않아도 어쩌지도 못하는 경제에 시달리고 있던 그녀에게는 프랜치스의 피복비나 식비, 학교의 수업료 등은 끊임없는 두통거리로 되어 갔다. 식비는 하는 수 없이 단념한 것 같았다. 그러나 프랜치스의 바지가 다 해어졌을 때 다니엘이 젊었을 때에 입던 헌 녹색 웃옷을 고쳐 바지로 만들어 주었으나 그 우스꽝스러운 무늬나 색깔은 읍내에서는 웃음거리가 되었고, 프랜치스를 한층 비참한 처지로 만들뿐이었다.

말캄의 수업료는 언제나 어김없이 지불되었으나 프랜치스의 수업료는 많은 아이들 앞에서 수업료 체납자로서 불려 세워진 후, 굴욕에 떨면서 창백한 얼굴이 되어 그녀에게 애걸하러 가기 전에는 언제나 잊어버리기 일쑤였던 것이다. 그런 때는 으레 그녀는 반드시 숨을 헐떡이고, 심장이라도 터져 버릴 것 같다 하는 얼굴을 하면서 말라빠진 손을 가슴에 대고 마치 피라도 빨리는 것같은 표정을 짓고 잔돈을 세어서 던져 주곤 했었다.

프랜치스는 모든 것을 견디고 참았다. 그러나 자기는 외톨이라고 생각하면, 아직 어린애에 지나지 않은 그로서는 도저히 견딜 수 없이 서글펐다. 슬픔에 미칠 것 같은 때에는 어딘가 송어라도 낚을 수 있는 시내가 없을까 하고 혼자서 어디까지나 어디까지나 따분한 시골길을 방황하기도 했다. 때로는 항구를 떠나는 기선을 바라보고 목적도 없는 동경에 모자의 챙을 잘근잘근 깨물며 절망감을 달래는 일도 있었다. 서로 용납이 되지 않는 종파 사이에 우연히 태어난 자기로서는 어찌하면 좋을까를 전혀 알 수가 없었다. 타고난 밝고 영리한 머리는 둔해지고 얼굴의 생김새까지도 음산해져 가고 있었다. 다만 하나의 행복은 말캄과 미세스 그레니가 외출하여 집에 없는 밤, 부엌의 불 옆에서 다니엘과 마주 앉아 조부가 말할 수 없는 기쁨을 담은 얼굴로 잠자코 성서의 페이지를 넘기고 있는 것을 지켜보고 있을 때였다.

다니엘은 특히 종교에 관해서는 외손자의 자유에 맡기고 절대로 간섭하지 않으리라고 침묵 가운데 굳게 마음먹고 있었으나—모든 사람에게 관용(寬容)을 설교하는 그가 어찌하여 남의 종교의 자유를 속박할 수가 있을 것인가—외할머니인 미세스 다니엘로서는 이것도 울화통이 터지는 것의 하나였다. 그녀와 같이 영원히 복받은 '그리스도교도'에게는 자기의 딸이 저지른 바보 같은 행위의 유물인 이 손자는 파문(破門)에 해당하는 저주의 씨앗이며, 이웃의 웃음거리에 지나지 않는다고 생각되었다.

이러한 상태가 최고조에 달한 것은 그로부터 1년 반 후였다. 성적이 좋은 프랜치스는 전교 글짓기 대회에서 불행하게도 말캄을 꺾어 버린 것이다. 조모는 이제는 참을 수 없다고 생각한 것이다. 몇 주일이고 계속해서 잔소리를 하게 되자 드디어 조부도 굴복해 버린 것이다. 조부는 때마침 파산에 직면해 있었으므로 프랜치스의 교육은 그만 중단하도록 의논이 되었던 것이다. 몇 개월 동안 보인 적이 없는 미소를 능글맞게 지으며 미세스 그레니는 어린애라고는 하지만 너는 똑똑하니깐 집안 일을 돌봐야 하지 않겠느냐, 그러니까 지금부터 학교는 그만두고 사내답게 단념하고 일터로 나가야겠다고 하는 것이었다. 열두 살의 프랜치스는 이렇게 되어서 주급 3실링 6펜스의 리벳공으로서 달로 조선소에 근무하게 된 것이다.

7시 15분쯤 지났을 때에 설거지는 끝났다. 프랜치스는 긴장하여 작은 거울 앞에서 조금 머리 손질을 하고 그대로 집을 나왔다. 밖은 아직 어둡지 않았었다. 밤공기가 차가워서 뜻밖에 기침을 했다. 옷깃을 세우면서 행길로 나왔다. 삯마차집과 달로 양계장 앞을 지나 이윽고 거리 모퉁이에 있는 병원까지 왔다. 약병의 모양을 한 빨강과 녹색의 두 가지 그릇의 그림과 그리고 '닥터 싸더랜 탈록 내과 및 외과'라고 쓴 사각의 간판이 걸려 있었다. 프랜치스는 약간 입을 벌리고 안으로 들어갔다.

약국은 어두컴컴하고, 노회(蘆薈), 아위, 감초(甘草) 등의 강한 냄새가 코를 찔렀다. 한쪽 벽에는 짙은 녹색 병이 가득 찬 선반이 있고, 그 끝에는 진찰실로 통하는 두 단으로 된 나무계단이 있었다. 길다란 카운터 저쪽에 박사의 장남이 선 채로 점점의 빨간 봉납(封蠟)이 흩어져 있는 대리석판 위에서 열심히 약봉지를 만들고 있었다. 건장하고 죽은깨투성이의 얼굴을 한 열여섯 살의 소년이며, 큰 손과 갈색 머리가 유난히 눈에 띄고, 말수가 적고 아무 말없이 미소를 머금는 것이 특징이었다.

그는 지금도 프랜치스에게 인사를 하면서 정다운 미소를 짓고 있다. 두 사람은 서로의 눈 속에 있는 우정을 읽는 것이 쑥스럽다는 듯이 다같이 그대로 외면을 했다.

"그만 늦어 버렸어, 윌리!" 프랜치스는 물끄러미 카운터 끝을 바라보면서 말했다.

"나도 그래. ……그리고 나는 아버지 대신 약을 전해 주지 않으면 안 되거든."

윌리가 최근 암스트롱 칼러지의 외과에 가게 되면서부터 탈록 박사는 농담삼아 자기 아들을 자기 조수라고 말하고 있었다.

두 사람은 잠시 잠자코 있었으나 이윽고 연상인 윌리가 조용히 친구쪽으로 눈을 돌렸다.

"결심은 했나?"

프랜치스는 그래도 아직 아래만 내려다보고 있었다. 그러나 신중한 얼굴로 끄덕이고 나서 입을 다문 채 말했다.

"음."

"잘했어, 프랜치스!" 윌리의 말수가 적고 무게 있는 얼굴이 찬의(贊意)를 표하면서 활짝 빛났다.

"나 같으면 도저히 그렇게 참고 견디지 않았을 거야."

"나도 마찬가지야……." 하고 프랜치스는 중얼거리듯 말했다.

"다만……, 외할아버지와 네가 있었기 때문에 참아 온 거지."

그의 홀쭉한 어린 얼굴은 그늘이 져서 잘 보이지 않았으나, 그렇게 말하고 귓부리까지 빨개졌다.

윌리도 동정으로 얼굴이 붉어지며 말했다.

"기차시간은 알아 두었어. 토요일에는 알스테드를 6시 35분에 떠나는 직행이 있어. ……쉿! 아버지가 오신다."

그가 갑자기 말을 중단하고 경고하는 것처럼 상대방을 보았을 때 진찰실의 문이 열리고 탈록 박사가 마지막 환자를 전송하면서 두 사람쪽으로 다가왔다. 박사는 까다롭고 성급한 사람으로서 희끗희끗한 투위드를 입고 있었다. 거무스름한 얼굴에 곱슬곱슬한 머리와 윤기있는 수염 등은 보기에도 활기가 넘치는 것 같았다. 공공연히 자유사상가라 말하고 로버트 잉가솔(미국의 법률가이며 자유사상가)이나 다윈 교수(종의 기원으로 유명한 영국의 박물학자이며 진화론의 창시자)의 제자임을 자칭하고 읍내에서는 대단히 좋지 못한 평판을 받고 있었으나, 막상 마주 대하고 보면 아무것도 흠잡을 데가 없는 매우 매력적인 데가 있었다. 그것이 환자에게는 얼마나 믿음직스러운 것인가를 자신은 잘 알고 있었다. 프랜치스의 볼이 홀쭉하게 야윈 것을 보고 박사는 갑자기 뜻하지 않는 농담을 하기 시작했다.

"이봐, 프랜치스.……이제 또 한 사람 죽게 됐구나. 아니 지금 당장에 그런다는 것은 아니고. 그러나 시간 문제야, 불쌍하게시리. 가족도 많은 놈이……."

그 말에 따른 소년의 쓰디쓴 미소가 그의 기대에 어긋난 듯 이번에는 똑바로 프랜치스를 응시했다. 문득 자기의 어두운 소년시절을 생각하면서,

"기운을 내라. 백 년만 지나면 모두가 똑같아질 테니까 말이야."

프랜치스가 대답할 틈도 주지 않고 박사는 깔깔거리며 웃고선 모자를 뒤로 젖혀 쓰곤 마차용 장갑을 끼면서 방을 나가 버렸다. 그리고 마차에 올라타면서 큰 소리로 말했다.

"잊지 말고, 프랜치스를 저녁식사 때에 데리고 오너라. 알았니, 윌리. 그리고 아홉 시에는 따끈한 차를 부탁한다."

한 시간 후, 약을 전해 주고 두 소년은 말할 수 없는 우정을 서로 느끼면서 윌리네 집으로 향했다. 그의 집은 공원을 바라보고 있는 허술한 집이었다. 내일 모레 결정하기로 한 대담한 약속을 낮은 소리로 이야기하고 있는 동안에 프랜치스의 마음에는 희망이 용솟음치고 있었다. 윌리 탈록과 함께 있기만 한다면 인생이 결코 싫은 것도 아니었다. 더구나 이상하게도 두 사람의 우정은 싸움질로부터 비롯된 것이었다. 그것은 아직 프랜치스가 학교에 다니고 있을 무렵의 일이었다. 어느 날 방과 후, 카슬 가(街)를 열두세 사람의 급우와 함께 걷고 있을 때 윌리의 시선은 가스공장 옆의 허술한 가톨릭 성당에 머물렀다.

"얘들아," 하고 그는 갑자기 기운찬 소리로 외쳤다.

"나 6펜스 가지고 있으니까 들어가서 죄를 용서해 주십사 하고 빌자구나."

그렇게 말하고 뒤를 돌아보니 일행 가운데 프랜치스가 있는 것이 눈에 띄었다. 그리고 어린애답게 못할 말을 한 것이 부끄러워 얼굴을 붉혔다. 별로 의미도 없는 그 바보스러운 농담은 말캄 그레니가 바로 이때다! 하고 선동하여 교묘하게 싸움의 기회를 만들지만 않았더라

도 아무 일 없이 잊어버렸을 일이었다.

모두에게 선동되어 프랜치스와 윌리는 공원으로 가서 승부가 나지 않는 피투성이의 싸움을 벌이게 되었다. 서로 조금도 굽히지 않고 용감히 싸운 그 싸움은 참으로 근사한 격투였다. 어두워졌기 때문에 승부없이 그치지 않으면 안 되었으나 당사자들은 싸울 대로 싸웠으므로 이미 그것으로 충분했었다. 그러나 구경꾼인 어린애들의 잔인성은 그들을 그대로 두지는 않았다. 이튿날 저녁 때도 학교가 파하자, 두 소년은 또 그들에게 충동질 당하여 비겁자가 되지 않기 위해서 이미 두들길 대로 두들겨 팬 서로의 얼굴을 다시 치고 받고 하게 되었다. 그들은 피투성이가 되어 어느 누구도 양보하지 않았다. 이렇게 1주일 동안을 두 소년은 쌈닭처럼 맞붙어 비열한 친구들을 위하여 구경거리가 되었던 것이다.

이유도 없으려니와 끝도 없는 이 비인간적인 싸움은 두 사람으로서는 슬픈 악몽이 되었다. 그런데 다음 토요일 날, 그들은 우연히 마주쳐서 두 사람만 대면을 하게 되었다. 어색한 순간이 지나고, 느닷없이 대지가 열리고, 창공이 녹아나는 느낌으로 두 사람은 서로의 목을 얼싸안았던 것이다. 윌리는 엉엉 울면서 "나는 싸움 같은 건 하고 싶지 않았단 말이야. 난 너를 좋아해! 좋아한단 말이야!"—프랜치스도 시퍼렇게 멍든 눈에서 흐르는 눈물을 주먹으로 닦으면서 역시 엉엉 울며 말했다. "윌리, 나는 네가 달로에서 제일 좋아……."

두 사람은 공원길을 반쯤 와 있었다. 깨끗하지 못한 잔디밭의 한가운데에 음악당이 덩그렇게 서 있고, 녹슨 창살이 보이는 공동변소가 훨씬 먼 저쪽에 보였다. 등받이가 없는 의자가 놓여 있고, 그 근처에는 창백한 얼굴을 한 아이들이 놀고 있거나 부랑자들이 담배를 피우면서 뭔가 떠들썩하게 말다툼을 하고 있었다. 그 때 문득 프랜치스는 외할아버지가 설교하고 있는 곳을 지나가지 않으면 안 되는 것을 깨닫고 움찔하고 놀랐다. 변소의 반대쪽 한구석에 '선의(善意)의 인간들에게 평안이 있으라' 하고 노랑글씨로 쓴 빨간 깃발이 꽂혀 있었다. 깃발을 향하여 휴대용 오르간이 놓여 있고 그 앞의 의자에 미세스 그레니가 순교자와 같은 얼굴을 하고 앉아 있었다. 깃발과 오르간 사이의 낮은 내부의 단상에 서서 30명 정도의 청중에게 에워싸여 있는 것은 '다니엘 성자(聖者)'였었다.

두 사람이 그 집회의 옆에까지 와서 걸음을 멈추었을 때 다니엘은 마침 개회의 기도를 끝마친 참이었고, 모자를 쓰지 않은 머리를 뒤로 젖히고 지금부터 설교를 시작하려고 했다. 온화하고 아름다운 목소리, 타오르는 신념과 단순한 마음씨를 그대로 나타내는 목소리였다. 그의 교리는 동포애의 정신이며, 이웃과의 사랑과 하느님의 사랑을 표방하는 것이었다. 사람은 서로 도우며, 세계에 평화와 선의를 가져와야 한다고 했다. 그러한 그가 이상(理想)으로 하는 것으로 인류를 인도할 수만 있다면 그야말로 대단한 교리라 하겠다. 그는 어떠한 교회와도 분쟁을 일으키는 일은 없었으나, 그 어느 것이나를 막론하고 공격했다. 즉 중요한 것은 형식이 아니라 참다운 겸양과 자비이다. 그리고 더불어 관용이다. 더구나 그러한 덕은 단순히 말로만 주장하는 것은 무가치하며 실천하지 않으면 아무 소용이 없는 것이라고 역설하는 것이었다.

프랜치스는 전에도 외조부의 설교를 들은 적이 있었다. 그러나 이 '다니엘 성자'라는 별명으로 읍내 사람들의 빈축을 사고 있는 이러한 외조부의 신념에 따끔한 공감을 느끼고 있었다. 무모한 결심을 하고 있는 현재의 그로서는 설교의 의미가 한층 뼈에 사무치며, 잔학과 증오가 없는 세계에의 동경에 가슴이 부풀어오르는 것을 느꼈다.

선 채로 귀기울이고 있는데 문득 조선소의 리벳반(班)의 반장인 죠 모어가 청중에게로 살금살금 다가가는 것이 보였다. 그 죠의 뒤에는 달로 주점(酒店)에 출입하는 놀음꾼들이 각각 벽돌과 썩은 과일, 보일러 공장에서 폐물이 된 기름투성이 걸레조각 등을 가지고 따르고 있었다. 죠 모어는 입은 더럽지만 호인형의 인간으로, 취하면 흔히 떠들어대면서 구세군이나 기타 행렬의 뒤를 따라가는 사나이였다. 그런 그가 지금 기름걸레를 들고 큰 소리로 외쳤다.

"이봐, 다니엘 성자! 춤추며 노래를 불러 보라구!"

프랜치스는 눈이 휘둥그래지고 얼굴은 창백해졌다. 놈들은 집회를 망쳐 놓을 작정인 것이다. 그는 순간, 미세스 그레니의 머리에 썩은 토마토가 날아가고 말캄의 그 보기 싫은 얼굴에 기름투성이의 걸레가 뒤집어씌워지는 꼴을 상상했다. 그런 생각을 하니 온몸에 고소한 기쁨이 넘치는 것 같았다.

그런, 그 순간 프랜치스는 다니엘의 얼굴을 보았다. 노인은 아직 아무런 위험도 모르고 이상하게 강렬한 감정으로 빛나는, 혼의 밑바닥에서 우러나는 성실한 말을 한 마디 한 마디 전신을 떨면서 외치고 있었다.

프랜치스는 자기도 모르게 모어의 옆까지 뛰어나가 느닷없이 그의 팔을 잡고 신음하듯이 애원을 했다.

"안 돼, 죠. 그런 짓 하지 마. 우린 서로 친구가 아냐?"

"이 자식이!"

내려다본 모어는 술 취한 사나운 얼굴 표정이 금시에 누그러지며 상대가 누구인지를 알아차렸다.

"아니, 프랜치스 아냐?"

그리고 조용한 말로 중얼거렸다.

"난 네 할아버지라는 것을 깜빡 잊었어. 미안해."

그리고 잠깐 잠자코 있더니 마침내 명령하듯 부하들에게 호령했다.

"야, 우리 저쪽 광장에 가서 구세군 여자들이나 골려 주자."

그 패거리들이 가 버리자 오르간이 갑자기 활기있게 울리기 시작했다. 윌리 탈록 이외에는 왜 날벼락이 떨어지지 않았는지를 아는 사람은 하나도 없었다.

수분 후, 집안으로 들어가면서 윌리는 확실히는 알 수 없으나, 그러나 감동적인 소리로 물었다.

"왜 그랬지, 프랜치스?"

프랜치스는 떨리는 목소리로 말했다.

"글쎄, 나도 모르겠어.……그렇지만 할아버지의 설교는 모두 옳은 말이었어……. 난 지난 4년간, 인간의 증오라고 하는 것을 싫증이 나도록 맛보았어. 우리 아버지나 어머니만 하더라도 아버지가 다른 사람들의 미움만 사지 않았더라면 익사하거나 하지는 않았을 거야……."

그 이상 말을 계속할 수가 없어서 그는 부끄러운 듯이 입을 다물어 버렸다.

윌리는 그대로 잠자코 거실로 안내했다. 어두컴컴한 밖에서 들어온 눈에는 거기는 너무나 밝았다. 더구나 방안이 너절하게 흐트러져 있는 것이 오히려 마음을 편하게 해주었다. 갈색 벽지를 바른 천장이 높은 길다란 방에는 빨간 비로드가 다 닳은 소파라든가 다리가 부서진 의자가 여기저기 흩어져 있고, 꽃병은 칠이 벗겨진 것을 아교로 붙여 놓은 것뿐이며, 손잡이가 떨어진 초인종이며, 물약의 병과 레텔, 환약 상자는 벽난로 위에, 그리고 완구와 책은 잉크로 얼룩투성이인 융단 위에 어지럽게 동거(同居)하고 있었다.

이미 아홉 시가 가까운 데도 탈록 일가는 아직 누구 한 사람도 잠자리에 들지 않고 있었다. 윌리의 7남매는 지인, 톰, 리차드 등—너무나 우글우글했으므로 그 아버지마저도 그들의 이름을 잊어버리는 수가 있다고 했지만—프랜치스도 그 이름들을 잘 분별하지 못했다. 그들은 책을 읽거나, 쓰거나, 스케치를 하거나, 씨름을 하거나, 방금 구어낸 빵과 우유로 저녁식사를 하거나 하고 있었다. 그 옆에는 꿈이라도 꾸고 있는 것처럼 매력적인 모습을 한 모친 아그네스 탈록이 반쯤 머리칼을 늘어뜨리고 앞가슴을 드러낸 채, 난로 옆의 요람에서 젖먹이를 안아올리고 김이 무럭무럭 나는 기저귀를 벗겨 하반신을 벌거벗겨도 보채지 않는 아기에게 난로의 불에 아름답게 빛나는 자기의 크림색 유방을 물리고 있었다.

그녀는 스스럼없이 웃으면서 프랜치스를 맞았다.

"어서 와요, 프랜치스. 지인아, 접시와 스푼, 물 두 사람분만 더 내놓아라. 리차드, 소피아를 건드리지 말아요. 아, 그리고 지인, 아기 기저귀 새것 좀 갖다다오. 그리고 아버지의 토디(위스키에 설탕 끓인 물을 섞은 술)를 만들 테니까 주전자에 물이 끓는지 보아다오. 참으로 좋은 날씨야. 그렇지만 선생님은 대단히 폐렴이 유행하고 있다고 하시더군. 프랜치스, 앉아요. 토마스야, 아무 옆에나 그렇게 앉는 게 아니라고 아버지가 말씀하셨잖아?……."

의사 아버지는 이 달은 홍역, 다음달은 물마마, 이렇게 무엇이나 병균을 가지고 집에 돌아왔다. 언제나 그 희생이 되는 것은 여섯 살난 토마스였다. 그래도 토마스는 머리를 박박 깍이우고, 석탄 냄새를 풍기며 태연스럽게 한참 기계충의 병균을 모두에게다 퍼뜨리고 있었다.

프랜치스는 지인의 옆에 자리를 잡았다. 소파는 여러 사람이 앉았기 때문에 삐걱삐걱하는 소리를 냈다. 지인은 열네 살이 되는데 어머니를 꼭 닮았고, 피부는 역시 크림색이고 귀엽게 웃는 소녀였다. 프랜치스는 빵과 고기와 우유를 곁들인 저녁식사를 대접받았다. 그는 아까 공원에서의 흥분이 아직 가라앉지를 않았고 가슴속에 뭔가 큰 덩어리가 들어 있는 것 같은 기분이 되어 착잡하고 혼란된 감정을 어찌할 수가 없었다. 그러나 이 집에서 느끼는 것인데 아무리 생각해도 알 수 없는 것이 하나 있었다. 그것은 이 집 사람들이 왜 이렇게 친절하고, 그리고 그 생활에 만족하고 있는지 그것이 그에게는 이해가 가지 않았다. 신(神)의 존재를 부정한다기보다는 오히려 무시하는 것 같은 아무런 신앙마저도 갖지 않은 합리주의자에게 교육된 이 집 사람들은 영원한 형벌에 처해져야 하고 지옥의 불길이 이미 그 발목을 핥고 있어야 할 터인데.

9시가 지나 15분쯤 되어 밖의 자갈밭에서 마차 멈추는 소리가 울렸다. 탈록 박사가 방안에 들어오자 일제히 환성이 올려졌다. 박사는 한꺼번에 몰려든 아이들에게 에워싸였다. 한바탕의 소동이 진정되고, 아내에게 진심으로 키스를 하고 나서 박사는 겨우 의자에 앉았다. 구두를 슬리퍼로 바꿔 신고 한 손에 술잔을 들고 무릎에는 젖먹이를 올려놓았다.

그런 그가 문득 프랜치스의 눈과 마주치자, 김이 일고 있는 술잔을 쳐들고 놀리듯 말하였다.

"언젠가 내가 말했었지, 독(毒)도 약에 쓸 때가 있다고 말이야. 그런데 이 술도 좋은 데가 있어. 알콜 중독만 되지 않으면 사람의 마음을 달래준단 말이야.……그렇지 프랜치스."

아버지가 기분이 좋아지는 것을 보자, 윌리는 공원에서 일어났던 일을 이야기하고 싶어 견딜 수가 없어서 말하고 말았다. 박사는 무릎을 치면서 프랜치스에게 미소를 던졌다.

"그것 참 좋은 일을 했구나. 가톨릭에도 너 같은 작은 천사가 있구나. 하긴 네 신앙에는 나는 어디까지나 반대이지만. 그러나 신앙의 자유는 어디까지나 존중한단 말이야. 지인, 그런 눈으로 프랜치스를 보는 게 아니야. 간호원이 된다고 했는데, 그렇게 조숙하다간 난 사십전에 손자를 볼 것 같구나. 뭐 그것도 나쁠 건 없지……."

그렇게 말하고 자기도 모르게 한숨을 내쉬곤 아내를 향하여 건배를 했다.

"우리들은 천국엔 절대로 가지 못하겠지만……, 그러나 당분간은 먹을 것, 마실 것 걱정은 하지 않아도 될 거야."

잠시 후 프랜치스가 작별인사를 하고 돌아가려고 하자 문 밖까지 따라 나온 윌리가 프랜치스의 손을 힘주어 쥐면서 말했다.

"성공을 빌겠어.……거기에 도착하면 꼭 편지해다오."

이튿날 아침 다섯 시, 아직 날이 밝지 않은 을씨년스러운 달로 읍의 하늘에 조선소의 기적이 구슬프게 울려 퍼졌다. 잠이 덜 깬 프랜치스는 침대에서 구르듯 빠져나와 황급히 작업복을 입으며 아래층으로 내려갔다. 고개를 움츠리고 몸을 떨면서 조선소로 향한 행렬에 끼었다. 아직 어두컴컴하고 얼어붙을 것 같은 차가운 아침 바람이 얼굴을 후려 갈기는 것 같았다.

칭량대(稱量臺)에서 수위실의 창을 지나 공장문으로 들어갔다…….
골조만의 선체가 주위의 조선대(造船臺)에 수없이 솟아 있었다. 반쯤 조립된 칠갑선의 선체 옆에서 죠 모어 반(班)의 점호가 시작되었다. 죠와 조수인 갑철공(甲鐵工), 철판을 자르는 철판공, 거기에 두 사람의 소년 리벳 공(工)과 프랜치스 자신이었다.

프랜치스는 불을 지피고 화덕 아래서 풀무질을 시작했다. 아무 말도 하지 않고 싫으면서도 모두 열심히 각각의 작업에 착수했다. 모어가 큰 망치를 쳐들었다. 망치 소리가 일제히 시작되며 조선소 일대에 울려 퍼졌다.

프랜치스는 화덕 속에서 시뻘겋게 달은 리벳을 꺼내서 사닥다리를 뛰어올라가 그것을 골조(骨組)의 볼트 구멍에 재빠르게 던져 넣는다.

그것은 배의 동체가 될 커다란 철판을 달구어 망치로 편편하게 두들겨 맞춘다. 이 작업은 대단히 괴로운 일이었다. 화덕 옆에서는 타 죽을 것같이 뜨겁지만 사닥다리를 올라가면 얼어붙을 것같이 추웠다. 직공의 도급작업이기 때문에 소년공은 아무리 노력을 해도 따라갈 수 없이 재촉이 성화 같았다. 더구나 리벳은 완전히 백열화(白熱化)될 때까지 달구지 않으면 안 된다. 그것이 소용되는 고열에 달하지 않으면 직공들이 도로 내던져 버린다. 물론 그것을 능숙하게 받아내야 한다. 사닥다리를 오르내리고 불 옆을 우왕좌왕하다가 화상을 입거나, 연기에 눈이 충혈되어 끙끙거리면서 프랜치스는 하루 종일 땀을 뻘뻘 흘리면서 갑철공에게 리벳을 날라다 주어야 하는 것이다.

오후가 되면 더욱 더 재촉당하였다. 직공들은 손해를 보지 않을까 염려되어 한층 초조해지기 시작하여 소년공을 인정사정 없이 혹사한다. 퇴근 1시간 전에는 눈코 뜰 새 없이 바쁘고 오직 퇴근을 알리는 사이렌 소리만이 빨리 울렸으면 하고 기다려지는 것이다.

그리하여 드디어 사이렌 소리가 울렸다. 얼마나 고마운지 모른다. 프랜치스는 부르튼 입술을 핥으면서 모든 소리가 그친 조용함에 오히려 귀가 먹은 것처럼 그 자리에 잠시 동안 멍하니 서 있었다.

이윽고 귀가길에 올랐다. 그는 땀 흘린 피곤한 머리로 생각했다. 내일이다! —그렇게 생각하니 이상하게도 눈동자가 희망으로 빛나며 문득 우쭐한 기분이 되었다.

그날 밤, 그는 쓰지 않는 가마솥에 감추어 둔 나무상자에서 오랫동안 저축한 은화와 동전을 꺼내서 10실링의 금화로 바꾸었다. 그 금화를 바지 호주머니 속에서 꼭 쥐어 보았을 때는 어쩐지 흐뭇하기만 했다. 그런 기분이 가득한 얼굴을 한 채로 미세스 그레니에게 가서 바늘과 실을 빌려 달라고 했다. 그녀는 무엇에 쓰느냐고 야단을 쳤으나 돌연 무엇인가를 느꼈는지 금방 아무렇지도 않은 듯한 얼굴을 지으면서,

"잠깐 기다려라. 그 위에 서랍에 실꾸리가 있다. 바늘도 있을 것이다. 그것을 가져가려무나."

그녀는 그가 나가는 뒷모습을 지켜보고 있었다.

빵공장 2층의 휑뎅그렁하게 쓸쓸한 자기 방에 돌아와 프랜치스는 금화를 네모난 종이로 싸고 저고리의 속주머니에 단단히 꿰맸다.

실꾸리를 돌려주려고 아래로 내려갔을 때는 이젠 안심이다 하고 안도의 한숨을 내쉬었다.

이튿날은 토요일이고, 조선소는 열두 시에 파했다. 두 번 다시 이 문을 드나드는 일은 없을 것이다 하고 생각하니 너무나 기뻐서 점심밥도 목으로 넘어가지 않을 정도였다. 너무나 흥분한 나머지 안절부절 못했으므로 미세스 그레니로부터 꾸중이나 듣지 않을까 하는 두려움을 느꼈다. 그러나 다행히 외조모는 아무 말도 하지 않았다. 프랜치스는 식사를 마치고, 아무도 모르게 살그머니 집을 빠져나와 동쪽 거리를 지나 거의 달음박질을 하듯이 길을 재촉했다.

읍내를 벗어나자마자 달음박질을 하는 것은 그쳤으나 잔걸음은 여전했다. 프랜치스의 가슴은 노래하는 것 같은 기분으로 꽉 차 있었다. 이것은 옛날부터 있어 온 흔해빠진 불행한 소년의 가출이라고 하는 평범한 사건이지만 지금의 그로서는 자유에의 길인 것이다. 맨체스타에 닿기만 하면 어딘가 방직공장에 직장을 얻을 수 있을 것이다. 그는 그렇게 굳게 믿고 있었다. 정거장까지는 15마일을 4시간에 걸쳐 걸었다. 알스테드 역 건물에 들어섰을 때는 마침 6시를 치고 있었다.

바람이 세차게 부는 플랫폼의 석유 램프 아래에 앉자 나이프로 속주머니의 꿰맨 자리를 뜯어내 소중히 간직한 사각의 종이에서 반짝반짝 빛나는 금화를 꺼냈다. 짐꾼에 이어 승객 몇 사람이 들어왔는가 싶었을 때 매표장의 창이 열렸다.

프랜치스는 얼른 창구로 가서 표를 사려고 했다.

"9실링 6펜스."

역원은 녹색 표를 일부인의 기계에 넣으면서 말했다. 그는 이젠 살았다는 듯이 안도의 숨을 내쉬었다. 역시 차삯을 잘못 알지는 않았던 것이다. 그리고 돈을 창구에 밀어 넣었다. 역원은 잠깐 잠자코 있었으나 이윽고,

"이거 뭐야? 9실링 6펜스라니까."

"10실링 드렸잖아요."

"뭐라고! 다시 한 번 말해 봐. 파출소에 넘겨 버릴 테다!"

역원은 화를 내며 돈을 도로 내밀어 돌려주었다.

그것은 10실링의 금화가 아니라 반짝반짝하기는 하나, 1파아징(4분의 1페니)의 동전이었던 것이다.

너무나도 어이없는 일에 멍청해진 채, 프랜치스는 열차가 플랫폼에 들어와서 승객을 태우고 다시 기적을 울리고 어둠 속으로 빨려들어가는 것을 바라보고만 있었다. 이윽고 제정신을 차리고 생각해 보았다. 마침내 수수께끼가 풀린 것이다. 나이프로 꿰맨 데를 뜯었을 때 조금 이상하다고 생각하긴 했으나 역시 그것은 자기의 서투른 바느질 자국이 아니었고 좀더 솜씨 있게 꿰맨 것이었다. 피가 가셔버릴 것같은 머리에 금화를 훔친 사람의 얼굴이 번쩍하고 떠올랐다. 미세스 그레니였다.

그날 밤 아홉 시 경, 선다아스톤 탄광촌의 교외를 달리는 한 대의 마차가 축축히 내린 안개 때문에 랜턴의 빛이 흐려져서 길 한가운데를 터벅터벅 걸어가고 있는 사람을 자칫했으면 칠 뻔했었다. 이런 밤 이런 장소에 마차를 몰고 가야 할 사람은 탈록 박사 이외에는 없었다. 박사는 놀라 앞 발굽을 쳐든 말을 진정시키고 안개 속의 앞을 내다보았다. 그리고 금방 튀어나오는 욕지거리를 참았다.

"아니, 너였구나! 정말 놀랐는 걸. 타려무나 빨리. 그러고 있으면 내 팔이 빠져 버린단 말이다."

탈록 박사는 프랜치스의 몸을 모포로 싸주고는 아무 말도 묻지 않고 마차를 몰았다. 가만히 있는 것이 가장 좋은 약이라고 생각한 것이다.

열 시 반경 프랜치스는 박사집의 거실에서 뜨거운 수프를 먹고 있었다. 벌써 모두 잠자리에 들어 아무도 없었고, 부자연스럽게 어둡고 쓸쓸한 밤이었다. 고양이만이 난로 앞의 융단에서 편안하게 잠자고 있었다. 조금 있으려니까, 머리카락을 따내리고 잠옷 위에 무명 화장옷을 걸친 미세스 탈록이 들어왔다. 그리고 남편의 옆에 서서 일종의 허탈상태에 빠져 있는, 피곤에 지쳐 버린 소년을 지켜보았다. 소년은 그 두 사람이 있는 것도 뭔가 작은 소리로 말하고 있는 것도 의식하지 못한 것 같았다.

프랜치스는 웃으려고 했으나 웃어지지가 않았다. 그러자 탈록 박사가 다가와서 이상한 제스처로 청진기를 꺼내면서 말했다.

"네 그 목은 틀림없이 정상이 아닐 거야. 틀림없이!"

그러나 프랜치스는 앞가슴을 열고 박사가 가슴을 두들기며 청진을 하는 대로 내맡기고 있었다.

탈록은 일어나서는 어색한 얼굴에 묘한 표정을 지었다. 여느 때의 유머는 어디로 갔는지 전혀 찾아볼 수 없었다. 약간 아내쪽을 보며 그 두터운 입술을 깨물었는가 싶더니 느닷없이 고양이를 발로 차면서 말했다.

"이게 무슨 꼴이야. 어린애를 군함 만드는 중노동을 시키고, 탄광이나 방직공장에서 혹사시키면서도 그리스도교 국가라구? 진짜 그리스도교 국가가 보면 질색을 할 거야. 아니, 나는 자신이 이교도(異教徒)인 것을 참으로 영광으로 생각한단 말이다. 제기랄!"

그는 거칠게 프랜치스를 돌아보며,

"이봐, 너 말이다, 타인카슬에 아는 사람이 있다고 했는데 그 사람이 누구냐? 이름이 뭐지? 뭐……, 바논? 유니온 주점? 좋아, 그럼 빨리 집으로 가서 쉬도록 하라. 그렇지 않으면 무서운 폐렴에 걸릴 거야, 알겠니?"

프랜치스는 이젠 거역할 기력도 없어 시키는 대로 집으로 돌아왔다. 그로부터 1주일간, 미세스 그레니는 줄곧 떨떠름한 얼굴을 하고 있었는데, 말캄은 새 격자무늬의 조끼를 입고 있었다. 그것은 백화점에 10실링의 정가표가 붙어 있던 것이었다.

그 1주일 동안은 프랜치스에게는 참으로 비참한 나날이었다. 왼쪽 옆구리가 기침을 할 때마다 아파왔다. 그래도 몸뚱이를 끌듯이 하면서 일하러 나가지 않으면 안 되었다. 외조부가 여러 가지로 애써 자기를 감싸주고 있는 것을 어렴풋이 알고 있었다. 그러나 그것은 아무소용이 없었다. 다만 외조부는 때때로 은밀히 체리케이크를 만들어 갖다주곤 했으나 프랜치스는 그것이 목으로 넘어가지 않았다.

토요일 오후가 왔으나 밖으로 나갈 기운이 없었다. 그는 2층의 자기 방 침대에서 거의 혼수상태가 된 채 멍하니 창 밖을 내다보고 있었다. 갑자기 믿을 수 없으리만큼 심한 심장의 파동을 느꼈다. 챙 아래 동네길을 그 잊을 수 없는 모자(帽子)가 이쪽으로 오고 있는 것이다. 그것은 미지의 위험한 해역(海域)을 지나는 기선처럼 천천히 움직이고 있기는 하나, 둘도 없는 바로 그 모자였으므로 틀림이 없는 것이다. 그렇다, 확실히 그렇다. 그리고 금빛 자루가 달린 양산, 거기에 짧은 실크코트. 그는 창백한 입술로, 약하디약한 목소리로 외쳤다.

"폴리 아주머니!"

아래층에서 점포의 문이 열리는 소리가 들렸다. 그는 휘청거리면서 계단을 내려가고 있었으나 반쯤 유리로 낀 문의 뒤에서 떨면서 멈춰서 버렸다.

폴리 아주머니는 점포의 한가운데에 바른 자세로 선 채 입술을 다물고 점포 안을 조사라도 하는 것처럼 둘러보았다. 미세스 그레니도 이에 대항이라도 하는 것처럼 일어났다. 카운터에 기댄 채 말캄이 반쯤 입을 벌리고 두 사람을 번갈아 쳐다보았다.

폴리 아주머니의 시선은 이윽고 빵집 노파에게로 던져진 채 딱 멈추었다.

"확실히 미세스 그레니죠?"

미세스 그레니는 여느 때에는 볼 수 없으리만큼 몰골이 사나웠다. 아직 잠옷인 채, 더러운 앞치마를 하고, 블라우스는 깃이 오므라들었고, 허리에는 칠칠치 못해서 띠가 축 늘어져 있었다.

"무슨 용무지요?"

폴리 아주머니는 눈썹을 치켜올렸다.

"프랜치스 치셤을 만나러 왔습니다."

"그애는 지금 없습니다."

"그럼, 돌아올 때까지 기다리겠습니다."

폴리는 하루 종일이라도 기다릴 듯이 지체없이 카운터 옆의 의자에 앉았다.

잠시 두 사람은 아무 말이 없었다. 미세스 그레니의 얼굴이 불그락

푸르락했다. 그녀는 작은 소리로,

"말캄, 공장에 가서 아버지를 빨리 오시라고 해." 하고 명령했다.

"아버지는 공회당에 간다고 오 분쯤 전에 나가셨어요. 저녁식사 때까지는 돌아오시지 않을 거야."

폴리는 천장을 보고 있던 눈을 돌리고 남의 흉이라도 들추어 낼 것처럼 말캄을 쏘아봤다. 그가 얼굴이 빨개졌으므로 그녀는 약간 미소를 지었다가 그대로 그를 외면해 버렸다.

처음엔 미세스 그레니는 초조한 모양을 보이고 있었으나 드디어 노기를 폭발시키고 말았다.

"우리는 바쁜 몸입니다. 하루 종일 앉아 있을 수도 없습니다. 아까도 말했듯이 그애는 밖에 나가고 없습니다. 언제 돌아올는지 모릅니다. 못된 친구들 하고 놀아나고 있을 거요. 언제나 늦게 집에 돌아오고, 버릇은 나쁘고, 정말로 돌보기 성가신 애예요. 그렇지? 말캄."

말캄은 무뚝뚝한 얼굴을 하고 고개만 끄덕해 보였다.

"정말입니다." 하고 미세스 그레니는 말을 계속했다.

"모두 털어놓으면 당신도 놀랄 거예요. 그렇지만 그런 건 아무래도 상관 없어요. 우리들은 그리스도교도니까 얼마든지 돌봐 줄 작정이에요. 하지만 이것만은 확실히 말해 두겠습니다.……그애는 대단히 건강하고 행복하게 살고 있습니다."

"그건 잘된 일이군요." 하고 폴리는 장갑낀 손으로 품위있게 하품을 막으면서 시치미를 딱 떼고 말했다.

"저는 그애를 데리러 왔습니다."

"뭐라구요!"

느닷없는 말에 미세스 그레니는 자기도 모르게 목덜미에 손을 가져다 댔으나 그 얼굴은 불그락푸르락해졌다.

"여기에 의사선생님의 증명서를 가지고 왔습니다." 하고 폴리는 그 결정적인 말을 음미라도 하듯이 차근차근히 힘주어 말했다.

"그애는 영양부족과 과로로 늑막염에 걸린 거랍니다."

"그럴 리가 없어요."

폴리는 지갑 속에서 편지를 꺼내어 의미 있는 듯이 양산 자루로 툭툭 쳐 보였다.

"미세스 그레니, 이 영어를 읽을 수 있나요?"

"거짓말, 그럴 리가 없어요. 그애는 내 자식과 마찬가지로 영양을 충분히 섭취하고 있어요."

그녀는 일순 말을 중단했다. 바싹 문에 몸을 기댄 채 어떻게 될 것인가 하고 와들와들 떨면서 그 자리의 광경을 보고 있던 프랜치스가 헐렁거리는 손잡이에 너무 바싹 기댔기 때문에 문이 덜컹하고 열려, 튕겨나오듯이 점포의 한가운데까지 굴러 떨어진 것이다. 아연실색하여 아무도 말이 나오지 않았다.

폴리 아주머니는 이상하게도 침착성을 지킨 채 이윽고 말했다.

"너 거기에 있었구나! 자아, 이리 와요. 그렇게 떨지만 말고."

"네, 있었습니다."

그의 몰골에 눈시울이 뜨거워져서 폴리는 천장으로 눈을 돌렸다.

"그럼, 가서 짐을 챙겨 가지고 와요."

"챙길 것이 없습니다."

폴리는 다시 장갑을 끼고 천천히 일어섰다.

"그럼, 여기 있어봤자 볼일이 없으니 가볼까."

미세스 그레니는 노기에 얼굴이 새파랗게 되어 한 걸음 다가섰다.

"그렇게 멋대로는 안 될 걸요. 법에 고발해서라도……."

"고발하겠으면 하세요."

폴리는 의미있는 듯 편지를 지갑 속에 넣었다.

"그렇게 되면 불쌍한 엘리자베스의 가재도구를 판 돈이 얼마만큼 이 애를 위하여 쓰였는지, 그리고 얼마나 당신의 아들을 위하여 쓰였는지 그것이 확실해질 거예요."

무거운 침묵이 다시 흘렀다. 미세스 그레니는 공박을 당하여 얼굴이 새빨개져서 한 손으로 자기 가슴을 쥔 채 독살스러운 눈을 하고 서 있었다.

"어머니, 가게 내버려 두세요." 하고 말캄이 울음섞인 목소리로 말했다.

"잘됐지 뭐예요. 성가신 존재를 내쫓지 않아도 되니까 말이야."

폴리 아주머니는 양산을 팔로 안으며 그렇게 말하는 말캄을 머리꼭대기서부터 발끝까지 뚫어지게 쏘아보았다.

"네놈은 바보군." 그리고 홱 방향을 돌려 미세스 그레니에게 "당신도 역시 그래요." 라고 말했다.

그리고 의기양양한 듯이 프랜치스의 어깨에 손을 얹고 모자를 쓰지 않은 그를 지체할 것도 없이 점포에서 데리고 나갔다.

그대로 두 사람은 정거장으로 향했다. 장갑을 낀 폴리의 손이 그의 웃옷을 꼭 붙잡고 있는 모습은 흡사 언제 달아날지 모르는 사랑스런 새라도 붙잡고 있는 것 같았다. 정거장 앞까지 와서 그녀는 아무 말도 하지 않고, 비스킷 한 봉지와 기침약 그리고 모자를 사주었다. 기차 안에서도 그의 맞은편에 앉았다. 밝은 얼굴에 퍽이나 자세가 좋은 폴리 아주머니는 프랜치스가 귀까지 감추어질 정도로 모자를 눌러 쓰고 감사의 눈물로 마른 비스킷을 적시고 있는 것을 보고 눈을 반쯤 감으면서 그래도 활달한 어조로 말했다.

"그 사람이 인간이 아니라는 것을 그 전부터 알고 있었어. 얼굴만 보아도 알지. 그런 것한테 너를 맡겨 놓았다니, 참으로 멍청한 짓을 했지 뭐야. 프랜치스야, 도착하면 당장 그 머리부터 자르자."

3

서리가 내린 추운 아침에 폴리 아주머니가 맥주회사의 상표가 붙은 달걀형의 은빛 쟁반에 아직도 지글지글 끓고 있는 베이컨 에그의 큰 접시와 따끈한 홍차와, 막 구어낸 토스트를 담은 아침식사를 가져다 줄 때까지 따뜻한 침대에 누워 있는 것은 참으로 기분이 좋았다. 때로는 아침 일찍 대단히 불안한 기분으로 잠을 깨는 수가 있는데, 그래도 이젠 그 지긋지긋한 조선소의 사이렌 소리 따위에 놀라거나 할 필요가 없다. 생각하면 바로 마음이 가벼워진다. 그리고 안도의 숨을 내쉬고 그대로 두터운 황색 모포 속에 다시 들어가곤 했다. 스위트피의 넝쿨무늬 벽지를 바른 아담한 그의 침실은 깨끗한 나무 벽장에 모피 융단이 깔려 있고, 한쪽 벽에는 맥주회사에서 이긴 말에게 보낸 현장 경마의 석판화가 걸려 있었다. 그레고리 법황의 초상이 다른 한쪽 벽에 걸려 있었다. 그리고 종려나무의 가지가 꽂혀 있는 작은 성수반이 문 옆에 놓여 있었다.

프랜치스는 이미 옆구리의 통증은 낫고, 기침도 별로 나오지 않게 되었다. 볼에는 살이 붙기 시작했다. 안일하다는 것은 불가사의한 애무와 같았으나 장래 어떻게 될 것인가 하는 것은 걱정이긴 하지만 그래도 대단히 고마운 것이라고 생각했다.

10월도 다 가는 어느 날씨 좋은 아침, 폴리 아주머니는 침대 끝에 앉아서 잘 먹어야 한다고 이것저것 다 먹으라고 자꾸 권하고 있었다.

"자, 들라구. 잘 먹기만 하면 가슴둘레도 커진단 말이야."

접시에는 달걀이 세 개, 그리고 베이컨까지 곁들여 있었다. 아침밥이 이렇게 맛있는 것인 줄은 벌써 옛날에 잊어버렸던 일이었다.

무릎 위에서 쟁반의 균형을 잡으면서 프랜치스는 아주머니의 표정에서 여느 때와는 다른 명랑함이 있는 것을 깨달았다. 과연 그녀는 의미있는 듯이 고개를 끄덕여 보였다.

"좋은 뉴스가 있어요. 오늘은……, 너무 놀라지 않겠다면 가르쳐 줄 수도 있는데……."

"무슨 뉴스인가요, 폴리 아줌마?"

"기분이 전환되는 그런 거야. 약간……, 아저씨나 나하고만 있으면 너도 따분할 거야."

그녀는 프랜치스가 그렇지 않다고 말하려고 하는 것을 그 인자한 갈색 눈으로 살피고 무심코 웃어 보였다.

"뭐겠는가 알아맞춰 보려무나."

프랜치스는 깊은 애정이 담긴 눈으로 폴리 아주머니의 얼굴을 지그시 응시했다. 그것은 그녀의 여느 때와 변함없는 애정이 불러 일깨운 것이다. 폴리 아주머니의 잘생기지 못한 네모난 얼굴—긴 윗입술과 그 위에 난 잔털, 볼 옆에 털이 난 사마귀가 있는 창백한 얼굴이 지금은 정이 들어 아름답다고까지 생각되었다.

"저는 알 수 없는데요, 아주머니."

그의 호기심을 교묘히 불러일으킨 것이 재미있다는 듯이 그녀는 좀처럼 웃는 일이 없는 얼굴을 일그러뜨리며 짧은 코웃음을 쳤다.

"영리한 네가 어찌된 게 아냐? 너무 잠만 자서 바보가 된 건가?"

그는 기쁜 듯이 고개를 끄덕이며 웃었다. 회복기도 이제는 이미 지나고 있었다. 그녀의 집안에 전하는 혈통을 두려워하고 있는 폴리는 프랜치스도 폐를 앓지나 않을까 해서 걱정이 되어 언제나 아침은 10시까지 잠을 재우고 있었다. 그리고는 일어나 옷을 갈아입으면 아주머니를 따라서 쇼핑을 하러 나가는데, 네드가 먹새가 좋은 사람이어서 맛있는 것밖에 먹지 않으므로 고급 육류를 사기 위하여 타인카슬의 번화가를 호들갑스러운 몸짓으로 여기저기 돌아다니는 것이다. 이 쇼핑이 그녀로서는 대견스러운 일 중의 하나이다. 폴리 아주머니는 일류 상점에서 안면이 잘 알려진 것과 자기에게 경의가 표해지는 것이 기쁜 모양이고 마음에 드는 점원이 손님이 비어 자기 있는 곳으로 오기까지 언제나 시치미를 딱 떼고 태연히 기다리고 있는 것이다. 뭐니뭐니 해도 폴리 아주머니는 숙녀였다. 숙녀라고 하는 것이 그녀의 표준이었고 행동거지로부터 입은 옷에 이르기까지 모두 그 표준에 의하고 있었다. 그러므로 시내의 부인복 전문점에서 맞추는 그 옷은 종종 사람들의 손가락질을 당하고 웃음거리가 될 정도로 유별난 취미의 것도 있었다. 거리를 거닐고 있으면 여기서나 저기서나 모든 사람들로부터 각기 그 사람에게 상응할 인사를 받는다. 그것이 이 지방에서도 상당한 위치의 인물, 예를 들면 측량기사라든가 위생검사관이라든가, 또는 경찰서장 등등의 높은 사람이거나 하면, 표면에는 나타나지 않으려고 하지만 그 기쁨은 여간한 것이 아닌 것이다.

"저분은 오스틴 씨인데 철도마차회사의 전무님이야. 아저씨의 친구분이셔.…… 참 좋은 분이야." 등등, 몸을 꼿꼿이 세우고 모자에 달린 새털을 날리면서 낮은 소리로 말해 주는 것이었다.

성 도미니크 교회의 미남이며 풍채가 좋은 휫제랄드 신부가 지나가면서 정중하고 약간 겸손한 미소를 던져주었을 때엔 아주머니의 기뻐하는 모습은 보통 이상이었다. 매일 아침 함께 교회에 들를 때마다 프랜치스는 무릎을 꿇고 기도하는 그녀의 열성적인 옆 얼굴과 경건하게 합장한 손과 소리도 없이 움직이고 있는 입술을 언제나 옆에서 지켜보고 있었다. 기도가 끝나고 밖으로 나오면 그녀는 튼튼한 구두라든가, 책이라든가, 드롭스 사탕 등등을 프랜치스에게 사주는 것이었다. 그럴 때 그가 눈에 눈물을 머금고 아주머니가 닫힌 지갑을 열려고 하는 것을 말리기라도 하면 폴리는 언제나 그의 팔을 꼭 잡고 머리를 흔드는 것이었다.

"아저씨는 구두쇠노릇을 하는 사람을 아주 싫어하신단다."

아주머니는 네드 아저씨와 유니온 주점을 퍽이나 자랑으로 생각하고 있는 것이다.

유니온 주점은 도크에서 아주 가까운, 운하의 거리와 제방의 모퉁이에 위치하여 근처에 있는 집들로부터 석탄선이며 새로 생긴 철도마차 종점까지 내다볼 수 있는 좋은 장소였다. 다색 페인트를 칠한 2층 집으로, 바논 일가는 주점의 2층에서 살고 있었다. 매일 아침 일곱시 반이 되면 청소부인 매기 마군이 점포의 문을 열고 혼자서 중얼거리며 청소를 시작한다. 정각 8시에는 네드 바논이 웃옷은 입지 않았을 망정, 말쑥하게끔 수염을 깎고 가르마가 단정하게 머리 손질을 하고 2층에서 내려와서 술통 뒤에 있는 부대에서 새톱밥을 꺼내 바닥에 뿌린다. 그럴 필요는 없는 것이지만, 의례(儀禮)의 일종이므로 반드시 그것을 하는 것이다. 그것이 끝나면 몇 시가 되었는가 하고 시계를 보고 나서, 우유를 가지고 뒤뜰로 나가 호이페트(그레이하운드와 테리아의 잡종이며 경주견)에게 아침밥을 먹인다. 개는 모두 열세 마리였다. ―이것은 그가 미신가가 아니라는 것을 증명하기 위한 것이었다.

그런 일이 끝나면 단골 중의 제일 첫손님이 들어오기 시작한다. 첫손님은 스캔티 마군이며, 목발을 딛고 절름거리며 그가 좋아하는 맨 구석 자리에 앉는다. 이어서 파지장의 인부들이 들어오고, 그리고 밤일을 끝낸 철도마차의 마부가 한두 사람 들어온다. 그러한 사람들은 작은 글라스에 강한 술을 한 잔 마신 다음에 맥주를 기울이는 것이 고작이고, 마시고 나면 이내 돌아가 버린다. 그러나 스캔티만은 별도이다. '신사는 남에게 폐를 끼치지 않는다'라고 쓴 담배 연기에 그을은 나무액자가 걸려 있는 카운터 테이블 뒤에 온화한 얼굴을 하고 서 있는 네드를 충실한 번견(番犬)같이 아첨하는 것 같은 눈으로 바라보면서 앉아 있다.

50세가 된 네드는 살이 찌고 체격이 좋은 사람이었다. 얼굴은 뚱뚱하고 피부는 노랑색을 띠었으며, 튀어나온 눈은 매우 착실하고 침착성이 엿보이며, 수수한 짙은 색의 옷이 어울린다. 흔히 선술집 주인에게서 볼 수 있는 붙임성이 좋고 멋부린다든가 하는 데는 조금도 없는 착실하고 무뚝뚝하며 점잔을 빼는 사람이었다. 그러한 자기에 대한 평판도, 이 장사 자체도 그는 자랑으로 알고 있었다. 양친이 감자 기근이 든 해에 아일랜드에서 이주해 왔으며, 그 자신도 어렸을 적에 가난과 굶주림을 너무나도 뼈저리게 체험을 했으나 모든 역경에도 굴하지 않고 성공한 것이다. 점포도 순수한 점포로써, 단속기관이나 양조회사에게 다같이 잘 보여져서 유력한 지인(知人)을 많이 가지고 있었다. 또 실제로 '술장사도 그렇게 나쁜 장사는 아니야. 나는 오히려 훌륭한 장사라고 생각해. 우리집이 그 좋은 본보기일 거야.'라고 말할 정도였다. 미성년자가 술을 마시는 것은 절대로 반대했으며, 40이 되지도 않은 여자가 들어오면 아주 쌀쌀하게 거절하는 것이다. 그러므로 유니온 주점에는 '가족적'이었다. 무질서를 대단히 싫어했고 조금이라도 문란해지는 기색이 보이면 당장에 노기등등하여 카운터를 낡은 구두로—이것은 특히 그 목적으로 언제나 카운터 밑에 놓아 두고 있었다—탁탁 치면서, 소란이 진정될 때까지 그만두려고 하지 않는다.

자신도 대단한 주호(酒豪)였으나 술 마시고 결코 흐트러진 자세를 보인 적이 없었다. 성 파트릭제(아일랜드의 국민적 성인. 3월 17일 축일)의 밤이라든가, 만성절(萬聖節;All Saints' Day, 모든 성인의 축일. 천국에 있는 성인을 종합하여 축제함. 11월 1일부터 8일간의 대축제를 말함)의 밤축제라든가, 섣달 그믐날 같은 날에는 술을 마시고 여느 때보다도 더 훨씬 더욱 만면에 웃음을 짓고 눈동자가 몽롱해지는 수가 있으나 이것은 1년에 며칠밖에 없는 축제가 있는 날의 밤에만 그러했다. 또 기르는 개가 경주에 이겨서 동체에 늘어뜨리고 있는 쇠줄에 새로운 메달이 하나 더 늘어날 때에도 역시 마찬가지였다. 그러나, 그렇게 마셨어도 이튿날 아침이 되면 으레 부끄러운 얼굴을 하고서는 성 도미니크 교회의 보좌신부인 크랜시 신부를 모시러 스캔티를 보내는 것이다. 그리고 고백을 해버리고서는 무릎의 먼지를 툭툭 털면서 육중하게 일어나 헌금상자에 넣어 달라고 말하면서 젊은 신부의 손에 1파운드 금화를 억지로 쥐어주는 것이다. 그는 성직자를 매우 존경하고 있었으며, 교구성당의 수석신부인 휫제랄드 신부에 대해서는 외경(畏敬)에 가까운 감정을 가지고 있었다.

세상에서는 네드를 가리켜 '구두쇠 같은 사람'이라고 했으나 그는 잘 먹고 잘 헌금하고 주식을 사는 일이나 투기를 싫어했으며, 돈을 확실한 부동산 외에는 투자하지 않았다. 폴리는 폴리대로 죽은 오빠 마이클로부터 이어받은 상당한 재산이 있었으므로 네드에게는 그면에서는 걱정을 하지 않아도 되었던 것이다.

좀처럼 애정을 나타내는 성격이 아니었으나 그의 신중한 말에 따르자면 프랜치스만은 마음에 든 모양이었다. 이 애의 조심성있고, 말수가 없고 어딘지 모르게 침착한 태도, 묵묵히 감사하고 있는 태도가 좋은 것이다. 하기는 주의해서 보고 있자면 그애가 혼자서 멍청하게 뭔가를 생각하고 그 어린애다운 얼굴이 쓸쓸해진 기색을 나타낼 때에는 네드는 말없이 얼굴을 찌푸리고 자기 머리를 박박 긁는 수가 있었다. 이것이 그가 동정을 나타내는 표현일 것이다.

오후가 되면 프랜치스는 흔히 성당과 같이 햇빛이 비스듬히 내려쬐는 한산한 주점에서 네드의 옆에 앉아서는 무더운 홀의 공기 가운데서 배부름에서 오는 몽롱한 눈을 하고서 스캔티와 함께 부드러운 이야기를 듣는 수가 있다. 지식은 풍부하지는 못하지만, 부지런한 매기의 남편이며 귀찮은 존재인 스캔티 마군이 스캔티(부족 또는 불충분이라고 하는 의미)로 불리워지고 있는 것은 몸이 남들과 같지 못했기 때문이다. 사실 상반신만은 부족한 데가 없었고, 혈액순환의 어딘가에 고장이 나서 두 다리를 잃어버린 것이다. 그러한 병을 근본으로 삼아, 죽으면 해부해도 좋다 하는 증서에 서명을 하여 의사에게 몸을 팔아 버렸다. 그러나 그 돈은 모두 술 마시는 것에 다 써버리고, 그 후로는 재수 없는 세월만이 이 눈이 진무르고, 게으르고, 수다스럽고, 운이 나쁜 늙다리에게 남겨진 것이다. 지금은 아무도 상대해 주지는 않지만 그래도 술이라도 한 잔 들어가면 난 사기꾼에게 걸려들었노라고 말하고는 자꾸만 분개하는 것이었다.

"그 정도 받아서 무엇에 쓰겠는가 말이야. 엉터리 같은 돌파리 의사놈같으니라구. 그렇지만 이러해도 이 내 몸뚱이는 네까짓 놈들한테는 주지 않을 거야. 천만의 말씀이지. 수병이 되어 익사해 죽어버릴 거야. 두고보라구!"

그래도 때때로 네드는 스캔티에게 주라면서 프랜치스에게 맥주병의 마개를 따라고 하는 수가 있었다. 물론 동정해서 주는 것이지만 첫째는 프랜치스에게 병마개 튀는 스릴을 맛보게 하기 위한 것이었다. 상아로 된 손잡이가 달린 병마개로 맥주병을 따면, 조끼에 술이 가득 부어지면, 스캔티는 좋아서 "거품이 넘치지 않는가." 하고 주의를 주는 것이었다. 거품이 풍부하게 일면 맥주의 향긋한 냄새가 참으로 좋았고, 문득 프랜치스도 한 모금 마셔 보았으면 하는 생각이 드는 것이다. 네드는 마셔도 좋다고 고개를 끄덕여 보이고 조카의 얼굴이 기쁜듯한 표정이 되면 천천히 싱긋 웃는 것이다. 그리고, "이것만은 마셔본 사람이 아니면 그 맛을 모른다."라고 진지한 얼굴을 하고 말한다. 또한 '여자와 맥주는 궁합이 맞지 않는다'라든가, '인간에게 있어서 가장 좋은 친우(親友)는 자기의 돈이다'라든가 그런 상투적인 문구를 처음부터 끝까지 너무 자기의 철학인 체하고 사용하기 때문에 결국에는 이도저도 모두 경구(警句)와 같이 되어 버린다.

네드가 가장 사랑하고 있는 사람은 마이클 바논의 딸 노라였다. 노라는 세 살 때에 어머니를, 그 2년 후에는 아버지를 다같이 폐병으로 여윈 네드 형 딸이었다. 당시 캘트 민족에게는 이 병이 대단히 널리 퍼져 점점 드세였고, 일단 발병하면 거의 살아날 가망이 없는 것으로 일컬어지고 있었다. 네드는 그러한 질녀를 애지중지 길러서 노라가

13세가 되자 노오던 바란드에서 제일이라고 일컫는 성 엘리자베스 수도원의 기숙학교에 보내기로 했다. 많은 금액의 수업료를 지불해 주는 것이 그로서는 무엇보다도 큰 기쁨이었다. 그리고 그녀의 교육 향상을 상냥하고 관대한 눈으로 바라보고 있었다. 노라가 휴가로 집에 돌아오면 그는 완전히 딴 사람이 되어 버리는 것이다. 몸매무새도 여느 때보다도 단정히 하고 멜빵만 메는 일도 없었고, 소풍이라든가 그 외 여러 가지 오락을 이것저것 계획한다든가, 노라의 기분이 상하지 않도록 주점에 있을 때에도 한층 엄격하게 행동하는 것이었다.

그런 어느 날이었다. "그럼 말할까……." 하고 폴리 아주머니는 아침식사 쟁반너머에서 프랜치스의 얼굴을 바라보면서 말했다.

"모두 이야기해 버리지 않으면 안 되겠군. 먼저 첫째로, 아저씨가 오늘 밤 파티를 열기로 하셨단다. 만성절 축제와……, 그리고—거기에서 약간 눈을 내리뜨고—또 하나의 이유가 있는 거야. 식단엔 거위고기와 4파운드의 케이크, 스냅드라곤(브랜디의 접시 가운데서 건포도를 꺼내먹는 유희)의 건포도 그리고 물론 사과에……, 사과는 고스프스 랭의 과수원에서 아저씨가 언제나 특별히 좋은 것을 주문하신 거지만. 점심 때가 지나서 그 사과를 가지러 가줄래? 좋은 산책이 될 거야."

"네, 가겠습니다. 그렇지만 저는 길을 잘 모르잖아요."

"좋은 사람이 안내해 줄 것이다."

폴리는 아주 침착하게 은밀히 해두었던 뉴스를 내놓아 버렸다.

"그건 말이지, 학교에서 휴가로 돌아오는 사람을 두고 하는 말이야."

"노라군요?" 하고 황급히 프랜치스가 큰 소리로 물었다.

"그래, 맞았어."

그녀는 고개를 끄덕이고 쟁반을 가지고 일어섰다.

"아저씨는 노라가 오기 때문에 대단히 기분이 좋으신 모양이야. 자아, 착한 애야, 어서 옷 갈아입으렴. 모두 마중 나가자구나. 열한 시까지는 역에 가야 하니까."

그녀가 나가 버리자, 프랜치스는 묘하게 어찌할 줄을 모르고 앞만 바라보고 있었다. 노라의 귀가라고 하는 뜻밖의 말에 마음이 이상하게도 떨리는 것이다. 지금까지도 물론 프랜치스는 그녀가 좋았었다. 그러나 이제 그녀를 만난다고 생각하니 부끄러움과 동시에 애달픈 기분이 섞인 뭔가 이상하게 새로운 감정이 느껴지는 것이다. 그리고 이유도 모르면서 갑자기 얼굴이 화끈 달아오르는 것을 느끼고 스스로도 놀라지 않을 수가 없었다. 그는 후닥닥 일어나 서둘러 옷을 갈아입기 시작했다.

프랜치스와 노라는 2시경 함께 소풍을 나갔다. 크라몬트의 교외에 이르기까지 철도마차를 타고 거기서부터는 커다란 바구니를 둘이서 들고 시골길을 고스포스쪽으로 걸어갔다.

노라와 마지막으로 헤어진 지 4년이 되었다. 프랜치스는 점심을 먹는 동안 줄곧 이상하게도 혀가 묶여 있는 것처럼 아무 말도 하지 못했다. 여느 때와는 달리 네드만이 재미없는 농담을 하고 있었다. 단둘이가 된 지금도 괴로우리만큼 부끄러울 뿐이었다. 기억 속의 노라는 아직 어린애에 지나지 않았는데 지금은 조금만 있으면 열다섯 살이 되는 것이다. 수수한 곤색 스커트에 블라우스 차림의 그녀는 완연히 어른이 되어 있었으며, 전보다도 훨씬 어딘지 모르게 이해하기 어려운 데가 있었다. 손발이 자그마할 뿐만 아니라 얼굴도 작았다. 그 작고 민첩하고, 도전적인 얼굴은 때에 따라서 대담하게 보이는가 싶으면 갑자기 부끄러운 표정으로 변해 버리는 것이다. 키는 크지만 아직 어딘가 덜 성숙한 어색함이 있고 골격은 가늘고 늘씬했다. 사람을 당황하게 하는 그 눈은 짙은 파랑색이고 투명한 하얀 피부를 가졌다. 시원한 공기는 그 눈에 빛을 더하게 하고 오뚝한 코언저리를 핑크색으로 물들이고 있다.

때때로 바구니 손잡이에서 그의 손가락이 노라의 그것에 닿았다. 깜짝 놀라게 하는 감촉이었다. 달콤하게 따스하고 가슴이 두근두근해지는 아직껏 일찍이 알지 못했던 이상한 감각이었다. 그는 제대로 말도 하지 못하고 얼굴을 똑바로 보려고는 생각조차 하지 않았으나, 노라는 때때로 자기를 보고 웃고 있는 것 같은 느낌이 들었다. 황금색 단풍의 계절은 이미 지났으나 숲이나 높은 산은 아직도 빨갛게 단풍이 물들어 있었다. 프랜치스에게는 나무들이나 정원이나 높은 하늘의

색이 이다지도 신선하고 생기있게 보인 적이 없었다. 자연은 그의 귓속에서 마치 노래하고 있는 것 같았다.

그때 갑자기 그녀가 웃기 시작했는가 싶었는데, 머리카락을 바람에 나부끼며 후닥닥 뛰어갔다. 바구니로 연결되어 있는 그는 덩달아 나란히 뛰었다. 이윽고 그녀가 멈추어 서고, 숨을 헐떡이면서 아침에 햇빛을 받은 물방울처럼 영롱한 눈동자를 반짝이면서 말했다.

"미안해, 프랜치스. 난 때때로 이렇게 울적할 때가 있어. 나도 어쩔 수가 없어. 아마 학교에서 해방된 탓인지도 몰라."

"학교가 싫어?"

"으응, 그렇지만 좋아하기도 해. 재미있기도 하지만, 엄격한 데인걸. 내 기분 이상하지?"

그리고 듣는 사람이 어안이 벙벙해질 것 같은 천진스러운 소리로 웃어 젖혔다.

"그런데 말이지, 목욕탕에 들어갈 때도 잠옷을 입고 들어가야 해. 프랜치스, 다른 데 있을 때도 줄곧 내 생각 해주었어?"

"으응."

그는 목에 뭐가 걸린 것 같은 소리로 말했다.

"난 기뻐.……나도 역시 프랜치스를 생각했었어."

그녀는 얼른 그에게 시선을 던지며 뭐라고 말하려고 하다간 그대로 입을 다물었다.

이윽고 두 사람은 고스포스의 과수원에 닿았다. 네드의 친우인 과수원 주인 쥬디 랭은 사과농장의 한가운데서 낙엽을 불태우고 있었다. 두 사람을 보자 상냥하게 고개를 끄덕이며, 이리 와서 도와달라고 말했다. 두 사람은 가지각색의 낙엽을 산더미처럼 긁어모아 불태웠다. 결국엔 연기에 그을린 냄새가 옷에까지 스몄다. 그것은 노동이 아니라 근사한 스포츠였다. 처음엔 거북한 생각도 들었으나, 그런 생각은 이내 잊어버리고 어느 사이에 누가 더 많이 긁어모으는가 두 사람은 경쟁을 하고 있었다. 그가 자기 몫의 산을 만들고 있으면 노라가 장난으로 훔쳐 버린다. 두 사람의 웃음소리가 맑고 차가운 공기를 흔들어 놓는다. 쥬디 랭은 그러한 그들을 보고 호의에 찬 웃는 얼굴을

지으면서,

"그게 여자의 상투적인 수단이야. 네 낙엽더미에서 가져가고선 그래도 좋아서 웃고 있는 걸 보라구."

그리고 랭은 과수원 끝에 있는 목조 창고로 가라고 손짓으로 신호했다.

"자아, 일을 해주었으니 그 대가로 얼마든지 가져가려무나."

그리고 둘이 뛰어가는 그 뒤에서,

"그리고 바논 아저씨에게 안부말씀 전해다오. 금주중에 한 잔 하러 갈 테니까."

사과창고는 석양의 부드러운 빛에 물들어 있었다. 두 사람이 사닥다리를 타고 다락에 올라가니, 거기에는 이 과수원을 유명하게 만든 립스톤 피핀 종(種)의 사과가 서로 맞닿지 않게 여러 줄을 지어 짚을 깐 바닥에 가득 놓여 있었다. 프랜치스가 낮은 지붕 밑에 기어들어가 바구니를 채우고 있을 동안 노라는 짚 위에 다리를 구부리고 앉아 사과를 하나 골라서 허리께에 쓱쓱 문지르곤 느닷없이 먹기 시작했다.

"야아, 참 맛이 좋구나. 프랜치스도 먹어, 응?"

그는 반대쪽에 앉아서 그녀가 내민 사과를 받았다. 참으로 맛이 좋았다. 그들은 먹으면서 서로의 얼굴을 쳐다보았다. 그녀의 작은 이빨이 호박색 껍질을 악하고 깨물면 하얀 사과 속살에서 물이 튕겨 얼굴에 묻었다. 그도 이 좁고 어두운 다락에서는 부끄러움을 느끼지 않았고, 꿈꾸고 있는 것같은 따스함 가운데서 살아 있는 기쁨에 넘치고 있었다. 지금 이 과수원에서 그녀가 준 사과를 먹는 것같은 그런 근사한 일은 지금껏 없는 일이었다. 그들은 몇 번이고 눈길이 맞아 서로 웃었다. 그러나, 노라의 것은 자기밖에는 알 수 없는 불가사의한 어정쩡한 미소였다.

"씨도 먹어, 프랜치스?"

문득 노라가 놀렸으나 바로,

"안 돼, 프랜치스! 마가렛 메리 선생이 씨를 먹으면 배가 아프다고 했었어. 더구나 씨에는 새로운 사과나무가 생긴다고 했어. 그런데 말이지 프랜치스……, 아저씨하고 아주머니를 좋아해?"

"그야 물론이지." 하고 그는 눈을 크게 떴다.

"넌?"

"나도 물론 그래.……다만 아주머니는 내가 기침을 할 때마다 근심하잖아.……그것하고 아저씨가 나를 무릎에 올려 놓고 귀여워해 주시는 것……, 그것만은 참으로 난 싫어."

그녀는 그런 말을 하고선 약간 계면쩍어했으나 마침내는 눈을 감아버렸다.

"저런. 아니야, 아무것도 아니야. 마가렛 메리 선생이 말이지, 나를 건방지다고 하시지만 정말 그럴까?"

그는 난처하여 외면했다. 그럴 리가 있나 하고 강력히 부정하는 말을 하려고 했으나 어색한 표정으로 "아, 아니." 하고 말했을 뿐이었다.

그녀는 부끄러운 듯한 얼굴을 하고 미소지었다.

"아니야, 프랜치스. 우리는 친구니까 이런 말을 하는 거야. 마가렛 메리 선생이 뭐라 해도 상관없어. 그건 그렇고, 프랜치스, 장래 뭘 할 생각이지?"

뜻밖의 말에 놀라 그는 노라를 응시했다.

"난 아직 모르겠어. 왜 그러지?"

그녀는 갑자기 침착성을 잃고 자기 옷자락을 만지작거렸다.

"아니, 아무것도 아니야.……다만, 다만 말이지, 프랜치스가 좋은 거야. 훨씬 전부터 좋아한걸. 벌써 여러 해 동안 프랜치스의 일을 난 많이 생각했는걸. 그러니까 만약 어디로 가 버리든가 하면 어쩌지 하고 생각한 거야."

"왜 내가 가 버리지?" 그는 웃었다.

"아직 몰랐어?" 그녀는 아직도 어린애다운 눈을 동그랗게 뜨면서 말했다.

"난 폴리 아주머니의 생각을 잘 알고 있어.……오늘도 말한걸. 너를 신부가 되게 하기 위해서는 아무것도 아까운 게 없다구 말이야. 그러니까, 그렇게 되면 뭐건 다 버리고 가야 하잖아. 나 같은 것도 버리고."

프랜치스가 대답할 틈도 주지 않고 그녀는 몸을 일부러 말괄량이처럼 흔들면서 일어났다.

"자, 가요. 이런 데에 하루 종일 앉아 있어봤자 소용 없어. 밖은 쨍쨍 해가 빛나고, 오늘 밤은 파티가 있잖아."

그가 일어나려고 하자,

"가만히 있어. 잠깐만 눈을 감아. 좋은 것 줄 테니까."

대답을 하려고 생각하고 있는 동안 그녀는 느닷없이 덤벼들어 프랜치스의 볼에 재빠르게 키스를 했다. 따스한 촉감과 그녀의 호흡과 볼에 작은 점이 있는 그 야윈 얼굴이 너무나도 민첩하게 접촉되었기 때문에 프랜치스는 어안이 벙벙해져 버렸다. 귓불까지 빨개져서 그녀는 갑자기 사닥다리를 타고 내려가 그대로 창고에서 뛰쳐 나갔다. 그도 역시 빨갛게 되어 약간 젖은 볼에 상처라도 만지듯 손등을 가져다 대면서 천천히 뒤를 따라갔다. 심장이 두근두근 뛰고 있었다.

그날 밤, 만성절의 파티는 7시에 시작되었다. 네드는 주인의 특권으로 주점을 여느 때보다 5분 앞당겨서 문을 닫았다. 초대손님 외의 손님들은 죄송하지만 돌아가 주십사 하고 정중하게 부탁을 했다. 초대손님은 2층의 거실에 모였다. 거기에는 유리상자에 든 납세공(蠟細工)의 과실 모형, 파란 유리제의 촉대 위에 파넬(19세기 말엽의 정치가이며, 아일랜드 자치당의 당수)의 초상화, 자이언트 제방에서 촬영한 비로드의 액자에 넣은 네드와 폴리의 사진, 킬라니(아일랜드 서남부의 호수. 유람지) 토산품의 이륜마차 모형, 용설란 등이 병에 장식되어 있었다. 니스칠한 떡갈나무의 곤봉이 있고, 주저앉으면 먼지가 일 것 같은 육중한 팔걸이 의자가 놓여 있었다. 중앙에는 여자의 수중다리 같은 다리가 달린 마호가니의 긴 식탁이 있고, 벌써 20명분의 준비가 다 되어 있었다.

방안은 연통의 반쯤까지 석탄불에 달구어진 난로의 불이 빨갛게 타올라 아프리카 탐험가도 꼼짝 못할 만큼 더웠다. 그리고 맛있을 것 같은 칠면조 구이의 냄새가 꽉 차 있었다. 하얀 모자에 에이프런 차림의 메기 마군은 눈을 희번덕거리며 돌아다니고 있다. 그 혼잡한 방안에는 젊은 크랜시 신부와 서디어스 길포일, 근처의 상점 주인이 몇 사람, 철도마차회사의 전무 오스틴 씨 부처와 그의 세 자녀, 거기에는 물론 네드와 폴리, 그리고 노라와 프랜치스가 있었다.

그 수선스런 가운데서 네드는 기쁜 얼굴을 하고 6펜스나 하는 여송연을 피우면서 길포일을 향하여 뭔가 자기 주장을 말하고 있었다. 서디어스 길포일은 얼굴색이 창백하고 평범한 가벼운 카다르에 걸린 것 같은 30세 청년으로서 가스 회사의 사원인데—회사에 나가는 한편, 바렐 가(街)에 있는 네드의 임대가옥의 집세를 징수한다든가, 성 도미니크 성당의 일도 돌보거나 하고 있었다. 짬짬이 하는 일을 시켜도 신뢰할 수 있는 착한 사람이며 싫은 일도 마다하지 않고 네드의 말을 빌자면 그것도 스스로 자진해서 하는 정도였다.—남을 반대하는 일은 생각마저도 하지 않는 대신, 자기의 주장 같은 것은 털끝만치도 없으며, 그러면서도 자기가 부탁할 일이 있어도 말하지 못하는 융통성은 없으나 신뢰할 수 있고 누구에게나 그 비위를 거슬리지 않고 고개를 끄덕이는 것이다. 언제나 콧물을 훌쩍거리고 회사 배지를 만지작거리거나 했다. 눈동자는 둔했고, 발바닥이 마당발인 것이 흠이었으나 고지식하고 조심성 있는 사람임에는 틀림이 없었다.

"오늘 밤엔 연설을 해주시겠지요?"

그런 그가 네드에게 묻고 있는 태도는 만약 네드가 연설을 하지 않으면 온 세계 사람이 서운해 할 것이라는 표정이었다.

"자아, 어떻게 한다지!"

주저하면서도 공손한 태도를 취하고 네드는 심각하게 여송연의 끝을 응시하고 있었다.

"아니, 해주십시오, 네드 씨."

"천만에 모두가 기대하는 것이 아니니까 사양하는 게 좋겠지."

"아닙니다. 그게 아니라, 오히려 바라고 있는 걸요."

"하는 수 없다 그건가?"

"물론입니다. 제발 해주십시오."

"그럼, 의무다 이거야?"

"의무지요, 네드 씨. 근사하실 테니까요."

대단히 기분이 좋아져서 네드는 여송연을 이빨로 자근자근 씹었다.

"사실은 말이지, 서디어스." 하고 의미있는 눈짓을 하고,

"나는 발표하고 싶은 일이 있다네.……중대 발표야. 자네가 그렇게 말하니 나중에 한 마디 하기로 하지."

폴리의 지시로, 파티의 서곡으로써 아이들이 만성절의 유희를 시작했다. 먼저 커다란 접시에서 타고 있는 브랜디 가운데서 납작하고 파란 건포도 꺼내기, 그 다음은 의자의 뒤에서 큰 대야에 띄워 놓은 사과를 입에 문 포크로 맞추는 다크 애플 놀이이다.

일곱 시가 되자 '합창대'가 들이닥쳤다. 그것은 이웃 공장의 소년공이나 점원들이 검정으로 얼굴을 칠하고 그로테스크(기괴하고 끔찍스런 엽기적)한 복장을 한 채 옛부터 내려오는 만성절의 습관대로 거리를 누비며 들르는 집집마다 6펜스씩 받아가는 것이다. 소년들은 네드가 좋아하는 노래를 잘 알고 있었으며, 전원이 '귀여운 샴록'과 캐더린 마봐닌', '매기 마피의 집'(모두 아일랜드의 민요)을 불렀다. 희사금을 흡족하게 받은 소년들은 일제히 "감사합니다! 바논 씨, 유니온 만세! 안녕히 계셔요, 네드 씨!" 하고 큰 소리로 외치면서 나갔다.

"좋은 애들이야, 모두 착실한 애들 뿐이야."

그렇게 말하고, 네드는 두 손을 합치면서 아일랜드인 정서에 눈물을 머금고 있었다.

"자, 폴리. 손님들이 배고프시겠어. 서둘러야겠다."

일동이 식탁에 앉고, 크랜시 신부가 식전 기도를 마치자, 매기 마군이 타인카슬에서 가장 좋다고 하는 거위요리를 들고는 비틀거리면서 들어왔다. 프랜치스는 이런 거위요리를 먹어본 적이 없었다. 그것은 대단히 맛이 좋았고 혀에서 녹아나는 것 같았다. 그의 몸은 뜨거운 방안 공기에 오래 있었기 때문인지 아니면 마음속의 야릇한 기쁨 때문인지 확확 달아오르고 있었다. 때로 얼굴을 들면 테이블 건너편의 노라도 이쪽을 보고 있었으며, 부끄러운 듯 그들만이 아는 눈짓을 하고 있었다. 프랜치스는 줄곧 조용하게 앉아 있었으나 노라의 밝은 얼굴을 보면 마음이 얼어붙는 것 같았다. 이 행복한 날에 두 사람 사이에 맺어진 비밀, 그것은 그야말로 기적이며 그에게는 오로지 고통으

로밖에 생각되지 않았다.

식사가 끝나자 네드는 갈채를 받으면서 서서히 일어섰다. 그는 한 손의 엄지손가락을 허리에 대고 완전히 연설의 자세를 갖추었다.

"신부님을 비롯해서, 신사숙녀 여러분! 오늘 밤은 참으로 감사했습니다. 저는 대단히 연설이 서툴지만."

"노오, 노오." 하는 소리를 서디어스 길포일이 질렀다.

"다만 저는 생각하고 있는 대로 말을 하고, 말한 대로 생각하고 있는 것입니다."

네드는 좀더 침착하려고 약간 말을 멈칫했다.

"저를 에워싼 친우 여러분이 행복하고 만족하게 계신 것을 보고 있으면 저는 무엇보다도 기쁘기 한이 없습니다. 좋은 벗과 좋은 맥주, 이것은 모든 사람에게 없어서는 안 되는 것입니다."

합창대와 함께 들어와서 아직 문 옆에 서 있던 스캔티 마군이 불쑥 소리쳤다.

"바논 씨 만세!" 하고 거위의 뼈를 내두르면서 "당신은 대단한 인물이오."

네드는 조금도 동요하지 않았다. ―대인물에는 누구나가 그 추종자가 있기 마련이다.

"미세스 마군의 남편이 나에게 벽돌을 던졌을 때도 말한 바와 같이 ……." 이때, 와아 하고 웃음소리가 터졌다.

"……저는 이 자리에서 말씀드리고 싶은 것이 있습니다. 그것은 이번에 우리 내외는 죽은 제 아내의 조카를 맡기로 했습니다. 여기에 그것을 보고드리는 것은 우리에게는 더할 나위 없는 기쁨이며 또한 자랑이기도 합니다."

우뢰와 같은 갈채 가운데서 폴리의 소리가 들렸다.

"인사를 해야지, 프랜치스!"

"이 일에 대하여는 너절하게 말하지 않겠습니다. 과거는 과거로서 옳은 겁니다. 그러나 내가 말씀드리고 싶은 것은, 다만 이 애를 보아주시라 하는 것뿐입니다. 그리고 처음에 우리집에 왔을 때와 비교해 보셨으면 하는 것입니다."

또 갈채가 일어났으나 그때 복도에서 스캔티의 소리가 들렸다.
"매기, 제발 조금만 거위고기를 좀 주구려!"
"하긴 저는 여기에서 자화자찬을 하려고 생각지 않습니다. 하느님에게도 인간에게도 아니, 짐승에 대하여도 저는 공명정대하고자 하는 것입니다. 만약 의문이 계시다면 저의 집에서 기르는 개를 보십시오."
길포일이 또 큰소리를 쳤다.
"그거야, 타인카슬에서 제일가는 개지요!"
잠시 네드는 잠자코 있었다. 아마도 이야기의 실마리를 잊어버린 것 같았다.
"무슨 말을 했더라?"
"프랜치스의 말이었습니다, 네드."
"아, 그렇군." 그리고 네드는 목청을 높이며,
"프랜치스를 데려왔을 때 나는 자신에게 이렇게 말해 주었습니다. 이 애는 대단히 쓸모가 있을 것 같다. 카운터를 보게 하여 제 몫의 일을 시키면 어떨까. 아니, 아니 천만의 말씀.……크랜시 신부님 앞에서 감히 딴 소리를 하겠습니까. 우리는 그런 인간이 아닙니다. 폴리와 저는 충분히 이야기를 했습니다. 이 애는 아직 어리고, 또한 무참히 학대를 받아오기도 했었습니다. 더구나 대단히 장래성도 있을 것 같고, 무엇보다도 내 죽은 아내의 오빠의 아들인 겁니다. 학교 보내기로 한겁니다. 그렇게 의견이 일치된 것입니다."
네드는 거기에서 한숨을 돌렸다.
"신부님을 비롯해서 신사숙녀 여러분! 프랜치스는 다음달 드디어 여행길에 오르게 되었습니다. 호리웰이지요! 저는 여기에서 자랑스럽게 이것을 알려드리는 것을 기쁘게 생각합니다."
맺는 말로써 의기양양하게 그렇게 말하고 네드는 만장의 갈채를 받으면서, 땀을 흠뻑 흘리면서 자리에 앉았다.

4

느티나무 그늘은 호리웰의 잘 다듬어진 잔디밭 위에 길다랗게 뻗쳐 있다. 북극의 6월 석양은 아직도 대낮처럼 밝았다. 일몰이 늦고 금방 또 아침이 되기 때문에 오로라는 창백한 하늘에 아주 잠깐 동안 번쩍이면서 모습을 나타낼 뿐이었다.

프랜치스는 '철학연구회'에 선출된 이래, 로랜스 허드슨과 안셀모 밀리와 세 사람이 공동으로 천장이 높은 작은 공부방을 사용하게 되어 있었다. 지금은 그 방의 열어 젖힌 창가에 앉아 그의 시선은 어느 사이엔지 노트에서 벗어나 비통하리만큼 쓸쓸한 기분으로 시시각각으로 변해가는 아름다운 전망에 끌려들어가고 있었다.

눈앞에는 1909년에 아치볼드 프레이저 경(卿)의 성(城)으로 세워졌고, 금세기에 들어와선 가톨릭 중학교가 된 장대한 화강암의 교사가 솟아 있다. 그 건물의 바른쪽 모퉁이에 역시 수수한 양식으로 세워진 성당이 역사적으로 이름 높은 커다란 회랑에 의하여 도서관에 통하고, 그 회랑은 네모진 잔디밭을 에워싸고 있다. 그 건너편에는 테니스나 핸드볼 코트 등 각종 운동장이 있고, 또한 게임에 열중하고 있는 생도들의 모습이 보였다. 그 앞의 스틴챠 강이 구비구비 흐르고 있는 강기슭의 넓은 목장에는 뿔이 없는 폴드 앙가스 종(種)의 땅딸막한 검은 소떼가 느긋하게 풀을 뜯고, 떡갈나무나 꾸지나무, 마가목의 숲 속에는 오두막집이 보이고, 그러한 것들의 배경으로서 약간 파랗게 톱니처럼 오똑오똑 솟은 그랜피언의 산들이 멀리 바라다보였다.

프랜치스는 자기도 모르게 한숨을 내쉬었다. 그 세찬 바람이 불어닥치던 갈아타는 정거장인 다운에 내린 것도, 아직 미지의 세계를 앞에 놓고 겁먹은 신입생이던 것도, 그리고 교장인 하미슈 마그냅 신부에게 불려가 처음으로 두렵던 면접을 했던 것도 바로 어제의 일인 것 같았다. 가벨로호 제도의 명문 가문인 마그냅의 사촌인 '러스티 맥'(녹슨 또는 침침한 색이라는 뜻으로, 마그냅 신부의 별명)이 격자무늬의 두건을 쓰고 책상 건너편에 몸을 구부리고 곱슬곱슬한 빨간 눈썹 아래 그가 오그라들 것 같은 눈으로 힐끔 보았을 때의 일은 지금도 확실하게 기억에 남아 있다.

"그럼, 넌 무엇을 할 수 있는가?"

"저는……, 아직 아무것도 못합니다."

"아무것도 못해! 하일랜드 프링(스코틀랜드 고지인의 활발한 춤)도 추지 못하는가?"

"네!"

"뭐라고, 치셤이란 훌륭한 이름을 가진 주제에……."

죄송합니다."

"음, 그럼 넌 재주 못부리는 원숭이인가?"

"네, 그렇지만 단지……." 하고 떨면서 "낚시질은 할 수 있을 것 같습니다."

"할 수 있을 것 같다구?" 천천히 비꼬는 미소를 지으면서,

"그렇다면 우린 친구가 될 것 같군. 치셤이라든가, 마그냅이라고 하는 사람들은 함께 낚시질도 했고, 그리고 싸움도 했었지. 너나 내가 태어나기 훨씬 이전에 말이야. 매맞기 전에 돌아가도 좋다."

이것이 모두 어제의 일같이 생각되는데, 벌써 1학기만 지나면 졸업을 하게 된 것이다. 그의 시선은 다시 분수 옆의 높은 자갈길을 왔다갔다 하는 몇몇의 그룹에 눈이 쏠렸다. 신학교에서 흔히 볼 수 있는 광경이다. 그들은 대개 여기를 졸업하면 스페인의 산 모라레스의 신학교에 갈 사람들이다. 그 그룹 가운데는 한 방을 쓰는 친구도 두 사람이나 있다. 안셀모는 여느 때와 마찬가지 표정으로 정답게 한 손을 친구의 팔에 걸고 다른 한쪽 손을 자꾸 손짓하고 있다. 그것은 그야말로 프레이저 특별급비생 상을 탄 사람다운 자신만만한 손짓이었다. 두 사람 뒤에서 생도들에게 에워싸여 걷고 있는 것은 키가 크고 바싹 마른, 얼굴색이 까만 타란트 신부이다.……열정적임과 동시에, 비꼬기를 잘하고 고상한 성품이긴 해도 자기와는 인연이 먼 사람이었다.

그 젊은 신부의 모습을 본 순간, 프랜치스의 표정은 이상하리만큼 굳어져 버렸다. 그는 창틀에 올려놓은 노트에 눈을 돌리고, 싫은 듯이 펜을 들어 일기를 쓰기 시작했다. 그 일기는 타란트 신부로부터 벌

로써 과해진 것이다. 그는 훤칠한 이마에도 잘생긴 볼에도, 아니 깊숙한 맑은 갈색 눈에도 조금도 그늘진 데가 없었다. 열여덟 살이 되는 그의 몸은 천사처럼 야들야들했다. 그와 같은 가냘프고 청신함이 육체적인 매력을 더할 나위 없이 높여 주고 있었지만 그 애처로울 정도로 깨끗한 몸매를 자기로서는 어쩔 수 없었을 뿐만 아니라 대단히 수치스런 것이라고까지 생각하고 있었다.

'1887년 6월 14일, 오늘은 도저히 참을 수 없는 일이 일어났다. 그것을 이 혐오스러운 일기장에 기입하여 타란트 신부에게 복수하지 않으면 마음이 편하지 못할 것 같다. 밤기도 전의 이 시간을 참으로 헛되이 해서는 안 되지만—어차피 안셀모가 나도 학생의 본분을 잘 지킬 수 있도록 핸드볼을 권유하러 올 것이 틀림없겠지만—오늘은 목요일, 승천제, 맑음. 러스티 맥과의 기억해 두어야 할 만한 모험이 행해짐.'이라고만 써 두어야 할는지도 모른다. 그러나 신랄한 부교장은 내 집안의 좋은 점, 양심적인 것을 인정하지 않고 강의 후에 이렇게 말했다.

"치섬, 일기를 쓰라구. 물론 공표하기 위한 것은 아니지만." 하고, 여느 때처럼 싫은 비꼼을 섞어서 "양심의 규명을 위해서 말이다. 치섬, 넌 부당하리만큼 일종의 정신적인 고집에 괴로워하고 있다. 마음 속을 털어놓고 쓰면……, 그럴 수만 있다면……, 조금은 그것을 고칠 수가 있을는지 모른다."

물론 나는 바보처럼 얼굴이 화끈해지며 화가 났다.

"말씀하신 대로 제가 하지 않았다는 말씀인가요, 타란트 선생님?"

선생은 야위고, 얼굴색이 까맣고, 코끝은 송곳처럼 뾰족하다. 양손을 수단의 소매 속에 감추고 나 같은 건 거의 보려고도 하지 않는다. 그 뿐이면 참으로 좋다. 나에 대한 혐오를 감추려 하고 있는 것 같다. 선생이 엄격한 언동을 함으로써 무자비할 만큼 자기를 수련하고 있다는 것은 나도 진즉 알아차리고 있다.

막연히 '마음가짐에 순종성(順從性)이 없다…….'라고 말하고 선생은 나가 버렸다.

2년 전에 여기에 부임한 이래 선생의 주위에는 안셀모를 중심으로 한 많은 숭배자가 에워싸고 있는데, 유독 나만은 그를 모범으로 섬기려 하지 않기 때문에 나에게 혹독하게 대한다고 생각하는 것은 너무 내가 자만심이 강해서일까.

'유일하며 진실한 사도적(使徒的) 종교'에 대하여 말한 후에 내가 말한 것을 선생은 잊지 못할는지 모른다.

"선생님, 종파라고 하는 것은 우연히 생긴 것이기 때문에 하느님도 종파 따위를 그렇게는 중요시하지 않은 것이 아닐까요."

모두 어안이 벙벙해서 잠자코 있는 가운데서 그는 당황한 것 같았으나 냉정하게 말했다.

"치섬, 너는 굉장한 이단자로도 될 소질이 있는 것 같구나."

적어도 나에게는 하느님의 부르심이 결코 없다 하는 이 한 가지 점에 대해서만 두 사람은 의견이 일치하고 있다고나 할까.

아직 열여덟 살의 풋내기인 주제에 나는 이렇게 오만불손한 말을 쓰고 있다. 하기는 이것이 나와 같은 나이 또래의 짐짓 뽐내는 태도일는지 모른다. 하여간 여러 가지 일이 괴로운 것이다. 첫째, 바보 같은 생각이지만 타인카슬의 일이 신경이 쓰인다. 귀성(歸省)의 여름이 짧은 4주간밖에 되지 않으니, 소원(疎遠)해지는 것은 어쩔 수 없는 일일 것이다. 매년 휴가가 짧다고 하는 것은 호리웰의 유리하고 엄격한 규칙의 하나이며, 신앙심을 굳건히 하는 데는 좋을는지 모르지만 무리하게 상상력을 쓰게 하는 것이 되기도 한다. 네드 아저씨는 편지를 보내준 적이 없다. 호리웰에 2년 있는 동안 아저씨가 보낸 우편이라 한다면 퍽이나 뜻밖인 때에 느닷없이 먹을 것을 보내준 것뿐이었다. 예를 들면 여기에 온 첫번째 겨울 파지장에서 보내준 엄청나게 큰 밀크 부대라든가, 작년 봄의 바나나 상자라든가—그 바나나는 2분의 1이 너무 익었기 때문에 신부님과 신학생들에게 집단설사를 가져온 것이다—등이다.

그러나 네드 아저씨로부터 아무것도 오지 않은 것이 약간 이상하다. 더구나 폴리 아주머니의 편지는 더욱 더 나를 근심스럽게 만든다. 언제나 알려주시는 아주머니의 독특한 이웃의 소식이 요즈음에는 주로 날씨가 어쩌고 하는 무미건조한 말의 나열에 지나지 않게 되었다. 더구나 그 변화는 갑작스러운 것이었다. 물론 노라는 아무 소식도 전해 주지 않았다. 그녀는 1년에 한 번 바닷가에서 1분간에 써 버린 것 같은 그림엽서를 보낼 뿐이다. '스카바라 부두에서 바라본 석양빛'이라는 최후의 그림엽서가 온 것은 이미 수세기가 지난 것 같은 느낌이었고, 내가 보낸 두 통의 편지에 대하여는 '호이트리 만(灣)의 달빛'과 같은 것을 보내주는 것 만큼의 효과도 없었다.

노라! 나는 그 사과창고에서의 이브와 같은 너의 행동을 영원히 잊지 않을 것이다. 너라는 사람이 있기 때문에 휴가가 이렇게 기다려지는 것이다. 다시 고스포스까지 함께 소풍을 가자구나. 네가 어른이 되는 것을—그대의 모순투성이의 성격이 자라나는 것을—나는 숨을 죽이고 은밀히 관찰해 왔다. 나는 너를 약삭빠르고, 부끄럼쟁이고, 대담하고, 민감하고, 명랑하고, 조금은 자만심이 강하고, 대단히 천진난만하고, 재미있는 사람이라고 생각하고 있다. 지금 이렇게 있어도, 나는 폴리 아주머니와 나의 흉내를 내면서 가냘픈 팔을 허리에 대고 파란 눈을 도전적으로 반짝이면서 결국엔 참을 수가 없어서 춤추어 버릴 때의, 너의 사람을 쩔쩔매게 하는 빈틈없는 작은 얼굴이 보이는 것이다. 너의 모든 것은—가냘픈 몸을 흔들면서 결국에는 큰 소리로 울어 버리는 신경질마저도—어쩌면 그렇게 인간다우며 생동적인 것일까. 결점은 여러 가지가 있으나, 마음이 따스하고 직정적인 너는, 무의식적으로 남의 기분을 상하게 했을 때에도 바로 부끄러운 듯이 얼굴을 붉힌다. 나는 이부자리 속에서 커다란 눈을 빤히 뜨고 너의 일을 생각한다. 그 눈속의 표정이나 작고 둥글한 유방, 그리고 슬프기만 하는 늑골의 언저리 등…….

프랜치스는 여기까지 쓰고 나서, 문득 펜을 놓고 불현듯 얼굴이 빨개지며 최후의 한 행을 지워 버렸다. 이윽고 다시 고백은 계속되었다.

둘째로, 나는 자신의 장래에 대하여도 제멋대로의 생각을 가지고 있다. 나는 지금 내 신분에 적합한—이것에 대하여도 타란트 신부는 동의할 것이다—교육을 받고 있다. 호리웰에 있는 것도 이제는 1학기 간뿐이다. 싫어도 역시 유니온 주점에 돌아가야 하는 것일까? 나는 이 이상 네드 아저씨—라기 보다는 정확히 말해서 폴리 아주머니에게(최근에 우연히 안 일이지만, 폴리 아주머니는 어쩌면 그렇게 근사한 여성일까! 아주머니는 약간의 수입 가운데서 나의 수업료를 지불해 주고 있는 것이다.) 더 이상 부담을 드릴 수는 없는 것이다. 나는 이것저것 여러 가지 야심을 가지고 있다. 폴리 아주머니에 대한 애정과 넘쳐날 만큼의 감사의 생각은 어떻게 해서든지 이에 보답해야 한다고 나로 하여금 결심하게 만든다. 아주머니 최대의 기대는 내가 사제(司祭)가 되는 것을 보는 일이다. 또한 여기처럼 졸업생의 3분의 2가 성직자가 되도록 되어 있는 데서는 그 길을 선택하지 않고 있다는 것은 좀처럼 피하기 힘든 일이다. 누구나 모두 똑같이 행동을 취해 주었으면 싶은 것이다. 타란트 신부는 차치하고 마그냅 신부는 나 같은 사람도 좋은 사제가 될 수 있다고 생각하고 있는 것 같다. —그 선생님의 기민하고 친구처럼 사람을 선동하는 버릇이나, 거의 신에 가까우리만큼의 강한 인내심이 나로 하여금 그것을 느끼게 하는 것이다. 이 학교의 교장으로서 하느님의 은총에 대하여 선생님은 뭔가 알고 있을 것이 틀림없다.

하긴 나는 본래 성질이 격하기 쉽고 급한 데가 있다. 더구나 너저분한 성장(成長)이 나에게 종파분립적인 관념을 붙여 버린 것이다. 나는 자신을 이 학교 도서관의 단골 학생들처럼 생애를 주님에게 바친 청년의 한 사람이다 하고 자부할 수는 없다. 그들은 어릴 적부터 혀가 돌아가지 않을 정도로 입으로 기도문을 외우고, 숲 속에서 어린애다운 놀이로 제단 만들기를 하였다. 혹은 '테레스나 아나벨도 가까이 오지 말라. 나는 그대들과 한 자리에 있을 사람이 아니다.' 하는 식으로, 온 마을의 축제에 모여드는 작은 여자 아이들을 타박하거나 자기 혼자만이 큰 은총이라도 받은 듯이 언동하는 인간들인 것이다.

그러나 때때로 갑작스럽게 엄습해 오는 그 순간적인 감정은 어떻게 설명하면 좋을까. 혼자서 다운에서 돌아오는 길에서라든가, 밤중에

고요한 어둠 속에서 눈을 떴을 때라든가, 혹은 모두들 조심스럽게 기침을 하면서 조용조용히 속삭이면서 성당 안으로 들어가 버리고 나 혼자만이 호젓하게 남아 있을 때에 느끼는 감정 말이다. 그것은 불가사의한 불안과, 그리고 직감(直感)의 순간이다. 전부터 흔히 있었던 그 혐오스러운 감상적인 무아(無我)의 경지가 아니고 오히려 위로와 희망의 감각인 것이다. 그렇게 말하는 내가 수련사장(修練士長)의 광분된 얼굴만 보면 왜 구토증을 느끼는 것일까?

이렇게 쓰고 있는 자신을 돌이켜보면 나는 괴롭다. 자기 이외에는 아무도 보는 것도 아닌데 말이다. 나 혼자만이 불타오르는 것 같은 기분도 종이에 적어 버리고 나면 전적으로 열기가 없는 차디찬 것이 되어 버린다. 그래도 나는 적어 놓지 않으면 안 된다. 사람은 싫건 좋건 간에 하느님께 소속된다. 그리고 또, 이 우주의 정연하게 예정된 무자비한 운행(運行) 속에서 살아간다. 인간은 무에서 낳아서 무로 돌아가는 것은 아니다 하는 확고한 신념이 갑자기 암흑 가운데서 번쩍하고 번득이는 것을 나는 느끼는 것이다. 이것은 참으로 이상한 일이 아닌가! ─다니엘 그레니의 그 그리운, 그 미치광이 '다니엘 성자(聖者)'의 영향이라고 나는 느끼고 있는 것이다. 이 세상의 것이라고 생각할 수 없는 그 외조부의 눈이 나를 지켜보고 있는 걸 느낀다…….

제기랄 것─타란트 신부가 말한 대로이다─나는 그야말로 마음의 밑바닥을 무엇인가에 점령당하고 있는 것이다. 만약 나에게 그만큼의 의지가 있다면 왜 하느님을 대신하여 행하여야 할 일이 없다는 말인가. 저 냉담하고 무엄한 군중을, 오늘날 온 세계에 만연되고 있는 유물주의 대군중을 두들겨 부수지 못하는가……. 요컨대 사제가 되지 못하는가. 아니, 정직하게 말하지 않으면 안 된다. 이것은 모두 노라 때문이라고 생각한다. 노라에 대한 나의 아름다운 정감으로 나의 마음은 넘쳐날 것 같다. 성모님께 기도하고 있을 때마저도 그 귀여운 그대의 얼굴이 언제나 눈앞에 있는 것이다. 그리운, 그리운 노라! 내가 산 모라레스 행의 성스러운 급행열차의 차표를 사지 않은 참다운 이유는 너 때문인 것이다!

그는 펜을 놓고, 먼 곳으로 시선을 헤매고 있었다. 이마는 약간 찌푸렸으나 입술에는 미소를 머금고 있다. 그러나 그는 애써 침착하려 했다.

러스티 맥과의 오늘 아침의 사건에 되돌아가지 않으면 안 된다. 오늘은 감사휴일(학과나 육체노동을 하지 않고 미사에 참가하는 날)날이었으므로 오전중은 자유였다. 편지를 부치러 가는 도중 초소막 근처에서 스틴챠 강에서 낚싯대를 메고 한 마리도 잡지 못하고 돌아오는 교장 선생님과 마주쳤다. 선생은 멈추어 서서 땅딸막한 작은 몸을 낚싯대에 의지하여 타는 것같은 빨간 머리칼 밑에서 빨간 얼굴을 찌푸렸다. 아니, 화난 것 같은 얼굴인 것이다. 나는 러스티 객을 대단히 좋아하는 것이다. 선생도 나를 조금은 좋아하는 것 같았다. 그 이유는 간단하게도 두 사람이 다같이 순수한 스코틀랜드인 기질로 낚시를 좋아하기 때문일 것이다.……스코틀랜드인은 전체 학교에서도 두 사람뿐이다. 프레이저 부인이 스틴챠 강 연안의 소유지를 학교에 기부했을 때에도 러스티는 지체없이 강만큼은 자기의 전용(專用)으로 했으면 한다고 부탁했다. 호리웰의 학교신문에,

'나의 강에는 얼간이 낚시꾼의
낚싯줄 한 가닥도 드리지 못할지니……'

라는 문구로 시작되는 감개조(感慨調)의 노래가 실려 있었는데, 선생의 면모는 이 한 구절에도 충분히 나타나 있다. 그만큼 낚시를 좋아하는 것이다. 선생에 대한 재미나는 이야기가 있다. 언젠가, 프레이저 저택에 있는 성당에서의 미사 도중에 선생의 막연한 친구인 장로교파의 질리가 성당의 창에 불쑥 고개를 내밀고는 흥분을 억제하는 소리로,

"마그냅 신부! 로카바의 강가에 많은 낚시꾼들이 모였어요." 하고 급보를 전한 것이다. 그 때만큼 미사가 빨리 끝난 적은 없었다. 프레이저 부인을 비롯하여 어안이 벙벙해진 일동은 대단한 스피드로 축복

을 받았는가 싶었는데, 다음 순간에는 그 지방사람들이 말하는 악마와 꼭 같은 시꺼먼 것이 성기실(聖器室)에서 날아가듯이 뛰어나갔다 한다.

오늘 아침은 그 선생이 나의 얼굴을 뚫어지도록 응시하고 있는 것이다.

“한 마리도 없어. 손님을 위해서 한 마리라도 잡혔으면 했는데 말이야.”

오늘 교구의 주교와 이번에 퇴직하는 산 모라레스 신학교의 교장이 오찬을 위해서 호리웰에 오기로 되어 있었다.

“그리브의 늪쪽이면 한 마리쯤은 있을 것입니다, 선생님.” 하고 내가 말했다.

“이 강에는 전연 없어. 피래미 한 마리 없어.……난 여섯 시부터 한 건데.”

“큰 것도 있습니다.”

“거짓말 작작 하라구.”

“아닙니다. 어제 뚝 밑에서 제가 보았는걸요. 물론 잡으려고는 생각지도 않았습니다만.”

빨간 눈썹 아래서 선생이 부드러운 미소를 띄우면서 내 얼굴을 보았다.

“고집쟁이야, 치섬. 그렇게 하고 싶으면 다녀오려무나.”

선생은 나에게 낚싯대를 주고는 그대로 가 버렸다.

나는 마침내 여느 때와 마찬가지로 물소리에 흐뭇해져서 그리브의 늪까지 내려갔다. 낚싯줄 끝에 단 바늘은 ‘실버 닥터’라고 하는 것으로, 강의 크기와 색깔에 꼭 어울리는 것이었다. 나는 늪에 낚시를 드리우고 한 시간쯤 있었다. 연어는 이 계절에는 아주 드물었다. 한 번 건너편의 그늘진 곳에서 까만 지느러미가 움직이는 것을 본 듯 싶었는데 아무런 반응이 없었다. 그때 문득 조심성 있는 기침소리가 들렸다. 돌아다보니 외출용의 까만 수단을 입고 장갑에 실크 모자를 쓴 러스티 맥이 서 있었다. 빈객을 맞으러 다운 역에 가는 도중, 낚지 못해서 분해 하고 있는 나를 위로하려고 들른 것이다.

"야아, 큰 놈인 것 같다, 치셤." 하고 선생은 멍한 얼굴로 히죽이 웃었다. "그게 언제나 골치야, 피래미일 거야."

그 말이 끝나기도 전에 나는 늪의 30야드 전방에 낚시를 던져 넣었다. 낚싯바늘은 뚝 가까이의 소용돌이 거품이 이는 한가운데쯤에 떨어졌다. 그 순간 나는 손에 감촉을 느끼고 지체없이 낚싯대를 잡아챘다.

"잡았구나!" 하고 러스티가 큰 소리를 쳤다. 동시에 연어가 4피트나 공중에 떴다. 선생이 없었더라면 나는 하마터면 그것을 놓칠 뻔했으나 바로 그때 선생은 대단한 활약을 해주신 것이다. 선생은 내 옆에서 몸을 꼿꼿하게 젖히고 "야아, 대단한걸!" 하고 놀란 소리로 말했다. 그 연어는 이 스틴챠 강은 물론이고 아버지의 어장인 티드사이드에서도 본 일이 없을 만큼 큰 것이었다.

"머리쪽부터 올리는 거야." 러스티가 소리쳤다. "그래, 옳지. 아가미를 잡아라."

나는 이미 전력을 다하고 있었다. 그러나 연어는 종횡무진으로 난동을 부리고 강 아래로 도망쳐 간다. 나는 종횡무진으로 좇아갔다. 그 뒤를 러스티가 따랐다.

스틴챠 강도 호리웰까지 오면 티드 강과는 달리 다갈색의 분류를 이루고, 소나무나 협곡 사이를 꾸불꾸불 돌아가는가 싶으면 미끈미끈한 암석이나 높은 단애와 부딪혀 갑자기 날아 흩어지는 포말을 올리는 것이다. 10분 후에는 선생도 나도 반 마일이나 강 아래까지 와 버렸고, 이미 숨이 턱까지 찼다. 그러나 아직 두 사람은 연어를 좇고 있었다.

"치셤, 잡아라, 잡아!" 러스티는 너무나 소리쳐 왔기 때문에 목이 쉬어 있었다. "아니야, 아냐. 그렇게 깊이 들어가면 안 돼!"

그렇지만 연어는 이미 깊숙한 데로 들어가 버렸고, 강바닥에 있는 너저분한 나무뿌리에 실이 엉겨 아무리 해도 빠지지를 않았다.

"늦춰라, 늦춰! 돌로 칠 테니 약간 늦춰."

선생은 잠시도 가만 있을 수가 없어 발을 동동 굴렀다. 그리고 이번에는 숨을 죽이고 실이 끊기지 않도록 조심조심 하면서 돌을 던지기 시작했다. 얼마나 시간이 갔는지 너무나 긴장했기 때문에 알 수 없으나 이윽고 물을 가르면서 연어가 달아나기 시작하자 낚싯줄이 풀리며 선생도 나도 뛰었다.

그리고 한 시간쯤 되었을 것이다. 다운 촌의 건너편 얕은 물까지 왔을 때 연어도 드디어 패배의 징조를 보이기 시작했다. 몇 번을 자칫하면 놓칠 뻔했는지 이미 무아무중이었기 때문에 눈앞이 캄캄해지는 느낌이었다. 우리는 그런 만큼 완전히 지쳐 버렸다. 선생이 헐떡거리면서 최후의 명령을 내렸다.

"저기다, 저기. 모래 위야!" 선생은 이미 목이 쉬어 있었다. "작살이 없으니까 조심해라. 이 이상 끌고 가면 줄이 끊긴단 말이야. 조심하라구."

나도 입 안이 완전히 말라 버렸다. 나는 와들와들 떨면서 연어의 옆에 섰다. 연어는 조용히 이쪽으로 왔으나 갑자기 미친 듯이 최후의 도망을 친 것이다. 선생은 앗 하고 신음소리를 냈다.

"저런, 저런……, 이번에 놓치면 마지막이야!"

얕은 물에서 보니 연어는 믿을 수 없을 만큼 큰 것이었다. 만약 또 놓친다면! 셔츠 밑에서 얼음같이 차가운 땀이 젖는 것을 느꼈다. 나는 연어를 모래 위에 슬쩍 밀어 올렸다. 숨막힐 것같이 조용한 가운데서 선생은 몸을 꾸부리고 한 손으로 느닷없이 연어의 아가미에 손가락을 끼어 굉장히 큰 연어를 풀밭 위에 내동댕이쳤다.

녹색의 풀밭 위에서 보니 40파운드 이상 될 연어는 대단히 근사한 구경거리였다. 활처럼 굽은 등에 아직도 번쩍번쩍하는 바닷진드기가 붙어 있었다.

"최고기록이야, 최고기록이야!" 우쭐해져서 선생은 노래라도 부를 것 같은 소리로 말했다. 나도 제정신이 없었다. 깨닫고 보니 두 사람은 서로 손을 마주 잡고 판단고(스페인 무용의 일종)를 추고 있었다.

"42파운드는 확실해.……기록을 해두자구나." 선생은 나를 얼싸안고 "이봐, 넌 굉장한 어부야." 하고 말했다.

마침 그때, 강 건너 철로에서 희미하게 기관차의 기적소리가 들려왔다. 러스티는 숨을 몰아쉬고 야단났구나 하는 얼굴이 되어 뭉게뭉게 이는 기관차의 연기와 다운 역 가까이의 어린애 장난감 같은 적과 백의 신호기가 급히 내려지는 것을 지켜보았다. 그리하여 겨우 생각이 난 것 같았다. 깜짝 놀라며 주머니에서 시계를 꺼냈다.

"이거 큰일났구나, 치섬!" 그 소리는 이미 호리웰 교장의 것이었다. "저건 주교가 타고 있는 기차야."

궁지에 빠진 것은 명백했다. 고귀한 손님을 5분 안에 마중하지 않으면 안 되고, 역까지 가는 데는 5마일의 길을 돌아가지 않으면 안 된다. ―더구나 그 역은 스틴챠 강을 경계로 하여 바로 눈앞의 논밭 건너에 보이는 것이다.

선생은 결심을 한 듯 천천히 말했다.

"고기를 가지고 가서 점심에 통째로 튀기라고 일러두는 거야. 자, 빨리 가거라. 그리고 '롯의 처와 소금기둥' 이야기를 잊어서는 안 돼(롯의 처가 여호와에 의해서 금지되어 있는데도 뒤를 돌아보았기 때문에 소금기둥이 되었다고 하는 구약성서 창세기의 비유). 무슨 일이 있어도 뒤를 돌아보아선 안 된다, 알겠느냐."

그러나 나는 뒤를 돌아보지 않고는 견딜 수가 없었다. 강이 첫번째로 구부러진 곳까지 와선 소금기둥이 되어 버려도 좋다고 생각하며 관목 사이에서 돌아다보았다. 러스티 신부는 이미 벌거벗고 예복을 둘둘 말고 있었다. 그리고 실크 해트를 단단히 쓰고 말은 옷을 마치 목장(끝이 구부러진 지팡이. 주교의 표시)처럼 쳐들고 벌거벗은 채 강으로 들어가고 있었다. 처음엔 철벅거리고 걸어갔으나, 그런 동안에 목까지 물이 차는가 싶었는데 벌써 건너편 언덕에 닿았다. 닿자마자 바로 황급히 예복을 입고는 점점 가까워지고 있는 기차를 향해서 전속력으로 용감하게 달려갔다.

나는 참으로 재미있어서 풀밭 위를 구르며 달렸다. 내가 감동한 것은 사람도 없는데 단정히 머리 위에 쓴 실크 해트의 모양 따위가 아니다. ―그것도 영원히 잊을 수 없지만―그것보다도 그 갑작스러운 행위의 배후에 있는 담력(膽力)이다. 나는 생각했다. 선생님도 틀림없이 인간의 육체를 보고 질겁을 떨거나 여체(女體)를 마치 파렴치한 것인 것처럼 감추려든다든가 하는 독실한 신자인 체하는 태도는 대단히 싫어하실 것이라고.

밖의 발소리에 프랜치스는 쓰는 것을 그치고 문이 열렸기 때문에 펜을 놓았다. 허드슨과 안셀모 밀리가 들어왔다. 거무스름한 피부에 온순한 허드슨은 의자에 앉아서 구두를 벗기 시작했다. 안셀모는 저녁 때 온 우편물을 들고 있었다.

"편지야, 프랜치스." 하고 그는 상냥한 소리로 말했다.

밀리는 혈색이 좋은 하얀 얼굴의 아름다운 청년이 되어 있었다. 반들반들거리는 건강한 볼에 눈은 맑았다. 무슨 일에나 열심이고, 따라서 틈이 없었으며, 언제나 미소를 잃지 않았다. 확실히 학교 안에서 제일 인기 있는 사람임에는 틀림이 없었다.

성적은 뛰어나게 우수하다 할 수는 없었으나 어느 선생에게나 호감을 받았고 그의 이름은 어제나 입상자의 명단에 끼어 있었다. 크리켓이나 테니스와 그다지 힘들지 않은 스포츠는 무엇이나 잘 했고, 사람을 조직하는 특수한 재능을 가지고 있었다. 우표 수집을 비롯하여 철학연구회까지 7,8가지의 모임을 움직였고, 의결에 필요한 '정원수'라든가 '의사록'이라든가 '의장' 등등의 말을 잘 알고 있었으며 그것을 교묘히 구사할 줄도 알았다. 새로운 모임이 생길 때마다 안셀모의 의견을 반드시 듣게 마련인데, 결국은 자연히 그가 회장이 되곤 하였다. 성직자의 생활을 고귀한 것이라고 생각하고 있었으나 그 어조에는 어딘지 그의 감상적인 데가 엿보였다. 다만 그도 어찌할 수 없는 것은 교장과 고독을 좋아하는 생도들이 대단히 그를 싫어한 일이었고, 이것만은 묘한 모순이라고 생각되었다.

다른 사람에게는 그는 영웅이었고, 그리고 그들로부터의 찬사를 사양하면서도 떳떳하게 받아들였다.

지금도 프랜치스에게 편지를 건네주면서 그는 순진하고 따스한 미소를 띄우고 있었다.

"틀림없이 좋은 소식일 거야."

프랜치스는 바로 뜯어 보았다. 일부도 없이 다만 '타인카슬 운하가(街) 유니온 주점 네드 바논 보냄'이라고 겉봉을 쓴 편지 내용은 연필로 쓴 것이었다.

프랜치스, 너도 잘 있을 것으로 생각한다. 나도 잘 있다. 연필 따위로 편지를 쓰는 실례를 용서해다오. 이번에 집에서는 대단한 일이 생겼단다. 너에게 이러한 일을 통지하는 것은 매우 유감이지만 이번의 휴가에는 부탁이니 귀성(歸省)하지 말았으면 한다. 지난 여름휴가 이래 줄곧 만나지 못했으니 나로서는 다른 누구보다도 유감이고 또한 슬픈 일이라 생각한다. 그렇지만 참으로 이번만은 돌아와서는 안 되게 되었으며 하느님의 뜻에 따르지 않으면 안 되겠다.

너는 이런 말을 하여도 들어주리라는 것을 나는 잘 알고 있다. 이번만은 그럴 수밖에 없으며, 성모 마리아님이 증인이시다. 물론 곤란한 일이 생겼다고 해서 별로 숨길 생각은 없다. 이것은 너에게 아무런 도움도 방해도 되는 일이 아니다. 돈이나 병의 문제가 아니니까 걱정하지 말아다오. 다만, 하느님의 도움으로 어떻게든 극복해 나가고 모든 것이 잊혀질 수만 있었으면 하고 빌 따름이다. 그러니까 휴가는 학교에서 보내도록 결심하기 바란다. 여분의 비용도 아저씨가 지불하신다. 책도 사려무나. 거기는 경치도 좋은 곳이고, 더구나 크리스마스에는 돌아올 수 있게 되리라고 생각하고 있으니까 걱정하지 말고 있어다오. 아저씨는 개를 모두 팔아 버리셨는데, 이것은 돈 때문이 아니다. 길포일 씨가 여러 가지로 잘해 주고 있단다.

거기도 그다지 기후가 좋지 않을 듯 싶으나 여기는 매우 비가 심히 내리는구나. 제발 프랜치스, 집은 지금 많은 사람이 묵고 있으므로 네가 잠잘 곳도 없다는 것을 잊지 말아다오. 돌아오지 말도록(여기에 점선이 이중으로 그어져 있었다).

이만 총총.

폴리 바논

프랜치스는 창가로 가서 편지를 두세 번 되풀이 읽었다. 문맥의 의도는 명백했으나 뭔가 석연치가 않았다. 시무룩한 얼굴을 하고, 편지를 접어 주머니에 쑤셔 넣었다.

"뭔가 좋지 않은 일이라도 있니?"

밀리는 그의 얼굴을 유심히 바라보면서 걱정스러운 듯 말했다.

프랜치스는 뭐라고 말해야 좋을지를 몰라 침착하지 못한 표정으로 잠자코 있었다.

"무슨 일이지? 걱정되는구나."

안셀모는 터벅터벅 다가와서, 위로하는 얼굴을 하며 프랜치스의 어깨에 가볍게 손을 얹었다.

"내가 할 수 있는 일이 있으면 제발 뭐든지 말해다오, 자아." 하고 진지한 표정을 지으며 말했다. "오늘 밤엔 핸드볼을 할 기분이 나지 않는구나."

"으응." 하고 프랜치스는 중얼거렸다. "오늘 밤은 그만두자구나."

"좋아, 좋아, 프랜치스."

밤 기도시간을 알리는 종이 울렸다.

"뭔가 근심스러운 일이 있는가 보구나. 오늘 밤은 특히 너를 위해서 기도하겠다."

기도하는 동안, 프랜치스는 폴리 아주머니의 이해가 잘 가지 않는 편지의 일을 이모저모로 생각해 보았다. 기도가 끝나자, 문득 러스티 맥에게 상의해야겠다는 충동에 사로잡혔다. 그는 넓은 계단을 천천히 올라갔다.

교장실에 들어가 보니 교장 혼자 있는 것이 아님을 깨달았다. 타란트 신부가 서류의 산더미 뒤에 자리잡고 있었다. 그리고 그가 들어간 순간 이상하게 대화를 끊어 버린 것으로 보아서 프랜치스는 두 사람이 자기에 대한 이야기를 하고 있었다고 직감했다.

"실례했습니다." 그는 망설이는 시선을 러스티 맥에게 던졌다. "손님이 계신 줄은 생각지도 못하고……, 죄송합니다."

"괜찮아, 치셤. 앉아라."

지체없이 그렇게 말하는 따스한 어조가 반쯤 문쪽으로 물러나고 있던 프랜치스의 발걸음을 멈추게 하고, 책상 옆의 등의자에 앉게 했다. 짧고 굵은 손가락을 천천히 움직이면서 러스티는 닳아빠진 마도로스 파이프에 담배를 재고 있었다.

"무슨 일이지?"

프랜치스는 얼굴이 붉어졌다.

"저는 선생님 혼자 계신 줄 알고……."

웬지 교장은 그가 호소하는 시선을 이상하게 피하는 것 같았다.

"타란트 선생님이 계셔도 상관 없지 않은가. 무슨 용무지?"

피할래야 피할 수가 없게 되었다. 다른 구실도 졸지에 생각이 나지 않아 프랜치스는 더듬거리면서 말했다.

"집에서 편지가 왔습니다……."

아까는 러스티 맥에게 폴리의 편지를 보여줄 작정이었다. 그러나, 타라트 신부 앞에서는 자존심이 허락하지 않았다.

"무슨 이유인지는 모르지만 휴가 때에 귀성하지 말라는 겁니다."

"호오."

자기의 착각이었을까. 그러나 두 사람 사이에 재빠르게 시선이 교환된 것 같았다고 그는 생각했다.

"그것 참 낙심천만이겠구나."

"네 그렇습니다. 더구나 웬지 걱정이 됩니다. 여러 모로 생각해 보았습니다만……, 어떻게 했으면 좋을는지 여쭈어 보려고 왔습니다."

대답이 없었다. 마그냅 신부는 낡아빠진 망또를 전보다도 더욱 단단히 감싸 입으면서 역시 파이프를 만지작거리고 있었다. 그는 대개의 학생들 일을 소상히 알고 있었으나 지금 자기 옆에 앉아 있는 학생은 자기의 마음에 불을 밝혀 줄 것 같은 섬세하고, 아름답고, 더구나 완고하리만큼 정직한 데를 가지고 있는 것이다.

"누구에게나 실망이라는 것은 있는 법이야, 프랜치스."

그 말소리는 여느 때보다도 부드러웠다.

"타란트 선생님이나 나도, 오늘은 실망했다. 스페인에 있는 신학교에서 전임명령이 내렸단다."―약간 말을 끊고―"나는 거기 교장으로, 타란트 신부는 부교장에 임명되었어."

프랜치스는 말이 막혀 대답할 수가 없었다. 산 모라레스에 가는 것은 주교가 되기 위한 단계로서 남이 부러워하는 영전이었다. 그러나 타란트가 어떤 반응을 보이든 간에―프랜치스는 힐끗 그의 무표정한 옆얼굴을 훔쳐 보았다—마그냅은 그렇게 생각하고 있지 않은 것 같았다. 호리웰의 푸르른 숲이나 강을 진정으로 사랑해 온 교장으로서는 건전한 땅인 아라콩(스페인의 동부지방)의 평원은 뭐니뭐니해도 이방(異邦)임에는 틀림이 없었을 것이다.

러스티 맥은 상냥한 미소를 지었다.

"나는 말이지, 언제까지나 여기에 있으려고 마음먹고 있었고, 너는 너대로 집에 돌아갈 생각으로 머리가 꽉 차 있겠지. 그러나 어떡하겠나. 전능하신 하느님에 의한 이 징벌을 우리 두 사람 다같이 달게 받기로 하자구나."

프랜치스는 혼란된 머리 속에서 적당한 말을 찾아내려고 애를 썼다.

"그렇지만, 다만 걱정이 되어 찾아뵈었습니다.……돌아가보고 어떠한 사정인지 확실히 알고, 자신이 할 수 있는 일이라면 무슨 일이나 도와드릴려고 생각하고 있습니다."

"어떻게 된 걸까?" 마그냅 신부는 말했다.

"타란트 선생, 어떻게 생각하시오."

서류의 그늘에서 타란트 신부가 몸을 움직였다.

"저의 경험에서 말하자면 복잡한 일은 밖에서 이러쿵저러쿵하지 말고 자연에 맡겨두는 것이 가장 좋은 해결책이라고 생각합니다."

그 이상은 이미 말할 것이 없었다. 교장은 탁상의 스탠드에 스위치를 넣었다. 어두운 서재가 갑자기 밝아졌으나, 동시에 회견도 끝이라고 생각되었다. 프랜치스는 일어났다. 그리고 두 사람을 향하여 더듬거리면서 진심으로 교장에게 말했다.

"선생님이 스페인에 가시는 것은 대단히 유감이며 뭐라고 말씀드려야 할지를 모르겠습니다. 학교는……, 아니 저는……, 대단히 쓸쓸해집니다."

"거기에 가서 또 만나게 되겠지."

그 말에는 희망과 온화한 애정이 담겨져 있었다.

프랜치스는 대답을 하지 않았었다. 부동 자세로 선 채로 불만스러운 얼굴을 하고 뭐라고 말해야 좋을지를 모르고 숱한 생각이 한꺼번에 머리를 스쳐가는 순간, 문득 책상 위에 펼쳐진 채로 있는 편지에 눈이 멈추었다. 편지라기보다는—약간 거리가 멀어 글씨는 확실하지 않았으나—편지 왼쪽의 선명한 잉크로 인쇄된 머리글자가 눈에 띄인 것이다. 프랜치스는 얼른 눈을 돌렸다. 그러나 그 때는 이미 '성 도미니크 성당, 타인카슬'이라고 하는 글씨를 읽어 버린 것이다.

전신이 떨렸다. 집에 뭔가 불행이 일어난 것이다. 이미 의심할 여지가 없다. 그는 무신경한 얼굴을 한 채로 아무런 표정도 보이지 않았다. 선생들은 두 사람이 다같이, 그가 편지를 본 것을 눈치채지 못했다. 그러나 문쪽으로 걸음을 옮기고 있는 프랜치스는 이미 누가 반대할지라도 자기가 나아갈 길은 하나밖에 없다고 마음에 맹세하고 있었다.

5

기차는 무덥기만 한 그 유월의 어느 날 오후 두 시에 도착했다. 프랜치스는 가방을 들고, 역에서 빠른 걸음으로 걸었으나 눈에 익은 거리쪽으로 가까워질수록 가슴이 두근거렸다.

주점 앞에 이르러 보니 그 안은 이상하게 조용했다. 그는 폴리 아주머니를 놀라게 해줄 양으로 살그머니 옆 계단으로 뛰어올라 안으로 들어갔다. 여기도 조용하기만 하고, 밖의 환한 복도에서 들어왔기 때문에 그곳은 묘하게 어두컴컴했으며, 복도도 부엌도 텅 비어 있었고, 다만 시계소리만이 굉장히 큰 소리로 제꺽제꺽하고 있었다. 그는 거실로 들어갔다.

네드가 식탁 앞에 앉아서 두 팔굽을 거친 융단 위에 세우고 눈앞의 아무것도 걸려 있지 않은 벽을 멍하니 바라보고 있었다. 그 모습도 모습이려니와, 아저씨의 심히 변모된 모습에 프랜치스는 불현듯이 목이 매여왔다. 네드는 20킬로나 야위어 버리고, 옷은 헐렁거렸으며, 동그랗게 윤기있는 얼굴도 비참하리만큼 초췌해져 버렸다.

"아저씨!"

그렇게 말하고 프랜치스는 손을 내밀었다.

잠시 동안은 대답도 없었으나 아저씨는 이윽고 천천히 돌아보았다. 그 불행에 찌들은 것 같은 눈에도 겨우 상대를 알아본 것 같았다.

"너였구나, 프랜치스," 어딘지 모르게 애매한 미소를 머금고,

"돌아오리라고는 생각지 않았는데……."

"그럴 작정은 아니었습니다."

근심이 앞서서 어찌할 바를 몰랐으나 애써 웃는 얼굴을 지으며 말했다.

"그렇지만, 휴가가 되고 보니 가만 있을 수가 있어야지요. 아주머니는?"

"출타했어. ……아아, ……아주머니는 이틀간 호이트리 만(灣)에 가 계신다."

"언제 돌아오시죠?"

"글쎄, 아마도 내일일 거야."

"그리고 노라는?"

"노라말인가." 네드의 태도는 담담했다.

"그애는 아주머니와 함께 있어."

"그렇습니까." 프랜치스는 자기도 모르게 안도의 한숨을 내쉬었다.

"그러니까 전보를 쳐도 대답이 없었군요. 그런데 아저씨……, 아저씨도 건강하신 거지요?"

"으음, 나는 건강해, 프랜치스. 요즘 기후 탓인지 약간 이상하지만……, 아냐, 내 일은 별일 없을 거야."

아저씨의 가슴팍이 갑자기 이상하게 파도쳤다. 그때 그 계란형의 얼굴에 눈물이 한 줄기 흘러 내리는 것을 보고 프랜치스는 뭔가 오싹해지는 전율을 느꼈다.

"자아, 가서 뭔가 먹으려무나, 식기선반에 가득히 있으니까. 길포일에게 말하면 뭐든지 꺼내 줄 거야. 아래 주점에 있다. 그 사람에겐 대단히 폐를 끼치고 있다."

네드는 눈 둘 곳을 몰라 하며 다시 앞의 벽으로 눈을 돌려 버렸다.
어떻게 했으면 좋을지를 몰라 망설이다가 프랜치스도 가방을 가지고 자기의 작은 방으로 갔다. 복도를 지나가는데 노라의 방 문이 열린 채로 있었다. 아담한 하얀 방의 상태를 얼핏 보고 갑자기 당황하여 외면했다. 그리고 황급하게 아래층으로 내려갔다.
주점은 텅 비어 있었고, 단골인 스캔티마저도 모습이 보이지 않았으며 여느 때의 그 구석자리에 아무도 없는 것이 단단한 벽에 금이라도 간 것처럼 오히려 눈을 끌었다. 카운터 뒤에 서디어스 길포일이 셔츠의 소매를 걷어 올리고 신나게 컵을 닦고 있었다.
프랜치스가 들어가자 그는 휘파람을 뚝 그쳤다. 약간 놀랐는지 일순간 멍하니 바라보다가, 이윽고 부드러운 물 젖은 손을 환영의 의미로 내밀었다.
"여어, 여어." 그는 큰 소리를 쳤다.
"야, 귀한 손님 오시는군."
길포일의 주인행세하는 태도가 약간 비위에 거슬렸다. 그러나 프랜치스는 아까부터 가슴의 동계가 심해지기만 했으므로 오히려 아무렇지도 않은 듯이 대했다. 그리고 농담처럼 말했다.
"이런 데에 있을 줄은 몰랐어요. 가스 회사는 어떻게 하고서……."
"회사는 이미 그만두었어." 하고 길포일은 태연스럽게 말했다.
"왜요?"
"여기에서 묵기로 했지."
그는 컵을 하나 들어올리고 제법 기술자인 척 비춰보고 나서 후 하고 입김을 불어 닦기 시작했다.
"와 달라고 부탁받았기 때문이야.……어쩔 도리가 없었지."
프랜치스는 신경이 이미 견딜 수 없이 긴장되는 것을 느꼈다.
"어찌된 거요. 도대체 무슨 일이 있었어요, 길포일?"
"길포일 씨라고 불러 주었으면 좋겠는데, 프랜치스." 길포일은 책망이라도 하는 것처럼 거들먹거리는 어조로 말하는 것이다.
"나는 네드 씨의 얼굴을 보면 가슴이 미어지는 것 같아서 아무래도 오지 않을 수 없었단 말이야. 옛날의 네드 씨가 아니야, 프랜치스. 옛날처럼 좋아질는지 어떨지는 모르지만."

"어쨌다는 거요? 마치 아저씨가 미치기라도 한 것처럼 당신은 말하는데."

"그래요, 프랜치스. 저 사람은……." 하고 길포일은 신음하듯이 말했다.

"그렇지만 겨우 요즈음은 제정신을 차리긴 했지만 말이지."

그는 프랜치스가 노기를 띠고 응시하자, 손을 저으며 울음 섞인 목소리로 말했다.

"나에게 그렇게 대하지 않았으면 싶은 거야. 나는 말이지, 할 일을 다하고 있으니까 말이야. 거짓말이라고 생각하면 휫제랄드 신부님께 여쭈어 보란 말이야. 내게 전부터 다들 그다지 탐탁하지 않게 생각하고 있는 것은 알고 있어. 점점 커지면서 휴가 때에 돌아오면 나를 놀림감으로 삼았었지 않았는가 말이야. 그렇지만 나는 너를 대단히 호의를 가지고 대해 왔어. 서로 사이 좋게 지내지 않으면 안 될 거야.……특히 지금에 와선 말이지."

"지금에 와서라니 그게 어쨌다는 거야?" 프랜치스는 이를 악물었다.

"그래, 에, 에……너는 아직 알고 있지 않은 모양이군.……그야 그럴 테지."

길포일은 갑자기 징그럽게 히죽히죽 웃었다.

"저번 일요일에 비로소 성당에서 공포되었어. 알겠어, 프랜치스, 나와 노라는 결혼하게 되었다구."

폴리 아주머니와 노라는 그 이튿날 돌아왔다. 아무리 생각해도 길포일의 수수께끼 같은 말을 이해할 수 없어, 프랜치스는 불안하고 초조하여 두 사람이 돌아오기를 안타깝게 기다렸었다. 그리하여 황급히 폴리 아주머니를 만나 이야기하려고 했다.

그러자 폴리는 그를 보고 처음엔 깜짝 놀랐으나, 그 놀라움이 진정되자,

"프랜치스, 오지 말라고 일렀지 않았니!"

하고 울음 섞인 소리를 지르며 노라를 데리고 2층에 뛰어올라가 버

렸다. 프랜치스가 아무리 접근하려고 해도 들은 체도 하지 않고 똑같은 말을 되풀이할 뿐이었다.

"노라는 건강이 좋지 않아요.……병이라고 했잖니? 나가 있거라.……간호하지 않으면 안 되니까 말이야."

핀잔을 맞았기 때문에 그는 더욱 더 불안스런 예감이 머리를 스쳤다. 뾰로통하여 그는 자기 방으로 돌아갔다. 노라는 거의 그에게는 시선을 주지도 않았고, 그대로 침대에 들어가 버렸다. 그리고, 한 시간 가량 폴리가 부지런하게 쟁반이나 찜질할 그릇인 탕파(湯婆)를 가지고 오르락내리락 하면서 작은 목소리로 노라에게 뭐라고 하는 소리와 안절부절 못하며 자꾸만 무슨 주의를 주고 있는 소리가 들려왔다.

버들가지처럼 야윈 노라의 창백한 얼굴은 그야말로 병자 같았다. 폴리 아주머니도 역시 초췌해져서 여느 때와는 달리 몸매무새 같은 것에는 신경도 쓰지 않고 시종 이마에 손을 대는 묘한 버릇이 생겼다. 밤늦게 그녀의 방에서 낮은 목소리로 기도를 올리고 있는 소리가 들렸다. 아무리 해도 수수께끼를 풀지 못한 채, 프랜치스는 이를 악물고 전전긍긍하고 있었다.

이튿날은 아침부터 맑은 날씨였다. 그는 일어나자 습관적으로 새벽 미사에 나갔다. 돌아와 보니 노라가 뒤뜰의 계단에 앉아서 햇볕을 쪼이고 있었다. 그 발밑에서 두세 마리의 병아리가 삐약거리면서 놀고 있었다. 그가 와도 그녀는 길을 터주려고 하지 않았다. 그가 멈추어 서자 그 얼굴을 물끄러미 내려다보았다.

"꼭 신부님 같군요.……일찍 다녀오시는군, 천당에 가시려구!"

그는 그 어조에는 뜻밖에도 가시가 돋혔기 때문에 불현듯 얼굴이 빨개지지 않을 수 없었다.

"미사는 횟제랄드 신부님이 집전하셨나요?"

"아니야, 보좌신부님이."

"그 무뚝뚝한 우공(牛公)이. 그래요, 하긴 그 사람 악의는 없어. 그렇지요."

그녀는 야윈 턱을 더욱 야윈 손등에 괴고 아래를 향한 채 병아리들을 보고 있었다. 본래 선병질(腺病疾)적인 성질인 것은 알고 있었으나 마치 어린애 같은 이런 쇠약한 몸뚱아리를 보고 그는 새삼스럽게 놀랐다. 그는 무심한 눈의 색과도 조화를 이루지 못하고, 귀찮은 듯이 입은 사치스럽고 또한 새로운 회색의 드레스와도 퍽 균형이 잡히지 않은 것이다. 그 모습을 보고만 있어도 가슴이 미어지는 것 같아 견딜 수 없는 기분이었다. 노라의 고통이 자신의 가슴을 찢어 헤치는 것 같았다. 그는 머뭇거리다가 시선을 돌려 버렸다. 그리고 낮은 소리로 말했다.

"아침식사는 끝났어?"

노라가 고개를 끄덕였다.

"아주머니가 무리하게 먹게 하셨어. 정말로 내버려 두었으면 좋으련만."

"오늘은 무슨 약속이라도 있니?"

"약속 같은 거 없어."

그는 다시 머뭇머뭇하고 있었으나, 이윽고 근심스러운 눈에 감정을 모두 담아서 느닷없이 말했다.

"그럼, 산책이라도 하지 않겠어? 노라, 전에 자주 갔었잖아. 오늘은 근사한 날씨니까."

그녀는 꼼짝도 하지 않았다. 그러나 너무 말라빠져 홈이 패인 볼에 약간 생기가 도는 것 같았다.

"그럴 기분이 아냐." 그녀는 꽤 나른한 듯한 소리로 말했다.

"지쳤어요."

"이봐, 노라. 가자구! 부탁이야."

그녀는 잠시 잠자코 있었으나,

"그래, 좋아요."

그는 갑자기 가슴이 다시 죄이는 기분이었으나 그래도 잽싸게 부엌에 들어가 샌드위치와 케이크를 잘라 서둘러 솜씨 없는 꾸러미를 만들었다. 마침 폴리 아주머니의 모습이 보이지 않았으므로 그는 제발 만나지 않았으면 하고 속으로 빌었다. 10분 후에는 노라와 그는 붉은 철도마차를 타고 거리를 덜커덩덜커덩 흔들리며 가고 있었다. 그리고 한 시간쯤 지나 두 사람은 서로 말이 없는 채로 나란히 고스포스의 언덕을 걷고 있었다.

왜 이 그립던 장소를 골랐는가 자신도 잘 알 수가 없었다. 마침 새싹이 돋아날 때이며 전원의 전망은 참으로 좋았다. 그러나 그 아름다움이 견딜 수 없을 만큼의 감동을 불러일으키는 것이다. 사과의 꽃봉오리가 거품이라도 품어 놓은 것처럼 보이는 랭의 과수원까지 와서 그는 잠간 멈추어 서서 두 사람 사이에 가로 놓여있는 강철과 같은 침묵을 깨뜨리려고 했다.

"자아, 노라. 잠깐 들어가서 랭 씨한테 인사나 하자구나."

그녀는 체스의 말처럼 사과창고의 주위를 둘러싸고 있는 사과나무에 흘끗 눈을 돌렸다. 그리고 느닷없이 토해내듯이 말했다.

"싫어, 그런데는 다시 보기 싫단 말이야."

프랜치스는 아무 대답도 하지 않았다. 다만 그녀의 신경질이 자기를 향한 것이 아니란 것만은 알고 있었다.

한 시경, 두 사람은 고스포스의 언덕 정상에 닿았다. 노라가 심히 피로한 것 같아서 프랜치스는 상의도 하지 않고 커다란 떡갈나무 아래에서 도시락을 먹을 작정으로 멈추어 섰다. 보기 드물게 따뜻하고 쾌청한 날씨였다. 멀리 눈 아래의 평지에 둥근 지붕과 첨탑이 솟아있는 시가가 금빛으로 반짝거리면서 펼쳐져 있고 전망이 말할 것도 없이 아름다웠다.

그녀는 그가 펼쳐 놓은 샌드위치에는 거의 손을 대지 않았다. 프랜치스는 폴리의 강요하는 친절을 싫어하는 노라인 줄을 알기 때문에 억지로 권하지는 않았다. 나무 그늘은 상쾌했다. 머리 위에서 흔들리고 있는 신록의 나뭇잎과 떡갈나무 열매가 산재해 있는 이끼낀 땅바닥에 햇빛을 받아 융단 같은 무늬가 되어 반짝거린다. 주위는 수액의 냄새에 충만해 있고, 나뭇가지에서는 티티새가 목이 쉰 소리로 지저귀고 있었다.

노라는 나무그루에 몸을 기대고 머리를 뒤로 돌려 눈을 감았다.

이러한 휴식만이 그가 그녀에게 줄 수 있는 최대의 선물인 것같이 생각되었다. 그는 그러한 그녀를 물끄러미 지켜보고 있었다. 가냘프고 뼈가 드러난 목덜미가 말할 수 없이 가련하다. 그 복받쳐 오르는 슬픔이 노라를 어디까지든지 지켜주어야겠다는 이상한 감정을 몰고 왔다. 그때, 노라의 머리가 이윽고 나무그루에서 미끄러질 것 같았으나 일순간 그는 그녀의 피부에 접촉하는 것을 망설였다. 그러나 잠을 자고 있다면 해로울 것 같아서 무의식적으로 그녀의 머리를 돌려 놓으려고 팔을 뻗쳤다. 그대 그녀는 느닷없이 벌떡 일어나 그의 얼굴이며 가슴팍을 신경질적으로 마구 두들겨 주었다.

"내버려 둬요, 싫어! 짐승 같은."

"노라, 노라! 왜 그러는 거야."

숨소리를 거칠게 내쉬면서 얼굴은 노기에 부들부들 떨며 그녀는 몸을 도사렸다.

"그런 식으로 속이지 말아요. 사내는 다 똑같아. 누구나 말이야. 그렇다니까."

"노라!" 그는 필사적으로 항변했다. "부탁이야……제발 확실한 말을 해줘!"

"확실하게라고, 무엇을 어떻게?"

"뭐든 모조리 말이야……왜 네가 이러는지……. 길포일과 결혼하는지……."

"그 사람하고 결혼하는 것이 무슨 잘못이라도?"

그녀는 괴로운 변명을 반문하는 어조로 토해내듯이 던졌다.

입술이 말라 거의 말이 나오지 않았으나 프랜치스는 겨우 대꾸했다.

"노라, 들으라구. 그놈의 쓸개 빠진 아첨꾼이라는 건 잘 알지 않아……. 너완 질적으로 다르단 말이야."

"그 사람이건 누구건 다 마찬가지야. 모두 똑같다구 했잖아. 적어도 그 사람에게는 그 사람다운 일을 하게 할 테야."

그는 어안이 벙벙하여, 뺨이라도 얻어맞은 것처럼 새파랗게 된 얼굴을 하고 그녀를 응시했다. 믿을 수 없다 하는 그의 눈이 잔혹하리만큼 그녀에게 공격을 가했으나 공격을 받은 그녀는 그녀대로 잔인하게 반격을 했다.

"내가 너하고 결혼할 줄 알았었나? ……영리한 눈을 가진 올챙이 사제(司祭)님! 설익은 성자(聖者)님!"

그녀의 입술은 통렬한 조소로 일그러져 있다.

"하고 싶은 말 다 할 테야. 넌 우스꽝스러운 바보예요.……만화 같은 신부님. 꼴불견이에요, 경건한 눈을 하늘로 향하고, 자기는 그것이 얼마나 우스꽝스러운지 모르는 모양이야……, 올챙이 승정(僧正)님. 너 같은 사내들이 없었으면 참으로 좋겠어……난."

그녀는 숨이 차서 가슴을 심히 들먹이면서 손등으로 흐르는 눈물을 억제하려고 했으나, 드디어는 흐느껴 울며 그의 가슴에 허물어지듯이 안겼다.

"프랜치스, 프랜치스, 용서해. 내가 너를 얼마나 사랑해 왔는지 넌 알고 있잖아. 죽여주어. 그래서 속시원하겠으면 말이지 나를 죽여도 난 상관 없어."

어색하게 이마를 짚어 주면서 진정시키려고 했으나 그러한 그 자신도 역시 그녀 못지 않게 몸을 떨고 있는 것을 의식했다. 그래도 몸부림치며 흐느끼던 소리는 점점 낮아져 가고 있었다. 그녀는 상처입은 작은 새처럼 그의 가슴팍에 안겨 얼굴을 파묻고 피로에 지쳐 꼼짝도 하지 않았다. 잠시 있다가 몸을 일으켜 외면을 한 채 손수건을 꺼내서 눈물로 얼룩진 얼굴을 닦고, 모자를 고쳐 쓰고, 이윽고 지친 어조로 말했다.

"이젠 돌아가는 것이 좋을 것 같아."

"나를 봐요, 노라."

그러나 그녀는 그의 말에 따르지 않고, 다만 아까와 같은 단순한 소리로 말했다.

"하고 싶은 말이 있으면 뭐든 말해."

"그럼 하겠어, 노라!" 젊은 피가 뜨겁게 그의 가슴을 불태웠다.

"이젠 나도 잠자코만 있을 순 없어. 나도 뭔가가 이면에 있다는 것은 알고 있어. 그것을 기어코 캐내고 말 테니 두고보라구. 넌, 그 멍청이 길포일과 결혼해선 안 돼. 나는 너를 사랑하고 있어, 노라. 너를 위해서 끝까지 싸울 테야."

그녀는 고통스러운 듯 잠자코 있었다.

"프랜치스, 내 말 좀 들어."
잠시 있다가 노라가 묘하게 몽롱한 미소를 띄우면서 입을 열었다.
"네가 하는 말을 듣고 있으니까, 어쩐지 이미 백 년이나 살아온 기분이야."
일어서서 그녀는 몸을 굽히고 그의 볼에 키스했다. 그것은 훨씬 이전에도 하던 그런 키스였다. 두 사람이 언덕을 내려갈 무렵에는 높은 나무 위의 티티새의 지저귐도 그쳐 있었다.

그날 밤 프랜치스는 결심한 바 있어, 파지장(波止場) 근처의 마군 부부가 살고 있는 아파트를 방문했다. 매기는 아직 돌아오지 않았고, 주점에서 추방된 스캔티만이 혼자서 좁은 한 칸 밖에 되지 않은 방에 있었다. 그는 불 옆에 웅크리고 앉아서, 털깔개를 만드는 북을 촛불 아래서 놀리고 있었다. 들어온 사람이 프랜치스인 것을 보고 멍한 눈이 반가운 빛으로 변했다. 그 빛은 프랜치스가 주점에서 슬쩍 가져온 위스키 병을 꺼냈을 때 한결 더 빛났다. 스캔티는 서둘러 컵을 꺼내, 진지하게 손님의 건강을 빙자하며 건배했다.
"야아, 이 맛!" 그는 남루한 소매로 입을 닦으면서 중얼거렸다.
"그 인색한 길포일이란 놈이 주점에 버티고 있는 이래 난 한 방울도 마시지 못했어."
프랜치스는 등받이가 없는 나무의자를 불 옆으로 끌어당겼다. 그리고 음산한 소리에 힘을 주어 무겁게 그늘진 눈을 하고 입을 열었다.
"스캔티 씨, 유니온 주점에 무슨 일이 있었어요? 노라와 아주머니, 아저씨에게? 내가 돌아온 지 사흘이 됐지만, 뭐가 뭔지 전연 알 수가 없어요. 무슨 까닭인지 이야기해 주세요."
경계의 빛이 얼른 스캔티의 얼굴을 스쳐갔다. 그는 프랜치스에게서 위스키 병으로, 다시 프랜치스로 눈을 옮겼다.
"내가 알 까닭이 없지."
"음, 알고 있어요. 얼굴에 그렇게 씌어져 있는 걸요."
"네드가 아무 말도 하지 않던가?"
"아저씨가요? 아저씨는 흡사 벙어리 같아요."

"안됐어."

스캔티는 신음하듯 십자를 긋고 다시 위스키를 따랐다.

"그렇게 되리라고는 생각지도 않았어. 그만한 사람에게도 재난이 있으리라고는……."

그리고 갑자기 목쉰 소리로,

"나는 말할 수 없어, 프랜치스. 생각만 해도 부끄러울 뿐이야. 들어봐야 아무 소용 없어."

"그렇지 않아요, 스캔티 아저씨!" 하고 프랜치스는 재촉했다.

"내용만 확실히 알면 내 힘으로 어떻게 할 수 있을 거요."

"길포일의 일 말인가?"

고개를 갸우뚱하면서 스캔티는 생각하고 있었으나, 드디어 천천히 고개를 끄덕였다. 그는 힘을 차리려고 다시 한 잔을 하고서 주름투성이의 얼굴을 진지하게 긴장시켜 조용조용히 말했다.

"그럼, 결코 아무에게도 말하지 않겠다고 맹세하면 이야기해 주겠어, 프랜치스. 진실을 말하자면……, 노라가 애기를 낳은 거야."

불현듯이 프랜치스는 숨을 죽였다. 스캔티가 또 한 잔을 들이키고 있는 동안 그는 아무 소리도 하지 않았다.

"언제?"

"벌써 6주일 전이야. 호이트리 만(灣)에 가 있었어. 애기는 여아였는데, 거기서 어떤 여자가 맡아 기르고 있는 모양이야. 노라는 애기를 보는 것만도 괴로웠던 것 같아."

프랜치스는 땀을 줄줄 흘리면서 가슴속의 격정을 꾹 진정시키고 있었다. 그래도 겨우,

"그럼, 애비는 길포일인가요?"

"그 속 빈 놈 말인가!"

스캔티는 제정신을 잊은 듯이, 증오에 불타는 눈으로 노기를 띠어 말했다.

"아니야, 천만의 말씀. 그 놈은 다만 자기도 자랑하고 있듯이 자진해서 좋은 일한답시고 나서서 애기에게 자기 이름을 붙여 주고, 한술 더 떠서 유니온 주점에 들어앉은 거야. 악당놈! 휫제랄드 신부님이

그놈의 배경이야, 프랜치스. 뻔한 일이야. 놈들이 하고 있는 것은. 결혼식을 올리고, 그리고 신혼여행을 장기간 가 있다가 적당한 때에 그 애기를 데리고 돌아올 꿍꿍이속이거든. 웃기고 있어. 그런 것도 모르고 있는 바보가 세상 천지에 어디 있담!"

프랜치스는 이젠 견딜 수가 없었다. 심장이 터질 것만 같았다. 그래도 떨리는 목소리로 가까스로 억제하고,

"노라에게 애인이 있었다니, 난 조금도 눈치채지 못했어요. 스캔티……, 누군지 당신은 알고 있나요.……그애의 아버지를 말이오."

"내가 알 까닭이 없잖아!"

방안을 왔다갔다 하면서 큰 소리를 갑자기 지른 스캔티의 이마에는 불현듯 핏기가 서렸다.

"그런 것 난 몰라. 나 같은 가난뱅이에게는 알 도리가 없지. 네드 씨도 몰라. 정말이야. 네드 씨는 언제나 나한테 잘해 주었어. 친절하고 훌륭한 사람이야. 하긴 폴리 아주머니가 집을 비워 술에 취한 때는 별도이지만. 안 돼, 안 된다구, 프랜치스. 아무리 찾아보아야 헛일이야. 그런 사나이는 알 필요도 없어."

다시 얼어붙은 것같은 침묵이 계속되었다. 프랜치스는 눈앞이 캄캄하여 심한 구토증을 느꼈다. 그러나 간신히 일어났다.

"스캔티 씨. 여러 가지로 알려 주어서 감사해요."

그는 방을 나와, 현기증을 느끼면서 아무것도 깔지 않은 아파트의 계단을 내려갔다. 이마도 손바닥도 얼음 같은 식은땀으로 촉촉히 젖어 있었다. 하나의 장면이 머리에 달라붙어 그를 괴롭혔다. 아담하고 조용한 노라의 침실인 것이다. 증오만은 아니었다. 다만 연민의 정이 심히 경련하는 것이다. 지저분한 앞뜰을 지나자 갑자기 현기증이 나서 전신주에 기댄 채 뱃속에 있는 것은 전부 도랑에 토해냈다.

그러자, 이번에는 오한이 왔으나 기분은 아까보다 훨씬 맑아졌다. 그는 결심을 하고 성 도미니크 성당쪽으로 걸어갔다.

성 도미니크 성당의 가정부는 사제관 특유의 조용한 신중성으로 그를 맞아들였다. 가정부는 잠시 안에 들어갔다가, 1분쯤 있다가 어두컴컴한 등불이 밝혀진 현관으로 다시 돌아와 비로소 약간 미소를 지

어 보였다.

"마침 계셨습니다, 프랜치스. 신부님은 만나시겠다고 말씀하셨어요."

프랜치스가 들어가자 제랄드 횟제랄드 신부는 코담배 쌈지를 손에 들고 일어섰다. 붙임성이 좋고, 탐색적인 태도나 사내다운 풍채는 프랑스풍의 가구나 고풍의 기도대나 벽에 걸려 있는 이탈리아 문예부흥 전기의 훌륭한 복제화(複製畵)나 의장(意匠)에 공들인 방안을 향기롭게 하는 책상 위의 백합을 꽂은 화병 등등 이 모든 조화를 이루고 있다.

"아아, 잘 와주었어. 북국에 가 있는 줄만 알았지. 자, 앉으라구. 호리웰의 내 친구들은 모두 잘 있나."

코담배를 집으려고 잠시 말을 끊고, 눈으로 프랜치스가 입고 있는 교복의 넥타이를 보고선 그리운 듯이 고개를 끄덕였다.

"나는 말이지, 성도(로마를 말함)에 가기 전에 거기에 있었어.……근사하고 훌륭한 학교야. 친구인 마그냅과 타란트 신부, 그들은 로마에 있는 신학교 당시의 내 급우였어. 장래가 유망한 인물이야. 그런데 프랜치스."

약간 말을 끊고 기분이 좋은 부드러운 눈에 의연한 표정을 지었다.

"뭐 내가 도움이라도 될 일이 있나?"

괴로운 표정을 하고 숨을 헐떡이면서 프랜치스는 방바닥을 내려다보고만 있었다.

"노라의 일로 찾아뵈었습니다."

말이 더듬거려져서 지금까지의 방안의 온화하고 예의 바른 분위기를 완전히 망쳐 놓아 버렸다.

"그래, 노라양의 일이라면?"

"길포일과의 결혼 문제입니다.……노라는 자신이 그런 의사를 갖고 있지 않습니다.……참으로 불행해서 눈 뜨고 볼 수가 없습니다.……어딘지 바보짓 같고, 부정한 짓 같고……헛된, 그리고 무서운 사건이라고 생각합니다."

"자네 그 무서운 사건이란 것을 알고 있는가?"

"네,……다 알고 있습니다.……노라가 나쁘지 않다는 것을."

상대방은 아직 말도 하지 않았다. 휫제랄드의 훤칠한 이마에는 당혹의 빛이 역력히 나타났으나 그래도 그는 눈앞에 있는 이성을 잃은 청년을 엄숙한 연민의 눈으로 바라보고 있다.

"프랜치스군, 자네도 언젠가는 성직에 봉사하리라고 나는 생각하고 있는데, 그렇게 된 날에 나의 반이라도 경험을 쌓았다고 하면—불행하게도 나는 충분히 경험을 쌓아 버렸지만—어떤 종류의 사회적 질환에는 이것도 역시 마찬가지의 특수한 치료가 되리라고 믿는다. 자네는 이……." 하고 약간 고개를 꺄우뚱거리고 프랜치스가 말한 말을 되풀이했다.

"무서운 사건으로 망연자실하고 있는 것 같은데, 나는 별로 당황하거나 하지 않아요. 처음부터 알고 있었다고 말할 수도 있을 거야. 나는 말이지, 주점이라고 하는 장사를 잘 알고 있으며, 또 나로서는 이건 싫은 거야. 그것도 이 교구를 구성하는 바보 같은 사람들의 열등한 사고방식에 미치는 영향을 생각하기 때문이지. 자네나 나라면 침착하게 라크리마 크리스티('그리스도의 눈물'이라고 하는 이름의 이탈리아 산(産)의 붉은 포도주)를 조용히 음미할 수도 있겠지만 이것이 에드워드 바논군에 있어서는 그렇게는 되지 않는단 말이야. 그것은 좋다고 치자. 나는 아무것도, 누구를 비난할 생각은 추호도 없으니까 말이야. 다만 내가 말하고 싶은 것은 여기에 하나의 문제가 있다는 거야. 우리처럼 몇 시간이고 단조로운 고해실에서 지내는 사람으로서는 불행하게도 드문 일이 아니지만."

휫제랄드 신부는 약간 말을 끊고는 점잖은 손놀림으로 코담배를 꺼냈다.

"그럼, 그것을 어떻게 하는가 하는 문제인데, 먼저, 첫째로 태어난 어린아이를 법률상으로는 확실히 인정시키고 이에 세례를 해준다 이거야. 다음에는, 될 수 있으면 모친쪽도 이를 함께 받아들일 적당한 배우자를 성당에서 맺어 주는 일이야. 뭐든 확실한 질서를 밝게 하지 않으면 안 된다 이거야. 한 번 망쳐버린 사람에게도 다시 훌륭한 가톨릭 가정을 만들어 주는 일이야. 뒤얽힌 실이라도 사회라고 하는 건전한 직물(織物)로 짜나간단 말이다. 알겠나. 노라 바논이 길포일에게 시집가는 것은 대단한 행복이야. 머리는 그다지 좋은 편은 아니지만 그 사람은 착실한 사내야. 두고보라구. 일 년이나 이 년이 지나면 노라는 남편과 아이들에게 에워싸여 미사에도 나오게 될 테니까.……매우 행복하게 말이지."

"아뇨, 그런 일은 없을 것입니다."

프랜치스의 꼭 다문 입술에서 갑자기 그런 말이 새어 나왔다.

"노라는 행복하게는 결코 되지 않을 겁니다. 다만 상처입고 불행하게 될 뿐입니다."

휫제랄드는 약간 고개를 쳐들었다.

"그럼, 자넨 행복이 이 지상 생활의 최종 목적이다 이건가?"

"그런 동안 그 사람은 뭔가 돌이킬 수 없는 짓을 할 것입니다. 무리하게 노라에게 결혼을 강요할 수도 없을 것입니다. 신부님보다 제가 노라의 일은 잘 알고 있습니다."

"특히 친하게 잘 알고 있다 이거군 그래."

휫제랄드는 약간 바보 취급을 하는 것처럼 미소지었다.

"자네 자신이 그 여성에게 육체적인 흥미를 갖고 있는 것은 아니라고 생각하는데."

핏기를 잃은 프랜치스의 볼이 빨갛게 달아올랐다.

"저는 노라를 대단히 좋아합니다. 그러나, 좋아한다고 해서 고해실(告解室)을 더럽히는 사랑의 방법은 절대로 취하지 않습니다. 부탁입니다……." 그의 말소리는 이상하게 낮았고, 필사적인 어조를 띠고 있었다.

"이 결혼을 노라에게 강요하시지 말아 주세요. 그녀는 보통 사람과는 다릅니다. 총명하고 마음씨 고운 영혼의 소유자입니다. 그녀의 팔에 애기와 남편을 강제하는 권리는 누구든 갖고 있지 않을 겁니다. 그런데 그 순진하고 죄도 없는 그 사람이……."

휫제랄드는 노기가 충천하여 담배쌈지를 테이블 위에 탕탕 쳤다.

"나에게 설교하는 건가!"

"죄송합니다. 보시는 바와 같이, 저는 무슨 말을 하고 있는지 자신도 모르고 있습니다. 다만 신부님의 힘으로 어떻게든 해주셨으면 하고 생각하고 있을 뿐입니다."

프랜치스는 누구러지는 마음에다 채찍질을 하면서 최후의 힘을 짜내었다.

"하다못해 그녀에게 조금 더 시간의 여유를 주십시오."

"이미 충분해요, 프랜치스군."

아무리 신경질적으로 화를 내고 얼굴색을 변하게 했을지라도 곧바로 스스로를 누르고 또한 상대방까지도 제압하는 능력을 지닌 사제는 황급히 의자에서 일어나 납작한 금시계를 꺼내어 보였다.

"여덟 시에 갈 곳이 있어 이만 실례하겠네."

사제는 따라서 일어선 프랜치스의 어깨를 책망하듯이 가볍게 두들겼다.

"자네는 아직 어른이 안 됐어요. 약간 얼빠진 사람이라고 말해 주고 싶은 거야. 그러나 고맙게도 성당이란 것이 있단 말이야. 이것이 네 현명한 어머니이시다. 그 성당의 벽에 머리를 부딪히거나 하는 따위의 짓은 결코 하지 말라구, 프랜치스. 성당은 몇 세기를 거쳐 왔고, 자네 따위의 반항보다 더욱 더 강한 저항에 견디어 왔으니까 말이다. 자, 똑똑한 프랜치스. 결혼식이 끝나면 다시 오라구. 그때 호리웰의 이야기라도 하자구나. 그때까지 오늘 너의 난폭한 언동의 속죄로써 나를 위하여 성모찬가(동정녀 성모마리아에 대한 기도)를 외워주지 않겠나."

프랜치스는 잠자코 있었다. 모든 것이 헛일이었다. 아무 소용이 없었던 것이다.

"네, 알겠습니다."

"그럼 안녕, 프랜치스……하느님의 축복을."

밖은 밤기운이 차가웠다. 프랜치스는 어린 자기의 무력함을 뼈저리게 느끼면서 무거운 다리를 끌듯이 하면서 사제관을 나왔다. 그 발자욱 소리가 포도에 침울하게 메아리졌다. 성당의 돌계단까지 왔을 때 마침 당지기가 옆 문을 닫으려고 하는 참이었다. 최후의 등불이 꺼졌을 때 모자를 쓰지 않은 프랜치스는 어둠 속에 선 채, 그 높은 건물이

망령 같은 창에 눈을 못박았다. 그러자 문득 절망의 밑바닥에서 신음하는 것같은 기도의 소리가 새어 나왔다.

"아, 하느님, 당신의 뜻대로 하여 주십시오."

결혼식의 날짜가 가까워짐에 따라서 프랜치스는 열병에라도 걸린 것처럼 한잠도 잘 수 없었다. 그러나, 주점의 분위기는 마치 괴인 못물처럼 어느새 잔잔해져 버렸다. 노라는 얌전해졌고, 폴리도 어딘지 희망을 찾아낸 것 같았다. 더구나 네드는 사람의 눈을 피하여 혼자서 고독을 지키고 있었으나, 눈 속의 그 멍한 공포의 빛은 엷어져 가고 있었다. 식은 물론 은밀히 하기로 되어 있었다. 그러나, 혼수와 지참금 등은 별로 은밀히 할 필요가 없었으며, 킬라니에로의 장기간 신혼여행도 예정대로 하기로 되었다. 집안에도 옷가지며 호화스런 옷감이 잔뜩 흐트러져 있었고, 폴리는 핀을 잔뜩 입 안에 물어대며 차례차례로 만들어져 나가는 의상의 가봉을 제발 입어 보십사 하고 노라에게 애원하여 입혀 보고는 이옷 저옷 사이를 바쁘게 헤엄쳐 다녔다.

길포일은 점잖은 체하면서 그것을 구경만 하고 있었고 유니온 주점에서 제일 고급인 여송연을 피우면서 때로는 네드와 금후의 재정문제 등에 대하여 의논하는 일도 있었다. 공동 경영의 계약서가 순조롭게 서명되었고, 젊은 부부를 위한 집 증축을 하는 등의 이야기에 꽃피우기도 하였다. 길포일쪽의 가난한 친척들이 떼를 지어 드나들었고, 알랑거리며 제멋대로 굴기도 하였다. 그 가운데서도 가장 심한 것은 시집간 길포일의 누님인 미세스 닐리와 그의 딸 샤로트였다.

노라는 거의 말을 하지 않았으나 한번 복도에서 프랜치스와 마주쳤는데. 그녀는 멈추어 섰다.

"알고 있죠.……그렇죠?"

그는 가슴이 터질 것 같아, 그런 그녀의 눈을 쳐다볼 수가 없었다.

"음, 알고 있어."

두 사람은 다같이 숨막히게 침울할 뿐이었다. 그는 더 이상 답답함을 참을 수 없어, 갑작스럽게 어린애 같은 눈물을 눈언저리에 글썽거리면서 느닷없이 밑도 끝도 없는 소리를 지껄였다.

"노라……, 이대로 내버려 둘 수는 없어. 나는 네 일을 얼마나 걱정하고 있는지 몰라.……너를 돌봐주는 것쯤은 나도 할 수 있어.……일하겠어. 너를 위해서라면, 노라……, 둘이서 어디론가 가 버리자구나."

그녀는 이상한 얼굴을 하고, 불쌍히 여기는 듯한 눈매로 물끄러미 그를 응시하고 있었다.

"간다구, 어디로 가지?"

"어디든 상관 없잖아."

거칠게 그렇게 말했으나 그의 볼은 눈물에 젖어 있었다.

그녀는 대답을 하지 않았다. 그리고, 아무 말 없이 그의 손을 힘주어 쥐고 새옷의 가봉을 하러 황급히 가 버렸다.

혼례 전날이 되자, 그때까지 차가운 목석처럼 유유낙낙하여, 전혀 자기 주장을 하지 않았던 그녀가 여느 때와는 달리 생기를 되찾아 조금 마음을 터놓게 되었다. 폴리가 여느 때와 마찬가지로 홍차를 따르고는 무리하게 권하려고 하였을 때 노라는 갑자기 말문을 열었다.

"나 말이지, 호리트리 만(灣)에 가 보고 싶어. 오늘 당장."

폴리는 깜짝 놀라 그 말을 되뇌이었다.

"호이트리 만? 오늘 당장이라고?" 그리고 당황하여 덧붙였다.

"그럼, 나도 함께 갈까?"

"좋아요, 나 혼자서." 노라는 거기에서 말을 끊었으나 조용히 홍차를 저으면서 "그렇지만 물론 아주머니가 가고 싶으시다면……."

"그야 가고 싶어."

노라의 그 명랑한 모습에—이전과 같은 장난꾸러기이고 명랑한데가 멀리서 들리는 음악처럼 문득 노라의 언행에서 엿보였다—폴리는 안심하고 호이트리 만에 가는 것에 싫은 기색을 보이지 않았다. 그녀는 이상하게 생각하면서도 노라가 하여간 예전대로 되었다고 생각하고 기뻐한 것이다. 차를 마시고 나자, 노라는 어렸을 때에 한 번 가본 일이 있는 아름다운 길라니 호(湖) 이야기며, 거기 유람선의 선장이 대단히 재미 있는 사람이었다는 것 등을 명랑하게 지껄이고 있었다.

두 사람은 외출복으로 갈아입고 점심 때가 지나 집을 나서서 역으로 나갔다. 길 모퉁이에서 노라는 뒤돌아보며 프랜치스가 서 있는 창을 쳐다보았다. 그리고 일순 멈추어 서서 진지한 얼굴에 약간 미소를 지으며 손을 흔들어 보이곤 그대로 모퉁이를 돌아가 버렸다.

사고 뉴스가 이 집에 닿은 것은 폴리 아주머니가 실신되어 차로 실려오기 직전이었다. 순식간에 온 거리가 술렁거리고, 대단한 화젯거리가 되었다. 젊은 여자가 역의 플랫폼과 움직이고 있는 기차 사이에 굴러 떨어졌다고 하는, 단순히 그것만의 흔해빠진 사건이라면 이다지 일반의 흥미를 돋구지는 않았을 것이다. 이 사건이 이렇게도 세상의 동정을 끌어모으게 된 것은 그것이 마침 결혼식을 내일로 예정하고 있는 데에 있었다. 파지장 근처의 여자들은 모두 숄을 걸치고 집을 뛰쳐 나와 손을 허리에 대고 여기저기 옹기종기 모여서는 그 소문을 자자하게 주고받고 하였다. 결국 그런 비극을 초래한 것은 당사자가 새 구두를 신고 있었기 때문인 것으로 낙착되었다. 세상의 동정은 서디어스 길포일을 비롯하여 바논 일가에게로 집중되었으나, 동시에 이 사건이 계기가 되어서 혼례 전에 기차여행을 하지 않으면 안 될 젊은 여성은 크게 경계를 해야 하는 것으로 되기도 하였다. 결국에는 조난자(遭難者)를 위하여—성당의 신도 회의에서는 악대를 동원하여—읍장으로 장례를 치르면 어떻겠는가 하는 의논까지 거론될 정도였다.

그날 밤늦게 프랜치스는 자기도 모르게 어느 사이에 성 도미니크 성당에 와 있었다. 당내는 텅 비어 사람의 기척이 없었다. 성단의 촛불이 하늘하늘 흔들리고 있는 것이 초췌한 그의 눈을 이끌었다. 굳어져 버린 것처럼 창백해져서 무릎을 꿇고 있으나, 마치 운명이 무자비한 그물을 쳐놓고 그 속에 자신이 얽혀 있는 것 같았다. 이다지도 고독하고 버림받은 것 같은 외로움이 있으리라고는 미처 생각지도 못했었다. 울래야 울 수도 없는 기분이었다. 차갑게 다문 입술은 기도를 올릴래야 소리가 나오지 않았다. 그러나 괴로운 마음 가운데서 문득 머리에 번득이는 것이 있었다. 그것은 이 고뇌 그 자체인 이 몸을 희생해야겠다는 것이었다. 첫번이 양친이고, 그리고 지금은 노라이다. 이젠 이미 그는 하늘로부터의 이 성약(聖約)을 무시할 수는 없었다. 그렇다, 가자. 가지 않으면 안 된다.……마그냅 신부에게로……, 산 모라레스로. 그리고 자기를, 자신의 전신전령을 하느님께 바치는 것이다. 그는 이때 비로소 자기는 무슨 일이 있어도 사제(司祭)가 되지 않으면 안 된다고 결심을 하였다.

6

1892년의 부활제 동안에 일어난 사건은 산 모라레스 소재의 영국계 신학교에 놀라운 선풍을 불러일으켰다. 신학과 학생 한 사람이 꼬박 4일간이나 완전히 자취를 감춘 사건이다.

물론 동교에서도 50년 전에 이 아라곤의 고원에 학교가 창립된 이래 이것이 처음 있는 소요인 것은 아니다. 학교 앞의 주점에 숨어서 긴 엽권련을 피우고, 화주(火酒)를 마시고, 양심은 물론 위장까지도 급속적으로 망치면서 계속 열두 시간을 학교당국과 맞섰던 학생도 있었고, 비아 아모로사(사랑의 길이란 의미) 가(街)에 있는 지저분한 주점에 숨어들어가 당국의 단속관에게 붙들려 오는 주정뱅이 학생이 한두 번 나온 적은 있었다. 그러나, 이번과 같이 학생의 신분으로 대낮에 당당히 정문으로 나가 4일간이나 지난 후 다시 그 똑같은 문으로 백주의 한낮에 절름거리면서 먼지투성이에 수염을 텁수룩히 기르고, 머리칼은 산발한 채 대단한 방탕의 증적(證迹)이 역연한 몸으로 어슬렁어슬렁 들어와, 더구나 다만 '산책나갔다 왔다'고 하는 것 이외에는 확실한 변명을 하려고도 하지 않고, 침대에 몸을 던지자 주야를 꼬박 쿨쿨 잠만 잔다고 하는 일은 전적으로 언어도단의 배교(背敎)적인 행동인 것이다.

휴식시간이 되자, 학생들은 햇볕이 내리쬐는 언덕바지의 밝은 녹색의 포도밭길이나 그 아래의 황토 땅에 하얗게 빛나는 교사의 앞을 거닐면서 몇몇의 그룹으로 나뉘어 소리를 낮추어 이러쿵저러쿵 그 사건의 소문을 이야기하고 있었다.

치섬은 틀림없이 퇴학처분을 당할 것이다. —이것이 그들의 일치된 견해였다.

사문위원회가 지체없이 설치되었다. 지금까지의 중대한 교칙위반문제의 예에 따라서 위원회는 교장, 부교장, 사감신부, 거기에 신학부의 학생대표 한 사람으로 구성되었다. 사문위원회는 신학부의 강당에서 프랜치스가 귀교한 이튿날 예비토의를 행한 후 개최되었다.

그날, 밖에는 돌풍이 불고 있었다. 그 바람으로 다 익은 까만 올리브 열매가 나무에서 떨어져, 태양에 달구어져서 그 껍질이 터져 버려졌다. 오렌지 꽃의 강한 향기가 부속병원 위의 숲에서 풍기고 있다. 불태워진 것같은 대지가 태양의 열로 소리를 내며 갈라진다. 프랜치스는 번질번질하게 광택이 나는 벤치가 쭉 줄지어 늘어서고, 싸늘하고 어두컴컴한 높은 기둥이 있는 강당 안으로 들어가서 조용하게 앉아 있었다.

까만 알파카의 제복이 야윈 몸뚱이를 한층 야위어 보이게 한다. 머리를 짧게 깎고 한가운데를 기찻길처럼 깎아 버렸는데, 그 뼈가 앙상한 얼굴에 의연(毅然)한 인상을 주고, 까만 눈동자와 자기를 억제하고 있는 태도는 한결 더 음산하게 보여지고 있다. 특히 두 손이 어딘지 이상하게 생기가 없는 느낌이다.

그의 앞 단상에는 오늘 사문회의 주역인 마그냅 신부, 타란트 신부, 고메즈 신부, 밀리가 이미 네 개의 테이블에 각각 자리잡고 있었다. 자기에게 집중되는 불쾌와 우려가 뒤섞인 시선을 의식하면서 프랜치스는 머리를 떨구고 있었으나 사감인 고메즈 신부는 빠르게 죄상을 낭독했다.

침묵은 잠시 계속되었으나 이윽고 타란트 신부가 말문을 열었다.

"뭐라고 변명할 말이 있는가?"

주위는 휑하니 아무도 없었으나, 프랜치스는 불시에 낯을 붉혔다. 그리고 머리를 쳐들고 대답을 했다.

"저는 산책을 나간 것입니다."

답변이 적지 않게 이치에 맞지 않는 것 같았다.

"그것은 다 알고 있는 일이다. 우리는 의도의 선악에 불구하고 걷는 데에는 다리를 사용한다. 허가 없이 교문을 나갔다고 하는 명백한 죄상은 차치하고, 자네는 뭔가 악의가 있어서 행한 것인가를 묻고 있는 것이다."

"그런 것은 없습니다."

"밖에서 술을 마셨는가?"

"아닙니다."

"투우라든가, 축제 또는 도박과 같은 장소에 갔는가?"

"아닙니다."

"윤락가의 여자와 접촉했는가?"

"아닙니다."

"그럼, 무엇을 했다는 말인가?"

곧바로 대답은 없었으나 이윽고 알아듣기 어려운 소리로 말했다.

"아까 말씀드린 대로입니다. 이해하실 수 없을까요. 저는, 저는 산보를 한 것입니다."

타란트 신부는 엷은 웃음을 머금었다.

"그럼, 자네는 우리에게 오로지 사 일간이나 쉬지 않고 시골길을 걸어다니고 있었다고 이해시킬 작정인가?"

"네, 그렇습니다."

"그리하여 최후에는 어디를 갔는가?"

"코오사에 갔습니다."

"코오사라면! 여기에서 오 마일이나 되는 곳이 아닌가?"

"네, 그렇다고 생각합니다."

"코오사에 갈 뭔가 특별한 목적이 있었는가?"

"아닙니다."

타란트 신부는 엷은 입술을 깨물었다. 이제 더 이상의 반항에는 참을 수가 없게 된 것이다. 문득 머리를 스쳐간 생각은 수족을 뒤틀어 조이고, 혹은 형틀에 매달거나 하는 옛날식 고문이었다. 그런 기구를 중세기의 사람들이 사용한 것은 무리도 아닌 것이다. 사용하지 않을 수 없는 충분한 이유가 있는 것이다.

"아무래도 자네는 거짓말을 하고 있는 것 같다, 치섬!"

"선생님께 거짓말을 할 필요가 있을까요?"

억누르는 듯한 부르짖음이 밀리 보좌신부의 입에서 새어 나왔다. 그가 이 자리에 있는 것은 그야말로 형식적인 것이고, 조장으로서 학생을 대표하고 있는데에 지나지 않았다. 그래도 밀리는 이미 도저히 프랜치스에게 소리를 치지 않고 배길 수가 없었던 것이다.

"부탁이야, 프랜치스! 우리 학생 전체를 위해서……, 네가 사랑하고 있는 우리 전체를 위해서……, 전부 고백해다오, 부탁이야."

그래도 프랜치스는 잠자코 있었으므로, 사감인 젊은 스페인 사람인 고메즈 신부가 타란트 신부쪽으로 얼굴을 돌리고 작은 소리로 말했다.

"시내에서는 아직 저에게 증거가 될 것이 아무것도 들어오지 않았습니다만……, 그러나 코오사의 사제에게 편지로 문의해 보는 것이 어떻겠습니까?"

타란트는 이 스페인 사람의 못생긴 얼굴에 날카롭게 시선을 던졌다.

"과연 그건 확실히 좋은 생각입니다."

그런 대화의 순간을 교장이 재치있게 이용했다. 호리웰 시대보다 나이가 들어 더욱 대범해진 교장은 약간 몸을 앞으로 내밀고는 천천히 동정심이 어린 어조로 말했다.

"프랜치스 생각해 볼 문제야. 이러한 경우에 그런 막연한 설명은 쓸모가 없다는 것을. 결국 무단결석은 중대사건이니까.……단순히 교칙을 위반했다 하는 위반만이 아니야. 오히려 자네에게 그렇게 행동하게 한 동기가 무엇인가. 나에게 말하라구. 여기에 있는 것이 행복하지 않는가."

"아닙니다, 행복합니다."

"좋아 그럼, 자네는 천직을 의심할 이유가 조금도 없는 것이 아닌가."

"네, 저의 요즘의 사고는 전보다도 훨씬 세상에 뭔가 선행을 하고 싶다는 것을 생각하고 있습니다."

"그것은 대단히 좋은 경향이야. 그럼 퇴학이라고 하는 것은 바라고 있지 않은 게로군."

"그렇습니다."

"그렇다면 말이야, 왜 그렇게 되었는가를 자네의 방식으로 이야기해 보라구. 그 자네의 이상 야릇한 모험을."

부드럽게 권유를 받아 프랜치스는 겨우 머리를 들었다. 그리고 먼 곳을 바라보는 것 같은 눈을 하고 걱정스러운 얼굴이 되어 조심스럽게 입을 열었다.

"저는……, 저는 그때 성당 안에 있었습니다. 그러나 기도가 불가능했습니다. 뭔가 안절부절 못하여 침착할 수가 없었습니다. 솔라노(동풍)가 불고 있었습니다.……그 뜨거운 바람 때문에 더욱 침착성을 잃은 것 같습니다. 학교의 일과가 하찮게 생각되고 귀찮게 여겨졌습니다. 문득 교문 밖을 보았더니 길바닥이 하얗고, 대단히 상쾌해 보였습니다. 어찌된 일인지 이미 자제할 수가 없었습니다. 다음 순간 저는 길을 걷고 있었습니다. 한밤을 내내 걷기만 했습니다. 몇 마일이나, 몇 마일이나 계속 걸었습니다……."

"그 이튿날도 계속 걸었다는 말인가?" 하고 타란트 신부가 신랄한 소리로 내뱉었다.

"그리고 그 다음날도!"

"그렇습니다."

"그런 엉터리 없는 말은 내 평생 들어본 적이 없는 말이다! 위원회를 모욕하는 것도 분수가 있지 뭐야."

교장은 얼굴을 찌푸리고 결심의 빛을 띠우면서 얼른 자세를 바로잡았다.

"잠시 휴회를 제안합니다."

다른 두 사람이 놀라 바라보고 있는 사이에 교장은 프랜치스를 향하여 확실하게 말했다.

"오늘은 이대로 돌아가도 좋다. 필요하면 다시 부를 테니까."

프랜치스는 죽은 것처럼 적막한 강당을 나갔다. 그 모습이 사라지자, 비로소 교장은 모두를 향해서 냉정한 소리로 확실하게 말했다.

"여기는 학생을 학대하는 자리가 아니에요. 신중히 하지 않으면 안 되오. 아무래도 알 수 없는 문제가 그의 내부에 존재하고 있는 것이니까."

교장의 방해에 분개하여, 타란트 신부는 안달을 하면서 그 근방을 왔다갔다 하기만 했다.

"멋대로 하는 데도 분수가 있어야지요."

"아니오, 그렇지 않아요." 하고 교장은 반대했다.

"그는 여기에 온 이래 퍽이나 열심이고, 대단한 인내를 하고 있어요. 품행표에도 나쁜 점은 아무것도 기재되어 있지 않아요. 고메즈 신부?"

고즈메는 자기 앞의 책상 위에 있는 품행표 페이지를 뒤적였다.

"없습니다." 그는 천천히 눈으로 읽으며 대답했다.

"장난이 조금 있을 뿐입니다. 작년 가을에 데스파트 신부가 담화실에서 읽고 있던 영자신문에 느닷없이 불을 그어댄 일이 있습니다. 왜 그런 짓을 했는가 하고 질문한 데 대하여 그는 웃으면서 '악마가 게으름을 피우고 있는 손에 일을 주신 것입니다.'라고 대답했다고 합니다."

"그런 것은 이젠 좋아요." 교장은 재빠른 어조로 "데스파트 신부가 학교에 배달되는 신문을 모조리 혼자서 독차지하고 있었던 것은 모두 알고 있는 일이오."

"그리고" 하고 고메즈는 계속했다. "식당에서 낭독의 대리에 명해졌을 때 말입니다. '알칸타라의 성(聖) 베드로 전(傳)' 대신, 은밀히 가지고 온 '이브의 사탕을 훔쳤을 때'라는 소책자를 읽고—중지를 명할 때까지—폭소를 불러일으켰습니다."

"죄가 없는 장난이오."

"그 외에……." 고메즈는 다시 페이지를 넘겼다.

"학생들이 한 일곱 가지 성사(가톨릭에서는 세례, 견진, 성체, 고백, 혼인 등의 7성사를 말함)를 나타내는 익살스러운 가장행렬 때……기억하고 계실 것입니다. 세례라고 해서 한 사람이 갓난아이의 옷을 입거나, 결혼이라고 해서 한 사람이 신부(新婦)로 가장하거나 한 때의 일 말입니다.……물론 모두 허가받고 한 것입니다만, 그러나."

고메즈는 수상쩍은 눈으로 타란트를 흘끗 보았다. "병자성사의 비적이라고 해서 치섬은 시체를 짊어지고 왔었는데, 그 등에 카드를 붙여 '여기 타란트 신부 잠들다, 사망증명은 내가 기꺼이 쓴 것. 만약……'"

"이제 그만." 타란트는 재빨리 가로막았다.

"그런 바보 같은 장난보다 더욱 중대한 문제가 있을 것입니다."

교장은 끄덕였다.

"전적으로 엉터리야. 그러나 악의가 있는 것은 아니오. 나는 때에 따라서는 장난을 치는 젊은이가 좋아요. 더구나 치섬은 유별난 성격이라는 사실을 무시해서는 안 되오.……그는 전적으로 괴짜야. 그것은 일종의 심연(深淵)이야. 그리고 화염(火焰)이야. 감수성이 강하고 우울증에 걸리기 쉬운 성격이에요. 그것을 그 바보짓 같은 쾌활 속에다 감추고 있는 거요. 하기는 그는 대단한 투사인데 절대로 굴복하지 않을 거요. 어린애 같은 단순성이 있으면서도 그 직정(直情)적이고, 매우 이론만 캐는 묘한 혼합이야. 더구나 첫째, 철저한 개인주의자이거든."

"개인주의라고 하는 것은 신학자에겐 오히려 위험한 성격입니다." 타란트가 신랄하게 말했다.

"종교개혁도 개인주의에서 온 것입니다."

"그렇지만, 그 종교개혁이 가톨릭 교회의 법규를 개선해 주기도 했지." 교장은 천장에다 눈을 돌리면서 부드러운 소리로 웃었다.

"그런데, 그건 약간 포인트를 벗어난 것 같군. 하여간 이번 일이 교칙에 대한 비상한 위반이라고 하는 것은 나도 부정하지는 않아요. 징벌의 필요가 있습니다. 그러나 그 징벌도 서둘러서는 안 되오. 치섬 같은 성격의 학생을 그만큼의 이유도 규명하지 않고 퇴학처분을 하는 것은 나는 불가하다고 생각하오. 그러니까, 이삼 일 더 기다려 보기로 합시다."

그는 어린애 같은 동작으로 의자에서 일어났다.

세 사람의 신부는 단을 내렸다. 고메즈와 타란트는 함께 나갔다.

그 2일간을 프랜치스는 엉거주춤하고 불안한 기분으로 지냈다. 금족령을 당하지도 않았고, 공부도 특별 금지되지 않았었다. 그러나 어디를 가나—도서실에서도 식당에서도, 또 담화실에서도—그가 가면 모두 부자연스럽게 입을 다물어 버리고 급히 아무렇지도 않은 태도를 취하지만 그것은 누구의 눈에도 뻔히 알 수 있는 어색한 가장이었다. 자기가 학교 안에서 화제가 되어 있다고 하는 의식은 그에게 퍽이나 꺼림칙한 생각을 가져다 주었다. 호리웰 시절부터 친구이며 똑같은 보좌신부인 허드슨이 걱정스러운 얼굴을 하고 다가와선 언제나 애정이 담긴 눈으로 그를 지켜보았다. 안셀모 밀리가 선두가 되어 있는 그룹은 또 달라서 모두 심히 분개하고 있는 것 같았다. 어느 휴식시간에 의견의 일치를 보았는지 프랜치스가 혼자 있는 곳으로 우르르 몰려왔다. 그리고 밀리가 대표로서 말했다.

"우리들은 말이야, 네가 궁지에 빠졌는데, 절대로 너를 괴롭히려는 것은 아니야, 프랜치스. 그렇지만, 이번 일은 우리들 전체의 문제이고, 학생 전체의 명예에 관한 일이야. 그래서 우리들은 네가 흉금을 털어놓고 정확하게 말해 주면 네가 얼마나 훌륭한 사나이인가 하고 생각할 거야."

"정직하게 말하라고. 무엇을 말하지?"

밀리는 어깨를 추스려 보였다. 아무도 입을 열지 않았다. 이제 이 이상 말할 필요가 있을까. 그는 일행과 함께 가버리려 하다가 그래도 이렇게 덧붙였다.

"우리는 말이지 너를 위하여 노베에나(9일간의 기도)를 하기로 했어. 나는 다른 누구보다도 슬프기 그지없어. 너는 나의 첫째 가는 친우라고 생각하고 있기 때문이야."

프랜치스는 그대로 평정을 유지하려고 했으나 그것이 점점 곤란해져 가고 있었다. 그는 교정을 걸어다니다간 갑작스럽게 멈추어 서서 걷는 것 그 자체가 이번 사건의 원인이 된 것이다 하고 생각하기도 했다. 그래도 그는 자기도 모르게 교정을 거닐고 있었다. —타란트나 그 외의 교수들한테는 자기는 이미 존재하지 않는다 하고 생각하면서……. 교실에 있어도 깨닫고 보면 강의 같은 것은 듣고 있지 않는 수가 있었다. 약간 기대하고 있던 교장으로부터의 호출마저도 오지 않았다.

내심의 긴장은 점차로 심해져 갔다. 벌써 자기가 자기 자신을 가름할 수가 없게 되었다. 자기는 목적도 아무것도 없는 수수께끼이다. '너에게는 하느님의 은총이 없다'고 예언처럼 말해 준 사람들이 결국 진실을 말한 것일까, 하고 곰곰이 생각하는 것이었다. 결국 프랜치스는 자기는 성직자로서가 아니라, 한낱 수도사(修道士)로서 어딘가 먼 위험한 나라에 가게 된다 하는 망상에 사로잡히기도 했다. 그리하여 뻔질나게 기도실에 다니기 시작했다. —그런 것은 남의 눈에 띄지 않게 행하여졌다. 무엇보다도 자기 학우들이 보지 않도록 얼굴을 가릴 필요가 있었다.

고메즈 신부에게 문의의 회답편지가 도착한 것은 그런 3일 후의 수요일 아침이었다. 신부는 그 내용에는 놀라움을 금치 못했으나, 자기의 계략이 보기 좋게 주효한 것에 크게 만족하면서 당장에 편지를 가지고 부교장의 방으로 달려갔다. 타란트 신부가 서면에 눈을 돌리고 있는 동안 그는 마치 영리한 개가 칭찬하는 부드러운 말을 듣거나 고기가 달라붙은 뼈다귀라도 물고 있는 것처럼 꼼짝하지 않고 그 자리에 서 있었다.

전략.

성령강림제에 보내신 서장에 대하여 답서를 드립니다. 유감천만이오나 문의하신 키가 크고 안색이 창백한 신학생 한 사람은 4월 14일 코오사에 틀림없이 있었습니다. 같은 날 밤늦게 로사 오얄사발이라는 여성의 집에서 나오는 것을 본 사람이 있습니다. 문제의 여성은 독신자로서 성당에는 요즘 7년 이래로 찾아온 일이 없는 인물입니다.

총총.

귀하의 형제인 코오사 수석사제
살바돌 보라스

고메즈는 작은 소리로 말했다.

"어떻습니까, 좋은 전략이었지요."

"흠."

타란트는 험상궂은 얼굴이 되어 고메즈를 밀어 젖혔다. 그리고, 뭐 부정한 것이라도 된 듯이 그 편지를 가지고 복도 끝에 있는 교장실로 당당하게 들어갔다. 그러나 교장은 미사에 나가고 없었다. 30분쯤 걸릴 것 같았다.

타란트 신부는 기다리고 있을 수 없었다. 그는 질풍처럼 교정을 가로질러 노크도 하지 않고 프랜치스의 방에 뛰어들었다. 그러나 거기도 텅 비어 있었다.

프랜치스도 역시 미사에 참례하고 있는 것이 틀림없다고 깨닫자, 그는 놀란 말처럼 자기의 노기와 싸우고 있었으나 갑자기 의자에 주저앉아 하여간 기다리고 있자 하고 억지로 마음을 가라앉히려고 했다. 그러나 그 꺼무잡잡한 야윈 몸뚱이는 전기가 오는 것처럼 짜릿짜릿 경련이 일고 있었다.

방안은 침대와 옷장과 책상, 그리고 지금 그가 앉아 있는 의자밖에 없고, 다른 학생의 방보다도 텅 비어 있었다. 옷장 위에는 괴상한 모자를 쓴 울퉁불퉁하게 생긴 중년의 여자가 하얀 단색의 옷을 입은 작은 여자아이의 손을 이끌고 있는 퇴색한 사진이 놓여 있었다. 사진에는 '폴리 아주머니와 노라로부터'라고 씌어 있었다.

타란트는 간신히 냉소를 참았다. 그러나 하얀 벽에 하나밖에 걸려 있지 않은 '시스틴 마돈나'의 작은 복사판 사진을 보고는 그의 입술이 일그러졌다.

그 때 문득 그의 눈은 책상 위에 펼쳐 놓은 채로 있는 노트에 멈추었다. 프랜치스의 일기이다. 타란트는 놀란 말같은 발작을 다시 일으켰다. 콧구멍을 벌름거리며 눈에는 어두운 불꽃이 타올랐다. 그래도 잠시 꼼짝 않고 망설이고 있었으나, 이윽고 일어나 그 노트쪽으로 다가갔다. 그도 신사였다. 야비한 하인배들처럼 함부로 남의 비밀을 엿보는 것은 유쾌하지 않았다. 그러나 그것도 지금의 그로서는 의무인 것이다. 노트 가운데에 또 어떤 죄악이 숨어 있는가 누가 알 것인가. 그는 냉혹하리만큼 엄숙한 표정을 지으면서 노트의 페이지를 더듬고 있었다.

'……무분별하고 완고하며 비뚤어졌다고 자기 자신을 말한 것은 성(聖) 안토니우스(3,4세기경의 이집트의 은자. 이 승원제도의 창시자)였던가.' 이 말만이 타락의 구렁텅이에 있는 나를 위로해 준다. 만약 여기에서 퇴학을 당하면 이미 그것으로 내 평생은 망쳐 버릴 것이다. 나는 참으로 비참하리만큼 비뚤어졌고, 남들처럼 사물을 있는 그대로 생각할 수도 없고, 모두와 보조를 맞추어 걷지도 못한다. 그래서 나는 자신의 전령(全靈)을 다하여 하느님께 마음으로부터 봉사하고 싶은 것이다. '우리 아버지의 집에는 살 곳이 많다'이기 때문이다! 잔다크처럼 사는 장소가 있는가 하면……그렇다, 온몸에 이가 득실거리는 성 베네딕트 라브레(5,6세기경의 이탈리아 수도사이며 베네딕트회의 창시자)와 같은 사람에게도 장소는 있는 것이다. 나에게도 틀림없이 장소가 있을 것이다!

모두들 날더러 설명하라고들 한다. 아무것도 아닌 것을……아니, 명백히 수치스러운 일을 어찌 설명할 수 있겠는가. 사아르의 프랜치스(1567~1622년의 스위스 가톨릭 주교)는 '나는 하나의 규율을 파괴하기보다는 맷돌로 가루가 되는 편이 낫다.'고 말했다. 그러나 나는 교문을 나갈 때 그런 규율을 생각지도 않았으며 규율을 어길 생각도 없었다. 충동에는 의식하지 않는 것이 있는 법이다.

이렇게 쓰고 있음으로 해서 자기의 죄에도 이유와 같은 것을 부여할 수가 있는 것 같다.

나는 이미 몇 주간을 잘 자지 못하고 이 더운 여름 밤을 밤새 열에 들뜬 것처럼 전전긍긍하고 있다. 어쩌면 다른 사람보다도 나는 이곳에 익숙하기 어려운 사람인지도 모른다. ―여러 가지 해박한 서적을 보면 성직자가 되는 도정은 한 걸음 한 걸음 아무 심로(心勞)도 필요없이 매우 즐거운 것인 것처럼 씌어 있다. 아아, 이 괴로움! 얼마나 자신과 싸우지 않으면 안 되는가 하는 것을 최소한 친애하는 속인이 알아나 주었으면!

여기에서의 나의 최대의 고통은 폐쇄되어 있다 하는 느낌, 육체적 무위(無爲), 이것이다. ―그러니까 나 따위가 성직자가 된다면 최하등일 것이다. ―외계에서의 반응이나 잡음에 끊임없이 신경을 빼앗기고 있으니까 말이다. 그리고 스물세 살이 되는 주제에 아직 한 개의 영(靈)마저 구하지를 못했다고 생각하니 불안하여 온몸이 열에 들뜨지 않을 수 없다.

윌리 탈록의 편지는—고메즈 신부의 말을 사용하면—가장 위험한 흥분제인 것 같다. 윌리도 지금은 훌륭한 의사가 되어, 간호사 자격을 얻은 누이동생 지인과 함께 타인카슬의 무료진료소에서 근무하고, 빈민가에서 여러 가지 스릴 있는(필사적인 모험이라고는 할 수 없을지라도) 일을 하고 있을 것이라고 생각하면 나도 한가하게 있을 수 없고, 세상에 나아가 크게 활약을 하지 않으면 안 된다고 절실하게 생각한다.

물론, 나도 언젠가는 그렇게 된다.……무슨 일이나 인내이다. 다만 이 이론대로 안정하지 못하는 기분은 네드와 폴리로부터의 편지로 한층 굳어져 버린 것 같다. 두 사람이 주점 2층에서의 살림을 그만두고 교외의 크라몬트로 이사하여 노라의 애기 쥬디와 살아가고 있다고 들었을 때는 참으로 기뻤었다. 그러나 네드가 병에 걸렸고, 쥬디를 돌보기가 성가시다고 하고, 길포일은—주점은 그에게 일임하고 있는 것이다—함께 장사할 만한 위인이 아닌 것 같다. 네드는 이미 자포자기가 되어 밖에 나가지도 않으며, 또 아무도 만나지 않는다고 한다. 그 상상할 수도 없는 어처구니없는 사건 이래, 완전히 모든 것이 망가져 버린 것이다. 좀더 불순한 인간이었더라면 그런 쇼크에도 견뎌낼 수가 있었을 것인데.

일상의 생활은 때로는 큰 신앙을 필요로 할 때가 있다. 그리운 노라! 그 가냘픈 평범한 인생은 얼마만큼의 사려와 감정을 지니고 있었던가. 타란트 신부는 '유혹에 저항하여'라는 강의에서 확실히 이렇게 말했다. '어떤 종류의 유혹과는 싸울 수가 없다.……그러한 것에는 눈을 돌려 버리고 도망칠 수밖에 다른 길이 없다'고. 내가 코오사에 간 것도 그러한 도망이었던 것이 틀림없다.

처음 교문을 나섰을 때는 빠른 걸음으로 걷고 있었던 것은 사실이지만 결코 멀리까지 갈 작정은 아니었다. 그러나, 어디까지나 끝없이 자신을 걷게 한 것은 그 격렬한 동작에 의하여 답답증나는 자기로부터 도망을 치고 싶다는 기분이었고 욕구였다. 들에서 일하고 있는 농부처럼 나는 엄청난 땀을 흘렸다.—그 줄줄 흐르는 것 같은 짭짤한 땀은 인간의 더러움을 씻어 주는 것 같은 느낌이었다. 머리는 가벼워지고, 마음은 노래를 부르기 시작하고 있었다. 나는 쓰러질 때까지 어디까지나 걸어가고 싶었던 것이다.

하루 종일 마시지도 먹지도 않고 걸었다. 차츰 저녁 때가 되자, 바다 내음이 풍겨 오는 것을 보니 아주 먼 곳까지 와 버린 것 같았다. 별이 황혼의 하늘에 반짝이기 시작할 무렵 나는 어떤 산마루에 이르렀는데 거기에서는 코오사의 마을이 눈아래에 보였었다. 바닷물이 철석거리는 깊숙한 후미진 마을, 그 마을을 지나고 있는 한 가닥의 가도에 핀 아카시아 가로수는 마치도 천국의 아름다움이었다. 나는 죽도록 지쳐 있었다. 발꿈치에 커다란 물집이 생겼다. 그러나 산을 내려가니 그 마을의 온화한 밤의 생활이 부드럽게 나를 맞아 주었다.

작은 광장에는 마을 사람들이 아카시아꽃의 향기가 충만한 선들바람에 불리우고, 작은 여인숙의 등불이 오히려 어둡게 느껴지는 황혼을 즐기고 있었다. 여인숙의 열어 놓은 입구에는 소나무 벤치가 두 개 놓여 있었다. 그 앞의 어두컴컴한 곳에서 몇 사람의 노인들이 공굴리기로 흥을 돋구고 있었다. 물가에서는 개구리가 시끄럽게 울어대고 있었다. 아이들은 뛰놀고 있다. 단순하면서도 아름다운 전망이었다. 나는 주머니에 1페세타(스페인의 화폐 단위)도 가지고 있지 않다는 것을 깨달았다. 입구의 한 벤치에 걸터앉았다. 휴식이란 얼마나 기분 좋은 것인가. 나의 지쳐 버린 머리가 멍해져 있었다. 그런데 갑자기 가로수 아래의 어둠 속에서 카타로니아풍의 피리소리가 들려왔다. 조용히—밤의 분위기에 맞추고 있는 것이다. 참으로 이 목동의 피리소리를, 격조가 높은 이 지방의 독특한 리듬을 들어본 사람이 아니면 그 순간의 기쁨은 도저히 알지 못하리라. 나는 황홀하게 귀를 기울였다. 스코틀랜드인인 나의 피 가운데는 역시 피리의 가락이 흐르고 있는 것 같다. 나는 그 피리소리와 어둠과 밤의 아름다움에 완전히 취하여 황홀하게 그대로 앉아 있었다.

나는 물가 모래톱에서 자려고 결심했다. 그러나 잠시 있다가 거기를 일어서려고 하자, 바다에서 안개가 일기 시작했다. 그것이 마치 베일처럼 마음을 싸 버리고 5분쯤 지나자 광장은 수증기로 숨이 막힐 지경이었고, 가로수에서는 물방울이 떨어지고, 마을 사람들은 모두 집으로 돌아가 버렸다. 하는 수가 없었다. 마을의 신부에게로 가서 항복을 하고 하룻밤 잠자리를 애걸할 수밖에 없다고 생각하고 있을 때 저쪽 벤치에 앉아 있는 여자가 불시에 말을 걸어왔다. 아까부터 그 여자의 존재를 알고는 있었다. 그 여자는 줄곧 나를 지켜보고 있었던 것이다. 그리스도교국에서는 신부를 보기만 해도 일어나는 그 동정과 경멸이 뒤섞인 눈매로 말이다. 그리고 내 기분을 알고 있다는 듯이 그 여자는 이렇게 말했다.

"여기 사람들은 쩨쩨한 사람들 뿐이기 때문에, 누구에게 부탁해도 잠자리를 주지 않을 거요."

나이는 30세 정도이고, 수수한 까만 옷을 입고 창백한 얼굴에 까만 눈동자의 뚱뚱한 여자이다. 그 사람은 태연한 얼굴을 하고 말을 이었다.

"만약 상관 없다면 우리집으로 오세요. 비어 있는 침대가 있으니까."

"재워 주셔도 돈이 한 푼도 없습니다."

그녀는 경멸에 찬 웃음을 흘렸다.

"기도를 해주시면 그것으로 되는 거예요."

어느 사이에 안개는 비로 변해 버렸다. 우리 두 사람은 이미 사람의 흔적이 없는 광장에서 물방울이 떨어지는 아카시아 나무 아래의 젖은 벤치에 앉아 있었다. 이런 데에 있는 것은 볼썽사납다고 생각했는지 그녀는 일어섰다.

"나는 가겠어요. 당신도 바보가 아니라면 모처럼의 친절을 베푸는 거니까 오세요."

나의 얇은 제복은 흠뻑 젖어 있었다. 그리고 추위에 떨고 있었다. 학교에 돌아가서 돈을 부쳐주면 되겠지 하고 생각했으므로 나는 일어나 그 사람을 따라 좁은 길을 걸어가고 있었다.

그 사람의 집은 그다지 멀지는 않았다. 우리들은 두 계단을 내려가 부엌으로 들어갔다. 그녀가 램프에 불을 켜고 나서 까만 숄을 벗어던지고 코코아를 불에 올려놓고 화덕에서 빵을 꺼냈다. 그리고 빨간 격자무늬의 테이블 클로스를 펼쳤다. 부글거리는 코코아와 뜨거운 빵의 맛좋은 냄새가 작고 깔끔한 방안에 가득 찼다.

두툼한 컵에 코코아를 따르면서 그녀는 테이블 건너에서 나를 보고 있었다.

"식탁 기도를 하세요. 맛이 훨씬 좋을 테니."

그 말에는 확실히 비꼼이 포함되어 있었으나 그래도 나는 기도를 올렸다. 그리고 두 사람은 먹고 마시고 했다. 기도를 하지 않아도 충분히 맛있는 것이었다.

그녀는 나로부터 눈을 떼지 않았다. 옛날에는 대단한 미인이었을 것이라고 생각되었으나 그 남은 향기가 까만 눈동자에 올리브색의 얼굴을 한층 엄숙하게 해주었다. 머리에 바싹 달라붙은 작은 귀에 묵직한 금귀걸이를 달고 있었다. 두 손은 루벤스의 마돈나의 손처럼 보송보송했다.

"애송이 신부님, 당신은 여기에 오기를 잘 했어요. 나는 신부를 대단히 싫어해요. 바로셀로나에선 신부를 만나면 난 큰 소리로 웃어 주거든요."

나는 미소를 억제할 수가 없었다.

"그런 것에는 조금도 놀라지 않습니다. 우리는 처음부터 그런 것을 배웁니다. 남에게 웃음을 사는 것을. 내가 지금까지 알고 있는 사람 가운데서 가장 존경하고 있는 사람은 언제나 노천(露天)에서 설교하고 있습니다. 사람들은 모두 나와서 웃었습니다. 그 사람은 바보 취급을 하여 다니엘 성자(聖者)라고 부르고 있었습니다. 요즘은 하느님을 믿는 사람은 모두 위선자이거나 아니면 바보예요."

그녀는 코코아를 천천히 마시면서 컵 너머로 나를 보고 있었다.

"당신은 바보가 아니에요. 네, 말해 봐요. 내가 당신의 마음에 드나요?"

"당신은 매우 아름답고 친절한 사람이라고 생각합니다."

"남에게 친절한 것은 내 천성이에요. 나는 슬픈 생활을 보내왔어요. 아버지는 카스치리아의 귀족이었지만 마드리드의 정부에게 재산을 몰수당하고 추방됐어요. 남편은 해군장교였고, 큰 군함의 함장을 하고 있었어요. 바다에서 죽었지 뭐예요. 나는 여배우였지만……, 지금은 아버지의 재산이 해제되기를 기다리며 조용히 여기에서 살고 있는 거예요. 물론 당신은 이것이 모두 거짓말이라고 생각하겠죠."

"그야, 물론이지요."

내가 생각하고 있는 것과는 달리 그녀는 이것을 농담이라고는 생각지 않은 것 같았다. 그리고 약간 얼굴을 붉혔다.

"당신은 참 영리해요. 그렇지만 왜 도망쳐 왔는지 나는 알고 있어요. 당신들은 모두 똑같은 거지요." 약간 불유쾌한 표정은 사라지고 이번에는 놀리는 것처럼 "어차피 이브 때문에 교회를 단념할 테니까 말예요."

나는 얼른 알아듣지 못했으나 겨우 그 의미를 납득했다. 너무 우스꽝스러워 큰 소리로 웃어 주려고 생각했다. 그러나 그것도 아니꼬워서 여기를 나가는 것이 상책이라고 생각하고, 빵과 코코아를 다 먹고 일어나 모자를 집어 들었다.

"대단히 감사합니다. 참으로 맛이 있습니다." 그러자 그녀의 얼굴 표정이 달라졌다. 놀랐는지 심술궂은 표정이 씻은 듯이 가셔 버렸다.

"역시 당신은 위선자군요."

무뚝뚝한 표정으로 입술을 깨물고 있다. 내가 문쪽으로 가려고 하자, 그녀는 불시에 소리를 쳤다.

"가지 말아요."

나는 대답을 하지 않았었다. 그녀는 이번에는 덤벼들 것 같은 눈으로,

"그런 눈으로 보지 마세요. 무슨 짓을 하건 내 멋대로가 아닌가요. 이것으로 나는 즐거운 거예요. 토요일 밤, 바로셀로나의 카바레에 있으니까 언제든지 오세요. ―당신들의 비참한 생활이 참으로 재미있다니까. 자아, 2층에 가서 쉬세요."

나는 잠자코 있었다. 그녀의 태도는 이번에는 평상시의 것으로 되돌아간 것 같았다. 밖에서는 비가 오는 소리가 들렸다. 나는 약간 망

설였으나 그래도 좁은 계단쪽으로 발걸음을 옮겼다. 두 발목이 시큰시큰 아팠다. 심히 절룩거렸던 모양이다. 그녀는 황급히 말했다.

"발을 다쳤나요?"

"괜찮습니다.……약간 부르튼 겁니다."

그녀는 속셈을 알 수 없는 눈으로 물끄러미 보고 있었다.

"내가 씻어 드릴게요."

한사코 사양했음에도 불구하고, 나는 거기에 앉혀졌다. 세면기에 뜨거운 물을 붓고는 그녀는 무릎을 꿇고 나의 구두를 벗겼다. 양말이 벗겨진 살에 달라붙어 있었다. 그녀는 그것을 뜨거운 물에 적셔서 가만히 벗겨냈다. 뜻하지 않은 그 친절에 나는 어안이 벙벙했다. 정중하게 두 발을 씻은 후 고약을 발라 주고 그녀는 일어났다.

"이제 됐어요. 조금은 괜찮을 거예요. 양말은 내일 아침까지 말려 드릴 테니까, 안심하세요."

"뭐라고 감사의 말씀을 드려야 할지 모르겠습니다."

그녀는 예기치 않은 이상하게 울적한 어조로 대꾸했다.

"어쩔 수 없잖아요. 나 같은 생활에서는 고작 이럴 수밖엔 없잖아요."

내가 뭐라고 하기 전에 그녀는 바른 손으로 물통을 높이 쳐들었다.

"나에게 설교는 하지 마세요. 그렇지 않으면 이 물통을 머리에 덮어 씌워 줄 테니까. 침대는 2층에 있어요. 편히 쉬세요."

그녀는 등을 돌리고 화덕쪽으로 가 버렸다. 2층에 올라가니 지붕밑의 천장 아래에 작은 침대가 있었다. 나는 죽은 듯이 잠을 잤다.

이튿날 아침, 아래로 내려가니, 그녀는 부엌에서 커피를 준비하고 있었다. 그리고 나에게 아침식사를 내놓았다. 작별할 때 감사의 말을 하려고 했으나 그녀는 나의 말을 가로막았다. 그리고 참으로 쓸쓸한 미소를 지으며 말했다.

"당신은 신부님이 되기엔 너무나 죄가 없어요. 틀림없이 대실패를 할 거예요."

나는 산 모라레스에의 길로 접어들었다. 발을 절룩거리고 돌아가게 되면 어떻게 될 것인가 하고 그것이 걱정되었다. 그것이 두려워 시간을 허비하면서 천천히 걸었다.

타란트 신부는 창가에서 오랫동안 꼼짝 않고 있었으나 이윽고 살그머니 노트를 제자리에 놓았다. 그때 처음 일기를 쓰라고 한 것이 자신인 것을 문득 생각해 냈다. 그는 스페인인 신부로부터 온 편지를 차근차근히 몇 갈래로 갈기갈기 찢어 버렸다. 그 표정의 변화에는 오로지 놀랄 수밖에 없는 것이었다. 순간, 그 얼굴에서는 냉혹한 빛이 사라지고 철(鐵) 같은 엄격한 것으로 변하여 어느새 무자비할 만큼 자책의 사념이 새겨져 있었다. 그것은 관용과 사려 깊음이 넘치는 청년의 얼굴이었다. 갈기갈기 찢은 편지를 쥔 채 손으로 천천히 거의 무의식적으로 자신의 가슴을 세 번 두들겼다. 그리고 발꿈치를 돌려 방을 나갔다.

큰 계단을 내려가려고 할 때 안셀모 밀리의 꼿꼿이 세운 머리가 나선형의 난간너머 저쪽에 나타났다. 타란트 신부의 모습을 보자, 그 모범생은 그 자리에 멈추어 섰다. 그는 부교장을 누구보다도 존경하고 있었으므로 자기가 상대의 주의를 끄는 것은 더할 나위 없는 기쁨인 것이었다. 밀리는 조심스럽게 말을 했다.

"선생님, 실례합니다. 우리들은 모두 걱정하고 있었습니다. 뭐 새로운 일이 있습니까.……치셤의 일에."

"무슨 말이지?"

"그, 즉……, 퇴학의……."

타란트는 심히 불쾌한 얼굴을 하고 상대를 뚫어지게 바라보면서,

"치셤은 퇴학이 안 돼!" 그리고 격렬한 어조로 덧붙였다. "이 바보 자식아!"

그날 밤, 방안에서 프랜치스는 자기가 용서받고, 퇴학을 면했다고 하는 기적을 믿을 수가 없어서 머리가 흔들거리는 현기증을 느꼈다. 거기에 사환이 들어와서 소포를 그에게 전했다. 소포에는 흑단(黑檀)나무로 새긴 근사한 몬트세라트(스페인 북동부 카타로니아 산악 지방의 순례지. '슬픔의 성모상'으로 유명.)의 성모상이 들어 있었다. 그것은 15세기의 스페인 명장(名匠)의 한 걸작이었다. 정교한 그 조각에는 편지

도 들어 있지 않고, 설명의 말 한 마디 적혀 있지 않았다. 그때 문득 프랜치스의 머리에 파고드는 번득임이 있었다. 타란트 신부 방안의 기도대 위에 있던 그것이다. 그것이 틀림없다.

그리고 1주일 후, 교장은 프랜치스와 마주쳤는데, 그때 비로소 사건의 이야기를 했다. 그것은 대단히 모순된 논리였던 것이다.

"이봐, 프랜치스. 어쩐지 퍽 솔직하게 해결된 것 같군. 검은 구름이 드리워진 재판이 말이다. 나의 젊은 시절에는 무단결석은……미역국 먹는다고 했는데……반드시 죄악이었다구, 알겠나."

그는 날카로운 눈을 반짝거리면서 프랜치스의 얼굴을 바라보았다.

"벌로, 글로 써서 나한테 가져오라구.……자수는 2천자……, 제목은 '산책의 효능'이야."

신학교라고 하는 작은 세계에서는 언제나 벽에 귀가 있어, 항상 열쇠구멍은 악마가 엿보고 있었다. 프랜치스의 탈주 이야기도 점점 널리 퍼져서 어느 사이에 조금씩 형태를 이루어 가고 있었다. 이야기는 입에서 귀로 전달될 때마다 꼬리를 하나씩 달기 마련이다. 훌륭한 다면체의 보석마냥 그것은 하나의 고전으로서, 이 신학교의 역사에 남을 것이라고 생각될 정도였다. 고메즈 신부는 상세한 점까지 조사하여 친구인 코오사의 사제에게 사건의 경위를 적어 보냈다. 보라스 신부는 매우 감격하여 곧바로 5페이지에 달하는 답장을 보내왔다. 그 편지의 마지막 부분은 인용할 만한 가치가 있을 것이다.

'이 사건의 최대 귀결은 당연히 로사 오얄사발이란 여성의 귀의(歸依)로 되지 않으면 안 될 것입니다. 그 여성이 청년사도의 방문을 계기로 해서, 나 있는 데로 와서 무릎을 꿇고 눈물을 흘리면서 회개했다면 얼마나 근사한 일이겠습니까! 그러나 슬프게도 그녀는 다른 한 사람의 여성과 공동으로 바로셀로나에서 술집을 개업한 것입니다. 더구나 유감스럽게도 그것이 대단히 번창하고 있는 것을 보고드리지 않을 수가 없습니다.'

第3部 · 성공하지 못한 보좌신부(補佐神父)

1

정월 어느 토요일 저녁 때 프랜치스가 타인카슬에서 4마일 들어간 지선인 셸즈리 역에 닿았을 때에는 운 나쁘게 비가 세차게 내렸다. 그러나 그 비마저도 그의 마음속에 불타고 있는 정열을 식히지는 못하였다. 타고 온 기차가 연기 속에 사라져 버린 후에도 그는 무엇인가를 기다리고 있는 것처럼 지붕이 없는 플랫폼에 서 있는 채로 황량한 주위를 둘러보았다. 그러나 마중 나온 것 같은 사람은 그림자도 보이지 않았다. 프랜치스는 낙담한 빛도 없이 가방을 들고 탄광촌의 한길로 나아갔다. 구세주 성당을 찾기엔 힘들일 것도 없다고 생각한 것이다.

보좌신부가 된 후, 여기가 첫번째 근무지인 것이다. 프랜치스는 자신도 뭐가 뭔지 참말이라고는 생각되지 않을 정도였다. 그래도, 드디어 임명되어 인간의 영혼을 구제하는 싸움에, 전쟁터에 나갈 기회를 얻은 것이다.……가슴이 뛰는 것을 느꼈다.

미리 주의받고 있었긴 했으나, 현재 자기의 주위에 있는 이 비참하고 지저분한 곳은 프랜치스도 아직껏 본 적이 없었다. 셸즈리의 거리는 회색 지붕과 허술한 점포들의 길다란 행렬이라 할 수 있었고 그 사이사이에 공지가 있어 거기에는 석탄 찌꺼기 산더미와—이 빗속에서도 연기를 내고 있었다—쓰레기 버리는 장소로 되어 있었다. 몇 집인가 주점이 있고, 예배당이 몇몇 있기도 했으나 그러한 집들의 지붕 위에 랜쇼 탄광의 새까만 굴뚝이 여러 개 솟아 있었다. 그러나 자기의 흥미는 거리의 모습에 있는 것이 아니고 인간에게 있는 것이라고 그는 밝은 기분으로 자기 자신에게 일러주었다.

가톨릭 교회는 마을의 동쪽 끝에 있는 탄광회사에 인접해 있어 주위의 풍물과 잘 조화되고 있었다. 빨간 벽돌의 커다란 건물이며 창에는 고딕풍의 파란 스탠드 글라스가 끼워졌고, 빨간 양철지붕에 꼭대기를 잘라 버린 것 같은 녹슨 탑이 서 있었다. 학교가 그 한쪽에 있었고, 다른 한구석의 사제관 앞은 잡초가 우거진 뜰이고, 그 주위는 울타리가 둘러쳐져 있으나 이것도 이가 빠진 것처럼 군데군데 부서져 있었다.

흥분된 깊은 한숨을 내쉬고 프랜치스는 그 쓰러질 것 같은 집으로 가까이 다가가서 초인종을 울렸다. 잠시 있다가 다시 누르려고 하자, 파란 줄무늬의 에이프런을 한 건장한 여자가 입구의 문을 열어 주었다. 그 여자는 그의 풍채를 유심히 살피고는 고개를 끄덕였다.

"아, 당신이셨군요. 자, 어서 들어오세요. 신부님이 기다리고 계십니다. 이쪽입니다."

그녀는 퍽이나 순직하고 말수가 적고 호인과 같은 얼굴로 응접실의 문을 가리켰다.

"참, 어쩜 이런 날씨가 있을까요. 나는 가서 연어구이를 준비해야지."

프랜치스는 성큼성큼 그 방에 들어갔다. 하얀 테이블 클로스를 덮고 벌써 저녁식사 준비를 하고 있는 식탁을 향해서 50세 정도의 땅딸막한 신부가 앉아 있었다. 식사를 기다리기가 지루했다는 듯이 나이프를 두들기고 있던 손을 멈추고 새 보좌신부에게 말을 걸었다.

"드디어 왔구먼. 자, 어서 와요."

프랜치스는 손을 내밀어 악수했다.

"키저 신부님이시죠?"

"그래요, 누구라고 생각했었나. 윌리엄 3세(13세기의 잉글랜드 및 아일랜드의 왕. 오렌지가의 윌리엄이라 했다.)라고나 생각했었나. 자 마침 저녁식사에 때를 맞추었군. 맛있을 거야."

그는 몸을 뒤로 젖히고 옆방에다 소리쳤다.

"캬파티, 어찌된 거요. 밤새워야 하는 건가."

그리고 프랜치스를 향하여,

"앉으라구. 그렇게 미이라와 같은 얼굴을 하고 서 있지만 말고. 트

럼프는 하겠지. 나는 밤이 되면 그것을 하는 것을 즐거움으로 삼고 있지."

프랜치스가 식탁에 앉자 이윽고 미스 캬파티가 훈제 연어와 달걀을 담은 큰 접시를 가지고 황급하게 들어왔다. 키저 신부가 달걀 두 개에 훈제들을 자기의 접시에 놓고, 그녀는 접시 하나를 프랜치스 앞에다 놓았다. 키저 신부는 입 안에 가득히 집어넣고 먹으면서 큰 접시를 프랜치스쪽으로 돌렸다.

"자, 어서 가져다 놓아요. 사양할 것 없어요. 여기선 힘껏 일하지 않으면 안 되니까 많이 먹어야 한다구."

그 자신은 까만 털이 곱슬곱슬하게 난 손과 강인할 것 같은 턱을 끊임없이 움직이면서 조금도 쉬지 않고 허둥지둥 먹고 있었다. 맨숭한 머리에 강건한 느낌의 야무진 입매, 코는 넓적하고 큰 콧구멍에서는 코담배로 물들은 진한 털이 들여다보인다. 전체적으로 정력이 있고 위신이 있는 느낌이다. 동작은 무의식 가운데 제법 자신이 있는 것 같다. 달걀을 반으로 나누어 그 하나를 입에 넣고, 그는 백정이 소 흥정을 하는 것처럼 작은 눈으로 상대를 지그시 바라보면서 프랜치스를 평가했다.

"그다지 건강한 것 같지 않군. 칠십 킬로가 되지 않지? 요즘은 보좌신부도 많이 달라졌어. 자네 전임자도 말라깽이였고, 전혀 패기가 없었지. 대륙적인 체하고 놈이 다 망쳐 놓았어. 우리 때에는 말이지……, 그렇지 메이누스(성 페트리트 신학교의 소재지)를 함께 나온 놈들이었지. 남자라도 반할 정도의 사나이였는데 말이야."

"곧 알게 되실 겁니다. 몸은 건강하니까요." 하고 프랜치스가 미소지었다.

"그야 알 수 있지." 하고 키저 신부는 중얼중얼 말했다.

"식사가 끝나면 가서 고해를 받아 주지 않겠는가. 나도 뒤에 갈 테니까. 이렇게 비가 오면……, 오늘 밤에는 많이 오지는 않을 거야. 그들에겐 좋은 구실이겠지. 여기 놈들은 모두 근본적으로 게으름뱅이들이니까……."

프랜치스에게 주어진 2층의 방에는 실팍한 침대와 빅토리아조풍의 커다란 옷장이 있었다. 그는 그 방의 더러운 세면대에서 손과 얼굴을 씻고 서둘러 교회로 내려갔다. 키저 신부의 인상은 그다지 좋은 편은 아니었으나, 그렇게 나쁜 사람도 아닐 것 같았다. 처음 본 인상은 흔히 잘못 보기 쉬운 것이다 라고 프랜치스는 자신에게 일러주었다. 오랫동안 차가운 고해실에서—아직도 전임자인 리 신부의 이름이 써 붙여져 있었다—양철지붕을 두들기는 빗소리를 듣고 있었다. 그런 후 거기를 나와 텅 빈 교회 안을 돌아다녔다. 퍽이나 음산한 느낌이 들었다.

창고처럼 텅 비었고 더구나 그다지 청결하다고 할 수도 없었다. 안쪽을 대리석으로 보이게 하기 위하여 진한 녹색 페인트를 칠한 너저분한 흔적이 남아 있다. 한 팔이 떨어진 성 요셉의 상은 매우 서툴게 수선되어 있었다. 십자가에의 길을 표시한 성화는 물감을 더덕더덕 칠한 것에 지나지 않았다. 재단 위의 녹슨 놋쇠 꽃병에는 야한 조화가 꽂혀져 있어 보기만 해도 모욕을 당한 느낌이었다. 그러나 이러한 자잘한 결점은 그만큼 그에게 많은 기회를 주는 역할을 할 것이다. 프랜치스는 성궤 앞에 꿇어앉아 열정에 몸을 떨면서 자기의 생애를 새삼스럽게 하느님에게 바치는 묵도를 올렸다.

런던, 마드리드, 로마 사이를 왕복하는 고귀한 신분의 성직자라든가, 학자나 전도사 등의 숙사로 되어 있는 산 모라레스의 문화적인 분위기에 익숙한 프랜치스에게는 처음 4,5일 동안은 덧없는 생각만 더할 뿐이었다. 키저 신부는 호락호락한 인간은 아니었다. 원래가 신경질적이고 까다로운 성격인데다가, 연령이나 경험이 가해져서 신자의 경애(敬愛)를 얻지 못한 원한에 기인한 듯 마치 철못을 박아 놓은 것처럼 굳어져 있었다.

그도 한때는 이스트리크프의 해변 피서지에 근사한 교구를 가진 적이 있었다. 그러나 그 언동이 너무나도 불유쾌하다는 것으로 거기 유력자가 주교에게 탄원하여 전임당하고 말았던 것이다. 그 당시는 심히 분개했으나 그것도 시간이 흐름에 따라서 희생적 행위였다고 생각하게 되어 체념한 표정으로 이렇게 말했다.

"난 자신이 멋대로 왕좌를 물러나와 보통의 의자에 다시 앉은 거야.……그러나……어쨌든 그 무렵은 좋았어.”

요리인 겸 가정부인 미스 캬파티만이 그의 밑에서 일하고 있었다. 성격도 기질도 똑같은 것이어서 참으로 그를 잘 이해하고 있었던 것이다. 그로부터 큰 소리로 꾸지람을 듣고 당장 마음껏 응수할 수 있는 것은 그녀밖에는 없었다. 따라서 두 사람은 서로 상대를 소중히 여기고 있었다. 신부가 매년 6주간의 휴가로 하로게이트에 여행할 때는 그녀도 휴가를 얻어 자기 집에 돌아가는 혜택을 받고 있었다.

키저 신부의 태도나 거동에는 털끝만치도 세련된 데가 없었다. 침실 바닥을 땅땅거리며 밟았고, 자기 목욕탕의 문을 열어 놓은 채 물소리를 심하게 냈으며, 성냥통 같은 집은 그럴 때마다 메아리치듯 울렸다.

키저는 무의식중에 자기의 종교를 하나의 공식에 환원시켜 버리고 있었다. 그것은 내적인 의미라든가 정신성이라든가 하는 것들이 전혀 없고 퍽이나 융통성이 없는 것이었다. ‘이것을 행하라, 그렇지 아니하면 지옥으로 떨어진다—.’ 이것이 그의 마음에 새겨진 말이었다. 구두(口頭)라든가 물이라든가, 혹은 기름이나 소금을 사용하여 행하여지는 의식이 있는데, 그것을 게을리하면 지옥의 타오르는 불꽃이 입을 벌리고 기다리고 있다는 것이었다. 더구나 상당히 비뚤어진 근성이 많아 같은 마을의 다른 교회는 모조리 공공연히 매도(罵倒)하여 마지 않았었고, —당연한 결과로 거의 친구다운 친구는 한 사람도 얻지 못하고 있었다.

자기 교회에 오는 신자들도 그는 원만히 해나가는 수가 없었던 것이다. 교구가 가난한데다가, 교회에는 적지 않은 빚이 있었기 때문에 아무리 절약을 해도 수지의 균형을 잘 맞출 수가 없는 때가 있었다. 이것은 마땅히 신자에게 호소하여 부담해 주도록 해도 좋은 것이었다. 그는 붙임성이 없이 행동하는 것만이 아니라, 타고난 성품을 그대로 드러내 화를 버럭버럭 낼 뿐이고, 설교를 할 때에도 두 다리를 버티고 서서 도전적으로 신자의 모임이 나쁘다고 그 태만을 책망하는 것이었다.

“어떻게 내가 집세와 세금과 보험을 지불하고 있다고 생각하고 있는가. 당신들이 지금 있는 이 교회를 어떻게 해서 존속시키고 있다고 생각하는가 말이다. 전능하신 하느님께 바치라 이겁니다. 남자나 여자나 모두들 잘 들어주기 바라오. 나는 헌금상자에 은화가 넣어지는 것을 보고 싶은 거지, 너절한 동전을 보고 싶은 것은 아니오. 당신들 남자는 거의 조지 렌쇼 경(卿)의 덕택으로 일하고 있소. 그러니까 변명의 여지가 없다 이겁니다. 여자는 여자대로 입는 것에 쓰는 돈을 적게 들이고 헌금을 하라고 하는 말 외에는 할 말이 없소."

이런 식으로 부르짖고선 자신이 헌금상자를 들고 책망하는 눈으로 노려보면서 그것을 한 사람 한 사람의 코 앞에 들이대는 것이다.

그러한 강압적인 요구가 그와 신자와의 사이에 반목을 불러일으켜 심한 복수심을 부채질한 것이다. 꾸짖으면 꾸짖을수록 헌금의 액수는 적어진다. 그것에 화가 치민 그는 한 꾀를 내어 한 사람 한 사람에게 갈색 봉투를 배부하기로 했다. 그리하여 빈 봉투를 두고 가면 미사 뒤에 당내의 벤치 사이를 돌아다니며 남은 것을 모아들이면서 노기를 띠고 중얼거리는 것이다.

"이것이 전능의 하느님을 대하는 놈들의 태도이냐……."

이러한 재정상의 음산한 하늘에도 하나의 빛나는 태양은 있었다.

셸즈리의 탄광만이 아니라 주내에 열다섯이나 되는 탄광을 가지고 있는 조지 렌쇼 경은 큰 부자이고 가톨릭 신자일 뿐만 아니라 또한 이름난 자선가이기도 했다. 저택의 소재지는 70마일이나 떨어진 주에서도 반대쪽에 있었으나 어찌된 까닭인지 구세주교회는 그 기부명부에 실려 있었으므로 크리스마스에는 빼놓지 않고 1백 기니의 수표가 교회에 전달되는 것이었다.

"백 기니다! 이봐." 키저 신부는 기니라는 말에 힘을 주어 말하는 것이다. "치사하게 파운드 따위가 아니야. 이게 진짜 신사라고 하는 거야."

그는 조지 경과는 수년 전 타인카슬의 신자대회 때에 두 번쯤 만났을 뿐인데, 이야기할 때에도 존경과 외경의 염두를 잊지 않았었다. 더구나 이유도 없는데도 기부가 끊기지나 않을까 하여 항시 걱정하고 있는 터였다.

셀즈리에서의 처음 1개월이 지날 무렵에는 키저 신부와 얼굴을 맞대는 것이 프랜치스를 견딜 수 없게 하고 있었다. 신부는 매사에 안달복달하며 짜증만 부리는 것이었다. 전임의 젊은 라 신부가 심한 신경쇠약에 걸린 것도 무리가 아니었다. 정신생활이 둔화될 뿐이었다. 사물의 가치판단을 확실하게 할 수 없는 것이다. 때때로 키저 신부에 대하여 불현듯 타는 것 같은 적의를 느낄 때가 있는 것이다. 그런 때에, 그는 문득 그것을 깨닫고 남모르게 신음하면서 순종하자, 겸허하자, 하고 무진 노력을 하는 것이었다.

교구의 일은 특히 이 추운 계절에는 견딜 수 없이 괴로웠다. 마을의 성당에서 미사를 올리거나 고해를 듣거나, 교리학습반을 담당하거나 하기 위해서 1주일에 세 번 거리가 먼 브라우톤과 그랜반의 빈한한 두 한촌에 자전거를 몰고 가지 않으면 안 되었었다. 무슨 말을 지껄여도 도저히 반응을 나타내지 않았고, 그만큼 일하기가 까다롭고 곤란만 더할 뿐이었다. 어린애들까지 무기력하고 게을렀었다. 가난뱅이가 대부분이고 비참한 생활을 하는 사람이 많았고 교구전체가 무신경하고 열의도 신앙도 전혀 없는 것 같았다. 그러나 그는 절대로 이상태로 내버려 두지는 않겠다 하고 마음에 맹세를 했다. 자신이 재주가 별로 없어서 그리 큰 효과가 있지 않을 것은 알고 있었으나, 그래도 이 가난한 마음에 구원의 손을 뻗쳐 어떻게 해서든지 갱생을 도모하고 싶다는 불타는 욕망을 안고 있었다. 무슨 일이 있어도 그들의 마음에 불꽃을 점화하여 죽은 재가 타오르게 하고, 생명을 불어넣어 주어야겠다고 생각한 것이다.

그런데 불행하게도 교활하고 조심성이 많은 키저 신부가 프랜치스가 현재 경험하고 있는 곤경을 비꼬는 기분으로 감지(感知)하고 있는 것 같았으며, 프랜치스의 이상주의가 자기의 실제적인 상식에 항복하는 것을 은밀하게 기다리고 있는 것 같았던 것이다. 어느때 프랜치스가 심한 눈보라 속을 10마일이나 자전거를 타고 브라우톤까지 병자위문을 가서 지치고 흠뻑 젖어 돌아왔더니, 키저 신부는 모욕의 기분을 짧은 말에 담아 조롱했다.

"어떤가, 공덕을 베푼다고 하는 것이 생각한 대로는 되지 않지. 안 그래?" 그리고 자연스런 어조로 덧붙였다. "모두 변변치 못한 것들 뿐이야."

프랜치스는 불끈하여 얼굴을 붉혔다.

"그리스도는 그 변변치 못한 것들 때문에 죽으셨습니다."

프랜치스는 완전히 의기소침해 버려 그 이후로 자신에게 고행(苦行)을 과하기 시작했다. 식사 양을 극단으로 줄이고, 때로는 홍차 한 잔에 토스트 한조각을 먹는 것으로 식사를 대신했다. 흔히 한밤중에 잠을 깨는데, 그런 때에는 불안을 견디지 못하고 발소리를 죽여 가면서 교회에 내려가는 것이었다. 어두컴컴하고 쥐죽은 듯이 조용한 당내는 파란 달빛에 씻기워 대낮에 보는 것 같은 추함이 지워져 있다. 그는 몸을 내던지듯이 무릎을 꿇고 이 최초의 시련에 이겨 낼 용기를 주십사 하고 간곡히 기도했다. 기도가 끝나면 온화하고 괴로움을 꾹 참고 있는 십자가상의 못박힌 모습을 응시하고 있는 동안에 평화가 자기의 혼 전체에 충만되고 있는 것을 느끼는 것이었다.

어느 날 밤, 한밤중이 조금 지났을 무렵, 여느 때와 마찬가지로 기도에서 돌아오는 도중 발끝으로 계단을 오르려고 하자 키저 신부가 그를 기다리고 있었다. 잠옷 위에 외투를 걸치고 촛불을 손에 든 신부가 위의 층계참에서 짧고 똥똥한 털투성이의 다리로 버티고 서서 노한 얼굴로 통로를 가로막고 있었다.

"무슨 짓을 하려고 하는 건가?"

"방으로 돌아가는 참입니다."

"어디를 갔다 오는데?"

"기도실에요."

"뭐라고? 한밤중인데도."

"왜 잘못입니까?"

프랜치스는 억지로 웃으려고 했다.

"하느님을 깨울 작정이라도 한 건가!"

"아닙니다, 잠을 깬 것은 저입니다."

키저는 신경질적으로 소리쳤다.

"중지하라구. 이 따위 바보스러운 짓은 들어본 적도 없어. 수도원으로 착각해서는 곤란해. 기도하고 싶으면 대낮에 하는 거야. 여기에 있는 동안 한밤엔 잠을 자도록 해요."

프랜치스는 목구멍까지 치밀어오르는 반격의 말을 꾹 참았다. 그리고 잠자코 침실로 돌아갔다. 이 교구에서 조금이라도 좋은 일을 하려고 한다면 자신을 억제하고 윗사람과 타협을 잘하기 위하여 큰 노력을 하지 않으면 안 된다. 그는 키저 신부의 정직하고 배짱이 있는 것, 엉뚱스럽고 소탈하고 강직한 것 등 그의 장점에만 주의를 집중하려고 했다.

그런 수일 후, 적당한 시기를 잡아 프랜치스는 외교적 수완을 발휘할 양으로 신부에게 접근했다.

"전부터 생각한 것입니다만……, 여기는 벽촌이고 어디를 가나 보잘것없고, 그렇다고 적당한 오락기관도 없으니까……, 한번 교구의 청년들을 위하여 클럽을 만들면 어떨까 하고 생각했습니다만."

"하하하." 키저 신부는 매우 기분이 좋았다. "과연 그렇군. 대중의 인기를 얻자는 거로군."

"아니, 천만에요."

어떻게 해서든지 승낙을 얻으려고, 필사적으로 프랜치스는 역시 밝은 얼굴을 하고 응수했다.

"그럴 생각은 아닙니다. 그렇지만 클럽이 있으면 청년들은 거리를 방황하거나 하지 않을 거고, 나이 든 사람도 술집 같은 데에 가지 않게 될 것입니다. 육체적으로도 사회적으로도 계몽하는 것이 될 것입니다." 거기에서 미소지으면서 "교회에도 나올 생각을 하게 될 것입니다."

"하하하." 키저 신부는 야비한 웃음소리를 냈다.

"자넨 젊어. 리군보다 나은 데가 있어. 하고 싶은 것은 해도 좋지만 말이야, 그러나 여기 변변치 못한 것들로부터 감사의 말을 들으려고 하다간 계산착오야."

"감사합니다. 저는 다만 허가해 주시기를 바라고 있었습니다."

솟아오르는 열정으로 프랜치스는 계획을 당장 실행했다. 스코틀랜드인이며 확고한 가톨릭 신자인 렌쇼 탄광의 감독인 도날드 카일이 당장 찬성하여 호의를 나타내 주었다. 그 외에 현장의 직원이며 아내가 때때로 사제관에 일을 도우러 오는 검사계의 모리슨, 또 한 사람은 폭약계 주임인 크리덴이며 두 사람은 다같이 독실한 신자였다. 프랜치스는 감독에게 부탁하여 탄광의 구급실을 주 3회, 밤에만 사용해도 좋다는 허가를 얻었다. 그리고 현장의 두 사람의 도움으로 계획중인 클럽에 대한 흥미를 불러일으키기로 했다.

교구사람들에게 조력을 요청하기는 죽어도 싫었기 때문에 자기의 저금을 모두 내놓았다. 그러나 이것은 2파운드도 되지 않았다. 그러나 윌리 탈록에게 편지를 띄워—탈록은 일의 관계상 타인카슬 시립스포츠센터와 관계가 있었다—거기에서 필요치 않은 헌 운동기구를 보내주도록 부탁했다.

첫 출발을 어떻게 하면 좋을까 궁리한 결과 청년들에게는 댄스보다 더 좋은 것은 없을 것이라 생각하여 댄스 파티를 열기로 결정했다. 회장으로 된 구급실에는 피아노도 갖추어 놓고, 크리덴은 바이올린 주자로서 상당한 실력을 가지고 있었다. 프랜치스는 그 회장의 적십자 표지가 붙은 문짝에 포스터를 붙여 시일을 알리고, 목요일이 되자, 자본을 케이크나 과실, 레모네이드 등에 투자하여 모의 가게를 차렸다.

처음은 약간 어색한 기분이었으나 그 밤은 예상도 하지 못할 만큼 큰 성공을 거두었다. 여덟 조의 카드릴(4인조의 댄스)을 출 수 있는 사람이 모인 것이다. 청년들은 대체로 단화가 없어 갱내용의 장화를 신고 춤추었다. 댄스의 막간에는 기쁨에 상기되어 방 주위의 벤치에 앉아서 대화를 나누고, 여자들은 모의 가게에 가서 각각의 상대방에게 케이크나 레모네이드를 가져다 주었다. 그들은 왈츠를 추면서 모두들 리프레인 곡을 합창했다. 탄광에서 교대시간이 되어 돌아온 광부의 무리인 여러 사람이 입구에 모여서 가스등의 빛으로 숯검정투성이의 얼굴에 하얀 이빨만을 드러내고 들여다보았다. 종반에 이르자 그들도 모두 함께 합창을 하였는데, 그 가운데 한두 사람의 명랑한 청년이 뛰어들어 한 곡을 추기도 했다. 참으로 즐거운 밤이었다.

문에 가까운 곳에 서서 한 사람 한 사람이 돌아가며 '안녕히'라고 말하는 소리를 들으며, 프랜치스는 기쁨에 뛰는 가슴을 누르며 생각했다. '모두들 겨우 소생이 된 것 같다. 하느님, 하여간 출발은 할 수 있었습니다. 감사합니다.'

이튿날 아침, 키저 신부가 험상궂은 표정으로 식당으로 들어왔다.

"도대체 어찌된 건가. 대소동이 아닌가 말이다. 훌륭한 본보기가 아니냔 말이다. 자넨 그래도 자신이 부끄럽지 않은가?"

프랜치스는 놀라 상대를 쳐다보았다.

"무슨 말씀을 하시는 겁니까?"

"듣지 않아도 알 게 아닌가. 엊저녁의 미치광이놀음 말이야."

"허가해 주시지 않았습니까.……그것도 아직 일주일밖에 되지 않았습니다."

키저 신부는 느닷없이 큰 소리를 쳤다.

"남자와 여자가 한 패가 되어 놀아난 소동을 교회의 현관 앞에서 하라고 허가한 기억은 없어. 문란하게 껴안고 히히덕거리는 것은 자네가 거들지 않아도 돼. 난 젊은 여자의 순결을 지켜주려고 무진 노력을 하고 있단 말이야."

"엊저녁의 모임은 의심할 여지없이 순진한 모임입니다."

"순진하다고! 어안이 벙벙해서 말이 나오지 않는군." 키저 신부는 화가 난 나머지 얼굴이 새빨개졌다.

"모르겠다는 말인가. 자네는……, 그렇게 껴안거나 손을 잡거나, 몸뚱이나 다리를 달라붙게 하는 것이 결국에는 어떻게 된다는 것을!……바보 천치야. 젊은 놈들의 머리에 근본적으로 나쁜 생각을 갖게 한다는 것, 그것의 첫째 이유란 말이다. 색욕이나 육욕으로 인도하는 도화선이야."

프랜치스는 새파랗게 질린 얼굴을 하고 의분으로 눈을 반짝이면서 말했다.

"신부님은 육욕과 자연의 성별을 혼동하고 계시는 것이 아닌가요?"

"뭐라고! 뭐가 다르단 말인가?"

"마치 병과 건강만큼이나 다릅니다."

키저 신부의 두 손이 경련을 일으켰다.

"도대체 자네는 무슨 말을 하고 있는 거야!"

과거 2개월간 쌓이고 쌓인 울분이 한꺼번에 둑이 무너져 갑작스럽게 그 입에서 쏟아져 나왔다.

"누구도 자연의 힘은 거역 못합니다. 그러다간 오히려 역습을 받을 뿐이고 자연을 멸하고야 맙니다. 젊은 남자와 여자가 혼합되어 함께 댄스를 하는 것은 매우 자연스럽고 훌륭한 것입니다. 구애와 결혼에의 자연스러운 서곡입니다. 성이라고 하는 것은 썩어가는 시체처럼 더러운 시트 밑에 감추어 둘 수는 없는 것입니다. 그렇게 감추어 두는 데서 괴이한 악과 문란한 행위가 비롯되는 것입니다. 잘 교육하여 성이라고 하는 것을 좀더 공명(公明)한 것으로 만들지 않으면 안 됩니다. 독사나 되는 것처럼 목을 졸라 질식시켜서는 안 됩니다. 그렇게하면 오직 실패할 뿐입니다. 순결하고 아름다운 것을 더욱 추하게 할 뿐입니다."

무겁고 두려운 침묵이 방안을 차지했다. 키저 신부의 목부분 혈관이 파랗게 부풀어올랐다.

"풋내기인 주제에 벌받을 말을 지껄이지 말게. 젊은 남녀를 한 조로 만들어선 이젠 절대로 자네의 그 댄스홀에 출입시키지는 않을 테니까."

"그럼, 젊은 남녀는 한 조씩—이건 당신의 말씀입니다만—어두운 골목길이나 후미진 밭으로 내쫓겠다는 말씀이군요."

"입 다물게. 나는 이 교구의 처녀들이 문란하게 놀아나게 하지는 않고 있어. 잔말 말게. 내 일은 내가 잘 알고 있어."

"알고 있습니다." 프랜치스는 비꼬는 어조로 대답했다.

"그러나 통계에 의하자면, 셸즈리의 사생아 수가 이 관구에서 최고라고 하는 사실은 움직일 수 없는 것입니다."

잠시 동안 키저 신부는 발작이라도 일으킨 것 같았다. 손을 꼭 쥐거나, 또 펴거나 하여 누군가의 목이라도 조르고 있는 것 같은 동작을 하고 있다. 그리고 비실비실 하면서 한 손을 들어 프랜치스를 향하여 그 손가락을 움직여 보였다.

"통계라면 그것뿐이 아니야. 지금 내가 있는 이 주위 오십 마일의 지점에 클럽 따윈 하나도 없어. 자네의 대견스러운 계획은 결단코 끝장이야. 절대로 안 돼. 알았어? 이것이 나의 최후 명령이야."

말을 마치고, 식탁 앞의 의자에 털썩 주저앉아 화를 참으면서 식사를 시작했다.

프랜치스는 황급히 식사를 마치자 새파랗게 질린 얼굴을 하여 2층의 자기 방으로 올라갔다. 더러운 창너머로 구급실이 있는 건물이 보였다. 어제 탈록이 보내준 복싱 글러브며, 체조용 곤봉이 들어 있는 상자가 밖의 뜰에 놓여져 있다. 지금은 그런 것도 모두 무용지물이 되어 버린 것이다. 그러자 갑자기 무서운 감정이 가슴에 치밀어 올랐다. 그리고 불구의 기분으로 생각했다. '이대로 복종만 하고 있어선 안 된다. 하느님도 이런 굴종은 강요하시지 않는다. 어떻게든지 싸우는 것이다. 키저 신부와 동격인 셈치고 싸우는 것이다.'

이것은 자기를 위해서가 아니라 불쌍한 반쯤 죽어가고 있는 교구민을 위해서이다. 그는 넘칠 것 같은 사랑과, 여기의 불쌍한 사람들을 구원해야겠다고 하는, 지금까지 꿈에도 생각하지 않았던 열망에 사로잡혀 있었다. 이것이야말로 하느님으로부터 위임받은 첫번째의 일이다 하는 당당한 감정이었다.

그런 수일간은 여느 때와 같이 교구의 일에 쫓기면서 어떻게든 키저 신부의 명령을 해제시키고 클럽을 다시 열 길은 없을까 하고 궁리를 했다. 클럽이라고 하는 것이 뭔가 교구개방의 상징으로 되는 것에 어느 사이엔지 부합되고 있었던 것이다. 그러나, 생각하면 할수록 다시 키저 신부를 움직이는 것은 도저히 곤란하다고 생각되었다.

프랜치스가 전적으로 온순해진 것을 자기 멋대로 패배한 것으로 단정짓던 키저 신부는 승리의 기쁨을 누를 길이 없었다. 저따위 풋내기를 굴복시켜서 순종케 하는 것은 문제 없다. 이러한 인간들을 차례차례로 한 사람의 의젓한 신부로 만들어 내는 자기의 솜씨를 주교도 알아주었으면 싶었던 것이다. 그렇게 생각하니 그의 비꼬는 미소가 더해 갈 뿐이었다.

그런데 어느 날, 프랜치스는 느닷없이 근사한 생각을 한 것이다.

성공의 가망은 적을는지 모르지만 그렇다고 만에 하나 성공하지 않는다고는 할 수 없다. 그렇게 생각하니, 기쁨에 가슴이 떨렸다. 창백한 얼굴이 약간 불그레해지고 자칫하면 큰 소리를 칠 뻔했다. 그것을 간신히 억누르고 그는 결심을 했다. 하여간 해보자. 어떻게 해서든지 하는 거다.……폴리 아주머니가 온다고 하니, 아주머니가 돌아간 후에 바로 실행을 하자.

폴리 아주머니와 쥬디는 6월 말 1주일간의 휴가로 셸즈리에 오기로 되어 있었다. 셸즈리는 휴양지는 아니었으나, 높고 건조한 땅이어서 공기가 좋았다. 평상시는 살풍경한 이곳도 봄다운 푸르름의 향기로 아름답게 채색되어 있었다. 더구나 프랜치스는 꼭 아주머니가 와주셔서 휴양하셨으면 했던 것이다.

그 해의 겨울은 폴리로서는 육체적으로도 경제적으로도 어렵고 빡빡하여 순조롭지 않은 겨울이었다. 서디어스 길포일은 아주머니의 말을 빌자면 주점을 망칠 작정인지 파는 것보다는 자신이 마시는 것이 더 많았고, 들어오는 돈은 보여주지도 않고, 더군다나 뭐든지 자기가 독점해 버리려고 하는 것 같았다. 네드의 지병은 악화될 뿐이고, 요즘 1년간은 두 다리의 자유를 잃고 장사 같은 것은 생각할 여유가 없었다. 휠체어를 타고 다니기 때문에 그다지 많이 움직이지 못하고, 요즘은 분별력을 잃어 책임도 가질 수가 없게 되어 있었다. 엉뚱한 꿈이라도 꾸는 듯, 알랑거리는 웃음을 지으며 아첨하는 길포일을 향하여 자기에게는 증기로 움직이는 요트가 있다든가, 더블린에 양조장을 가지고 있다든가 등등, 얼토당토 않은 말을 하는 것이었다. 어느 날인가는 폴리의 간호의 눈을 속여 스캔티의 부축을 받아—우스꽝스러운 한 조(組)이지만—클라몬트까지 가서 모자를 두 다스나 주문한 일이 있었다. 프랜치스가 부탁하여 와준 탈록 의사의 진단 결과 네드의 병은 중풍이 아니라 뇌의 종양에 의한 것이라고 진단했다. 남자 간호사를 두도록 한 것도 탈록인데, 덕택으로 최근에는 폴리가 수고를 덜게 된 것이다.

프랜치스는 폴리 아주머니와 쥬디가 오면 어떻게 해서든지 사제관의 내빈실에서 묵게 하려고 생각하고 있었으나, 키저 신부의 요즘의 태도로 보아 그런 것을 부탁할 여지가 없었던 것이다. 자기의 교회를 갖고, 아주머니를 모셔와서 가정을 맡기고 쥬디를 자기 밑에서 양육한다. ―이것이 그의 꿈의 하나였다. 그래서 프랜치스는 미세스 모리슨의 집에서 적당한 방을 발견했다. 6월 20일이 되자, 폴리 아주머니와 쥬디가 왔다.

두 사람을 역으로 마중 나간 그는 갑자기 가슴이 아팠었다. 건강하고 아직 활기를 잃지 않은 폴리가 피부가 거무잡잡하고 윤기나는 머리카락을 가진 여자아이의 손을 잡고 기차에서 내렸다. 그것이 옛날 노라의 손을 잡고 있었던 모습을 생각케 한 것이다.

"아주머니, 폴리 아주머니!" 하고 그는 자기 자신에게 말하는 것처럼 중얼거렸다.

그녀는 별로 변한 데는 없었으나, 어쩐지 복장이 전보다는 조금 허술하고, 볼이 훨씬 야윈 것 같았다. 옛날 그대로의 짧은 상의에 장갑, 그리고 똑같은 모자였다. 아주머니는 자기를 위해서는 한푼도 쓰지 않고, 남을 위해서만 쓰고 있는 것이다. 자신을 망각하고, 노라와 프랜치스나 네드를 위하여 다해 왔으나 이번에는 이 쥬디를 위하여 헌신하고 있는 것이다. 전혀 자기라고 하는 것을 돌아보지 않은 그 모습에 그는 가슴이 미어지는 것 같아 황급히 뛰어가서 폴리를 껴안았다.

"아주머니 참 잘 와주셨습니다.……아주머니……, 조금도 변하지 않으셨군요."

"오, 프랜치스!" 그녀는 손가방 안을 뒤져서 손수건을 꺼냈다.

"여기는 바람이 심하군. 눈 속에 뭐가 들어간 것 같아."

프랜치스는 아주머니의 팔을 잡고 쥬디의 손을 이끌고는 빌려 놓은 방으로 안내했다.

그는 어떻게 해서든지 두 사람을 환대하려고 열심이었다. 밤에는 늦게까지 폴리와 여러 가지 이야기를 나누었다. 그녀는 프랜치스가 성직에 취임한 것을 참으로 기뻐했다. 그리고 자기들의 어려운 집안 이야기는 그다지 언급하려고 하지 않았다.

다만 하나의 걱정이라고 하여 쥬디의 이야기를 꺼냈다.

쥬디는 금년 열 살이 되며, 클라몬트의 소학교에 다니고 있는데 복잡한 성격의 아이였다. 표면으로는 애교가 있고 정직했으나, 그 반면 매우 의심 많은 데가 있어 감추기를 잘한다. 예를 들면 쓸데 없는 잡동사니를 여러 가지로 자기의 침실에 감추는 버릇이 있었고, 그것이 발견되면 어쩔 도리가 없을 만큼 화를 내는 것이다. 성질은 열이 오르기도 쉽고 식기도 잘하는가 하면, 때에 따라서는 어물어물하여 명확한 데가 없는 것도 있다. 자기가 나쁘다고 하는 것은 절대로 말하지 않고, 그런 때에는 태연히 거짓말을 하고 어디까지나 시치미를 뗀다. 그리고 그것을 거짓말이라고 책망이라도 하게 되면 분해서 엉엉 울어버리는 것이다.

이런 이야기를 들었기 때문에 프랜치스는 모든 방법을 강구하여 쥬디의 신뢰를 얻으려고 했다. 그녀는 자주 사제관에 와서 어린애의 무관심에서 자기의 집처럼 행동하고 키저 신부의 방에까지 들어가서는 소파에 올라가거나, 파이프나 서진(書鎭) 등을 만지거나 했다. 곤란한 데 하곤 생각했으나, 신부가 아무 말도 하지 않았기 때문에 프랜치스도 그대로 내버려 두었다.

짧은 휴가의 마지막 날이 되어 폴리 아주머니는 이제는 마지막이라고 하며, 산책을 하러 밖으로 나갔다. 쥬디는 겨우 프랜치스의 방에 차분히 앉아 혼자서 그림책을 보고 있었다. 그러자 문의 노크 소리가 들렸다. 가정부인 미스 캬파티였다. 그녀는 프랜치스를 향해 큰 소리로 말했다.

"신부님이 지금 만나셨으면 합니다."

뜻하지 않은 말에 프랜치스는 고개를 쳐들었다. 그녀의 표정에서 미루어 보아 무언가 좋지 않은 일이 생긴 것 같았다. 그는 서서히 일어났다.

키저 신부는 자기 방에서 선 채로 기다리고 있었다. 그는 몇 주간 동안 처음으로 프랜치스의 얼굴을 정면으로 대했다.

"저 애는 도둑이야."

프랜치스는 잠자코 있었다. 그러나 갑자기 위를 졸라매는 것 같은 느낌이었다.

"그런 줄을 몰랐기 때문에 안심하고 여기에서 놀게 한 거야. 귀여운 애라고 생각했는데……."

키저 신부는 투덜거리면서 말을 뚝 끊었다.

"무엇을 가져갔습니까?"

프랜치스가 되물었다. 입술이 딱딱해졌다.

"보통, 도둑은 뭘 훔치지?"

키저 신부는 맨틀피스쪽을 향했다. 그 위에는 그가 언제나 정중하게 하얀 종이에 싸두는 12페니씩의 동전이 작은 기둥을 이루고 일렬로 세워져 있었다. 그는 그 하나를 집어 들었다.

"이 속에서 훔친 거야. 보통의 도둑보다 나쁘단 말이야. 성물 절도죄야. 이것을 보라구."

프랜치스는 꾸러미를 조사해 보았다. 그것은 봉함을 자르고 위쪽을 또 함부로 비뚤어 놓았다. 3페니가 부족했다.

"어떻게 쥬디가 했다고 생각하십니까?"

"난 바보가 아니야." 키저 신부는 물어뜯을 듯이 응수했다.

"금주중 계속 동화가 부족되는 것을 깨달은 거야. 이 꾸러미 속의 돈에는 모두 표시를 해놓았어."

프랜치스는 한 마디도 하지 않고 자기의 방으로 돌아왔다. 키저 신부가 그 뒤를 따라왔다.

"쥬디, 네 지갑을 보여다오."

쥬디는 깜짝 놀라는 것 같았으나, 곧바로 아무렇지도 않은 얼굴을 하고 웃어 보였다.

"모리슨 아주머니 방에 놓아 두고 왔어요."

"아니, 여기에 있잖아."

프랜치스는 몸을 구부리고 그녀의 주머니에서 지갑을 꺼냈다. 그것은 휴가가 되기 전에 폴리 아주머니가 사준 가죽으로 된 작은 지갑이었다. 그 속엔 3페니가 들어 있었다. 모두 동전 뒤쪽에 십자의 표시가 되어 있었다.

키저 신부의 씁쓸한 표정에는 노기와 함께 승리를 기뻐하는 빛이 역력했다.

"말하지 않을 수 없군. 이봐, 하느님의 것을 훔치다니, 나쁜 아이야."

그리고 그는 프랜치스를 노려봤다.

"버릇을 고쳐 주어야 해. 내가 맡고 있는 애라면 당장 경찰에 넘겨버릴 테지만."

"싫어요, 싫어요."

쥬디는 갑자기 울어 버렸다.

"돌려 드리려고 생각했어요. 정말이에요. 거짓말이 아니에요."

프랜치스는 새파랗게 얼굴이 질렸다. 매우 난처했다. 그렇지만 두 손에 힘을 주고 용기를 내서,

"그럼." 하고 희미한 소리로 말했다. "지금부터 이 애를 데리고 경찰서에 가겠습니다. 그리고 이대로 하밀턴 경부에게 넘기겠습니다."

쥬디는 히스테릭하게 울어대기 시작했다. 키저 신부는 깜짝 놀랐으나 조소하는 것 같은 소리로 말했다.

"그것은 좋겠지."

프랜치스는 모자를 쓰고 쥬디의 손을 잡았다.

"자, 쥬디, 너무 무서워하지 말아. 순경한테 가서 '키저 신부님한테서 3페니를 훔쳤습니다.' 하고 말하고 오자구나."

프랜치스가 어린애의 손을 끌고 나가려고 하자, 처음엔 당황한 낯빛이 이어서 불안한 낯빛으로 키저 신부의 눈에 어렸다. 기분 내키는 대로 좀 과한 말을 해버린 것이다. 신교도의 하밀턴 경부는 신부와는 사이가 좋지 않았으며, 정치적으로도 의견을 달리하고, 심히 말다툼을 한 적도 있었다. 그러므로 이 하찮은 일로 경찰신세를 지게 되면……, 또 마을의 웃음거리가 될 것은 뻔한 일이다. 그렇게 생각한 그는 황급히 입 속에서 중얼거렸다.

"갈 필요는 없어."

프랜치스에게는 그 말이 들리지 않는 모양이었다. 키저 신부는 큰 소리로 말했다.

"기다려!"

그는 자기가 자신의 노기를 진정이라도 시키는 것처럼 쥐어짜는 소

리로 말했다.

"가지 않아도 돼요.……아무 일도 없는 것으로 치자구. 자네가 잘 타일러 주게나."

그렇게 말하고서 신부는 무뚝뚝한 화난 얼굴로 나가 버렸다.

폴리 아주머니와 쥬디가 타인카슬로 돌아가 버리자, 프랜치스는 갑자기 우울한 기분에 사로잡혔다. 쥬디의 도벽에 대하여 신부에게 진심으로 유감의 뜻을 표시하고 싶었던 것이다. 그러나 키저 신부의 얼굴을 보면 그런 기분이 한꺼번에 사라져 버리는 것을 어찌할 수가 없었다. 쓸데 없는 짓을 했다는 기분이 들었고, 신부를 한층 외고집으로 만들었던 것이다. 그 뿐만 아니라 그는 곧 휴가로 요양을 떠나게 되어 있었다. 그 전에 프랜치스를 절대로 버릇없이 굴지 않도록 해둘 필요가 있다고 생각한 것이다.

그는 무뚝뚝한 얼굴을 하고 입을 다문 채, 아예 프랜치스가 가까이 하지 못하게 했다. 미스 캬파티에게 일러 식사도 프랜치스보다 먼저 혼자서 했다. 휴양하러 출발하기 전의 일요일에는 제칠계의 '그대 훔치지 말라'라는 제목을 내걸고, 한 마디 한 마디 프랜치스에게 주는 것같은 격렬한 어조로 설교를 했다.

그 설교가 프랜치스의 결심을 촉구하게 했다. 미사가 끝나자 바로, 그 길로 그는 탄광 감독인 도날드 카일의 집을 방문하여 그를 한쪽으로 불러내어 뭔가 작은 소리로 열심히 이야기했다. 카일은 처음엔 반신반의한 표정을 지었으나, 그래도 서서히 납득이 간 모양으로 점점 흥미를 느껴 이윽고 가만히 말했다.

"자, 과연 잘 될지는 모르지만, 하여간 어디까지나 힘이 되어 드리겠어요."

두 사람은 굳은 악수를 하고 헤어졌다. 월요일 아침 키저 신부는 6주일간의 예정으로 광천지(鑛泉地)인 하르게이트에 요양차 출발했다. 그날 저녁 때 미스 캬파티도 고향인 로스레아로 돌아갔다. 이튿날인 화요일에 프랜치스는 아침 일찍 약속대로 역에서 카일과 만났다. 카일은 묵직한 서류철과 경쟁상대인 노팅검 탄광 간행의 번쩍번쩍 빛나는 새로운 팸플릿을 안고 있었다. 최고의 외출복을 입고, 얼굴에는 프랜치스에게 결코 뒤지지 않는 결의의 빛이 엿보였다. 두 사람은 셸즈리를 11시에 떠나는 기차에 올라탔다.

긴 하루가 좀처럼 저물지 않았으나, 그래도 두 사람이 돌아온 것은 밤이 샐 무렵이었다. 두 사람이 다같이 앞을 본 채로 나란히 말없이 걷고 있다. 프랜치스는 피로한 듯 얼굴에는 아무런 표정도 없었다. "자, 그럼 안녕히." 하고 헤어지는 인사를 했을 때 감독의 얼굴에 엄숙한 미소가 떠올랐는데 그것만이 뭔가 의미가 있는 것 같았다.

그런 후의 4일간은 아무 일도 없이 지나갔다. 그러나 다음날, 갑자기 무엇인지 알 수 없는 활동이 탄광을 중심으로 개시되었다.

탄광은 이 지방의 중심이므로 그것도 별로 이상할 것이 없었다. 프랜치스는 교회의 일로 틈틈이 카일이 있는 곳으로 상의하러 가거나, 설계자의 청사진을 검토하거나, 일꾼들이 일하는 것을 바라보거나 했다. 새로운 건물은 보고 있는 동안에 자꾸 완성되어 갔다. 반 달 후에는 위생실 옆에 골조가 세워지고, 1개월이 지나자 대체로 건물이 완공되었다. 그리고 목수와 미장이가 일을 개시했다. 쇠망치 소리는 프랜치스의 귀에 기분 좋은 연주로 들렸다. 새로운 대패밥 냄새는 코를 간지럽혔다. 때로는 목수들에게 섞여 그도 일을 도왔다. 모두들 프랜치스에게 호의를 가졌다. 그는 부친으로부터 손으로 하는 일을 좋아하는 성질을 이어받고 있었던 것이다.

임시로 가사를 도우러 왔다가 바로 돌아가는 미세스 모리슨 외에는 아무도 없는 사제관에서 혼자 있는 프랜치스는 키저 신부로부터 귀찮은 잔소리를 듣지 않기 때문에 퍽이나 명랑해져서, 일에 대한 열의는 끝없이 불타고 있었다. 마을 사람들과는 훨씬 친해진 느낌이었고, 교회에 대한 그들의 쓸데 없는 억측도 풀리고, 서서히 그들의 단조로운 생활에도 파고들어, 그 잠자고 있는 무감각한 눈에 놀랄 만한 빛을 줄 수가 있다고 생각되었다. 자기의 주위를 에워싼 빈곤과 비참에 허덕이고 있는 사람들에게 손을 뻗쳐 이를 포옹하고, 연민과 애정에 의하여 보이지 않는 하느님 나라의 입구까지 그들을 데리고 가는 것쯤은 가능할 것 같은 생각이 들었다. 그것은 목적을 세워 사업을 완성하는 빛나는 감격 바로 그것이었다.

조지 경 귀하.

귀하가 친절하게도 셸즈리 촌에 기부해 주신 새로운 레크리에이션 센터는 이제 대체로 완성되었습니다. 귀 공장의 종업원 및 그 가족은 물론, 널리 계급이나 신앙의 여하를 불문하고 이 공업지대에 거주하는 모든 주민에게 있어서 이것은 대단한 은혜라고 생각합니다. 이미 불편부당의 위원회도 결성되어 여러 가지 회의 결과 운영강령도 결정이 되었습니다.

여기에 동봉하는 것은 오는 동계(冬季) 프로그램입니다. 이것에 의하여 회관 활동의 전모를 상상하실 수 있을 것으로 생각됩니다. 즉 복싱, 검술, 체육, 그리고 응급치료 훈련과 매주 1회 목요일에는 댄스 파티를 열도록 되어 있습니다.

카일 씨와 제가 돌연히 방문하여 실례의 말씀을 드렸음에도 불구하고 당장에 쾌히 승낙을 해주신 것에 오직 감격할 따름입니다. 어떠한 감사의 말을 늘어놓아도 도저히 이 기분은 전할 수가 없다고 생각합니다. 귀하에 대한 참다운 감사는 오직 셸즈리의 주민에게 주신 행복과 이것에 의하여 촉진되는 그들의 사회적 결합에서 얻어지리라고 믿는 것만이 그것을 전할 것으로 확신합니다.

9월 21일에는 개관 축하의 밤을 개최하려고 합니다. 만사를 미루시고 참석해 주시면 더할 나위 없는 영광이겠습니다.

구세주교회 보좌신부
프랜치스 치셤

그는 묘하게 긴장한 웃음을 지으면서 편지를 우체통에 넣었다. 편지의 내용은 깊이 감명한, 성심성의로 쓴 것이었다. 그러나 프랜치스의 다리는 웬지 떨리고 있었다.

가정부가 돌아온 이튿날 19일 점심 무렵에 키저 신부가 돌아왔다. 광천에서 원기를 회복하여 돌아온 그는 정력이 충만한 것 같았고, 그 자신의 말을 빌자면, 팔이 근질근질하여 힘을 처리할 자리가 없어 곤란할 정도였다. 까만 털북숭이인 몸뚱이로 사제관이 좁다 하는 기세로 들어와선 큰 소리로 미스 캬파티에게 인사하고는 당장 먹을 것을 준비하라고 명하고, 부재중에 온 편지를 모두 읽었다. 그것이 끝나자 두 손을 비벼대면서 식당으로 당당하게 들어왔다. 접시 위에 한 통의 봉투가 놓여 있었으므로 바로 봉함을 열어 인쇄된 안내장을 꺼냈다.

"이건 뭐야?"

프랜치스는 마른 입술을 추기면서 용기를 내서 말했다.

"아, 그것은 이번에 새로 생긴 셸즈리 레크리에이션 클럽 개관 축하의 밤 초대장이 아닌가요. 저한테도 와 있습니다만."

"레크리에이션 클럽이라. 우리와 무슨 관계가 있지?"

그는 팔을 쭉 뻗치고 얼굴이 빨개지며 초대장을 노려봤다.

"이것은 뭐야."

"대단히 근사한 클럽입니다. 저 창에서도 보입니다." 프랜치스는 떨리는 소리로 덧붙였다.

"조지 렌쇼 경이 기부한 것입니다."

"조지 경이……."

키저는 놀란 표정으로 말을 끊고 성큼성큼 창가로 걸어갔다. 그리고는 새로운 당당한 건물에 오랫동안 눈을 못박아 놓고 있었다. 잠시 있다가 제자리로 돌아와선 천천히 식사를 시작했다. 그러나 공복을 안고 돌아온 인간이 갑자기 변해서 식욕이 전적으로 없어져 버렸다. 그는 작은 눈으로 때때로 프랜치스쪽을 찌르는 것처럼 쳐다보았다. 그 침묵은 무겁게 방안을 덮쳐 누르고 있었다.

드디어 프랜치스가 입을 열었다. ―어색한 어조였으나 말은 퍽이나 솔직했다.

"확실히 결정해 주셨으면 합니다. 댄스 모임이나 남녀 공학의 레크리에이션을 신부님은 금지하셨습니다. 그러나 생각해 보면, 이 교구의 사람들이 모두 협동을 하지 않았다든가, 클럽을 배척하거나, 혹은 댄스 파티에 모이지도 않거나 하면 조지 경은 대단히 기분이 상하실 것 아닙니까."

프랜치스는 자기의 접시에서 눈을 떼지 않고 계속 말했다.

"목요일의 회관 축하에는 조지 경도 오시도록 되어 있습니다."

키저 신부는 전적으로 식욕을 잃었다. 자기의 접시에 있는 두터운 비프스테이크도 더러운 오물과 마찬가지로밖에 보이지 않았다. 그는 갑자기 일어나서 느닷없이 털북숭이의 손으로 초대장을 무서운 힘으로 꼭 쥐어 뭉갰다.

"그런 더러운 악마의 축하 따위에 누가 나간단 말이야. 천만의 말씀. 알겠나, 절대로 가지 않을 테니 그리 알게."

그대로 그는 펄쩍 자리를 차고 일어나 나가 버렸다.

그러나 목요일 밤이 되자 말끔히 수염을 깎고, 새하얀 목셔츠에 외출용 수단을 입고 키저 신부는 기쁘지도 슬프지도 않는 형용할 수 없는 이상한 얼굴을 하고 축하회에 참석했다. 프랜치스도 그 뒤를 따랐다.

새로 생긴 회관은 휘황한 등불과 흥분으로 들끓고 지방의 노동자들로 입추의 여지도 없을 만큼 가득 찼다. 단상에는 지방의 명사들이 자리하고, 도날드 카일 부처, 탄광 의사, 마을의 국민학교장, 거기에 종파가 다른 교회의 목사 두 사람의 얼굴도 보였다. 프랜치스와 키저 신부가 자리에 앉자 와하고 환성이 터지더니, 이어서 몇 마디의 야유가 있자 높은 웃음소리가 폭발했다. 키저 신부는 떨떠름한 얼굴을 하고 이빨을 갈았다.

밖에서 차가 멈추는 소리가 들리고, 회장의 술렁거림이 한층 심해졌는가 싶더니, 그 다음 순간 일동의 갈채를 받으면서 조지 경이 등단했다. 경은 육십 정도의 중키에, 살이 적당히 찐 백발이 가장자리만 남은 대머리 신사였다. 수염은 하얗고, 볼도 윤기 좋은 혈색을 하고 있었다. 노인들에게서 간간이 이렇게 눈에 띄게 건강한 얼굴을 볼 수가 있으나, 이처럼 백발이 두드러지게 훌륭한 느낌을 주는 것은 드물다. 복장도 태도도 온화한 이 사람이 어떻게 해서 그러한 큰 힘을 가지고 있는지 이상하게 생각될 정도였다.

경은 식의 진행을 기분 좋게 바라보고 있었으나, 카일 씨로부터 환영의 말을 듣자, 이번에는 자기가 일어나서 짧은 인사말을 했다. 그리고 부드러운 어조로 이렇게 결론을 맺었다.

"이 매우 가치 있는 계획을 최초로 계획하신 분은 프랜치스 치셤 신부님이며, 직접 신부님의 창의와 광대한 정신에서 비롯된 것임을 특히 저는 말씀드리고 싶은 것입니다."

만장은 귀청이 떨어질 정도의 갈채에 휩싸였으나, 프랜치스는 빨개져서 탄원과 후회가 뒤섞인 눈을 키저 신부에게로 돌렸다.

키저 신부는 기계적으로 손을 들어 내키지 않는 박수를 두어 번 쳤으나, 얼굴은 순교자처럼 희미한 쓴웃음에 일그러져 있었다. 훨씬 뒤에 댄스가 시작되자, 그는 선 채로 조지 경이 카일의 딸 낸시와 추고 있는 것을 잠시 바라보고 있었다. 그런 뒤 어느 사이에 어둠 속으로 사라져 버렸다. 그 뒤를 좇는 것처럼 바이올린의 연주소리가 이어졌다.

늦게 프랜치스가 돌아와 보니, 신부는 불도 없는 응접실의 의자에 두 손을 무릎에 짚고 앉아 있었다.

그는 이상하게도 활기가 없는 얼굴을 하고 있는 것이다. 투지가 완전히 없어져 버린 모양이다. 20년간, 헨리 8세가 왕비를 바꾼 것보다 많을 정도로 그는 보좌신부를 갈아치우고 있는 것이다. 그러나 이번에는 자기가 보좌신부에게 갈아치움을 당할 뻔하고 있는 것이다. 그는 억양이 없는 소리로 말했다.

"자네의 일은 주교에게 보고하지 않으면 안 돼. 그럴 수밖에 없어."

프랜치스는 가슴속에서 심장이 뒤틀리는 것 같은 느낌이었다. 그러나 이 기세에 물러나지는 않았다. 자기에게 무슨 일이 일어나든간에 키저 신부의 권위는 이미 흔들리고 있는 것이다. 신부는 우울한 소리로 다시 계속해서 말했다.

"자네는 다른 데로 가는 것이 좋을 거야. 그것은 주교가 결정할 일이지만 말이지. 휫제랄드 신부가 타인카슬에서 다른 한 사람의 보좌신부를 원하고 있어요. 자네 친구 밀리는 확실히 지금 거기에 있을 텐데."

프랜치스는 묵묵히 듣고만 있었다. 겨우 눈을 뜨기 시작한 교구를 뒤에 두고 다른 곳으로 갈 생각은 털끝만치도 없었다. 그러나 아무리 발버둥을 쳐도 그렇게 되기 마련이라면 자기의 후계자에게는 사태가 용이하게 되어 있는 것이다. 클럽은 계속 성황을 이룰 것이다. 아직 건설의 제일보를 내딛었을 뿐이니까 여러 가지로 변화가 있을는지 모른다. 자신은 결코 그것만을 자만하고 있는 것이 아니라 조용히 거의 몽상가와 같은 희망을 가지고 있는 것이다. 그는 침착하고 낮은 소리로 조용히 말했다.

"혹시 비위에 거슬리는 일이 있으시다면 참으로 죄송합니다. 저는 다만 조금이라도 도움이 되었으면 싶었습니다. ……그 너절한 것들을 위해서 뭔가를 하려고 했습니다."

두 신부의 눈이 마주쳤다. 그러나 키저 신부는 얼른 그 눈을 감아 버렸다.

2

사순절(부활절 전의 40일간)의 마지막 날에 가까운 어느 금요일의 일이었다. 성 도미니크 사제관의 식당에는 프랜치스와 스루커스 신부가 이미 식탁에 앉아 있었다. 점심에는 빅토리아조(朝) 식의 은그릇과 물색의 근사한 도자기에 담은 건대구 찜과, 버터 없는 토스트에 조촐한 식사가 나왔다. 거기에 이른 아침부터 병가에 가서 외출중이던 밀리 신부가 돌아와 자리에 앉았다. 뭔가 억제하고 있는 것 같은 태도와, 식사에도 그다지 마음이 내키지 않는 표정으로 보아서 프랜치스는 바로 안셀모가 가슴속에 뭔가 은밀한 일을 지니고 있는 것을 알아차렸다. 휫제랄드 수석사제는 사순절 동안 2층에서 식사를 하는 습관이 있었으므로 식당에는 젊은 신부들 세 사람밖에는 없었다. 그러나 밀리 신부는 맛 같은 것은 아무 상관도 없이 그저 입만 놀리고 있을 뿐이고, 볼을 약간 상기시키고 식사가 끝날 때까지 한 마디의 말도 하지 않았었다. 리스아니아인 신부가 턱수염에서 빵부스러기를 털면서 일어나 인사를 하고 나갈 때까지 그는 끝내 그 긴장을 풀지 않았다. 그런 다음에야 겨우 여느 때의 그로 되돌아가 한숨을 푹 내쉬었다.

"프랜치스! 오후부터 나와 함께 행동해 주었으면 싶은데. 별로 다른 약속은 없겠지?"

"음……, 네 시까지는 별일도 없어."

"그럼 꼭 와주게. 자넨 내 친구이고 똑같은 신부끼리니까, 나는 자네를 제일 먼저……."

그는 거기에서 돌연 입을 다물었다. 자신이 말하려고 생각하는 매우 신비스러운 느낌을 더 이상 말로 표현하고 싶은 생각이 없었던 것이다.

프랜치스가 차석 보좌신부로 성 도미니크 성당에 온 지 이미 2년이 지나고 있었다. 성당에는 수석사제가 된 제랄드 휫제랄드가 아직도 머물러 있었고, 거기에 수석 보좌신부 안셀모와 리스아니아인 신부 스루커스가 있었다. 타인카슬에도 해마다 폴란드인이 이민을 와서 지금은 상당수에 이르고 있었으므로 절대로 스루커스와 같은 보좌신부도 필요했던 것이다.

셸즈리와 같은 벽촌에서 옛 고향인 이 도회의 교구에 전임해 와서 보니 성당업무는 태엽을 감아놓은 것처럼 정확했었고, 성당은 권위가 있고 흠잡을 데가 없어 잠시 동안은 프랜치스도 어리둥절한 기분이었다. 이렇게 하여 폴리 아주머니의 가까이에 살며 네드와 쥬디로부터 눈을 떼지 않고 있을 수 있다는 것, 탈록 가(家)의 사람들, 윌리나 기타 누이동생 등과도 1주일에 한두 번은 만날 수 있다고 하는 것은 그에게는 퍽이나 행복스러운 일이었다. 마그냅 교장이 최근 산 모라레스에서 이 교구의 주교로 영전하여 왔을 때도 일종의 묘한 위로와 같은 기분과 뭐라고 설명할 수 없는 마음 든든함을 느끼게 했다. 하기는 마그냅의 현재의 모습은 전과는 전적으로 달라진 신중한 태도나, 침착한 눈언저리의 주름이나 야윈 몸은 전임이란 것이 그렇게 손쉬운 일이 아니었다는 것을 암묵 가운데 나타내고 있는 것이라 생각되었다.

취미가 고상하고 스스로도 신사로 자처하는 휫제랄드 수석사제는 키저 신부와 좋은 대조였고, 그야말로 반대의 극에 서 있는 사람이라

해도 좋았다. 다만 그는 공평하게 행동하는 데에 노력을 하고 있는 것 같았으나, 아무래도 조금 편견을 가지고 있는 것 같았다. 횟제랄드는 안셀모를—그가 가장 그의 마음에 합당했었다—귀여워하는 것과는 반대로 스루커스 신부를 전적으로 무시하는 것이다. 하기는 스루커스는 영어도 능숙하지 못했고, 식탁 예절도 나쁘고, 식사 때는 언제나 턱수염 아래 냅킨을 받쳐야 한다든가, 더군다나 수단을 입고서 중산모를 쓰는 이상한 취미가 있기도 해서, 주임신부의 눈에 거슬리는 것은 당연했지만, 또 다른 한 사람의 보좌신부에 대하여도 묘하게 경계하는 데가 있었다. 프랜치스는 그러해도 바로 자기의 친한 집안, 유니온 주점과의 관계, 더군다나 그 바논 사건과의 관계 등이 간단히 만회되지는 않을 불리한 조건으로 되어 있는 것을 깨닫고 있었다.

더구나 사실을 말하자면 처음부터 매우 서투른 짓을 한 것이다. 팔리지도 않을 상품처럼 진부하기 짝이 없는 말이나, 날이면 날마다 일요일이 되면 거의 암송이라도 하고 있는 것처럼 언제나 앵무새가 사람의 말을 흉내내듯이 하는 설교를 하는 것에 진절머리가 난 프랜치스는 부임하자 바로 '개인의 성실'이라고 하는 제목으로 자기가 늘 생각한 대로 신선하고 독자적인 말을 구사하여 간단하게 설교를 해버렸다. 그러나 횟제랄드 사제는 이것을 위험한 혁신사상이라고 간주하여 통렬히 비난했다. 다음 일요일에는 사제의 명령을 받들어서 안셀모가 설교단에 올라가 지체없이 해독제가 될 것 같은 설교를 했다. '바다의 별(성모마리아를 말함.)'이라고 하는 제목이었는데 그 결론은 대단히 훌륭한 것이었다. 숫사슴이 물을 찾아 우는 이야기, 배가 안전하게 모래톱을 떠나는 이야기 등을 하여 끝에 가서는 연극조로 두 팔을 쳐들고 '나를 따르라!'고 하는 그리스도의 말을 인용하여 하느님의 사랑을 간청하는 것이었다. 회중 가운데 여자들은 모두 눈물을 흘렸다. 뒤에 안셀모가 양고기의 죠브로 맛있게 아침식사를 들고 있는데 수석사제가 빗대어 빈정대는 것처럼 칭찬해 마지 않았다.

"그거야 바로!……밀리 신부……참다운 웅변이라고 하는 것이. 나도 들은 적이 있는데, 돌아가신 사제께서 이십 년 전에 그것과 완전히 똑같은 설교를 하신 적이 있었어."

아마도 이 양 극단의 설교가 두 사람의 진로를 결정해 버렸다고 해도 과언이 아닐 것이다. 몇 개월이 지나자 프랜치스는 우울한 기분으로 자기의 전적으로 투기적 모험심이 없는 행동과 안셀모의 훌륭한 성공을 비교하지 않을 수가 없었다. 밀리 신부는 교구에서 괄목되는 존재였다. 언제나 기분이 좋았고, 활기 있었고, 누구를 만나도 웃는 얼굴을 지었고, 고통받거나 괴로워하거나 하는 사람에게는 상냥하게 등을 두들겨 주어 위로를 해주었다. 노력가이며, 일에 참으로 열심이고, 조끼 호주머니에는 약속을 기입한 작은 수첩을 넣어 두고, 집회 연설에 초대되거나, 후식 테이블 스피치를 요청해도 사양하는 일이 없었다.

더구나 〈성 도미니크 가제트〉의 편집까지 하고 있었다. 이것은 종교관계의 뉴스와 유머러스한 소설을 실은 팸플릿이었다. 그런 관계로 외출할 일이 매우 많았는데, 언짢은 데가 없었으므로 어느 상류가정에나 흔히 차 마실 시간에 초대되어 얼굴을 내놓았다. 또 유명한 성직자가 이 도시에 설교차 왔을 때에 안셀모는 지체없이 찾아가서 정중하게 경청을 했다. 그 다음에는 틀림없이 정중한 편지를 써서, '이번에 뵈옵게 되어서 참으로 기쁘며 정신적인 은혜를 받았습니다.' 하는 것을 열심히 표명한다. 이러한 성의를 피력함으로써 그는 유력한 지기(知己)를 많이 만들어 가고 있었다.

물론 그의 일의 능력에도 한도는 있었다. 이번 새로 생긴 타인카슬 교구 해외포교단본부—이것은 주교가 수년내에로 절실하게 희망하고 있는 계획이었다—의 비서직을 담당하여 주교를 만족시키기 위해서 불철주야로 일을 하고 있었으므로, 시내에 있는 샨드 가(街)의 '노동소년클럽'의 관리사무는 본의 아니게 이를 사퇴하고 대리임무를 프랜치스에게 일임하지 않을 수 없었다.

샨드 가 지역은 시중에서는 가장 인기가 나쁜 곳이어서 싸구려 아파트나 노동자의 주거가 있는 빈민가였으나, 여기가 언제나 프랜치스의 담당구역으로 간주되기에 이르렀다. 여기에서는 무슨 일을 하거나 효과가 없었고, 또한 문제시되지도 않은 것처럼 생각되고 있었으나, 그래도 자기의 일은 오히려 이러한 데에 얼마든지 있다고 프랜치스는 생각하고 있었다. 하기는 그러기 위해서는 빈곤 바로 그 자체를 직접 눈으로 보고 세상의 불행이나 오욕(汚辱)이나 가난이라고 하는 것의 영원한 비리(非理)를 굴하지 않고 직시하도록 자신을 단련하지 않으면 안 된다. 지금부터 자기가 들어가려고 하는 것은 성인(聖人)의 사회가 아니라, 때로는 눈물마저도 억누를 수 없는 비참한 죄인들의 사회인 것이다.

"왜 그러지. 졸고 있지 않은가?"

안셀모가 책망하는 것처럼 말했다. 깜짝 놀라서 몽상에서 깨어나자 모자와 스틱을 든 밀리 신부가 식탁 옆에서 기다리고 있었다. 프랜치스는 싱긋 웃어 보이고 천천히 일어났다.

밖은 구름 한 점 없이 개인 오후였다. 약간 센 미풍이 불고 있었다. 안셀모는 활기찬 걸음걸이로 걸어갔다. 그 작달막하고 퍽이나 정직하고 건강할 것 같은 모습은 지나는 교구민들에게 일일이 인사를 하고 있다. 성 도미니크 성당에서의 인기에도 불구하고 그는 지금도 우쭐해 하지 않았다. 많은 숭배자들에게는 그러한 겸손한 태도가 참으로 믿음직스럽게 비치는 것이다.

이윽고 프랜치스가 깨달았을 때에는 이 무렵 새로운 교구에 가입된 교외로 가는 길에 접어들고 있었다. 시내를 벗어나자 옛 장원(莊園)의 유적지 초지에 많은 주택이 건축중이었다. 노동자들이 벽돌을 운반하거나 손수레를 밀거나 하며 분주하게 움직이고 있었다. 프랜치스는 멍청하게 '호리스 지방재판소 소속 변호사 말캄 그레니에게 문의하실 것'이라고 크게 쓴 흰 페인트로 칠한 간판이 있는 것을 의식했다. 그러나 안셀모는 자꾸 걸어가 언덕을 오르고 초록 들판을 몇 군데 지나, 이번에는 숲 속의 작은 길을 지나 왼쪽으로 내려갔다. 바로 가까이에 공장의 굴뚝이 있었고, 그 근처는 기분이 상쾌한 시골풍경이었다.

갑자기 밀리 신부가 사냥감을 발견한 사냥개처럼 조용한 흥분을 보이며 멈추어 섰다.

"여기가 어딘 줄 알겠지, 프랜치스. 이 장소에 대하여 물어본 적이 있었잖아."

"음."

프랜치스가 지금까지 몇 번이고 지나간 일이 있던 곳이었다. 그곳은 노오란 금잔화로 덮혔고 구리색 떡갈나무 숲이 타원형으로 에워싸고 있다. 이끼가 낀 바위의 작은 동굴이었고, 이 근처 수 마일 되는 주위에서 가장 깨끗한 장소였다. 그러나 왜 '샘'이라든가 때로는 '마리아의 샘'이라 불리워지고 있는지 그는 때때로 이상하게 생각한 적이 있었다. 동굴은 근 50년 이래로 말라 버린 채로 있었기 때문이다.

"보라구! 프랜치스."

밀리는 그의 팔을 끌고 그 가까이에까지 데리고 갔다. 말라 있어야 할 바위틈에서 수정과 같은 샘물이 솟아오르고 있었다. 잠시 두 사람이 다같이 묘하게 잠자코 있었으나, 이윽고 밀리는 두 손을 컵처럼 모아쥐고 마치 성탄식 때처럼 정중하게 그 물을 떠서 마셨다.

"마셔 봐요, 프랜치스. 우리는 최초로 맛보는 특권에 감사해야 해요."

프랜치스도 몸을 구부리고 마셨다. 물은 차갑고 맛이 좋았다. 그는 미소를 지었다.

"참으로 좋군."

밀리는 의젓한 표정을 하고 그를 보았다. 그 얼굴에는 약간 선심쓰는 것 같은 데가 없지는 않았다.

"나라면 천국의 맛이라고 하겠어."

"전부터 샘이 솟고 있었는가?"

"어제 저녁 태양이 질 무렵에 솟기 시작한 거야."

프랜치스는 소리를 내어 웃었다.

"안셀모, 어쩐지 자네는 흡사 델파이의 신탁(神託) 같은 말을 하는 것 같군. 오늘은……하느님 은혜의 현현(顯現)이란 말인가. 자, 말해보라구. 누구한테서 들었지?"

밀리는 고개를 저었다.

"그건 말할 수 없어……, 현시점에선."

"그렇지만 난 매우 호기심이 나는걸."

안셀모는 만족한 듯이 웃었다. 그러나 이내 또 표정을 엄숙하게 지으며,

"아직 봉인을 뜯을 수 있는 단계가 아니야, 프랜치스. 횟제랄드 사제에게 가지 않으면 안 돼. 이것을 결정하는 사람은 사제 외에는 없으니까 말이야. 그렇긴 하지만, 물론 나는 자네를 믿고 있어……, 나의 신뢰를 배반하는 일은 없을 것이라고 생각하지만 말이지."

프랜치스는 이 친구의 인간성을 너무나 잘 알고 있었으므로 상대를 이 이상 더 난처하게 하지는 않았다.

타인카슬로 돌아오는 도중에 프랜치스는 밀리와 헤어져서 그랜빌가(街)의 병자를 위문하러 갔다. 그의 클럽의 일원인 오웬 위렌이라고 하는 소년이 수주일 전에 풋볼 시합에서 다리에 부상을 입었다. 집이 가난했으므로 심한 영양부족이었으나, 상처도 돌보지 않고 그대로 내버려 두었던 모양이었다. 빈민구제법에 의하여 의사가 왔을 때에는 상처는 이미 심해졌었고, 정강이에 두 번 다시 보기가 민망할 정도로 상처가 커져 버린 것이다.

이 일로 프랜치스는 꽤 마음이 아팠었고—탈록 박사도 매우 근심하고 있는 눈치여서 더욱 걱정이 되었던 것이다.—그래서 오늘 밤엔 위렌과 그 모친의 기분을 조금이라도 위로해 주려고 노력하고 있었는데, 오후부터 이상하게도 요령 부득이 '마리아의 샘'으로의 출장 때문에 완전히 그 일을 잊고 있었던 것이다.

그러나 이튿날 아침, 제랄드 횟제랄드 사제의 방에서 탄원하는 것 같은 큰 말소리가 새어 나오는 소리를 듣고서 어제의 일이 문득 머리에 떠올랐다.

사순절은 사제로서는 대단히 난행(難行)의 연속이었다. 정직한 사람인 만큼 문자 그대로 단식을 하고 있었던 것이다. 그러나 충분한 영양으로 길들여진 그 매우 호화스러운 몸뚱이는 단식에는 적합치가 않았다. 심신이 다같이 괴로운 시련에 견디면서 사람을 멀리하여 아무도 만나지 않고 사제관 안을 왔다갔다 걷는 것뿐이었으나, 그 약한 시력으로는 사람을 분간하기조차 힘들 정도였다. 그리고 밤이 되면 그날이 지난 표시로 십자를 기입하고 있었다.

밀리 신부에 대한 횟제랄드의 총애는 보통 이상의 것이 있었다. 그렇긴 하나 이러한 때에 그에게 접근하는 데는 상당한 대책이 필요했을 것이다. 듣고 있는 동안에 안셀모의 설득 비슷한 탄원의 소리가 낮아졌는가 싶자, 갑자기 사제의 화난 것 같은 당돌한 말이 들려왔다. 그러나 최후에는 온화한 말쪽이 승리를 한 것 같았다. '부드러운 물방울이 바위를 뚫는다'—프랜치스는 그런 것을 생각하고 있었다.

그리고 한 시간쯤 지나자, 사제가 심히 불유쾌한 얼굴을 하고 방에서 나왔다. 밀리 신부는 현관에서 사제를 기다리고 있었다. 두 사람은 마차로 시내 중심부를 향해서 가고 있었다. 세 시간쯤 지나 두 사람이 돌아왔는데, 때마침 점심식사 시간이었다. 사제는 비로소 금기를 깨뜨리고 식당에 들어왔다. 식탁에는 앉았으나, 뭘 먹으려고는 하지 않고 프랑스식 커피만을 청했다. 커다란 포트로, 단식 중에도 이것만은 빼놓지 않은 유일한 사치였다. 사제는 비스듬히 앉아서 다리를 꼬았다. 단정한 태도로 향기 높은 커피를 홀짝거리고 있는 모습은 모두에게 친근한 느낌을 보이고, 뭔가 내심의 굉장한 감동으로 해서 자신을 망각하고 있는 것 같았다. 그는 프랜치스와 폴란드인 보좌신부를 향해서 생각하고 생각했던 말을 했다.—스루커스쪽으로도 부드러운 시선을 던졌는데, 이것은 여지껏 없었던 일이었다.

"그런데 나도 이번만은 밀리 신부의 끈기에는 감사하지 않으면 안 된다고 생각하고 있는 거야.……내가 완강히 믿으려고는 하지 않는 것을 하여간 이 사람은 밀고 나갔으니까 말이야. 물론 이……, 어떤 종류의 현상에 대하여는 될 수 있는 한 의심을 갖는다는 것이 나의 의무라고 생각하고 있어요. 그런데, 내가 지금껏 본 적도, 보려고도 생각한 적이 없는 현현(顯現)을 직접 나의 교구내에서 본 거니까……."

그는 말을 끊고 커피 잔을 쳐들며, 우쭐한 몸 동작으로 밀리 신부쪽을 향하여 이야기를 계속하도록 촉구했다.

"실제 이 이야기는 특권으로서 자네가 하게나, 밀리 신부."

밀리 신부의 볼에는 아까부터 예의 희미한 홍분의 빛이 떠오르고 있었다. 그는 기침을 한 번 하고 열심으로 그 자리에서 이야기를 시작했다. 앞으로 말하는 사건에는 여느 때와 마찬가지의 변설이 필요하다 하는 것처럼…….

"우리 교구민의 한 사람입니다만, 비교적 오랫동안 병약한 그 젊은 소녀가 지난 일요일에 산책을 했었습니다. 무엇보다도 정확을 기하고 싶기 때문에 시일을 확실히 말합니다만, 그것은 3월 15일이며 시간도 오후 3시 반이었습니다. 산책의 이유도 근거가 없는 것이 아닙니다. ……이 소녀는 신앙심이 깊고 열렬한 영혼의 소유자로서 경솔한 행동이나 빈들거리고 놀며 생활하는 습관을 가지고 있지는 않습니다. 의사가 하라는 대로 산책을 한 것입니다. —신선한 공기를 마시기 위해서—의사는 보일 크레센트 42번지의 윌리엄 브라인 박사입니다. 이 사람은 우리가 다 알고 있는 바와 같이 흠잡을 데 없는 아마도 최고의 성실성을 가진 의사입니다. 그런데."

밀리 신부는 물을 쭉 들이키고는 이야기를 계속했다.

"그 소녀는 중얼거리듯이 기도를 하면서 산책에서 돌아오는데, 우연히 '마리아의 샘'으로 알려진 장소까지 간 것입니다. 이미 황혼이 되어 태양의 마지막 빛이 그 아름다운 장소에 찬연히 비치고 있었습니다. 소녀는 멈추어 서서 물끄러미 그 경치를 보면서 감탄하고 있었습니다. 그런데 놀라지 않겠습니까. 돌연 새하얀 옷에 물색 케이프를 입고 별을 수놓은 관을 쓴 부인이 바로 눈앞에 서 있었던 것입니다. 우리의 가톨릭 신자인 소녀는 신성한 본능에서 그대로 곧바로 부인 앞에 무릎을 꿇은 것입니다. 부인은 형용할 수 없이 상냥하게 소녀에게 미소지으며 '내 자식아, 너는 병자이지만 너야말로 선택받을 자이니라.' 하고 말한 것입니다. 그리고 반쯤 방향을 바꾸고 심히 놀란 가운데서도 무엇인가를 깨달은 소녀를 향하여 다시 '나의 이름을 가진 이 샘이 말라 있는 것은 슬픈 일이 아닌가. 그대 들으라. 너와 같은 사람들에게만 이런 일은 일어나는 것이다.'라고 말한 것입니다. 그리고 최후에 다시 한 번 웃음을 지었는가 싶었는데, 부인의 모습은 사라져 버렸습니다. 그 순간 지금까지 메마른 바위에서 참으로 깨끗한 샘이 솟아오른 것입니다."

밀리 신부는 입을 다물었으나, 누구 한 사람도 말을 참견하는 사람이 없었다. 잠시 있다가 수석신부의 이야기가 시작되었다.

"아까도 말한 바와 같이 이러한 미묘한 문제에는 아무것에도 휘말려 들지 않도록 회의적인 태도로 임해야 할 것이야. 구즈베리 나무라

해서 어느 나무에나 기적의 열매가 맺어진다고는 할 수 없어. 젊은 소녀들은 모두 대단히 로맨틱하기 마련이며, 더구나 샘이 솟았다 하는 것도 단순히 우연의 일치일는지 모를 일이지. 그러나, 그렇긴 하나."
그의 어조에는 깊은 만족감이 담겨져 있었다.

"나는 밀리 신부와 브라인 박사와 함께 방금 문제의 소녀를 만나 오래도록 여러 가지로 질문을 하고 온 참이오. 자네들도 그렇게 생각하겠지만, 소녀가 목격한 엄숙한 체험은 커다란 충격을 소녀에게 주고 있어. 그녀는 그 후 바로 침대에 누워 버렸는데 지금까지 계속 자고 있는 것이야."

이야기는 점차로 부드러워지고 뭔가 헤아릴 수 없는 의미가 담겨져 있었다.

"그런 동안 계속 행복한 듯 이상한 데는 없고 육체적으로도 충분한 영양이 온몸에 돌고 있어요. 더구나 이 5일간은 먹는 데에나 마시는 데에도 전연 손을 대지 않고 있는 것이야." 그대로 말을 끊었으나, 잠시 있다가는 묵묵히 이 놀라운 사실에 그럴 듯한 장중함을 덧붙였다.

"그 뿐만이 아니라……, 그녀는 확실히 의심할 여지없이 성흔(聖痕 : 그리스도와 같은 상흔을 수족에 받는 것.)을 찾아볼 수 있단 말이야. 이것은 이미 반박의 여지가 없는 것이야."

휫제랄드는 득의만면하여 말을 계속했다.

"좀더 결정적인 증거를 모은 다음이 아니면 발표는 아직 너무 이른 감이 있지만, 나는 지극히 강렬한, 거의 확신이라고 해도 좋을 만큼의 예감을 가지고 있소. 그것은 이 교구에 있는 우리가 전능하신 하느님으로부터의 특권으로서 이것도 최근 발견된 디구비의 바위집이라든가 혹은 더 오래전의 더욱 역사적인 루르드의 성지(남 프랑스 오토 피레네에 있는 베르나데스 스비루가 처음으로 성모 마리아의 모습을 본 것.) 등과 비교할 수 있는 기적, 아마도 그런 것과 조금도 다를 것이 없는 기적을 나누어 주신 것이라는 신념을 가지고 있네."

이 결론의 말에는 뭔가 장중한 맛이 있어 모두들 크게 감동하였다.

"그 소녀가 누구입니까?" 프랜치스가 물었다.

"샤로트 널리라고 하는 애야."

프랜치스는 수석사제의 얼굴을 찬찬히 쳐다보았다. 그리고는 약간 뭐라고 말을 하려다가 바로 입을 다물어 버렸다. 아무도 말 한 마디하지 않고 묘하게 조용하기만 했다.

그런 후 수일간 사제관의 흥분은 더해 갈 뿐이었다. 그러한 위기를 교묘히 처리하는 데는 아마도 제랄드 휫제랄드 신부만큼의 적임자는 따로 없을 것이다. 진실한 신앙인임과 동시에 처세 수단에도 대단한 능력을 가진 사람이었다. 시의 학무위원회나 평의회 등에서의 다년간에 걸친 경험에서 사제는 속세의 일에 대하여 빈틈 없는 처세 방법을 잘 알고 있었던 것이다. 이 사건에 대하여는 그것이 설사 신도의 집이라 할지라도 일체 누설하는 것을 금하고 모든 것을 극비에 붙인 것이다. 완전한 준비가 되기까지는 손가락 하나도 접촉케 하지 않았던 것이다.

이 기적이라 할까, 오로지 뜻밖의 사건에 의하여 그는 새로운 생명이 불어 넣어진 것 같았다. 요즈음 수년간에 정신적으로도 물질적으로도 이만큼의 만족은 경험한 적이 없었다. 그라고 하는 인간에게는 신앙과 양심의 두 가지를 혼합해 놓은 것 같은 데가 있었다. 정신도 육체도 다같이 뛰어났기 때문에 교회에서도 자동적으로 그 지위가 승진한다 하는 운명이었던 것 같았다. 더구나 교회 자체의 융성과 똑같을 만큼의 큰 동경을 자신의 영달에 대하여도 품고 있었던 것이 아닐까.

현대사에 통달되었고, 내심으로는 은밀히 자기를 뉴먼(근대 영국의 가톨릭 추기경이며, 옥스퍼드 운동의 지도자.)과 비교하고 있었다. 또 사실 그만큼의 가치도 있었던 것이다. 그럼에도 불구하고, 온순하게 성 도미니크 성당에 다소곳이 머물러 있었다. 더구나 20년에 걸친 수훈의 보수로써 비로소 발탁된 것이 그 수석사제라고 하는 지위에 머무는 하찮은 승진에 지나지 않았던 것이다. 다만 이것은 가톨릭 교회에서는 흔치 않은 칭호였으며, 타인카슬을 한 발이라도 밖으로 나갔을 때에는 흔히 영국 국교파의 직함과 혼동되는 수가 있는데, 이것이 또한 그에게는 마음에 들지 않는 일이기도 하고, 분하게 생각되는 것이

기도 하는 형용할 수 없을 만큼의 싫은 것이었다.

하기야 그는 자기는 존경을 받고 있으나, 사람들이 좋아하지 않고 있다 하는 사실을 진작 깨닫고 있는지도 모른다. 그래서 하루하루 실의의 인간이 되어 가고 있었던 것이다. 그러므로 모든 것을 체념하려고 한결같이 노력하고 있었다. 그렇기는 하나 머리를 떨어뜨리고 '오 주여, 주의 뜻대로 하십시오!' 하고 기도할 때에도 그 겸허한 마음 밑바닥에 '이제는 모제타(가톨릭 교회에서 고위 성직자가 착용하는 작은 두포(頭布)가 달린 어깨옷.)쯤은 주어도 될 터인데.'하는 불타오르는 상념이 감추어져 있는 것은 부정하지 못했다.

그러나 지금의 사정은 일변했다. 성 도미니크 성당에 처박혀 둘 테면 얼마든지 처박아 두라. 성 도미니크 교회는 자기가 빛나는 성지(聖地)로 만들어 보이겠다. 루르드가 좋은 선례가 아닌가. 그 뿐만이 아니다. 시대도 장소도 훨씬 가깝게 중부지방의 디구비에 최근의 예가 있다. 거기에는 기적의 바위동굴에 샘이 솟아나고 현재 많은 병자가 치유된 것이 확인되어, 이름도 없는 한촌이 흥청거리는 도회지로 변모하여 동시에 거기의 이름도 없는, 그러나 기략이 풍부한 주교가 일약 국가적인 인물이 되어 있지 않은가.

휫제랄드 사제는 새로운 도시라든가, 대성당이라든가, 장엄한 2일 묵도(대축일이나 초성체전에 행하는 가톨릭의 기도.)라든가 훌륭한 수단(法衣)을 입고 고위직에 오르는 자신의 모습이라든가, 그런 현란한 꿈에 젖어 있었다…….

그러나 이윽고 현실의 자기를 되찾아 상세히 계약서의 초안을 고치고 있었다. 먼저 첫째로 충분히 신뢰할 수 있는 도미니크 교단의 수녀인 테레사를 샤로트 닐리의 집에 들어가 있게 할 필요가 있었다. 테레사로부터 확실한 보고가 있으면 안심하고 법적인 계약을 할 수 있는 것이다.

'마리아의 샘'과 그 부근 일대의 토지는 다행히 호리스라고 하는 부유한 지주의 소유였다. 부유한 호리스 대위는 가톨릭 신자는 아니었으나, 처가 조지 렌쇼 경의 누이동생이었다. 호리스는 친절하고 기품이 좋은 사람으로서 이 사람과 그 고문변호사인 말캄 그레니는 그

후 며칠에 걸쳐서 셰리 주(酒)와 크래커를 앞에 놓고 사제와 장황한 밀담을 거듭했다. 그 결과 쌍방에게 서로 좋은 협정이 드디어 맺어지게 되었다. 사제 개인은 금전에는 참으로 담담하고 활달한 사람이었다. 돈은 무용지물이라고 하여 경멸하고 있었다. 그러나 돈으로 구입되는 것도 차제에는 중요한 것이므로 장래의 빛나는 계획을 위해서는 돈을 확보해 둘 필요가 있었다. 바보가 아닌 이상, 누구나 그곳의 땅값이 매우 오르리라는 것은 모를 까닭이 없는 것이다.

교섭 최후의 날, 프랜치스는 2층 복도에서 그레니와 마주쳤다. 정직하게 말해서 말캄이 호리스 사건을 담당하는 것을 알고 프랜치스는 의외로 생각한 것이다. 그러나 그레니는 수습계약이 끝나자, 기만하게도 처의 지참금으로 옛부터 기초가 든든한 주를 사들여 힘들이지 않고 일류 변호사가 되어 있었다.

"아, 말캄." 프랜치스는 손을 내밀었다. "잘 오셨습니다."

그레니는 그다지 내키지 않는 얼굴을 하며 악수를 했다.

"하긴 참으로 놀랐어요." 프랜치스는 그렇게 말하고 웃었다.

"주홍빛 옷의 여자(그레니 같은 신교도가 로마 가톨릭교를 비방해서 하는 말. 원래는 묵시록에 나오는 음부를 말함.)의 집에서 너를 만나다니 뜻밖이군."

변호사는 겸연쩍은 미소를 지으며 더듬거리는 것처럼 말했다.

"나는 자유주의자야, 프랜치스. 거기에다 돈이 조금 필요하단 말이야."

그 말에는 대답하지 않았으나 프랜치스는 이전부터 그레니 가(家)와는 본래의 관계로 되돌아가고 싶다고 생각한 일이 몇 번이나 있었다. 그러나 다니엘이 죽은 것을 듣고, 그것도 생각을 하지 않을 수 없었던 것이다. 더구나 타인카슬에 와서 미세스 그레니를 우연히 만났을 때 자기가 인사를 하려고 거리를 가로질러 건너갔더니 외조모는 옆눈으로 그를 보자마자, 마치 악마의 모습이라도 본 것처럼 허둥지둥 달아나 버린 일까지 있었다.

그는 말했다.

"외조부께서 돌아가셨다니 참으로 슬픈 일이에요."

"아, 고맙군. 아버지가 돌아가셔서 사실은 나도 슬퍼. 그저 아버지는 실패만 거듭하셨으니까 말이야."

"실패라고 하지만, 천국에 가지 못할 만큼 큰 실책은 아니잖아요."

프랜치스는 농담으로 말했다.

"그래, 옳아. 지금쯤은 아버진 틀림없이 천국에 계실 거야."

그레니는 시계줄에 단 휘장을 무의식적으로 만지작거리고 있었다. 벌써 중년에 손이 닿을 나이였다. 몸에 탄력이 없어지고 어깨나 배에 군살이 찌고, 숱이 적은 머리칼을 벗겨지기 시작한 머리에 찰싹 두 갈래로 나누어 놓았다. 그러나, 파랗고 반짝거리는 눈만은 아직도 날카로운 데를 지니고 있었다. 그는 계단쪽으로 걸어가면서 열의 없는 어조로 초대의 말을 던져 주었다.

"틈이 있으면 놀러 와요. 내가 결혼한 것을 알고 있겠지.……가족은 둘이야.……그러나 어머니가 아직 함께 계신다네."

말캄 그레니는 샤로트 닐리가 하느님을 보았다 하는 사건에 그 나름의 독특한 관심을 가지고 있었다. 그는 젊은 시절부터 어떻게 해서든지 부자가 되자 하고 인내를 하면서 그 기회를 노리고 있었다. 모친으로부터의 유전이며 놀라울 만큼의 탐욕과 어딘지 여우같은 교활한 성질이 있었다. 그것이 이 우스꽝스러운 로마 가톨릭식의 계획 가운데서 돈 냄새를 맡은 것이다. 그는 이것이 다시 없는 굉장한 것이라고 생각하고 그 가능성을 완전히 믿어 버리고 있었다. 다년에 걸쳐 기다리고 바라던 기회가 눈앞에 익은 과실처럼 주렁주렁 매달려 있는 것이었다. 이런 일은 일생을 통하여 두 번 다시 절대로 일어나지 않을 것은 틀림없는 일이다.

의뢰인에 대하여 전적으로 성의 없는 방법을 계속 취하면서 말캄은 아무도 깨닫지 못하는 것을 자기만이 혼자서 메모를 해두었다. 그리고 비밀리에 비교적 비용을 들여서 지질을 조사시켰다. 그러자 전부터 상상하고 있던 것이 적중되었다. 예의 샘은 그 지점보다 표고가 높은 비교적 먼 히스가 우거진 언덕에서 흘러오고 있는 지하수였던 것이다.

말캄은 부자가 아니었다. 현재로서는 부자라곤 할 수 없었지만, 그래도 저금을 모두 꺼내고 자택과 변호사 주를 저당에 넣으면 이 지점금은 3개월 후에 자기의 것으로 만들기 위한 계약만은 지불할 수가 있었다. 그는 신비의 샘이 어떤 역할을 한다는 것을 알고 있었다. 하기는 샘을 새로 팔 생각은 없었다. 다만, 선수를 쳐서 그것을 협박의 수단으로 하여 자기를, 이 말캄 그레니를 대지주로 만들어 주는 확실한 계약을 맺자는 계획인 것이다.

그러는 동안에도 신비의 샘은 솟아오르고 있었다. 샤르트 닐리도 여전히 신들린 것처럼 성흔(聖痕)이 사라지지 않았고 여전히 음식을 취하지 않고 기적적으로 생활은 계속하고 있었다. 그리고 프랜치스는 심사숙고를 계속하면서 아직도 큰 은총을 주십사 하고 한결같이 하느님께 기원하여 마지 않았다.

그러한 내심의 고투를 경험하지 않은 안셀모처럼 믿을 수만 있다면 얼마나 좋을까. 그 아담의 늑골의 이야기에서, 고래의 뱃속에 머물러 있었다고 하는, 더더군다나 황당무계한 요나의 이야기까지 무엇이든 믿을 수가 있다면 행복하다고나 할까. 자신도 믿을 만큼은 믿고 있는 것이다.……다만 겉으로만이 아니라, 마음 밑바닥부터 믿고 싶다.……남을 사랑하고 자기 의복에 기어다니는 이를 물통에 털어낼 정도의 빈민굴에서 몸이 가루가 되도록 일할 때만은, 그것도 용이한 일은 아니지만,……병자나 불구자나 좌절된 창백한 얼굴을 한 사람들과 함께 있을 때만은 신앙심이 마음 깊숙이에서 우러나지 않는 것은 아니었다. 현재의 무어라 형언할 수 없는 시련, 그 어떤 편파적인 양상은 자기의 신경을 손상시키고 있을 뿐이었고 기도의 기쁨도 위축되어 버리는 것이었다.

그의 마음을 불안하게 한 것은 그 문제의 소녀였다. 혹은 자기가 부당한 생각을 가지고 있는 것인지도 모를 일이다. 그러나 샤르트의 모친이 서디어스 길포일의 누이동생이라고 하는 사실은 아무리 해도 간과해 버릴 수는 없었던 것이다. 더구나 모친은 말만 앞세우는 애매한 인물이었고, 부친은 신앙심이 있는 사람이기는 했으나 게으름뱅이이며, 매일처럼 잡화장사를 한답시고 장사는 하지 않고 교회의 옆 계단에 촛불을 밝히고 등한히 하고 있는 장사의 번창을 기원하는 그런 인간이었다. 샤로트는 이 부친의 교회를 좋아하는 성질을 모두 이어받고 있는 것이다. 그러나 소녀가 이끌린 것은 향로와 촛불, 밀의 향기 혹은 그녀의 신경을 기분 좋게 자극하는 고해청문실의 어두컴컴한 분위기 등등, 부수적인 것이 아닐까 하고 프랜치스는 의심을 해보았다. 그로서도 소녀의 순결한 데와, 의무를 고지식하게 다하는 갸륵한 마음씨까지 부정하는 것은 아니다. 다만 그런 반면에 얼굴을 씻는 것이 귀찮다면 숨쉬는 것도 귀찮다는 식으로 어쩐지 싫은 데가 소녀에게 있다는 것도 사실이었다.

다음 토요일 프랜치스는 묘하게 우울한 기분으로 그랜빌 가(街)를 걷고 있었다. 그러자 143번지의 오웬 워렌의 집에서 의사인 탈록이 나오는 것을 보았다. 큰 소리로 부르니까 의사는 돌아보며 멈추어 섰는데, 이윽고 프랜치스와 함께 나란히 걷고 있었다.

윌리는 해가 갈수록 살이 쪄 가고 있었고, 그 외에는 거의 하나도 변한 데가 없었다. 둔중한 성질에 끈기 있었고 조심성이 많았으며, 친구들에게는 참으로 충실했으나 적에 대하여는 조금도 용서 없는 그런데가 있었다. 성인이 되면서부터는 부친의 성실성을 모조리 이어받았으나 부친만큼의 매력은 도저히 없었고, 용모에 있어서는 전혀 닮은 데가 없다고 해도 좋았다. 잘생기지 못한 코와 세련되지 못한 붉은 얼굴에 빗질도 하기 어려울 정도의 곱슬머리를 하고 있었다. 그러나 전체의 모양에는 각고(刻苦) 정진(精進)형의 고상한 기품이 엿보였다. 의사로서의 경력은 많은 것은 아니었으나 어디까지나 성실하게 자기의 일을 즐기고 있었고, 세상 일반의 하찮은 야심 따위는 전적으로 이를 무시하고 돌아보려고 하지도 않았다. 그러나 때로는 '온 세계를 돌아보고 싶다'든가 어딘가 먼 로맨틱한 나라에서 모험을 해보고 싶다든가 하는 말을 한 적은 있었으나, 그것은 말뿐이었고 실제는 의연하게 빈민구제법에 의한 현재의 직장에 버티고 있으면서—병자에게 쓸데 없는 거짓말을 할 필요도 없고, 대개의 경우 마음에 있는 대로 말할 수 있는 직장이니까—그날 그날을 보내는 지극히 단조로운 생활에 만족하고 있었다. 그 뿐만이 아니라, 돈을 모은다는 것을 전연 하지 못했다. 보수는 대수롭지 않지만 그 대부분을 위스키 사는 데에 소비해 버리는 것이다.

언제나 외모에는 신경을 쓰지 않았다. 오늘 아침도 그는 머리에 빗질도 하지 않았다. 더구나 움푹 패인 눈은 음산하고, 표정도 여느 때와 달리 험악한 데가 있어 오늘은 뭔가 세상이 비위에 거슬리고 속상해 죽겠다는 표정이었다. 그는 가냘픈 목소리로 워렌 소년의 병상이 악화됐다고만 말했다. 병상의 검사에 필요하기 때문에 환부 조직을 조금 잘라 왔다고 했다.

두 사람은 여느 때처럼 두 사람에게만 통하는 침묵을 지키면서 거리를 계속 걸어가고 있었다. 그때 문득, 프랜치스는 이유를 알 수 없는 충동에서 샤로트 닐리의 이야기를 했다.

탈록은 얼굴빛 하나도 변하지 않았다. 외투의 깊은 주머니에 손을 꾹 찔러 넣고 깃을 세운 채 하늘만 쳐다보고 걷고 있었다.

"음." 그래도 그는 간신히 입을 열었다.

"그 이야기는 나도 어떤 사람한테서 들었어."

"자네, 그 일을 어떻게 생각하나?"

"왜 나한테 묻는 거야."

"그야, 자네라면 정직하게 대답해 줄 테니까 그렇지."

탈록은 묘한 얼굴을 하고 프랜치스를 보았다. 매우 겸손하고, 자기의 지성의 한계를 확실히 의식하고 있으면서도 신의 존재를 부정하는 그의 태도에는 이상하리만큼 적극적인 데가 있었다.

"종교는 나의 전공이 아니야. 철저한 무신론을 아버지한테서 이어받고 있고……그것을 또 해부학 교실에서 더욱 더 확고하게 했단 말이야. 그렇지만 굳이 내 의견을 듣고 싶다면……아버지의 입버릇을 닮은 건 아니지만 나는 나름대로 의심스럽다고 생각하고 있다고 말해두지. 그러나 한 번 그애를 진찰해 보면 어떨까. 그애의 집은 여기에서 그다지 멀지는 않지 않은가. 함께 가보자구."

"그런 일을 해서 브라인 박사와 귀찮은 일이 생기지는 않겠는가?"

"좋아요, 브라인과는 내가 좋도록 말할 테니까. 동업자와 교제를 하려면 무조건 하고 나서 사과하면 된다는 것이 나의 방침이야."

그는 프랜치스에게 묘한 미소를 던졌다.

"물론 자네의 윗사람이 두렵지 않다면야."

프랜치스는 빨개졌으나 대답은 하지 않았다. 그러나 잠시 있다가 생각을 다시 한 것처럼.

"두렵긴 하지만, 하여간 가보자구."

생각한 만큼의 저항도 없이 그 집에 무사히 들어갔다. 미세스 닐리는 철야의 간호에 지쳐서 잠을 자고 있었다. 닐리는 전에 없이 점포에 나가 집에 없었다. 작달막하고 온순하며 애교 있는 테레사 수녀가 문을 열어 주었다. 그녀는 타인카슬에서 멀리 떨어져 있는 곳에서 왔기 때문에 탈록을 알지 못했으나 프랜치스는 구면이었기 때문에 바로 알아차렸다. 두 사람을 맞아들여 잘 닦아내고 한 점의 더러움도 없는 깨끗한 방에 바로 안내했다. 방에는 몸을 청결히 하고 하얀 잠옷을 입은 샤로트가 번쩍번쩍 빛나고 있는 놋뇌의 침대에 때 하나 묻지 않은 베개를 베고 누워 있었다. 테레사 수녀는 소녀에게로 몸을 구부렸다. 깔끔하게 방안을 갖추고 있는 것이 그녀는 적잖게 자랑인 것 같았다.

"얘, 샤로트야. 브라인 선생님과 극히 친하신 의사선생님을 모시고 치섬 신부님이 만나러 오셨어요."

샤로트 닐리는 방긋 웃었다. 그 미소는 확실하고 다소 께느른한 느낌은 있으나, 어딘가 신들린 것 같은 데가 있었다. 베개에 반듯이 누워 꼼짝도 하지 않고 있다. 새하얗고 맑은 얼굴을 그 미소가 더욱 빛나게 해주었다. 그 인상은 너무나도 강렬했다. 프랜치스는 마음속으로 가책이 되어 어쩔 수가 없었다. 이미 의심할 여지가 없다. 이 조용한 하얀 방에는 일상 경험의 한계를 넘어선 무엇인가가 존재하고 있는 것이다.

"진찰해도 괜찮지, 샤로트?" 탈록은 상냥하게 말했다.

그 어조에 끌려서 소녀는 그대로 미소를 그치지 않았으나 조금도 몸을 움직이지는 않았다. 쿠션에 몸을 맡긴 채로의 자세로 남이 보든 말든 태연하고 오히려 득의양양한 사람의 태도였다. 자기가 자기 내부의 힘, 사람의 마음을 부드럽게 하는 힘을 의식하고 있으며, 보고 있는 사람에게 외경(畏敬)의 상념을 일으키는 것을 막연하게나마 기분 좋은 것으로 느끼고 있다 하는 데가 있었다. 그녀의 새하얀 눈꺼풀이

깜짝깜짝 두세 번 깜짝거렸다. 그녀의 소리는 조용히, 어딘가 먼 데서 들려오는 것 같았다.

"괜찮고말고요, 선생님. 기쁩니다. 나는 하느님의 선택을 받지 않았을 때는 어쩔 수 없었지만……, 그렇지만 선택을 받은 이상 기꺼이 순종하고 있습니다."

그녀는 공손히 탈록에게 진찰할 것을 허용했다.

"아무것도 먹지 않는군, 샤로트."

"네, 선생님."

"식욕이 없어서?"

"먹을 것은 생각지 않습니다. 어쩌면 하느님의 은혜로 살아 있는지도 모르죠."

테레사 수녀가 조용히 말참견을 했다.

"네가 여기로 온 이래 무엇 하나 입에 넣지 않은 것은 확실합니다."

하얀 방안이 일순 조용했다. 탈록 의사는 몸을 반듯하게 눕도록 하고 곱슬곱슬한 머리를 손으로 빗어 올리면서 간단하게 말했다.

"참으로 감사해요, 샤로트. 테레사 수녀님, 감사합니다. 참으로 친절하신 분이십니다."

그는 침실의 문쪽으로 걸어갔다.

프랜치스가 그 뒤를 따라가려고 하자, 샤로트의 얼굴에 문득 그늘이 서린다.

"보시지 않겠어요, 신부님? 자, 이 손에, 다리도 마찬가지예요."

그녀는 제물의 희생처럼 양팔을 펴 보였다. 그 새하얀 손바닥에는 이미 의심할 여지도 없이 못박힌 표시의 혈흔(血痕)이 보였다.

밖으로 나와서도 탈록은 신중한 태도를 지키고 있었다. 그 동네의 끝까지 왔을 때까지 계속 입을 다물고 있었다. 이윽고 두 사람의 갈길이 갈라지는 곳까지 와선 황급히 지껄이기 시작했다.

"내 의견을 듣고 싶을 테지? 그것은 이거야. 경계선에 도달한 환자랄까, 아니, 경계를 넘고 있는 것인지 모르지. 항진(亢進) 상태에 있어서의 조울병(躁鬱病)이라는 거야. 혈흔도 확실히 병적 흥분 때문에 생긴 거야. 다행히 정신병원에 가지 않게 되면 성도(聖徒)로서 제물(祭物)의 희생이 되겠지."

그는 여느 때의 침착성을 잃고, 예의도 다 없어져 버리고 멋없는 빨간 얼굴을 충혈시켰다. 말도 헐떡거리고 있었다.

"제기랄! 생각만 해도 화가 치미는군. 밀가루 포대를 입은 빈혈증의 천사처럼 침대 쿠션에 누워서 성녀(聖女)인 체 방실방실 웃고 있는 소녀가 있는가 하면, 더러운 지붕 밑 다락방에 누워 괴저(壞疽)에 걸린 다리가 자네가 말하는 지옥의 겁화(劫火)의 고통은 고사하고 악성의 육종에 시달리는 소년 오웬 워렌이 있단 말야. 자네도 기도를 올릴 적에 그 일을 잘 생각해 보라구. 곧 기도하러 가겠지. 그럼, 나도 집으로 돌아가 한 잔 하기로 할까."

프랜치스가 대답할 틈도 없이 그는 빠른 걸음으로 걸어가 버렸다.

그날 저녁 때, 프랜치스는 수난절(受難節)의 기도(테네프레. 부활절 전 1주일간 등불을 끄고 행하여지는 그리스도 수난을 추모하는 아침과 밤의 기도.)를 마치고 돌아가니, 사제관의 현관에 걸려 있는 석판에 긴급한 소집 안내가 붙어 있었다. 그는 이상한 예감을 안고 2층 서재로 올라갔다. 사제는 화가 충천한 모양이었고, 융단이 찢어질 것 같은 걸음걸이로 방안을 왔다갔다 하고 있었다.

"치섬 신부! 나는 어안이 벙벙해서 말도 못할 정도야. 사실 자네라고 하는 인간은 어딘가 쓸모가 있을 것이라고 생각했는데. 생각해 보라구, 하필이면……무신론자 의사를……거리에서 주워서……함께 행동을 하다니……난 화가 나서 견딜 수가 없단 말이야!"

"죄송합니다." 프랜치스는 을씨년스러운 소리로 대답했다.

"다만 저는……아닙니다, 그 사람은 저의 친구였기에 데리고 간 것입니다."

"그것 자체가 틀려먹은 거야. 나의 보좌신부 한 사람이 닥터 탈록과 같은 인물과 교제를 한다는 것이 근본적으로 돼먹지 않은 거야."

"우리들은……우리들은 어렸을 적부터의 친구입니다."

"그런 것은 구실이야. 난 참으로 감정이 상했고 또 실망했어. 이렇게 크게 화를 내는 것도 당연하단 말이다. 근본적으로 최초부터 이 위대한 사건에 대한 자네의 태도는 냉담했고, 또한 공감이 결여되어 있었어. 틀림없이 자네는 그 발견의 명예가 선임의 보좌신부에게 돌아간 것을 질투하고 있는 거야. 그렇지 않으면 자네가 공공연히 반대하는 것은 뭔가 깊은 동기라도 있단 말인가?"

프랜치스는 자신이 비참한 생각이 들었다. 수석사제가 말하는 것은 하나하나 당연한 것이다. 그는 중얼거리듯 작은 소리로 말했다.

"참으로 죄송하기 짝이 없는 짓을 했습니다. 그러나, 반대하자는 생각지도 않았습니다. 여러 가지로 괴로워하고 있었기 때문입니다. 그래서 오늘 탈록을 데리고 갔습니다. 의심스럽다고 생각했기 때문에."

"의심스럽게 생각했다고! 자넨 루르드의 기적을 인정하지 않는 건가?"

"아닙니다. 그렇지는 않습니다. 그것은 의심할 여지가 없습니다. 모든 종파의 의사도 확언을 하고 있는 거니까요."

"그럼 묻겠는데, 우리가……, 여기에……, 이 교구 가운데서 새로운 신앙의 증적(證迹)을 창설하려고 하는 기회를 왜 자네는 부정하려고 하는 건가?"

휫제랄드 신부의 얼굴이 어둡게 흐려졌다.

"영적 존재의 의미는 고려하지 않는다 할지라도 하다못해 눈에 보이는 물리적인 것만이라도 존중하라구."

그는 차갑게 웃었다.

"자네는 뭐라고 생각하는가. 어린 소녀가 전연 먹지도 마시지도 않고 9일간이나 살아 있다고 하는 것을?……더구나 건강하고 충분히 영양도 유지하고 있고……, 그것이 별도의 자양분을 취하지 않고서는 그럴 수가 있다고 생각하는가 말이야."

"별도의 자양분이라 하시면?"

"영(靈)의 양식!"

휫제랄드 수석사제는 초조한 소리로 말했다.

"시에나의 성(聖) 카타리나(1347~80. 신비사상을 가진 도미니크파의 성녀.)는 지상의 모든 식물을 능가하는 불가사의한 영의 음료수를 취하고 있지 않았는가 말이야? 자넨 참으로 의심이 많아. 내가 화를 내는 것도 이상할 것은 없는 거지, 그렇잖은가?"

프랜치스는 머리를 떨구었다.

"성 토마스(또는 토마. 12사도의 한 사람. 주의 부활을 의심했으나 그리스도를 열애했다.)는 의심했습니다. 그것도 다른 사도가 보고 있는 앞에서 말입니다. 주의 옆구리를 손가락으로 찔러보기까지 했습니다. 그래도 아무도 노하지는 않았습니다."

이렇게 말해 버린 그는 자신도 놀랐는지 문득 입을 다물어 버렸다. 휫제랄드 신부의 얼굴이 갑자기 창백해졌으나 곧 침착을 되찾고 있었다. 그는 테이블에 몸을 기대고 프랜치스쪽으로는 눈도 돌리지 않고 뭔가 서류 같은 것을 찾고 있었었다. 이윽고 차분한 소리로 말했다.

"자네가 방해를 한 것이 이것이 처음이 아니야. 이 관구에서도 자네는 자신에게 개탄할 만한 평판을 만들고 있어. 이제 돌아가게나."

프랜치스는 자기의 결점이 자신도 싫은 생각을 하면서 그 방을 물러 나왔다. 그러자 불현듯 고충을 마그냅 주교에게 호소하고 싶다는 심한 충동을 느꼈다. 그러나 그는 그 기분을 억눌러 버렸다. 러스티 맥은 이젠 벌써 함부로 접근할 수 있는 그런 존재가 아니라고 생각한 것이다. 주교라고 하는 새로운 높은 지위에 서서 격무에 시달리고 있을 것이 틀림없다. 자기와 같은 비참한 한 신부의 고뇌 따위에 주교가 관계하고 있을 수는 없을 것이다.

이튿날은 일요일이었다. 11시 노래미사(하이 머스. 장엄미사를 말함. 하이 소렘 머스라고도 함.)때, 휫제랄드 신부는 지금껏 없었던 격렬한 설교를 하고, 그 가운데서 이번의 사건을 피력했다.

그것은 순식간에 대단한 센세이션을 불러일으켰다. 회중은 한 사람도 빠지지 않고 교회 밖에 선 채로 서로서로 은밀하게 속삭이며 집으로 돌아가려고도 하지 않았다. 그리고 어느 사이엔지 자연히 행렬을 이루고 밀리 신부를 선두로 '마리아의 샘'으로 행진하기 시작했다. 오후가 되자, 닐리의 집 앞은 군중으로 들끓었다. 샤로트가 가입되어 있는 소녀회의 젊은 여성들의 일단이 길바닥에 무릎을 꿇고 로자리오의 기도를 합창했다.

그 날 저녁 때, 휫제랄드 사제는 신문 기자단과 회견한다고 발표했다. 이 소식을 전해 들은 신문 기자단은 전적으로 흥분하고 있었다. 사제는 거드름을 피우며 조심스럽게 말하였다. 그는 이 도시에서는 상당히 존경받고 있었으며, 공공정신이 투철한 성직자로 간주되고 있었으므로 매우 유리한 인상을 주었다. 이튿날 각 신문은 회견 내용을 비교적 큰 지면을 할애하여 보도하고 있었다. 〈트리븐〉 지는 제1면에 이를 게재하고 〈그로브〉 지는 2면에 3단으로 찬사를 늘어놓았다. 〈노산바란드 헤럴드〉 지는 '제2의 디구비'라고 보도하고, 〈요오크셔 에코〉 지는 '기적의 바위 샘, 수천의 병자에게 희망을 주다'라고 말했으나, 신교의 〈하이 앵그리칸〉 주보는 확언을 피하고 '다시 증적(證迹)을 기다리자'고 애매한 기사를 실었다. 그러나 〈런던 타임스〉는 가장 근사하게 신학자의 말을 실어, 에이단(에이단 오브런 디스판. 아일랜드의 성인. 7세기 전반의 수도승. 성스런 샘과의 관계는 미상.)과 성 에제룰프(10세기 초에 낳아 984년에 죽은 성인. 이것도 성스런 샘과의 관계는 미상.)에까지 소급하는 '기적의 샘'의 역사를 문예란에 게재할 정도였다. 횟제랄드 사제는 희열에 얼굴을 붉히고 있었다. 밀리 신부는 아침식사도 넘어가지 않고, 말캄 그레니는 너무나도 기뻐서 자기 자신을 망각하고 날뛰었다.

그런 8일 후, 프랜치스는 저녁 때에 시 북쪽 끝의 크라몬트에 있는 폴리의 작은 아파트를 방문하려고 나섰다. 담당 구역의 지저분한 연립주택을 하루 종일 방문하여 돌아다닌 후였기 때문에 피곤하였고, 기분도 대단히 우울한 참이었다. 그날 오후, 워렌 소년이 위험하다고 하는 탈록 의사의 간단한 편지가 도착했다. 다리는 악성의 육종이 되어 버렸다는 것이다. 이제는 희망이 없다. 빈사 상태이며, 이 달을 넘길 것 같지 않다는 것이다.

크라몬트에서 폴리는 여전히 억척을 부리고 있었으나, 네드는 전보다도 까다로워진 것 같았다. 그는 휠체어에 앉아서 모포로 무릎을 감싸고 지껄이고 있었으나, 그것이 어쩐지 이상했었다. 유니온 주점에 있는 네드의 이권의 나머지에 대하여 길포일과의 사이에 최후의 결정을 간신히 마무리지을 수가 있게 되었다. 그것도 대단한 액수는 아니었으나, 그러나 네드는 그것을 한 재산이나 되는 것처럼 떠들어

대고 있었다. 너무나도 불평을 하고 있던 탓인지 혓바닥까지 이상하게 되어 말이 애처로울 정도로 확실하지 못했다.

프랜치스가 갔을 때는 쥬디는 이미 잠자고 있었다. 폴리는 아무 말도 하지 않았으나 표정으로 보아 그애는 뭔가 나쁜 장난을 하여 초저녁부터 침실로 쫓아 버린 것 같았다. 그런 일을 생각하니 그는 한층 마음이 무거웠다.

아파트를 나왔을 때, 마침 11시를 쳤다. 타인카슬 행의 마지막 차는 벌써 떠난 후였기 때문에 걸어서 돌아가지 않으면 안 되었다. 그는 모든 일이 잘못되어 가고 있다고 생각하며 낙심천만한 표정으로 그랜빌가(街)로 접어들었다. 널리의 집 건너편까지 와서 깨달으니, 1층의 이중창에 아직 등불이 켜져 있었다. 거기는 샤로트의 방이었다. 노오란 블라인드에 몇 사람인가 사람 그림자가 움직이는 것이 희미하게 비치고 있었다.

그것을 보자, 그는 갑자기 회한(悔恨)의 정에 사로잡혔다. 새삼스럽게 자신의 미련함이 뼈아프게 느껴져서 도저히 견딜 수가 없었다. 문득 널리 가(家) 사람들과 만나서 죄송하다는 말을 해야겠다고 생각했다. 어떻게 해서든지 사죄하고 싶다고 하는 강한 충동에서 거리를 가로질러 현관 앞 3단계 계단을 올라갔다. 노커에 손을 대려고 하였으나 갑작스럽게 마음이 변하여 고풍스러운 문의 손잡이를 돌렸다. 병가를 위문할 적에는 안내를 요청하지 않고 들어가도 좋다고 하는 의사와 성직자에게 부여된 공통된 특권을 생각한 것이다.

좁은 현관으로 통하는 침실에서 가스등 불빛이 비스듬히 폭넓게 새어 나오고 있었다. 그는 가볍게 문을 두드리고 방안으로 들어갔다. 그러나 그 순간, 그는 멍청하게 돌처럼 서 버렸다.

침대에 일어나 앉은 샤로트가 닭고기와 카스타드를 담은 달걀 형의 접시를 무릎에 올려놓고 한참 꾸역꾸역 먹고 있었던 것이다. 퇴색한 파아란 실내복을 입은 미세스 널리는 근심스러운 듯이 몸을 굽혀 조용히 스타우트를 곁들여 주고 있었다.

처음 프랜치스의 모습을 본 것은 미세스 널리였다. 그녀는 깜짝 놀라며, 말이 놀란 소리를 내듯이 공포의 부르짖음을 냈다. 그리고 손을 목에 댔을 때 컵을 떨어뜨려 스타우트를 침대에다 흘려 버린 것이다.

그러자 샤로트가 접시에서 시선을 돌렸다. 파아란 눈동자를 크게 뜨고 응시했다. 그녀는 어머니를 보고 입을 벌린 채 훌쩍훌쩍 울기 시작했다. 그리고 침대에 미끄러지듯이 누워 두 손으로 얼굴을 감싸 버렸다. 접시는 바닥에 떨어져 큰 소리를 냈다. 아무도 한 마디의 말도 하지 않았다. 미세스 널리의 목줄기 동맥이 경련을 일으킨 것처럼 파닥파닥 움직이고 있었다. 그리고 스타우트 병을 실내복으로 감추려고 어리석은 노력을 했다. 그래도 겨우 신음소리 같은 소리로 말했다.

"딸에게 조금 힘을 붙여 주려고 생각해서……, 그런 일이 있은 후이므로……, 이것은 환자용 스타우트입니다."

그의 놀란 죄인 같은 표정만으로도 모든 것은 명백해졌다. 그는 속이 뒤집어지는 기분이었다. 뭔가 크게 모욕을 당한 느낌이었다. 말을 하려고 해도 무슨 말을 해야 할지 몰랐다.

"매일 밤 이렇게 먹을 것을 주고 있는 거죠.……테레사 수녀님이 물러가 잠들어 버린 틈을 타서."

"그런 일은 없습니다. 신부님, 하느님이 증인이십니다."

그녀는 필사적으로 부인하려고 했으나, 그러는 동안에 울음을 터뜨리고 이성을 잃어버리고 있었다.

"그런데 그것이 왜 나쁩니까. 불쌍한 이 애가 배를 곯아 죽을 지경에 이른 것을 보고서 그냥 내버려 둘 수는 없는 것이 아닌가요? 그렇지만……, 이 애에게 이런 일을 시키려고 생각하지는 않았어요. 이렇게 큰 소동이 될 줄 알았다면……, 와글와글 사람들은 몰려오고, 신문은 떠들고……. 이제 이것으로 결말이 난다고 생각하면 적지 않게 다행이라고 생각합니다.……제발 우리들에게 관대히 대해 주십시오. 신부님."

그는 낮은 소리로 말했다.

"나는 당신들을 공박하려는 생각은 없습니다, 미세스 널리."

그녀는 소리를 내어 울기 시작했다.

프랜치스도 문 옆에 의자에 앉아, 손에 들고 있는 모자를 물끄러미 응시하면서 그녀의 울음이 진정되기를 기다리고 있었다. 그녀의 어리석은 행동, 아니, 이런 때에 모든 인간이 행하는 어리석음만큼 무서운 것은 없다고 그는 생각했다. 두 사람이 조용해지자 그는 말했다.

"이번 일을 빠짐없이 이야기해 주시오."

이야기는 대부분 샤로트가 목메인 눈물어린 소리로 토막토막 이야기했다.

그녀는 교회의 도서관에서 성녀 베르나데트(1858년, 루르드에서 성모 마리아의 환영을 보았다고 하는 베르나데트 스필을 말함.)의 이야기를 쓴 재미나는 책을 빌려다가 읽은 적이 있었다. 어느 날, '마리아의 샘'의 옆을 지나가는데, 문득 물이 흐르고 있는 것을 보았다. 거기는 그녀가 즐기는 산책길이었는데, 이상하다고 그녀는 생각했다. 거기서 그 물과 베르나데트와 자기가 우연히 일치하고 있는 것을 깨닫고 깜짝 놀랐다. 큰 충격이었다. 그러자 어쩐지 성모 마리아의 모습 같은 것이 보이는 기분이었다. 집에 돌아와서도 생각하면 생각할수록 그것은 확실한 것이다 하는 생각을 하게 되었다. 또한 갑자기 무서워지기도 했다. 전신이 새하얗게 질리고 떨리는 것이 그치지 않아 하는 수 없이 침대에 누워 버리고, 빨리 밀리 신부에게 와 달라고 했다. 그리고 전적으로 의식을 잃은 상태에서 모든 것을 신부에게 이야기한 것이다.

그 밤은 밤새 일종의 황홀상태에 빠진 채 온몸이 경직되어 마치 나무토막 같았었다. 이튿날 아침에 눈을 뜨니 몸에 성흔(聖痕)이 생겼었다. 지금까지도 많은 부상을 입은 적은 있었으나, 이번의 것은 전연 달랐었다.

그래서 전적으로 확신이 선 것이다. 그 날은 하루 종일 아무리 식사를 가져다 주어도 간단하게 거절하였었다. 너무나 벅찬 행복감, 너무나도 큰 흥분으로 인해서 무엇을 먹을 생각이 전혀 없었던 것이다. 그뿐만이 아니다. 성자(聖者)의 대부분은 식사를 하지 않고서도 살아간다고 하지 않는가. 이 생각이 그녀의 머리에 달라붙어 있었다. 밀리 신부와 휫제랄드 사제가 찾아왔을 때 자기는 하느님의 은총에 의하여 살아가고 있다고 하는 말을 했다. —그때는 참으로 그렇게 생각한 것이다—그것은 굉장한 감정을 그녀의 가슴에 심어 주었다. 그런 후부터는 흡사 신혼의 신부처럼 그녀는 주목의 과녁이 되어 버린 것이다. 그러나 물론 시간이 지나자 심한 공복을 느꼈다. 그러나 밀리 신부나 휫제랄드 신부를 실망시킬 수는 없었다. 특히 밀리 신부가 그녀를 보는 눈은 참으로 경건한 것이었다. 그래서, 그녀는 어머니에게만 고백하기로 했다. 이리하여 모친이 그녀를 돕게 된 것이다. 샤로트는 매일 밤마다 한 번 때로는 두 번 맘껏 식사를 한 것이다.

그러나 행인지 불행인지 사태는 그 이상으로 발전하기에 이른 것이다. "지금 말씀드린 대로 신부님, 처음에는 참으로 근사했어요. 그 가운데서도 가장 근사했던 것은 소녀회의 여자아이들이 창 밖에서 나를 위해서 기도를 드려 준 것입니다." 그러나 신문이 그처럼 떠들어 대기 시작하자 그녀는 문자 그대로 겁이 난 것이다. 제발 하느님, 이런 일은 전연 없었던 것으로 해주십시오 하고 기도하고 싶었다. 테레사 수녀의 눈을 속이는 것처럼 용이한 일이 아니었다. 두 손바닥의 성흔도 점점 희미해지고 흥분이나 황홀상태도 점차로 비참하리만큼 무겁고 침울한 기분으로 바뀌어져 갈 뿐이었다…….

가련한 이야기가 끝나자, 그녀는 다시 심하게 흐느끼기 시작했다. 벽에 서툴게 낙서한 것과 같은 속악(俗惡)하기 짝이 없는 이야기지만, 생각하기에 따라서는 비극이며, 인간이라고 하는 것의 어리석음에 경종(警鍾)을 울려 주는 바도 있었다.

어머니가 옆에서 말참견을 했다.

"이런 일을 휫제랄드 사제님에게는 말씀드리지 않으시겠지요. 신부님?"

프랜치스는 이젠 화도 나지 않았다. 다만, 불쌍하고 묘하게 측은한 정이 솟는 것이었다. 이 경솔한 사건도 이 정도까지 발전하지 않아도 되었던 것이다. 그렇게 생각하니 한숨이 저절로 나왔다.

"내가 먼저 말하지는 않겠어요. 미세스 닐리, 한 마디도 하지 않겠소. 그러나."—거기에서 약간 말을 끊고—"이것은 아무래도 당신이 먼저 말하지 않으면 안 될 것 같은데요."

다시 그녀의 눈에 공포의 빛이 떠올랐다.

"아닙니다. 할 수 없어요.……제발 신부님, 살려주세요."

그는 두 사람이 고해하지 않으면 안 될 이유를 온화하게 설명하고 휫제랄드 사제가 생각하고 있는 계획은 바로 본색이 드러날 거짓말 위에 꾸며질 수는 없는 것이라고 간곡하게 타일러 주었다. 그렇게 되면 9일간의 기적도 바로 열이 식어 잊혀질 수 있을 것이라고 두 사람을 위로했다.

그런 1시간 후, '반드시 충고에 따르겠습니다.' 하고 그녀들에게 약속시키고, 문득 이젠 잘되었다 하고 생각을 하면서 그는 닐리의 집을 나왔다. 그러나, 사람의 통행이 없는 거리에 발자욱소리를 내면서 귀로에 오르니 제랄드 휫제랄드 사제의 일이 생각나서 가슴이 아팠다.

이튿날은 아무 일도 없이 지나갔다. 그는 하루의 대부분을 외출로 소비했기 때문에 사제와는 얼굴을 마주 하거나 하지는 않았었다. 그러나 사제관의 내부에는 뭔가 이상한 공허한 분위기, 일종의 가사(假死)와 같은 공기가 떠오르기 시작한 것 같았다. 그는 분위기를 감지하는 데 민감했었다. 오늘은 그것이 특히 강하게 느껴졌다.

다음날은 오전 11시경 말캄 그레니가 그의 방으로 찾아왔다.

"프랜치스! 좀 도와다오. 그 사람은 그 계획을 실행할 의사가 없다고 말하는 거야. 부탁이니 제발, 중간에 서서 뭐라고 좀 해다오."

그레니는 가련할 정도로 기가 꺾여 있었다. 얼굴은 핏기를 잃고, 입술은 마냥 떨리고, 눈에는 뭔가 광포한 빛마저 있었다. 그는 더듬거리면서,

"왜 그 사람이 그렇게 됐는지 나는 전혀 알 수가 없어. 머리가 이상해진 건 아닐까. 이런 근사한 계획은 다시는 있지 않을 텐데 말이야. 대단히 잘되어 갈 텐데 말이야……."

"나에게는 그 사람을 어떻게 할 힘은 전연 없어. 불가능한 일이야."

"아냐, 그럴 리가 있나.……그 사람은 자네를 대단히 중요시하고 있어. 더구나 자네는 신부가 아닌가. 자네가 신부로 있는 것은 신도의 덕택이 아닌가. 이 일이 잘되면 가톨릭 신자를 위해 복지를 가져오는 것이 될 터인데 말이야."

"그런 것은 전혀 당신과 관계가 없는 일이 아니오, 말캄."

"아니야, 크게 관계가 있어." 그레니는 돌아가지 않는 혀로 지껄이기 시작했다.

"나는 자유주의자가 아닌가. 가톨릭도 근사하다고 생각하고 있어. 훌륭한 종교라고 생각해. 부탁이야, 프랜치스. 늦어지지 않도록 빨리 가서 말 좀 해줘."

"안됐지만 이번 일은 예상이 틀어져 버린 거요. 누구에게나 말이오."

그는 창쪽으로 눈을 돌려 버렸다.

그러자 그레니는 완전히 자제심을 잃어버린 것 같았다. 느닷없이 프랜치스의 팔을 붙잡았는데 벌써 그 때에는 비굴한 콧소리를 내기 시작하고 있었다.

"나를 불필요한 인간취급을 하지 말아. 자네가 오늘날 이렇게 된 것도 우리 덕택이 아닌가 말이야. 나는 약간의 토지를 사는 데 저금을 전부 쏟아 넣었어. 만약 이 계획이 허사가 되는 날이면 그게 모두 날아가 버린단 말이야. 우리집을 파산시키지 말아다오. 우리 어머니가 불쌍하지 않는가. 어떻게 어머니가 자녀를 길렀는가 생각해 보라구, 프랜치스. 제발 부탁이니 그 사람을 설득해다오. 그러면 뭐든지 해줄 테니. 가톨릭 신자가 되라면 되겠어."

프랜치스는 한 손으로 커튼을 쥔 채로 회색 돌십자가를 설치한 교회의 탑을 창너머로 물끄러미 바라보고 있었다. 어두운 생각이 그의 머리를 스쳐지나갔다. 인간은 돈을 위하는 일이라면 무엇이든지 하겠다는 것인가. 자기의 혼을 파는 일까지도 하겠다는 말인가.

그레니는 드디어 지쳐 버린 것 같았다. 프랜치스로부터는 아무것도 얻을 수가 없다는 것을 겨우 깨달은 그는 이번에는 하다못해 자신의 체면이라도 지키려고 태도를 표변시켰다.

"그럼 도와주지 않겠다는 거군. 그래, 알았어. 오늘 일은 잘 기억해 두겠어."

그는 문쪽으로 갔다.

"언젠가는 너희들 모두에게 복수해 줄 테니 두고보라구. 그렇게 되면 죽어도 내가 상관할 바가 아니야."

그는 도중에서 멈추어 섰다. 창백해진 얼굴은 악의로 일그러져 있었다.

"기른 개에게 물린다는 것쯤은 알아두는 게 좋아. 더러운 네놈들에게서 기대할 수 있는 것은 고작 그것뿐이야."

그는 문을 꽝 하고 닫고 나가 버렸다.

사제관 안은 여전히 공허한 느낌이 감돌고 있었다. 그것은 그 가운데에 있는 인간이 확실한 윤곽을 잃고, 실질이 없는 덧없는 진공상태와 같은 것이었다. 일하는 사람들은 상가(喪家)에라도 와 있는 것처럼 발걸음마저도 조심했다. 리스아니아인 신부는 오로지 어떻게 했으면 좋을지 모르겠다는 표정을 짓고 있었다. 밀리 신부는 눈을 내리깐 채 돌아다니고 있었다. 그는 심한 충격을 받았으나 꾹 참고 침묵을 지키고 있었다. 그러나 그 침묵도 그와 같은 태생의, 매우 직정적인 인간에게는 일종의 독특한 얌전함으로 보이는 것이었다. 입을 열어도 딴 말만 하고 일체 그 일에 대한 것은 입 밖에 내지 않았다. 그리고 해외 포교단 일에 몰두하여 생각을 딴 곳으로 돌리고 있었다.

프랜치스는 그레니가 행패를 부린 후 1주일 이상이나 휫제랄드와는 만나지 않았었다. 그러나 어느 날 아침, 성기실(聖器室)에 들어가니 수석사제가 수단을 벗고 있는 것과 맞부닥쳤다. 합창대 소년들은 돌아가고 없었으므로 두 사람은 얼굴을 마주 대하지 않을 수가 없었다.

그 개인의 체면손상은 차치하고서도, 수석사제의 사건처리 방법은 완벽한 것이었다. 실제 그의 손에 의하는 것은 사건도 사건이 아니었고 재난도 재난이 아니었다. 호리스 대위는 자기가 자진해서 계약을 파기했다. 닐리에게는 멀리 떨어진 도시에서의 일을 찾아주어 살도록 했다. 이것을 기회로 닐리 일가는 아무도 모르게 살그머니 이사를 해 버렸다. 악착같은 신부의 비난도 교묘히 진정되었고 이윽고 일요일이 되자 수석사제는 다시 설교단에 올라섰다. 그리고, 물을 끼얹은 것 같은 회중을 앞에 놓고, "그대들, 믿음이 적은 자들이여." 하고 성서의 한 구절을 인용하여 설교를 시작했다.

그는 조용한 가운데도 격렬한 어조로 연제를 부연해 나갔다. "교회는 이 이상 어떠한 기적을 필요로 하는가? 교회는 이미 기적적으로 그 정당함이 입증되어 있는 것이 아니든가 말이다. 교회의 기초는 그리스도의 기적 위에 깊이, 또한 부동의 것으로 서 있는 것이다. '마리아의 샘'과 같은 현시(顯示)를 만나는 것은 영광된 일이고, 의심할 것도 없이 우리를 고무 격려하는 일이다. 사람들은 모두 나를 포함해서 그것을 위하여 열중했다. 그러나 냉정히 반성해 보면 이미 천상의 꽃이 여기, 이 교회 가운데 우리의 눈앞에 피어 있는데도 다만 한 송이의 꽃을 찾았다고 해서 그와 같은 대소동을 벌이는 것은 왜 그럴까? 이 이상의 물질적 증거가 필요한 만큼 우리의 신앙은 약하고 무기력한 것이었다는 말인가? '보지 아니하고 믿는 자는 행복하느니라.' 이 엄숙한 말을 사람들은 잊었단 말인가?……"

그것은 더할 나위 없는 웅변이었다. 전 주의 일요일에 얻은 승리 이상의 것이었다. 이 설교를 하기 위해서 얼마만큼의 희생이 있었던가. 그것을 아는 사람은 지금 단상에 서 있는 수석사제인 제랄드 휫제랄드 외에는 없었다.

성기실에서 처음 부딪쳤을 때 수석사제는 아무 말도 하고 싶지 않은 것 같았다. 그러나 밖으로 나갈 준비가 되어, 까만 상의를 어깨에 걸쳤을 때 그는 갑자기 되돌아보았다. 성기실의 밝은 광선으로 프랜치스는 사제의 잘생긴 얼굴에 새겨진 깊은 주름과 둥근 회색의 눈 속에서 피로한 표정을 읽고 불현듯이 놀라움을 금치 못했었다.

"거짓말은 하나만 한 게 아니더군. 마치 거짓말로 뭉쳐진 사람 같아. 하여간 난처했지만 최후에는 정의가 이기는 거야."

그는 약간 말을 중단했다.

"자넨 퍽 좋은 청년이야. 치셤. 자네와 내가 배짱이 맞지 않은 것은 유감천만이야."

그는 의젓한 자세를 취하며 성기실을 나갔다.

부활제가 끝날 즈음에는 사건은 거의 잊혀져 버렸다. 수석사제가 처음 열을 올리고 있을 때 '샘' 주위에 둘러친 청조한 흰 칠을 한 울타리는 아직 그대로 있었다. 그러나 입구의 작은 문은 자물쇠도 걸지 않고 봄의 상쾌한 미풍에 뭔가 감상적인 모습으로 서 있었다. 때때로 몇 사람의 선남선녀가 기도를 하러 와서는 깨끗하고 끊임없이 솟아나는 물로 각자의 몸을 씻고 가는 수가 있었다.

프랜치스는 교구의 일에 열중하여 그 일을 잊으려고 해서가 아니라 자연히 잊어버린 것을 기뻐했다. 경험의 얼룩은 점차로 희미하게 엷어져 갔다. 다만 마음의 밑바닥에 약간의 추한 응어리로 되어 남아 있을 뿐이었다. 그러나 그는 그것을 될 수 있으면 완전히 없애 버리려고 노력을 했다. 교구의 소년이나 청년들을 위한 새로운 유원지를 만들려는 그의 안은 구체적인 형태를 취하기 시작했다. 시의회에서는 공원의 일부를 사용해도 좋다는 허가가 내려졌다. 휫제랄드 사제의 승낙도 얻었다. 이제 그는 허다한 카탈로그의 연구에 몰두했다.

그리스도 승천제의 전야, 갑자기 오웬 워렌을 방문해 달라는 기별을 받았다. 그의 얼굴은 흐려졌다. 그는 벌떡 일어섰다. 그러자 그의 무릎에 올려놓은 스포츠 용품의 카탈로그가 방바닥에 떨어졌다. 이러한 기별이 있으리라고는 벌써 몇 주일 전부터 예기하고 있던 일이었으나, 역시 그것은 무서운 일이었다. 그는 서둘러 교회로 가서 성량(聖糧)을 휴대하고 사람의 통행이 많은 그랜빌 거리로 발걸음을 재촉했다.

워렌의 집 앞에서 탈록이 안절부절 못하며 왔다갔다 하는 것을 보고 그의 표정은 금시 슬픈 빛으로 변해 버렸다. 탈록도 역시 오웬을 귀여워하고 있었던 것이다. 프랜치스가 다가가니 그는 완전히 상기되어 있었다.

"이미 최후가 온 건가?" 프랜치스가 물었다.

"으음." 그리고 잠시 생각하고 나서, "어제 동맥이 막혀 버렸어. 이미 늦었어.……절단해 봐야 틀렸어."

"너무 늦었는가?"

"아니."

탈록의 태도에는 뭔가 광포한 기분을 억제하고 있는 데가 있었다. 그는 어깨로 프랜치스를 난폭하게 떠밀었다.

"그러나 자네가 어슬렁어슬렁 오고 있는 동안 난 그애 곁에 세 번이나 갔었어. 들어가도 괜찮을 거야. 이봐, 자네가 들어갈 기분이 있다면."

프랜치스는 탈록의 뒤를 따라 계단을 올라갔다. 미세스 워렌이 문을 열어 주었다. 그녀는 쥐색의 간소한 옷을 입은 쉰 정도의 야윈 부인으로, 요즘 수주일 동안의 심로로 초췌하기 짝이 없이 되어 있었다. 얼굴은 눈물에 젖어 있었다. 그는 그런 그녀의 손을 동정을 다하여 꼭 쥐었다.

"참으로 안됐습니다, 미세스 워렌."

그녀는 힘없는 소리도 흐느끼듯이 웃었다.

"어서 오십시오, 신부님."

그는 깜짝 놀랐다. 슬픔이 그녀의 마음을 일시적으로 미치게 한 것이 아닐까 하고 생각했다. 그는 안으로 들어갔다.

오웬은 침대의 겉이불 위에 누워 있었다. 환자는 붕대를 풀고 환부를 드러내 놓고 있었다. 심히 야위고 질환에 의한 소모를 역력히 나타내고 있었다. 그러나 그의 양다리는 다같이 완전하고 환자 같은 티가 전혀 없었다.

프랜치스는 탈록이 오웬의 오른쪽 다리를 쳐들고, 완전하고 곧은 정강이를 손으로 만져 내려가는 것을 망연히 바라보고 있었다. 거기는 어제까지 농이 나오고 고름이 더덕더덕했던 곳이다. 탈록의 도전적인 눈이 일부러 아무 설명도 하려고 하지 않았으므로, 그는 어지러운 눈을 미세스 워렌쪽으로 돌렸다. 그때서야 그녀의 눈물이 기쁨에서 나오는 눈물이란 것을 깨달은 것이다. 그녀는 울면서 말하였다.

"오늘 아침의 일입니다. 아직 아무도 일어나지 않았을 때입니다. 저는 이 애를 따뜻하게 감싸고 낡은 유모차에 태웠습니다. 저희들은 도저히 체념할 수 없었습니다. 이 애는 신앙심이 두터운 애니까요.……다만 일어날 수만 있다면, '샘'까지만 갈 수 있다면 하고 보챘기 때문에 그 샘까지 데려간 것입니다.……우리는 기도를 올리고 이 애의 다리를 물에 적시었습니다.……그리고 돌아와서……, 오웬이……, 스스로 붕대를 풀어 본 것입니다."

방안은 오랫동안 조용했다. 그 정적을 깬 것은 오웬이었다.

"잊지 마시고 저를 새로운 크리켓 팀에 넣어주세요, 신부님."

밖으로 나온 윌리 탈록은 프랜치스의 얼굴을 뚫어지도록 응시했다.

"이건 틀림없이 우리의 현재의 지식범위를 초월한 뭔가 과학적 설명이 있을 거야. 회복하고 싶다는 강렬한 욕망……세포의 심리적 재생 말이야."

그는 갑자기 멈추어 서서 그 커다란 손으로 프랜치스의 팔을 잡았다. 그 손은 떨리고 있었다.

"그렇다, 하느님이여! 신이 만약 있다면! 하여간 이 일에 대하여는 절대로 딴 말을 하지 않기로 하겠네."

그날 밤 프랜치스는 아무래도 잠을 잘 수가 없었다. 커다란 눈을 뜨고 물끄러미 머리 위의 어둠을 응시하고 있었다. 이것이야말로 신앙의 기적이다. 그렇다. 믿는 것 그 자체가 기적인 것이다. 욜단의 물, 루르드의 물, '마리아 샘'의 물—어느 곳의 물이든 그런 건 문제가 아니다. 흙탕물일지라도 그것이 하느님의 얼굴을 비추는 거울이라 한다면 믿는 마음에 보답이 있을 것이다 하고, 일순 마음속의 지진계가 희미하게 격동을 기록했다. 그것은 신의 불가지성(不可知性)의 번득임의 인지(認知)였다. 그는 열렬히 기도했다.

"오, 하느님이여! 우리들은 이 세상의 시작마저도 모르고 있습니다. 우리들은 깊이를 알 수 없는 심연 속의 작은 개미와 같은 존재입니다. 몇 백만인지도 알 수 없는 목화꽃의 두터움에 덮여서 오직 한결같이 하늘을 우러러 몸부림치고 있는 것입니다. 오, 신이여……신이여, 저에게 겸손과……, 그리고 신앙을 주시옵소서!"

3

주교로부터 호출장이 온 것은 그런 일이 있은 지 3개월 후였다. 프랜치스는 전부터 다소는 예기하고 있기는 했으나, 막상 그것을 받고 보니 역시 어쩐지 당황하지 않을 수가 없었다. 주교의 저택으로 가는 언덕을 올라가는 도중 비가 억수같이 쏟아졌다. 거기까지 뛰어왔기 때문에 전신이 흠뻑 젖지는 않았다. 그는 숨을 헐떡이면서, 젖은데다가 흙탕물이 튕겨 옷이 더럽혀져서 이대로는 좀 곤란하지 않을까 하고 약간 걱정되었다. 그러한 불안은 정식 접견실의 훌륭한 붉은 주단과 진흙투성이가 된 자기의 구두와 젖은 옷을 바라보고 있노라니 더욱 더하기만 했다.

잠시 후 주교의 비서가 나타나 앞장서서 비스듬한 대리석 계단을 올라가 묵묵히 어두컴컴한 마호가니 문을 손가락으로 가리켰다. 프랜치스는 노크를 하고 들어갔다.

주교는 테이블을 향하고 있었으나 일을 보고 있는 것이 아니라 손을 볼에 대고 팔꿈치를 가죽의자의 팔걸이에 짚고 휴식을 취하고 있었다. 구름에 가린 햇빛이 높은 창에 달아놓은 비로드의 커튼에서 비치어, 주교의 보라빛 법관(法冠)을 한층 빛나게 하고 있었고, 얼굴은 그늘이 져서 보이지 않았다.

프랜치스는 상대의 태연한 모습에 가슴이 두근거렸다. 간신히 멈추어 서서 이 사람이 참으로 호리웰이나 산 모라레스의 오랜 친구일까 하고 생각해 보지 않을 수 없었다. 맨틀피스 위의 나전세공의 앉은뱅이 시계가 조용하게 시간을 새기는 소리 외에는 아무 소리도 없었다. 이윽고 엄격한 소리가 떨어졌다.

"여어, 프랜치스 신부. 오늘도 뭔가 기적의 보고를 가져왔는가. 그렇다면 잊기 전에 묻고 싶은데, 요즘 댄스홀의 일은 잘되어 가는가."

프랜치스는 느닷없이 목을 졸리우는 것 같은 느낌으로 할 수만 있다면 살려주십사 하고 소리치고 싶을 정도였다. 주교는 넓은 융단 위에 혼자 우두커니 서 있는 프랜치스의 모습을 아직도 뒤져 살피듯이 바라보고 있었다.

"정직하게 말해서 늙은이인 내 입장에서 말한다면 자네같은 눈부신 실패를 거듭하는 신부를 만나는 것도 이 또한 대단히 효험 있는 약이 되는 거야. 대개 여기에 오는 사람들은 장의사로서 성공했습니다. 하는 것과 같은 얼굴을 하고 들어오기 마련인데 말이야. 자네 그 입은 옷의 몰골이 뭔가.……더구나 굉장한 구두까지 신고 있잖은가."

그는 천천히 일어나 프랜치스쪽으로 다가왔다.

"아니, 자네 참으로 잘 왔네. 그런데 퍽 야위었군."

그는 한 손을 프랜치스의 어깨에 올려놓았다.

"어찌된 거야. 흡사 비맞은 쥐꼴이 아닌가."

"도중에서 비를 만났습니다."

"뭐라고! 우산도 없는가! 이리 불 가까이로 오게나. 뭔가 따뜻한 것을 들어야지."

그는 프랜치스의 곁을 떠나 작은 책상으로 다가가서 술병과 리큘 글라스를 두 개 꺼냈다.

"나는 아직 이런 높은 지위에 익숙하지 못하고 있어. 책에서 나오는 것처럼 초인종을 눌러서 주교가 애용하는 고급 포도주를 명하는 것이 예의겠지만 말이야. 이건 보통의 그랜리비트(고급 위스키)인데, 우리들 스코틀랜드 태생에게는 이러한 술이 훨씬 적합하다구."

그는 위스키를 따른 작은 글라스를 프랜치스에게 건네주고, 그가 마시는 것을 보고서 자기도 마셨다. 그리고 난로의 반대쪽에 가서 자리잡았다.

"지금 높은 지위라고 말했는데, 그렇게 무서워하는 얼굴을 하고 날 보지 말게. 나는 이처럼 거창하게 옷치장을 하고는 있네.……그러나 이 옷의 한 겹 아래에는 스틴챠 강을 벌거벗고 건넌 그 볼썽사나운 몸뚱이 그대로야."

프랜치스는 얼굴을 붉혔다.

"네, 그렇습니다."

두 사람은 그대로 잠시 아무 말이 없었으나, 이윽고 조용한 소리로 주교의 숨김 없는 이야기가 시작되었다.

"산 모라레스를 나온 후로는 자네도 퍽이나 괴로운 꼴을 당한 모양이더군."

프랜치스는 낮은 소리로 대답했다.

"매우 심한 실패만 거듭했습니다."

"절망인가?"

"네, 그렇기 때문에 그 일에 대해서는 미리부터……여기에 호출되어 징계를 받을 것이라고 예감하고 있었습니다. 휫제랄드 사제의 기분을 나쁘게 한 것은 저도 알고 있습니다."

"전능하신 하느님만이 마음에 드는가, 응?"

"아닙니다, 그렇지 않습니다. 저도 저 자신이 정나미가 떨어져서 참으로 부끄럽게 생각하고 있습니다. 그것도 여느 때와 마찬가지의 어쩔 수 없는 반항적 성질 때문입니다."

문득 그는 입을 다물었다.

"자네의 가장 나쁜 죄과가 무어라고 생각하나. 시의회 의장인 샨드를 축하하는 연회에 출석하지 않았다 하는 것인 모양이군.……그는 이번에 주제단(主祭檀)의 건립자금으로 오백 파운드라는 큰 돈을 기부한 사람이야. 왜 그러는 건가. 선량한 시의회의 의장을 자네가 인정하지 않다니…….내가 들은 바에 의하면, 그 사람은 샨드 가(街)의 빈민굴에 있는 자기의 차가인(借家人)들에 대하여 그다지 하느님의 뜻에 맞지 않는 짓을 하고 있다고 하던데……."

"아닙니다……." 프랜치스는 망설이면서 숨을 내쉬었다.

"저는 그런 일은 알지 못합니다. 출석하지 않은 것은 제가 나빴습니다. 횟제랄드 사제는 우리들에게 출석하지 않으면 안 된다고 특히 다짐을 하셨습니다. 그 연회를 대단히 중요시하신 모양이었습니다. 그런데 딴 일이 갑자기 생겼기 때문에……."

"오?" 주교는 다음 말을 기다렸다.

"마침 그날 오후, 다른 곳에서 부른 데가 있었습니다."

프랜치스는 그것까지 말할 생각은 없었으나 하는 수 없이 말했다.

"기억하고 계실는지 모르겠습니다만……, 그 에드워드 바논은……, 벌써 옛날의 모습은 없어져 버렸습니다. 계속 병환중에 있어, 중풍으로 침을 질질 흘리고 있었습니다. 저는 돌아가야 할 시각인데도 그 사람은 제 손을 꼭 쥐고 제발 떠나지 말아 달라고 애원을 하는 것입니다. 어쩔 도리가 없었습니다.……저는 그 이상한 모습으로 죽어가고 있는 인간이 참으로 불쌍해서 어쩔 수가 없었습니다. 그러는 동안에 그는 마침내 '성스러운 아버지 존, 성스러운 아들 존, 성령이신 존.' 하고 중얼거리면서 잠들어 버렸습니다. 그것도 제 손을 쥔 채로 희끗희끗한 텁수룩한 수염에 침을 흘리고 자고 있는 것입니다. 저는 차마 그의 잠든 손을 뿌리치고 나올 수가 없었습니다. 그런 관계로 저는 이튿날 아침까지 거기에 있었던 것입니다."

프랜치스는 거기에서 약간 말을 중단했다. 잠시 주교도 아무 말을 하지 않았으나 이윽고,

"과연 그렇겠군. 자네가 성인이 아니라, 죄인쪽을 선택했다고 해서 사제는 기분이 상했군그래."

프랜치스는 머리를 떨구었다.

"저 자신도 자신에게 화가 납니다. 어떻게든 자신을 보다 낫게 하려고 노력은 계속하고 있습니다만 그것이, 그것이 이상합니다.……어렸을 때 성직이라고 하는 것은 모두 절대로 잘못을 저지르지 않는다, 완전한 인간이다라고 생각하고 있었기 때문입니다."

"그런데 이제 와서 보니 우리는 모두 무서우리만큼 인간적이다 하는 것을 자네도 발견했다 그 말인가! 그렇다, 물론 자네의 반항적인 성격을 내가 좋아하는 것은 불순하기 짝이 없는 것인지도 몰라. 그러나 말이야, 그건 우리가 신물나 하고 있는 틀에 박힌 신앙심에 대하여 굉장한 해독제가 되는 것이라고 나는 생각하고 있어요.

프랜치스, 자네는 방황하는 고양이야. 모두들 따분한 설교를 듣고 하품을 꾹 참고 있을 때, 교회 안에 들어오는 고양이란 말이야. 이건 비유로썬 잘못된 것이 아닐 거야.……하지만 자네는 다 알고 있는 규칙을 절대로 중요하게 지키고 있는 자네 동료들과 같이 잘해 나가지 못하지만 역시 자넨 교회의 인간이야. 이 주교 관구에서 진실로 자네를 알고 있는 성직자는 아마도 나 한 사람뿐일 거야. 이런 말을 한다고 해서 뭐 내가 기분이 좋아서 하는 말이 아니야. 하여간 내가 여기 주교로 있다고 하는 것은 자네에겐 행복한 조건이야."

"잘 알고 있습니다, 주교님!"

"내가 말한다면." 주교는 깊이 생각하는 어조로 말을 이었다.

"자넨 실패 정도가 아니야. 대단한 성공을 거둔 거야. 그러니까 좀더 명랑해질 필요가 있어요.……그래, 자넬 치켜세울 생각은 없지만, 좋으니까 좀더 자부심을 가지라고 말하고 싶은 거야. 자네는 사물을 철저히 연구하는 편이며, 또 정에도 지극히 약한 데가 있어요. 사고

와 회의를 확실히 구별하는 두뇌도 가지고 있어. 자넨 그 교회의 잡화상이 아니잖은가. 자, 무엇이나 모두 신자에게 나누어 주기가 편리하도록 깜찍하게 예쁜 포대에 담아주는 그런 잡화상이 아니란 말이야. 더구나 자네의 가장 좋은 점은 프랜치스,……신앙이라기보다는 교리에서 생기는 그 거만한 자존심을 가지고 있지 않다는 점이야."

주교는 잠시 말을 중단했다. 프랜치스는 점차로 이 노인을 대하고 있는 동안에 자기의 마음이 부드러워지고 있는 것을 느꼈다. 그는 조용히 시선을 떨군 채로 있었다. 이윽고 주교가 온화한 말로 계속했다.

"물론, 그 사이에 끼어서 뭔가 하지 않으면 자네는 또 고통을 받을 것이 틀림없어. 지금까지와 같이 곤봉을 휘둘러대면 또 많은 인간이 피를 보게 돼.……자네 자신도 예외일 수는 없어. 아니 나는……, 자네가 그런 것을 두려워하지 않는다는 것을알고 있어. 그러나 나는 달라. 자넨 사자의 밥이 되기엔 아까운 사람이야. 그래서 나는 자네에게 하나 제안을 하려고 하네."

프랜치스가 황급히 얼굴을 쳐드니, 주교의 신중한, 더구나 애정이 충만한 눈과 맞부딪쳤다. 주교는 미소지었다.

"어떤가, 한 번 나를 위하여 분발해 주지 않겠는가. 나는 자네를 참다운 동료로 생각하고 있네. 알아주겠는가."

"무슨 일이라도……."

프랜치스는 그 이상 뭐라고 해야 할지를 몰랐다.

주교는 약간 오랫동안 잠자코 있었다. 그 얼굴은 조각처럼 움직이지 않았다.

"이것은 대단히 곤란한 일이야.……전임은 예상도 아니했을 터이고……, 너무 심하다고 생각되면 주저하지 말고, 그렇다고 말해도 상관없어. 그러나 자네에게는 이 이상 적합한 일은 없다고 나는 생각하고 있네." 거기에서 조금 말을 끊었으나, "우리 해외포교단에서는 간신히 중국에 사제구를 갖게 되었어. 여러 가지 수속을 완료하는 대로, 그리고 자네가 준비되는 대로. 어떤가, 모험을 각오하고 최초의 포교사로서 거기에 가볼 생각은 없는가?"

프랜치스는 너무나도 뜻밖의 말에 어안이 벙벙하여 잠시 동안은 대답도 하지 못하고 잠자코 있었다. 주위의 벽이 한꺼번에 무너져 버리는 것 같은 느낌이었다. 제안이라 해도 이것은 너무나도 뜻밖이며, 호흡할 힘마저 잃는 것 같았다. 고국을 떠나 친구를 버리고, 그리고 위대한 미지의 허공에로의 길을 떠난다.……이런 일은 지금껏 생각해 보지도 않았던 일이다. 그런데, 어찌된 일인지 서서히 자신도 모르는 사이에 이상하게도 만족한 기분이 전신에 충만해 오는 것이었다. 그는 어느 사이에 더듬거리며 대답했다.

"알겠습니다.……가게 해주십시오."

마그냅 주교는 몸을 굽혀 프랜치스의 손을 잡았다. 그의 두 눈이 젖어 있었다. 뚫어지게 프랜치스를 보면서,

"나도 자네가 받아들일 것으로 생각했었어. 더구나, 틀림없이 자네는 나의 면목을 세워 줄 것으로 믿었어. 그러나 거기에 가서는 연어낚시는 할 수 없을 거야, 알겠나. 그것만은 기억해 두게나."

제4부 • 중국에서 생긴 일

1902년에 접어든 지 얼마 되지 않은 무렵에 천진(天津)에서 1천 마일이나 떨어져 있는 오지인 절강성(浙江省)을 흐르는 황하의 끝없는 황토 기슭을 따라, 한 척의 정크가 한쪽으로 기울어진 채 완만한 강물을 거슬러 올라가고 있었다. 배에는 그다지 신통치 않은 복장을 한 사람이 타고 있었는데, 그것은 중키에 가톨릭 신부이며, 테를 두른 구두를 신고 비교적 낡은 헬멧을 쓰고 있었다. 잘라 버린 나무그루와 같은 뱃머리의 나무토막에 말탄 듯이 앉아서 성무일과표를 한쪽 무릎위에 올려놓고, 프랜치스는 소리를 내서 중국어 연습하는 것을 잠시 그쳤다. 목이 말라 버릴 정도로 연습을 했다. 중국어의 음계는 어느 것이나 모두 반음계와 똑같은 수의 억양을 가지고 있는 것 같은 느낌이었다. 그리고 지나쳐 가는 갈색과 황토의 풍경에 눈을 돌렸다. 가운데 갑판의 경우 3피트밖에 되지 않는 굴 속의 선실로 사용하여 벌써 열흘 동안이나 밤을 지냈으므로 몹시 지쳐 있었고, 신선한 공기를 마시고 싶어 손님들의 보따리며 짐이 흐트러져 있는 사이를 누비며 덮어 놓고 뱃머리로 나온 것이다. 가운데 갑판에서는 농부들과 센샹(潘鄕)에서 탄 바구니제조공, 피혁공, 마적과 어부, 거기에 파이탄으로 가는 병사와 상인들이 집오리를 담은 큰 바구니와, 돼지를 넣은 망태와, 단 한 마리이지만 사람을 얼씬도 못하게 하는 산양을 넣은 그물망태 사이에서 팔꿈치를 서로 맞대고 담배를 피우거나, 지껄이거나, 요리냄비를 들어 올리거나 하고 있었다.

결코 너무 깔끔하게 행동하는 것은 삼가려고 생각했으나, 여행의 막바지 단계에 이르러 눈으로 보는 것, 귀로 듣는 것이 매우 추하고 풍겨오는 냄새가 지독한 데는 참으로 고통스러웠다. 그래도 오늘 밤, 이제 더 이상의 지체가 없이 드디어 파이탄에 도착할 수 있다고 생각하니, 프랜치스는 하느님과 성(聖) 안드레아에게 감사하지 않을 수가 없었다.

그는 아직도 자신이 이 진기한 새로운 세계에 와 있다고 하는 사실에 아무래도 실감이 나지 않았다. 멀리 이 외국에까지 와서, 지금까지 알고 있던, 또는 알려고 한 모든 것에서 믿을 수 없을 만큼 거리가 멀어져 버렸다고는 아직도 생각되지 않는 것이다. 자기의 인생행로가 마치 느닷없이 그 자연스런 방향에서 기괴한 방향으로 빗나가 버린 것 같은 기분이었다. 한숨이 나오려는 것을 꾹 억제했다. 다른 사람들은 평온 무사한 정상적인 생활을 보내고 있는 것이다. 그만이 불필요한 사람이고, 잘못된 사람이며 약간 비뚤어져 있는 인간인 것이다.

고국의 사람들에게 마지막 작별을 할 때에는 괴로웠었다. 네드는 고맙게도 3개월 전에 이 세상을 하직했다. 그 기괴하고 비참한 인생의 마지막으로써는 오히려 축복된 최후였다고 해도 좋을 것이다. 그러나 폴리 아주머니와는……, 장래 다시 만날 수 있는 기회가 있기를 바라고 또한 기도했다. 그래도 쥬디가 타인카슬의 시청에 타이피스트로 채용된 것은 큰 위안이었다.—그것은 확실하고 승진의 기회가 많은 지위였다.

다시 한 번 신념을 굳게 하려는 것처럼 그는 이번의 임명에 관하여 최후로 받은 편지를 속주머니에서 꺼냈다. 그것은 성 도미니크 성당의 성직을 물러나고, 지금은 오로지 해외포교 관리에 임하고 있는 밀리 신부에게서 온 것이었다.

리버풀 대학 전교로 되어 있는 것은 프랜치스가 거기에서 1년간 중국어 연구에 몰두하고 있었기 때문이다. 내용은 다음과 같은 것이었다.

친애하는 프랜치스 치셤 신부에게.

여기에 좋은 소식을 전해 드리게 된 것을 나는 매우 기쁘게 생각한다네. 지금 막 접수한 보고에 의하면, 알다시피 오는 12월 해외포교단 관리국에서 신청이 있었던 절강성교구 관할내의 파이탄 파견에 대한 건은 포교성성(布敎聖省)에 의하여 이번에 정식으로 결재가 되었다네. 타인카슬 해외포교단에서 오늘 밤 개최되었던 회합에서도 자네의 출발을 더 이상 지연시킬 이유가 없다는 결정을 본 것이야. 드디어, 동양에 있어서의 자네의 영광된 선교의 성공을 빌 수가 있게 되었어.

파이탄은 내가 확인한 바로는, 다소 오지이긴 하지만 아름다운 강변의 쾌적한 지방이라고 들었네. 대바구니의 주생산지로서 알려진 번화한 도회라고 하더군. 곡류, 식육, 거위 및 열대성 과실 등이 풍부하다더군. 그러나 더욱 중대하고 축복된 사실은 다소 먼 지리적인 조건이었기 때문에 요즘 1년간 불행하게도 사제가 없었음에도 불구하고, 전교가 지극히 성행하는 상태에 놓여 있다고 하는 점이야. 불행하게도 사진이 없어서 매우 유감이지만, 나는 교회와 사제관의 경내 시설은 극히 만족할 만한 것이라고 믿고 있네. (이 경내라고 하는 말에는 어쩌면 그렇게 자극적인 여운이 있단 말인가. 자넨 인디안 놀음을 하던 어린 시절이 기억나지 않는가. 나의 흥분을 용서하게.)

그러나, 무엇보다도 잘된 일은 확실한 통계가 있다는 것이야. 1년 전 샌프란시스코로 돌아간 전임자인 롤러 신부의 연간보고서를 동봉하니 참고하기 바라네. 나는 이것을 자네를 위하여 분석할 필요를 인정하지 않고 있네. 왜냐하면 아마도 자네가 상세히 연구하고 또한 가장 짧은 시간에 완전히 납득하게 될 것을 믿고 있기 때문이네. 그러나 나는 다음과 같은 숫자를 강조해 두고 싶은 것이야. 파이탄의 성당은 설립된 지 아직 3년밖에 되지 않았음에도 불구하고, 성찬(聖餐)의 영광을 입은 자가 4백 명, 영세를 받은 자가 1천 명 이상이라고 하는 성과를 자랑하고 있다는 점을 말이야.

임종시에 영세를 받은 자는 그 가운데 겨우 3분의 1인 것이야. 이것은 기쁜 일이 아니고 무엇이겠는가, 프랜치스 신부! 이것은 하느님의 은총이 이교(異敎)사원의 한가운데서도 불신 신도의 마음에까지 얼마나 감화를 미치는가 하는 것의 좋은 일례가 되지.

친애하는 프랜치스, 이러한 선택된 지위가 자네의 것이었다고 하는 것을 나는 마음으로부터 기뻐해 마지 않는 바이라네. 그리고 자네의 밭에 있어서의 노동에 의하여 실질적인 수확이 더욱 증대하리라는 것을 믿어 의심치 않고 있네. 하여간 제1보를 기다리고 있겠네. 나는 자네가 드디어 천직(天職)을 찾은 것이라 느끼며, 동시에 과거에 있어서 자네의 명예를 손상시킨 약간의 기괴한 언동이, 이제는 자네 일상생활의 장애가 되는 일은 없을 것으로 생각하고 있네. 프랜치스, 겸손이야말로 하느님의 종복인 성직자들의 생명의 피와 같다고 생각하고 있네. 나는 자네를 위하여 매일 밤 기도를 올리겠네.

다시 뒤에 소식 전하겠네. 부디부디 여행의 준비에 주의하길 바라네. 튼튼하고 양질의 질긴 수단을 고르게나. 속바지는 짧은 것이 좋으며, 그리고 복대(復帶)를 준비할 필요가 있다네. 한손 부자상회에 가보게. 주인은 정직하기 짝이 없는 사람이야. 아무튼 본당 오르간 주자의 사촌이니까.

아마 자네의 상상보다 빨리 서로 만날 수 있을 것으로 생각하네. 나의 새로운 지위는 나 스스로 지구를 한 바퀴 돌아야 할 것이야. 파이탄의 경내에서 만난다는 것은 근사한 일이라 생각하네.

또다시 진심으로 축하하네.

언제나 예수 그리스도에 의한 자네의 충실한 형제
타인카슬 주교관구해외포교단 비서
안셀모 밀리

일몰이 가까워지자, 정크 속의 소란함은 더욱 심해졌다. 드디어 도착직전이라는 것을 알려 주었다. 배는 강을 따라 크게 원을 그리더니 거룻배가 여러 척 붐비고 있는 물이 더러운 커다란 후미로 들어갔다.

프랜치스는 낮은 단계로 되어 있는 도시를 물끄러미 응시했다. 거리는 소음과 노오란 등불로 북적거리는 벌집 같았다. 바로 눈앞에는 뗏목이나 거룻배들이 점점이 떠 있는 갈대가 무성한 갯벌이 펼쳐지고, 훨씬 멀리에는 희미한 도화색과 진수색으로 흐린 산자락이 그 배경을 이루고 있었다.

그는 성당에서 작은 배로 마중나왔을는지도 모른다고 생각했었다. 그러나 마중나온 것은 챠씨(賈氏) 사유의 거룻배뿐이었다. 그는 파이탄의 부유한 상인인데, 지금 비로소 비단옷으로 몸을 감싸고, 정크의 안쪽에서 모습을 나타낸 것이다.

이 인물은 나이는 서른다섯쯤 된 것 같았으나, 그 지나치게 침착한 태도로 나이보다도 늙어 보였다. 부드럽고 탄력성 있는 황금색 피부에 대단히 검은 머리카락이 젖어 있는가 싶게 윤기가 났다. 선원이 주위에서 떠들어도 이 사나이만은 유연하게 담담이 서 있을 뿐이었다. 프랜치스에게 눈을 돌리지는 않았으나, 프랜치스는 어쩐지 자기가 상세히 관찰되고 있는 것 같은 묘한 느낌이었다.

사무장이 수속을 자상하게 했기 때문에 프랜치스가 양철 트렁크를 들고 사람들을 헤치고 밖으로 나온 것은 비교적 시간이 걸린 후의 일이었다. 거룻배에서 내릴 때 그는 커다란 비단양산을 꼭 쥐고 있었다. 이것은 치셤의 이름을 새긴 훌륭한 양산이며, 마그냅 주교가 작별의 기념으로 준 것이었다.

기슭에 가까이 와서 선착장에 심히 사람들이 북적거리는 것을 보자 그의 흥분은 높아졌다. 신도들이 환영하러 나와 준 것일까. 그 긴 여행의 끝에 이렇게 환영을 받으며 맞아주는 것은 얼마나 근사한 일인가. 심장이 즐거운 기대로 거의 고통스러울 만큼 뛰기 시작했다. 그러나 상륙해서 보니 전적으로 자기의 오해인 것을 깨달았다. 인사를 하는 사람은 단 한 사람도 없었다. 별로 관심이 없는 얼굴을 찬찬히 자기에게 향하고 있는 군중을 헤치고 나가지 않으면 안 되었다.

그래도 계단을 다 올라가서는 갑자기 그는 멈추어 섰다. 눈앞에 중국인 남녀가 기쁜 듯이 웃는 얼굴을 하고 서 있는 것이었다. 두 사람은 산뜻한 청색 옷을 입고 야한 색채의 '성가족(聖家族)'의 그림을 마치 신임장처럼 받들고 있는 것이다. 그가 멈추어 서자, 그 작달막한 두 남녀는 이쪽을 보며 한껏 기쁨의 웃는 얼굴을 지으면서 다가와 허리를 굽히며, 열심히 십자를 긋기도 했다.

서로의 소개가 시작되었다. 생각한 것처럼 어려운 일은 아니었다. 그는 상냥하게 물었다.

"당신들은 누구십니까?"

"우리들은 호산나 왕(王)과, 피로메나 왕입니다.……당신 교회의 전도사입니다, 신부님."

"성당에서 오셨습니까?"

"네, 그렇습니다. 롤러 신부님은 대단히 훌륭한 성당을 만드셨습니다요, 신부님."

"성당까지 안내해 주시겠군요."

"물론입니다. 그럼 가시죠. 그런데 협소하여 답답한 곳입니다만, 우리들의 집에 들러 주실 수 없습니까?"

"고맙소. 그러나 역시 나는 먼저 성당에 가고 싶습니다."

"그러시겠지요. 그럼, 성당으로 가시지요. 신부님을 위해서 교자를 준비해 두었습니다요."

"호의는 고맙지만 나는 걷는 것이 좋습니다."

호산나는 알 수 없을 정도로 약간 얼굴을 흐리게 했으나 아직 미소를 머금은 채, 뒤돌아보며 빠른 말로 알아듣지 못할 말다툼 같은 말을 주고받는가 싶었는데, 바로 교자와 인부들의 한 패를 쫓아 버렸다. 뒤에 남은 것은 쿠리(중국인 노동자)가 두 사람뿐이고, 한 사람은 트렁크를 들고 다른 한 사람은 양산을 들고, 일행은 그대로 걸어가기 시작했다.

꾸불꾸불한 지저분한 거리도, 정크 속에 처박혀 있었던 프랜치스에게는 다리를 뻗는 것만으로도 기분이 좋았다. 그러자 뭔가 뜨거운 것이 불현듯 치밀어올랐다. 처음 보는 것뿐인 가운데서, 인간적인 것의 고동이 느껴진 것이다. 그러한 하트(심장)를 획득하고, 그러한 혼을 구제하지 않으면 안 되는 것이다.

깨닫고 보니, 왕이 멈추어 서서 자기에게 말을 걸었다.

"그물상점의 거리에 매우 쾌적한 여관이 있는데요.……일 개월에 단지 다섯 냥입니다요.……어떻습니까, 신부님. 하루 저녁만 거기서 쉬시면?"

프랜치스는 상대방의 얼굴을 보면서 익살스럽게 놀라는 시늉을 해 보였다.

"안 돼요, 호산나. 성당으로 곧장 갑시다."

호산나는 아무 말도 하지 않았다. 피로메나가 기침을 했다. 프랜치스가 깨닫고 보니 두 사람은 거기에 서서 움직이려고 하지 않는 것이다. 호산나는 은근한 미소를 지었다.

"신부님, 여기가 성당입니다."

처음엔 그는 무슨 말인지 알아듣지 못했다.

눈앞의 강둑은 햇빛에 말라 갈라지고, 비 때문에 도랑이 생기고, 마구 밟혀 발자국이 수많이 나 있는 몽근 흙에 에워싸인 1에이커 정도의 황폐한 땅이 있었다. 그 끝에 지붕은 바람에 날아가고 한쪽 벽은 허물어지고, 남아 있는 벽도 허물어져가고 있는 흙벽돌로 된 성당의 잔해가 서 있었다. 그 옆의 움푹한 기왓장이며, 돌자갈의 산더미는 전에 집이었던 모양이다. 주위에는 새깃 같은 잎사귀의 키가 큰 잡초가 무성하게 자라고 있었다. 그런 폐허 가운데에 하나의 빈약한 건물이 기울어지기는 했으나, 아직 짚으로 된 지붕을 이고 남아 있었다. ―마구간이었다.

프랜치스는 한 3분간쯤 멍하니 서 있었으나, 이윽고 바로 옆에서 이쪽을 바라보고 있는 몸매가 말끔한 쌍동이처럼 서로 닮은, 속셈을 알 수 없는 왕(王)씨 부부쪽으로 천천히 눈을 돌렸다.

"왜 이렇게 된 거요?"

"아름다운 성당이었습니다, 신부님. 돈도 상당히 들었습니다.……우리들은 이 건물을 위해서 여러 가지로 돈을 융통하느라고 애를 썼습니다요. 그런데 선량한 롤러 신부님이 냇가에 지었기 때문에 악마가 나쁜 비를 많이 내리게 해서 이렇게 됐습니다요."

"그럼, 신도들은 어디에 있죠?"

"그놈들은 천주님을 믿지 않는 나쁜 놈입니다요."

두 사람은 서로서로의 말을 보충하면서 손짓 몸짓으로 점점 말을 빠르게 지껄이기 시작했다.

"신부님은 우리들 전도사에게 성당이 얼마나 필요하다는 것을 아셔야 합니다요. 아, 롤러 신부님이 가신 뒤에는 우리들은 달마다 십오냥의 급료도 받지 못하고 있습니다요. 그런 못된 놈들을 다루기는 참으로 힘이 듭니다요, 신부님."

치섬 신부는 이미 비참한 기분이 되어 문득 눈을 돌렸다. 이것이 자기의 성당이며, 이 두 사람이 유일한 교구민인 것이다. 주머니 속의 편지를 생각하니 불현듯 격렬한 감정이 치밀어올랐다. 그는 두 주먹을 불끈 쥐고 어떻게 하면 좋을까 하고 생각하면서 굳어진 채로 서 있었다.

왕 씨 부부는 다시 알아들을 수 없는 말을 지껄이기 시작하며 자꾸만 시내로 되돌아갈 것을 설득했다. 그는 간신히 그들을 돌아가도록 하여 그 귀찮은 존재들에게서 피할 수가 있었다. 혼자 있는 것이 이 경우 최소한의 위안이었다.

그래도 결심을 하고 마구간 안으로 트렁크를 운반했다. 일찍이 마구간도 그리스도에게는 충분한 삶의 집이던 때가 있었다. 주위를 살펴보니 흙바닥에는 아직 짚이 깔려 있었다. 먹을 것도 물도 없었으나 최소한 잠자리만은 생긴 셈이다. 트렁크를 열고 모포를 꺼내 이 장소를 될 수 있으면 잠자기 좋도록 정돈하기 시작했다. 그러자 갑자기 종소리가 들려왔다. 그는 황급히 마구간에서 나와 보았다. 허물어져 가는 흙담의 건너편 언덕의 중턱에 점재하고 있는 절 가운데 가장 가까운 절의 문전에서 두터운 각반을 하고 노오란 솜옷 가사를 입은 한 사람의 노승이 저물어 가는 황혼에 무심코 요발(징)을 울리고 있었다. 두 사람의 승직(僧職)은—불타와 그리스도를 받드는 제각기의 승직—말 없이 서로를 탐색하고 있었으나, 이윽고 노승은 무표정하게 방향을 돌리고 돌계단을 올라가서 모습이 사라져 버렸다.

순식간에 밤의 장막이 내려졌다. 프랜치스는 황폐한 경내의 어둠 속에 무릎을 꿇고 빛나기 시작한 성좌를 우러러 보았다. 그리고 맹렬히 온 정신을 다 집중하여 기도했다. "하느님, 당신은 이 저더러 무(無)에서 시작하라시는 것입니까. 이것은 저의 허영, 저의 고집 센 인간적 오만에 대한 업보인가요. 그렇다면 그것으로 좋습니다. 저는 일하겠습니다. 당신을 위하여 싸우겠습니다. 절대로 중도에서 그치지 않겠습니다.……절대로……절대로!"

그는 잠을 자려고 마구간으로 돌아와 모기가 윙윙거리는 소리와, 벌레들의 깃소리 울음소리가 무더운 공기를 흔들고 있는 가운데서 무리하게나마 웃어보려고 했다. 그렇다고 별로 호방한 기분이 된 것은 아니다. 성 테레사(칼멜파의 탁발단을 창시한 16세기의 스페인 성녀)는 인생을 여관에서의 하룻밤에 비유했다. 그러나 그가 파견되어 온 이 주거는 결코 리츠와 같은 여관은 아니었던 것이다.

그래도 겨우 아침이 되었다. 그는 일어나 상나무 상자에서 성찬배(聖餐杯)를 꺼내어 트렁크를 성단으로 꾸미고 마구간 바닥에 무릎 꿇고 미사를 올렸다. 그러고 나니 아주 마음이 상쾌하고 기분도 밝아지고 힘이 솟아났다. 호산나 왕이 온 뒤에도 그 기분에 혼란이 오지는 않았다.

"신부님, 미사의 보제(補祭)는 저에게 시켜주었으면 좋았을 텐데요. 그것도 저의 급료에 포함되는 일인뎁쇼. 자, 그렇다면……그물상점 거리에 방을 하나 알아보기로 할까요?"

프랜치스는 문득 생각이 달라졌다. 엊저녁은 사태가 호전될 때까지 여기에서 살겠다고 완고하게 결심을 했었으나, 직무를 위해서는 좀더 적당한 중심지가 필요하다. 그래서 그는 대답했다.

"자, 그럼 바로 가보자구요."

거리는 이미 사람들이 많이 모여들고 있었다. 개가 사람의 가랑이 사이를 뛰어다니고, 돼지가 도랑에서 밥찌꺼기를 뒤지고 있거나 하고 있었다. 아이들은 그들의 뒤를 따라와서 킬킬거리며 웃거나 놀려대거나 했다. 거지들이 귀찮게 손을 내밀고 아우성쳤다. 초롱을 파는 가게의 거리에서는 노점을 차리고 있던 노인이 저런 흉한 코쟁이놈이란 듯이 불쾌한 얼굴을 하고 프랜치스의 발밑에 탁하고 침을 뱉았다. 재판소 앞에서는 순회 이발사가 서서 이발을 하면서 긴 가위를 쨍쨍거리고 있었다. 빈민이나 불구자가 많이 눈에 띄었고, 묘하게 음계가 높은 피리를 불면서 죽장으로 지면을 탁탁 치면서 걸어가는 천연두에 걸려 곰보가 된 봉사도 있었다.

왕이 그를 데리고 간 2층 방이라고 하는 것은 종이와 대나무로 아무렇게나 칸을 막고는 있었으나 앞으로 할 일에는 그런대로 소용이 될 것 같았다. 많지 않은 돈주머니에서 홍(洪)이라고 하는 주인에게 1개월 분의 방값을 치르고, 지체없이 그는 십자가와 한 장밖에 없는 재단포를 장치하기 시작했다. 수단과 재단용구의 부족이 그를 초조하게 했다. 번창하는 성당에는 충분한 설비가 되어 있을 것으로 생각하고 왔었기 때문에 그런 것은 거의 아무것도 가지고 오지 않았던 것이다. 그러나 적어도 첫 깃발은 올린 셈이다.

왕은 그보다도 먼저 아래층으로 내려갔다. 그도 내려가면서 문득 아래를 보니 홍이 아까 그가 건네준 은화 두 개를 머리를 꾸벅꾸벅하면서 왕에게 주는 것을 보았다. 프랜치스는 롤러 신부가 남겨 놓고 간 것의 가치는 이미 미루어 생각하고 있었으나, 이것을 보자 갑자기 피가 거꾸로 머리에 치밀어오르는 것을 느꼈다. 거리로 나와서 그는 왕에게로 조용히 몸의 방향을 돌렸다.

"유감이지만 호산나, 나는 다달이 십오 냥의 자네 급료는 지불할 수 없어요."

"롤러 신부님은 주셨습니다요. 그런데 신부님은 왜 지불하시지 못하십니까?"

"나는 가난뱅이에요, 호산나. 주님과 마찬가지로 가난한 거요."

"신부님은 그럼, 얼마나 주시겠습니까?"

"글쎄 한푼도 지불 못한다니까, 호산나. 나도 급료를 받고 있지 않으니까 말이야. 우리들에게 보수를 주시는 것은 천주님뿐이셔."

왕의 미소는 사라지지 않았다.

"그렇다면 호산나와 피로메나는 가치를 알아주는 사람에게로 가지 않을 수 없군요. 센샹에서는 메소지스트(신교의 교회)라도 존경받고 있는 전도사에게는 십육 냥씩 주고 있습니다요. 그렇지만 신부님은 반드시 후회하실 것입니다. 파이탄은 대단히 적개심이 강한 곳입니다. 모두들 여기의 풍교(風敎—실제는 풍수(風水)가 옳다. 중국에서는 외국선교사는 멸료풍수(滅了風水)라고 비난했다고 한다.)는 선교사가 들어왔기 때문에 망했다고 생각하고 있습니다요."

그는 신부의 대답을 기다리고 있었다. 그러나 프랜치스는 아무 말도 하지 않았다. 어색한 침묵이 계속되었다. 왕은 정중하게 머리를 숙이고 사라졌다.

왕의 뒷모습을 쳐다보고 있노라니 프랜치스는 등줄기가 싸늘해지는 것을 느꼈다. 친구와 같은 왕 씨 부부와 인연을 끊어 버렸는데, 그것이 잘한 일일까? 아냐, 잘못한 것도 없을 것이다. 왕과 같은 사람은 자기의 친구가 아니라 그리스도교도의 돈 때문에 그리스도교의 신을 신앙하는 아첨꾼이며 기회주의자에 지나지 않는 것이다. 그렇긴 하나 자기와 이 도시와의 유일한 유대의 하나는 이것으로 단절된 것이다. 그는 갑자기 자기는 혼자서 남은 것이다 하는 무서운 느낌에 사로잡혔다.

며칠이 지나도 이 무서운 고독감은 마비시킬 것 같은 무력감과 결부되어 다만 바싹바싹 더해 갈 뿐이었다. 전임자인 롤러 신부는 사상에 누각을 지은 것에 불과하다. 롤러는 무능하고 기만당하기 쉬운 사람이었으나, 자금은 충분히 가지고 있었으므로 여기저기 뛰어다녀 돈으로 이름을 사고 누구누구를 가리지 않고 아무나 영세를 해주고 '돈으로 낚아지는 그리스도교도'의 일단을 얻어 장문의 보고서를 보냈기 때문에 모두 사기에 걸린 것은 모르고 기분이 좋아 과장되고 허풍의 승리에 도취했던 것이다. 따라서 표면으로는 아무런 상처도 입지 않았던 것이다. 그 허황된 경과는 아마도—이 도시의 과변이나 유력층에서—어리석은 외국인에 대한 지워지지 않는 인상 이외에 남긴 것이라곤 없었다.

생활비를 위한 소액의 돈과, 떠나올 때 폴리 아주머니가 억지로 손에 쥐어 준 5파운드 지폐 한 장 외엔 프랜치스는 전연 돈이라고 하는 것을 가지고 있지 않았었다. 더구나, 새로 창설되었을 뿐인 본국의 포교단에 원조를 요청해도 헛일이란 것을 미리 경고받고 있었던 것이다. 롤러의 처사에 구역질나는 느낌이 들었으므로 오히려 그는 돈이 없는 것을 다행이라고 생각했다. 그리고 마음을 긴장시키고, 돈으로 신자를 사는 일은 절대로 하지 않으리라고 맹세를 했다. 본래의 임무는 하느님의 조력과 자신의 두 다리로 성취하지 않으면 안 된다고 굳게 결심했다.

그렇다고는 하나, 현재의 입장으로는 아직 아무것도 하지 못하고 있는 것이다. 그래서 임시 변통으로 성당 밖에 게시판을 내걸었다. 그러나 아무 반응이 없었고, 미사에 오는 사람은 한 사람도 나타나지 않았다. 왕 씨 부부가 이번의 신부는 가난뱅이이며, 까다로운 말 외에는 아무것도 주지 않았다고 사방으로 말하고 다녔기 때문이다.

한 번 재판소 앞에서 야외설교를 시도해 보았다. 그러나 조소만 샀을 뿐 아무도 돌아보지 않았었다. 그 실패로 그는 심히 굴욕을 느꼈다. 리버풀 거리에서 공자(孔子)의 가르침을 피진 영어(중국어, 말레이지아어, 포르투갈어가 혼합된 영어로, 보통 피죤 잉글리쉬라고 한다.)를 사용하여 설교하고 있는 중국인 세탁소 주인도 이만한 실패는 하지 않았을 것이다. 자기의 내부에서 자기의 무능을 속삭이는 방심할 수 없는 악마의 소리와 격렬한 싸움을 하고 있었다.

그는 거의 필사적으로 기도를 거듭했다. 기도의 효험을 물어 의심치 않았다.

"오, 하느님, 당신은 과거에 있어서 저를 도와주셨습니다. 하느님, 지금 힘을 주십시오."

어떤 때는 미친 사람처럼 날뛸 때도 있었다. 왜 놈들이 나를 제법 당연한 것 같은 구실하에 이러한 미개 야만의 궁지에 보낸 것일까. 이러한 일들은 사람의 힘으로는 도저히 할 수 없다. 하느님의 힘으로도 불가능할지 모른다. 모든 교통이 차단된 이 오지에선 현상만을 유지하려도 방법이 없지 않은가 말이다. 가장 가깝다고 하는 센샹의 치보도우 신부도 여기에서 4백 마일은 떨어져 있다 하지 않는가 말이다.

왕 씨 부부에 선동되어 그에 대한 시민의 적의는 증대될 뿐이었다. 아이들의 조소에도 그는 익숙해져 있었다. 요즘은 거리를 지나가면 젊은 쿠리들이 모여들어 그의 뒤를 밟으며 욕지거리를 퍼부었다. 만약 되돌아서기라도 하면 무뢰한이 다가와서 그의 발밑에 오줌을 싸갈기는 것이었다. 어느 날 밤, 마구간으로 돌아오자 어둠 속에서 느닷없이 돌이 날아와 그의 이마에 맞았었다.

이것으로 프랜치스의 본능은 활활 불타오르게 되었다. 상처를 입은 이마에 붕대를 감고 있는데, 그 상처로 해서 갑자기 무모한 생각이 솟아올랐다. 옳지! 그는 결연히 생각했다. 그렇다……, 좀더 민중에게 접근하지 않으면 안 된다.……그렇게 하면……. 수단은 아무리 소박해도 좋다…… 그리고 새로운 노력을 하면 뭔가 효력이 있어 목적에 접근할 수가 있을 것이 틀림없다.

이튿날 아침, 그는 한 달에 두 냥씩 지불하기로 하고 아래층 점포의 뒤쪽에 있는 방을 홍(洪)으로부터 빌리기로 하고, 당장 진료소를 열기로 했다. 많은 경험이 있는 것이 아니었다. ―그러나 그런 것을 누가 알고 있는 것은 아니다. 다만 그는 성 존 병원에서 응급치료 강습을 받은 일이 있었고, 그 수업서를 가지고 있었으며, 닥터 탈록과의 오랜 교우에서 위생학에는 비교적 통달한 바가 있었다.

처음엔 누구 한 사람 오려고 하지 않았다. 그는 절망한 나머지 안절부절 못하였다. 그러나 점차로 호기심에 이끌려, 한 사람 두 사람 오기 시작했다. 시내에는 병자가 끊긴 예가 없었고 중국인 의사의 요법은 야만적이었다. 몇 사람의 환자가 완전 쾌유되었다. 그러나, 그는 사례도 신앙도 강요하지 않았었다. 시나브로 환자가 늘어갔다. 그는 지체 없이 닥터 탈록에게 편지를 써서 폴리에게서 받은 5파운드 지폐를 동봉하여 치료용품과 붕대와 간단한 약을 보내주도록 부탁했다. 성당은 언제나 텅 비었으나, 진료소는 만원이었다.

밤이 되면, 그는 성당 경내의 폐허를 거닐면서 골똘하게 생각에 잠기곤 했다. '물이 침범하는 이 장소에 성당의 재건은 절대로 불가능하다.' 그렇게 생각하면서 도로 저쪽의 아름다운 '비취 언덕'에 격심한 욕망의 눈길을 지그시 쏟는 것이었다. 그 언덕은 몇몇 절이 있는 위쪽에 상사목 숲에 덮이어, 비스듬한 사면을 이루고 있었다. 성당을 짓는 데는 그 얼마나 품위가 있고 적합한지 몰랐다.

이 땅의 주인은 시의 재판관인 포(寶)라고 하는 사람이었다. 이 시의 시정(市政)을 장악하고 있는 호상(豪商)이나 관리의 대부분이 그러하듯이 그는 처가의 세력으로 재벌이 된 사람 중의 한 사람이었다. 포는 좀처럼 모습을 나타내지 않았으나 이 토지의 관리를 하고 있는 40세 정도의 키가 큰 고급관리인 포의 사촌은 대체로 오후면 둘러보러 와서는 숲 속의 점토채취장에서 일하고 있는 노동자에게 급료를 지불하고 갔었다.

몇 주일 동안의 고독으로 초췌해 버린 프랜치스는 기분이 침울했었고, 더구나 박해까지 받았기 때문에 정신도 심상치 않았다. 자기는 아무것도 가지고 있지 않을 뿐만 아니라 하찮은 인간이다는 것만을 생각하고 있었으나, 어느 날 문득 무언가에 이끌려서 거리를 가로질러 가서 교자쪽으로 가고 있는 예의 키가 큰 관리의 사촌을 길 한가운데서 불러 세웠다. 그는 이렇게 직접 사람에게 접근하는 것이 예의에 어긋나는 것임을 알지 못했었다. 실제로는 자기가 무엇을 하고 있는지 거의 의식하고 있지 않았다. 근자에 와서는 제대로 식사를 해본 적도 없었고, 더구나 약간 열이 있어서 머리도 멍한 상태였었다.

"당신이 관리를 하고 계신 모양인데, 이 토지는 참으로 깨끗하고 아름답습니다."

퍽이나 갑작스러워 놀라기는 했으나, 그래도 포 씨의 사촌은 이글이글한 눈으로 이마에 더러운 붕대를 감은 이 작달막한 외국인을 예의를 잃지 않고 바라보았다. 그는 냉정하면서도 은근하게 신부가 몇 번이나 문법상의 잘못을 저지르면서 말하는 것을 난처해 하면서 자기의 일, 가족의 일, 그리고 자기 재산에 관한 것은 화제에 올리지도 않고 날씨라든가 농사라든가, 작년에는 이 도시가 위주(魏朱)의 산적단을 돈을 주어 물리친 괴로운 경험 등을 이야기했다. 그리고 난 다음, 성큼성큼 자기 교자의 문을 열었다. 프랜치스가 현기증이 이는 머리로 '비취 언덕'의 이야기를 하려고 하자 그는 차갑게 미소를 지으며,

"비취 언덕은 넓이도 육십 무(畝) 이상이나 되고 값을 칠 수 없을 만큼 금싸라기 땅입니다.……나무도 물도 초지도 있고요.……더군다나 기와와 벽돌, 도자기의 재료가 되는 매우 질이 좋은 도토(陶土) 채취장도 있습니다. 포 씨는 팔 의사가 없습니다. 여태까지도 토지 매수의 건은 모두 거절하고 있습니다.……은화 일만 오천 냥으로 사겠다고 하는 사람도 있습니다."

예상의 10배나 되는 값을 듣고서 프랜치스는 다리가 와들와들 떨렸다. 열은 이미 내린 것 같았으나 갑자기 몸이 노곤하여 현기증을 느끼고, 자기가 지금까지 꿈꾸고 있던 어리석음이 부끄럽게 생각되었다. 머리가 깨질 것같은 두통을 느끼면서 포 씨의 사촌에게 인사를 하고 이유를 알 수 없는 변명을 했다.

신부의 실망을 알아차린 이 야윈 중년의 교양 있는 중국인은 조심성스럽게 얼굴에 흘끗 경멸의 빛을 띄었다.

"신부님은 왜 여기에 계십니까? 댁의 나라에는 갱생시킬 나쁜 인간이 없는가요? 우리들은 나쁜 인간이 아닙니다. 우리들은 우리의 종교가 있습니다. 우리의 신은 당신네 나라의 하느님보다 오래된 하느님입니다. 다른 신부님은 임종의 인간에게 작은 병에 든 물을 떨어뜨리면서 "야아, 오오!"하고 노래를 부르면서 많은 그리스도 신자를 만들었습니다. 입을 것만 있고 배만 부르면 무슨 노래라도 부르는 그런 사람들에게도 자꾸 의식(衣食)을 주어 많은 그리스도 신자가 늘어났지요. 신부님도 그렇게 하실 겁니까?"

프랜치스는 잠자코 상대를 응시했다. 그의 야윈 얼굴은 초췌하여 핏기를 잃고 눈은 움푹 패었다. 그는 부드러운 소리로 말했다.

"그런 것을 내가 바라고 있는 것 같습니까?"

그 말만 하고 이상하게 입을 다물어 버렸다. 포 씨의 사촌은 얼른 눈을 내리깔아 버렸다.

"실례했습니다." 그는 매우 낮은 소리로 말했다.

"잘 알지 못해서 실례했습니다. 신부님은 정직한 분이십니다."

상대는 가책을 느꼈는지 약간 호의적으로 나왔다.

"좋은 땅이 도움을 드리지 못해서 유감입니다. 뭔가 다른 일로 도움이 될 수 있을는지 모르겠군요."

포 씨의 사촌은 아까 실례한 것을 보상이라도 하려는 것인지 이번에는 은근한 태도로 대답을 기다렸다.

프랜치스는 잠시 생각하다가 이윽고 음산한 어조로 물었다.

"어떻습니까, 정직하게 말해서 참다운 그리스도교도는 여기에 없습니까?"

포 씨의 사촌은 매우 차분한 표정으로 대답을 했다.

"아마 없을 것입니다. 하긴 파이탄에서 그런 사람을 찾는 것은 무리가 아닐까요?" 거기에서 약간 말을 중단하였으나 이윽고,

"관(關) 산 속에 그런 마을이 있다는 말을 들었습니다."

그는 먼 산자락에 막연한 눈을 돌리며 말했다.

"그 마을은 훨씬 옛날부터 그리스도교의 마을이라고 일컫고 있습니다. 그러나 굉장히 멀지요. 여기에서는 수백 리나 떨어져 있으니까

요."

프랜치스는 초췌해 버린 어두운 마음에 뭔가 번쩍 밝은 것이 비치는 것 같았다.

"그건 참 근사한 일이군요. 좀더 상세한 것을 가르쳐 주시지 않겠습니까?"

상대방은 유감이라는 듯이 고개를 저었다.

"고원 가운데의 작은 마을인데……아무도 모를 것입니다. 내 사촌 동생은 양피 장사관계로 알고 있을 것으로 생각합니다만."

프랜치스는 아직도 열심히 물어보았다.

"한 번 사촌 동생에게 물어봐 주시지 않겠습니까. 거기에 가는 길을 가르쳐 주신다면 고맙겠습니다.……지도 같은 것이 있다면 더욱 좋겠습니다만."

포 씨의 사촌은 잠시 생각하더니 이윽고 신중히 고개를 끄덕였다.

"좋습니다. 사촌에게 물어보겠습니다. 그리고, 당신이 대단히 훌륭한 태도로 이야기한 것도 전하겠습니다."

그는 인사를 하고 돌아갔다.

전혀 뜻밖의 희망이 생겼기 때문에 프랜치스는 완전히 활기를 되찾고, 폐허의 경내로 돌아왔다. 거기에는 모포 둘과 물을 긷는 가죽 부대와 거리에서 산 약간의 도구로 원시적인 야영(野營)설비가 되어 있었다. 쌀을 사용하여 간단한 요리를 만들면서 그의 손은 쇼크를 받은 것처럼 떨리고 있었다. 그리스도교 촌! 어떤 희생을 지불하더라도 그 마을을 찾아내지 않으면 안 된다. 그것은 피로에 지쳐버린 결실이 없는 요즘 수개월을 통해서 처음으로 얻은 감동이었고 하느님의 계시(啓示)이기도 했다.

어두컴컴한 방 가운데에 앉아서 긴장된 기분으로 깊은 상념에 젖어 있는데, 물가에서 뭔가 썩은 고기라도 서로 다투며 쪼아리는 새떼들의 울음소리로 그 상념이 방해되었다. 너무 귀찮아, 일어나서 그는 밖으로 나가 새떼를 쫓아 버렸다. 추하게 생긴 큰 새들이 깍깍거리면서 저 건너쪽으로 날아갔다. 잘 살펴보니 새들의 먹이로 된 것은 갓난 여자아이의 시체였다.

전율을 느끼면서 그는 찢긴 시체를 강에서 주워 올렸다. 질식시켜서 강에 던져 버린 것 같았다. 그는 이 작은 시체를 린네르 천에 싸서 경내의 한구석에 매장시켜 주었다. 그리고 기도하면서 생각했다. 그렇다. 자기는 여러 가지로 불신의 생각을 많이 했으나, 결국 이 이국의 땅은 자기를 필요로 하고 있는 것이 틀림없다고.

2

그런 일이 있은 2주일 후, 초여름 신록의 계절에 겨우 여행의 준비가 갖추어졌다. 그물상점의 셋방에는 일시 폐쇄라고 페인트로 쓴 표찰을 걸어 놓고, 모포와 식량을 꾸러미로 만들어 이것을 가죽끈으로 어깨에 짊어지고 양산을 한 손에 들고 그는 활기차게 보도를 출발했다.

포 씨의 사촌이 준 지도는 매우 아름답게 그려져 있었다. 네 귀에는 불을 토하는 용의 그림이 있고, 산까지의 매우 상세한 지형이 기입되어 있었다. 그 다음부터는 지명이 아니라 작은 동물의 형을 취하여 스케치 식으로 되어 있었다. 그러나 프랜치스는 그들의 이야기와 자기의 방향 감각으로 길에 대한 것은 대개 예상을 하고 있었다. 그는 관(關) 산협으로 향하여 나아가고 있었다.

여행의 처음 이틀간은 편편한 시골길이었으나 푸른 논은 어느 사이에 울창한 소나무의 숲 속으로 들어가고 있었다. 침과 같은 낙엽이 부숙부숙 깔린 탄력성 있는 융단을 밟는 것 같았다. 관 산협의 입구 바로 옆에서 야생의 석남화(石南花)가 불처럼 타는 협곡을 건너갔다. 그날의 꿈 같은 오후, 은행나무 숲을 가로질러 갔다. 그 근처는 거품이는 포도주의 향기처럼 코를 자극하는 방향에 충만해 있었다. 거기를 지나자, 이번에는 산협의 험준한 오르막길이었다.

좁은 돌투성이 길을 한걸음 한걸음 올라감에 따라서 점점 추운 기운이 더해 갔다. 그날 밤은 세찬 바람소리와 협곡을 흐르는 해빙의 물소리를 들으면서 바위 틈에 몸을 웅크리고 잠을 잤다. 대낮에도 높은 산꼭대기에 차갑게 빛나는 하얀 눈을 바라보면 눈동자가 시려오는 것 같았다. 얼음처럼 차가운 대기는 폐를 찌르는 듯하였다.

5일째에는 산마루에 닿아 빙하처럼 얼어붙은 황무지와 바위와, 바위 사이를 넘어서 드디어 반대쪽의 내리막길에 접어들었다. 이 고개를 지나 설선(雪線)을 넘으니 신록의 푸르름이 눈에 스며드는 넓은 고원이 있고, 거기서부터 앞은 완만한 경사를 이루고 있는 둥근 작은 산들이 잇달아 있었다. 이것이 포 씨의 사촌이 말하는 초원이었다.

여기까지는 꾸불꾸불하긴 했으나 어떻게든 산길을 따라올 수가 있었지만 이곳에서부터는 천우(天佑)와 자석과 스코틀랜드인 특유의 감각에 의하여 길을 갈 수밖에 없었다. 그는 자꾸 서쪽으로 향하여 나아갔다. 그 근처는 고국인 스코틀랜드의 고원과 흡사했다. 수도승과 같은 얼굴을 하고 풀을 뜯고 있는 산양과 들의 양떼들을 만났으나 동물들은 그가 다가가자 미친 것처럼 도망쳐 버렸다. 또 나는 것처럼 달리는 영양(羚羊)의 모습도 보였다. 넓고 진한 감색 늪의 풀 속에서 수천의 오리가 비명을 지르며 하늘이 캄캄할 정도로 날아갔다. 식량이 부족했기 때문에 아직 따스함이 가시지 않는 오리 알을 훔쳐서 보따리에 넣었다.

길도 없고 나무 한 그루 서 있지 않은 평원이었다. 이러다간 목적하는 마을까지 갈 것 같지 않은 기분이 들기 시작했다. 그러나 9일째 아침 일찍, 이제는 되돌아가지 않으면 안 되겠다고 생각하고 있는 순간에 문득 멀리에 양치기의 움막이 눈에 띄었다. 남쪽의 경사지를 내려와서는 처음으로 보는 인가였다. 그는 황급히 움막까지 걸어갔다. 입구가 진흙으로 칠해졌고, 안에는 아무도 없었다. 그러나, 실망으로 심술궂게 찌푸린 눈을 한 바퀴 휘둘러보니 양떼를 몰면서 언덕 위에서 이쪽으로 다가오는 소년의 모습이 눈에 들어왔다.

양치기는 열일곱 살 정도에 양과 마찬가지로 작달막했으나 건장한 체격을 가지고 있었다. 명랑하고 영리할 것 같은 얼굴에는 놀라운 표정과 웃음이 섞여 있었다. 소년은 양피 반바지를 입고 모피모자를 썼다. 목에는 해묵어서 종이처럼 엷어진 표면에 비둘기를 새긴 작은 놋쇠로 된 원(元)시대의 십자가를 걸고 있었다. 치셤 신부는 소년의 솔직할 것 같은 얼굴에서 고풍의 십자가에로 말없이 시선을 옮겼다. 그리고 간신히 소리를 내서 소년에게 류(劉)가 촌에서 왔느냐고 물었다.

소년은 미소지었다.

"그리스도교 촌의 사람입니다. 저는 류대(劉大)라고 합니다. 아버지는 마을의 사제입니다." 소년은 자랑하고 있는 것처럼 보이지 않기 위해서 바로 덧붙였다. "마을 사제의 한 사람입니다."

그대로 그는 묵묵히 있었다. 치셤 신부는 소년에게 좀더 물어보는 것이 좋으리라 생각하고 바로 입을 열었다.

"나는 참으로 먼 곳에서 왔단다. 역시 나도 사제(司祭)란다. 어때, 나를 그대의 마을에 데려다 주지 않겠는가?"

마을은 거기에서 서쪽으로 5리쯤 간 기복이 많은 골짜기에 있었다. 이 고원의 산자락에 숨은 것처럼 돌담을 둘러친 약간의 밭 사이에 집이라고 해야 고작 서른 채 정도의 부락이었다. 중앙의 작은 동산에 느티나무 그늘 아래 돌을 쌓아올린 원추형의 묘한 무덤 뒤에 작은 석조 교회가 한결 눈에 띄게 돋보였다.

마을에 들어가니 순식간에 마을사람 전부에게 둘러싸여 버렸다. 남녀노소, 거기에 개까지 와글와글 떠들면서 소매를 끌거나, 구두를 만져 보거나, 탄성을 올리며 양산을 이모저모로 살펴보거나 했다. 그동안에 류대가 자신으로서는 알 수 없는 사투리로 모두에게 사정을 설명하고 있었다. 60명 정도 될 것 같은 인구의 군중은 모두 원시적이고 건강하며, 소박하고 상냥한 눈을 가지고 있어 용모가 자못 동계(同系) 가족에 특유한 것이었다. 이윽고 류대가 육친에 대한 기쁨의 미소를 머금고, 부친인 류기(劉基)를 데리고 왔다. 짧은 반백의 수염을 기른 50대의 작달막한 체격의 사나이로 언행은 소박하고 기품이 있는 사람이었다. 류기는 의미가 통하도록 천천히 입을 열었다.

"신부님, 우리는 진심으로 당신을 환영합니다. 어서 저의 집으로 가셔서 기도 전에 조금 쉬시지요."

류기는 치섬 신부를 교회 옆의 돌 토대 위에 지은 가장 큰 집으로 안내하여, 천장이 낮고 서늘한 방에 퍽이나 정중하게 맞아들였다. 방의 한 구석에는 마호가니로 만든 스피네트(피아노의 전신이라고 일컫는 현악기의 일종.)와, 포루투갈제의 수레시계가 놓여 있었다. 프랜치스는 멍하니 그 시계를 물끄러미 쳐다보았다. 놋쇠 문자판에 '리스본 1632년'이라고 하는 문자가 새겨져 있었다.

그런 류기가 다시 말을 걸어왔으므로 그 이상 상세히는 볼 틈이 없었다.

"미사를 보아 주시겠습니까, 신부님. 그렇지 않으면 제가 할까요?"

치섬 신부는 꿈이라도 꾸고 있는 기분으로 상대에게 고개를 끄덕여 보였다. 무의식중에 그는 대답하고 있었다.

"당신이……하시지요."

그는 이미 뭐가 뭔지 알 수가 없어서 멍하게 되어 있었다. 이 불가사의한 기분은 말 따위를 사용하여 조잡하게 쉽사리 깨버릴 성질의 것이 아니었다. 이 상태로 똑똑히 눈만을 작용하여 신비에 투철할 수 밖에 없다.

그리고 반 시간쯤 지나서 모두 교회에 모였다. 형태만은 작았으나 교회건축이 르네상스 건축이 미친 영향을 나타내는 취향이 깃든 양식으로 세워져 있었다. 아름다운 홈을 새긴 세 줄의 소박한 아케이트(복도)가 있고, 통로와 창은 굴곡이 없는 곧은 피라스타(벽주(壁柱))로 받쳐져 있었다. 벽면은 미완성인 데도 있으나 유연한 모자이크 무늬로 장식되어 있었다.

그는 열성어린 회중의 맨 앞줄에 자리했다. 사람들은 모두 성당에 들어오기 전에 공손히 손을 씻었다. 남자의 대부분과 여자의 일부는 기도모를 쓰고 있었다. 종이 울리고 색이 바랜 황색 수단을 입은 류기가 두 사람의 젊은이를 거느리고 제단으로 다가갔다. 뒤돌아다보니 그는 치섬 신부와 회중을 향하여 공손히 머리를 숙였다. 이윽고 미사가 시작되었다.

치섬 신부는 꿈에서 차분히 동작을 보고 있는 기분이 되어 매료된 것처럼 똑바른 자세로 무릎을 꿇고 미사의 진행을 지켜보았다. 식은 이상하게도 옛날 그대로이며, 미사의 감동적인 옛 면모를 전해 주고 있었다. 류기가 라틴어를 알 까닭이 없었으므로 기도는 중국어로 올리고 있는 것이다. 처음엔 참회기도를 올리고, 이어서 사도신조를 올렸다. 그가 제단에 올라가 나무의 대 위에 놓인 양피지의 미사전서(典書)를 읽었을 때 프랜치스는 이 나라의 말로 장중하게 독송되는 복음서의 일절을 똑똑히 들었다. 원전에서의 번역인 것이다.……그는 외경(畏敬)의 상념에 사로잡혀 문득 숨을 죽였다.

전 회중이 성체배수를 위하여 앞으로 나아갔다. 모친의 팔에 안긴 어린아기도 제단 아래까지 데려오도록 했다. 류기는 쌀 술로 채운 성배를 손에 들고 내려왔다. 그 술로 집게손가락을 적시어 한 사람 한 사람의 입술에 그것을 한 방울씩 떨어뜨려 주었다.

교회를 나오기 전에 회중은 구세주의 상 앞에 모여서 불이 붙은 선향(線香)을 구세주상의 발 밑의 무거운 촛대에 꽂았다. 그것이 끝나자 각각 세 번 엎드리고, 그리고 공손히 밖으로 나갔다.

치섬 신부는 눈에 눈물을 머금은 채 끝까지 남아 있었다. 그러나 마음은 이 단순하고 유치한 경건성에 감동되었다. 그것은 스페인 농민들 사이에 흔히 볼 수 있는 경건함이었고, 역시 똑같은 소박함이었다. 물론 지금의 의식은 정식이라고는 할 수 없었다. ―타란트 신부가 보면 틀림없이 역정을 낼 것이라고 생각하니 희미한 고소를 금할 수 없었다―그러나, 그럼에도 불구하고 전능하신 하느님의 뜻에 합당할 것임에는 변함이 없을 것으로 믿어 의심치 않았다.

류기는 그를 집으로 안내하기 위하여 밖에서 기다리고 있었다. 집에서는 식사가 그들을 기다리고 있었다. 치섬 신부는 배가 대단히 고팠다. ―산양고기 스튜와 배추 수프에 작은 고기경단을 띄운 것과, 그 뒤에 나온 쌀과 천연의 꿀로 빚은 이상한 요리를 충분히 먹어치웠다. 이렇게 맛있는 식사를 한 것은 이전에도 이후에도 이것이 처음이었다.

두 사람이 식사가 끝나자, 프랜치스는 차근차근히 류기에게 질문을 시작했다. 그는 상대방을 화나게 할 것 같으면 자신의 혀를 깨물고 싶은 심정이었다. 친절한 노인은 그를 오로지 믿어 의심치 않고 대답을 해주었다. 노인의 신앙은 확실히 그리스도교였으나, 아이놀음에 같을 뿐만 아니라 이상하게도 도교(노자에서 비롯된 철학으로 중국 민간 풍습에 큰 영향을 주었다.)의 풍습과 혼합되어 있었다. 또한 어느 정도는 경교(그리스도의 2성설을 주장하여 이단자로 몰려 이집트로 추방된 시리아의 승 네스토리유스교. 당대에 중국에 전래함.)도 혼합되었는지 모른다고 생각하니 치섬 신부는 내심의 미소를 금치 못했다.

류기의 설명에 의하면 이 신앙은 선조대대로 몇 대인지 알 수 없을 만큼 오랜 옛부터 전해 내려온 것이라고 한다. 마을은 세상에서 전적으로 고립되어 있다고 하는 정도는 아니었으나 벽지인 것만은 틀림이 없고, 또한 너무도 작은 것과 마을 전체가 말하자면 한 조각과 같은 격이었다. 다른 마을 사람들에 의하여 교란당하는 수도 전혀 없다고 해도 좋았었다. 즉, 하나의 대가족을 이루고 있는 것이다.

생활은 순수하게 목축민의 전형적인 것이었고, 자급자족하였다. 아무리 심한 한발이 들어도 곡물과 양고기만은 충분한 저축이 되어 있었으므로 걱정할 것이 없었다. 또 양의 위에 넣은 치즈나 콩으로 만든 빨강과 까만 두 종류의 장(醬)이라고 하는 버터(된장을 말함.)도 있었다. 의류로서는 자가제의 양모가 있고, 방한용으로는 양 모피가 있었다. 또 이 양피는 북경에 가져가면 값이 비싼 양피지를 만들 수 있었다. 고원에는 야생의 조랑말이 많이 있었다. 때로는 가족 가운데 누군가 한 사람이 양피지를 그 조랑말에 싣고 장사하러 나가는 것이다.

이 작은 부족은 세 사람의 사제를 두기로 되어 있었는데, 각각 아직 어린 나이였을 때에 이 명예로운 지위에 선출되는 것이다. 신직(神職)의 사례는 쌀로 납품하기로 되어 있었다. 촌민은 삼보위(三寶位)에 대하여 특별한 신앙을 가지고 있었다. —삼위일체를 말한다. 고로(古老)들에게 확인해 보아도 정규로 임명을 받은 사제라고 하는 것은 이 마을에서는 아직 본 적이 없다고 했다.

치섬 신부는 열심으로 노인의 말을 듣고 있었으나, 이때 가장 마음에 걸린 질문을 했다.

"처음은 어떻게 해서 시작되었는지 그것은 아직 말씀하시지 않으셨군요."

류기는 다시 한 번 새삼스럽게 평가하는 것 같은 눈으로 손님의 얼굴을 보았다. 그리고 안심한 것처럼 약간 미소를 지으며 일어나 옆방으로 들어갔다. 돌아왔을 때에는 양피지로 싼 종이다발을 안고 있었다. 그는 묵묵히 종이다발을 건네주고 치셤 신부가 그것을 펼치는 것을 바라보고 있었다. 이윽고 신부가 빨려들어갈 듯이 읽기 시작하자 그는 조용히 방을 나갔다.

그것은 포루투갈어로 쓴 리비에로 신부의 일기였다. 다색으로 바래고 얼룩투성이의 남루한 것이었으나 대체적인 데는 판독을 할 수가 있을 것 같았다. 프랜치스는 스페인어 지식으로 유추하여, 대강 천천히 해독을 할 수가 있었다. 끌려들어가는 재미에 해독하는 것이 조금도 고통스럽지가 않았다. 그는 마치 못박혀 버린 것처럼 때때로 무겁게 페이지를 넘기는 완만한 손 동작 이외는 꼼짝도 하지 않았다. 시대는 3백 년 전으로 거슬러 올라간다. 움직이지 않은 채 옛 시계가 똑딱똑딱 시간을 새기기 시작한다.

마노엘 리비에로는 1625년에 북경(北京)에 들어갔다. 리스본의 선교사였다. 프랜치스는 포루투갈인의 모습을 눈앞에 환히 보는 것 같은 기분이었다. 39세의 청년, 가냘픈 몸매, 올리브빛의 피부, 성질은 약간 거친 편이고, 격렬한 데가 있기는 하나 겸허한 까만 눈동자를 가졌다. 이 젊은 선교사는 북경에서 다행하게도 위대한 독일의 예수회 선교사 아담 샬 신부와 우정을 맺었으나 샬 신부(1591~1666)라고 하는 사람은 선교사임과 동시에, 순치 황제(청의 세조. 제위 1644~1661. 샬을 아버지처럼 존경했다고 한다.)의 정신(廷臣)이며 천문학자이고, 황제가 신뢰하는 친구이기도 했다. 그의 명령을 받아 법전을 기초하기도 한 사람이기도 하다. 궁정의 소연한 음모의 소용돌이 속에서도 뒤에서 사람들의 손가락질 한 번도 받지 않고 처신했으며, 후궁에게까지 그리스도의 신앙을 심어 주었고, 혜성의 출현과 일식의 기일을 정확히 예언하여 가차없이 적의 증오를 분쇄하고 새로운 역서(曆書)를 편찬하고 많은 우정과 그 자신 및 그의 선조의 이름을 빛내는 혁혁한 위계(位階)를 얻고 있었다. 리비에로 신부는 수년에 걸쳐서 이 놀라운 사나이의 영광된 비호하에 있었던 것이다.

그후, 이 포루투갈인은 샬 신부에게 졸라서 먼 달단(韃靼)의 궁정에 포교를 간청했다. 아담 샬은 즉시 그 간청을 성취시켜 주도록 했다. 완벽한 여행대가 조직되고 강력한 무장을 갖추었다. 1629년의 성도승천절의 날을 택하여 일행은 북경을 출발했다.

그러나 여행대는 달단의 궁정에는 도달하지 못했다. 관산맥 북방의 중복까지 왔을 때 야만인의 일단에게 습격당했으나, 강대함을 자랑하는 호위 병사들은 무기를 버리고 도망쳐 버렸기 때문에 완벽을 기한 여행대는 순식간에 약탈당하게 된 것이다. 리비에로 신부는 화살을 맞아 중상을 입고, 자기의 소지품과 성직에 필요한 최소한의 물품을 가지고 간신히 도망갔다. 그는 눈 속에서 하룻밤을 세우고 이것이 마지막이라 체념을 하고 피가 흐르는 이승의 몸뚱이를 하느님께 바쳤다. 그러나 상처는 추위 때문에 얼어붙어 생명만은 되찾았다. 이튿날 아침 무거운 다리를 질질 끌며 양치기의 움막까지 다다랐다. 그대로 거기에서 반 년 동안 생사의 경계를 헤매었다. 한편 리비에로 신부가 학살되었다는 믿을 만한 보고가 북경에 도달했다. 그 때문에 수색대는 결국 파견되지 않고 끝나버린 것이다.

포루투갈인은 생명이 연장될 수 있다는 것을 깨닫고는 아담 샬에게로 돌아갈 계획을 세웠다. 그러나 때는 흐르고 있었으나, 그는 거기에 머물러 있었다. 이 광막한 풀만인 고원에서 그는 새로운 가치 의식, 새로운 명상의 습관을 얻은 것이다. 뿐만 아니라 북경은 삼천리의 먼 곳에 있었고, 아무리 불굴의 정신이라 하더라도 도저히 귀환은 가망이 없었다. 그는 결심을 하고 몇 사람 되지 않은 양치기들을 모아 여기에 한 부락을 만들고 교회를 세우기로 하였다. 그래서 벗이 되고 목자(牧者)가 된 것이다. 달단 왕을 위해서가 아니라 이 얌전하고 온순한 사람들을 위하여.

프랜치스는 묘한 한숨을 내쉬면서 일기를 내려놓았다. 그리고 저물어가는 햇빛을 받으며 조용히 앉아서 여러 가지 상념을 골똘히 하면서 갖가지 환영을 쫓고 있었다. 이윽고 자리에서 일어나 교회 옆의 커다란 돌무덤까지 가보았다. 그리고 리비에로 신부의 묘에 무릎 꿇고 기도를 올렸다.

류가 촌에는 1주일 정도 묵고 있었다. 그는 그 마을 모든 사람들의 기분을 상하지 않도록 교묘히 설득하여 마을 사람 전체의 영세와 결혼을 추인(追認)하는 미사를 올려 주었다. 때에 따라선 부드럽게 넌지시 말하여, 약간의 교회사무를 정정하도록 하기도 하였다. 이 마을을 엄정한 정교의 종규에 합치시키기에는 아마도 몇 개월은 걸릴 것이다. 수년을 필요로 할는지 모른다. 그러나 연월에 무슨 상관인가, 서서히 하면 되는 것이다. 이 작은 부락은 맛있는 능금처럼 더럽혀지지 않고 더구나 건전하였다.

그는 마을 사람들에게 여러 가지 이야기를 해주었다. 밤이 되면 류기의 집 앞에 모닥불이 피워졌다. 마을 사람들이 모두 그 주위에 앉으면 그는 입구의 계단에 앉아서 조용히 그들에게 이야기를 했다. 그 가운데서도 그들이 가장 기뻐하며 들은 것은 그들 자신과 똑같은 종교가 밖의 넓은 세계에도 존재한다고 하는 것이었다. 사소한 상위(相違)에 대하여는 아무 말도 하지 않았다. 다만 이야기가 유럽의 교회나 본산의 대사원 성 베드로(로마에 있는 가톨릭교의 교황청의 대사원.)에 무리를 이루고 모여드는 참례인 이야기, 위대한 국왕이나 왕자, 정치가나 귀족이라 할지라도 천주님의 앞에는 모두 무릎을 꿇는다는 것, 또 그들이 이 마을에서 예배드리고 있는, 같은 천주님이 그 사람들의 주이시며 벗이라는 데에 이르러서는 마을 사람들은 모두 마음을 빼앗긴 것처럼 황홀해 하는 것이었다. 지금까지는 막연히 추측으로 짐작하고 있었을 뿐이었는데 자기들도 이 세계와 일체(一體)라고 하는 의식은 모두에게 굉장한 희열과 자랑을 주었다.

빛과 그림자가 하늘하늘 춤추는 마을 사람들의 열성적인 얼굴은 기쁨과 놀라움의 빛을 보이며, 그를 황홀하게 쳐다보고 있었다. 그 열성적인 얼굴을 보니, 바로 눈과 코 앞에 잠들고 있는 리비에로 신부가 어둠 속에서 만족스러운 듯이 미소를 띄고 있는 것 같았다. 그런 순간에는 파이탄으로 돌아가는 것을 그만두고, 이 단순하고 착한 사람들을 위하여 한 몸을 바치고 싶다 하는 강렬한 충동에 사로잡히는 때도 있었다. 여기에 있을 수만 있다면 얼마나 행복할까. 그렇게 되면 광야의 한가운데서 뜻하지 않게 발견한 이 보석을 사랑으로 갈고 닦아 훌륭히 빛나게 해줄 수가 있을 터인데. 그러나 그럴 수는 없다. 이 마을은 너무나도 작고, 너무나도 벽지이다.

이런 곳에 참다운 포교의 중심을 두는 것은 허용될 수 없는 것이다. 그는 결연히 유혹을 물리쳤다.

류대 소년은 그의 뒤라면 어디라도 따라다녔다. 소년은 재영세(올바르게는 재세체(再洗禮)라 할 수 없으나, 세체의 유효성에 의의가 있을 때 행하여진다.) 때에 죠셉이란 이름으로 해 달라고 했기 때문에 이미 그는 '대'라고 부르지 않고, 죠셉이라고 부르게 되어 있었다. 죠셉은 이 새로운 이름에 힘을 얻어 치셤 신부의 미사에 시중드는 복사를 하고 싶다고 간청했다. 물론 라틴어 한 마디라도 알고 있는 것은 아니지만 치셤 신부는 웃음으로 이에 동의했다. 이윽고 출발을 하기 전날 밤, 치셤 신부가 집 앞에 앉아 있는데 죠셉이 나타났다. 여느 때와 같이 명랑한 얼굴이 근심에 싸여서 그의 최후의 이야기를 누구보다도 먼저 들으려고 온 것이다. 그러한 소년의 얼굴을 물끄러미 보고 있는 동안에 치셔 신부는 그 슬픔의 원인을 바로 꿰뚫어보고 불현듯 기쁜 기분이 되었다.

"죠셉, 어떤가. 나와 함께 가고 싶지 않은가? 아버지의 허락이 있으면 말이야. 네가 도와주어야 할 일이 많이 있어요."

소년은 환희의 부르짖음을 올리고, 신부 앞에 무릎을 꿇고 그 손에 키스를 했다.

"신부님, 저는 신부님이 그렇게 말씀하시기를 기다리고 있었습니다. 아버지는 찬성입니다. 저는 마음으로부터 도움이 되었으면 하고 생각하고 있습니다."

"그러나 괴로운 일이 많을 것으로 생각한다, 죠셉. 그래도 좋은가?"

"어떤 길이라도 신부님과 함께 걷겠습니다, 신부님."

치섬 신부는 무릎을 꿇고 있는 소년을 일으켜 세웠다. 소년은 감동했다. 그는 자기가 결정한 것을 현명한 일이라고 자각하고 있었다.

이튿날 아침 드디어 출발 준비가 다 되었다.

죠셉도 만반의 준비를 하고 방글방글 웃으면서 털북숭이 조랑말 두 필의 옆에 있는 짐에 기대어 서 있었다. 일단의 사내아이들이 그를 에워싸고 있었다. 그도 신이 나서 바깥 세계의 경이에 대하여 지껄이며 친구들에게 외경(畏敬)의 상념을 일으키게 하고 있었다. 교회에서는 치셔 신부가 감사의 기도를 올리고 있었다. 치섬 신부가 일어서자 류기가 손짓으로 불러 가보니 굴속 같은 성기실로 안내되었다. 류기는 나무상자에서 수를 놓은 코트(장포(長袍))를 꺼냈다. 금실로 화려하게 수놓은 근사한 것이었다.

비단천이 종이처럼 엷어진 데도 있었으나 미사복으로써는 완전하고 아직 충분히 사용할 수 있는 귀중한 것이었다. 노인은 프랜치스의 얼굴에 나타난 표정을 보고 미소지었다.

"이런 하찮은 것이라도 마음에 드신가요?"

"대단히 훌륭합니다."

"그럼, 받아주십시오. 드리겠습니다."

몇 번이고 사양했으나 류기는 한사코 가져가라고 말하며 듣지를 않았다. 바로 곱게 싸서 죠셉의 짐 속에 넣도록 했다.

드디어 프랜치스가 그들에게 고별을 할 때가 되었다. 그는 모두에게 축복을 해주었다. 6개월 이내에 반드시 돌아온다고 약속하여 모두를 안심시켰다. 이번에는 말을 타고 오겠으며, 죠셉이 안내를 해주기 때문에 훨씬 편하게 올 수 있을 것이라고 말해 주었다. 이윽고 두 사람은 조랑말을 타고 언덕을 올라가고 있었다. 작은 마을 사람들의 시선이 애정을 듬뿍 담아 두 사람의 모습을 좇고 있었다.

치섬 신부는 죠셉과 나란히 활발한 토로토의 속도로 말을 몰았다. 다시 자기의 신앙은 소생하고 훌륭히 확증된 느낌이었다. 그의 가슴은 새로운 희망에 파도치고 있었다.

3

파이탄에 돌아왔을 때 계절은 여름으로 접어들고 있었다. 그러나 여름은 눈 깜짝할 사이에 지나가 버렸다.

오두막은 황폐해져 있었다. 프랜치스는 죠셉과 함께 갈라진 벽의 틈을 진흙으로 다시 바르고 손댈 수 없이 무너진 벽에는 새로 기둥을 세웠다. 바닥에도 고루 흙을 깔고 마루에는 큼직한 쇠화로를 묻어 난로구실을 하게 만들자, 오두막은 훨씬 아늑하고 따뜻한 분위기로 바뀌었다.

언제나 식욕이 왕성한 죠셉은 무엇보다도 부엌 살림살이를 장만하는 데 바쁘게 돌아다녔다. 이제 시골 소년의 수줍음을 어느 정도 벗은 그는 가끔 고집을 부릴 때도 있지만, 퍽이나 다변인데다 남들에게 칭찬받는 것을 좋아하여 사람들과 잘 사귀었다. 그는 또 한때는 부근의 채소밭에 숨어 들어가서 잘 익은 참외 따위를 몰래 따 오곤 했다.

프랜치스는 자신이 나아가야 할 방향에 대한 구체적인 방안이 서기까지는 이 오두막에서 머물기로 결심했다.

그물상점가의 성당에는 차츰 남의 눈을 피하여 하나 둘 찾아오기 시작했다. 첫번째 찾아온 사람은 남루한 차림새의 노파였다. 노파는 발소리를 죽여 성당 안에 들어와서는 옷 속에서 묵주를 꺼내 기도를 하기 시작했다. 프랜치스는 다가가 말을 걸고 싶었지만 시종 모른 체했다. 가까이 가거나, 아니 눈길이라도 줄라치면 금방 도망을 갈 듯 불안해 하는 태도였기 때문이었다.

이튿날 아침, 노파는 딸과 함께 다시 성당에 나왔다.

비참할 정도로 신자의 수가 적었으나 그의 용기는 꺾이지 않았다. 그것은 오히려 일시적인 인기전술이나 금품으로 매수하여 신자를 만들지는 않겠다는 애초의 그의 결심을 더욱 굳게 할 뿐이었다.

진료소 운영은 잘 되어 나갔다. 그가 진료소를 비웠던 동안 사람들은 큰 불안을 느끼고 있었던 것이 분명했다. 그가 돌아왔을 때 홍(洪)의 가게 앞에는 벌써부터 진찰을 받고자 하는 사람들이 몰려왔다.

병을 보는 동안 그의 진찰은 정확해지고 치료 솜씨도 높아졌다.

피부병, 기침과 배앓이, 장염, 눈과 귀의 악성 화농 등 온갖 증상으로 고생하는 환자들이 몰려왔는데 거의가 다 불결한 생활환경으로 인한 질병이었다. 때문에, 소독과 간단하게 처방한 약의 효과는 놀라웠다. 이곳에서 과망간산칼륨은 마치 금덩어리에 비견할 만한 가치가 있었다.

애초부터 넉넉지 않았었던 의료품이 그나마 바닥이 날 무렵 때맞춰 탈록 의사에게 부탁했던 물품이 도착했다. 단단히 못을 친 상나무 궤짝 안에는 탈지면, 거즈, 옥시풀, 방부제, 그리고 피마자 기름과 크로로다인 등이 가득 들어 있었다. 그리고 맨 밑바닥에서 처방지에 휘갈겨 쓴 편지가 한 장 나왔다.

"교황 폐하! 열대지방에서의 치료는 바로 내 임무인 줄 알고 있었는데 자네가 선수를 치다니. 어쨌든 좋은 일이지. 고칠 수 있는 것은 고치고, 고칠 수 없는 것이라면 할 수 있나. 보잘것없는 것이지만 자네가 필요로 할 듯해서 조그만 기구들을 주머니에 넣어 두었네."

주머니 속에 든 것은 메스와 가위, 핀셋이 들어 있는 응급치료용 케이스였다. 케이스 속에는 또 추신이 들어 있었다.

"주의하게. 자네에 대한 이야기를 영국 정부와 교황과 쭝·룽·쓰(中龍司 : 영·중 합병의 중국사회 비슷한 것)에 보고할 예정이네."

탈록의 그 농담투는 여전했다. 프랜치스는 그 편지를 보고 미소를 지었으나 고마움으로 목이 메었다. 죠셉의 열성에 힘입어 자신의 노력의 결과가 나타날 조짐이 보이는 지금 또 새로이 탈록의 격려를 받으니 더욱 힘이 솟는 것 같았다. 일은 즐겁고 잠은 평화로웠다. 프랜치스로서는 생전 처음 맛보는 희열이며 평화였다.

11월의 어느 날 밤, 그는 이상한 예감에 사로잡혀 깊이 잠들지 못하고 엎치락뒤치락하고 있었다. 그러다가 한밤중에 그는 완전히 잠이 깨어 일어나 앉았다. 살을 찌르는 듯한 추위가 엄습했다. 어둠 속에 깊이 잠든 죠셉의 고른 숨소리가 들려왔다. 프랜치스는 다시 누웠으나 무엇이라고 꼭 집어 말할 수 없는 마음의 고통은 사라지지 않았다.

그는 죠셉이 깨지 않게 발소리를 죽여 오두막 밖으로 나왔다. 얼어붙은 밤공기가 피부의 감각을 마비시켰다. 숨을 쉴 때마다 가슴이 찢어지는 듯했다.

별빛도 없는 밤이었으나 얼어붙은 눈이 하얗게 시야를 밝히고 있었다. 온 세상은 죽음과 같이 고요하였고, 그것은 프랜치스에게 이상한 두려움을 주었다. 그때 그 고요함을 뚫고 어디선가 희미한 소리가 들려왔다. 프랜치스는 흠칫 멈추어 서서 그 소리에 귀를 기울였다. 소리는 더 이상 들리지 않았다. 프랜치스는 집으로 돌아오기 위해 발길을 돌렸다. 돌연 죽어가는 새의 마지막 울음과도 같은 가냘픈 소리가 또다시 들려왔다. 마치 프랜치스의 발길을 되돌리려는 듯이. 그는 어찌할 줄을 몰라 잠시 서 있다가 소리의 방향을 가늠하며 걸어갔다. 한 50보쯤 갔을 때 뭔가 검은 물체가 눈에 들어왔다. 얼굴을 눈 속에 묻고 엎드려 있는 여자의 몸이었다. 여자는 벌써 차갑게 얼어 죽어있었다. 그런데 그 가냘픈 울음소리는 완전히 숨이 끊어진 여자의 품속에서 들려오는 것이었다.

프랜치스는 몸을 굽혀 여자의 품속으로부터 그 조그맣고 연약한 생명을 안아 들었다. 피부는 차갑게 얼어 있었으나 부드러웠다. 이상한 감동으로 프랜치스는 가슴이 벅차 올랐다. 눈 위에 미끄러지며 고꾸라질 듯 급히 집으로 뛰어와 소리를 질러 죠셉을 깨웠다.

화덕에 장작불을 지피자 방안은 이내 따뜻해졌다.

신부와 소년은 비로소 아기를 찬찬히 살펴보았다.

낳은 지 겨우 1년이 될까 말까 한 아기는 검은 눈을 크게 뜨고 타오르는 장작불을 바라보다가는 가끔씩 울곤 했다.

"배가 고파서 그런 거예요."

죠셉이 어린아이에 대해 잘 알고 있다는 듯이 자신있게 말했다.

그들은 곧 우유를 끓여 성수병에 넣고 깨끗한 린네르 조각을 길게 찢어 좁은 병 주둥이에 늘어뜨렸다. 그리고, 충분히 우유가 적셔진 뒤 아기의 입에 갖다 대었다. 아기는 그것을 급히 빨기 시작했다. 몇 차례를 그렇게 하는 동안 병 안의 우유는 다 없어지고 아기는 잠이 들었다. 프랜치스는 자기의 모포로 아기를 포근하게 싸주었다. 잠든 아기를 바라보는 동안 프랜치스의 가슴은 감동으로 따뜻이 젖어들었다. 밤새 잠을 이루지 못하도록 고통스러웠던 예감, 그것에 의해 눈 속에 던져졌던 연약한 생물체가 이곳 그의 오두막으로 옮겨진 것이다. 이 극히 단순한 사건이야말로 신이 행하신 기적이 아니고 무엇인가.

죽은 아기 어머니의 신원은 전혀 알 도리가 없었다. 다만 달단인의 특징을 지닌, 가난에 찌든 모습이었으나 본시는 퍽 아름다웠을 여인이라는 것뿐이었다.

아마 어제 이 거리를 지나간 유목민의 무리에서 낙오되어 헤매다가 추위로 숨진 것이리라. 그는 어린아이에게 어떤 이름을 지어 주어야 할까 궁리를 하다가 마침 그날이 성 안나(성모 마리아의 어머니)의 축일이라는 데에 생각이 미쳐 안나라고 부르기로 했다.

"죠셉, 내일은 하느님이 우리에게 내려주신 이 아기를 돌보아 줄 사람을 구해야겠다."

죠셉은 어림없다는 듯 어깨를 움츠려 보였다.

"신부님, 계집아이를 맡을 사람이 어디 있겠어요."

"주는 것이 아니란다."

프랜치스는 정색을 하고 말했다. 그의 결심은 확고했다. 하늘이 보내신 이 어린아이는 자기의 첫번째 자식이 되는 것이다. 그가 파이탄에 온 이래 줄곧 간직해 오던 꿈—고아원을 세우는 일—에 한 발자욱 다가가는 길이 되는 것이다. 물론 많은 어려움이 따르겠지. 수녀들의 도움도 필요할 것이다. 허나 그것은 먼 장래의 일이다. 그러나 평화롭게 잠든 어린아이의 얼굴을 들여다보고 있는 사이 이 아이야말로 자기의 오랜 꿈이 성취될 것이라는, 하늘로부터의 약속인 듯 느껴짐은 어쩔 수 없었다.

프랜치스는 수다쟁이 죠셉을 통해 처음으로 챠(賈) 씨의 아들이 병이 났다는 소식을 들었다. 겨울은 아직도 관 산의 깊은 눈 속에 머물고 있었다.

미사가 끝나고, 프랜치스가 제의를 벗는 것을 곁에서 돕던 죠셉이 다친 손끝을 후후 불면서 말했다.

"이러다간 내 손도 챠유(賈佑) 손처럼 되어 버릴라."

차유는 엄지손가락에 조그만 상처를 입었는데, 그곳으로 나쁜 균이 들어갔는지 팔까지 몹시 부어오르고 온몸에 열이 나고 있었다.

거리에서 제일 유명한 의사가 셋이나 불려와 줄곧 아이의 곁을 지키며 온갖 좋다는 약은 다 쓰는 한편, 센샹으로 사람을 보냈다. '불로장수의 영약'을 구해 오기 위해서였다. 그것은 개구리의 눈에서 뽑아낸 엑기스인데, 더욱이 용성(龍星=木星)이 돌 때 구한 것이 아니면 효력이 없다고 일컬어지는 약이었다.

"그 약만 구해 오면 문제없어요."

죠셉은 자신 있게 말했다.

"무슨 병이든 그 약만 쓰면 다 나을 수 있어요. 게다가 유는 귀한 외아들이니 그 집안에서 어떤 방법이든 쓰지 않겠어요?"

그로부터 나흘 후 성당이 있는 가게 앞에 두 대의 교자가 멈춰 섰다. 한 대는 빈 것이었고, 또 한 대에서 포 씨의 사촌이 침울한 얼굴로 내려 성당 안으로 들어왔다. 그는 프랜치스에게 우선 갑작스런 방문을 사과한 뒤 챠 씨의 집까지 가줄 것을 부탁했다. 프랜치스는 즉시 이 초청의 뜻을 알아차렸다. 그러므로 어느 정도 망설이지 않을 수 없었다.

포 씨의 가문과 챠 씨의 가문은 이 읍내에서는 서로 비슷한 세력을 가지고 있는 재산가들인데, 사업관계 뿐만 아니라 인척관계로도 밀접하게 맺어져 있었다.

포 씨의 사촌은 키가 크고 마른, 항상 유쾌한 표정과 농담을 잃지 않는 사람으로, 프랜치스는 류촌에서 돌아온 이후 거리에서 자주 만나 그를 잘 알고 있었다. 그는 또한 챠 씨의 사촌이기도 하며, 매우 선량하고 프랜치스에 대해서도 존경하는 마음을 갖고 있음을 알고 있었다. 그러나 거리에서와는 달리 침통한 표정과 전에 없던 초대가 결코 예사로운 일이 아니라는 것을 아는 프랜치스는 말없이 모자와 외투를 들고 따라 나섰으나 마음은 몹시 무거웠다.

챠 씨의 저택은 무거운 정적에 싸여 있었다. 인기척 하나 없는 높은 담에 둘러싸인 후원에는 얼어붙은 연못 위를 지나가는 바람소리뿐 돌바닥 위를 울리는 조심스런 두 사람의 발소리가 더욱 음산하게 울렸다.

추위에서 보호하기 위해 굵은 삼베를 감아 놓은 소향나무 사이를 지나 금빛과 붉은 색으로 화려하게 칠해진 중문을 들어서자 넓은 마당이 나타났다. 문이 굳게 닫힌 안채의 방에서는 소리를 죽인 여자들의 흐느낌이 새어 나오고 있었다.

프랜치스가 안내되어 들어간 방은 몹시 덥고 어둠침침한 온돌방이었다. 유는 아랫목에 누워 있었고 그 곁에 소매가 긴 덧옷을 입고 턱수염을 늘어뜨린 의원들이 앉아 유를 지켜보고 있었다. 그 중 한 사람이 앉은 채 몸을 굽혀 궤짝처럼 생긴 화덕 속에 숯을 한 줌 집어 넣었다. 방의 한 구석에서는 푸른 옷을 입은 도사가 피리 반주에 맞춰 끊임없이 주문을 외고 있었다.

유는 부드러운 우유빛 피부에 눈이 검은 귀여운 사내아이였다. 외아들로서 가문의 사랑과 기대를 한 몸에 받았지만 가부장제도의 엄격한 전통과 교육으로 6살이라는 어린 나이치고는 벌써 어른스러운 데가 있었다. 이미 여러 날째 높은 열과 뼛속까지 곪아들어가는 고통에 시달려 몹시 야위고 입술은 까맣게 타들어갔으나 유는 신음소리 하나 내지 않고 천장만 바라보며 누워 있었다. 이불 밖으로 내놓은 팔은 너무 부어올라 본래 그것이 팔이었다는 것조차 의심스러울 지경이었다. 희푸른 색으로 썩어 있는 팔에는 불결하기 짝이 없는 고약을 잔뜩 붙이고 그 위에 한자가 쓰여진 종잇조각을 덮어 놓았다.

포 씨의 사촌이 프랜치스와 함께 들어가자 방안은 몹시 조용해졌다. 그러나 곧 다시 도사의 주문이 계속되고 세 사람의 의원은 여전히 유를 지켜보는 한편 화덕의 아궁이를 살폈다.

프랜치스는 이미 의식이 없는 아이의 뜨거운 이마에 손을 얹었다. 아주 위급한 상태라는 것을 곧 알 수 있었다. 어떤 방법이든 다 써보아야 한다는 것은 자명한 이치지만, 만일 실패한다면 앞으로 닥칠 냉대와 질시, 핍박은 이제까지의 모든 고생과는 비교도 안 될 만큼 심해질 것도 사실이다. 그러나 이 모든 생각보다 먼저 위태로운 아이의 생명을 구해야 한다는 것과, 다만 상태를 악화시키기만 할 뿐인 의원들의 무지한 치료에 대한 분노가 치밀었다. 그는 먼저 아이의 팔에서 조심스럽게 더러운 고약을 떼어내고, 그 자리를 따뜻한 물로 닦았다. 그 번들거리는 팔은 물에 담그자 마치 썩은 생선 부레처럼 둥둥 떴다. 긴장으로 심장이 몹시 두근대는 것을 의식하며 침착하게 탈록이 보내준 가죽 케이스를 열고 메스를 꺼냈다. 한 번도 메스를 써본 적이 없을 뿐만 아니라 외과수술에 대한 지식도 거의 없었다. 다만 알 수 있는 것은 이 팔을 째지 않으면 아이의 생명이 위험하다는 것뿐이다. 방안의 시선들이 무서운 압력으로 자신에게 집중되어 옴을 느꼈다. 특히 뒤에 서서 지켜보는 포 씨 사촌의 짙은 불안과 의심은 또렷이 느껴져 왔다. 그는 순간적으로 성 안드레아에게 기도를 드렸다. 그리고 메스를 환부 깊숙이 찔러 넣어 길게 줄을 긋듯 앞으로 당겼다. 그러자 환부로부터 피고름이 거품이 일듯 부글대며 솟구치더니 팔 아래에 받친 질그릇으로 흘러들었다. 악취가 방안을 진동했다. 그러나 그 지독한 냄새가 프랜치스에게는 얼마나 고맙고 다행스러운 것인지 몰랐다. 프랜치스는 고름이 완전히 다 빠질 때까지 두 손으로 환부의 주위를 힘껏 눌렀다. 마침내 부어오른 팔이 본래의 제 모습대로 돌아오자 그는 커다랗게 뚫린 환부의 구멍에 소독된 가제를 넣은 뒤 붕대를 단단히 감았다. 온몸의 힘이 다 빠져나간 듯 탈진한 상태로 프랜치스는 자기도 모르게 영어로 중얼거렸다.

"이젠 됐어. 운이 좋기만 바랄 뿐이다……."

이것은 탈록의 유명한 말버릇으로서 극도의 긴장이 이완되면서 무의식적으로 흉내낸 것이었다.

치료를 마친 뒤, 그는 평상시처럼 쾌활하고 정중한 태도로 병실을 나왔다. 포 씨의 사촌이 가마가 있는 곳까지 따라나왔다. 프랜치스는 그에게 몇 가지 주의할 점을 일러주었다.

"정신이 들면 수프를 먹이도록 하고 고약 따위는 붙이지 마십시오. 내일 다시 오겠습니다."

다음날 프랜치스가 다시 왔을 때 유의 상태는 훨씬 좋아져 있었다. 열은 거의 내렸고, 밤에는 아주 잘 잤을 뿐만 아니라 닭고기를 한 공기나 먹었다는 것이다. 탈록이 보내준 메스가 아니었더라면 아마 소년은 생명을 건지지 못했으리라.

"앞으로도 영양있는 음식을 주도록 하십시오."

프랜치스는 비로소 안도의 웃음을 웃을 수 있었다.

"내일 또 오겠습니다."

프랜치스의 말에 포 씨의 사촌은 헛기침을 한 번 해보이고는 말했다.

"정말 감사합니다. 이젠 다시 오시지 않아도 될 것 같습니다."

잠시 거북스런 침묵이 흘렀다. 그는 다시 말을 이었다.

"우리는 진심으로 감사하는 마음을 가지고 있습니다. 챠 씨는 이번 일로 충격을 받아 누워 계십니다. 그러나 유가 회복되었으니, 챠 씨도 곧 좋아지시겠지요. 머지않아 신부님을 뵙게 되리라 생각됩니다."

말을 마치자 그는 양손을 모으고 허리를 굽혀 절을 하고는 안으로 들어가 버렸다.

가마도 거절한 채 프랜치스는 빠른 걸음으로 거리를 걸어가며 타오르는 노여움을 삭이려고 애를 썼다. 이쪽은 앞으로 자신에게 닥칠지도 모를 온갖 장애와 위험을 무릅쓰고 아이의 생명을 구했는데 한 마디의 인사도 없이 이렇게 쫓아 버리다니, 이것이 감사하는 태도인가. 이 거리에 처음 도착하던 날 배 위에서 만났을 때에도 도시 자기 따위는 안중에도 없다는 듯 오만하게 굴던 챠 씨는 애초부터 모습을 나타내지도 않았었다. 프랜치스는 주먹을 불끈 쥐고 치밀어오르는 분노와 싸웠다.

"주여, 제 마음을 가라앉혀 주소서. 이 사악한 분노에게 건져 주소서. 그리하여 제가 정의롭고 인내심이 강한 인간이 되도록 도와주소서. 또한 진정 겸손한 인간이 되도록 도와주소서. 저 불쌍한 아이의 생명을 구한 것은 오직 당신의 자비롭고 거룩한 뜻이었나이다. 주여, 다만 당신이 원하시는 바를 저에게 행하도록 하여 주소서. 저는 당신의 한갓 종일 뿐이옵니다. 그러하오나 주여, 당신도 챠 씨가 너무나 은혜를 저버리는 행동을 한 것임은 인정하시겠지요."

그후 며칠 동안 프랜치스는 거리에 나갈 일이 생겨도 이 챠 씨댁 부근은 피해서 다녔다. 단지 자존심이 상한 정도가 아니었기 때문이었다. 내막을 알 리 없는 죠셉은 거리에서 떠도는 소문—유의 돌연한 쾌차에 대한 사례로 챠 씨가 세 사람의 의원들에게 각각 거액의 돈을 주었을 뿐 아니라 아들에게 붙었던 잡귀를 물리쳐 준 사례로 도관(도교의 사원.)에 굉장한 기부를 했다는 등—을 듣고 와서는 한 자도 빠짐없이 그대로 떠벌여댔다.

"정말 대단하죠, 신부님? 그분의 자선으로 많은 사람들이 혜택을 입게 되었으니까요."

"정말 대단하군."

프랜치스는 짐짓 예사롭게 대꾸했으나 썩 유쾌한 기분은 아니었다.

그로부터 1주일이 지났다. 진료소 문을 닫기 전 프랜치스는 시험관에 과망간산염을 배합하고 있다가 시험관의 유리를 통해 진료소 안으로 들어오는 챠 씨의 모습을 보았다. 순간, 그의 가슴속에서 간신히 가라앉혔던 분노가 치밀어올랐다. 어느덧 챠 씨는 검은 색 비단 장포에 노란 덧저고리를 입고 예식용 작은 부채를 꽂은 수놓은 비로드 신발에 납작한 비단 모자까지 쓴 굉장한 성장을 하고서 정중하고 엄숙한 표정으로 프랜치스 앞에 와 섰다. 길게 기른 손톱에 금깍지가 끼워져 있었다. 중후하고 원숙한 풍채와 이마에 서린 깊은 우수의 그늘은 그가 단순히 부유한 상인일 뿐만 아니라, 대단한 학식과 지성을 갖춘 사람임을 나타내고 있었다.

"찾아뵈러 왔습니다."

낮고 묵직한 음성이었다.

"뜻밖입니다."

프랜치스는 계속해서 시험관 안의 보라빛 용액을 유리막대로 저으면서 냉담하게 대답했다.

"그 동안 장사일과 여러 가지 정리할 일들이 겹쳐서……찾아뵙는 것이 그만 늦어졌습니다."

챠 씨는 깊이 고개를 숙였다.

"무슨 용무이신지요?"

프랜치스의 어조는 여전히 냉랭했다. 챠 씨의 얼굴에 놀라움의 빛이 스쳤다.

"물론……그리스도교 신자가 되기 위해서입니다."

순간 두 사람 사이에 죽음과 같은 침묵이 흘렀다. 이 순간이야말로 수개월간에 걸친, 말할 수 없이 치열한 투쟁 끝에 승리를 쟁취하는 때이며 선교사업의 첫 열매—더욱 풍요롭고 확고한 장내의 수확을 보장하는—를 따는 순간이었다. 이교도의 유력한 강력자가 지금 그의 앞에 서서 공손히 세례를 청하고 있는 것이다. 그러나 프랜치스는 기뻐하지 않았다.

"당신은 하느님을 믿으십니까?"

프랜치스는 착잡한 표정으로 그에게 물었다.

"아닙니다."

챠 씨는 서글프게 대답했다.

"앞으로 교리를 배울 생각이십니까?"

"내게는 교리를 배울 시간이 없습니다. 그러나, 어떤 방법으로든지 신자가 되고 싶습니다."

챠 씨는 가볍게 고개를 숙여 보였다.

"어떤 방법으로든지라고요?"

프랜치스의 반문에 챠 씨는 미소를 지었다.

"모르시겠습니까? 저는 정말 당신과 같은 신앙을 갖고 싶은 것입니다."

"아무래도 이해를 할 수 없습니다. 솔직이 말해서 당신은 나와 같은 신앙을 갖겠다는 생각이 조금도 없는 것이 확실합니다. 그런데, 무슨 까닭으로 이렇게 하시는 거지요?"

프랜치스는 얼굴에 피가 몰리는 것을 느끼며 캐물었다.

"은혜를 갚기 위해서지요."

챠 씨는 망설임 없이 대답했다.

"당신은 내게 최선을 다하셨습니다. 그러니까 나는 당신에게 최선을 다해야 합니다."

프랜치스의 가슴이 두 방망이질을 쳤다. 유혹은 강했고, 유혹을 받아들이려는 마음은 약했다. 그러나 꺾일 수는 없다. 그는 끓어오르는 노여움으로 벌떡 일어났다.

"그건 옳지 못한 일입니다. 내가 당신이 진실한 믿음을 갖고 계시지 않다는 걸, 또한 가질 생각도 없다는 걸 알면서도 받아들인다면 하느님을 속이는 것이 됩니다. 그리고 당신은 은혜를 갚아야 한다고 생각할 만큼 나에게 은혜를 입은 것이 없습니다. 자, 이제 돌아가십시오." 챠 씨는 자기의 귀를 의심하는 듯했다.

"제 소망을 받아들이지 않으시겠다는 말씀입니까?"

"다만 저는 제 생각을 솔직이 말씀드렸을 뿐입니다."

프랜치스는 속에서부터 치밀어오르는 신음을 누르며 대답했다.

챠 씨의 태도는 급작스럽게 표변했다. 갑자기 눈이 빛을 띠면서 이마에 서린 우수의 빛도 사라졌다. 자신의 감정을 드러내지 않으려고 애를 쓰는 모습이 역력했다. 형식적으로 세 번 절을 하고는 말했다.

"제 뜻을 받아들이시지 않아 유감입니다. 내게는 그다지 상관 없는 일입니다만, 다른 것으로라도 약소하게나마……"

그는 말을 끝맺지 않고 다시 세 번 절을 하고는 진료소를 나갔다.

그날 밤, 치섬 신부는 시종 딱딱한 표정으로 화로 옆에 앉아 있었고, 그 서슬에 눌려 수다쟁이 죠셉도 조용했다.

저녁 준비를 했다. 바깥에서는 챠 씨의 집 하인들이 터트리는 폭죽 소리가 들려오고 있었다. 그때 문이 열리고 포 씨의 사촌이 들어섰다. 그는 프랜치스에게 공손히 절을 한 뒤 붉은 종이에 싼 양피지 문서를 내놓았다.

"챠 씨께서 드리는 선물입니다. 약소하나마 받아 주신다면 정말 기쁘시겠답니다. 비취 언덕의 토지와 수리권(水利權)과 적도토(赤陶土)의 채굴된 문서를 당신 명의로 양도하는 것입니다. 또 당신이 건물을 지으실 계획이 있으시면 완공될 때까지 스무 명 정도의 일꾼을 보내드리겠다고 말씀하셨습니다. 제발 받아 주시기 바랍니다."

프랜치스는 그가 말을 마치고 돌아갈 때까지 입을 열지 않았다. 뜻밖의 충격으로 정신이 나가 버린 듯했다. 그는 포 씨의 사촌과, 문 밖에서 기다리고 있던 챠 씨가 멀어져 가는 모습을 조용히 바라보았다. 그리고 비로소 양피지 문서를 찬찬히 살펴본 뒤 흥분을 이기지 못하여 외쳤다.

"죠셉! 죠셉!"

또 무슨 좋지 않은 일이 벌어졌음에 틀림없다고 걱정하며 죠셉이 허둥지둥 달려왔다. 그러나 기쁨으로 빛나는 프랜치스의 얼굴을 보자 그는 영문도 모르고 따라 웃었다.

두 사람은 나란히 비취 언덕의 울창한 삼목의 숲으로 들어갔다. 그리고는 달이 높이 떠오를 때까지 성모찬가를 합창했다.

프랜치스는 모자도 쓰지 않은 채 오랫동안 언덕에 서서 이 귀한 땅에 장차 서게 될 성당의 모습을 그려 보았다. 이제껏의 간절한 기도가 지금에사 이루어지는 것이다.

바람은 살을 에일 듯 차가웠다. 죠셉은 몹시 춥고 배가 고팠으나 내색하지 않았다. 그는 또한 터질 듯한 신부의 기쁨 속에서 자신의 소망도 이루어질 것을 확신하면서, 한편으로는 집을 떠나기 전 화덕에서 밥솥을 내려놓고 온 것을 다행스럽게 생각했다.

4

1년 반이라는 세월은 눈 깜짝할 사이에 지나가 버렸다. 다시 5월이 되어 긴 겨울의 깊은 눈과 무더운 여름 사이의 짧은 봄이 찾아와 절강성 전체는 아름다운 봄빛에 젖어 있었다.

새로 지은 성 안드레아 성당의 돌을 깐 마당을 거닐며 일찍이 이처럼 평화롭고 만족한 기분이 되어 본 적은 없다는 것을 새삼스럽게 생각했다. 대기는 맑고 깨끗했으며, 흰 비둘기 떼가 원을 그리며 날아오르고 있었다. 그는 그 자신이 설계한 성당 앞 마당에 그늘을 만들기 위해 심은 용수(榕樹)나무 옆에 다다라 돌아섰다. 이곳에서라면 성당 전체를 한눈에 담을 수 있기 때문이었다. 성당을 바라볼 때마다 그는 자랑스러움과 동시에, 그것이 신기루처럼 하룻밤 사이에 사라져 버리지나 않을까 하는 어린애 같은 의구심에 사로잡히곤 했다. 그러나 성당은 늘 새롭고 찬란하게 무성한 삼목의 숲 가운데 우뚝 솟아 있다.

또한 숲 사이로 붉은 색 커튼이 드리워진 사제관 창이 보이고, 조금 떨어진 곳의 교실, 담너머 건너편에 마련된 진료소 건물도 보인다. 그리고, 정원에 그늘을 만들어 주는 파파야의 넓은 잎 사이로 또한 채의 집이 보였다. 그는 만족한 듯 미소를 지으며 이렇게 아름다운 벽돌을 생산하게 한 훌륭한 도토갱(陶土坑)을 축복했다. 그것은 거의 기적적인 수확이었다. 여러 번 되풀이된 실험과 실패 끝에 마침내 엷은 장미빛 벽돌을 굽는 데 성공하여 성당을 온통 장미빛으로 장식할 수 있었던 것이다. 하늘의 도우심이 없었던들 성당을 짓는 일은 불가능했으리라고 그는 생각했다. 게다가 챠 씨의 빈틈 없는 배려, 훌륭한 기술과 인내성을 가진 일꾼들, 열성적인 감독의 지휘 등으로 일은 시종 순조로웠다. 지난주에는 챠 씨댁과 포 씨댁의 가족, 친지들이 모두 참석한 가운데 성대한 낙성식을 가졌다. 청명한 날씨도 역시 하나의 축복이었으리라.

그는 담을 따라 걸었다. 빈 교실을 남몰래 다시 한 번 돌아보고 싶어서였다. 그리고는 교실의 창으로 얼굴을 들이밀고 흰 벽에 걸린 칠판, 그림, 그리고 자신이 손수 만든 책상을 바라보았다. 모두가 그의 손을 거쳤으나 세심하게 마음을 쓴 것들이라고 생각하니 또다시 새로운 감회가 솟았다. 그러나 아직 다 끝내지 못한 일이 있다. 그는 다시 마당으로 나왔다. 마당 구석의 쪽문과 엇대어 조그만 공장이 있고 그 옆에 벽돌을 굽는 솥이 걸려 있다. 사제복을 벗자 작업복 바지와 와이셔츠 차림이 되었다. 그는 유쾌한 기분으로 주걱을 들고 진흙을 개기 시작했다.

수녀 세 사람이 내일 도착할 것이다. 물론 그들이 기거할 집은 더 손볼 것이 없을 정도로 마련되어 있었다. 방은 밝고 시원하며 창에는 깨끗한 커튼을 달았다. 그러나 꼭 필요한 수녀들의 명상과 휴식을 위한 별채의 마지막 손질을 위해서는 아직 한 솥쯤 더 진흙을 끓여 벽돌을 구워야 할 것이다. 그는 부지런히 끓인 진흙으로 벽돌을 빚으면서 머리 속으로는 장래의 계획을 세우기에 바빴다.

지금으로서는 수녀들이 오는 것이 가장 중대한 사건이다. 그가 애초부터 꿈꾸어 왔던 일이었으며, 그것을 위해 일하고 기도했다. 성당 건축이 진행되는 동안 밀리 신부에게, 그리고 주교에게까지 몇 차례나 편지를 보냈는지 몰랐다. 이곳에 와서 일하는 동안, 그는 장성한 중국인을 그리스도교에 귀의시킨다는 것이 얼마나 어려운 일인가를 뼈저리게 느꼈다. 민족성도 완고하거니와 대개가 무지하였으며, 옛부터의 신앙이 골수에 배인 탓에 보편적인 선교방법으로 침투해 들어간다는 것은 어림도 없는 일이었다. 또한 개개인에게 기적을 베푼다거나 하는 따위의 방법으로 신앙을 갖게 하는 일은 하느님께서 아주 싫어하신다는 것을 그는 잘 알고 있다. 형편이 이러하니만큼 성당의 건립은 여간 고맙고 다행한 일이 아닐 수 없었다. 성당이 완성되자 입교를 망설이던 사람들도 신자가 되었고, 따라서 미사 참례자도 60명 정도로 늘어났다. 그들이 모두 입을 모아 '기리에'(주여, 우리를 불쌍히 여기소서라는 자비를 구하는 기도문)의 기도를 소리 높이 노래할 때에는 마치 대군중의 합창처럼 아름다운 건물을 울리는 것이었다. 그러나 그의 가장 큰 희망은 역시 아이들이었다. 계속되는 기근과 가난으로 현재에도 아이들은 거저 버리는 것과 다름없는 헐값으로 매매되고 있다. 더욱이 유교적 전통에 의한 뿌리 깊은 남존여비의 사상으로 여자아이는 길에다 내버리는 것이 다반사였다. 따라서 교실은 이내 아이들로 가득 찰 것이고, 그 아이들은 이곳에서 수녀들의 따뜻한 시중과 보호를 받게 될 것이다. 행복한 가정의 아이들처럼 웃고 떠들고 놀며 구김살없이 자랄 것이다. 또 글도 배워 교리문답도 익히며, 신앙을 갖게 될 것이다. 오, 미래는 아이들의 것이며……아이들은……그의 아이들은……바로 하느님의 아이들이리라.

그는 벽돌 모양으로 빚은 흙을 화덕 안에 넣으면서 끝없이 펼쳐지는 공상의 날개에 미소를 지었다. 그리고 다시금 내일 만나게 될 수녀들에게 생각을 돌렸다. 그 자신 여자들과 잘 사귀는 사교적인 성품이 아니라는 것을 잘 알고 있었다. 그러나 오랫동안을 이민족 사이에서 생활하다 보니 같은 언어로 대화할 수 있는 사람에 대한 그리움이 생기고, 상대가 누구이든 가릴 것 없이 몹시 반갑고 기다려지는 것이다.

바바리아 태생인 마리아 베로니카 원장 수녀는 런던의 본 세큐어(복음구제회)에서 5년 동안 활동했다고 한다. 함께 오는 두 수녀 중에 클로틸드 수녀는 프랑스 사람, 또 한 사람은 벨기에 사람으로 말따 수녀인데 모두 리버풀에서 비슷한 일을 하고 있었다고 들었다. 그 수녀들은 다른 곳을 거치지 않고 바로 영국에서 오는 길이니 적어도 고국의 공기를 생생하게 지니고 올 것이다.

그는 내일로 다가온 환영식에 대한 만반의 준비를 해놓긴 했지만, 그래도 역시 걱정이 되어 환영절차를 다시 한 번 머리 속에서 검토해 보았다.

우선 배가 닿으면 화려한 중국식 폭죽을 터뜨린다. 다만, 수녀들이 놀라지 않을 정도로. 그리고 대기하고 있던 파이탄에서 가장 아름다운 가마에 태운다. 성당에 도착하면 곧 향기로운 중국차를 대접한다. 잠깐 휴식을 취한 후에는 축성식(祝聖式)이 있다. 틀림없이 그녀들은 장식해 놓은 꽃을 보고 기뻐할 것이다. 축성식이 끝나면 그녀들이 놀랄 만큼 굉장한 만찬회 차례다. 준비는 완벽하다. 그는 만족해서 고개를 끄덕이다가 만찬 메뉴에 생각이 미치자 그만 속으로 웃음을 터뜨렸다. 그 딱딱하기 짝이 없는 빵이라니, 처음에는 놀라겠지만 그녀들도 곧 익숙해질 것이다. 실상 그 자신의 매일의 식사는 남에게 보이기 부끄러울 정도로 보잘것없었다. 더욱이 성당 건축을 하는 동안은 공사장에 선 채로, 혹은 공사 감독과 설계도면을 들여다보면서 쌀밥과 된장만으로 요기를 해온 것이다. 그러나 특별한 내일을 위해 그는 죠셉을 읍내 시장에 보냈다. 망고와 챠우챠우(중국 김치)와 또 그토록 희한하게 맛이 좋다는 북쪽 산서지방의 명물 들오리 등을 사오도록 하기 위해서였다.

등뒤에서 발소리가 들려왔다. 그는 화덕에서 얼굴을 돌려 뒤를 바라보았다. 열려진 문 사이로 협수룩한 차림의 인부와 함께 세 수녀의 모습이 나타났다. 긴 여행으로 몹시 지치고 피로한 기색인데다가 낯선 곳에 대한 불안이 눈에 띄게 드러나 있었다. 그들은 잠시 머뭇거리다가 마당의 작은 길을 향해 걸어 들어왔다. 맨 앞에 선 사람은 마흔 살 가량의 수녀로 매우 품위있고 아름다웠다. 얼굴 윤곽이 섬세한

데다가 눈은 푸르고 컸다. 피로 탓으로 창백해 보였으나 걸음걸이는 조금도 흐트러짐이 없었다. 그녀는 프랜치스 앞에 와 섰으나, 제대로 쳐다보지도 않으며 유창한 중국어로 말했다.

"신부님께 안내를 좀 해주실까요?"

그는 뜻하지 않은 수녀들의 출현에 놀라 얼결에 중국어로 대답했다.

"당신들이 내일 도착할 것으로 알고 있었습니다."

"저 끔찍한 배로 다시 돌아가라구요?"

그녀는 치밀어오르는 노여움을 겨우 억제하며 다시 말했다.

"어쨌든 신부님께로 안내해 주세요."

그는 이번에는 영어로 천천히 대답했다.

"내가 바로 치셤 신부입니다."

성당 건물만을 바라보고 있던 그녀의 눈이 순간 놀라움으로 커지며 와이셔츠 차림의 작은 남자에게 돌려졌다. 그리고 그 눈은 낡은 작업복 바지와 더러운 손, 진흙투성이인 구두, 흙물이 튄 얼굴 등을 차례로 훑어보는 동안 낭패의 기색이 역력해졌다.

그는 어찌할 바를 몰라 더듬거렸다.

"마중을 나가지 못해 정말 미안합니다. 무척 당황하셨을 텐데……"

그러자 그녀의 노여움이 폭발했다.

"마중을 기대한 것이 잘못일까요? 우리는 6천 마일이나 되는 길을 왔습니다."

"하지만……편지에는 분명히……"

그녀는 다시금 품위 있고 당당한 표정을 지으며 그의 말을 가로막았다.

"방으로 안내해 주시면 고맙겠습니다. 저 수녀들이 완전히 지쳐 버렸으니까요."

프랜치스는 그녀에게 마중을 못나간 데 대한 해명을 하려 하다가 입을 다물었다. 두 수녀의 모습이 너무도 지치고 불안해 보였기 때문이었다. 그는 거북하고 어색한 기분이 되어 말없이 그녀들을 안내했다. 거처할 집 앞에 오자 그는 먼저 수녀에게 말했다.

"짐을 가지러 사람을 보내겠으니 편히 쉬십시오. 그리고 오늘 저녁 식사는 함께 할 수 있을까요?"

"초대는 고맙습니다만 사양하겠어요."

그녀는 냉랭하게 대답하며 다시금 경멸하는 눈길로 그의 차림새를 훑어 보았다.

"대신 우유와 과일이 있으시면 좀 나눠 주세요. 그리고 내일부터 일을 시작하겠습니다."

그는 심한 굴욕감을 억누르며 천천히 사제관으로 돌아왔다. 목욕을 하고 옷을 갈아입은 후 수많은 서류 뭉치들 속에서 문제의 천진(天津)발 편지를 찾아내었다. 그의 기억은 틀림없었다. 수녀들의 도착일자는 5월 19일, 즉 내일로 되어 있었다. 그는 편지를 잘게 찢어 휴지통 속에 집어 넣었다. 그리고 이제는 소용이 없어진 들오리를 생각하며 얼굴을 붉혔다. 프랜치스는 다시 사제관을 나왔다. 바로 몇 걸음 앞에서 죠셉이, 지시한 물건을 잔뜩 사 들고 신이 나서 걸어오고 있었다.

"죠셉, 수녀들이 도착했으니 과일은 모두 수녀들에게 가져가고, 다른 물건들은 가난한 사람들에게 모두 나눠 주도록 해라."

"뭐라고요, 신부님?"

놀란 죠셉은 더 무어라고 지껄이려다 신부의 무서운 표정에 질려 다음 말을 꿀꺽 삼켜 버렸다.

"네, 알았습니다."

프랜치스는 상처입은 마음이라도 달래려는 듯 묵묵히 성당을 향해 걸었다.

다음날 수녀들은 미사에 참석했다. 미사가 끝난 후 감사의 기도를 마치자마자 그는 밖으로 나왔다. 마리아 베로니카 원장 수녀가 그를 기다려 줄 것을 기대했기 때문이었다. 그러나 그녀는 없었다. 의당 맡겨진 일에 대해 한 마디의 상의도 하러 오지 않았다. 한 시간쯤 지나 프랜치스는 교실로 갔다. 그녀는 책상 앞에서 무엇인가 쓰고 있다가 그를 보자 조용히 일어났다.

"앉으십시오."

"감사합니다."

그러나 그녀는 여전히 편지지가 펼쳐진 책상 앞에 펜을 쥐고 선 채 대답했다.

"저는 줄곧 학생들을 기다리고 있었습니다."

"점심 때가 지나야 모입니다. 한 열 명쯤 되는 데, 그것도 여러 주일에 걸쳐 모집한 인원이지요."

그는 애써 명랑한 어조와 유쾌한 표정을 잃지 않으려고 노력하면서 말을 이었다.

"퍽 귀엽고 영리해 보이는 아이들이랍니다."

그녀는 비로소 입가에 미소를 띄었다.

"우리는 아이들에게 최선을 다할 생각이에요."

"그리고 진료소의 일도 도와주시면 고맙겠습니다. 솔직이 말해 내가 가진 의학지식이란 보잘것없습니다. 그러나 이곳에서는 하찮은 지식과 치료도 효과는 놀라울 정도랍니다."

"물론이지요. 진료소의 진료 시간을 알려 주시면 제가 가보도록 하겠습니다."

잠시 침묵이 흘렀다. 그녀의 태도는 흠잡을 데 없이 깍듯하고 조용했다. 그러나 프랜치스는 처음부터 줄곧 무어라 말할 수 없는 차가움을 느끼고 있었고, 그것이 그를 거북하고 어색한 기분으로 만들었다. 그의 시선이 조그만 액자 속에 끼워진 사진—그녀가 이곳에 오자마자 꺼내 놓은 것—에 멎으며 얼굴에 미소가 떠올랐다.

"아주 아름다운 경치군요."

그는 가벼운 대화로 두 사람 사이에 버틴 차가운 벽을 허물어 내고 싶었다.

"네, 아름다운 곳이죠. 안하임 성(城)이라고."

그녀도 푸른 솔밭을 뒤로 하고 하얗게 솟아 있는 옛 성이 찍힌 사진을 바라보며 대답했다. 성에 딸린 테라스와 정원이 호수에 이어져 있었다.

"아, 이름은 들은 적이 있습니다. 역사적으로 유명한 명승지라지요. 댁이 그 부근입니까?"

그녀는 처음으로 그의 얼굴을 정시했다. 그리고 아무런 표정도 담지 않은, 다만 딱딱하게 굳어진 얼굴로 대꾸했다. 더욱 차갑게 느껴지는 음성이었다.

"네, 아주 가까운 곳이죠."

대화는 다시 끊어졌다. 그녀는 잠시 사이를 두었다가 빠른 어조로 말했다.

"물론 두 수녀와 저는 이곳에서 우리에게 맡겨지는 일들을 힘껏 하려는 각오로 왔습니다. 그러니까 신부님께서도 우리들에게 부탁하실 일이 있으시면 기탄없이 말씀해 주세요. 그 대신……"

그녀는 잠시 말을 끊었다가 단호한 어조로 덧붙였다.

"분명히 해야 할 것은 우리들에게 어느 정도 행동의 자유를 허용해 달라는 것입니다."

프랜치스는 의아한 표정으로 그녀에게 반문했다.

"구체적으로 그건 무엇을 뜻하는 것입니까?"

"가능한 한 생활의 독자성을 갖고자 하는 것이지요. 말하자면 식사는 우리들끼리만 할 것, 또 숙소도 완전히 독립되어 있어야 할 것 등이지요."

그녀의 대답은 거침이 없고 명료했다. 그는 피가 얼굴로 몰리는 것을 느꼈다.

"그것은 원래 그렇게 정해져 있던 것이 아니었던가요? 당신들이 머무는 집은 바로 당신들의 수녀원입니다."

"그럼, 수녀원 내의 관리를 제게 맡기시겠어요?"

비로소 상대방의 뜻을 명백히 안 신부는 가슴속이 마치 납덩어리라도 가라앉은 듯 무거웠다. 그는 서글픈 미소를 지으며 대꾸했다.

"물론입니다. 단 재정상태가 매우 빈약하니 그 문제에 대해서는 신중히 하셔야 합니다."

"아, 그것은 수녀원 본부에서 책임지기로 되어 있답니다."

그는 참을 수 없어 되물었다.

"그럼, 수도회 본부에서는 청빈의 정신을 지키도록 명하지 않습니까?"

"물론 청빈은 기본적인 의무지요."

그녀는 잠깐 신부의 표정을 살피고는, 애매한 미소를 지으며 말을 이었다.

"그러나 청빈은 인색함과는 구별되어야 한다고 생각합니다."

두 사람 사이에 한동안 어색한 침묵이 흘렀다. 그녀는 이 한없이 계속될 듯한 침묵의 압력에 견딜 수 없다는 듯 가벼운 헛기침을 하며 돌아섰다. 그는 얼굴이 화끈 달아올랐다. 그녀와 마찬가지로 고개를 돌린 채 딱딱하게 말했다.

"죠셉 편에 진료소의 시간과 교회의 행사표를 보내드리겠습니다. 이만 실례합니다."

그가 교실 밖으로 나가기를 기다려 그녀는 책상 앞에 앉았다. 꺾일 수 없는 자존심으로 팽팽하게 긴장된 얼굴 위로 눈물이 흘러 내렸다. 이곳의 상황은 예상대로 아주 좋지 않았다. 그녀는 떨리는 손끝에 힘을 주어 편지를 계속 써 나갔다.

……그리운 오빠.

걱정했던 일들이 벌써 일어나고 말았어요. 대대로 우리 호엔로에가(家)의 핏속을 흐르는 완강한 자존심으로 인해 저지른 것입니다. 그러나 그것이 저만의 잘못이라고는 그 누구도 말 못할 것입니다. 그는 지금까지 제 앞에 서 있었어요. 흙은 그래도 다 털고 턱에 지저분한 면도날 자국을 남기긴 했지만 그런대로 수염도 깎았더군요. 애써 위엄을 부리려는 태도였지만 저는 첫눈에 벌써 보잘것없는 집안 태생이라는 것을 알아 버렸기에 그 위엄은 효력이 없었어요. 게다가 하는 말이라니, 오빠, 오빠는 안하임 성을 역사적인 명승지라고 생각하세요? 기억하시는지요. 어머니와 함께 호수에서 요트를 타던 날 제가 찍었던 사진—그것은 이 세상에서의 저의 유일한 보물이기에 어디든지 지니고 다닙니다—을 바라보며 그는 '당신은 쿡크(영국의 관광여행사 이름)의 어떤 코스로 이곳을 가셨습니까?'라고 진지하게 묻지 않겠어요? 나는 대답하지 않았습니다. 제가 거기서 태어났노라고 바른대로 대답을 한다면 그는 틀림없이 더러운 흙투성이인 자신의 구두를 내려다보며 '아, 그러십니까. 우리 예수님께서는 마구간에서 탄생하셨는데요.'라고 중얼거렸을 테니까요.

그분은 남을 놀라게 하는 데는 뛰어난 소질이 있는 것 같아요. 옛 가정교사였던 헬 슈핀너를 기억하시지요. 우리의 놀림감이 되곤 하던—항상 그의 눈에 감돌던, 마치 얻어맞은 개처럼 전전긍긍하고 불안한 빛을 저는 오늘 아침 그분의 눈에서 보았습니다. 아마 출생신분이나 자란 환경이 슈핀너와 별반 다를 바 없을 거예요.

에른스트 오빠, 저는 앞으로의 일에 대해 두려움이 없이 생각할 수가 없습니다. 지금까지 제가 살아온 환경과는 너무나도 다른 모든 것이 부족하고 불편하기만 한 이국의 벽촌에 파묻혀, 게다가 도저히 존경할 수 없는 인물과 더불어 교류를 가져야 한다니요. 저는 제가 어쩔 수 없이 위선자로 되어 갈 것이 두렵습니다. 또한 말따 수녀와 클로틸드 수녀는 리버풀에서부터 줄곧 병난 송아지꼴이 되어 얼빠진 미소만 짓고 있으니, 다만 주의를 주어야 할 것 같습니다. 그러나, 저는 제게 맡겨진 일에 대해선 최선을 다할 결심입니다. 제 위치를 지키며 굳은 의지로…….

그녀는 여기까지 쓰고는 펜을 놓은 채 다시금 창 밖을 내다보았다. 불안이 가슴 가득 밀려들었기 때문이었다.

그날 이후 원장 수녀 외의 두 수녀도 애써 자신을 경원한다는 것을 프랜치스는 알아차렸다.

30세가 채 못되었을 클로틸드 수녀는 몹시 마르고 창백하며, 늘 신경질적인 미소를 띠우고 있었다. 그리고 고개를 갸우뚱하게 기울이고 기도할 때의 그녀의 푸른 눈은 간절한 기구와 감동으로 빛났다. 말따 수녀와는 전혀 달랐다.

말따 수녀는 우선 나이도 40세가 넘은 데다 체격도 크고 피부도 검어, 퍽 튼튼하고 소박한 시골 아낙네를 연상시켰다. 또한 행동거지도 성급하고 거친 데가 있어 아무래도 그녀에게는 농가의 부엌이나 넓은 마당이 제격일 듯 싶었다.

프랜치스는 종종 그녀들과 마당에서 마주치는 일이 있었다. 그때마다 벨기에인 수녀는 몹시 당황한 듯한 태도로 한 무릎을 굽혀 인사를 하곤 했다. 그리고 그는 몇 걸음 지나지 않아 소곤대는 그녀들의 말소리를 들었다. 때로는 프랜치스는 그녀들을 붙잡고 '날 그렇게 이상한 인간으로 보지 말아요. 첫인상은 어땠을지 모르지만 보기보다 괜찮은 사람입니다.'라고 말하고 싶은 충동을 느꼈다. 그러나 부질없는 짓일 것이었다. 굳이 그렇게까지 할 이유는 없었다. 수녀들의 의무수행은 완벽했다. 성당 제의방은 언제나 깨끗이 정리되고 있고 아름답게 수놓은 제대보와 굉장히 공을 들여 만들어야 하는 스톨라(사제가 미사집전 때 목에 두르는 긴 천. 사제의 권위를 상징함)가 여러 개 새로 마련되었다. 뿐만 아니라 진료소의 약장에는 붕대와 약품들이 종류와 쓰임새에 따라 분류되어 정돈되었다.

아이들의 수도 늘었다. 교실은 늘 아이들의, 소리를 합쳐 따라 읽는 소리와 노랫소리로 가득 차 있었다. 프랜치스는 종종 교실 밖의 나무그늘에 서서 그 귀여운 목소리들에 귀를 기울이곤 했다. 이 얼마나 초라한 학교인가. 그러나 또한 그에게 있어 얼마나 소중한 보물인가. 그는 되도록 교실 안에 들어가기를 피했다. 자신이 방해자가 된 듯한 거북스러움을 느끼기 때문이었다.

마리아 베로니카 원장은 대단히 헌신적으로 일에 임했다. 여전히 아름답고 훌륭했으나, 그 의연한 태도 속에 까다로운 성질이 숨어 있었다. 첫인상으로부터 받은 신부에 대한 혐오감은 씻겨지지 않는 것 같았다. 프랜치스로서는 이번 일을 통해서 자신이 사교성이 없을 뿐더러 여자들의 호감을 사기에는 적당치 못한 남자라는, 본래부터의 판단이 더욱 확실해진 것뿐이었으나 역시 유쾌한 기분은 아니었다.

1주일에 세 번 두 사람은 진료소에서 오후 내내 함께 일했다. 때로 4시간이나 넘게 일해야 되는 날도 있었다.

마리아 베로니카 수녀가 일에만 열중한 듯 분주스럽게 움직이는 것이 사실은 자신에 대한 혐오감을 잊기 위해서라는 것을 그도 짐작하고 있었다. 그러나 치셤 신부는 함께 일하는 동안 그녀에 대해 우정이라고나 해야 할 따뜻한 감정을 느끼고 있었다.

수녀들이 온 지도 한 달이 지났다.

어느 날 손가락이 몹시 곪은 환자의 치료를 끝내자 곁에서 지켜보던 수녀가 무척 놀랍고 신기한 표정으로 말했다.

"아주 훌륭한 솜씨군요."

그는 얼굴을 붉혔다.

"나는 어릴 때부터 손으로 하는 일을 좋아했답니다."

그녀의 칭찬에 그는 어린아이처럼 기쁨을 감추지 못하여 대답했다. 진료소 문을 닫기 전 의료품 정리를 끝낸 그녀가 무엇인가 할 이야기가 있는 듯한 얼굴로 그를 바라보았다.

"저, 수녀원 일에 대해 부탁드리고 싶은 것이 있어요. 아이들 시중이랑 여러 가지 집안일이 두 수녀의 손만으로는 벅찬 것 같아요. 더욱이 클로틸드 수녀쪽은 건강도 그리 좋지 않고……그래서, 신부님께서 허락하신다면 도와줄 사람을 두고 싶습니다."

"좋은 생각이십니다."

그는 기꺼이 승락했다. 그녀가 사전에 허락을 구했다는 것이 뜻밖인 만큼 그의 마음은 흐뭇했다.

"마땅한 사람을 찾아볼까요?"

"아닙니다. 벌써 적당한 사람을 구했답니다."

이튿날 성당 앞뜰을 지나가던 프랜치스는 무심히 수녀원쪽을 바라다보다가 수녀원 테라스에서 침구를 털고 있는 호산나와 피로메나 부부를 발견하고 낯빛이 흐려졌다. 그리고는 잠시 망설이다가 수녀원으로 들어갔다. 세탁장에서 홑이불을 정리하고 있던 마리아 베로니카 수녀는 의아한 표정으로 그를 맞았다. 그는 되도록 빠른 어조로 말했다.

"이렇게 갑자기 찾아와서 실례가 될는지요. 다름이 아니라, 이번에 새로 온 사람들에 대한 얘긴데……마음에 드십니까?"

그녀는 노골적으로 불쾌한 빛을 드러내며 그로부터 고개를 돌렸다.

"그 일이라면 제 소관이 아닙니까? 제게 맡겨 두세요."

"물론입니다. 간섭하려는 것이 아니라, 다만 그들 부부가 매우 불성실하고 믿을 수 없는 사람들이라는 것을 알려드리는 겁니다."

그녀의 입가에 조소가 떠올랐다.

"그것이 신부로서, 또 신자로서의 자비인가요?"

그의 낯빛이 창백해졌다. 그녀의 한 마디는 그를 궁지에 몰아넣기에 충분했다. 그는 단조로운 어조로 말을 계속했다.

"사실을 똑바로 알아야 할 필요가 있습니다. 더욱이 성당과 당신들을 위해서는 부탁이니……"

"제발 저희들에 대해서는 염려하지 마세요. 저희가 알아서 할 테니까요."

그녀는 차가운 미소를 띄운 채 잘라 말했다.

"저 왕 씨 부부는 질이 좋지 않습니다."

"그들이 이미 스스로 모두 얘기해 주었답니다. 정말 견디기 어려운 시련을 겪은 거예요."

"저 두 사람을 내보내지 않으시면 반드시 후회하게 될 겁니다."

"내보내다니요? 전 그럴 생각이 조금도 없습니다."

그녀는 때로는 완강했다. 섣부른 호의 따위는 보이지 말았어야 했어라고 속으로 생각하며 쓰게 웃었다. 호의를 미끼 삼아 이렇게 간섭하고 권위를 내세우려 하다니. 그의 속셈을 분명히 안 이상 앞으로는 절대로……그녀는 거듭 자신 있게 다짐했다.

"약속하지 않으셨던가요? 수녀원의 관리와 책임은 모두 제게 맡기신다고……"

그는 입을 다물었다. 더 이상 무슨 말을 할 수가 있을까. 순수한 동기에서 나온 충고가 오해와 반발심만 일으켜 겨우 호전되려던 둘 사이를 악화시킨 꼴이 되었으니.

그로 인해 그의 입장은 더욱 불리해졌다. 하루에도 몇 차례씩이나 사제관 앞을 지나치는 왕 씨 부부의 태도는 오만하고 의기양양하여 그때마다 프랜치스는 치미는 감정을 억제하기 위해 애를 쓰지 않으면 안 되었다.

7월도 다 지나간 어느 날 아침, 여느 때와 다름없이 죠셉은 과일과 홍차뿐인 식사를 가져왔다. 신부의 눈길이 몹시 부어 거북스러워 보이는 죠셉의 손에 가 닿았다. 죠셉은 조금은 두려워하는 듯, 그러나 뽐내는 듯한 표정을 지어 보이며 말했다.

"신부님, 그만 죄를 짓고 말았어요. 하지만 저 건방진 왕 씨가 하도 못되게 굴길래 참을 수 없었습니다. 그래서 한 번 혼을 내주었어요."

프랜치스는 놀라 눈을 크게 떴다.

"대체 무슨 짓을 한 거냐, 죠셉?"

죠셉은 겁먹은 표정으로 우물거렸다.

"글쎄, 그 작자가 하도 터무니없는 소문을 퍼뜨리고 다니니……베로니카 수녀에 비하면 우리는 한갓 티끌처럼 보잘것없다나요……."

"죠셉, 결국 인간이란 티끌에서 태어나 티끌로 돌아가는 것이 아니겠느냐."

신부는 쓸쓸히 웃었다.

"그뿐인 줄 아세요? 나 참……."

"더 심한 말도 참아야 한단다."

"말뿐이면 또 좋게요, 신부님. 계산을 속여서 수녀님들에게 돈을 옭아 내서는 흥청망청 쓰고 돌아다녀요. 수녀님들 생활비가 모두 그 작자의 뱃속에 들어가 버리는 거예요."

죠셉의 말대로였다. 프랜치스의 충고를 간섭으로 받아들인 마리아 베로니카 수녀는 보아란 듯 왕 씨 내외에게 집안의 모든 일을 맡겨 처리하게 했다. 호산나는 수녀원 안의 일을 도맡았고, 남편인 피로메나는 으시대며 매일 물건을 사러 거리로 나갔다. 물건 값은 월말에 한 몫으로 지불하게 되어 있었다. 돈을 치를 때가 되면 그들 내외는 새옷으로 갈아입고 나가 상인들에게서 실제보다 엄청나게 많은 액수가 적힌 영수증을 받아오는 것이었다. 이것은 프랜치스의 엄격한 스코틀랜드식의 양식으로는 용납할 수 없는 절도행위이고, 또한 신자로서는 파문(破門)에 해당되는 중죄였다.

"왕 씨를 너무 심하게 때린 건 아니겠지?"

그는 정색을 하고 죠셉에게 물었다.

"별로 다치진 않았어요."

"넌 참 어쩔 수 없는 놈이구나. 죠셉, 벌로 휴가를 주마. 또 전부터 사 달라고 하던 새옷도 사주지."

그날 오후, 환자들이 오기 전에 의료품 정리를 하던 마리아 베로니카 수녀가 기어이 입을 열었다.

"신부님은, 신부님께서 저 가엾은 왕 씨에게 한 짓이 너무 심하다고 생각지 않으세요."

그는 담담한 어조로 대답했다.

"너무 심한 건 바로 왕 씨입니다."

"신부님의 말씀은 이해할 수 없어요."

"그 녀석은 바로 당신들 것을 도둑질하고 있는 겁니다. 본래 도둑놈이니 새삼스러울 것도 없지만. 도둑질을 두둔하는 건 도둑질을 시키는 것과 같아요."

그녀는 입술을 깨물며 단호하게 말했다.

"전 신부님 말씀을 믿을 수 없어요. 저는 항상 제가 부리는 사람을 전적으로 신뢰해 왔습니다."

"더 이상 드릴 말씀이 없군요. 허지만 머지않아 제 말이 옳았다는 걸 아시게 되겠지요."

그는 더 이상 왕 씨 부부에 대해서는 거론하지 않을 것을 그녀에게 다짐했으나 그 일은 수주일 동안 무겁게 그의 머릿속을 내리누르며 떠나지 않았다. 자신에 대해 극도의 미움과 경멸의 감정을 품고 있는 사람과 계속 밀접한 관계를 유지해야 한다는 것, 더욱이 상대방의 권위와 정신적인 만족감을 위해 막대한 피해와 손실에도 수수방관할 수밖에 없다는 것은 커다란 고통이었다. 마리아 베로니카 수녀가 무심코, 그러나 솔직이 내뱉은 말이 그의 마음에 상처를 입힌 것이다. 그녀는 역시 괴로워하고 있는 듯했다.

매일의 미사 때마다 그는 성반을 받쳐들고 있는 그녀의 희고 연약한 손에서, 그리고 창백한 얼굴과 신경질적으로 떨리는 눈꺼풀에서 그에 대한 감출 수 없는 경멸의 빛을 느끼곤 했다.

그는 길고 평화로운 잠을 잃었다. 종종 밤중에 깨어나 다시 잠들지 못하고 날이 밝을 때까지 성당의 뜰을 거닐곤 했다. 두 사람 사이의 상태를 호전시키려는 어떠한 노력도 결국 그녀의 직권을 침해하는 행위로 오해받을 것이기에 그는 침묵으로 자제하는 수밖에 없었다. 그러나 언제까지 이렇게 지낼 수는 없는 일이었다. 바라는 바는 아니지만 머지않아 자신의 의사를 명백히 밝히고 주장할 시기가 오리라는 것을 그는 막연히 예감하고 있었다. 그 시기는 간단한 사건으로 인해 뜻밖에도 빨리 왔다.

가을로 접어드는 어느 날, 그는 뭔가 단단히 결심한 태도로 수녀원을 향했다. 마리아 베로니카 수녀가 이곳 사정에 어둡고 경험이 없어 하는 일이라고는 해도 이제는 보고만 있을 수 없었다.

"원장 수녀님……."

그녀 앞에 서면 언제고 그렇듯, 그는 긴장과 거북스러움을 느끼며 예의 그 구두—이제는 명물이 되다시피 한—로 시선을 떨구었다.

"요즘 클로틸드 수녀와 함께 거리에 나가십니까?"

그녀는 좀 놀란 듯했으나 곧 예사롭게 대답했다.

"예, 나갑니다."

한동안 아무도 입을 열지 않았다. 먼저 그녀가 조심스럽게, 그러나 비꼬는 듯한 어조로 신부의 다음 말을 채근했다.

"거리에서 무슨 일을 하고 있는지 알고 싶으신가요?"

"거리의 가난한 환자들을 돌보러 다니신다는 것은 이미 알고 있습니다. 만주교(滿洲橋) 부근까지도 가셨지요? 훌륭한 일입니다. 그러나 앞으로는 그 일을 그만두시기 바랍니다."

그는 되도록 침착하게 말했다.

"무슨 이유죠?"

그녀가 날카로운 음성으로 따지듯 물었다.

"그 이유는 말씀드리고 싶지 않군요."

그녀의 낯빛은 긴장으로 더욱 희어졌다.

"물론 저희들의 자선행위가 순수한 동기에서 비롯된 것인 이상 그것을 막는 데는 그럴 만한 까닭이 있으시겠지요. 그럼 적어도 그 까닭을 알 권리는 저희에게도 있습니다. 말씀해 주셔야겠어요."

"죠셉이 살인과 약탈을 일삼는 도적떼가 거리에까지 들어와 있다는 소식을 가져왔습니다. 전쟁이 일어날 모양이에요. 게다가 와이츄(外朱)의 군사들은 잔인하고 무지하기로 유명합니다."

그녀는 얼굴을 쳐들며 똑바로 신부를 향해 조소하는 투로 말했다.

"저는 군대를 무서워하지 않습니다. 저희 집안의 남자치고 용감한 군인들이 아닌 사람이 없었답니다."

"재미있는 말씀을 하시는군요."

그는 수녀의 교만하게 치켜든 얼굴을 조용히 바라보았다.

"당신이나 클로틸드 수녀는 남자가 아닙니다. 그리고, 와이츄의 무리를 바바리아 귀족 가문의 모로코 가죽장갑을 낀 기사처럼 생각한다면 큰 잘못입니다."

그는 이제껏 이렇듯 직설적으로 말해 본 적이 없었다. 그녀의 얼굴이 새빨개지더니 곧 파랗게 질렸다.

"신부님은 제가 하느님께 헌신하고 있다는 것조차 잊을 만한 편견에 사로잡혀 계시는군요. 저는 이 곳에 올 때 질병, 재난, 사고 따위 어떤 위험도 생각해 보지 않은 것이 없었습니다. 그러나, 이 모든 것 앞에는 두려움을 갖거나 비겁해지지 않을 자신이 있었던 거예요. 죽음까지도 각오했습니다. 그러니 그런 따위 경고나 충고는 필요없습니다. 듣고 싶지도 않고요."

그녀가 말을 하는 동안 프랜치스는 줄곧 타는 듯한 강한 시선으로 그녀를 쏘아 보았다.

"그럼 그 이야긴 그만하지요. 당신이 산적들에게 잡혀간다 해도 당신 말대로 그건 큰 문제가 될게 없을 테니까요. 거리로 나가는 것을 중지하라는 데에는 더 큰 이유가 있습니다. 중국사회에서의 여자들의 지위란 당신네 나라의 것과는 아주 달리 너무나 미천합니다. 여러 세기에 걸쳐 내려오는 전통적인 것이지요. 이런 사회에서 당신네들이 거리를 공공연히 나다니는 것은 굉장한 반감만 일으킬 뿐입니다. 선교상 여간 불리한 것이 아니지요. 그렇기 때문에 나는 당신들이 내 허가없이, 또 호위해 줄 사람도 없이 거리에 나가는 것을 막는 것입니다."

그녀는 너무도 뜻밖인 신부의 말에 뒤통수를 얻어맞은 듯한 충격을 느꼈다. 그리고는 모욕감으로 얼굴이 새빨갛게 달아올랐다. 도저히 깨드릴 수 없을 것 같은 침묵이 두 사람 사이에 무겁게 버티고 있었다. 그녀는 떨리는 몸을 간신히 가누고 있었지만, 이미 이야기를 할 기력을 잃고 있었다. 프랜치스가 돌아가려 할 때 복도에서 급한 발소리가 들리더니 말따 수녀가 숨이 턱에 차서 들어왔다. 너무도 흥분한 탓에 문 옆에 반쯤 가려져 서 있던 프랜치스를 미처 보지 못한 그녀는 흘러 내리는 머릿수건을 끌어올리며 미친 사람처럼 떠들기 시작했다.

"모조리 훔쳐가지고 달아났어요. 가게에 지불할 90달러와 은그릇들……아니, 클로틸드 수녀의 상아 십자가까지도요."

"대체 누가 달아났다는 거죠?"

마리아 베로니카 수녀의 신음 같은 물음이었다.

"누군 누구겠어요? 왕 씨 부부지요. 도둑들을 데리고 있었던 거예요. 전 벌써부터 그 작자들이 얼마나 지독한 거짓말쟁이이고, 악질들인지 알고 있었어요."

프랜치스는 차마 마리아 베로니카 수녀의 얼굴을 바라볼 수가 없어 발소리를 죽이며 교실을 나왔다. 그녀는 계속 떠들어대는 말따 수녀를 바라보며 언제까지고 그 자리에 서 있었다.

5

방금 수녀원에서 있었던 일 때문만은 아닌, 알지 못할 불길한 예감을 느끼며 치셤 신부가 사제관으로 돌아왔을 때 두 사람의 방문객이 그를 맞았다. 챠 씨와 그의 아들이었다. 날씨가 추워진 탓에 그들은 두꺼운 겨울 옷을 입고 있었다. 용나무 뒤로부터 다가오는 황혼을 배경으로 연못가에서 두 손을 꼭 잡은 채 서 있는 부자의 모습은 마치 한폭의 그림 같았다. 그들은 전부터 자주 성당에 드나들었기에 신부는 그들이 특별한 용건으로 왔으리라고 생각하지 않았다.

"안으로 들어가십시다."

인사를 나눈 뒤 프랜치스가 말하자 챠 씨는 그럴 겨를이 없노라고 사양했다.

"신부님께서 저희 집에 오시라는 청을 드리러 찾아왔습니다. 저희들은 오늘 밤 산에 있는 별장으로 떠납니다. 함께 가주신다면 정말 고맙겠습니다……."

프랜치스는 뜻밖의 제의에 어리둥절했다.

"겨울인데 별장에 가십니까?"

"네, 사실 우리도 여름에나 더위를 피하기 위해 관 산 숲 속의 별장을 사용했지만……, 그러나 겨울의 산이란 또 다른 풍치가 있지 않겠습니까? 식량도 땔감도 충분합니다. 신부님, 눈 쌓인 조용한 산 속에서의 명상도 때로는 필요한 것이 아닙니까?"

챠 씨의 어조는 상냥하고 공손했다. 프랜치스는 이 은근하나 간곡한 청의 뒤에 숨은 뜻을 추리해 보면서 탐색하는 눈초리로 챠 씨를 바라보았다.

"혹시 이 거리에 와이츄가 쳐들어 오는 건 아닙니까?"

프랜치스의 물음에 챠 씨는 어깨를 움츠려 보이는 것으로 대답을 대신했으나, 굳이 숨기려는 것 같지는 않았다.

"그럴 염려는 없습니다. 제가 이미 와이츄에게는 많은 돈과 살 만한 집을 주었으니, 아마 파이탄에 오래 머물겠지요."

프랜치스는 점점 더 챠 씨의 속셈을 알 수 없었다.

"신부님, 함께 가주십시오. 현명한 사람들일수록 때로 고독을 필요로 하지 않습니까?"

신부는 천천히 고개를 저었다.

"초대는 고맙습니다만 성당에서 할 일이 너무 많습니다. 그리고 댁에서 주신 이 아름다운 곳을 어떻게 떠날 수 있겠습니까?"

"지금은 이곳 기후가 좋습니다만……, 만일 오실 생각이 있으시면 꼭 연락해 주십시오. 유야, 마차에 짐을 다 실었겠지? 돌아가야겠다. 신부님께 영국식으로 인사드리렴."

프랜치스는 두꺼운 솜옷 소매 밖으로 악수를 하기 위해 내민 소년의 가냘픈 손을 마주 잡았다. 그리고 하느님의 축복이 있기를 기도했다.

챠 씨는 몹시 섭섭한 표정으로 발길을 돌렸다. 프랜치스는 멀어져 가는 두 사람의 모습을 멍하니 지켜보았다. 챠 씨의 갑작스런 별장행이 심상찮은 일인 만큼 까닭을 알 수 없어 기분이 착잡했다. 챠 씨가 돌아간 후부터 더욱 확실히 그의 속에 자리잡은 불안한 기분과 싸우며 그는 평상시와 다름없는 일과를 보냈다. 수녀들과는 거의 대면하지 않았다. 날씨가 나빠지기 시작하자 철새들은 떼를 지어 남쪽으로 날아갔다. 눈다운 눈도 내려주지 않는 하늘은 회색빛으로 어둡게 내려앉아 더욱 사람들의 기분을 음산하게 만들뿐이었다. 날씨 탓인지 수다쟁이 죠셉도 요즘 들어 무척 침울한 얼굴이더니 갑자기 프랜치스에게 고향에 다녀오겠노라고 말했다.

"집을 떠난 지 벌써 오래되었잖아요. 부모님의 일이 걱정되어요."

문득 프랜치스에게는 죠셉이 갑자기 고향엘 가고자 하는 것이 그가 막연히 예감하고 있는 불안과 관계있는 것이나 아닐까 하는 생각이 들었다. 그의 물음에 처음에는 고개를 젓던 죠셉이 마침내 사실은 머지않아 이곳에 큰 재난이 닥칠 거라는 소문이 파이탄 거리에 퍼지고 있다는 얘기를 했다.

프랜치스는 죠셉의 근심을 없애주기 위해 그의 어깨를 두드리며 웃었다.

"사실이 그렇다면 우리 버텨 서서 재난의 악형이 어떤 모습을 하고 있는가 보자구나. 그때 달아나도 늦진 않겠지."

이튿날 새벽 미사를 끝낸 후 그는 소문의 내용과 진상을 알아보기 위해 거리로 나갔다. 거리는 여전히 많은 사람들로 혼잡을 이루고 있을 뿐 별다른 움직임은 없었다. 문을 닫은 가게가 여럿 눈에 띄었고, 대저택가가 특히 조용한 것이 이상하다면 이상한 점이었다.

그물상가를 지나칠 때 남의 눈에 띄일 것을 조심하며 가게문에 못을 치고 있는 홍(洪)의 모습이 보였다.

"이번에는 틀림없습니다, 신부님."

신부를 바라보는 늙은 가게 주인의 눈에는 벌써 다가올 재난에 대한 두려움이 가득했다.

"흑사병이라나요?" 벌써 여섯 주(洲)가 당했고, 어젯밤 파이탄에도 환자가 생겼대요. 그리고 또 여자 하나가 만주문 안에서 죽어 있더랍니다. 조금만 영리한 사람이라면 이게 얼마나 참혹한 재난의 전조인지 즉시 알아차릴 수 있습죠. 피난갈 궁리에 여념이 없어요. 맙소사, 흉년이 들어 피난을 가고, 전염병이 돌아 피난을 가고, 살기가 왜 이렇게 어려운지 모르겠습니다."

침통한 얼굴로 성당 언덕을 올라가던 치셤 신부는 문득 걸음을 멈추었다.

성당의 담에 면한 길 가운데에서 세 마리의 죽은 쥐를 발견한 것이다. 닥쳐올 전염병의 경보였다. 그는 순간 아이들을 생각하고 두려움에 몸을 떨었다.

그는 급히 석유를 내다가 죽은 쥐들에게 끼얹어 태웠다. 다 탄 찌꺼기를 땅속 깊이 묻은 뒤에도 그는 자리에 멍하니 서 있었다. 이곳에서 제일 가까운 전화국이 있는 센샹(潘鄕)까지는 500마일의 거리였다. 나룻배로 최소한 6일은 걸릴 것이다. 그러나 어떤 방법을 써서든지 외부와의 연락을 취하는 것이 현재로서는 최선의 길이었다. 묘안이 떠올랐는지 갑자기 그는 어깨를 으쓱하고는 사제관으로 뛰어들어갔다. 그리고는 죠셉을 불러들였다.

"죠셉, 심부름을 좀 가야겠다. 아주 중요한 일이란다. 챠 씨의 새 보트로 가는 거야. 선원에게는 챠 씨와 내 허락을 받았다고 말하고 보트를 안 내주면 훔쳐도 좋아. 알겠니?"

"네, 신부님. 말씀대로 하겠어요."

자신의 임무가 얼마나 중요한 것인가를 알자 죠셉의 눈이 반짝였다.

"보트를 구하는 대로 전 속력을 내어 센샹으로 가라. 그리고 그곳 성당의 치보드 신부님을 만나는 거야. 만약 신부님이 안 계시면 즉시 미국 석유회사로 가서 제일 높은 분을 찾아 파이탄에 페스트가 퍼지고 있으니 곧 약품과 식량과 의사를 보내 달라고 부탁해라. 그런 뒤에는 전신국에 가서 여기 써 있는 대로 전보를 쳐야 한다. 그리고 또 북경 사제관과 남경 유니온 제너럴 병원으로 보내는 편지가 있다. 돈은 여기 있다. 죠셉, 충분히 해낼 수 있겠지? 어서 떠나도록 하렴. 하느님이 너와 함께 가주신다."

한 시간 후 죠셉은 등에 푸른 보따리를 메고, 단호한 결의로 입을 굳게 다문 채 성당 언덕을 내려가고 있었다. 죠셉을 보내고 난 뒤 프랜치스는 겨우 가라앉은 마음으로 보트가 떠나는 것을 바라보기 위해 종루 꼭대기로 올라갔다. 그러나 그곳에서 바라다보이는 광막한 평원의 정경은 참혹한 것이었다. 평원을 가로질러 가축과 짐마차와 사람들의 행렬이 두 줄을 이루며 움직이고 있었다. 한쪽은 거리를 떠나는 대열이고, 또 한쪽은 거리를 향해 들어오는 대열이었다. 그것은 마치 노도에 밀리는 개미떼의 형상을 연상시켰다. 한시라도 지체할 수 없을 만큼 사태는 절박했다. 그는 종루에서 뛰어내려와 학교로 달려갔다.

"마리아 베로니카 수녀는 어디 계십니까?" 그는 무릎을 꿇고 앉아 열심히 복도를 닦고 있는 말따 수녀에게 물었다.

"교실에 계십니다."

그녀는 젖은 손으로 머리수건을 매만지며 그에게 비밀이라도 알려주듯 마리아 베로니카 수녀가 요즈음 매우 기분이 우울해 있다고 덧붙였다.

그가 들어서자 교실은 갑자기 조용해졌다. 천진난만한 아이들의 얼굴을 보자 그는 가슴속에 견딜 수 없는 아픔을 느꼈다. 그것은 숨이 막히는 듯한, 거의 공포에 가까운 감정이었다. 마리아 베로니카 수녀의 얼굴은 몹시 창백했다. 그는 그녀에게 다가가 낮게, 그러나 단숨에 말했다.

"전염병이 퍼지고 있습니다. 아무래도 페스트인 것 같아요. 대책이 필요합니다."

그녀는 잠자코 있었다. 그는 다시 말을 이었다.

"어떤 방법으로든지 페스트로부터 아이들을 지켜야 합니다. 그러기 위해서는 외부로부터 학교와 수녀원을 격리시키는 수밖에 없을 것 같습니다. 아이들과 수녀님들은 절대로 바깥 출입을 금하도록 하고, 수녀님 한 분이 항상 입구를 지키도록 해주십시오."

"......."

그는 잠시 가슴의 고통을 진정시키기 위해 말을 끊고는 심호흡을 했다.

"최선의 방법이라고 생각지 않으십니까?"

여전히 창백하고 무표정한 얼굴로 굳게 입을 다물고 있는 수녀에게 그는 착잡한 시선을 보내며 물었다.

"대단히 좋은 방법이군요."

"그밖에 또 다른 할 일은 없습니까? 한시바삐 일을 시작해야 하니까요."

그녀는 비로소 차갑게 웃었다.

"아마 없겠지요. 격리당하는 일이라면 벌써부터 익숙해져 있으니까요."

그의 신경이 팽팽하게 긴장되었으나 그런 일로 시비를 따질 때가 아니었다.

"페스트가 어떤 병인지는 수녀님도 잘 아시겠지요?"

"네."

그녀의 대답은 딱딱했다. 더 이상 말할 여유를 주지 않았다. 그는 시종 적대감과 반감을 감추지 않는 그녀의 태도에 기분이 한층 언짢아졌다.

"만일 이것도 하느님의 뜻에 의한 재난이라면, 우리는 마음과 힘을 합해 이 시련을 견뎌나가야 하지 않을까요. 그러기 위해 사사로운 감정들은 버리도록 합시다."

"물론 그래야겠지요."

그녀는 여전히 차가운 웃음을 지우지 않은 채 빈정대는 투로 대답했다. 의연하고 품위 있는 태도 속에 그토록 오만한 본성이 도사리고 있는 것이었다.

그는 교실을 나와 성당으로 돌아오며 새삼 그녀의 담대함에 감탄하고 있었다. 페스트 앞에서도 눈 하나 깜짝 안하다니……. 어쨌든 다행한 일이 아닐 수 없다. 앞으로 한 달 동안만이라도 모두 마리아 베로니카 수녀만큼 침착한 태도를 가져 준다면 일을 해 나가기가 한결 수월할 것이다.

성당으로 돌아오자마자 그는 정원사를 보내 성당 건축을 맡았던 차 씨네 감독과 6명의 일꾼을 불렀다. 그들이 오자 미리 표시를 해두었던 성당과 수녀원과의 경계선에 흙담을 쌓도록 부탁했다. 마른 옥수수대는 훌륭한 바리케이트가 되었다. 학교와 수녀원 바깥으로 담이 쌓여지는 동안 그는 담 아래에 좁은 도랑을 파나갔다. 만일의 경우에 소독약을 흘려 보낼 수 있게 하기 위해서였다. 밤이 이슥해서야 일은 끝이 났다. 일꾼들이 모두 돌아간 뒤에도 그는 불안으로 잠을 이루지 못하고 서성댔다. 창고에서 감자와 밀가루, 버터, 베이컨, 밀크, 통조림 등을 있는 대로 모두 새로 쌓은 담 안으로 옮기기 시작했다. 마지막으로 약품까지 옮겨 놓자 조금 불안이 가시는 듯했다. 새벽 3시였다. 잠을 자기에는 매우 늦은 시간이었으므로 그는 성당 안에 들어가 미사 시간이 될 때까지 기도를 드렸다.

날이 밝자마자 그는 사법장관의 청사를 찾아갔다. 만주문으로는 병이 퍼진 성으로부터 밀려오는 피난민들의 행렬이 줄을 잇고 있었다. 성벽 밑은 이미 수백 명의 피난민들에게 점거되었다. 살을 에이는 찬바람 속에서 몸을 녹일 불도 없이 웅크리고 밤을 세운 그들 사이에서 불길한 기침소리가 들려오고 있었다. 이미 피난민들은 대부분 페스트에 감염되어 있는 것이다. 그러나 어떻게 손써 볼 도리없이 다만 고통에 시달리다 죽어갈 뿐이다. 프랜치스는 가슴이 찢어지는 듯한 아픔과 함께 무슨 수를 써서든지 그들을 살리고 싶다는, 아니 살려야 한다는 결의로 입술을 깨물었다. 밤 사이에 죽은 노인은 이제 필요없어진 옷들이 다 벗겨진 탓에 발가벗겨져 눕혀 있었다.

참혹한 광경이었다. 프랜치스는 연민으로 터질 듯한 가슴을 안고 사법청사에 들어갔다. 그러나 희망을 걸고 있던 포 씨의 사촌은 없었다. 포 씨 집의 굳게 닫힌 덧문만이 주인들이 이미 멀리 떠나 버렸음을 알려주고 있을 뿐이었다. 그는 숨을 헐떡이며 재판소로 뛰어갔다. 역시 텅 비어 있었다. 미처 달아나지 못한 서기들도 도망갈 채비를 서두르고 있었다. 프랜치스는 그들 중 한 사람을 붙들고는 장관의 소재를 물었다.

"장관님은 쩬찐(成定)의 친척집 장례식에 가셨습니다."

그는 프랜치스의 팔을 뿌리치며 대답했다. 쨈찐이라면 8백 리나 떨어진 곳이다. 극도의 흥분과 절망감으로 혼란된 프랜치스의 머리로도 최하급 관리 외에는 모두 '소집'이라는 명목으로 파이탄을 빠져 나간 것이 분명해졌다. 행정은 이미 정지된 것이다. 이제는 한 가지 길밖에 없었다. 헛걸음이 되기 십상이겠지만 어쨌든 가보는 수밖에. 프랜치스는 둔영소(屯營所)를 향해 뛰었다.

와이츄가 이 지방을 점령하고 유지(有志)들에게 공물을 바치도록 강요하게 되면서부터 실상 정규군은 유명무실해졌다. 살인과 약탈을 일삼는 도적떼가 거리에 나타날 때면 군대는 으레 해산되고, 군인들은 그 무리에 끼어 도적이 되어 버리는 형편이었다. 지금도 바로 그런 시기였다. 병영에서는 12명이나 될까 한, 더러운 회색 솜옷을 입은 군인들이 총도 없이 어슬렁거리고 있는 것이 눈에 띄었다. 프랜치스가 영문을 들어서려 할 때 보초병이 앞을 막았다. 그러나 프랜치스는 그를 떠밀어 버리고, 병영 안쪽의 방에 들어갔다. 군복을 단정히 입고 창가에 기대어 깊은 생각에 잠겨 있던 젊은 중위가 미처 상념에서 벗어나지 못한 듯 멍한 눈길로 신부를 바라보았다. 신부는 탐색하는 시선으로 재빨리 중위를 훑어 보았다. 젊은 장교는 곧 정중한 태도로 신부를 맞았다. 신부는 초조하고 절망적인 심정을 숨길 수 없었다. 그러나 되도록 침착하게 말했다.

"파이탄 전체가 무서운 전염병의 위험에 부딪쳐 있습니다. 이 재난과 싸워 주실 용기와 권력을 가지신 분을 만나러 왔습니다……."

샨은 침착한 얼굴로 프랜치스를 바라보았다.

"그런 권력을 쥔 분은 와이츄 장군뿐입니다. 장군은 내일 뚜엔라이(杜思來)로 출발하십니다."

"그렇다면 좀 자유롭게 되겠군요. 제발 부탁이니, 부디 도와주십시오."

샨이 어깨를 움츠려 보였다.

"사람들을 살리려면 희생적으로 일할 사람들이 필요합니다. 어떤 수를 쓰든 병이 퍼지는 것을 막아야 합니다."

"벌써 퍼지고 있어요. 초롱상가에서도 10명 이상의 환자가 발생했습니다. 거의 죽고, 남은 사람도 죽어가고 있습니다."

샨은 태연하게 대답했다. 프랜치스는 결코 여기서 물러나선 안 된다는 것을, 그것은 패배를 자인하는 것뿐이라는 것을 알기에 더욱 초조해졌다. 그는 중위 앞으로 한 발짝 다가섰다.

"바로 그들이 애타게 구조의 손길을 기다리고 있는 겁니다. 당신이 가지 않겠다면 나 혼자라도 가겠어요. 하지만 나는 당신이 함께 가주실 거라고 굳게 믿고 있는데……."

중위의 얼굴에 불안의 기색이 떠올랐다. 섬약하고 사치스러워 보이는 외모와는 달리 그는 용기와 정의를 사랑하는 사람이었다. 물론 출세욕도 있지만, 타협을 용납 못하는 강직한 성격 탓에 와이츄에게 매수당하지 않았다. 그러나 파이탄 사람들의 운명 따위는 생각해 본 일이 없었다. 신부가 방에 들어설 때까지 그를 사로잡고 있던 생각은 유광로(兪光路)에 남아 있는 소수의 병력에 합류할까 어쩔까 하는 것이었다. 그러나 신부의 말은 그의 성품 속에 있던 용기와 정의로움을 일깨우는 설득력이 있었다. 그는 자신이 원하기는커녕 관심도 없었던 일에 협력하기 위해 일어나 권총이 달린 혁대를 허리에 매었다.

"전염병 퇴치에는 별 도움이 안 되는 물건이지만 그래도 장교의 상징이니까요. 부하들을 복종시키는 데는 절대적으로 필요한 것입니다."

두 사람은 나란히 병영을 나와 유광로로 향했다. 그곳에서 39명의 군사들을 모아 마치 양계장처럼 사람들이 바글바글 끓는 개천가의 초롱상가로 갔다. 근방의 분뇨장은 페스트균의 온상이었다. 판자로 지은 오막들이 다닥다닥 붙어 있는 개천가의 뚝 위는 쓰레기더미와 오물로 발디딜 곳이 없었다. 이곳을 빨리 처치하지 않으면 페스트는 걷잡을 수 없이 퍼져나가 시내를 휩쓸어버릴 것이었다. 그 중 큰 오막을 둘러보고 나온 신부는 중위에게 말했다.

"우선 환자들의 수용소를 마련합시다."

샨은 감탄에 가까운 감정으로 신부를 바라보았다. 이 외국인 신부는 어딘가 좀 다르다. 페스트 환자에게 코가 맞닿을 정도로 가까이 접근하다니…….도대체 겁도 없는 모양이지. 드물게 용기 있는 사람이 아닐까. 용기란 중위에게 있어서 최대의 미덕이며 강점이었다.

"마땅한 집이 있습니다. 유시따이(御史臺 : 관리의 감찰을 관장하는 관청)의 집을 접수하면 됩니다."

샨이 말했다. 그의 염세(鹽稅)의 몫을 사취한 유시(御史)와 근래에 그는 사이가 아주 나빴던 것이다.

"제 친구의 집으로 마침 비어 있어요. 훌륭한 병원이 될 겁니다."

그들은 곧 군사를 이끌고 시내에서 가장 깨끗하고 아름다운 구역에 있는 유시따이로 갔다. 샨이 힘들이지 않고 출입문을 부수었다. 크고 훌륭한 저택으로 호화스러운 가구들도 고스란히 남아 있었다.

프랜치스는 5,6명의 군사들과 함께 환자를 수용할 준비를 하기로 하고, 중위는 나머지 사람들을 이끌고 나갔다. 최초의 환자가 들것에 실려 들어와 마루에 눕혀졌다. 종일 환자가 끊이지 않았다. 마루는 줄을 지어 누운 환자들로 가득 찼다. 그날 하루는 그의 생애 중 가장 긴 날이었다. 밤이 깊어서야 프랜치스는 솜처럼 지친 몸을 끌고 성당 언덕을 올라갔다. 멀리 시가지의 외곽으로부터 장례식을 치르는 사람들의 울음소리가 끊임없이 들려오고 있었고, 그것을 지우기라도 하려는 듯 술취한 사람들의 고함소리와 함께 간간이 총소리도 들려왔다. 그것은 주인 없는 상점을 약탈하고 있는 소리였다. 잠시 후 거리는 조용해지고 달빛 아래 말을 타고 동문으로 달려가는 한 떼의 도적들이 보였다. 그들은 이제 이 거리를 떠나는 것이다. 갑자기 달빛이 흐려지며 눈발이 날리기 시작했다. 언덕 꼭대기에 이르렀을 때는 제법 눈송이들이 굵어져 있었다. 그는 수녀원의 새로 쌓은 담에 기대어 서서 잠시 얼굴을 쳐들었다. 피로와 흥분으로 뺨에 와 닿는 눈의 감촉은 상쾌했다. 눈은 조그만 호스띠아(聖體)처럼 입 안에까지 날아 들어왔다. 어느새 눈은 대지를 덮고 분분히 내려, 시야를 흰색으로 꽉 채웠다. 그는 급작스럽게 밀려오는 막막한 불안감으로 급히 대문을 두들겼다. 곧 발소리가 나더니 문이 열리고 등불을 든 마리아 베로니카 수녀가 모습을 나타내었다. 아직 잠자리에 들지 않고 있었던 듯했다. 흐린 불빛 밑에 그녀의 그림자가 길게 드리워져 흔들렸다. 그는 피로한 음성으로 물었다.

"모두들 괜찮습니까?"

"예."

수녀의 대답을 듣자 안도감과 함께 하루 종일 그를 짓누르던 긴장이 풀리며 현기증으로 눈앞이 아찔했다. 아침부터 아무것도 먹지 않았다는 사실을 비로소 생각해 내자 피로와 허기증이 견딜 수 없이 밀려왔다. 잠시 그는 선 채 정신을 가다듬었다.

"빈약한 대로 거리에 구호소를 설치하여 환자를 수용했습니다. 지금으로서는 더 이상의 것을 바랄 수도 없지만……."

그는 말을 끊고 상대방의 반응을 살폈다. 그녀의 협력이 절실하게 필요한 것이다. 수녀들 중 한 사람이라도 도와준다면 일은 몇 배의 능률을 올릴 수 있을 것이었다. 그녀의 대답을 듣기 위해 다시금 입을 연다는 것이 매우 거북스러웠으나 그녀가 침묵을 지키고 있는 이상 어쩔 수 없었다.

"수녀님을 한 분만 구호소로 보내주실 수 있겠습니까? 자진해서 오실 분이 있다면 더욱 좋겠습니다만……, 도움이 필요합니다."

그녀의 입은 여전히 잠자코 있었다. 굳게 다물려진 얇은 입술은 마치 '일찍이 당신은 우리의 바깥 출입을 엄중히 금하시지 않으셨던가요?'라고 말하고 있는 듯이 느껴졌다. 그러나 불안과 과로로 인해 퍼붓는 눈발 속에 서서 도움을 구하는 신부의 고통스러운 눈길이 마음을 움직인 것일까. 그녀는 조용히 말했다.

"좋으시다면 제가 가지요."

그는 안도의 숨을 내쉬었다. 자기에게 결코 버릴 수 없는 적의를 가지고 있다손치더라도, 그녀의 일솜씨는 말따 수녀나 클로틸드 수녀와는 비교도 안 될 만큼 빈틈 없고 재빠른 것이다.

"지금 곧 저와 함께 유시따이로 가셔야 합니다. 옷을 두껍게 입으시고, 그밖에 필요한 물건들을 모두 챙기십시오."

정확히 10분 후, 마리아 베로니카 수녀는 필요한 물품이 든 가방을 들고 그의 앞에 다시 나타났다. 그는 가방을 받아들었다. 그리고 나란히 유시따이를 향해 언덕을 내려갔다. 누구도 입을 열지 않았다. 눈은 이제 발목을 덮을 만큼 쌓이고 그 위로 꽤 넓은 사이를 둔 채 나란히 두 사람의 발자국이 찍혀 나갔다.

밤 사이에 구호소에 수용된 환자들 중 16명이 죽었다. 그리고 그 3배의 환자가 다시 들어왔다. 모두가 페스트 환자였다. 페스트균 앞에서는 아무리 독한 소독약도 소용이 없었다. 감염된 사람은 마치 몽둥이에라도 맞은 듯 맥없이 쓰러져서는 하룻밤을 넘기지 못하는 것이었다. 피는 굳고 폐는 썩으며, 환자들이 끊임없이 뱉아내는 가래속에서 병균은 무서운 속도로 번식했다. 경직된 얼굴의 근육이 갑자기 웃는 것처럼 변할 무렵이면 몸은 이미 싸늘해져 있는 것이다. 심할 경우에는 병에 걸린 지 단 한 시간만에 죽어 버리기도 했다.

한의사들은 침술로 페스트를 고칠 수 있다고 장담했으나 성공했다는 얘기는 없었다. 1주일이 지나기 전에 거리는 페스트의 지옥이 되어 버렸다. 도처에 페스트의 공포가 있었다. 거리의 남쪽에 있는 몇 개의 성문들은 거리를 빠져나가려는 사람들과 짐마차, 가마, 짐을 잔뜩 실은 당나귀들로 일대 혼잡을 이루었다.

추위는 더욱 심해졌으나 전염병은 조금도 누그러질 기미를 보이지 않았다. 프랜치스는 과로와 수면 부족으로 쓰러질 것만 같은 몸을 이끌고 환자들을 치료했다. 막연하게나마 그는 페스트가 비단 이 파이탄 뿐만 아니라 이미 전국적으로 세균이 퍼져 걷잡을 수 없이 확산되고 있을 것이라고 확신했다. 그러나 외부와의 연락이 완전히 두절된 상태이므로 도무지 바깥 세상의 움직임을 알 수 없었다. 페스트가 10만 마일에 걸친 전국토를 휩쓸고 있으며, 이미 50만 명의 희생자가 눈 속에 묻혀졌다는 사실에 대해, 또한 세계 각국의 시선이 중국에 총집중되어 있으며 급히 조직된 미국와 영국의 의료진들이 벌써 중국 본토에 도착했다는 사실에 대해 그는 한 조각의 정보도 얻을 수 없었다.

불안과 공포 속에 시간은 흘러갔다. 죠셉은 돌아오지 않았다. 센샹으로부터 아무런 구원의 손길도 기대할 수 없는 것일까. 프랜치스는 하루에도 몇 차례나 부두로 나가 강으로 올라오는 배를 기다리다가는 무거운 발길을 돌리곤 했다.

죠셉은 떠난 지 두 주일째 되는 날 느닷없이 모습을 나타내었다. 몹시 피곤해 보였으나, 얼굴에 감도는 자랑스러운 미소로 보아 일이 잘

된 것을 알 수 있었다. 죠셉은 퍽 어려운 임무를 훌륭히 수행한 것이다. 페스트는 어디에나 퍼져 있었으며, 센샹은 바로 지옥을 방불케 했다. 그는 황하의 크리크(상해 해안에서 흔히 볼 수 있는 늪지대)에 매어 놓은 보트에 숨어 들어가 지내면서 신부가 지시한 일을 한 가지도 빠짐없이 해냈던 것이다.

죠셉은 더러운 손을 안주머니 깊숙이 넣어 간직했던 편지를 꺼내었다. 탈록의 편지였다. 옛 친구 탈록이 의료진에 끼어 이미 중국에 와 있을 뿐만 아니라, 수일 후에 파이탄에 도착한다는 것이었다.

치셤 신부는 흥분을 억누를 수 없었다. 떨리는 손으로 편지를 펼쳐 급히 읽어 내려갔다.

레이턴 경(卿) 구호원정대 절강에서

그리운 프랜치스.

나는 레이턴 경이 이끄는 의료반의 일원으로 5주일 전부터 중국에 파견되어 있다네.

내가 어린 시절 얼마나 대양을 횡단하는 화물선, 또한 먼 나라의 밀림지대 따위를 꿈꾸어 왔는가를 자네가 안다면 이러한 내 행동을 충분히 이해하리라 믿네. 나는 기실 어린 시절의 꿈은 단지 꿈으로써 잊혀진 줄로 알고 있었지. 그러나 그게 아니었어. 중국에 파견할 구호대의 지원모집에 자신도 모르게 지원해 버리고는 스스로도 좀 놀랐다네. 그러나 결코 소영웅주의와 감상에 빠져 한 일은 아니야. 굳이 원인을 캐자면 아마 타인카슬에서의 단조로운 생활에 대한 권태 때문이 아닌지. 게다가 또 중국에서는 자네와 상봉하는 기쁨이 기다리고 있으니……. 중국에 온 이래 줄곧 시골로만 찾아다니며 구호 활동을 하고 있네. 한시라도 빨리 자네를 만나고 싶네. 자네가 난낑(南京)으로 친 전보는 틀림없이 구호대 본부로 들어갔고, 그래서 다음날에는 하이챵(海鎭)의 내게까지 그 소식이 전해졌지. 나는 즉시 레이턴 경(얘기가 통하는 사람이지.)에게 가서 빨리 출발할 수 있도록 조처를 해달라고 부탁했네. 경은 흔쾌히 허락했을 뿐만 아니라 그 귀한 발동선까지 내주더군. 지금 막 센샹에 도착해서 구호물자를 모으고 있는 중일세.

물자가 모아지는 대로 전속력을 내어 자네 곁으로 가겠네. 아마 자네가 보낸 소년보다 하루쯤 늦게 닿겠지. 부디 몸조심 하게. 자세한 얘기는 만나서 하기로 하세.

월리 탈록

프랜치스의 얼굴에 거의 잃어버렸던 밝은 미소가 떠올랐다. 페스트의 습격 이후 그는 처음으로 가슴에 벅차오르는 기쁨을 느꼈다. 이런 상황에서 느닷없이 나타나는 것이야말로 얼마나 탈록다운 행동이랴.

벗이 있어 먼 곳에 찾아오니 이 또한 즐겁지 아니한가(논어의 한 구절). 예기치 못했던 탈록의 편지는 그의 용기를 새삼 북돋아 주었다. 탈록이 닿기까지에는 하루가 남아 있었지만 그의 마음은 벌써부터 기다림에 들뜨기 시작했다. 이튿날 강을 올라오는 구호선의 모습이 멀리 보이기 시작하자 그는 허둥지둥 부둣가로 달려 나갔다.

탈록도 역시 미처 배를 대기도 전에 뛰어내렸다.

몸은 좀 뚱뚱해진 듯했으나 전형적인 스코틀랜드인의 무뚝뚝하고 침착한 모습은 여전했다. 옷차림에 전혀 신경을 쓰지 않는 것도, 고원 지방의 황소처럼 우직하고 강인한 태도도, 또한 전체적인 인상이 홈스턴의 직물처럼 소박하고 솔직해 보이는 것도 전과 다름없었다.

프랜치스는 그만 눈물이 핑 돌아 앞이 보이지 않았다.

"탈록, 자네가 오다니. 정말 자네인가."

탈록도 프랜치스의 몸을 잡고 흔들뿐 아무 말도 못했다. 북국인의 피가 더 이상의 감정 표현을 허용하지 않게 하는 것인지도 몰랐다. 한참만에야 그는 낮게 중얼거렸다.

"전에 함께 다로 거리를 다닐 때는 우리가 이런 곳에서 이렇게 만나게 될 것을 상상도 못했지."

두 사람은 웃으려 했으나 굳어진 얼굴 근육이 말을 듣지 않았다.

"자네 꼴이 그게 뭔가. 그 웃옷 하며 고무구두라니……. 그런 구두를 신고 페스트균이 들끓는 곳을 다니는 건가? 자네부터 단단히 감시해야겠네."

탈록은 프랜치스를 아래위로 훑어보며 화를 내었다.

"제발 우리 병원도 잘 감시해 주게."

프랜치스는 미소를 지으며 대꾸했다.

"뭐? 병원이라고? 그런 게 있다면 어서 보여주게나."

의사의 연한 금빛 눈썹이 치켜져 올라갔다.

"지금부터 가려는 곳이지. 자네만 준비가 되었다면……."

탈록은 타고 온 배의 선원에게 구호물자를 가지고 따라오도록 이르고는 프랜치스와 나란히 걷기 시작했다. 나이가 들면서 몸은 불었으나 동작이 재빠르고, 혈색 좋은 얼굴에 눈은 전과 다름없이 빛나고 있었다. 프랜치스에게 그 동안의 경과를 들으며 연방 고개를 끄덕거리는 그의 이마 위로 머리카락이 몇 개 흘러 내렸다.

유시따이 청사에 닿았을 때 탈록의 눈은 더욱 빛났다. 그리고 빈정대는 투로 프랜치스에게 말했다.

"난 물론 더 형편 없는 곳이려니 생각했다네. 여기가 바로 자네 본부인가?" 그는 뒤따라 온 선원에게 짐을 집안에 들여놓으라고이른 뒤 그 구호소로 들어갔다. 재빨리 구호소 안을 살펴보는 한편 두 사람의 뒤를 따라 들어온 마리아 베로니카 수녀에게 호기심에 찬 눈길을 보내는 것도 잊지 않았다. 샤 중위가 따라오자 프랜치스는 그를 탈록에게 소개했다. 두 사람은 힘차게 악수를 나누었다. 네 사람은 함께 제1병동으로 불리우는 긴 방에 다다랐다. 탈록이 감동된 목소리로 나직이 말했다.

"당신들이 하신 일은 정말 대단하군요. 그러나 제게서 멜로드라마 같은 기적은 기대하지 마십시오. 이제까지 품고 있던 이상이나 바람은 모두 잊도록 합시다. 이 상황에서 필요한 건 정확한 현실파악입니다. 저는 대단한 의사는 못됩니다. 일개 일꾼으로서 이곳에서 당신들과 함께 일하러 온 것뿐입니다. 제 가방 안에는 한 방울의 왁찐도 없습니다. 그런 것은 소설에서라면 몰라도 실제로는 전혀 쓸모가 없으니까요. 본국에서 가져온 앰플은 1주일도 못되어 다 떨어지고 말았습니다." 그는 잠깐 말을 끊고 사람들을 바라보았다.

"아시겠지만 전염병은 그런 것으로 막아지지 않습니다. 페스트란 걸리기만 하면 죽게 마련입니다. 우리 아버님은 늘 말씀하셨죠. 1온스의 예방약이 1톤의 치료약보다 몇 배의 효과를 낸다고 말입니다. 그렇기 때문에 앞으로 우리는 살아 있는 사람에게가 아니라 죽은 사람에게 주의를 돌려야 합니다."

탈록의 말뜻을 정확히 알아차리는 데는 조금 시간이 걸렸다. 중위가 웃었다.

"시체들은 대부분 눈에 안 띄는 후미진 골목에 버리기 때문에 처치가 몹시 곤란한 형편입니다. 밤에 길을 걷다가 시체의 팔에라도 걸려 넘어질 때면 등골이 오싹해집니다."

프랜치스는 마리아 베로니카 수녀의 표정 없는 얼굴을 재빨리 살피고는 속으로 혀를 찼다. 역시 젊은 탓이겠지만 중위는 가끔 경박하게 지껄이는 것이 탈이다.

의사는 그가 가지고 온 짐짝들을 하나씩 뜯었다.

"먼저 옷차림부터 제대로 합시다. 당신들 두 분은 하느님을 믿고, 중위님은 공자님을 믿지만……."

탈록은 짐짝 속에서 고무장화를 꺼냈다.

"나는 예방이란 놈을 믿으니까요."

그는 차례로 흰 가운과 보호안경을 꺼내어 착용하게 하고는 사무적인 태도로 이야기를 계속했다.

"당신들은 병에 대해 너무 무방비 상태입니다. 정말 아무것도 모르는 아이들처럼 말이오. 환자의 기침이 한 번만 눈에 들어가는 날엔 끝장입니다. 각막으로 침입하니까요. 그 정도의 상식은 이미 14세기의 인간도 가지고 있었소. 그래서 그들은, 예방책으로 원숭이 사냥꾼들이 시베리아에서 가져온 부레풀로 만든 탈을 썼던 것입니다. 이젠 됐어요. 수녀님, 나중에 다시 오겠습니다. 환자를 보기 전에 먼저 샨 중위와 신부님과 함께 거리를 한 바퀴 돌아야겠습니다."

끊임없이 실려 들어오는 환자들을 돌보느라 너무 바빴던 탓에 프랜치스는 시체를 쥐들이 건드리기 전에 즉시 파묻어 버려야 한다는 것을 잊고 있었다. 잊지 않았다 해도 할 수 없는 것이 돌덩이처럼 굳게 언 땅을 파고 일일이 매장한다는 것은 불가능했을 것이다. 더욱이 관을 구할 수 없게 된 것도 오래전부터였다. 또한 그 많은 시체를 무엇으로 태운단 말인가. 샨의 말대로 언 시체처럼 태우기 어려운 것도 없었다. 그렇다면 방법은 단 한 가지, 성 밖에 커다란 구덩이를 파고 주위에 생석회를 뿌린 다음 시체들을 묻어 버리는 것뿐이었다. 징발된 마차로 시체들을 가득 싣고 병졸들이 돌아다닌 지 사흘 만에 거리는 깨끗해졌다. 개가 물고 돌아다니던 임자 없는 시체들도 공동매장되었다. 그러자 시체를 마루 밑이나 지붕 밑에 숨겨 두는 일이 늘어났다. 부모나 형제의 시체를 짐승들처럼 부정하게 묻어 넋을 더럽히지 않겠다는 미신 때문이었다.

탈록의 제안으로 샨 중위는 '시체를 숨기는 자는 총살에 처한다.'라는 엄중한 포고문을 발표하고, 거리에 붙이도록 했다. 병사들은 종일 포고문의 내용을 외치고 다녔다. 마차는 밤낮 없이 덜컹대며 시체들을 실어 날랐다. 탈록은 또한 병사들로 하여금 페스트의 온상이라고 할 수 있는 빈민가를 허물어 버리게 했다. 그것은 전염병이 돌 때에 한해서 의사들에게 부여되는 권한이었다. 첫번째 대상은 초롱상가였다. 병사들은 집들을 부수고 쥐들을 불태웠다. 일을 마친 뒤 그으름과 먼지로 더러워진 얼굴을 하고 손에는 도끼와 기름깡통을 든 채 조용해진 거리를 프랜치스와 나란히 걸으며 탈록은 꽤 나무람이 깃든 어조로 말했다.

"이런 일들은 자네에게 맞지 않아. 게다가 그토록 과로를 하니 얼마나 더 지탱할 수 있을 것 같은가. 다만 2, 3일이라도 성당에 돌아가 아이들과 함께 지내는 게 어떻겠나. 자네는 늘 아이들 걱정을 하고 있지 않은가."

"만약 그렇게 한다면 굉장한 웃음거리가 되겠지. 사람들은 모두 죽어가고 집들은 불태워지는데, 명색이 신부로서 편안히 쉰다는 것은 말이 안 되네."

"누가 자네를 보고 있단 말인가. 더욱이 여기는 외진 곳이 아닌가?"

"누구의 눈에서도 피하지 못하지. 우리는……."

프랜치스는 알 수 없는 미소를 지었다. 탈록은 더 이상 이야기하지 않았다. 유시따이에 이르자 그는 돌아서서, 아직도 거리쪽에서 타고 있는 불빛의 반사로 노을이 진 듯 붉은 하늘을 바라보며 혼잣말처럼 중얼거렸다.

"런던의 그 끔찍한 화재도 필요에 의한 것이었어…… .(1666년에 있었던 런던의 대화재. 1666년까지도 페스트는 영국의 풍토병이었다.)"

그리고는 격한 어조로 프랜치스에게 말했다.

"마음대로 하게나. 자살을 할 생각이라면 말야. 하지만 누구나 자신에 대한 책임은 있는 것일세."

날이 갈수록 일은 더욱 많아졌다. 근 열흘 가까이 프랜치스는 옷을 벗지 못했다. 땀에 절은 속옷은 바깥으로 나오면 다시 얼어붙곤 하여 나무껍질처럼 딱딱해졌다. 동상도 심했다. 가끔 장화를 벗고 탈록의 명령대로 식물성 기름으로 발을 문질렀으나 오른쪽 발가락은 곪아가고 있었다. 그는 쓰러지지 않기 위해 결사적으로 일에 매달렸다.

눈이 녹지 않으니 식수난이 닥쳐 왔다. 우물물은 모조리 두껍게 얼어붙어 있어 밥을 짓는 일도 어려운 지경이었다. 그러나 탈록은 언제나 여유만만했다. 괴롭고 고달픈 생활을 견뎌나가기 위해서는 점심때 만이라도 한 자리에 모여야 한다고 그는 주장했다. 그리고 그 때마다 풍부한 유머와 화제로 분위기를 명랑하게 만들었다. 때로는 가지고 온 축음기로 에디스 벨의 걸작품들을 들려 주기도 했다. 그는 또 뛰어난 얘기꾼이기도 했다. 그가 살았던 타인카슬이나 영국의 시골 마을에 전해 내려오는 이상한 이야기 등을 놀랄 만큼 많이 알고 있었다. 가끔 마리아 베노리카 수녀까지도 즐거운 웃음을 띄우곤 했다. 물론 샨 중위는 다른 사람들처럼 완전히 탈록의 이야기를 이해하지는 못했지만 그럴 듯한 얼굴로 듣곤 했다. 샨은 가끔 식사시간에 맞춰 오지 못하는 때가 있었다. 그러한 나머지 사람들은 그가 요행히 살아 남은 미인(美人)이라도 찾아 위로하고 있는 모양이라고 말하며 웃었지만 덩그렇게 비어 있는 중위의 자리는 마치 죽은 자의 자리처럼 그들의 신경을 괴롭히곤 했다.

3주째 접어들면서부터 마리아 베로니카 수녀에게는 극심한 피로의 기색이 나타났다. 저녁에 다 함께 모인 자리에서 탈록은 이제 유시따이 병동만으로는 환자를 다 수용할 수 없다는 걱정을 털어 놓았다. 그녀는 미리 생각하고 있었던 듯 즉각 대답했다.

"그물상점에서 해머크를 가져오는 게 어떨까요?"

탈록이 손뼉을 쳤다.

"참, 어째서 그 생각을 못했을까? 아주 좋은 방법입니다."

칭찬을 받고 그녀는 얼굴을 붉혔다.

마침 식사가 다 되어 쌀로 만든 요리가 각자 앞에 놓여졌다. 그녀는 평소처럼 눈을 내리깔고 조용히 포크를 들었다. 그런데 갑자기 팔에 힘이 없어지며 도저히 포크를 움직일 수가 없었다. 포크로 떠올리던 밥알이 흐트러지자 그녀는 목까지 새빨개졌다. 그리고는 포크를 놓고 말없이 자리에서 일어났다. 그러나 잠시 후 식사를 마친 프랜치스가 병실로 들어갔을 때 그녀는 전과 다름없이 일을 하고 있었다. 그는 그녀의 무서운 희생정신에 새삼 감탄하지 않을 수 없었다. 중국인 청소부들도 하기 싫어하는 온갖 궂은 일을 조금도 마다하지 않고 열심히 해내고 있는 것이다.

그들의 사이는 더욱 나빠져 가고 있었다. 이야기를 나눈 것이 언제였던가, 기억이 까마득했다. 그는 조심스럽게 입을 열었다.

"수녀님, 탈록 의사도 걱정을 하고 또 우리가 생각하기에도 당신은 너무 무리를 하고 계신 것 같습니다. 말따 수녀님과 일을 바꾸어 보시는 게 어떻습니까?"

본래의 냉정한 태도로 돌아가 있던 그녀는 몹시 자존심이 상한 듯 꼿꼿이 일어섰다.

"저로서는 부족하다는 말씀입니까?"

"절대로 그런 뜻이 아닙니다. 당신은 비할 바 없이 훌륭하게 일을 해 나가고 계십니다."

"그렇다면 왜 제가 떠나기를 바라시는 거죠?"

그녀의 입술이 떨리고 있었다.

"당신을 위해서입니다."

그녀의 세찬 반발에 무색해진 프랜치스가 중얼거리듯 낮게 대답했다. 그녀는 충격을 받은 듯 낯빛이 창백해지더니 곧 격한 어조로 프랜치스에게 말했다.

"제발 그런 염려는 그만두세요. 동정은 질색이에요. 대신 제게 더 많은 일을 맡겨 주세요. 그러시는 것이 훨씬 나아요."

적대감으로 무장을 하고 있는 그녀에게 이 편의 뜻을 이해시킬 도리는 없었다. 그의 눈길을 피해 그녀는 완강하게 고개를 돌려 버렸다. 그는 참담한 마음으로 그녀의 곁을 물러나는 수밖에 없었다.

1주일간 맑은 날씨가 계속되더니, 다시 눈이 내리기 시작했다. 다시는 그치지 않을 듯한 기세로 밤낮 없이 퍼부어 대는 것이었다. 마치 함박꽃처럼 큰 눈송이들이 쌓이면서 거리는 더욱 깊은 정적 속으로 잠겨갔다. 눈에 뒤덮인 집들도 깊은 잠 속에 빠져 들어간 듯 조용히 엎드려 있었다. 눈사태로 인해 구호사업은 벽에 부딪쳤고, 그 사이에도 환자는 계속 발생했다. 그는 다시금 암담한 기분에 빠져 들어갔다. 페스트와의 싸움은 언제나 끝나게 될지 전혀 예측할 수 없었다. 그는 차차 시간의 흐름도 장소의 관념도 공포와 더불어 잊었다. 죽어가는 사람들에 대한 깊은 연민과 그것에서 비롯되는 간단없이 떠오르는 단편적인 상념만이 살아 있었다.……그리스도가 약속하셨던 고난…….이 세상은 그것으로써 목적이 아니다. 다만 내세의 준비로써 주어진 것일 뿐이다. 신은 마침내 우리의 눈에서 눈물을 씻어 주시고, 그리고 우리는 슬픔과 외로움에서 자유로워질 것이다…….

페스트는 무서운 속도로 퍼지고 있었다. 그들은 피난민들을 성문 밖에서 일단 소독시킨 후 검역소에 수용하여 감염되지 않은 것이 확인된 사람만을 거리로 들여 보냈다.

어느 날, 검역소로부터 돌아오던 길에 탈록이 갑자기 프랜치스에게 물었다. 과로 탓인지, 낙천가인 그도 몹시 신경질적이고 우울하게 보였다.

"지옥이 이곳보다 더 참혹할까?"

피로로 곧 쓰러질 것만 같아 간신히 걸음을 옮겨놓던 프랜치스는, 그러나 여느 때와 다름없이 조용히 대답했다.

"지옥은 바로 인간이 희망을 잃어버린 상태를 말하는 것일세."

절대로 수그러들 것 같지 않던 페스트의 기세가 언제부터 약해졌는지는 아무도 몰랐다. 그들은 일에 열중해 있다가 문득 오늘은 사망자가 한 사람도 없었구나 하고 깜짝 놀라곤 했다. 새로 오는 환자의 수도 눈에 띄게 줄었고, 북쪽에서부터 오는 피난민의 대열도 끊어졌다. 페스트는 이제 이 거리를 떠나 남쪽으로 이동해 간 것이었다. 가장 많은 희생자를 낸 빈민굴은 잿더미로 변해 처참했던 흔적을 남겼을 뿐, 들끓던 사람들의 모습은 어디에서고 볼 수 없었다.

"자네의 하느님만은 알고 계시겠지, 얼마나 끔찍한 비극인가를. 또한 우리의 싸움이 얼마나 처절했는가를……."

탈록은 기운을 차리려는 듯 심호흡을 하고는 다시 말했다.

"환자들이 많이 줄었네. 오늘은 좀 쉬도록 하세. 머리가 돌아버릴 것 같아."

구호소에서 일하기 시작한 이래 사제관에서 밤을 지내기는 처음이었다. 하늘은 어둡고 별빛은 흐렸다. 성당 언덕으로 올라섰을 때 의사는 걸음을 멈추고, 하얗게 눈이 쌓인 대지 위에 우뚝 서 있는 성당을 오래 바라보았다. 그리고는 평소의 그답지 않게 조용히 말했다.

"정말 훌륭하군. 자네의 고생이 결실을 맺은 거야. 자네의 어린 아이들은 이제 안전하네. 내가 자네에게 뭔가 조그만 도움이라도 주었다면 그것보다 더 기쁜 일은 없겠네."

그리고는 드러내 보인 자신의 진지함이 쑥스러운 듯 농담조로 덧붙였다.

"자네를 부러워할 수밖에 없는 것이, 늘 베로니카 수녀같이 아름다운 여자와 함께 지내고 있지 않나?"

탈록의 마음속을 너무도 잘 알고 있는 프랜치스는 화를 내는 대신 씁쓸하게 웃었다.

"그러나 그쪽에서는 괴롭기만 하다네."

"음?"

"자네도 알지 않나. 그 수녀가 얼마나 지독히 나를 싫어하는지 말이야."

탈록은 알 수 없다는 듯한 눈초리로 프랜치스를 흘끗 바라보았다.

"자네에게는 옛날부터 도대체 자부심이라는 게 없군. 그것이 자네의 가장 좋은 점이긴 하지만……."

두 사람은 다시 걷기 시작했다. 사제관에 돌아오자, 탈록은 아까와는 달리 몹시 기분이 유쾌한 듯했다.

"이제 겨우 지옥을 빠져나와 인간세상이 보이는군. 대단한 일이야. 짐승의 수준에서 인간으로 승격하다니. 자, 토디라도 한 잔 할까. 그러나 이번 기회에 내게 영혼의 존재를 증명해 보여 개심시키려는 수고는 하지 말게."

둘 다 몹시 지쳐 있었으나 기분은 말할 수 없이 유쾌했다. 밤늦게까지 이야기를 나누는 중 탈록은 간간이 빈정대는 투로 자신의 이야기를 내비치곤 했다.

"이제까지 나를 지배한 것은 허무였다네. 그래서 술을 마시기 시작한 거야. 그런데 이제 중년이라고 해야 할 나이에 접어들고 보니 우습게도 사람의 정이 그리워지지 않겠나. 자신의 한계를 인정할 수밖에 없는 단계에 이르렀다는 얘기겠지. 이제 고향에 돌아가면 남들처럼 가정이라는 걸 가져볼까 하네. 결혼이라는 커다란 모험을 감행하려는 거지."

그는 수줍어하는 듯한 미소를 지었다.

"아버지께서는 내가 집에다 병원을 낼 것을 무척 원하신다네. 내 아이들이 자라는 것을 보고 싶으신가 봐. 아버지는 지금도 자네를 가톨릭의 블테어라고 말씀하신다네."

그리고는 화제를 누이동생인 진에게로 옮겼다. 그가 각별한 애정을 품고 있는 진은 이미 결혼을 해서 타인카슬에서 상당히 부유한 생활을 하고 있다는 것이다. 그는 프랜치스의 시선을 피하며 자못 이상스럽다는 투로 말했다.

"진은 신부들이 평생 독신으로 지낸다는 것에 대해 대단히 회의적이더군."

화제는 계속 그들이 함께 알고 있는 사람들에게로 이어졌다. 이야기가 쥬디에 이르자 웬일인지 탈록은 입을 다물어 버렸다. 그러나 폴리에 대해서는 아무리 이야기해도 끝이 안 날 것 같았다.

"반 년 전에 타인카슬에서 만났지. 여전히 원기왕성해 보이더군. 정말 훌륭한 분이야. 옛날이나 지금이나 나는 변함 없는 애정과 존경을 품고 있다네. 아마 죽을 때까지 그럴 테지."

그들은 거의 새벽녘에야 의자에 앉은 채 잠이 들었다.

주말이 되자 눈이 그쳤다. 페스트는 이제 파이탄을 떠난 것이 확실해졌다. 밤낮 없이 덜컹대며 거리를 돌던 시체운반차도, 하늘 높이 맴돌던 독수리떼도 사라졌다.

토요일 아침, 프랜치스는 성당 발코니에 서서 흙담너머로 아이들이 뛰노는 모습을 감회어린 눈으로 보고 있었다. 대기는 차갑고 신선했다. 악몽으로 시달리던 긴 밤 끝에 맞은 아침처럼 형용할 수 없이 감사하고 유쾌한 기분이었다. 눈길이 아이들이 놀고 있는 저쪽의 숲을 향했을 때 그는 성당 언덕을 급히 뛰어오는 군인을 발견했다. 필시 샨의 부하일 것이라고 생각했으나 가까워지는 모습으로 그가 샨이라는 것을 알고는 의아했다. 중위가 성당까지 온 일은 한 번도 없었던 것이다. 그를 맞기 위해 계단을 내려가는 프랜치스의 가슴은 불길한 예감으로 두근거렸다. 가까이 다가가 그의 얼굴을 본 순간 프랜치스는 인사도 잊은 채 얼어붙은 듯 서 버렸다. 샨의 얼굴은 파랗게 질린 채 무섭도록 긴장되어 있었다. 이마는 땀으로 번질거리고, 군복 웃옷의 단추도 풀어진 채 단정하기로 이름난 그로서는 유례없이 헝클어진 모습이었다. 중위는 숨이 턱에 차서 마치 보고라도 올리듯 단숨에 말했다.

"지금 곧 유시따이로 와주십시오. 친구분인 의사께서 병이 나셨습니다."

순간 프랜치스는 갑자기 찬바람 속에 알몸으로 던져진 듯, 심장까지 얼어붙은 듯한 심한 추위를 느꼈다. 몸이 걷잡을 수 없이 떨려왔다. 그는 샨의 말을 전혀 알아듣지 못하겠다는 듯이 멍청하게 쳐다만 보고 있었다. 한참 후 신부는 더듬더듬 말했다.

"너무 무리를 했어. 그래서 그만 당한 거야."

샨이 신부에게서 눈을 돌렸다.

"그렇습니다. 그러나 너무도 뜻밖의 일입니다."

프랜치스는 머리의 갑작스런 충격으로 뒤죽박죽이 되었다. 그러나 이것이야말로 최악의 사태라는 인식이 혼미한 머리 속에 칼날처럼 와 닿았다. 프랜치스는 자신이 중위의 뒤를 따라 언덕을 내려가고 있다는 것조차 의식하지 못했다. 가는 동안 중위는 전혀 감정이 담기지 않은 군대식 어조로 마치 상관에게 전황을 보고하듯 간단하게 경위를 이야기했다. 일을 끝내고 몹시 지친 탈록은 술을 꺼내 왔다. 그리고 술을 따르려다가 갑자기 심한 기침을 해대며 대나무 식탁을 짚고 섰다. 얼굴빛은 검게 변하고, 입에서는 거품이 흐르고 있었다. 심상찮은 거동을 알아채고 급히 다가간 베로니카 수녀에게 의사는 희미하게 웃어보이며 농담조로 중얼거렸다.

"이제 사제를 부르러 갈 때가 된 모양입니다."

그 길로 샨 중위는 프랜치스에게 뛰어온 것이었다.

안개가 몹시 끼어 있었다. 짙은 안개 속에서 흰 눈이 무겁게 쌓인 유시따이의 지붕이 흐릿하게 보였다.

탈록은 안채의 구석방에서 군용침대에 누워 있었다. 그가 덮고 있는 이불의 어두운 보라색이 그의 얼굴에 더욱 짙은 그림자를 드리워, 그는 이미 죽은 사람처럼 보였다. 병은 무서운 속도로 진전되고 있었다. 어제까지의 탈록의 모습은 찾아볼 수 없었다. 수주일에 걸친 과로로 몹시 수척해졌던 몸은 이상하게 부어올랐고 혀와 입술도 본래의 형상을 찾을 수 없이 부었다. 눈은 새빨갛게 충혈이 되어 유리알처럼 번들거렸다. 그 곁에 꿇어 앉아 이마에 얼음찜질을 하고 있던 베로니카 수녀는 두 사람이 들어서자 평소와 다름없는 조용한 태도로 일어섰다. 프랜치스는 병자의 머리맡으로 다가갔다. 공포로 심장이 얼어붙은 듯 했다. 지난 몇 주일을 그는 수많은 죽음을 보고 겪었다. 죽음과 더불어 살아온 것이었다. 그것은 그에게 충실히 수행해야 할 임무였다. 그러나 이번만은 달랐다. 그는 고통으로 가슴이 부서져 버릴 것만 같았다.

탈록은 아직 의식이 남아 있어 주위 사람들을 알아보았다.

"고국을 떠난 게 모험을 하고 싶어서였는데……, 모험은 성공한 것일까?"

그는 애써 웃으려는 듯 얼굴 근육을 실룩였다. 그리고는 눈을 반쯤 감으며 빈정대는 투로 덧붙였다.

"프랜치스, 난 고양이새끼보다도 약한가 봐."

프랜치스는 의자를 옮겨 침대 머리맡에 앉았다. 샨과 베로니카 수녀는 조용히 방을 나갔다. 숨소리조차 되살아난 듯한 정적 속에서 한 발 한 발 다가오고 있는 어떤 것을 다만 기다릴 수밖에 없을 때 그 고요함은 차라리 공포였다.

"기분이 어떤가?"

"점점 더 나빠지는 것 같네. 일본 위스키를 한 잔 주게. 한 잔 마시면 좀 기운을 차릴 것도 같군. 이런 꼴로 죽는 건 너무 평범해. 통속소설이나 멜로드라마는 질색이었는데……."

프랜치스가 술잔을 입에 대주자 그는 조금 마셨다. 잠이 든 듯하더니 곧 헛소리를 하기 시작했다.

"아주 근사한 맛이군. 한 잔 더 주게. 한창 때 타인카슬의 빈민굴에서 무섭게 마셔댔지. 이제 곧 그리운 다로로 돌아간다. 따뜻한 봄날아란 강가를 거니노라면……. 기억하나, 프랜치스? 참 멋있는 노래지. 내게 불러줘. 크게, 좀더 크게……. 너무 어두워서 들리지 않네."

프랜치스는 복받치는 감정을 억제하기 위해 입술을 꽉 깨물었다.

"바로 그거야, 신부님. 떠들어 대는 것으로 체력을 소모하는 건 어리석은 짓이지. 그런데 이상해……, 누구든 종내는 출발 전으로 되돌아와 서게 되지……."

그의 의식이 점점 흐려졌다.

프랜치스는 마룻바닥에 무릎을 꿇고 앉았다. 한 마디의 기도문도 떠오르지 않았다. 다만 머리를 깊이 숙인 채 신의 도움을 빌뿐이었다.

방 안에 저녁 무렵의 어스름이 스며들었다. 베로니카 수녀가 들어와 램프에다 불을 켜고는 다시금 어둠 속으로 소리 없이 물러갔다. 그는 그때까지 탈록의 곁에서 묵주를 굴리며 기도를 올리고 있었다. 환자의 용태는 절망적이었다. 혀가 까맣게 타고 목이 더욱 부어 올랐으며 끊임없이 거품을 토해 냈다.

"지금 몇 시나 되었나?"

갑자기 의식이 돌아온 듯 탈록이 몹시 쉰 목소리로 물었다.

"벌써 어두워졌나……, 다섯 시가 되면 우리집에서는 저녁식사가 시작되곤 했지. 기억나는가, 프랜치스. 소란을 떨면서 커다란 식탁에 둘러앉던 일을 말야."

그는 힘이 드는지 말을 잠깐 끊었다가 성급히 이었다.

"우리 아버지에게 편지를 써주게. 당신의 아들이 훌륭히 죽어갔다고 말일세. 하지만 이상해. 난 지금까지도 신의 존재를 믿을 수가 없다네."

"그것이 무슨 문제인가?"

대체 자신이 무슨 말을 하고 있는 것인지, 프랜치스 자신도 모르는 채 중얼거렸다. 눈물이 흘러 내리고 있었다. 자신의 약함과 어리석음에 도전하듯 그는 불쑥 떠오르는 대로 내뱉았다.

"하느님은 자네를 알고 계신다네."

"위로하려고 하지 말게……. 난 회개를 하지 않았다네."

"인간의 괴로움이 바로 회개의 행위라네."

탈록은 기진한 듯 입을 다물었다. 프랜치스는 잠자코 죽어가는 친구의 얼굴을 바라보았다. 무슨 말이 필요할 것인가. 탈록이 간신히 팔을 움직여 프랜치스의 손을 잡았다.

"프랜치스, 자네는 정말 좋은 친구야.……날 천국으로 밀어 넣으려고 들볶지 않으니 말이야."

그의 눈이 스르르 감겼다.

"머리가 아파……."

착 가라앉은 목소리였다. 호흡이 점점 빨라지고 불규칙해졌다. 반듯이 누워 천장에 시선을 주고 있었으나, 보다 먼 곳을 바라보는 듯 목이 막혀 기침도 나오지 않았다. 임종이 가까워진 것이다. 베로니카 수녀는 무릎을 꿇고 창 밖의 어둠만을 뚫어지게 바라보고 있었다. 침대 발치에서 샨은 마치 석상처럼 굳은 표정으로 서 있었다. 갑자기 탈록의 눈이 움직였다. 생명의 마지막 불꽃을 번득이며 그는 무엇인가 말하려고 안간힘을 썼다.

프랜치스는 그의 상체를 안고 입 가까이 귀를 갖다 대었다. 처음에는 가쁜 숨소리뿐이었으나 마침내 분명치 않게 중얼거리는 소리를 알아들을 수 있었다.

"6펜스씩 내고 죄를 용서받자고 했을 때……, 싸움을 했었어."

탈록의 눈에서 빛이 사라졌다. 환청처럼 느껴지는 커다란 숨소리를 마지막으로 그는 깊은 잠속으로 빠져 들어갔다. 방 안은 눈처럼 고요해졌다. 프랜치스는 마치 어린 아이를 잠재우는 어머니처럼 탈록을 그대로 가슴에 안은 채 조용히 죽은 이를 위한 기도를 시작했다.

"깊은 구멍 속에서 주께 외치노니,
주여, 내 소리를 들어 주소서.
내 비는 소리에 귀기울여 주소서.
……주님께는 자비가 있사옵고,
풍요로운 구속이 있음이오니다……."

(시편 129편 : 죽은 이를 위한 기도)

기도를 마친 뒤 그는 이미 영혼이 떠난 탈록의 몸을 침대에 눕혔다. 그리고 눈을 감기고 두 손을 가슴에 모아 주었다. 방을 나오다가 그는 다시금 돌아섰다. 베로니카 수녀는 아직도 창가에서 무릎을 꿇은 채였다. 그는 꿈을 꾸듯 몽롱한 눈길로 샨 중위의 격렬하게 들먹이는 어깨를 바라보았다.

6

페스트는 사라졌다. 그러나 대지는 깨어날 줄을 몰랐다. 논과 밭은 눈과 얼음 속에 숨어 버렸다. 마치 호수처럼 두껍게 얼어붙은 논에서는 아무 일도 할 수 없었다. 생명이 있는 것들은 모조리 이 대지 위에서 사라져 버린 듯했다. 움직이는 것은 용케도 페스트에서 살아 남은 사람들뿐이었다. 그들은 겨울잠에서 깨어난 짐승들처럼 멍한 표정으로 조심스럽게 기어나와 거리를 어슬렁거렸다. 일찌감치 달아났던 호상이나, 관리들은 아직 돌아오지 않았다. 일찍이 없었던 험악한 기후로 곳곳에 길이 막혀 있기 때문이라는 것이었다. 고갯길들은 모두 눈에 막히고 멀리 보이는 관연 산에서는 눈사태가 자주 일어나 눈보라와 함께 산이 무너지듯 요란한 소리가 들려오곤 했다. 강의 상류도 얼어붙었다. 대지는 끝없는 회색빛 황무지로 변했고, 바람이 불 때마다 미친 듯 휘날리는 눈가루로 천지를 분간할 수 없었다. 강을 타고 내려오는 커다란 얼음덩어리들이 만주교 아래로 흘러갔다. 식량이 귀해지고 기근은 코 앞에 닥쳐왔다.

어느 날 서로 부딪치며 떠내려오는 얼음덩이들을 피해가며 한 척의 배가 식량과 의료품, 그리고 오래 묶여 있던 우편물 등을 잔뜩 싣고 센샹으로부터 황하를 거슬러 올라갔다. 레이턴 원정대로부터 보내온 것들이었다. 배는 2,3일간 부두에 정박했다가 탈록과 함께 왔던 몇몇 사람들을 태우고 다시 난낑으로 돌아갔다. 우편물 중에는 해외포교단 본부에서 보낸, 곧 파이탄을 시찰방문할 것이라는 내용의 퍽 중요한 편지가 끼어 있었다.

탈록은 성당 뜰에 묻혀 있었다. 묘비 대신에 작은 나무십자가가 서 있는 무덤 앞을 지나 언덕을 올라가며 프랜치스는 그 편지를 되풀이해 읽었다. 홍분과 일말의 불안이 고개를 들었다. 이제까지 그가 해온 일에 대해 그들은 흡족해 할까. 성당의 신축은 확실히 내세울 만하다. 앞으로 좋은 날씨가 2주일간만 계속된다면 만사는 순조로울 것이다. 그는 가슴속의 불안을 털어버리듯 걸음을 빨리 했다.

성당 앞에서 그는 층계를 내려오는 베로니카 수녀와 맞부딪쳤다. 그들은 탈록의 죽음 이후 사무적인 대화조차도 꺼리게끔 사이가 악화되어 있었다. 그러나 이번 일만은 알리지 않고 지나칠 수 없었다. 그는 수녀에게 다가갔다.

“수녀님, 본국의 해외포교단 밀리 신부가 중국에 전교지를 시찰하러 온다는 편지가 왔습니다. 5주일 전에 떠났다니까 한 달 후에는 이곳에 도착할 겁니다."

그는 잠깐 말을 끊었다가 물었다.

"이번 일에 대해 다른 제안할 말씀이 있으면 해주십시오."

날씨가 무척 추운 탓에 털목도리 속에서 얼굴만 드러내 놓고 있는 그녀는 눈도 깜박이지 않고 그를 올려다볼 뿐 대답이 없었다. 그녀는 가까이에서 본 신부의 모습에 약간 놀란 것이었다. 신부의 얼굴을 바로 쳐다본 것은 수주일 만에 처음이었다. 그런데 그동안 이렇게도 달라질 수 있을까. 광대뼈가 앙상히 드러날 정도로 양볼이 패었고, 움푹 들어간 눈의 빛만이 형형하게 살아 있었다. 그녀는 충동적으로 불쑥 말했다. 어쩌면 신부가 가져온 뜻밖의 소식이 오랫동안 마음속 깊이 숨겨 두었던 생각을 충동했는지도 몰랐다.

"있습니다. 저를 다른 성당으로 보내주세요."

그는 한동안 말없이 그녀를 바라보았다. 그녀의 제안은 결코 그에게 있어 놀라운 것이 아니었다. 그러나 패배감이 가슴 밑바닥에서부터 밀려오는 것은 어쩔 수 없었다.

"여기선 행복하시지 못하신가요?"

"행, 불행의 문제가 아닙니다. 수도생활을 시작한 이래 저는 그런 것에 구애를 받지 않았어요."

"그렇다면 당신이 경멸하는 인간과는 더 이상 함께 일할 수 없다는 말씀이신가요?"

그녀의 얼굴이 심한 모욕감으로 새빨개졌다.

"그건 신부님의 오해입니다. 감정적인 문제가 아니에요. 어떻게 말씀드리면 좋을지……, 보다 근본적인 문제예요."

"말씀하실 수 있는 거라면 기탄없이 말씀해 주십시오."

"솔직이 말씀드려서……, 저는……."

그녀는 숨을 가다듬기 위해 잠시 말을 끊었다.

"신앙에 관한 문제라고 할 수 있겠지요. 신부님 때문에 제 내면 생활이 혼란에 빠진 거예요."

"그렇다면 중대한 문제군요."

그는 시선을 떨어뜨려 편지를 움켜쥐고 있는 손을 보았다.

"그런 말씀을 들으니 정말 가슴이 아픕니다. 당신도 물론 괴롭겠지요. 우리는 서로 오해를 하고 있는 것이 아닐까요. 대관절 제가 무슨 일을 했다는 겁니까?"

"제가 낱낱이 말씀드려야 하나요?"

그녀는 감정을 억제하려고 몹시 애를 썼으나 음성은 흥분으로 떨리고 있었다.

"탈록 의사가 임종할 때 하신 말씀이라던가, 그후에 취하신 신부님의 태도는 저로서는 이해할 수 없는 의문투성이였습니다."

"계속하십시오."

"그분은 신앙을 전혀 갖지 않은 무신론자였어요. 그런데 신부님께서는 그분에게 영원한 보상의 약속이나 다름없는 말씀을 하셨지요."

"우리는 신앙에서 뿐만 아니라, 행위에 대해서도 하느님의 심판을 받습니다."

"그분은 그리스도를 인정하지 않는 분이지 않았습니까. 더욱이 가톨릭 신자도 아니고……."

"당신이 말하는 그리스도교도란 어떤 사람들입니까. 7일 가운데 하루만 교회에 나가고, 나머지 6일은 거짓말과 거짓된 행동으로 살아가는 사람들입니까?"

그는 입가에 엷은 미소를 띄우며 말을 이었다.

"탈록은 그렇게 살지 않았어요. 그리고 환자들을 위해 일하다가 죽었습니다. 그리스도께서 하셨던 것처럼……."

그녀는 굽히지 않았다.

"그분은 자유사상가였어요."

"베로니카 수녀님, 그리스도께서도 당대의 사람들에게는 위험천만한 자유사상가로 여겨졌었지요.……그래서 죽임을 당하셨던 겁니다."

그녀는 완전히 이성을 잃었다.

"그리스도와 감히 비교를 하시다니……, 불경이 지나치다고 생각지 않으십니까?"

"그럴까요? 그리스도는 무척 너그러운 분이셨습니다. 뿐만 아니라 겸손하셨습니다."

창백해졌던 그녀의 뺨이 빨갛게 달아올랐다.

"그리스도께서는 규율을 세우시고, 우리로 하여금 그것을 지키도록 명하셨습니다. 그런데 탈록 의사는 그것을 지키지도 인정하지도 않았어요. 신부님도 알고 계시겠죠. 임종이 다가올 때도 신부님께선 성사(병자의 죄를 사하고 은총을 받아 영혼을 굳세게 하는 가톨릭교회 의식)를 줄 의무조차 저버리셨습니다."

"성사를 주지 않은 것은 사실입니다. 의무를 이행하지 않았다는 것은 비난받아 마땅할 일이겠지요."

그는 씁쓸하게 웃으며, 그러나 단호한 어조로 말했다.

"그러나 어쨌든 하느님께서는 그 친구를 용서하셨을 겁니다. 수녀님도 그에게 호감을 갖고 계셨지 않습니까?"

그녀는 예상치 못한 그의 반문에 당황한 듯 눈을 내리깔았다.

"좋은 분이었어요. 누구든 그분을 싫어할 수 있겠어요!"

"그렇다면 그를 두고 다툼으로써 추억을 흐리는 일은 그만두도록 합시다. 우리는 아주 중요한 것을 잊어버리는 수가 왕왕 있습니다. 그리스도께서 가르쳐 주신 것으로 교회에서도 가르치고 있지요. 하기야 오늘날 교회에 속해 있다는 대부분의 인간들을 보면 그런 것을 생각할 여지가 없을지도 모릅니다. 무엇인가 하면, 확고한 신앙만 가지고 있으면 결코 지옥으로 떨어지지 않는다는 것입니다. 누구든지……. 그렇지요, 불교도이든 회교도이든, 또한 도교(道敎)를 믿든……. 선교사를 죽인 후 그 고기를 먹어 버렸다는 식인종들에 대해서도 마찬가지입니다. 부끄럽지 않게끔 성실하게 사는 사람들은 누구나 다 구원을 받을 것입니다. 그것이 바로 하느님의 크나큰 자비지요. 최후의 심판 때에 결코 신의 존재를 알 수 없노라 하는 사람들에게도 결코 진노의 채찍을 내리지는 않으실 겁니다. 아마 '여기를 보아라, 네가 그토록 부정하려 했던 나와 천국이 있지 않느냐. 자, 들어오너라.' 하고 말씀하시겠지요."

그는 말을 끝내면서 웃으려 했으나 그녀의 얼굴에 떠도는 경악의 빛을 보고는 한숨을 내쉬며 고개를 저었다.

"수녀님에게 그런 의심과 불안을 갖게 한 건 전적으로 제 잘못입니다. 제가 워낙 남과 함께 원만하게 일을 해 나가지 못하는 인간이란 걸 저 자신 잘 알고 있습니다. 신앙에 대한 견해도 좀 달라요. 수녀님께서는 이곳에서 정말 성실하고 훌륭하게 일하셨습니다. 아이들도 모두 대단히 당신을 좋아합니다. 페스트와 싸울 때의 당신은 놀라웠습니다."

그는 잠시 사이를 두었다가 계속했다.

"우리 사이가 그다지 화목하지 못했다는 것은 사실입니다만……, 수녀님께서 떠나시면 우리 성당에는 많은 어려움이 생기겠지요. 전교 사업에도 그렇고……."

그는 내심을 솔직이 열어보이며 겸허한 마음으로 그녀의 대답을 간절히 기다렸으나, 끝내 그녀는 침묵을 지켰다. 그는 무거운 발걸음으로 그곳을 떠났다.

베로니카 수녀는 아이들 식당으로 돌아왔다. 그녀는 평소와 다름없는 태도로 식당의 저녁식사 준비를 거들고는 자기 방으로 왔다. 그리고 새로이 치솟는 흥분으로 방 안을 서성댔다.

마음은 좀체 가라앉지 않았다. 마침내 그녀는 책상 앞에 앉아 쓰다만 편지를 계속하기로 했다. 그녀에겐 편지를 쓰는 일이 바로 화산처럼 격렬한 감정의 분출구였다. 또한 속죄와 위안의 방법이기도 했다. 이렇게 씌어진 편지를 모두 오빠인 에른스트에게 보내지는 것이다.

조금 전 저는 그분에게 전임시켜 달라는 말씀을 드렸습니다. 저 자신 전혀 생각해 오지도 않았던 말을 갑작스럽게 한 것은 아마 이제까지 억눌러온 감정의 폭발이 아니었나 생각됩니다. 일종의 협박이기도 했고요. 전 항상 그분의 마음에 상처를 줄 기회를 찾고 있었으니까요. 그러나 에른스트, 바라던 대로 그분의 얼굴이 무서운 실망감으로 어두워지는 것을 보고 승리감보다 당혹감과 슬픔이 앞서는 걸 어쩔 수 없었어요.

이곳의 겨울은 생명의 소리 하나 없이 황량하기만 합니다. 황금빛 햇살 아래 눈쌓인 들판을 달리는 썰매의 방울소리, 통나무로 이은 지붕들이 숲 사이로 그림처럼 바라다보이는 고향의 겨울 풍경과는 너무도 다른 것입니다. 눈앞에 끝없이 펼쳐진 잿빛의 광야를 바라보노라면 가슴이 막막하게 막혀와 저는 그만 소리쳐 울고 싶은 기분이 되어버립니다.

그러나 무엇보다도 견디기 어려운 것은 그분의 침묵입니다. 한없이 온화하지만 그 침묵 속에는 상대방을 제압하는 무서운 힘이 있습니다.

전에도 말씀드렸던 바와 같이 페스트가 돌 때 그분의 활약에는 감탄하지 않을 수 없었답니다. 마치 고향에라도 돌아오는 듯, 불결하기 짝이 없는 환자들을 자기 혈육에 대한 것과 같이 지극한 정성으로 마지막까지 보살피며 지키곤 했으니까요. 초인적인 용기를 지녔을 뿐만 아니라 그 용기를 말없이 실천한다는 점에서 가히 영웅적이 아닌가 하는 생각을 합니다. 그분의 친구이던 의사가 병에 걸려 병균덩어리인 피를 토해 낼 때도, 그 핏덩어리가 얼굴에 닿는 것도 아랑곳없이 친구를 팔에 안고 있었습니다. 그때 그분의 얼굴에 서린 깊은 애정과 슬픔에 제 가슴은 터져버릴 것만 같았습니다. 그러나 저의 자존심이 그분의 발 아래 엎드려 울고 싶다는 굴욕적인 충동에서 저를 구해 주었지요. 전에 오빠에게, 경멸받아야 할 인간이라고 그분에 대해 표현했던 적이 있는 제가 어떻게 그런 행동을 할 수 있을까요. 그러나 에른스트, 그건 잘못된 표현이었습니다. 오빠는 아마 고집쟁이 동생으로부터 이런 고백을 듣다니, 놀라시겠지요. 저는 이제 그분을 경멸하는 대신 저 자신을 경멸합니다. 그러나 역시 그분을 사랑할 수는 없습니다. 더욱이 이해할 수 없도록 겸손한 그분의 태도를 본받아야 한다는 것은 자존심이 용납치 않습니다.

두 수녀들은 그분에 대해 깊은 존경과 신뢰를 품고 있습니다. 이것은 내게 주어진 또 하나의 고행입니다. 성실하지만 우둔한 말따 수녀는 그분의 뜻이라면 만사 젖혀 놓고 따르고 숭배하는 형편입니다. 몹시 내성적이고 감수성이 강한 클로틸드 수녀도 그분의 열렬한 신봉자가 되었답니다. 페스트로 인해 격리당했을 때 클로틸드는 정성을 다해 두껍고 푹신푹신한 쿠션을 만드는 것으로 지루한 시간을 보냈습니다. 그리고 쿠션이 완성되자, 사제관에서 일하는 죠셉에게 주면서 말하는 것이었습니다.

"이것을 신부님의 침대에—신부님 앞에서라면 '침대'라는 단어를 입에 담는다는 건 생각도 못할 거예요.—놓아드리도록 해요."

죠셉은 피식 웃으며 "고맙긴 하지만 침대라는 게 있어야지요."라고 하는 게 아니겠어요? 그분은 마룻바닥에서 외투만을 두른 채 잠을 잔답니다. 낮에는 의복, 밤에는 모포 구실을 하는 그 푸른 외투는 몹시 낡아 털이 다 빠진 것인데도 언젠가 그분은 더없이 대견스럽다는 듯 "정말 좋은 외투이지요. 홀리웰의 신학생 때부터 입던 것입니다." 라고 말하는 것을 들은 기억이 있습니다.

두 수녀는 제게 말은 안했지만, 그분이 자신의 건강에 너무도 무관심한 것이 걱정되어 가끔 사제관 부엌을 살펴보곤 했던 모양이에요. 어느 날 숨이 턱에 닿아 울음이라도 터뜨릴 듯한 표정으로, 신부님의 식사는 매일 말라빠진 검은 빵과 감자, 그리고 된장뿐이라고 제게 말했을 때 전 그만 웃어 버릴 뻔했어요. 저는 진작부터 그 사실을 알고 있었습니다.

"글쎄 죠셉이 하는 식사준비란 감자를 삶아서 바구니에 넣는 것뿐이래요. 신부님은 시장하시면 식어빠진 감자를 된장에 찍어 잡수실 뿐이고, 그나마 감자 한 바구니가 다 없어지기도 전에 곰팡이가 날 때가 많다는군요."

"그다지 놀랄 일은 아니죠. 사람에 따라서는 천성적으로 음식의 맛에 대한 감각이 둔할 수도 있지 않겠어요? 그런 사람들은 음식이 맛이 있거나 없거나 마찬가지일 겁니다."

나는 쌀쌀하게 대꾸했습니다.

"그렇기도 하겠군요."

클로틸드 수녀는 수긍하는 듯 더 말을 하지 않고 돌아섰지만 그녀의 얼굴에는 신부님의 고행을 자신이 대신했으면, 그래서 그분이 따뜻하고 맛있는 식사를 할 수 있다면 하는 바람이 나타나 있었습니다. 그녀들은 그분 앞에서 얼마나 깊은 신앙의 무아경에 빠지며, 또한 얼마나 그분의 마음에 들고 싶어하는지요.

에른스트, 제가 이런 태도를 얼마나 싫어하는가를 잘 아시죠? 저는 지나치게 고집이 세지만 결코 위선자는 되지 않으려 합니다. 저는 언제나 제 자신과 신 앞에 솔직할 것을 코브렌츠에서의 착복식 때 맹세했고, 리버풀에서 이 맹세를 신께 바쳤습니다. 파이탄에서도 저는 끝까지 이 맹세를 지킬 것입니다.

에른스트, 된장이라는 것이 무엇인지 아무리 설명해도 짐작할 수 없을 거예요. 갈색의 밀가루풀같이 생긴 것으로……, 아무리 해도 그 맛에 길들여지기는 불가능할 것 같습니다.

그녀는 창 밖에서 들려오는 소리에 문득 귀를 기울였다.

에른스트……, 이곳 기후란 정말 이상해요. 다시 비가 오기 시작하는군요.

그녀는 더 이상 쓸 기력이 없어졌는지 펜을 놓아 버리고는, 갑자기 내리기 시작하는 빗줄기를 멍하니 바라보았다. 빗줄기는 유리창을 두드리고 있었다.

비는 2주일이나 계속되고도 멎을 기미를 보이지 않고는 줄곧 내리고 있었다.

미처 녹지 않은 눈들은 빗물에 씻기듯 흘러갔다. 성당 지붕 위에 돌처럼 얼어붙었던 얼음들도 미끄러져 땅으로 떨어져 내렸다. 거센 빗줄기는 거리에 고랑을 만들면서 강쪽으로 흘러갔다. 언덕이 무너지고 성당의 주변은 그대로 진흙밭이 되었다. 대지를 뒤덮었던 흰 눈이 씻겨 내려가면서 비로소 군데군데 갈색의 땅들이 알라라테 산(노아의 방주가 도착했다고 전해지는 알메니아의 산.)의 봉우리처럼 모습을 보이기 시작했다. 그것은 더욱 황량하고 살벌한 풍경이었다. 비는 폐허의 대지 위에 끊임없이 쏟아졌다. 성당의 지붕이 새기 시작했다. 처마 끝으로 낙수물이 폭포처럼 쏟아져 내렸다. 페스트와 폭우로 줄곧 교실에만 갇혀져 있는 아이들의 얼굴은 창백하고 침울했다. 말따 수녀는 비가 새는 곳마다 물통을 받쳐놓으려고 헐레벌떡 뛰어다니고, 독감에 걸린 클로틸드 수녀는 빗물이 떨어지는 교탁 위에 베로니카 수녀의 우산을 받쳐 놓고 수업을 했다. 더욱이 성당의 정원은 흙이 부드러웠기 때문에 피해가 혹심했다. 시뻘건 물줄기는 아름다운 나무들을 뿌리째 언덕 아래로 밀어내렸다. 연못도 넘쳐 잉어들은 전부 물 위로 떠올라 자칫하면 떠내려갈 듯했다. 큰 나무들도 거센 물살에 더 견디지 못하고 뿌리를 드러내더니 마침내 쓰러져갔다. 한창 꽃이 피던 매화나무도 뽕나무도 물에 쓸려 버리고, 담도 허물어지기 시작했다. 단지 뿌리가 튼튼한 삼나무와 뽕나무만이 남아 진흙바다 속에 서 있었다.

밀리 신부가 도착하기 전 날 오후, 어린이들을 위한 성체 강복식이 있었다. 프랜치스는 교실로 가던 걸음을 멈추고 이 참담한 광경에 곁에 섰던 정원지기 후(傅)를 돌아보며 침통하게 말했다.

"나는 눈이 녹게 해 달라고 기도를 했었지. 하느님은 내게 대한 벌로써 비를 보내신 거야."

후는 낙천적인 성품이 못 되었다.

"멀리서부터 바다를 건너오시는 신부님께는 퍽 미안한 노릇입지요. 제가 그렇게 애를 써서 가꾼 백합도 보여드리지 못하게 되었어요."

"자, 우리 기분을 내자구. 세상이 이것으로 끝나 버리는 것은 아니잖는가."

"그렇지만 나무들은 다 없어져 버렸는 걸요. 또 처음부터 다시 시작해야 한다니……."

후는 우울하게 말했다.

"그게 바로 사람이 살아가는 일이 아닌가. 인생이란 아무것도 없는 것 위에 세우는 것일세."

낙심해 있는 부에게 그렇게 타일렀으나, 성당으로 가는 프래치스의 마음도 어두웠다.

제단 앞에 나아가 엎드렸으나 귀에는 따뚬 에르고(강복식 때 부르는 성체 찬가)를 노래하는 아이들의 맑은 목소리보다 지붕을 두드리는 빗소리와 마룻바닥 밑으로 흘러 내리는 물소리가 더욱 크게 들려왔다. 내일이면 어쩔 수 없이 물바다 위에 서 있는 성당의 비참한 모습을 시찰단에 보여야 한다는 사실이 가슴을 무겁게 짓눌렀다.

성체 강복식이 끝나자, 죠셉은 제대 위의 촛불을 끄고 제의실을 나갔다. 뒤따라 프랜치스도 나오며 성당 안을 둘러보았다. 저녁 준비를 위해 아이들을 데리고 성당 앞뜰을 지나가고 있는 말따 수녀의 모습이 창을 통해 보였다. 오랫동안 볕이 들지 않아 습기가 찬데다가 비가 오는 탓에 어둑어둑한 성당 안에, 마룻바닥에 무릎을 꿇고 기도를 하는 클로틸드 수녀와 베로니카 수녀의 모습이 희미하게 보였다. 그는 성당을 막 나오려다가 걸음을 멈추었다. 감기로 오래 앓고 있는 클로틸드 수녀의 초췌한 얼굴이 마음에 걸렸기 때문이었다. 베로니카 수녀도 추위로 줄곧 입술이 새파래져 있었다. 그는 그녀들의 곁으로 다가갔다.

"이제 성당문을 닫아야겠습니다."

두 수녀는 놀라, 고개를 들어 기도의 방해자를 바라보고는 말없이 일어났다. 베로니카 수녀의 얼굴에는 불쾌감이 가득했다. 수녀들이 나가자 그는 곧 성당문을 닫고 물바다가 된 마당으로 나갔다.

그 때였다. 갑자기 뒤에서 이제껏 들어본 일이 없는 이상한 소리가 들려왔다. 그 소리는 곧 벼락이라도 치는 듯 굉장한 소리로 변해 땅을 울렸다. 앞서 가던 클로틸드 수녀의 비명 소리에 프랜치스는 몸을 돌렸다. 그러자 성당이 아래위로, 좌우로 미친 듯 무섭게 흔들리고 있었다. 그러나 그것도 잠깐, 마침내 거대한 몸체가 와르르 무너져 버렸다. 귀청을 찢는 듯한 굉장한 소리와 함께 위용과 아름다움을 자랑하던 성당 건물은 마치 장난감 집처럼 송두리째 무너져 더러운 진흙 속에 처박혀 버렸다. 눈 깜짝할 사이에 눈 앞의 성당이 사라지고, 대신 흙더미와 부러진 기둥들과 산산조각이 난 유리들만이 작은 산처럼 쌓였다.

그는 심장이 멈춰지는 듯한 공포로 그 참혹한 광경을 바라보았다. 그토록 사랑하고 자랑스럽게 여기던 성당은 그의 눈앞에서 신기루처럼 사라져 버린 것이다.

제단은 흔적 없이 부서지고 감실도 서까래에 깔려 산산조각이 났다. 성기(聖器)들도 모두 파손이 되고 소중히 간직해 오던, 리비에로 신부의 유품인 비단 제의도 갈갈이 찢어져 흙탕물 속에 잠겼다.

빗줄기는 더욱 거세어졌다. 그는 모자도 쓰지 않은 채 빗속에 몸을 맡기고 서서 말따 수녀의 울부짖음을 꿈결처럼 멀리 듣고 있었다.

"어째서……, 무슨 잘못으로, 우리가 이 지경을 당해야 합니까. 하느님, 이것도 당신의 뜻입니까?"

프랜치스는 고개를 돌렸다. 그리고는 늪처럼 한없이 깊은 두려움 속으로 이끌려 들어가는 자신을 향해 나직이 말했다.

"십 분만 빨랐다면 우리들은 모두 살아 있지 못할 겁니다."

이 자리에서 할 수 있는 일은 아무것도 없었다. 그들은 어둠과 빗속에 성당의 잔해를 남겨둔 채 그곳을 떠났다.

주교좌 성당 참사 위원인 밀리 신부는 이튿날 오후 3시에 도착했다.

배는 파이탄에서 5리나 떨어진 강의 하류에다 닻을 내렸다. 홍수로 물결이 사나워진 강을 거슬러 올라올 수가 없었기 때문이었다. 가마도 구할 수 없었다. 탈 것이라고는 나무바퀴를 단 손잡이가 쇠스랑처럼 긴 손수레가 몇 대 남아 있을 뿐이었다.

고위 성직자에게는 도대체 어울리지 않는 것이었지만, 다른 방법이 없어 밀리 신부는 손수레를 타고 머리까지 진흙을 뒤집어 쓴 채 성당을 찾아온 것이다.

클로틸드 수녀가 그토록 애를 써 준비했던 환영식—그 중에는 아이들이 깃발을 흔들며 부르는 노래 순서도 있었다—은 생략하기로 했다. 밀리 신부가 오는 것을 사제관 발코니에서 지켜보던 프랜치스는 급히 문으로 내려가 그를 맞았다.

"어어, 프랜치스 신부."

밀리는 반가움에 프랜치스의 손을 덥석 잡으며 외쳤으나 가슴을 의젓하게 내미는 것을 잊지 않았다.

"이렇게 만나다니, 정말 반가우이.……동양을 한 바퀴 돌 때가 있을 거라고 내가 말한 것을 자네는 기억하고 있겠지. 세계 각국의 눈이 재난에 빠진 중국에 총집중되었던 덕분에 내 꿈도 실현을 본 것일세."

문득 그는 프랜치스의 어깨 너머로 보이는 참담한 풍경을 발견하고는 놀라움으로 눈을 크게 떴다.

"어찌된 일인가? 성당은 어디 있나?"

"저기 있네, 비록 흔적뿐이지만……."

"이건 말이 안 되네. 자네의 보고서에 의하면 아주 훌륭한 건물이라던데……."

"그랬었다네. 비록 어제까지의 이야기이긴 해도……, 그래도 조금 남았잖는가."

프랜치스는 담담하게 웃어 보였다.

"하지만 이렇게 흙더미와 유리조각, 깨어진 벽돌더미로야 알 도리가 있나."

프랜치스는 어색한 미소를 지으며 상대의 말을 가로막았다.

"자, 그런 얘기는 차차 하기로 하고……, 우선 목욕부터 하고, 옷을 갈아입은 뒤 내 자세히 경과를 얘기해 주겠네."

한 시간 후, 밀리는 새 비단옷으로 갈아입고 식탁에 앉았다. 혈색 좋은 얼굴 가득 불만을 나타내며 뜨거운 수프를 휘저었다.

"솔직이 말해서 이런 실망은 내 일생 처음일세. 멀리서 이곳까지 찾아올 때는……."

그는 천천히 수프를 마셨다. 전보다 살이 올라 어깨는 더욱 넓어져 당당하고 위엄이 있어 보였다. 혈색이 좋은 얼굴과 맑은 눈초리, 따뜻하고 다정해 보이는 두툼한 손까지, 모두 고위 성직자다운 품위를 갖추고 있었다.

"나는 자네의 성당에서 장엄미사를 올릴 계획이었다네. 그런데 이렇게 무너져 버리다니……, 필시 땅을 잘못 택했던 탓일 테지."

"하지만 땅이 갈라지리란 생각을 어떻게 할 수 있었겠나."

"어떻게 그런 바보 같은 소리를 하는가, 프랜치스. 기초를 든든히 다질 시간은 충분했지 않나.……본국에다 뭐라고 보고를 한다?"

그의 실망은 정말 대단한 듯했다.

"런던의 해외포교단 본부에서 강연을 부탁받았다네. 그래서 '성 안드레아, 또는 중국 벽지에서 역사하시는 하느님'이라는 제목까지 생각해 놓았지. 어때, 근사하지 않나? 또 슬라이드를 만들려고 특별히 필름까지 보내어 왔는데 이런 형편이라니, 나 뿐만 아니라 우리 모두가 입장이 아주 난처해졌단 말일세."

프랜치스는 묵묵히 듣고만 있었다.

"물론 그 동안 자네의 고생이 어떠했으리라는 것은 잘 알지만……."

밀리는 착잡한 표정으로 계속 말했다.

"그래, 고생이야 말할 것도 없지. 우리도 고생을 꽤 했다네. 더욱이 최근 두 교구를 통합시킨 후로는……마그냅 주교가 돌아가신 후……."

프랜치스의 표정이 굳어졌다. 몸의 어디엔가를 심하게 맞은 듯 충격이 왔다.

"돌아가셨나?"

"워낙 고령이셨으니……, 폐렴이었다네. 지난 삼월 중순 무렵부터 자주 혼수상태에 빠지시곤 했었지. 하지만 평화로운 임종이었어. 타란트 주교님이 후임이 되셨다네. 참 좋은 분이시지."

프랜치스는 눈을 감았다. 러스티 맥도 마침내 돌아가셨다…….그리운 추억들이 감은 눈으로 물결처럼 밀려 들었다. 스틴챠 강에서 보낸 하루 그 근사한 연어의 맛, 또 그분은 호리웰에서 그 현명한 통찰력으로 얼마나 자기 자신을 친절하게 도와주었던가. 중국으로 출발하기 전 타인카슬의 서재에서 '잘 싸워주게, 프랜치스. 하느님과 우리의 스코틀랜드를 위해서'라고 격려해 주었던 인자한 음성, 밀리 신부는 정색을 하고 프랜치스를 건너다 보았다.

"염려하지 말게. 무슨 일이든 직접 맞부딪쳐 해결해 보려고 여기 온 이상 나는 자네를 위해 최선을 다하겠네. 그 동안의 경험을 바탕으로 힘껏 뛰어봄세. 내가 어떻게 포교단의 기초를 닦았는지는 차차 이야기하겠지만……, 아마 자네에게도 참고가 될걸세. 런던과 리버풀, 그리고 타인카슬에서 나 혼자의 힘으로 자금조달을 하기 위해서 여러번 연설을 했다네. 그 결과 당장에 3만 파운드라는 돈이 들어오더군. 이건 시작에 불과했던 일이야."

그는 가슴을 내밀며 자신만만하게 웃었다.

"미리 낙심할 건 없어. 자네에게 무리한 요구는 하지 않을 테니까. ……우선 내일 점심식사에 원장 수녀를 초대하게. 상당히 기품 있어 보이더군. 세 사람이 정식으로 원탁회의를 열기로 하세."

"원장 수녀는 절대로 수녀원 밖에서는 식사하지 않는다는 원칙을 고수하고 있다네."

"정식으로 초대한 일이 있었나?"

밀리는 프랜치스의 몹시 야윈 얼굴을 동정어린 눈으로 바라보다가 미소지었다.

"내가 실수를 했군, 프랜치스. 자네에게 여성을 이해하라고 하는 것은 무리한 요구지. 그분은 반드시 초대에 응할걸세. 내게 맡겨 두게나."

밀리의 장담대로 이튿날 베로니카 수녀는 점심식사 시간에 맞춰 나타났다.

전날 밤 충분히 휴식을 취한 뒤라 밀리 신부는 유쾌한 기분을 오전 내내 폐허가 된 거리를 돌아보고 다녔다. 성당으로 돌아오는 길에 교실에 들러 베로니카 수녀를 만난 것이 바로 5분 전이었다. 그럼에도 불구하고 점심식사 자리에서 곧 다시 만난 수녀를 그는 깍듯한 예의와 친절로 맞아들였다.

"수녀님과 이렇게 자리를 함께 할 수 있다니 무한한 영광입니다. 쉘리를 한 잔 드시지 않겠어요? 스페인산으로, 유명한 고급품이지요. 이렇게 먼 길을 가지고 다니느라 맛은 좀 덜해졌지만……."

그는 신자로서의 예의를 지키면서 끊임없이 미소 띄우기를 잊지 않았다.

"그래도 원산지에서 가져온 것이니까요. 스페인에서의 맛을 잊을 수가 없어 이렇게 즐긴답니다."

세 사람은 식탁에 앉았다.

"여보게, 오늘 요리는 어떤 것인가. 설마 제비 둥지 수프라든가 젓가락으로 먹어야 되는 퓨레(야채와 고기를 함께 끓여 걸른 걸쭉한 수프.) 따위 괴상한 요리는 아니겠지, 하하하……."

밀리 신부는 닭튀김을 자기의 접시에 덜어놓으며 큰 소리로 웃었다.

"솔직이 말해서, 나는 동양 요리에 단단히 맛을 들인 모양입니다. 배 안에서 심한 폭풍우를 만났는데, 식당에서 식사를 한 사람은 나흘 동안에 나 혼자밖에 없었다니까요. 덕분에 그 기막힌 볶음밥은 온통 내 차지가 되었구요."

눈을 내리깔고 식탁만을 내려다보던 베로니카 수녀가 입을 열었다.

"볶음밥은 중국요리가 아닐 텐데요. 제가 알기로는 남은 밥들을 모아서 미국식으로 볶아 놓은 것입니다."

뜻하지 않은 반격에 그는 입을 벌린 채 그녀를 바라보았다.

"베로니카 수녀님, 그러니까 볶음밥은……아, 그런 것이군요."

그는 말을 더듬으며 도움을 청하려는 듯 프랜치스쪽을 보았다. 그러나 프랜치스가 도무지 반응을 보이지 않으므로 큰 소리로 웃으며 얼버무렸다.

"그러나 어쨌든 잘 씹어 먹어야 하는 음식임에는 틀림없습니다. 하하……."

그때 죠셉이 샐러드가 담긴 큰 접시를 들여왔으므로, 그는 접시를 받으며 말을 이었다.

"비단 음식에 한한 것이 아니더라도 동양의 매력은 무궁무진하다고 느꼈습니다. 우리 서양인들은 중국인을 야만인으로 규정하는 잘못을 왕왕 저지르고 있습니다만, 저는 어떤 중국인과도 기쁘게 악수할 수 있으며 또한 인정합니다. 단 그가 하느님을 믿고……."

그는 갑자기 웃음을 터뜨리며 말을 맺었다.

"그리고 세수 비누를 믿고 있어야 합니다."

프랜치스는 곁에서 식사시중을 들고 있는 죠셉을 힐끗 바라보았다. 죠셉은 무표정했으나, 콧구멍이 조금씩 움직이는 것으로 보아 긴장하고 있음이 분명했다.

"자, 그러면……."

밀리는 갑자기 이제까지의 농담기를 버리고는 고위 성직자다운 위엄있는 태도로 두 사람을 바라보며 말했다.

"이제 본론으로 들어갑시다. 원장 수녀님, 저는 어릴 때 이곳 본당

신부님께 늘 골탕을 먹었지요. 그러나 이젠 궁지에 빠진 이 친구를 끌어낼 차례지요."

3자 회담에서 결정지어진 것은 아무것도 없었다. 단지 본국에서 해왔던 밀리 신부의 활동과 그 방법, 결과 등이 신중하게 이야기되었을 뿐이었다.

본당을 맡고 있지 않았던 탓에 밀리 신부는 전교지방의 일에 아무런 제약도 받지 않았다. 교황은 특히 해외포교에 주력한다는 원칙 아래 이 일에 희생적으로 봉사할 사람을 구하고 있다는 것을 밀리는 잘 알고 있었다.

그 일을 시작한 지 얼마 안 되어 그는 능력을 인정받게 되었다.

처음에는 영국의 전역을 돌며 설교를 했다. 또한 천성적으로 사람을 잘 사귀는 소질을 타고나기도 했지만, 어떤 사람들과의 교제에도 충실하려고 무척 애를 썼다.

맨체스터나 버밍검에서 돌아오면 반드시 그곳에서 체류하는 동안 만났던 사람들에게 하나도 빠짐없이 편지를 쓰곤 했다. 그것은 때로 즐거웠던 점심초대에 대한 인사편지가 되기도 했고, 해외포교단에 바친 기부금에 대한 감사편지가 되기도 했다. 편지를 쓰는 일에 점점 더 많은 시간이 소요되자 그는 비서를 두지 않을 수 없었다.

이러는 동안 그는 어느새 런던 사교계에 저명 인사로 알려지게 되었다. 최초로 웨스트민스터 사원에서 행해진 연설은 그야말로 굉장한 것이어서 그 이후 부인들의 인기와 숭배를 한몸에 받게 되었다. 특히 런던의 하이드 파크의 남쪽 큰 저택에 고양이와 신부들을 모아 놓는 취미를 가진, 소위 독실한 신자라는 노처녀들에게 귀여움을 받았다. 사실 그의 태도에는 사람을 끌어들이는 매력이 넘쳐 흐르고 있었다. 그는 1년 내내 아씨니엄(런던의 유명한 학자, 문인, 명사들이 많이 모이는 클럽.)의 지방회원이 되었다. 따라서 해외포교단을 위한 모금운동은 더욱 활기를 띠었다. 그리하여 교황으로부터 찬사를 받게까지 되었다.

그러므로 그가 영국 북부 감독관구의 최연소 주교좌 성당의 참사위원에 선출된 것은 누구의 눈에나 당연하게 보여졌다.

갑상선(甲狀腺)이 유난히 발달되었기 때문이라는 말로 그의 눈부시게 빠른 승진을 비꼬는 사람들도 일에 대한 그의 수완만은 높이 인정하지 않을 수 없었다. 계산에 밝았으므로, 그는 모금한 돈을 한푼도 헛되이 흘리지 않았다. 5년 만에 일본에다 성당을 둘이나 지었으며, 난낑에 중국인 신학교를 창설했다. 타인카슬에 자리잡은 해외포교단 지부 건물도 훌륭했다. 모든 일은 합리적이고 능률적으로 운영되어 계속 모금활동은 호조를 보이고 있는 형편이었다.

밀리 신부가 필생의 사업으로 삼아 전력투구하고 있는 모금 운동에 타란트 주교는 든든한 배경이 되어 주어, 사업은 확대되고 그의 영향력의 폭은 더욱 넓어졌다.

그들이 소위 공무상의 회합을 가진 지 이틀 후, 비가 그치고 참으로 오랜만에 태양이 구름 사이로 얼굴을 내밀었다. 밀리 신부는 신이 나서 떠들어댔다.

"내가 오자 비가 그쳤군. 하긴 태양의 뒤만 쫓는 사람도 있겠지만, 태양이 따라다니는 행운아도 있는 법이니까."

그는 카메라를 꺼내 들고는 쉴 새 없이 사진을 찍어댔다. 그의 정력에는 감탄하지 않을 수 없었다. 눈을 뜨자마자 죠셉을 불러 목욕준비를 지시하고는 교실에 들어가 미사를 올린다. 왕성한 식욕으로 아침식사를 끝내면, 곧 헬멧을 쓰고 굵은 스틱을 들고 카메라를 둘러멘 차림으로 뛰어나간다. 아무리 멀더라도 기념물이 있을 만한 곳이면 다 찾아다녔다. 파이탄은 어느 곳이나 페스트와 홍수가 할퀴고 간 상흔은 역력했고, 그러한 황폐한 모습을 볼 때마다 그는 기묘한 표정으로 "이 모두가 하느님께서 하신 일이다."라고 중얼거리곤 했다. 어느 날 성문 앞을 지날 때였다. 문득 그가 걸음을 멈추고는 나란히 걸어가던 프랜치스를 불러 세웠다. 그리고는 마치 연극 배우와 같은 과장된 태도를 지으며 말하는 것이었다.

"여보게, 프랜치스. 잠깐 그 자리에 서 있게. 아주 훌륭하고 감동적인 보도사진이 될 걸세. 각도도 광선도 적당하고……."

프랜치스는 어처구니가 없었지만 멍하니 선 채 카메라의 셔터를 누르는 그의 진지한 표정을 바라볼 수밖에 없었다.

일요일 낮 점심식사를 할 때 그는 자못 자신만만한 표정으로 입을 열었다.

"지금까지 보고 듣고 겪은 것을 종합해서 훌륭한 강연을 할 수 있을 것 같아. '포교사업에 따르는 위험과 어려움'을 주제로 하여 이번에 자네들이 겪은 홍수와 페스트를 다룬단 말일세. 오늘 아침에는 무너진 성당을 찍었다네. 굉장히 그럴 듯하더군. 그 사진에 '신은 그 사랑하는 자를 벌하시다'라고 제목을 붙일 생각인데 어떤가. 멋있지 않나?"

출발이 가까워지자 밀리의 태도는 어색할 정도로 정중해졌다. 떠나기 전날 밤, 저녁식사를 마치고 프랜치스와 함께 발코니에 나와 앉은 밀리는 진지한 어조로 말했다.

"지금까지 자네가 내게 베풀어 준 호의와 환대에는 정말 감사를 느끼고 있네. 하지만 프랜치스, 자네가 당면한 일을 생각할 때마다 마음이 몹시 무거워진다네. 무엇보다 급선무는 성당 재건일세. 그런데도 자네는 그것을 위해선 아무런 조처도 하지 않고 있으니……, 포교본부를 믿고 있는 거라면 미리 말해 두지만 포교본부에서는 단돈 한 푼도 도울 재력이 없다네."

"나는 전혀 그런 부탁을 할 생각이 없네."

딱 잘라 말하는 프랜치스의 음성은 노여움으로 떨렸다. 지난 두 주일 동안 애써 억눌러 왔던 밀리에 대한 역겨움이 마침내 폭발했던 것이다. 밀리는 순간 프랜치스에게 날카로운 시선을 던졌다.

"자네가 그 동안 이곳의 세력가인 호상들과 가까워질 수 있도록 노력했다면 이러한 곤경에서 쉽게 빠져나올 수 있지 않았을까. 아니, 자네와 교분이 두터운 챠 씨만이라도 신자로 만들었다면……."

"그렇게는 할 수 없네!"

프랜치스의 대답은 단호하고 냉담했다.

"그에게서는 정말 많은 도움을 받았다네. 이제는 정말, 단 1테르라도 더 청할 수 없네."

밀리는 곤란하다는 듯 어깨를 움츠려 보이며 말했다.

"그건 어디까지나 자네 소관이니 내가 관여할 바 아니고 또 관여하고 싶지도 않아. 솔직이 말하자면 나는 이곳 전교사업 현황에 크게 실망했네. 개종율이 다른 곳과는 비교도 안 되게 떨어지지 않나, 각 지방의 전교율이 본부의 그래프에 모두 정확히 나타나게 되는데, 자네 본당의 성적이 제일 낮다네."

프랜치스는 입을 굳게 다물고 밀리에게서 시선을 돌리며 야유조로 내뱉았다.

"선교사의 능력이란 것도 저마다 다른 것이 아니겠나?"

야유에는 유난히 민감한 밀리가 날카로운 음성으로 반문했다.

"그렇다면 자네가 굳이 전교회장을 두지 않는 이유는 무엇인가. 다른 본당들은 모두 두고 있지 않나? 한 달에 40테르씩 주고 세 사람만 두어보게. 1천5백 달러로 1천 사람을 영세시킬 수 있다는 계산이 나오네."

프랜치스는 대답 대신, 치밀어 오르는 분노를 억누르기에 안간힘을 쓰며 어떻게든 이 치욕을 견디어 보려고 기도했다.

"내가 보기에 자네는 아직도 너무 이곳 사정에 어둡네."

밀리의 이야기는 계속되었다.

"자네 생활이 지나치게 가난한 것도 전교에 장애가 되네. 가난한 것도 사람들에게 가난하게 보인다는 것은 위엄이 서지 않는 일일세. 가마나 하인을 두게. 겉치레도 필요한 것이네."

"그건 잘못 생각한 걸세."

프랜치스가 엄격한 어조로 말했다.

"중국인들은 특히 겉치레를 싫어하거든. 위엄이나 체면 따위에 전전긍긍하는 성직자들을 멸시한다네."

밀리는 화가 나서 얼굴이 붉어졌다.

"그건 중국의 저속한 이교승들이 하는 소리 아닌가."

"그래서 틀렸다는 말인가?"

프랜치스의 입가에 냉소가 떠올랐다.

"선량하고 성품이 고결한 이교승도 많다네."

침묵이 두 사람 사이의 긴장을 고조시켰다. 모욕을 당한데 대한 분노를 애써 누르며 밀리가 입을 열었다.

"더 이상 무슨 말을 하겠나. 자네의 태도가 몹시 유감일세.……평소에도 늘 자네가 그런 태도로 나온다면 원장 수녀가 자네를 꺼리는 것도 당연하지. 그 수녀가 자네에게 가지고 있는 반감이란 내가 도착한 첫날 이미 알아차릴 수 있을 만큼 대단한 것이더군."

비수처럼 날카로운 말을 던지듯 내뱉으며 밀리는 거친 몸짓으로 자리에서 일어났다.

프랜치스는 시야를 가리며 밀려오는 안개 속에서 꼼짝 않고 앉아 있었다. 밀리가 내뱉은 마지막 말이 가슴에 칼끝처럼 박혀 사라지지 않았다. 예감은 적중했다. 이제 마리아 베로니카 수녀가 진정으로 전임을 희망했음은 의심할 여지가 없는 사실인 것이다.

이튿날 아침 밀리는 서둘러 파이탄을 떠났다. 난낑으로 돌아가는 대로 일본으로 건너가 나가사끼를 비롯한 여러 지방의 6개 성당을 시찰해야 하는 바쁜 일정이 그를 기다리고 있기 때문이었다.

가마는 커다란 트렁크와 밀리 신부를 부두까지 데려다 주기 위해 문앞에서 대기하고 있었다. 짙은 빛깔의 선글라스에 토피모자를 쓰고 푸른 코트에 여행자다운 차림을 한 밀리 신부는 먼저 수녀들과 아이들에게 작별 인사를 한 뒤 프랜치스와 마주 섰다. 그리고는 화해를 하자는 듯 손을 내밀었다.

"프랜치스, 이제 그만 서로 기분을 풀도록 하세. 말재주는 우리들 누구나 다 타고나는 것은 아니지 않는가. 그래도 자네가 몹시 선량한 인간이라는 것을 나도 인정은 하네."

그는 프랜치스의 반응은 아랑곳없이 가슴을 펴보이며 유쾌한 어조로 말을 계속했다.

"여행에 대한 욕망은 늘 새롭고 끝이 없으니……, 아마 내 속에는 자신도 모르는 방랑벽이 숨어 있는 모양이야. 굿바이. 오우 루바월(불어로, 안녕이라는 말). 아우프 비다제엔(독어의 안녕), 그리고 자네에게 신의 축복이 있기를 진심으로 기도하네."

그가 가마에 올라 벌레를 막기 위해 장치된 발을 내리자, 교군들이 가마를 들어 올렸다. 가마가 성당 언덕을 흔들거리며 다 내려갈 때까지 그는 가마 밖으로 몸을 내민 채 흰 손수건을 흔들어대었다.

그날 저녁 프랜치스는 황혼 무렵이면 성당뜰을 거닐곤 하던 평소의 습관도 잊은 채, 무너진 성당의 잔해를 물끄러미 바라보며 깊은 생각에 잠겨 있었다.

갖가지 상념이 머리 속을 스쳤으나 생각은 마치 회전축처럼 러스티 맥 주교에게로 되돌아오곤 했다. 이상하게도 러스티 맥에게로 생각이 미치면 언제나 신학생 시절의 분위기에 잠겨 들게 된다. 용기와 자신을 불러일으키던 그분의 말씀이 떠오른다. 지금이야말로 그 시절의 용기를 되돌이킬 때가 아닌가. 프랜치스는 지난 2주일 동안 밀리 신부를 견디어 내느라고 기진맥진해 버린 상태였다. 그러나 한편에서는 밀리의 말이 옳은지도 모른다는 생각이 고개를 들었다. 어쩌면 자신은 신의 눈에도 인간의 눈에도 실패자로 보이는 것이 아닐까. 이루어 놓은 일이란 보잘것없고, 그것도 미숙하기 짝이 없는 탓에 모래 위의 성(城)처럼 흔적 없이 사라져 버렸다. 어떻게 해야 할 것인가……. 생각이 여기까지 이르면 그는 밀려드는 심한 피로와 실망으로 머리속이 딱 정지되어 버리는 것이었다.

그는 고개를 푹 수그린 채 헛되이 맴도는 상념에 완전히 빠져 있었으므로 등 뒤로 다가오는 근심스러운 발자욱소리를 전혀 알아채지 못했다.

마리아 베로니카 수녀는 한참을 기다리다가 먼저 입을 열었다.

"방해가 될까요?"

그는 비로소 기척을 알아차리고 놀라 고개를 들었다.

"아닙니다. 보시는 바와 같이 그저 이렇게 앉아 있을 뿐이니까요."

그는 어색한 미소를 띄었다. 그녀는 말 없이 서 있었다. 날이 이미 저물기 시작하여 엷은 어둠 속에 숨겨진 그녀의 표정을 알아낼 수 없었다. 단지 그녀가 몹시 흥분을 억제하려하고 있다는 기미만이 느껴질 뿐이었다.

그녀가 메마른 음성으로 말했다.

"드릴 말씀이 있어 왔습니다."

"……."

"무례인 줄은 압니다만 꼭 드려야 할 말씀이기에……, 용서하세요."

말을 꺼내기가 몹시 어려운지 더듬거리고 날카롭게 긴장된 어조였다. 그러나 곧 평소의 차분하고 분명한 음성으로 돌아와 이야기를 이어나갔다.

"먼저 신부님께 대한 이제까지의 제 태도에 대해 사과드립니다. 처음 뵈었을 때의 제 편견으로 인한 나쁜 선입견을 버릴 수 없었기에 후회하면서도 그렇게 되었었던 것이에요. 오만이라는 악마 때문이지요. 저는 어릴 때 화가 나면 유모의 얼굴에 물건을 함부로 내던지곤 했어요. 그때부터 오만은 내 성벽이 되었던 거예요. 벌써 몇 주일전부터 신부님께 이런 말씀을 드리고자 별러왔지만, 오만과 고집이 번번이 저를 가로막았습니다. 지난 두 주일 동안 저는 몹시 괴로웠습니다. 신부님의 신발끈도 풀 자격이 없는 천하고 속된 인간으로부터 신부님이 받으시는 멸시와 굴욕에는 저 자신도 참을 수 없어지더군요. 그러기에 제가 더욱 밉고 싫어질 뿐이에요. 저를 용서해 주세요."

그녀는 흐느낌으로 더 이상 말을 잇지 못했다. 땅에 무릎을 꿇은 채 두 손으로 얼굴을 감싸고 있는 그녀의 뒤로 이제는 완전히 어두워진 하늘 아래 우뚝 선 거대한 산 그림자가 무겁게 드리워져 있을 뿐 사방은 죽은 듯한 정적에 싸여 있었다. 프랜치스의 뺨으로 뜨거운 눈물이 흘러 내렸다.

"이제 이곳을 떠나시지는 않으시겠지요?"

"네……, 신부님께서 허락하신다면……, 저는 여태껏 사람을 존경해 본 일이 없었습니다. 그러나 신부님의 영혼은 너무도 고결하고 아름다우십니다."

"그렇지 않습니다. 마음도 영혼도 가난하기 짝이 없는 평범하고 무기력한 인간일 뿐입니다."

그녀의 흐느낌 소리가 다시 높아졌다.

"수녀님이야말로 훌륭한 분입니다. 그러나 우리 인간들이란 하느님 앞에서는 한낱 어린애에 지나지 않을 뿐이지요. 너무도 힘과 지혜가 모자랍니다. 그러니 힘을 합해서 일해 나갈 수만 있다면 서로 도와가며……."

"무, 물론입니다. 제 힘껏 일하는 것으로 신부님을 돕고말고요. 먼저 오빠에게 이곳에 성당을 세워 달라고 부탁하겠어요. 제 오빠는 대단한 부자이니 그만한 능력은 있어요. 오히려 기뻐할 거예요. 신부님께서 저를 도와주신다는 것을, 그리고 저의 오만을 겸손케 해주신 것을 알면……."

오랜 침묵이 흘렀다. 가슴을 쥐어짜는 듯한 그녀의 흐느낌도 진정되었다. 프렌치스의 가슴은 감동으로 따뜻하게 젖어 오고 있었다. 돌더미 위에 앉은 채, 그는 그녀가 일어나기를 기다렸으나 언제까지 무릎을 꿇고 땅바닥에서 움직이지 않았으므로 그도 땅에 무릎을 꿇었다. 대기 속에 충만한 평화가 몸의 세포마다 스며들었다. 점점 짙어지는 어둠 속을 응시하며 그는 느끼고 있었다. 누구보다도 마음이 가난하고 이름도 없는 한 인간인 자기들을 구세주가 곁에서 지켜보고 있는 것을. 환희가 소리 없이, 그러나 벅차게 가슴 밑바닥에서부터 차오르고 있었다.

7

1912년의 어느 맑은 날 오후, 프랜치스는 채소밭 한 모서리에 세워진 바바리아풍의 그의 일터에 있었다.

꿀을 많이 따낸 벌꿀찌꺼기 가운데서 밀랍을 가려내고 있는 것이다. 발디딤식의 녹로(질그릇을 만드는 연장)를 비롯하여 그밖에 여러 도구와 연장들이 가지런히 놓인 조촐한 방—이곳은 마리아 베로니카 수녀가 열쇠를 건네 주던 그날 이래 그의 기쁨과 안식의 보금자리가 되었다—은 향긋한 꿀냄새로 가득 차 있었다. 꿀을 식히기 위해 함지에 담아 대팻밥이 널린 마루 위에 놓았다. 놋쇠냄비에 가득 담긴 밀랍으로는 내일 양초를 만들어야지. 이렇게 좋은 밀랍으로 만든 양초는 불꽃이 많고 냄새가 향긋한 진품이 되는 것이다. 아마 로마의 베드로 대성당에서도 이렇게 훌륭한 양초는 찾아보기 어려울 것이다.

그는 만족스러운 표정으로 이마의 땀을 닦고 손에 엉겨붙은 밀랍도 깨끗이 닦았다. 그리고는 꿀이 담긴 함지를 어깨에 메고 성당 앞뜰로 나갔다.

새삼 찾아드는 행복감으로 어린아이들처럼 마구 달리고 싶어진다. 매일 아침이면 처마 끝에 날아와 지저귀는 콩새의 소리에 잠에서 깨어나, 풀이파리마다 영롱하게 빛나는 이슬에서 이른 새벽의 아름다움을 느끼며 하루를 시작한다는 것이 얼마나 멋진 일인가. 어떠한 일일지라도 노동함으로써 얻어지는 기쁨과 보람에 견줄 수는 없을 것 같다. 머리보다는 손을 움직여 마음을 다 쏟아 일할 때의 기쁨, 대지의 위대한 생명력에 참여하여 소박하게 살아간다는 것이 바로 천국의 생활이 아닐까.

이 지방도 눈에 띄게 발전해 가고 있다. 세월이 흐름에 따라 페스트와 홍수, 뒤를 이은 혹심한 기근 등의 무서운 기억은 사람들의 기억에서 잊혀졌다. 폰 호엔로에 백작의 도움으로 성당이 재건된 지 5년째로 접어들고 있다. 평화로운 나날들이었다.

성당은 매우 견고하고 크게 지어졌다. 먼젓번의 참담했던 경험을 교훈으로 삼아 석회 따위는 한 줌도 쓰지 않고 마가레트 여왕(1240~1275때의 스코틀랜드 여왕) 시대의 건축양식을 택했다. 아름다움보다는 견고함을 앞세웠기 때문에 자연히 고전적이나 소박하기만 할 뿐인 종각과 무지개 모양의 둥글고 긴 회랑이 딸린 성당의 전체적인 인상은 아주 평범했다.

교실도 늘리고 고아원 건물도 지어졌다. 기름진 밭도 두 마지기나 사들였고 소, 돼지, 닭 등도 기르다 보니 그런대로 농장의 형태가 갖추어졌다. 그곳은 또한 말따 수녀의 훌륭한 일터이기도 했다.

나막신을 신고 치마를 걷어 올린 채 닭에게 모이를 뿌려주며 프랑스어로 말을 건네는 그녀의 모습을 발견하기란 어려운 일이 아니었다.

신자는 2백 명 정도로 늘어났다. 마지못해 형식적으로 제단 앞에 무릎을 꿇는 거짓신사는 한 명도 없었다. 그에게 가장 많은 사랑과 인내를 요구하던 아이들의 교육도 성과가 나타나기 시작하고 있었다. 그 중에는 수녀가 되기 위해 수련자(修練者)가 된 소녀가 있는가 하면 세상으로 나가 새로운 생활을 시작할 준비를 하는 소녀도 있었다. 그러나 역시 가장 큰 결실이라 할 것은 제일 나이 많은 처녀를 류 마을의 건강하고 성실한 농부와 결혼시킨 일이었다. 혼인은 너무도 빨리 이루어져 오히려 겁이 날 정도였다. 지난주, 그는 류 마을에 다녀왔다. 수확이 많고 즐거운 여행이었다. 그가 류 마을에 가자 그 젊은 색시는 수줍은 듯 얼굴을 붉히며 새로 태어난 아기에게 성세를 해 달라고 그를 자기 집으로 청했었다.

이제 프랜치스의 나이도 43세가 되었다. 머리는 벌써부터 벗겨지고 등이 굽어버려 키가 더욱 작아졌다. 게다가 심한 류머티스로 뼈의 마디마디가 아프곤 했다. 꿀이 든 함지는 무척 무거웠다. 다른쪽 어개로 옮겨 메려는데 늘어진 쟈스민 가지가 얼굴에 부딪쳤다. 정원이 이처럼 풍성하고 아름다워지다니. 베로니카 수녀의 손이 가 닿으면 꽃이든 잎이든 눈부시게 피어나는 신묘한 효과를 얻는다. 손재주로 말하자면 그도 누구에게 뒤지는 법이 없었지만, 정원일만은 퍽 서툴렀다. 워낙 섬세한 성격의 베로니카 수녀라서 어떤 일이나 틀림없이 잘 해내었지만, 나무를 가꾸고 꽃을 피우는 솜씨가 대단했다. 갖가지 묘목과 꽃씨들이 단단히 포장되어 독일의 고향 집으로부터 속속 도착했다. 또한 그녀는 부지런히 편지를 써서는 마치 전서(傳書) 비둘기를 날려보내듯 간똥(廣東)이나 뻬낑(北京)의 유명한 원예원에 보내곤 했다. 그러한 베로니카 수녀의 열성으로 정원은 새들과 꿀벌의 합창이 끊이지 않는 황홀하도록 아름다운 성역(聖域)이 된 것이다.

잘 자라고 있는 정원의 나무들은 어쩌면 두 사람 사이의 우정의 표상과 같은 것인지도 몰랐다. 이미 습관이 되다시피한 저녁 산책길에서 그는 으레 헌 장갑을 낀 손에 가위를 들고 흰 작약꽃을 자르거나, 모란의 비틀린 가지를 바로잡아 주거나, 아니면 진달래에 물을 주고 있는 그녀와 만나게 된다. 잠시 멈춰 서서 그날 지낸 일을 이야기할 때도 있으나 대개는 조용한 침묵 속에서 저물어가는 하늘을 바라볼 뿐이다. 마침내 어둠이 짙어지고 정원의 관목 사이로 반딧불이 날기 시작할 무렵이 되면 그들은 별다른 인사를 나눔도 없이 각각 자기의 처소로 발길을 돌리곤 하는 것이다.

수녀원 문에 들어섰을 때 아이들은 두 줄로 나란히 서서 뜰을 지나가고 있었다. 벌써 점심 때가 된 것이다. 그는 질서있게 걸어가는 아이들을 보고 미소를 지으며 걸음을 재촉했다.

아이들은 수녀원 옆에 마련된 식당으로 들어가 긴 테이블을 둘러싸고 앉았다. 베로니카 수녀와 클로틸드 수녀가 테이블의 양끝에 앉았고 말따 수녀는 젊은 수련자와 함께 김이 무럭무럭 나는 뜨거운 죽을 그릇에 담아 아이들 앞에 차례로 놓아 주었다. 이곳 최초의 어린이—그 옛날 눈 위에서 프래치스에 의해 안아 올려졌던—인 안나도 이제는 아름다운 소녀로 자랐다. 그러나 그녀의 얼굴에서 밝은 웃음을 찾아볼 수는 없었다. 항상 어둡고 우울한 표정뿐이었다. 지금도 아이들의 시중을 드는 안나의 얼굴은 화가 난 듯 무뚝뚝하고 어두웠다.

그가 들어서자 시끄럽게 재잘대던 아이들의 말소리와 웃음소리가 일제히 멎었다. 그는 마치 엄마에게 매달리는 어린이처럼 어리광과 장난기가 가득 찬 시선으로 베로니카 수녀를 바라보면서 자랑스럽게 벌꿀 함지를 내려놓았다.

"금방 따온 벌꿀이란다. 그런데 너희들은 조금도 먹고 싶어하지 않으니 섭섭하구나.……정말 먹고 싶지 않니?"

"먹고 싶어요."

머리를 짧게 깎은 조그만 얼굴들이 일제히 벌꿀 함지로 향하며 높은 소리로 외쳐댔다. 마치 원숭이 새끼들이 떠드는 것처럼 귀여웠다. 그는 얼굴 가득 웃음을 띄운 채 주기 싫다는 시늉을 해보였다. 그리고는 작은 엉덩이를 간신히 의자 앞에 걸치고 앉아 몸을 흔들며 숟가락을 빨고 있는 어린아이에게 다가갔다.

"착한 어린이는 벌꿀 따위를 먹고 싶어하지 않을 테지. 심포리엔, 그렇지? 벌꿀보다 교리공부가 더 좋지?"

새로운 신자에게 가장 아름다운 성인 이름을 붙이는 것은 그다지 좋은 습관이 아닌 것 같다고 그는 잠깐 생각했다.

"어떠냐, 심포리엔. 교리공부가 벌꿀보다 더 좋다고 대답하려무나."

"아냐, 꿀이 좋아. 꿀이 더 좋다니까." 아이는 주름살투성이인 그의 얼굴을 빤히 쳐다보면서 정색을 하고 외쳤다. 그리고는 문득 크게 울음을 터뜨리며 의자에서 미끄러졌다. 아마 프랜치스가 화를 내고 있다고 생각한 모양이었다.

그는 큰 소리로 웃으며 아이를 번쩍 안아 올렸다.

"아니다. 내가 잘못했다. 심포리엔은 정말 착한 애기지. 하느님은 너희들을 모두 사랑하신단다. 말을 잘 했으니 꿀을 더 많이 주마."

그는 베로니카 수녀의 나무라는 듯한 시선을 느꼈다. 그가 어린아이를 의자에 도로 앉히고 식당을 나오려 할 때 그녀는 문까지 따라나오며 조그맣게 말했다.

"신부님이 그러시니까, 애들이 모두 응석받이가 되어 버려요. 어린아이 때부터 예의를 익히도록 하는 게 퍽 중요하잖아요?"

그는 대답 대신 빙그레 웃었다. 딱딱하고 차가운 분위기에 질려 교실에도 마음대로 들어가 보지 못하고 멀찌감치에서 서성이며, 귀여운 아이들의 책 읽는 소리를 엿듣던 기억이 아득하게 떠올랐기 때문이었다. 아이들에 대한 그의 사랑을 방해하는 것은 아무것도 없다. 그는 그 나름대로의 사고방식으로 남의 웃음거리가 될 정도로 아이들을 귀여워하는데, 이것을 가장(家長)으로서의 특권이라고 말하곤 했다.

베로니카 수녀는 그의 뒤를 따라 식당을 나왔다. 표정이 몹시 어둡고 불안해 보였다. 평소의 비난하는 듯, 혹은 나무라는 듯한 말투로 다정함을 나타내던 태도도 보이지 않았다. 바깥으로 나오자 그녀는 몹시 주저하는 태도로 말을 꺼냈다.

"죠셉에게 들으셨는지 모르겠습니다만……, 오늘 아침 이상한 얘기를 하더군요."

"아, 항상 그 녀석이 하는 푸념이란 장가를 들고 싶다는 것이겠지요. 그럴만도 하지요. 또한 성당 문 옆에 수위실을 세워야 한다나요. 집이 필요한 거예요. 그런데 녀석은 그것이 모두 자기나 자기 색시를 위해서가 아니라 성당을 잘 지키고 보호하기 위한 거라고 주장하고 나서니 웃을 수밖에요."

"결혼이나 수위실 얘기가 아니에요."

그녀는 조금도 표정을 풀지 않은 채 입술을 깨물며 말을 이었다.

"거리의 중심가에 초롱상가라든가……, 그곳에 큰 빌딩을 짓는 중이라더군요. 우리 성당과는 비교가 안 될 만큼 크고 굉장한 건물이래요. 센샹에서 오는 배마다 대리석 등 자재를 가득 실어 나른다는군요. 일꾼도 몇십 명이나 되고……, 미국의 백만장자가 아니면 생각도 못할 만큼 큰 공사래요. 머지 않아 완공될 거예요. 그 건물 안에는 현대식 시설을 완전히 갖춘 학교, 자선배급소, 무료진료소, 그리고 전문의가 있는 병원까지 들어선대요."

그녀는 쓸쓸한 어조로 말을 맺으며 걱정스러운 눈빛으로 그를 바라보았다.

"누가 짓는 것인가요?"

건물의 주인이 누구라는 것은 쉽게 짐작할 수 있는 일이었으나, 그는 짐짓 그녀에게 물었다.

"미국의 메소디스트 교회 계통인 프로테스탄트 교회 목사랍니다."

두 사람은 입을 다문 채 멀거니 서로를 바라보았다. 문명 세계와는 등진 벽지여서 이토록 빨리 프로테스탄트의 세력이 밀려 오리라는 것은 전혀 뜻밖이었다.

클로틸드 수녀가 베로니카 수녀를 찾으러 나왔다. 혼자 남게 되자 그의 마음은 더욱 괴롭고 심란해졌다. 그는 자기 처소를 향해 천천히 걸었다. 조금 전까지의 행복감은 사라졌다. 중세 기풍의 견고한 그의 요새가 맥없이 흔들리고 있는 것이다. 그는 문득 어린 시절의 기억—혼자만 알고 있다고 생각했던 산딸기 숲을 남몰래 찾아갔을 때 이미 한 떼의 아이들이 숲을 점령하고 멋대로 산딸기를 따고 있는 것을 보아야만 했던—이, 그때의 분노가 되살아남을 느꼈다. 프로테스탄트와 가톨릭 교회 사이의 오랜 반목과 갈등을 너무도 잘 알기에 그토록 막막하고 암담한 심정이었다. 대수롭지도 않는 조그만 교회 문제로 언쟁거리를 만들고, 싸움으로까지 발전하고 마는 사례가 빈번했다. 두 교파의 증오와 질투는 감각이 무딘 중국인들도 곧 느끼게 될 것이고, 그러면 그리스도교에 대한 불신이 생길 것이다. 어떻게 할 것인가. 프랜치스는 생각에 생각을 거듭했으나 도리가 없었다. 지옥처럼 질서가 없고, 혼란만이 있는 바벨탑(노아의 자손이 하늘까지 닿고자 세우려 했던 탑 : 이것은 인간의 교만을 상징하는 것으로, 이에 분노하신 하느님이 탑을 쌓고 있던 사람들이 언어를 통하지 못하게 하심으로 혼란을 일으켜 벌을 내렸다는 전설이 있다. 이 바벨탑 사건으로 인해 각 인종마다 언어가 달라졌다고 한다.)의 주위처럼 분노와 저주와 소음만이 가득할 뿐이었다.

죠셉은 먼지털이개를 손에 든 채 서성대며 프랜치스를 기다리고 있었다. 청소를 핑계삼아 듣고 온 거리의 소문을 실컷 떠들어대려는 것이 분명했다. 아니나다를까, 신부를 보자마자 총을 쏘듯 단숨에 말의 서두를 꺼냈다.

"신부님, 가짜 하느님을 믿는 미국 사람이 온다는 얘기를 들으셨어요?"

"시끄럽다, 죠셉."

프랜치스가 엄하게 나무랐다.

"가짜 하느님을 믿는 게 아니다. 그들도 우리와 똑같은 하느님을 믿고 섬기는 거란다. 다시 그따위 소리를 떠들고 다니면 수위실은커녕 혼을 내줄 테다."

무색해진 죠셉은 무어라고 입속말로 중얼거리며 슬그머니 나가 버렸다.

저녁 무렵, 산책시간이었지만 프랜치스는 거리로 나갔다. 죠셉의 얘기는 헛소문이 아니었다. 초롱상가 부근은 커다란 나무판자를 옮기는 일꾼들과 아름다운 초록빛 기와바구니를 등에 지고 바쁘게 다니는 쿠리들로 장마당처럼 들끓었다. 왕족이거나 백만장자가 아니면 엄두도 못낼 정도의 대규모 공사였다. 그는 깊은 생각에 잠겨 공사 현장을 지켜보며 오랫동안 서 있었다. 언제 왔는지 챠 씨가 바로 곁에서 그를 불렀다. 그는 비로소 오랜 상념에서 깨어나, 챠 씨와 인사를 나누었다. 챠 씨와 더불어 날씨에 대해서나 장사경기에 대한 의례적인 이야기를 나누는 동안 프랜치스는 챠 씨의 그에 대한 태도가 몹시 동정적이라는 것을 느낄 수 있었다.

챠 씨는 주저함이 없이 말했다.

"내 개인적인 생각으로는 이런 교회 기관들이 많이 생기는 것이 좋을 것 같습니다. 사람에 따라서는 여러 교파가 지방에 자리잡은 것을 달가워하지 않기도 합니다만……, 그러나 여러 교회를 두루 다니며 그 정원을 산책하는 것도 한 가지 재미가 아니겠습니까? 신부님께서도 이곳을 처음 오셨을 때 퍽 냉대를 받으셨지요……."

퍽 부드럽고 예사로운 어조였으나, 깊은 뜻을 숨기고 있는 듯한 말이었다.

"나처럼 지위도 세력도 보잘것없는 사람의 생각으로도 아마 이번에 새로 온 선교사들이 오래지 않아 돌아가야 할 정도로 심한 배척을 받게 될 것 같습니다."

프랜치스는 전율을 느꼈다. 달콤한 유혹이었다. 호상이 지나가는 말처럼 무심히 지껄이는 이야기에는 무서운 암시가 숨겨져 있음을 확실히 알 수 있었기 때문이었다. 챠 씨는 고요하게 짜여진, 드러나지 않는 조직에 의해 이 지방 전체를 지배하는 세력가이다. 프랜치스는 눈을 들어 묵묵히 먼 하늘을 바라보았다. 챠 씨가 어떤 반응을 기다리고 있는지를 그는 너무도 잘 알고 있었다.

"큰뜻을 품고 새로 오시는 선교사들이 그런 결과를 맞게 된다면 참으로 불행한 일입니다. 그러나 그것이 또한 신의 뜻이라면 누구든 막을 수 있을까요?"

챠 씨가 바란 대로 이렇게 대답함으로써 자기가 확보해 놓은 구역을 침입해 오는 커다란 위협을 쉽게 물리칠 수 있을 것이다. 그러나 비록 순간적일망정 그런 생각을 떠올린 자신에 대한 혐오감이 일었다. 이마에 진땀이 솟았다. 그는 냉정히 자신의 입장을 지키려고 애쓰며 천천히 말했다.

"천국으로 들어가는 문은 단 하나만 있는 것이 아닙니다. 우리가 이쪽 문을 택했듯이, 새로 오시는 선교사들은 그 다른쪽의 문을 택했다는 것이 다를 뿐이지요. 그분들이 자기의 믿는 바 길에 따라 자신과 신앙을 베풀 권리를 우리가 어떻게 막을 수 있습니까. 또 그래서도 안 되겠지요. 역시 받아들이는 것이 옳지 않을까요?"

챠 씨의 눈에 놀라움과 찬탄의 빛이 번쩍였으나 그는 보지 못했다. 말을 하고 나니 자신이 취할 바 태도도 어느 정도 확실해지고 마음도 안정되었다. 챠 씨와 작별하고 돌아와 성당에 들어가자 피로가 엄습해왔다. 그는 제단 앞에 무릎을 꿇고, 제단 옆에 세워진 십자가의 가시관을 쓴 예수의 고통스런 얼굴을 바라보며 자기에게 인내와 지혜와 너그러움의 덕을 주시기를 간절히 기도했다.

6월 말경 메소디스트 교회는 완공되었다. 그 동안 프랜치스는 새로운 교회의 일을 염두에 두지 않으려 애썼으나, 그럴수록 더욱 신경이 쓰여져 되도록 건축 현장 앞을 피해서 다녔다. 완공이 된 후에도 별로 마음이 내키지 않아 보러 가는 것도 망설이고 있었다. 그러던 중 어느 날, 좋지 않은 소식이라면 누구보다도 먼저 듣고 뛰어오는 죠셉이 숨이 턱에 차서 들어오며 드디어 교회 목사가―죠셉은 목사를 이단(異端)의 악마라고 불렀다―거리에 도착했음을 알렸다.

프랜치스는 단벌인 외출복으로 갈아입고 그 유명한 우산을 자랑삼아 들고는 결심이나 결행하려는 사람처럼 단호하고 긴장된 얼굴로 교회를 찾아갔다.

페인트와 석회냄새가 아직 가시지 않은, 짙은 녹색 유리를 낀 현관 앞에 서서 벨을 눌렀다.

1분쯤 기다리고 있자니 안에서 급히 나오는 발소리가 들렸다. 곧 이어 문이 열리고, 회색 스커트에 깃이 높은 블라우스를 입은 자그마한 중년부인이 나타났다.

"안녕하십니까? 저는 치셤 신부입니다. 미리 연락도 드리지 못하고 갑작스럽게 찾아와서 실례인 줄은 압니다만……, 당신들이 파이탄에 오신 것을 진심으로 환영한다는 뜻을 알리기 위해 왔습니다."

낯선 방문객에 대한 경계의 빛이 단박 사라지고, 그녀의 푸른 눈에 따뜻한 감사의 빛이 가득 넘쳤다.

"어서 들어오세요. 전 미세스 피스크예요. 윌버는, 아니 피스크 박사는 이층에 있답니다. 단 두 식구뿐인 단출한 살림이지만, 아직 정리가 덜 되어서 지금 서재를 정리하는 중이에요."

"아, 몰랐군요. 그러시다면 다음에 다시 오기로 하겠습니다."

"그냥 돌아가시다니, 그건 안 됩니다. 어서 들어오세요."

그는 천장이 시원스럽게 높다란 2층의 넓은 방으로 안내되었다. 깨끗이 면도된 얼굴에 짧게 다듬은 콧수염이 인상적인 40세 정도의 남자가 사다리 위에 올라서서 제일 윗선반에 책을 꽂고 있었다. 부인과 거의 비슷한 정도로 키가 작아 보였다. 박사는 돗수 높은 안경너머로 프랜치스를 바라보았다. 총명해 보이는 눈빛이었으나 결코 날카롭지는 않았다. 품이 넓은 목면의 딧커를 입은 자그만 체구가 어딘지 슬픔을 풍겨 전체적으로 온순한 인상을 주었다. 급히 사다리를 내려오던 그가 발이 걸려 넘어질 듯 비틀거리자 부인이 재빨리 손을 내밀어 부축하며 애정이 가득 찬 음성으로 주위를 주었다.

"여보, 조심하셔야 해요."

박사가 방바닥에 내려서자 부인이 프랜치스에게 말했다.

"자, 여기 앉으세요. 몹시 어수선합니다만……, 양해하세요. 아직 가구가 도착하지 않았답니다. 변변한 의자도 없는 형편이지요. 하지만, 중국에서는 무엇이나 금새 익숙해지기 마련이니 곧 괜찮아질 테지요."

부인은 웃으려 했으나, 웃음이 목에 걸려 제대로 나오지 않는 모양이었다. 세 사람은 방바닥에 앉았다. 아무래도 일말의 불안감을 지우지 못하고 있는 듯한 그들에게 치셤 신부는 애써 명랑한 어조로 말문을 열었다.

"대단히 훌륭한 건물을 세우셨군요."

"아, 네에……별로……."

피스크 박사는 어색하게 웃어 보이며 변명하듯 말했다.

"운이 좋았던 거지요. 전적으로 석유왕 찬드러 씨의 호의입니다. 우리는 늘 그분의 도움을 받곤 했지요."

잠시 침묵이 흘렀다. 그들이 서로 생각해 왔던 것과는 너무도 다른 상황에 당황해 버린 것이다. 치셤 신부는 갑자기 뒤통수를 맞은 듯 어리둥절한 기분이었다. 소문에 의한 그의 선입견에 의해 은연중 그의 머리 속에 침략자로 규정되었던 목사에 대한 인상은, 이 피스크 박사 부부의 왜소한 모습과 온순한 태도를 대하는 순간 단번에 사라져 버렸다. 피스크 박사는 목사라기보다 전형적인 학자 타입이었다. 부드럽고 내성적인 성격인 듯 입가에는 수줍은 미소가 떠나지 않았다. 얼굴에 선이 뚜렷한 부인은 박사보다도 훨씬 강직한 성품인 듯했으나, 곧 눈물이 쏟아질 듯한 푸른 눈이 몹시 착해 보였다. 작고 통통한 손으로 연신 황금색 그물망사를 씌운 갈색 곱슬머리를 매만지고 있었는데, 프랜치스의 눈으로도 그것이 가발임을 곧 알아차릴 수 있었다.

마침내 피스크 박사가 헛기침을 몇 번 하더니 입을 열었다. 꾸밈이 없는 솔직한 말투가 친밀감을 주었다.

"우리들이 이곳에 온 것이 퍽 불쾌하셨으리라 생각합니다."

"천만의 말씀입니다. 그럴 리가 있습니까?"

프랜치스는 어색한 표정으로 강하게 부인했다.

"당연하죠. 우리도 벌써 경험했던 일이기 때문에 잘 알 수 있습니다. 우리는 이곳에 오기 전 산서성(山西城)에 있었는데 경치는 아름답지만 이곳보다도 훨씬 벽촌이지요. 복숭아가 그 고장의 명물이랍니다. 그 복숭아밭만은 정말 아름답지요. 우린 그곳에서 9년 동안 살았습니다. 마치 고향 같았어요. 그런데 느닷없이 다른 선교사가 들어왔답니다."

그는 잠깐 한숨을 쉬고는 말을 이었다.

"물론, 가톨릭 신부는 아니었습니다만……, 아네스, 그때는 참 싫었지?"

"그래요, 정말 얼마나 싫었는지……."

부인은 그때를 생각하는 듯 몸을 떨어 보이며 고개를 끄덕였다.

"하지만, 곧 익숙해져서 무관심하게 되니 괜찮더군요. 우리는 어쨌든, 군대로 말하자면 고참병이니까."

"중국에는 얼마나 계셨습니까?"

"결혼식을 치르자마자, 미친 사람들처럼 중국 대륙으로 건너왔으니 벌써 이십 년이 넘은 셈입니다. 일생을 이곳에 바칠 생각이지요."

타오르는 열정으로 그녀의 눈에 눈물이 어렸다.

"여보, 신부님께 우리 존의 모습을 보여드립시다."

부인은 재빨리 일어나, 아직 아무런 장식도 없는 벽난로 위에서 은빛 액자를 들고 왔다. 그리고 자랑스럽게 말했다.

"우리 아들이랍니다. 하버드 대학에 다녔는데, 로스 장학금 급비생으로 옥스퍼드에 가기 직전에 찍은 사진이에요. 지금은 영국 타인카슬의 조선소(造船所) 부근 인보관(隣保館)에서 일하고 있답니다."

타인카슬이라는 지명을 부인으로부터 듣는 순간 치셤 신부를 이제껏 누르고 있던 긴장감이 확 풀려 버렸다.

"타인카슬이라고요?"

그는 어린아이처럼 들뜬 목소리로 외치듯 반문하며 활짝 웃었다.

"바로 저의 집 근처로군요."

부인은 사진을 가슴에 꼬옥 안은 채 넋이 나간 듯 멍청히 그를 바라보았다.

"인연이라는 건 참 묘하군요. 정말 세상이 얼마나 좁은지……."

그리고는 사진을 소중하게 벽난로 위에 다시 얹었다.

"커피를 끓여 오겠어요. 그리고 솜씨는 형편없지만 제가 만든 도너츠도 있답니다."

그는 초면에 너무 폐를 끼치는 것 같아 사양했으나, 그녀는 듣지 않았다.

"폐가 되다니요? 아니에요. 주인도 늘 이 시간이면 가벼운 다과를 드시곤 한답니다. 위가 좋지 않기 때문에 조금씩 자주 드리곤 하죠."

부인이 내온 차와 도너츠를 먹는 동안 5분으로 작정했던 방문시간이 1시간 이상이 되었다.

피스크 박사 부부는 둘 다 독실한 크리스천 가정의 출신이었다. 뉴잉글랜드 사람으로 메인 주(州)의 비드로드에서 태어나 결코 우연치 않은 기회에 만나 결혼을 하게 되었다. 그들의 즐거웠던 젊은 시절의 이야기를 듣는 동안 프랜치스도 자신의 지난날을 돌이켜 보며 감상에 젖어갔다.

지나간 날의 추억은 모두가 아름답다. 추운 겨울, 시골 마을의 맑은 공기, 참나무 숲 속을 지나 마침내 안개낀 바다로 흘러들던 큰 강

줄기, 그 강가에 띄엄띄엄 서 있던 흰 목조의 집들, 그리고 집들을 에워싼 단풍나무들은 눈이 쌓이는 겨울날에는 더욱 붉은 빛이 선명해져서 마을 전체가 불타오르듯 보이곤 했었다. 마을 한가운데 우뚝 솟은 교회의 첨탑과 그곳에서 울려 퍼지던 맑은 종소리, 얼어붙은 거리를 코트 깃을 올려세운 채 묵묵히 걸어가는 사람들의 모습—그런 광경이 필름처럼 눈앞을 스쳐간다.

피스크 부처는 그처럼 아름다운 고향을 버리고 스스로 고난의 길을 택했다. 20여 년에 걸친 중국에서의 나날은 위험과 고통으로 일관된 생활이었다. 콜레라로 두 사람 다 죽을 뻔하기도 했다. 의화단(義和團) 사건 때 역시 처참하게 학살당한 동료들 가운데서 간신히 살아 남긴 했으나 6개월 동안이나 감옥에 갇혀 죽음을 기다리기도 했다. 험난한 세월을 함께 걷는 동안 부부의 애정은 더욱 깊어졌다. 둘 사이의 헌신적인 애정과 아들 존에 대한 사랑은 어떠한 장애 앞에서도 더욱 견고해질 뿐이었다. 부인은 실제로 그다지 강인한 기질이 못되면서도 남편과 아들을 위해서는 어떠한 시련도 이겨 나갈 강한 모성을 지니고 있었다.

부인은 그토록 어렵고 고통스럽게 살아온 사람답지 않게 여전히 감정이 풍부하고 로맨틱한 기질을 지니고 있었다. 또한 이상한 기념품들을 소중히 모아 두는 어린애 같은 면도 있었다. 그녀가 프랜치스에게 보여준 수집품들 중에는 도너츠를 만드는 법을 써 보낸, 굉장히 오래된 어머니의 편지, 로케트 속에 담긴 존의 머리털, 어릴 때 뽑은 존의 앞니 등이 있었다. 그밖에도 부인의 서랍에는 노랗게 빛이 바랜 편지 뭉치, 결혼식 때 들었던 이제는 바짝 말라 버린 꽃다발, 비드로드 교회에서 열렸던, 그녀 생애 최초의 무도회 밤에 달았던 리본 등이 추억의 기념품으로 소중히 간직되어 있었다.

부인은 건강이 좋지 않아 이 집이 정리되는 대로 영국으로 건너가 6개월간 아들과 함께 지낼 계획이었다. 그녀는 프랜치스를 돕고자 하는 열망으로 그에게 고향에 부탁하고 싶은 것이 있으면 무엇이든지 말해 달라고 강요하다시피 말했다.

프랜치스가 돌아가기 위해 자리에서 일어나자, 부인은 박사를 뒤에 두고 현관 밖 정원까지 배웅을 나와 눈물이 고인 눈으로 작별인사를 했다.

"이렇게 찾아주시니 얼마나 기쁜지……, 마음도 놓이고……, 우리 주인을 위해서도 얼마나 좋은 일인지 모릅니다. 먼저 있던 곳에서는 좋지 않은 일을 많이 겪었거든요. 우리는 미움을 받았지요. 미움은 무서운 증오로 변하고 마침내 큰 사건이 터졌어요. 주인이 환자의 문병을 갔다가 새로 온 선교사에게 얻어맞아 정신을 잃었던 거예요. 그 선교사는 주인에게 병자의 영혼을 훔쳤다는 트집을 잡아 몹시 괴롭혔지요."

부인은 다시금 격해지는 감정을 억제하려 애를 썼다.

"서로 도우면서 일할 수 있기만을 바랄 뿐이에요. 윌버는 훌륭한 의사랍니다. 필요할 때면 언제든지 말씀해 주세요."

부인은 오랜 벗에게 하듯 다정하게 손을 내밀었다.

치셤 신부는 이상한 감동을 느끼며 집으로 돌아왔다. 그후 며칠 동안 피스크 부부에게선 아무런 소식이 없었다. 그러나 토요일에 부인은 필시 온 정성과 솜씨를 다해 만들었음직한 훌륭한 과자를 성 안드레아 성당으로 보내왔다. 아직 따뜻한 것으로 보아 갓 구어낸 것이었다. 프랜치스가 즉시 그것을 들고 어린이 성당으로 가자 말따 수녀가 반갑지 않은 표정을 했다.

"여기서는 아마 과자도 만들 줄 모른다고 생각하는가 보죠?"

"워낙 친절한 부인이라, 다른 뜻은 없을 겁니다. 호의로 보낸 것이니 고맙게 받읍시다."

말따 수녀는 여전히 떨떠름한 얼굴이었으나, 과자를 큼직하게 잘라 아이들에게 고루 나누어 주었다.

클로틸드 수녀는 몇 개월 전부터 심한 피부병으로 고생을 하고 있었다. 가려움증과 욱신욱신 쑤시는 아픔 때문에 잠도 제대로 못자는 형편이었다. 칼라인으로부터 석탄산에 이르기까지 피부병에 쓰이는 약은 모두 바르고 먹고 했으나, 조금도 낫는 기미가 없었다. 그녀는 마지막 방법으로 열심히 9일 기도를 드리고 있었다. 치셤 신부는 가려움을 견디지 못해 항상 비비고 있는 피부가 벌겋게 벗겨진 클로틸드 수녀의 손을 보고는 그다지 내키지는 않았으나 피스크 박사에게 편지를 보냈다.

박사는 편지를 보낸 지 30분 후에 도착했다. 베로니카 수녀가 지켜보는 가운데 진찰을 마친 박사는 이제까지의 치료 방법을 칭찬하면서 3시간마다 한 번씩 복용하라고 약을 조제해 주곤 겸손한 태도로 돌아갔다. 약을 복용한 지 열흘 정도 지나자 종기는 없어지고 피부 빛도 종전처럼 돌아왔다. 클로틸드 수녀는 처음에는 몹시 기뻐하는 것처럼 보였으나 며칠 후 고해성사에서 매우 곤혹스러운 얼굴로 고백했다.

"신부님……, 저는 정말 성심껏 기도를 했습니다만……, 결국……."

"프로테스탄트의 선교사가 낫게 해주었다는 말이지요?"

"네, 신부님."

"클로틸드 수녀님. 의심은 신앙에 대한 시험입니다. 하느님께서는 당신의 기도를 들어주신 겁니다. 인간은 누구나 하느님의 뜻에 따라 움직이는 한갓 도구에 불과한 것이지요. 우리도 물론 그렇습니다."

그는 미소띈 얼굴로 그녀를 바라보았다.

"벌써 오래전에 노자(老子)는 말했지요. '종교는 많지만 진리는 하나이며, 우리는 모두 한 형제이다'라고. 이 말을 잊지 마십시오."

그날 저녁 산책길에서 만나 베로니카 수녀가 그다지 호의적이라고는 할 수 없는 표정으로 말했다.

"그 미국인 선교사는 퍽 솜씨가 좋은 의사시더군요."

그는 고개를 끄덕이며 말을 받았다.

"그리고 좋은 사람입니다."

두 교회간에는 예상했던 어떠한 마찰이나 불화도 일어나지 않았다. 세상의 각박함에 물들지 않은 파이탄에는 두 교파가 충돌함이 없이 발전해 나갈 수 있는 여지가 충분히 있었을 뿐더러, 또한 두 교회가 서로 상대에게 해를 끼치는 일이 없도록 섬세하게 마음을 썼던 때문이었다. 게다가 치섬 신부가 철칙처럼 지켜오던 고집—결코 물질로써 신자를 사는 일이 없도록 하겠다는—이 비로소 결실을 본 것이다. 가톨릭 신자로서 초롱상가의 교회로 개종한 사람은 단 1명뿐이었으나, 그 남자도 짧은 편지와 함께 되돌려 보내졌다.

'치셤 신부님, 이 사람은 고약한 가톨릭 신자입니다. 메소디스트가 될 경우 더욱 나빠질 우려가 있기에 돌려 보냅니다. 단 한 분 하느님을 믿는 귀하의 변함 없는 벗 윌버 피스크. 추신—가톨릭 신자로 입원을 해야 할 환자가 있으면 보내십시오. 가톨릭을 욕하는 일 따위는 가르치지 않을 테니까요.'

"오, 하느님."

프랜치스는 가슴이 뭉클해서 속으로 외쳤다. 선의와 관용만 있다면 이 얼마나 멋진 세상이랴.

시간이 지남에 따라 피스크 박사가 다방면에 걸쳐 대단한 실력가라는 사실이 드러났다. 의사이며 고고학자일 뿐 아니라, 중국학에도 일가를 이루고 있었다. 본국의 동양연구협회에서 발간되는 여러 잡지에 매우 전문적인 논문을 발표하는 한편 독자적인 연구에 열중하고 있었다. 특히 건륭(乾隆)시대의 도자기에 심취하여 18세기의 흑류(黑釉) 도자기를 비롯해 꽤 많은 진품들을 소장하고 있었다. 열성적이며 적극적인 부인을 가진 남편답게, 그도 무척 토론을 좋아했다. 프랜치스도 역시 토론을 즐기는 편이어서 두 사람은 몇 번 만나지 않아서 좋은 토론 상대가 되었다. 주로 서로 가지고 있는 신앙이라든가 그 방법의 차이점 등에 대해서는 상대방의 감정이나 영역을 침해하지 않으려고 충분히 주위를 함에도 불구하고 때로는 너무나 토론에 열중하여 양보하기를 잊어버리고 열을 올리기도 했다. 어느때는 팽팽히 맞선 의견 대립으로 기분이 상해 헤어지기도 했다. 그것은 특히 피스크 박사쪽이 심했다. 그는 현학적(衒學的)인 면이 있는데다 흥분하면 곧잘 화를 내는 습성이 있기 때문이었다. 그러나 화를 내는 것도 그때뿐으로, 두 사람은 만나면 다시금 토론을 벌이곤 했다.

언젠가 그들은 장시간에 걸친 토론의 결과 종내 의견의 일치점을 보지 못하고 잔뜩 기분이 상해 헤어진 뒤 우연히 길에서 마주친 적이 있었다. 피스크 박사는 프랜치스를 보자마자 의기양양해서 말했다.

"치셤 신부님, 요즘 나는 줄곧 엘더 커밍즈라고 하는 미국의 유명한 학자의 설교에 대해 생각하고 있습니다. 즉 '로마 교회(가톨릭 교회를 말함) 사제의 음험하고 악마적인 음모에서 발전된 것이 바로 현대의 최대 악이다'라는 말이지요. 하지만 나는 신부님과 사귀는 영광을 가진 이래 커밍즈가 형편 없이 허풍쟁이라는 걸 알게 됐답니다. 신부님께서도 이런 것쯤은 알아주시길 바랍니다."

프랜치스는 간신히 웃음을 참으며 돌아섰으나 집에 오는 길로 열심히 신학서적을 펼쳐 보았다.

열흘쯤 후에 그들은 다시 만났다. 프랜치스는 대뜸 말했다.

"피스크 박사님, 쿠에스타 추기경의 교리서에 그럴 듯한 구절이 있더군요. 즉 '프로테스탄티즘이란 신을 모독하고 인간을 타락시키며 사회를 교란시키는 부도덕한 운동이나 다름없다.'는 것입니다. 그러나 나는 박사님을 아는 영광을 누리기 이전부터 이 추기경은 용서할 수 없는 망언을 했다고 생각해 왔답니다. 박사님께서도 이것을 알아주면 고맙겠습니다."

그리고는 모자를 약간 쳐들어 보이면서 진지한 얼굴로 피스크 박사의 앞을 떠났다.

배를 쥐고 웃어대는 조그만 외국인 메소디스트를 곁에 섰던 중국인들은 도시 영문을 알 수 없다는 듯 어리둥절한 표정으로 바라보았다.

어느새 10월도 다 지나가고 거센 바람이 부는 날씨가 계속되었다.

프랜치스는 만주교 위에서 박사 부인을 만났다. 시장에 다녀오는 길인지 피스크 부인은 한 손에는 묵직한 시장바구니를 들고, 한 손으로는 모자가 날리지 않도록 단단히 잡고 있었다. 그녀는 프랜치스를 보자 반색을 했다.

"무서운 바람이군요. 머리가 온통 먼지투성이가 되었으니 집에 가면 머리부터 감아야겠어요."

프랜치스는 부인의 이런 거짓말에는 익숙해져 있었으므로 천연덕스러운 얼굴로 고개를 끄덕였다. 매사에 솔직한 부인이었지만 신경질적으로 자신의 가발에 대해서는 감추려 들었다. 아무리 눈이 나쁜 사람에게라도 그녀의 가발은 곧 드러나는 것이었으나 그녀는 단념하지 않고 상대방에게 진짜 머리임을 믿게 하도록 애쓰는 것이다.

"모두들 다 안녕하십니까?"

그녀는 여전히 모자에 손을 댄 채 고개를 약간 숙이며 대답했다.

"제 건강은 아주 좋아요. 내일 제가 출발하기 때문에 윌버는 울적해져 있답니다. 윌버가 쓸쓸하게 지낼 것을 생각하면 저도 마음이 언짢아요. 늘 혼자 계신 신부님께 비하면야 아무것도 아니지만……."

그녀는 잠깐 말을 끊었다가 정색을 하고 프랜치스에게 물었다.

"제가 가는 길에, 신부님께서 부탁하실 일이 있으시면 서슴지 마시고 말씀하세요. 윌버에게는 털옷을 선물할 생각이랍니다. 털옷은 뭐니뭐니 해도 영국산이 최고니까요. 신부님께서는 무엇이 필요하신지요?"

그는 웃으면서 고개를 저었다. 그러자 문득 좋은 생각이 떠올랐다.

"만일 시간을 내실 수 있으시면 타인카슬에 계신 숙모님을 찾아가 주시겠습니까? 폴리 바논이라는 분인데, 연세도 많으시고 해서 혼자 지내시기 무척 쓸쓸해 하실 겁니다. 주소를 적어 드리죠."

그는 부인의 시장바구니 속에 든, 물건의 포장지를 찢어 급히 폴리 숙모의 주소를 적어 주었다. 주소가 적힌 쪽지를 받아 소중하게 장갑 속에 집어 넣던 부인이 다시 물었다.

"전하실 말씀은 없으세요?"

"건강하고 행복하게 지내고 있다고, 또 이곳이 얼마나 좋은 고장인가도 말씀드려 주세요. 그리고 또 제가 부인의 주인 다음으로 중국에서 필요한 인물이라는 것도……."

그를 바라보는 부인의 눈이 금시 따뜻한 애정으로 가득 찼다.

"아마 신부님께서 지금하신 것보다 더 자세히 말씀드리게 되겠지요. 여자들이란 만나면 한없이 얘기를 하게 되는 법이니까요. 가끔 윌버를 찾아가 주세요. 그럼 안녕히 계세요. 신부님께서도 몸조심 하시고요."

악수를 나눈 뒤 부인은 빠른 걸음으로 초롱상가를 향해 걸었다. 그는 멀어져가는 부인의 뒷모습을 지켜보며 작은 몸 속에 숨은 강철 같은 의지를 새삼 느끼지 않을 수 없었다.

피스크 박사를 찾아가겠다는 것은 생각뿐으로 몇 주일을 그냥 지내버렸다. 잠시도 틈을 낼 수 없을 만큼 바빴던 것이다. 죠셉의 집을 마련한다는 것이, 비록 작은 오두막이었지만 여간 큰일이 아니었다. 집이 마련되자 곧 이어 결혼식 준비를 서둘러야 했다. 이제까지 성심성의껏 성당을 위해 일해 온 죠셉에 대한 감사의 뜻으로, 신부 들러리로는 6명의 꼬마를 세우고, 장엄미사로 혼례식을 올리는 등, 프랜치스는 세심하게 마음을 썼다. 신랑 신부가 새집에 들자, 프랜치스는 죠셉의 부친과 형제들을 데리고 류촌으로 갔다. 류촌에 제2의 교회를 세운다는 것이 그의 오래전부터의 꿈이었던 것이다. 관산에 본격적인 교역로(交易路)가 생긴다는 소문이 나돌고 있어 그는 머지않아 보좌신부를 구해서 산골 마을을 중심지로 하여 활동하도록 해야겠다고 혼자 계획을 세우고 있었다. 그 계획을 실현시키기 위한 첫 단계로써 마을의 곡식밭을 넓히고 고원의 밭도 60에이커쯤 개간하는 것이 필요했다. 그러자면 우선 류촌 유지들과 상의를 해야 했다.

이러한 사정이, 그로 하여금 피스크 박사를 방문하지 못하게 된 충분한 구실은 되었으나, 5개월쯤 후 뜻밖에 피스크 박사와 맞닥뜨리게 되자 어쨌든 면목이 없었다. 그러나 박사는 농담이라도 하고 싶은 듯 기분 좋은 표정을 하고 있었다.

"혹시 부인께서 좋은 소식이라도 보내오신 게 아닌가요?"

"그렇습니다. 집 사람은 내달 초에 돌아오지요."

"그것 참 반가운 소식입니다. 부인께서도 긴 여행에 무척 피로하고 지루하실 텐데……."

"그런데 다행히도 마음이 잘 맞는 동행이 있어 여행이 퍽 즐겁다고 하더군요."

"워낙 상냥하고 사람을 잘 사귀는 분이니까요."

"게다가 아주 수단가지요."

피스크 박사는 터지려는 웃음을 겨우 참고 있는 듯 얼굴을 실룩였다.

"일을 꾸며내는 데는 따를 사람이 없어요. 집사람이 돌아오면 꼭 식사하러 와주십시오."

치셤 신부는 되도록 의식을 삼가는 습관이 있다. 더구나 초대에 응하는 일은 거의 없었다. 그러나 이번 만큼은 너무 미안했으므로 거절

할 여지가 없었다.

"감사합니다. 청해 주실 때 찾아가 뵙도록 하겠습니다."

3주일 후 초롱상가로부터 정식 초대장이 날아왔다. 시간은 저녁 7시였다. 별반 마음이 내키지는 않았으나 이미 약속한 바가 있기에 하는 수 없었다.

7시로 정해진 저녁기도 시간을 30분쯤 당기고, 프랜치스는 정장을 한 뒤 죠셉에게 가마를 불러오게 했다.

메소디스트 교회는 마치 축제라도 벌인 것처럼 불빛이 휘황했다. 그는 정원으로 들어서면서 제발 여러 사람이 북적대는 연회가 아니기를, 그리고 모임이 빨리 끝나기만을 빌었다. 본래 사람들과 사귀는 것을 싫어하는 편이 아니었으나 오랫동안 사교적인 생활과 동떨어져 살아오는 동안 부친에게서 물려받은, 매사에 수줍음이 앞서는 스코틀랜드인의 기질이 강해져 초면인 사람과는 인사를 나누는 것조차도 고통스럽게 느껴질 정도였다. 그런데 막상 온통 갖가지 꽃들로 장식된 2층 거실로 올라가니 주인 부부 외에 다른 사람은 눈에 띄지 않았다. 난로 앞 카페트를 깐 위에 나란히 선 그들은 훈훈한 방 안의 공기로 얼굴이 상기되어 있어 마치 흥분을 감추며 최초의 파티에 참석하려는 소년소녀 같았다.

프랜치스가 들어서자 돗수 높은 안경너머 박사의 눈이 기쁨으로 빛났다. 부인이 한 발 앞서 걸어나오며 다정하게 프랜치스의 손을 맞잡았다.

"정말 오랜만이군요. 다시 뵙게 되어 기쁩니다."

부인은 진심으로 반가워하며 프랜치스의 손을 잡고 한동안 놓지 않았으나 어딘가 한군데 정신이 쏠려 있는 듯 묘하게 들뜬 태도였다.

"무사히 돌아오셔서 저도 참 기쁩니다. 여행은 아주 즐거우셨다구요?"

"그럼요, 얼마나 좋았는지 몰라요. 존도 아주 건강하게 잘 지내고 있더군요. 그 애가 오늘 밤 우리와 자리를 함께 할 수 있었다면 얼마나 더 좋았을까요."

그녀는 처녀처럼 눈을 반짝이며 흥분한 어조로 빠르게 말했다.

"이야깃거리는 무궁무진해요. 그렇지만 그건 차차 하기로 하지요. 또 한 분 오실 손님이 있으니 그때……."

프랜치스는 또 다른 손님이라는 말에 저도 모르게 눈을 치떴다. 낯선 사람을 대면하는 데 대한 긴장은 어쩔 수 없었다.

"오늘 저녁식사를 함께 하기로 한 분입니다. 부인이에요. 비록 우리와 종파는 다르지만 저와는 무척 가까운 사이랍니다. 이곳에 머물고 계세요."

프랜치스의 거북스러워 하는 기색을 알아챈 부인은 잠깐 말을 끊었다. 그리고는 약간 불안한 표정으로 재빨리 덧붙였다.

"신부님, 화내지 마세요."

그리고는 문쪽을 향해 손뼉을 쳤다. 그 소리를 신호로 문이 열리며 전혀 생각도 못했던 폴리 아주머니가 들어왔다.

8

1914년, 가을로 접어드는 어느 날 폴리 아주머니와 말따 수녀는 부엌에서 일을 하고 있었다. 산쪽으로부터 끊임없이 희미한 총소리가 들려오고 있었으나 이미 익숙해진 터이라 그다지 신경이 쓰이지 않았다. 말따 수녀는 점심식사 준비를 하고, 폴리 아주머니는 창가에 수북이 쌓인 린네르 베일을 다리고 있었다. 그들은 함께 지낸 석 달 동안에, 마치 남의 닭장에 함께 넣어진 암탉들처럼 절친한 사이가 되어 서로를 아끼고 소중히 여겼다.

말따 수녀가 폴리 아주머니의 뜨개질 솜씨를 칭찬하면, 그 말이 채 끝나기도 전에 폴리 아주머니는 말따 수녀의 훌륭한 바느질 솜씨를 칭찬했다. 언제나 두 사람이 있는 곳에서는 나직하고 다정한 말소리가 끊이지 않았다.

폴리는 빠른 손놀림으로 린넬에 물을 뿜어 구김살을 펴며 걱정스럽게 말했다.

"프랜치스의 몸이 점점 약해져서 큰일이에요."

한 손으로 장작을 난로에 넣으면서 다른 한 손으로는 수프를 휘저으며 말따 수녀가 곧 말을 받았다.

"그렇게 아무것도 잡숫지를 않으니 건강을 해칠 건 뻔한 일이지요."

"젊었을 때는 얼마나 잘 먹었다구……."

벨기에인 수녀는 딱하다는 듯 어깨를 움츠려 보였다.

"신부님들을 여러 분 대해 보았지만 그렇게 안 잡숫는 분은 처음이라니까요. 먹는 얘기가 났으니 말인데요, 메티에에 있는 우리 수녀원장은 사순절(광야에서의 그리스도의 단식을 기념하기 위해 40일간 단식과 속죄를 행하는 기간.) 중에도 한꺼번에 여섯 가지의 생선요리를 먹을 만큼 식성이 좋았답니다. 식사를 제대로 안하면 위도 작아져 버리나 보죠?"

폴리 아주머니는 그렇지 않다는 듯 고개를 저었다.

"내가 어제 금방 만든 핫케이크를 가져갔더니, 그애는 '이곳만 해도 몇 천 명이라는 사람이 굶주리고 있는데, 어떻게 저만 먹을 수 있습니까'라고 말하더군요."

"그들은 언제나 굶주리고 있는걸요. 중국에서는 물만 먹는 것이 습관이 되어 있답니다."

"내란 때문에 식량 사정은 점점 더 나빠지고 있다고 그애가 말하던데……."

말따 수녀는 다 끓은 포 토오프(고기와 채소를 함께 넣고 끓인 수프.)를 조금 떠서 맛보고는 만족한 표정을 지었다. 그러나 폴리 아주머니 쪽을 돌아보더니 다시 얼굴을 찌푸렸다.

"내란이 없었을 때가 있었나요? 기근이 끊일 사이 없는 것과 마찬가지죠. 비적(匪賊)이라는 게, 파이탄에서는 아침에 커피에 곁들여 먹는 빵과 같은 거랍니다. 몰려와서 총을 두세 발씩 쏘아대면 지금도 들리잖아요? 그러면 즉시 읍에서 돈을 주어 보내는 거지요. 그런데 신부님께서는 내가 만든 핫케이크를 잡수셨나요?"

"한 조각을 먹었어요. 참 맛있다고 하더군요. 나머지는 모두 베로니카 수녀에게 가져가 가난한 사람들에게 주도록 하라는 거예요."

"신부님은 너무 마음이 좋으셔서, 난 때때로 머리가 이상해지는 기분이에요."

말따 수녀는 더없이 소박하고 다정한 여자였으나 그녀의 왕국인 부엌 안에서는 사람이 달라 보일 만큼 활기차고 극성스러웠다.

"있는 대로 모조리 남에게 주어 버리고 마니 나중에는 당신 몸까지 남지 못할 거예요. 작년 겨울철에는 또 어땠다구요. 눈보라가 무섭게 치는 날이었는데, 신부님은 글쎄 당신 외투를 벗어 얼어서 다 죽어가는 거지에게 주셨지 뭐예요. 그것도 본국에서 수입된 제일 좋은 순모로 우리들이 정성껏 만들어 드린 새옷이었답니다. 저도 싫은 소리를 한 마디 하려던 참이었는데, 원장님이 먼저 신부님께 말씀드리더군요. 그랬더니 신부님께서는 의외라는 듯 깜짝 놀라며 원장님을 바라보시지 않겠어요? 그리고는 '그러면 왜 안 됩니까? 그리스도교도로서 살지 않는다면 아무리 입이 닳도록 그리스도교의 교리를 설교한들 무슨 소용이 있습니까? 그리스도라면 반드시 그 거지에게 옷을 벗어 주었을 것입니다.'라고 말씀하시지 않겠어요? 몹시 화가 나 원장님이 '그 외투는 우리들 모두의 선물이에요.'라고 응수를 하니까 신부님은 추위로 파랗게 된 얼굴에 웃음을 띄우시며 '그럼 수녀님들은 선량한 그리스도교도이고, 나는 그렇지 못한 게지요.'라고 하시더군요. 정말 어떻게 그러실 수가 있는지……, 저는 어릴 때부터 뭣이든 절약하는 것이 제일이라고 배우고 자란 탓인지 도저히 이해가 안 돼요. 그건 그렇고, 앉아서 수프를 좀 먹어 둘까요? 한없이 먹어대는 아이들이 다 먹을 때까지 기다리자면 배가 고파 쓰러져 버리기 십상이니까요."

거리에서 막 돌아온 치셤 신부는 식당 앞을 지나다가 커튼이 쳐지지 않은 창을 통해 때이른 점심식사를 들고 있는 두 사람의 모습을 보았다. 그러자 그때까지 그의 얼굴에 무겁게 드리웠던 근심스러운 표정이 단번에 가시며 입가에 엷은 미소가 떠올랐다.

그의 염려와는 달리 폴리 아주머니의 내방은 성공적이었다. 아주머나는 놀라울 정도로 이곳 생활에 곧 익숙해져, 매일매일을 마치 블랙풀 근처에 주말 여행이라도 온 듯 평온하게 보내고 있었다. 고향에서와는 다른, 변덕스런 날씨와 계절에도 개의치 않고 때때로 채소밭 가운데로 걸상을 내다놓고 앉아 몇 시간이고 뜨개질에 열중하기도 했다. 두 어깨를 올린 채 팔꿈치를 올린, 눈에 익은 모습으로 빠르게 바늘을 움직이면서 가끔 고개를 들어 부드러운 시선으로 낯선 이국의 하늘을 올려다보곤 했다.

폴리 아주머니는 후 노인과도 사이가 좋았다. 무뚝뚝한 정원지기는 그녀에게만은 종종 상냥한 얼굴로 찾아왔다. 그리고 그녀로부터 잘 가꾼 채소를 칭찬받고는 여간 기뻐하지 않았다. 때로는 그의 오랜 농사 경험으로 얻은 일기예보를 해주는 것으로 폴리 아주머니를 즐겁게 하기도 했다.

폴리 아주머니는 수녀들에게 결코 손님 같은 서먹한 태도를 취하지 않았다. 천성적으로 조용한 성품인데다 단순한 생활에서 몸에 배인 소박한 태도는 아름답기까지 했다. 그녀로서도 오랜 열망—전도사업에 몸과 마음을 바치고 있는 프랜치스의 모습을 보고 싶다는—이 비로소 이루어진 까닭에 일찍이 이처럼 행복했던 적이 없었다는 느낌이 들었다. 그것은 또한 그러한 프랜치스를 미력하나마 잠깐 동안이라도 곁에서 도울 수 있다는 만족감에서 비롯된 것이기도 했다. 그런 까닭에 당초 2개월로 예정되었던 체재기간이 이듬해 4월까지 계속된 것이었다.

좀더 일찍 오지 못한 것이 후회가 된다고 폴리 아주머니는 말했다. 오랫동안 네드의 시중을 들어야 했고, 그가 죽은 뒤에도 변덕이 심하고 한군데에 머물지 못하는 쥬디 때문에 쉽사리 떠나올 수 없었던 것이었다. 쥬디의 변덕과 불안정한 성격이 몹시 그녀를 괴롭혔다. 타인카슬의 시의회(市議會)를 비롯하여 무려 여섯 개 회사의 비서로 떠돌아 다녔는데 자리를 옮긴 처음에는 최상의 직장이라고 만족해 하다가는 얼마 못가 팽개쳐 버리고 다른 곳으로 옮기곤 하는 것이었다. 마침내 자기 자신도 이러한 떠돌이 생활에 어지간히 진력이 났는지 교사가 되겠다고 사범학교에 들어갔으나 견뎌내지 못했다. 그리고는 막연히 수녀나 될까보다고 생각하는 것 같더니, 느닷없이 자신의 천직은 간호사라고 하면서 노덤벌랜드 종합병원의 견습생으로 들어갔다는 것이다. 나이는 이미 27세였다. 어쨌든 이런 여유로 폴리는 겨우 마음놓고 먼 여행을 떠날 수 있었다. 그러나 모처럼 얻은 이 자유도 그리 오래 누리지 못할 것이 뻔했다. 병원에 들어간 지 겨우 4개월이 되었을 뿐인데도 쥬디로부터는 연일 견습생활에 대한 불평과 불만이 가득 찬 편지가 날아오고 있었다. 편지마다 폴리 아주머니에게 이 불쌍한 조카를 위해 하루 빨리 돌아와달라는 애원을 하고 있는 것이다.

아주머니는 어쩌다가 한 마디씩 자신의 형편을 이야기할 뿐이지만, 그 이야기를 종합하여 고국에서의 그녀의 생활을 환히 그려볼 수 있는 프랜치스로서는 아주머니를 성녀라고 생각지 않을 수 없었다. 물론 이 성녀의 의미는 성상(聖像)과는 달리 해석해야 될 것이지만.

옛부터 익히 알고 있는 아주머니의 결점과 특히 엉뚱한 짓을 잘 저지르는 것 등은 여전했다. 언젠가 그녀는 조금이라도 프랜치스의 선교사업에 도움이 되고자 거리에 나가 사람들과 만났다. 그때 그녀에게 적선을 받은 두 남녀가 무엇인가 더 받을 수 있지 않을까 하여 따라왔다. 그녀는 그들을 가톨릭으로 개종시켰다고 고지식하게 믿고 자랑스러워 했지만, 프랜치스는 그 남녀가 바로 수녀원에게 물건을 훔쳐 달아난 호산나와 피로메나 부부임을 알고는 쫓아 버리기에 진땀을 뺀 적이 있었다.

함께 옛날 이야기를 하며 위안을 얻을 수 있다는 것만으로도 프랜치스에게는 폴리 아주머니가 얼마나 소중한 존재인지 몰랐다. 한꺼번에 여러 가지 시련이 닥친 지금, 그는 아주머니의 다정한 위로에 큰 힘을 얻는 것이었다.

그가 자기의 처소로 돌아왔을 때 현관앞에서 클로틸드 수녀와 안나가 그를 기다리고 있었다. 그는 속으로 한숨을 쉬었다. 오늘 거리에서 듣고 온 소문들을 혼자 차근히 생각하며 정리해 볼 계획이었던 것이다.

붕대를 감은 손으로 마치 죄인을 다루듯 거칠게 안나를 붙잡고 서 있는 클로틸드 수녀의 얼굴이 평소와는 달리 홍조를 띠고 있는 것이 심상치 않았다.

안나의 검은 눈이 반항으로 사납게 타고 있었다. 가까이 가니 향수 냄새가 진하게 풍겼다.

무슨 일이냐고 눈으로 묻는 프랜치스에게 클로틸드는 물을 쏟아 놓듯 단숨에 말하기 시작했다.

"여지껏 말썽을 부려왔지만, 오늘만은 참을 수 없어서 여기까지 데려왔어요. 바구니 공장에서도 늘 주의 깊게 살피곤 있지만……, 조금도 나아지기는커녕 점점 더하는 거예요."

"무슨 일을 저질렀는데요?"

치셤 신부는 신중하게 귀를 기울이면서 클로틸드 수녀를 바라보았다. 클로틸드 수녀는 흥분으로 몸을 떨면서 말을 이었다.

"참는 데도 한이 있지요. 건방지고 반항하고 게으름을 피우는 것까지는 그렇다치고, 이제는 다른 아이들까지 물을 들이니.……게다가 남의 물건에 손을 대기까지 하지 뭡니까? 조금 전에도 폴리 아주머니의 크림을 훔쳐 바르고는……."

클로틸드 수녀는 말을 맺지 못하고 더욱 새빨개진 얼굴을 숙였다.

"그리고 어쨌습니까?"

프랜치스에게는 빳빳이 고개를 쳐들고 있는 안나보다 클로틸드 수녀가 더욱 딱하게 여겨졌다.

"밤만 되면 군사들이 들끓는 거리를 돌아다니는 거예요. 어젯밤에도 집에서 자지 않은 걸 보니 밤새도록 와이츄의 군사와 어울려 다닌 모양이에요. 그래서 오늘 제가 조용히 불러 타이르려 했답니다. 그랬더니 글쎄 느닷없이 팔을 물어뜯지 않겠어요?"

프랜치스는 말없이 안나를 바라보았다. 그의 집에 온 첫 어린이, 그 잊을 수 없는 겨울 밤의 눈 속에서 하느님의 선물로서 떨리는 기쁨으로 안아올렸던 어린 생명이 이토록 반항적이고 비뚤어진 소녀로 변해 그의 앞에 서 있다는 것을 믿을 수 없었다. 나이에 비해 성숙이 빨라 가슴은 둥글게 부풀고, 입술은 익은 살구처럼 부드럽고 탄력있어 보였다. 어릴 때부터 다른 아이들과는 달리 겁이 없고 반항심이 강했다. 바로잡아 보려고 노력했지만 결국 안나는 천사가 되지 못한 것이다.

치셤 신부는 치밀어오르는 회한과 슬픔을 누르며 다정하게 물었다.

"안나야, 너로서도 할 말이 있을 게 아니냐?"

"없어요."

"할 말이 뭐가 있겠어요?"

싸늘한 음성으로 클로틸드 수녀가 말했다. 안나는 증오가 가득 찬 눈으로 수녀를 흘겨보았다.

"우리는 네게 우리가 할 수 있는 것은 다 해주었다고 생각한다. 정말 네가 바른 사람이 될 것을 바라고 애도 썼단다. 그런데 이런 결과가 오다니, 정말 가슴 아프구나. 너는 이곳에 있는 것이 행복하지 않으냐?"

"네, 행복하지 않아요."

"왜 그렇지?"

"나는 내가 원해서 수녀원에 온 게 아니에요. 그렇다고 팔려 온 것도 아니고요. 어쩌다 그냥 흘러들어온 것뿐이에요. 기도 따위는 진절머리가 나요."

"언제나 기도만 하는 건 아니잖니? 다른 일도 많이 있을 텐데……."

"바구니 만드는 일이요? 재미없어요."

"그럼, 다른 일을 하면 되지 않니?"

"다른 일이라면 기껏해야 바느질인걸요. 평생 바느질만 하고 살란 말예요?"

치셤 신부는 그저 웃어보일 수밖에 없었다.

"그렇지는 않아. 배울 것을 다 배우고 좀더 나이를 먹으면 신사 중에서 좋은 청년이 너와 결혼하기를 원하게 될 거다."

안나는 입을 비쭉이며 거침없이 조소를 던졌다. 그것은 분명히 훌륭한 신사 청년보다는 와이츄 군사편이 훨씬 좋다는 뜻이 내포된 웃음이었다.

프랜치스는 더 이상 말해봐야 반발심만 돋울 것이라는 것을 느끼고는 입을 다물었다. 아무리 어린 소녀라고 하지만 은혜를 모르고 반항만 하려 드는 것에서 느끼는 불쾌감을 어쩔 수 없었다. 그는 다시 한 번 엄한 어조로 주의를 주었다.

"네가 그렇게 싫다면 굳이 붙들어두지는 않겠다. 그러나 거리가 조용해질 때까지는 여기 있어야 한다. 자칫하면 거리뿐 아니라 온 세상이 뒤집혀질 위험한 형편이란다. 당분간 여기 있는 것이 제일 안전하다. 물론, 있는 동안은 규칙을 따라야 해. 어서 수녀님께 사과드리고 수녀님을 따라가거라. 만일 다시 말썽을 부리면 그 때에는 내가 벌을 주겠다."

그는 돌아서서 가는 클로틸드 수녀에게 말했다.

"수녀님, 베로니카 원장님께 잠깐 이곳으로 와 달라고 해주십시오."

너무나 무거운 짐을 진 고통을 감추려는 노력으로 그의 얼굴은 어둡게 굳어졌다.

5분 후, 베로니카 수녀가 방에 들어왔을 때 그는 창가에 서서 거리를 내려다보고 있었다. 그는 손짓으로 그녀에게 가까이 오라는 시늉을 해보였다. 그러고도 꽤 오랫동안 입을 열지 않았다. 겨우 입을 열었을 때 그의 음성은 비통했다.

"베로니카 수녀님, 심상찮은 소식을 두 가지나 들었습니다. 하나는 이 지방에서 전쟁이 일어난다는 것인데……, 그것도 올해 안으로 말입니다."

그녀는 조용히 그의 다음 말을 기다렸다. 프랜치스는 몸을 돌려 그녀의 얼굴을 똑바로 쳐다보았다.

"지금 막 챠 씨를 만나고 오는 길인데, 그는 이번 만큼은 피할 수 없을 거라고 하더군요. 이 지방에는 지난 몇 년 동안 와이츄의 횡포가 극심했습니다. 주민들은 피를 짜내듯 과도한 세금을 물어왔죠. 말을 듣지 않으면 가족들을 죽이거나 읍내를 쑥밭으로 만들 테니 울며 겨자먹기로 지금까지는 호상들이 돈을 내어 그 무리들을 달래왔었지만, 이번에는 양자 강 하류에 있는 내안(乃顔) 장군이란 자가 이 지방에 들어오겠다는 겁니다. 물론 와이츄보다는 낫다고 해도 결국 이곳 주민들의 고혈을 탐내는 점에서는 마찬가지로, 챠 씨까지 내안의 편에 가담하기로 했답니다. 아마 머지않아 쳐들어올 것입니다. 양쪽을 다 돈으로 매수하기는 불가능한 일이니 전쟁이 터질 거고, 이긴 편에게 우리는 또 뇌물을 바쳐야 하는 악순환의 연속입니다."

그녀는 신부를 향해 조금 웃어 보였다.

"벌써부터 듣고 있던 얘기인걸요. 다 알고 있었어요. 왜 새삼스럽게 오늘 그런 좋지 않은 얘기를 하시죠?"

"오늘따라 전쟁이 아주 가깝게 느껴지기 때문이지요. 그것도 일찍이 없었던 참혹한 전쟁이……."

그의 긴장한 얼굴을 보자 그녀는 또다시 미소를 지었다.

"제가 그러하듯 신부님께서도 결코 전쟁을 두려워하지 않잖아요?"

그는 재빨리 창 밖의 시선을 거두어 그녀에게 돌렸다.

"물론 나 개인으로서는 아무것도 두려워하지 않습니다. 나는 지금 전쟁의 와중에 던져질 우리들의 일을 걱정하는 겁니다. 와이츄가 저 언덕에서 시내를 공격한다면 여기는 바로 중심목표가 되지요. 정말 염려되는 건 이 부근의 가난하고 무력한 사람들입니다. 나는 그들에 대한 사랑과 연민을 버릴 수 없어요. 그들은 단지 평화롭게 살기를, 피폐한 땅이나마 열심히 일구어 곡식을 거두고 가족과 더불어 평온하게 살기를 소원할 뿐입니다. 그럼에도 불구하고 아무 죄도 없이 수년 동안 폭군에게 착취당해 왔지요. 그런데 이제 또 새로운 폭군이 나타난 겁니다. 그리하여 우리의 착한 신자인 그들의 손에 무기가 들려지고 뜻모를 깃발을 흔들게 하며 이미 타락한 '자유와 해방'의 구호를 외치게 하지요. 거기에는 벌써 증오의 물결이 사납게 퍼지고 있습니다. 결국 두 폭군이 싸우는 틈바구니에서 주민들만 희생당하기 마련입니다. 대체 무엇을 위해서일까요? 살육이 끝나고, 화약 연기와 총소리가 멎으면 전보다 더 지독한 세금을 바치기에 허덕이게 되고, 탄압은 더욱 심해지겠지요. 그러니 가엾은 주민들을 위해 어떻게 슬퍼하지 않을 도리가 있습니까!"

그가 길게 한숨을 내쉬었다.

그녀는 이해할 수 없다는 표정을 지었다.

"신부님께서는 전쟁의 필요성을 인정하지 않으시군요. 정의와 명예를 지키기 위해 전쟁도 한 방법이 아닐까요? 역사가 그것을 증명하고 있습니다. 저의 집안으로 말씀드리자면 그러한 전쟁에 기꺼이 참가하지 않은 적이 없답니다."

그는 아무 말도 하지 않았다. 얼마 후 그는 어둡고 슬픈 눈으로 그녀를 돌아보며 천천히 말했다.

"이런 상황에서 그렇게 말씀을 하시다니, 이해할 수 없군요. 이 고장에서의 싸움은 더 큰 싸움의 작은 반영에 지나지 않을 겁니다."

그는 잠시 망설이듯 눈살을 찌푸렸으나 단호한 얼굴로 이야기를 계속했다.

"챠 씨가 센샹의 거래처를 통해 알아 온 소식에 의하면 독일은 벨기에를 침입했을 뿐 아니라, 프랑스와 영국과도 전쟁을 벌였답니다."

한동안 침묵이 흘렀다. 베로니카 수녀는 석상처럼 움직임을 잃어버린 채 하얗게 질려서는 허공의 어느 한 점을 뚫어져라 바라보고만 있었다.

"곧 모두가 알게 되겠죠. 그러나 이 일로 인해 우리 집안에 어떠한 작은 변화라도 생겨서는 안 됩니다."

"물론입니다."

베로니카 수녀의 대답은 마치 수천 마일 밖으로 떠나가 버린 사람의 그것처럼 공허하게 울려 왔다.

바깥 세상에서 벌어지는 전쟁의 불길은 성당안에도 파급되어 왔다.

프랜치스가 전쟁의 소식을 듣고 온 지 며칠이 지난 어느 날 아침, 말따 수녀의 방 창문 위로 네모진 비단헝겊에 색실로 수를 놓아 만든 벨기에 국기가 높이 올려졌다. 그리고 그날 낮 진료소의 일을 끝내자마자 전에 없이 수녀원으로 급히 뛰어들어오며 함성을 질렀다.

"이제야 겨우 신문이 왔군요. 그렇게나 기다렸는데……."

그녀의 손에는 상해에서 발행되는 미국 신문 〈인텔리젠스〉가 들려 있었다. 일간 신문이었지만, 이곳에는 한 달에 한 번 정도 모아서 보내지곤 하는 것이었다. 신문을 펴드는 그녀의 가슴은 기대와 불안으로 고동치고 있었다. 떨리는 손으로 페이지를 넘기며 훑어가던 그녀는 갑자기 분노의 외침을 터뜨렸다.

"이럴 수가 있다니! 세상에 이렇게 극악무도한 짓을 저지르다니. 오, 하느님! 정말 용서할 수 없습니다."

그리고 마침 신문이 왔다는 소리에 급히 들어오는 클로틸드 수녀를 손짓해 불렀다.

"수녀님, 이걸 좀 보세요. 적이 루벤까지 쳐들어 왔대요. 그런데 대성당까지 파괴해 버렸다는군요. 그리고 메트류도……, 우리집에서 겨우 십 킬로밖에 안 떨어진 곳인데……, 그 훌륭하고 번화한 거리가 그렇게 엉망이 되어 버리다니……."

같은 처지에 놓였다는 것으로 갑자기 굳게 맺어진 두 수녀는 머리를 맞댄 채 간간이 놀라움과 분노의 신음을 내뱉으며 열심히 신문을 읽어 내려갔다.

"어쩌면! 제대까지 박살을 내다니. 이런 일이 있을 수 있을까요?"

말따 수녀는 참을 수 없다는 듯 연신 두 손을 비벼대며 비통하게 말했다.

"메트류는 추억이 많은 거리에요. 내가 일곱 살 때였던가, 아버지를 따라 마차를 타고 처음 그 거리를 지나갔었지요. 그날 우리는 살찐 거위를 열두 마리나 샀답니다. 그 번화한 시장이 지금은……."

클로틸드 수녀는 마르느에 대한 기사를 읽는 데 온통 정신이 팔려 있었다.

"독일군들은 우리나라 군인들을 마구 죽이고 있군요. 이건 전쟁이 아니라 도살이에요. 인간의 짓이라고는 할 수 없어요."

그녀는 베로니카 수녀가 들어와 테이블 앞에 앉은 것을 전혀 느끼지 못하고 외쳤다. 말따 수녀는 베로니카 수녀를 보긴 했으나 그녀에게 주의를 돌릴 만큼 마음의 여유를 갖지 못했다. 오히려 더욱 흥분하여 신문의 한 기사를 지적하며 떠들었다.

"여길 보세요, 클로틸드 수녀. '믿을 만한 소식통에 의하면 루벤 수녀원은 독일군에 의해 파괴되었다고 한다. 또한 많은 어린이들이 무차별 학살을 당했다는 것도 믿을 만한 조사에 의해 확인되었다고 한다.' 기막힌 일이에요."

클로틸드 수녀의 얼굴이 백지장처럼 창백해졌다.

"보불(普佛) 전쟁 때는 또 어땠다구요. 그들은 사람이 아니라니까요. 이 미국 신문이 독일을 흉노(匈奴)라고 부르는 것도 당연해요."

그녀의 목소리는 증오로 떨렸다. 바로 그 때였다.

"우리나라 사람에 대해 그렇게 모욕적으로 말하는 것을 용서할 수 없어요."

뜻하지 않은 날카로운 소리에 흠칫 놀라 클로틸드 수녀는 창턱에 몸을 기댔다. 그러나 말따 수녀는 당당히 베로니카 수녀를 마주 보았다.

"우리나라 사람이라구요? 원장님, 내가 원장님의 입장이라면 그렇게 '우리나라 사람'을 자랑스럽게 내세우진 못할 거예요. 짐승과 다를 바 없는 그 야만인들을 말예요. 여자와 어린아이들을 그렇게 죽이다니……하느님이 무섭지 않을까요?"

"그 신문은 엉터리예요. 속되고 거짓된 기사만 잔뜩 늘어놓는……그따위 것을 어떻게 믿지요? 독일인들은 결코 그렇지 않습니다."

말따 수녀는 퉁퉁한 허리에 두 손을 걸치고 그녀 앞에 버티어 섰다. 그러한 그녀의 모습에서 여느 때보다 더 농부 아낙의 거친 기질이 드러나 보였다. 그녀는 마치 질그릇이 깨지는 듯한 거센 음성으로 거침없이 내뱉았다.

"당신네들의 그 신사적인 군대가 기사도 정신을 발휘하여 평화로운 나라들을 차례차례 침략하고 있다는 소식이 거짓이라는 말입니까?"

베로니카 수녀는 얼굴빛이 하얗게 질렸다.

"독일은 태양의 빛이 필요한 거예요. 그래서 빛을 따라 나아가고 있는 겁니다."

"그러면 사람을 죽이고, 성당과 거리를 파괴하고 약탈을 일삼는 것이 모두 태양인지 달인지가 필요해서라는 말씀이죠? 해석이 훌륭하시군요. 허기가 져서 미쳐 버린 돼지새끼들같으니라구."

"말따 수녀!"

흥분한 중에도 위엄을 잃지 않으며 베로니카 수녀는 자리에서 일어섰다.

"이 세상에는 정의라는 것이 있습니다. 지금까지 독일과 오스트리아는 부당한 대우를 받아왔기에 일어난 겁니다. 독일 군대는 지금 이 순간에도 게르만 민족의 운명을 개척하기 위해서 피나는 투쟁을 하고 있다는 걸 기억해 두세요. 내 오빠도 물론 참전하고 있겠지요. 그리고 당신들의 원장으로서, 조금 전 자매님들의 입을 더럽힌 저속한 말들을 다시는 쓰지 않기를 명령합니다."

팽팽하고 어색한 침묵이 흘렀다. 베로니카 수녀는 천천히 그곳을 나갔다. 그녀의 모습이 채 사라지기도 전에 말따 수녀는 큰 소리로 외쳤다.

"당신네 나라의 그 훌륭한 운명은 아마 개척되지 못할 거예요. 물론 영광도……연합군은 반드시 이깁니다."

베로니카 수녀는 단지 차가운 미소를 띄울 뿐이었다.

전쟁의 위협 아래 하루하루를 보내고 있는 벽지의 교회에도 때때로 바깥 세계의 소식이 날아들어오고, 그것은 좁은 사회 안에 반목의 뿌리를 굳히는 데 박차를 가했다. 사실 이제껏 그다지 사이가 좋다고는 할 수 없었던 클로틸드 수녀와 말따 수녀는 전쟁 발발 이후 각별한 우정으로 굳게 결속되었다.

특히 말따 수녀의 클로틸드 수녀에 대한 보살핌은 극진하였다. 감기에 잘 걸리는 클로틸드 수녀에게 특별한 처방으로 기침약을 조제해 주고 영양 있는 음식을 마련해 주는 등 건강관리에 많은 신경을 쓰는 것이었다.

두 사람은 시간이 날 때마다 부상병들에게 보낼 장갑이나 양말을 짜면서, 특히 베로니카 수녀 앞에서는 한층 높은 소리로 사랑하는 조국의 이야기를 하곤 했다. 물론 베로니카 수녀의 감정을 건드릴 얘기는 삼가도록 마음을 쓰고는 있었지만, 때때로 말따 수녀가 진지하게 '자, 잠깐 우리의 소원을 기도드리고 옵시다.'라고 말하면서 클로틸드 수녀와 더불어 자리에서 일어날 때면 베로니카 수녀는 가슴이 저

미는 듯한 아픔을 느끼곤 했다.

그러나 베로니카 수녀는 의연한 태도로 잘 참아 나갔다. 그녀도 역시 조국의 승리를 간절히 빌고 있었다. 치섬 신부는 각각 다른 조국의 승리를 위해서 간절히 기도드리는 세 수녀가 가슴속에 품고 있는 불꽃 튀는 적의를 볼 때마다 착잡하고 씁쓸한 감회에 빠져 들어갔다. 그러나 그는 그러한 것에 미처 신경을 쓸 수 없을 만큼 몹시 바빴다. 언덕을 끼고 행군하는 와이츄 군대의 동정을 살피는 동안 내안측이 드디어 공격을 개시했다는 정보를 입수하고부터 그는 전적으로 기도에만 매달렸다. 오로지 평화를, 주민들의 안전을, 그리고 자기에게 의지하고 있는 많은 어린이들이 충분히 먹을 수 있는 양식을, 그들에게 불행이 닥치지 않기를 기도했다.

얼마 지나지 않아, 클로틸드 수녀는 자기가 맡고 있는 아이들에게 프랑스 국가를 가르치기 시작했다. 베로니카 수녀가, 소리가 들리지 않을 만큼 멀리 떨어져 있는 바구니 공장에 가 있는 시간을 틈타서였다. 어느 날 아침 기진맥진한 모습으로 수녀원 안을 천천히 걸어들어오던 베로니카 수녀는 창문이 활짝 열린 교실에서, 피아노 소리에 맞춰 드높이 울려퍼지는 프랑스 국가를 들었다.

"Allons, enfants de la patrie……."(나가자 조국의 젊은이들아)

순간 베로니카 수녀는 넘어질 듯 다리가 휘청거렸다. 그대로 폭삭 주저앉을 것만 같이 온몸의 힘이 빠져 나갔으나 잠시 후 고개를 똑바로 치켜든 채 꼿꼿하게 걸어갔다.

그 달도 끝날 무렵, 오후 교리공부를 마친 클로틸드 수녀는 예외없이 아이들과 프랑스 국가를 합창했다. 그리고는 모두 함께 기도를 하자고 말했다.

"여러분, 모두 무릎 꿇고 용감한 프랑스 군인을 위해 기도합시다."

아이들은 즉시 무릎을 꿇고, 그녀를 따라 목청을 높여 기도문을 외웠다.

기도를 끝내고 일어선 클로틸드 수녀는 비로소 난로 뒤에 서 있는 베로니카 수녀를 발견하고 소스라치게 놀랐다.

베로니카 수녀는 여느 때와 다름없이 조용한 얼굴에 명랑한 웃음까지 띄우며 아이들 앞으로 한 발 다가섰다.

"여러분, 이제는 용감한 독일 군인을 위해서 똑같이 기도를 드립시다."

클로틸드 수녀의 얼굴이 금시 새파래졌다. 목이 콱 졸린 음성으로 간신히 입을 열었다.

"원장님, 여기는 저의 교실입니다."

베로니카 수녀는 들은 척도 하지 않았다.

"여러분, 어서 기도를 드립시다. 용감한 독일군이 승리하도록 성모경을 외웁시다."

클로틸드 수녀의 가슴이 곧 터질 듯 무섭게 고동쳤다. 새파랗게 질린 입술이 파들파들 떨리더니, 발작적으로 손을 올려 원장의 뺨을 후려쳤다.

순식간에 교실 안은 물을 뿌린 듯 조용해졌다. 자기가 무슨 짓을 했는지 비로소 알아차린 수녀가 갑자기 소리내어 울음을 터트리며 교실을 뛰어나갔다.

베로니카 수녀는 조금도 얼굴빛이 달라지지 않았다. 오히려 더 부드럽고 침착했다.

"클로틸드 수녀님은 기분이 좀 좋지 않으신 거예요. 이제 공부를 계속합시다. 이 시간에는 내가 대신 수업을 하겠어요. 시작하기 전에 먼저 독일군을 위해 기도를 드릴까요?"

그녀는 기도가 끝나자 조용히 책을 펼쳤다.

그날 저녁, 진료소에 들렀던 치셤 신부는 진료소에서 다량의 크로다인을 저울에 달고 있는 클로틸드 수녀를 보았다. 발소리에 놀란 수녀는 자칫 떨어뜨릴 뻔한 약병을 간신히 들고 뒤를 돌아보았다. 민망할 정도로 얼굴이 빨개져 있었다. 낮에 있었던 사건으로 그녀의 신경은 견딜 수 없도록 긴장되어 있었던 것이다. 그녀는 변명하듯 더듬더듬 말했다.

"위가 나빠진 것 같아요. 요즘 좀 신경을 많이 썼더니……."

그녀의 심상치 않은 태도나 저울에 달린 약의 분량으로 보아 진정제로 사용할 의도임을 프랜치스는 곧 알아차렸다.

"그렇다면 그렇게까지 많이 마실 필요가 없습니다, 클로틸드 수녀님. 그 속에는 상당량의 아편이 들어 있으니까요."

수녀가 나간 뒤 프랜치스는 약병을 독약 진열장에다 넣고 자물쇠로 잠가 버렸다. 심한 피로가 몰려왔다. 모처럼 조용한 진료소의 분위기 때문인지도 몰랐다. 점점 위급하게 다가오는 위험, 그리고 타국에서 무의미한 전쟁이 계속되고 있다는 것이 그의 가슴을 무겁게 누른다. 이런 상황에서 수녀들마저 한심하게도 쓸데 없이 투쟁을 벌여 집안의 평화스러운 분위기 마저 흐려 놓고 말았다. 그녀들의 비상식적이고 융통성 없는 태도들이 새삼 분노를 느끼게 했다. 그는 전부터 이 비상식적인 상태를 수습해야겠다는 생각을 줄곧 해온 터였고, 또 이제는 더 이상 이 우스꽝스런 장면을 방관해서는 안 되겠다고 결심했다.

그날 하루의 일과가 끝나자 치셤 신부는 세 수녀들에게 모두 자기 방으로 좀 오라고 일렀다. 그리고, 그는 전에 없이 근엄한 얼굴로 수녀들을 세워 둔 채 무겁게 입을 열었다.

"이런 비상시에 당신네들이 하는 짓이란 참으로 어처구니가 없어요. 도대체 정당한 근거가 어디에 있다고 그 야단들이오?"

잠시 아무도 입을 열지 못했다. 클로틸드가 약간 몸을 떨면서 입을 열었다.

"정당한 근거가 있습니다."

그녀는 흰 수녀복 주머니 안에서 찬찬히 접혀진 신문을 꺼내어 그의 앞으로 내밀었다.

"읽어보세요. 어느 추기경의 말씀입니다."

그는 대충 눈으로 내용을 훑어가다가 천천히 소리내어 읽기 시작했다. 그것은 파리에 있는 노틀담 성당에서 아메트 추기경이 발표한 성명서를 보도한 것이었다.

'친애하는 동포여, 프랑스군과 연합군의 전우들이여, 전능하신 하느님은 우리들편이로다. 과거에도 하느님은 우리를 도와 오늘의 위대한 발전으로 이끌어 주셨도다. 이 곤란한 시기를 맞이하여 하느님은 또다시 우리를 도울 것이다. 하느님은 전쟁터에서, 용감한 우리 병사들 곁에 계시며, 전력을 강화시켜 병사의 용기와 투지를 더욱 투철하게 해주실 것이다. 하느님은 당신의 모든 것을 지키신다. 그러므로 하느님은 승리를 우리들에게 주실 것이니……'

그는 거기서 읽는 것을 중단했다. 더 이상 읽고 싶은 생각이 없어진 것이다.

다시 냉랭한 침묵이 시작되었다. 클로틸드 수녀는 '그 보란 듯' 주시하며 신경질적으로 몸을 떨었고, 말따 수녀는 '이제 아시겠느냐'는 듯 득의에 차서 버티고 서 있었다. 베로니카 수녀도 지고 싶지 않다는 듯 넓은 허리띠 안의 검은 천으로 된 주머니에서 종이를 꺼냈다.

"저는 프랑스 추기경의 일방적인 의견 따위는, 괘념하지 않겠어요. 하지만 저도 보여드리고 싶은 것이 있어요. 쾰른, 뮌헨, 에센의 대사교님들의 공동성명입니다."

그녀는 냉정하고 오만한 음성으로 성명서를 읽어 내려갔다.

'사랑하는 조국의 백성들이여, 하느님은 우리에게 강요된 이 정의의 전쟁에 있어서 우리와 함께 계시다. 그러므로 우리는 하느님의 이름으로 조국의 명예와 영광을 위해 최후의 순간까지 싸움에 임하기를 제군에게 명하는 바이다. 하느님은 그 예지와 정의에 의하여 우리가 옳다는 것을 알고 계시며, 또 하느님은 우리에 대해서는……'

"그 정도면 충분해요."

프랜치스는 그녀의 낭독을 막았다. 인간의 악의와 위선, 그리고 어리석음에 대한 분노와 실망이 그를 절망스럽게 했다.

그는 두 손으로 머리를 싸쥔 채 멍하니 서서 나직이 중얼거렸다.

"제멋대로인 그런 식의 호소에는 이제 하느님도 질리셨을 겁니다."

그는 분노를 삭이기 위해 벌떡 일어나 방안을 거닐기 시작했다.

"나는 지존한 추기경과 대사교님들의 견해를 모순이라고 비난하지는 않겠습니다. 모순이라 해보았자, 결국 더 큰 모순만 느낄 뿐이니까요. 또 저 같은 하찮은 주제에는 어울리지도 않는 것이지요. 게다가 이름도 없는 인간이며 중국의 황량한 들판에 선 채 눈앞에 다가오는 도적들의 싸움에 무서워 떨고 있는 불쌍한 스코틀랜드인의 한 사제일 뿐입니다. 당신네들은 왜 그것을 모릅니까? 우리 신성한 가톨릭 교회는……아니, 세계의 그리스도교국이란 교회가……이 세계대전을 아주 당연한 것처럼 받아들이고 있습니다. 뿐만 아니라, 신성시하고 있다고도 볼 수 있는 것입니다. 우리는 위선자와 미소를 띄우고 하느님의 사도로 자처하려고 몇 백만이라는 충실한 신도들을 축복하듯 전쟁터로 몰아 불구를 만들고 살육을 하고 몸과 마음을 찢어 서로 죽이고 있는 것입니다. 조국을 위하여 생명을 바쳐라, 그러면 너희 모든 것은 용서를 받으리라고. 애국심! 국왕과 황제! 1만이나 되는 교회의 설교단에서 '시저의 것은 시저에게로……' 하는 식으로 외치고 있습니다……."

그는 갑자기 말을 끊고, 두 주먹을 불끈 쥔 채 불타는 듯한 시선으로 멀리 바라보았다.

"현대란 시저가 없는 시대입니다. 있다면 아프리카의 다이아몬드 광산이나 노예혹사, 또는 콩고의 고목나무를 욕심내는 금융자본가나 정치가뿐인 것입니다. 그리스도는 영원한 사랑을 설교하고, 인간의 동포애를 말씀하셨습니다. 산 위에서 '죽여라! 죽여라! 증오로 나아가라, 동포의 배에 총검을 찔러라!'고는 외치지 않으셨습니다. 오늘날 그리스도교 국가의 모든 교회와 대성당에서 울리는 말은 주의 말씀이 아닙니다. 이 세상에 편승해서 아부하는 자와 비겁자들의 외침일 뿐입니다."

그는 입술을 떨고 있었다.

"자기의 행위가 교의를 배반하고 하느님의 이름으로 이교도의 나라인 이 땅에 와서 주민을 개종시킨다는 그러한 주제 없는 일을 할 수 있겠습니까. 중국인이 우리들을 조소하는 것도 깊이 생각해 보면 조금도 이상할 게 없습니다. 그리스도교, 그것은 허위로 뭉쳐진 종교입니다. 계급과 돈과 국민의 증오로 이루어진 종교입니다! 그리고, 사악한 전쟁의 종교입니다!"

그는 갑자기 말을 중단했다. 그의 이마에는 땀이 번들거리고, 눈은 고통으로 어두운 그늘이 져 있었다.

"왜 교회는 기회를 잡으려고 하지 않을까요? 그리스도를 살아 있는 동반자로서 증명하기는 이 기회 이상 좋은 때는 없을 것입니다. 증오를 나타내고 사람을 흥분시키는 대신 모든 나라에서 교황에서 사제에 이르기까지 모두 '함께 무기를 버려라. 너희는 살인을 하지 말라!' 하고 외쳐 보십시오. 그러면 물론 박해를 당하거나, 사형을 당하기도 하겠지요. 하지만 그것은 죽음이 아니라 순교입니다. 그렇게 죽임을 당한 자는 우리의 제단을 더럽힘이 아니라 거룩한 장식을 하는 것입니다."

그의 소리는 낮아지고 침착한 태도로 마치 예언자처럼 이상한 빛을 띠는 것이었다.

"교회는 이토록 비열함에 언젠가는 스스로 고통과 후회를 씹어야 할 것입니다. 가슴속에 자라게 한 독사는 어느땐가는 자기의 가슴을 물어 뜯을 것입니다. 무력을 시인하면 파괴를 선언함과 무엇이 다르겠습니까. 거대한 군사력이 고삐를 자르고 종횡무진으로 날뛰게 되면 끝내 교회로 뛰어들어 몇 백만이나 되는 신자들을 부패시키고 다시금 카타콤바(초대 그리스도교의 지하 묘지로서 박해 당시 신도의 피난소였으며, 또 정식 예배소로도 사용되었음.)로 몰아 넣고 말 것입니다."

그가 말을 끝마치자 방안의 분위기는 긴장과 침묵으로 휩싸였다. 말따 수녀와 클로틸드 수녀는 감동한 모양인지 저도 모르게 고개를 숙였다. 하지만 베로니카 수녀는 전에 그와 다투었던 일을 기억하고 오만하고 차가운 얼굴로 그를 똑바로 쳐다보았다.

"말씀은 참 감동적이었어요, 신부님……당신이 비난하신 그 성당에 가셔서 말씀하셔도 매우 훌륭하겠군요. 하지만, 이 파이탄 땅에서부터 그 말씀을 실천하시지 않으신다면 아무 쓸모없는 얘기가 아니겠어요?"

그의 안면 근육에 피가 확 번지는 느낌이었다. 그러나 다음 순간, 이내 그것은 사라지고 그는 온화한 음성으로 대답했다.

"신도들에겐 물론 이 부정한 전쟁에는 절대 참가해서는 안 된다고 엄중한 금지령을 내렸습니다. 전쟁이 일어나면 모두 성당문 안으로 피난시킬 작정입니다. 그 결과가 어떻게 될는지는 두고봐야 알겠지만, 그에 대한 모든 책임은 내가 질 것입니다."

세 사람의 수녀들은 모두 같이 그의 얼굴을 바라보았다. 베로니카 수녀의 냉정한 얼굴에는 엷은 두려움이 스쳐갔다. 그러나 그는 세 사람이 함께 방을 나가고 있는 뒷모습에서 아직도 그들은 화해할 마음이 아니라란 것을 느낄 수 있었다. 돌연 뭐라고 이름 붙일 수 없는 공포가 전신을 휩쌌다. 무언가 그 무서운 일은 오고야 말 것이다. 그러나 그 때를 기다리며, 그 정해진 운명에 손을 써보지 못하고 무력하게 복종해야 한다는 것이 그를 더욱 공포스럽게 했다.

9

어느 일요일 아침이었다. 그는 요 며칠 동안에 걸쳐 줄곧 두려워하고 있던 총성에 놀라서 눈을 떴다. — 행동을 개시한 포병대의 둔중한 사격소리였던 것이다. 그는 벌떡 몸을 일으켜 급히 창가로 달려갔다. 수마일쯤 떨어진 서쪽 산에서 6문(六門)의 경야포(輕野砲)가 거리를 사격하기 시작한 것이었다. 그는 재빨리 옷을 입고 아래층으로 내려갔다. 동시에 현관에 있던 죠셉이 안으로 뛰어들어왔다.

"터졌어요, 신부님. 어젯밤에 내안 장군이 파이탄에 입성했는데 와이츄의 부대가 내안장군부대를 공격하고 있는 것입니다. 신자들이 벌써 전도관 문 앞까지 밀려와 있습니다."

프랜치스는 죠셉의 어깨너머로 시선을 던지며 말했다.

"모두들 어서 들어오도록 해드려라."

죠셉이 문을 열러 간 사이에 그는 급히 집안으로 들어왔다. 아이들은 벌써 아침식사를 하려고 식당에 모여 있었으나, 조금도 놀란 기색이 없어 다행이었다. 어린 계집애 하나 둘이 멀리서 들려오는 포성에 겁을 먹고는 소리도 못내며 질질 짜고 있을 따름이었다. 그는 긴 식탁을 한바퀴 돌며 애써 웃는 표정을 지었다.

"저 소리는 폭죽을 터뜨리는 것이니까, 너희들은 놀라거나 겁을 먹어서는 안 돼요. 내일이나 모레쯤은 더 큰 것이 터질지도 모르니까 미리 마음을 단단히 가져야 하는 거야."

세 수녀들은 제각기 식탁의 모서리에 서서 아이들을 돌보아 주고 있었다. 베로니카 수녀는 대리석처럼 차가운 얼굴이었고 태연했지만, 클로틸드 수녀는 공포에 질려 있음이 분명했다. 긴 소매 안에서 두 손을 꼭 잡고 두려움을 드러내지 않으려고 필사적인 노력을 하고 있는 듯했으나 포성이 울릴 때마다 어쩔 수 없이 얼굴이 창백해지곤 했다. 베로니카 수녀는 아이들을 향해 고개를 끄덕여 주며 웃어 보인다. 일부러 아무렇지도 않은 듯 가장하여 클로틸드 수녀에게 말을 걸었다.

"이런 상태로라도 계속 아이들에게 먹일 수 있다면 좋겠는데!"

말따 수녀가 재빨리 말을 막았다.

"글쎄 말예요, 그럴 수만 있다면 정말 좋겠는데요."

클로틸드 수녀가 굳은 얼굴로 억지로 웃으려는 순간 다시 먼 거리에서 포성이 들려왔다.

그는 식당을 나와 문지기 오두막으로 갔다. 활짝 열린 문 곁에 죠셉과 후 노인이 서 있었다. 그 밖으로는 남녀노소 신자들이 짐보따리를 꾸려들고 전도관 마당 안으로 밀려 들어오고 있었다. 가난하고 무식한 주민들이 잔뜩 겁게 질려 본능적으로 안전한 곳을 찾아 움직이는 모습들은 정말 비참한 인간의 실체이기도 했다. 이나마 가엾은 이들에게 제공할 수 있는 이 성역(聖域)은 얼마나 고마운 장소인가. 견고한 벽돌담과 벽은 방음을 충분히 해둔 것이었다. 이것을 지을 때 일부러 담을 높이 쌓아 올렸던 자신의 허영심을 축하하기도 했다. 누더기 옷을 걸친 노파가 보따리를 등에 걸고 그의 옆을 지나갔다. 오랜 가난을 익혀 온 궁핍의 생활과 그 표식이 주름살 사이마다 가득한 그 노파는 비칠거리며 당 옆으로 자리잡고 있더니 빈 우유깡통에 한 주먹쯤 되는 콩을 넣어 요리를 시작했다. 그 노파의 모습은 야릇하게도 그의 마음을 푸근하게 하는 그 무엇이 느껴졌다.

그의 옆에 서 있던 후 노인은 태연한 기색이었으나 용감해야 할 죠셉은 그렇지 못했다. 결혼이 그를 섬약하게 만들어 버린 것일까? 이제는 겁없는 용감한 청년이 아니라, 남편이자 아버지로서 한 가정의 전 책임인 가장의 의무감이 그를 변모시킨 것이다.

"빨리, 빨리 좀 움직여요!"

죠셉은 신경질적인 음성으로 재촉했다.

"자물쇠를 채우고 빗장을 질러 놓아야 하니까."

치셤 신부는 부드러운 손길로 죠셉의 어깨를 쳤다.

"너무 그렇게 서두르지 말아, 죠셉. 모두 다 들어온 후라도 늦지 않으니까."

"귀찮게 될지도 몰라요."

죠셉은 어깨를 움츠렸다.

"피해 온 신자들 중에 와이츄의 군대에 있었던 사람도 끼어 있었어요. 싸움이 싫어 달아난 사람이라면 와이츄는 가만 두지만은 않을 거예요."

"설사 그렇다 해도 서로 총질은 않을 테지……."

치셤 신부는 다소 엄한 목소리로 잘라 말했다.

"걱정말게. 깃발이나 갖다 걸어. 내가 문을 지킬 테니까."

죠셉은 멍한 표정으로 곧 담청색 바탕에 성 안드레아의 짙은 남색 십자가가 그려진 깃발을 들고 나와 문턱에 꽂았다. 바람에 펄럭이는 깃발은 치셤 신부의 가슴에 자랑스러움과 높은 긍지를 느끼게 했다. 그 깃발은 평화와 만인에 대한 선의를 상징하는 중립이며, 보편적인 사랑의 깃발인 것이다.

최후의 피난민이 들어오자 문은 굳게 닫혀졌다. 그 순간 후 노인은 '비취언덕'의 정면 3백 야드 가량 저쪽의 울창한 삼나무 숲 속을 가리켰다. 그 숲 속에서 뜻밖에도 포신이 긴 대포가 나타났다. 나뭇가지에 가려 뚜렷하게 보이지 않았지만, 참호를 파고 진지를 구축하는 녹색 제복의 와이츄 군사가 서둘러 움직이는 모습이 보였다. 그는 군 방면에 대한 지식은 없었지만, 내안 군사들이 사용하고 있는 야포보다 훨씬 성능이 강하리라는 것은 짐작할 수가 있었다. 이윽고 포구에서 불이 뿜어지기 시작했다. 어마어마한 공기의 진동, 포탄이 공기를 가르고 날아가는 무서운 금속성 소리가 그의 머리 위를 지나는 것이었다. 다음 순간, 하늘을 찢는 듯 굉장한 폭음이 대지를 온통 흔들어 놓았다.

삽시에 천지가 불바다로 변하는 듯했다. 대구경포(大口徑砲)가 고막을 찢을 듯 시내를 향해 계속 폭격을 했고, 잠시 후엔 내안의 포열도 곧 그에 응전을 했으나 그 포는 사정거리가 짧은 것이었다. 그리하여 적지인 삼나무 숲까지는 미치지 못하고 전도관 부근에서 비처럼 쏟아지는 것이었다. 채소밭에도 포가 떨어져, 흙더미가 흡사 분수처럼 하늘로 치솟아 올랐다간 떨어져 내리기도 했다. 전도관 안은 삽시에 공포의 부르짖음으로 소란을 이루었고, 프랜치스는 즉각 사람들을 전도관 건물 안으로 피하라고 재촉했다. 소음과 혼란은 더욱 강해져 갔다. 교실에서는 아이들이 소리치며 이리저리 소란을 피웠다. 도저히 수습할 수 없는 공황(恐慌)의 소용돌이 속이라 모두들 정신을 잃은 것 같았다. 그때 베로니카가 포탄소리도 멎을 듯이 커다란 목소리로 아이들을 한데 모이게 했다. 그녀는 아주 태연한 표정으로 부드러운 미소까지 띄우며 그녀 주위로 몰려든 아이들에게 귀를 막게 하고 큰 소리로 노래를 부르게 했다. 아이들은 곧 공포를 잊고 홍이 나서 노래를 불렀다. 그 다음, 그녀는 곧 민활하게 수녀원 지하실로 아이들을 이끌고 갔다. 죠셉의 아내와 두 아이가 먼저 거기에 와 있었다. 조그맣고 황색인 아이들의 얼굴들이 어두컴컴한 지하실의 기름과 감자, 여러 가지 설탕 조림을 올려 놓은 선반 아래에 웅크리고 있는 모습은 묘한 인상을 주었다. 그래도 여기서는 포탄의 날카로운 소리가 그다지 크게 들리지는 않았다. 하지만 간혹 심한 진동에 못이겨 건물은 뿌리째 흔들리는 듯했다.

폴리는 아이들과 함께 지하실에 있었고 말따와 클로틸드 수녀가 점심을 날랐다. 클로틸드 수녀는 평소에도 곧장 흥분을 잘했으나, 지금도 거의 제정신이 아닌 듯했다. 게다가 마당을 가로질러 다니다가 그만 작은 금속 파편이 뺨을 스치는 일이 벌어지고 말았다.

"아아, 하느님."

그녀는 비명을 지르며 바닥에 주저앉고 말았다.

"이제 죽었어."

그녀는 거의 죽은 사람처럼 창백하게 질려서 회개를 하기 시작했다.

"바보 같은 짓은 그만하고, 어서 가엾은 아이들에게 죽이나 날라다 줘요." 하고 말따 수녀가 클로틸드 수녀의 어깨를 잡아 흔들었다.

치셤 신부는 죠셉에게 불리어 곧 진료소로 갔다. 여자 한 사람이 손에 가벼운 상처를 입고 있었다. 출혈을 막고 붕대를 감아 준 프랜치스는 곧 그녀와 죠셉을 성당으로 돌려 보내고 창가로 가 파이탄 시가지가 폭격에 불바다가 되며 붕괴하는 건물의 잔해를 눈으로 측정해 보고 있었다. 중립을 내세우고는 있으나, 이 참상을 볼 때 무자비한 파괴자인 와이츄를 격파해야 한다는 증오심이 가슴속에서 타오르는 것을 억제할 수가 없었다.

그대로 서서 밖을 내다보고 있으니까 돌연 1분대쯤 되는 내안의 군사가 만주문에서 뛰어나오는 모습이 보였다. 회색 개미떼들처럼 보이는 그 군사들은 약 2백 명쯤 되었다. 만주문을 나와서, 줄지어 언덕을 오르기 시작했다.

그는 전신에 무서운 전율을 느끼며 그 광경을 지켜보고 있었다. 회색 병정들은 몇 소대인가로 나뉘어지면서 용감하게 돌진해 오는 것이 점점 뚜렷하게 그의 망막에 잡혔다. 제각기 소총을 멘 사병들은 허리를 굽히고 10야드 정도까지 달려 올라가서는 땅바닥에 찰싹 엎드려 계속 나아갔다.

와이츄군의 시내를 향한 포격은 끊임이 없었다. 회색병사들은 포복자세로 전진하여 적진 가까이 이르더니 잠시 멈추는 듯했다. 이윽고 지휘관이 손을 들어 진격을 알리자 병사들은 함성을 지르며 돌진했다.

50보쯤 뛰었을까, 이제 몇 초만 더 가면 목표물에 닿을 수 있는 순간에 날카로운 기관총 소리가 공기를 흔들었다.

삼나무 숲 속에는 3명의 병사가 배치되어서 그들을 대기하고 있었던 것이다. 신경을 파열할 것 같은 기관총소리에 돌격하던 용감한 회색 병사들의 모습이 그대로 멈추어 쓰러져 갔다. 어떤 자는 앞으로 고꾸라지고 또 어떤 자는 뒤로 발랑 자빠지고, 또 기도라도 드리는 듯 무릎을 꿇었다간 그대로 넘어지는 사람도 있었다. 뼈대만 있는 허수아비처럼 우스꽝스럽게 쓰러진 채 다시는 움직이지를 않았다. 문득 기관총소리가 그쳤다. 마치 아무 일도 없었던 듯 정적이 깃들고, 또다시 대포의 둔탁한 소리가 울려 주위 사람들은 그 생기를 되찾고 있었다. 언덕에 조용한 시체들을 그대로 남긴 채로.

치셤 신부는 자신이 크나큰 죄악이라도 저지른 듯 멍청하게 서 있을 따름이다. 이것이 전쟁의 모습이다. 수백 번 찬미의 대상이 되었던 이 장난 같은 파괴의 무언극이 또 프랑스의 어느 황야에서 만행되고 있을 것이다. 그는 몸을 부르르 떨었고, 자기도 모르게 무릎을 꿇었으며, 격렬한 탄원이 입에서 흘러나왔다.

"주여, 저를 오래오래 살게 하여 주옵시며, 다만 평화를 위해서만 죽게 해주옵소서."

돌연 고개를 들어 창 밖을 보았을 때 언덕 위에서 무언가가 움직이는 물체가 보였다. 절망에 떨던 그의 눈빛이 다음 순간 갑자기 빛을 발했다. 내안의 병사 한 사람이 죽지 않았던 것이다. 그 병사는 성당을 향해 고통스러운 듯 천천히 내려오고 있었다. 그 걸음은 점점 느려지고 힘이 빠져 간다는 것을 느낄 수가 있었다. 드디어 병사는 쓰러져서 조금씩 기어오는 듯하더니 전도관 위쪽 문에서 약 60야드 떨어진 지점에서 완전히 움직이지를 않았다.

프랜치스는 생각해 보았다. 저 병사는 죽고 말 것이다.……지금은 영웅인 체 한다는 게 우스울 때다. 자신이 거기까지 나간다면 자기의 머리나 그밖의 어디든가 틀림없이 탄환이 박힐 것이다. 그런 짓은 무모하다.……그러나 다음 순간, 그는 어느새 진료소를 나와 윗문을 향해 걸어가고 있었다. 문을 열 때도 그는 자기 행위에 대한 의문을 가졌다. 다행히 전도관에서는 아무도 보고 있는 사람은 없었다. 그는 따가운 햇빛 아래서 언덕을 향해 걸어가고 있었다.

그의 검은 옷과 길게 끌리는 검은 그림자는 뚜렷이 드러나 보일 것이었다. 성당의 창문은 모두 닫혀져 있다 해도 삼나무 숲에서는 누군가가 분명히 보고 있을 것이었다. 그러나 그는 서둘러 움직이지는 않왔다.

부상을 입은 병사는 숨을 몰아 쉬며 신음하고 있었다. 손은 찢어진 배를 힘없이 감싸고 있었는데, 그 고통에 잠긴 눈으로 이상하다는 듯이 프랜치스를 가만히 올려다보는 것이었다.

치셤 신부는 그 군사를 일으켜 어깨에 올려 메고는 전도관 경내로 들어왔다. 그리고 부상병에게 물을 먹이고 있을 때 베로니카 수녀가 다가왔다. 그는 그녀에게 진료소에 침상 하나를 마련하라고 일렀다.

그날 오후가 되었을 때 내안의 대포가 다시 한 번 와이츄의 진지를 습격했으나 성공하지 못했다. 밤이 되었을 때 치셤 신부와 죠셉은 또다시 5명의 부상병을 이끌어 들였다. 진료소는 점차 병원의 양상이 되었다.

다음날 아침에도 포격은 끊임없이 계속되었다. 그 시끄러운 소음은 언제 끝이 날지 알 수 없었다. 거리는 불에 타고 파괴되어 있었으며, 서쪽 성벽이 허물어져 있었다. 그때 1마일쯤 떨어진 서문(西門)에서 와이츄의 주력부대가 파괴된 성벽을 향해 몰려가는 것이 보였다. 프랜치스는 실망의 어둠으로 마음이 무거웠다. 하지만 아직 판단을 내리기에는 이르다는 생각을 했다.

그 하루는 비상사태에 대한 불안의 연속이었다. 그러나, 오후 늦게가 되어서는 아이들을 지하실에서 해방시켜 주고 신자들도 성당 밖으로 나가 바깥 공기를 마시도록 해주었다. 한 사람도 다치지 않았다는 것이 무엇보다도 다행스러운 일이었다. 그는 신자들 사이를 돌아다니며 그들을 격려했고 자신도 막연하나마 희망을 가져보려고 노력했다.

경내를 한 바퀴 돌았을 때 죠셉이 다가왔는데, 그 얼굴은 공포의 표정이었다.

"신부님, 삼나무 숲 속에 있는 와이츄군의 포병진지에서 사자(使者)가 왔어요."

정문 앞에서는 군사 세 사람이 울타리 사이로 안을 기웃거려 보고 있었다. 그 옆에는 장교가 있었는데, 치셤 신부는 그가 포병대의 지휘관일 것이라는 생각을 했다. 그는 주저하지 않고 문을 열고 밖으로 나갔다.

"용건이 무엇인지요?"

장교는 키가 작았고 둔하게 보이는 얼굴이었으며 입술이 두터운 나쁜 인상을 주는 중년 남자였다. 게다가 더러운 윗니가 보여, 더욱 좋지 않았다. 챙이 달린 보통 군모에다 녹색군복 허리를 가죽띠로 졸라매서 위엄을 보이려 했으나, 졸라맨 바지 밑으로 해어진 운동화가 삐죽이 드러나 있었다.

"와이츄 장군님이 당신에게 특별한 요구를 하는 거죠. 첫째 당신은 적의 부상병을 끌어들이는데, 그런 짓은 그만두시오."

프랜치스는 뺨이 신경질적으로 붉어졌다.

"부상병들이 무슨 해를 끼칠 수 있단 말인가요. 죽어가는 상태에 전쟁 같은 게 다 뭐겠어요."

그러나 상대방은 이런 항의는 전혀 묵살해 버렸다.

"둘째, 와이츄 장군은 당신에게 우리 병참부대에 물자를 기부할 특권을 주었소. 당신의 저장실 안에 있는 쌀은 8백 파운드, 또 미제 통조림 따위를 전부 기부하라는 것이오."

"여기도 이미 식량이 떨어져 가고 있어요."

프랜치스는 자신을 억제하려고 결심했으나, 그만 격렬한 어조가 튀어나오고 말았다.

"그런 식으로는 우리에게서 아무것도 약탈하지 못해요."

포병대장은 여전히 그의 항변 따위에는 한 마디도 대꾸하지 않았다. 옆으로 조금 발을 벌리고 선 자세로 모욕하는 듯한 어조로 대장은 말을 이었다.

"셋째, 당신이 보호하고 있는 사람들은 전부 경내 밖으로 내놓을 것. 와이츄 장군은 당신이 우리 군인 도망병을 숨기고 있다는 정보를 입수하고 있소. 만일 그게 사실이라면 발견하는 대로 총살이오. 또 건강한 사람들은 모두 즉시 와이츄군에 가담하지 않으면 안 돼요."

이번에는 치셤 신부도 항의를 하지 못했고, 창백한 얼굴로 두 손을 꽉 움켜잡은 채 분노를 눈으로 끓이고 있었다. 눈앞의 공기는 매우 살벌했다.

"내가 만일 당신들의 요구에 응하지 않는다면 어쩔 작정이오?"

상대방의 얼굴에는 미소 같은 것이 떠오르는 듯했다.

"심히 유감스러운 일입니다만, 그럴 경우 우리의 대포는 부득이 당신네들의 전도관으로 돌려져서 5분 내에 모든 것을 가루로 만들어 놓는 도리밖에 없을 거요."

프랜치스는 입을 다물었다. 세 사람의 병사들은 경내에 있는 젊은 여자들에게 손짓을 하면서 히죽히죽 웃었다. 프랜치스는 이 사태를 받아들이지 않으면 안 될 냉엄하고 명확한 현실로 결정되어졌다는 것을 느꼈다. 이렇듯 비인간적인 요구 앞에 굴복하지 않을 수 없다는 것도 알았다. 더욱이 이번에 굴복을 한다면 앞으로는 이보다 더 무리한 강요를 해올 것이라는 것도 자명한 일이었다. 분노의 불길이 견딜 수 없으리만큼 온몸을 태웠고 그 입술이 바싹바싹 말라 들었으며, 그는 불길에 휩싸인 듯 뜨거운 시선으로 땅바닥을 내려다보았다.

"그렇다면 가져갈 저장품의 준비와……그리고, 신자들에게 얘길 해서 밖으로 나갈 준비를 시킬 여유란……좀 시간이 걸리겠는데 와이츄 장군도 이 점을 고려해 주시겠죠. 얼마나 여유를 주실는지요?"

"내일까지."

장교는 즉각 대답을 했다.

"단, 오늘 밤 포진까지 통조림과 적당한 선물을 개인의 헌납품으로 보낸다는 조건을 이행한다는 약속으로."

다시금 침묵이 흘렀다. 프랜치스는 손잡을 곳 없는 절망의 심연으로 무한정 떠밀려 가야 한다는 것에 눈앞이 캄캄해지는 것을 느꼈다. 그러나 그는 나직이 다음과 같이 대답했다.

"좋습니다. 하는 수 없는 일이죠. 오늘 밤에 선물을 보내기로 하겠소."

"당신은 상당히 지혜가 있는 사람이군. 좋소, 기다리기로 하겠소. 그러나 미리 충고해 두겠는데, 틀림없이 이행해야 하오."

대장의 말투는 비꼬는 것 같았다. 그는 프랜치스에게 꾸벅 고개를 숙여 보이고는 부하들을 몰아 삼나무 숲쪽으로 행진해 갔다.

프랜치스는 분노에 몸을 떨며 간신히 문 안으로 들어왔다. 뒷손으로 철문의 빗장을 지를 때 탕 하고 울리는 금속향이 머리 한 구석에서 계속 울리는 것 같았고, 열병에 걸린 듯 머리가 화끈대는 것이었다. 이 얼마나 바보 같은 짓인가. 어리석게도 자신은 이런 시련 정도는 피할 수 없다는 막연한 가능성을 가지고 있었던 것이다. 자신은……비둘기 같은 평화주의에 불과하지 않는가. 그는 자기 자신이 미워서 이빨로 입술을 씹었다. 죠셉과 신자들이 묵묵히 그의 곁으로 몰려들어서 병사와 한 공포의 이야기를 들려 주기를 기다리는 눈치였으나, 그는 아무 말도 하지 못하고 그들 앞을 달아나듯 떨어져 나와 버렸다.

마음이 약해질 때라든가 번민이 생길 때에는 으레 그는 성당으로 들어갔었다. 하지만 지금은 '주여, 나는 고통스럽습니다만, 그러나 달게 받겠습니다'라는 여유를 지닐 마음이 아니었다. 그는 자기 방으로 가서 등의자에 털썩 몸을 던졌다. 이번만은 어떻게 해도 도저히 해결책이 없다는 절박감이 바위처럼 그의 가슴을 눌러 왔다. 평소에 지니고 있던 냉철한 이성과 인내심은 도대체 어디로 가버렸는지 도무지 억제하고 수습할 방도가 없었다. 평화와 복음 따위의 훌륭한 낱말들을 한가롭게 입에 올리던 자신을 반성해 보자 그만 신음이 나오고 말았다. 그 미사여구는 모두 어디로 갔나? 대체 그런 어휘가 오늘날의 이 상황과 무슨 관계가 있다는 걸까?

게다가 유감스럽게도 하필이면 이런 악순환의 시기에 폴리 아주머니가 이곳에 있다는 것이었다. 쓸데 없이 피스크 부인이 과잉친절을 베푼 탓으로 이런 엉뚱한 곳에서 폴리 아주머니는 변을 당할지도 모를 일이었다. 그는 피스크 부인을 저주했다. 이 무슨 변이란 말인가, 하느님이시여! 이 위기는 흡사 저의 무력한 두 어깨 위에다 온 세상의 어둠을 모두 지운 거나 다름없나이다. 그는 절망적으로 중얼대다가 벌떡 몸을 일으켰다. 이러고 있을 때가 아니었다. 와이츄의 광적인 협박에 굴복을 한다는 것은, 더욱이 그 끔찍한 대포로 위협당하여 항복한다는 것은 안 될 일이었다. 그 대포가 온 세상을 불바다로 만들고 머리를 박살내고, 거대한 파괴를 남기며 인간을 말살시키는 잔혹한 무기일지라도…….

그는 긴장과 초조감을 누르지 못하고 방안을 서성대기 시작했다. 그때 가볍게 노크하는 소리가 들리더니 곧 폴리 아주머니가 방으로 들어왔다.

"프랜치스야, 방해가 되겠지만……잠깐만 봐 주겠니?"

그녀는 그 옛날 프랜치스를 부르던 때와 변함없는 목소리로 다정하게 미소를 지었다.

"뭔가요, 아주머님?"

그는 태연함을 자랑하려고 비상한 노력을 하며 시선을 돌렸다. 어쩌면 와이츄의 새로운 전문을 가지고 왔는지도 모른다고 생각을 하자 또다시 분노가 끓어오르고 있었다.

"이 털모자의 크기를 알아보려고 그런다. 프랜치스야, 너무 크면 안 되니까. 올 겨울엔 이걸 쓰면 한결 따뜻할 거야."

핏발이 선 그의 눈앞에 반쯤 짠 털발과 크라바(겨울에 병사들이 쓰는 모자. 양모로 짠 전투모.) 모자를 드러내 보였다.

그는 잠시 어리둥절해서 울고 싶기도 하고 웃고 싶기도 한 묘한 심정이 되어 폴리 아주머니를 멍하니 바라보았다. 과연 폴리 아주머니다운 태도였다. 최후의 심판을 알리는 나팔이 울려 퍼져도 그녀는 필경 한 잔의 홍차를 잊지 않고 가져다 줄 것이었다. 그는 아이처럼 순순히 일어나서 폴리 아주머니가 머리 치수를 맞출 수 있게끔 가만히 서 있었다.

"이 정도면 되겠구나."

그녀는 그의 앞뒤로 왔다갔다 하며 중얼거렸다.

"둘레가 좀 넓은 것 같지만, 좁은 것보다 풍성한 게 더 나을 거야."

고개를 한 방향으로 돌리고, 입술을 오므린 채 상아 뜨개 바늘로 콧수를 헤아렸다.

"68이니까 셋만 없애면 적당하겠구나. 이젠 됐다. 프랜치스야, 내가 바쁜 시간을 너무 빼앗았구나."

그의 눈에 눈물이 왈칵 솟구쳤다. 그대로 아주머니의 안온한 어깨에 머리를 박고 실컷 울고 싶은 마음이었다. 그리고 '폴리 아주머니, 난 정말 어떡하면 좋을까요……정말 큰일이 났어요.' 하고 큰 소리로 외치고 싶은 심정이었다.

그러나, 그는 입을 열지 않고 그저 폴리 아주머니를 바라볼 뿐이었고, 그러다가 나직이 중얼거렸다.

"아주머님은 걱정이 안 되세요? 지금 이곳은 매우 위험에 처해 있습니다."

그녀는 살그머니 웃었다.

"걱정하면 뭐 이로울 게 있겠어. 게다가 네가 우리들을 보호해 주고 있지 않니?"

따뜻하고 깊은 신뢰가 담긴 음성이 프랜치스의 절망적인 마음을 어루만져 주는 듯했다. 그의 시선은 폴리가 뜨개질감을 둘둘 말아 거기에다 뜨개 바늘을 찌르고 여느 때처럼 아무 말 없이 고개를 끄덕여 보이곤 그대로 방을 나가는 뒷모습을 지켜보고 있었다. 그 순간 그의 가슴으로는 태연하게 돌아서는 아주머니에게서 깊은 지혜가 소롯이 전달되어 옴을 느꼈다. 또 해야 할 일이나 어서 하라고 재촉하는 듯도 했다. 그는 이제는 더 이상 주저할 필요도, 또 그럴 여유도 없음을 깨닫고 급히 모자와 외투를 집어들고는 아랫문쪽으로 살그머니 빠져나갔다.

전도관을 빠져나오니 밖은 어느새 캄캄하게 어두워져 있었다. 그는 어떤 장해도 무시하고 빠른 걸음으로 비취 언덕을 내려서자 거리를 향해 걷기 시작했다.

만주문까지 왔을 때 돌연 칸데라 불빛이 그의 얼굴을 비추고 지나갔다. 곧 이어 엄중한 목소리가 그의 걸음을 제지시켰다. 그러나, 그는 조금도 놀라는 기색이 없이 보초병들이 자기의 신원을 파악할 때까지 조용히 기다렸다. 어쨌든, 그래도 거기에서는 자기의 얼굴이 잘 알려져 있다는 것이 다행이 아닐 수 없었다. 마침 운이 좋게도 세 사람의 병사들 중 한 사람이 흑사병이 만연하던 당시 줄곧 샨(山) 중위 아래서 일하던 군인이었다. 그가 곧 프랜치스의 정체를 알아보고 보증해 주었으므로 그는 어렵지 않게 중위에게로 갈 수가 있었다.

거리에는 사람의 그림자도 얼씬거리지 않았다. 여기저기엔 보루처럼 돌더미가 쌓여 있을 뿐 온 거리에는 불길한 침묵만 감돌고 있었다. 멀리 동쪽 지구에서는 간혹 생각난 듯이 사격 소리가 들려 올 따름이었다. 안내를 하는 병사의 빠른 걸음을 따라가며 프랜치스는 가벼운 죄의식을 느꼈으나, 그것은 쾌감처럼 온몸을 상쾌하게 해주는 것이었다.

샨 중위는 이전과 같은 그 둔영지(屯營地)에 있었다. 의사가 사용했던 야전용 침대 위에 군복을 입은 채 누워 잠시 휴식하고 있는 중이었다. 수염도 깎지 않고 바지에는 허연 흙이 묻어 있었으며, 눈 밑에는 피로에 지친 검은 반점이 보였다. 프랜치스의 출현을 보자 그는 팔꿈치를 고여 상반신을 일으켰다.

"별안간 어쩐 일이십니까?"

놀란 어조였다.

"마침 당신의 꿈을 꾸고 있던 참이었어요. 언덕 위의 그 근사한 건물도 본 듯한데……."

그는 침대에서 내려오더니 램프 불을 밝게 돋우고는 식탁 앞에 걸터앉았다.

"차라도 드시겠습니까? 잘 오셨습니다. 당신을 내안 장군에게 소개해 드리지 못하는 게 유감입니다. 왜냐하면 장군은 지금 동쪽지구에서 공격을 지휘하고 계십니다. 당신이 간첩인 줄 알면 처형하겠지만……. 그러나 아주 잘 통할 수 있을 텐데."

프랜치스는 아무 말 없이 식탁만 내려다보고 있었다. 샨은 이쪽이 잠자코 있으면 혼자 끊임없이 지껄여대는 사람이란 걸 잘 알고 있었다. 하지만 샨도 곧 입을 다물어 버렸다. 오늘 밤은 그도 할 말이 있는 모양이므로 그는 조심스러운 눈길로 프랜치스를 올려다보았다. 그러더니 좀 격한 어조로 말했다.

"어째서 당신은 당신이 하고 싶은 요구를 말하지 않는 것입니까? 당신은 분명히 어떤 부탁을 가지고 온 듯한데요? 하지만 나로서는 어떻게 손 쓸 수도 없는 입장이지만요. 저 소라나가 박살을 낸다는 걸 몰랐더라면 우리는 벌써 이틀 전에 당신네 전도관을 점령해 버렸을 거예요."

"소라나라니, 그건 저 대포 말입니까?"

"그렇죠. 그 대포를 말하는 거죠."

샤 중위는 비웃는 듯한 미소를 띄었다.

"그런데, 저 대포는 희한한 역사를 지니고 있답니다. 원래 그것은 프랑스군의 함대에 달려 있던 건데 처음엔 샤(夏) 장군이 소유하고 있었어요. 그걸 우리가 매우 힘들게 싸워 두 번이나 우리 수중에 넣었지만 번번이 샤 장군은 돈으로 사간 거예요. 그 무렵 와이츄가 은 2만 냥을 주고 북경에서 첩을 사왔었답니다. 아르메니아 여인이었는데 정말 다시없는 미인이었죠. 그 여자의 이름이 소라나였답니다. 그러나 와이츄는 금방 싫증을 느껴 샤의 그 대포와 바꿔 버렸던 것입니다. 그런데 어제 우리가 그걸 또다시 뺏으려고 안간힘을 쓴 것을 보셨겠지요? 도저히 불가능합니다. 방비도 대단할 뿐만 아니라 이쪽은 몸을 은폐할 수도 없는 평지인데다 겨우 빵빵 소리만 내는 소총뿐이니 승산이 없는 싸움이랄 수밖에요. 이번 전쟁은 아무래도 이기지 못할 것 같아요……. 내안 장군과 조금만 더 있으면 저도 승진할 수 있는 좋은 기회입니다만."

그의 말이 끝났다. 프랜치스는 겨우 입을 열었다.

"만일 그 대포를 포획할 수 있다면 어떻게 될까요?"

"당치도 않은 말씀에요. 그런 어림없는 말씀은 아예 안하는 게 좋을 것입니다."

샤은 입맛을 쓰게 다시며 머리를 좌우로 내저었다.

"그러나 그 괘씸한 놈의 옆에까지만 갈 수 있다면, 그놈을 영구히 소리가 안 나도록 해줄 텐데……."

프랜치스는 고개를 내젓는 샤을 강한 눈빛으로 바라보았다.

"대포의 바로 옆까지는 갈 방법이 있어요."

샤은 갑자기 신중해진 표정으로 프랜치스의 얼굴을 똑바로 쳐다보았다. 흥분의 빛이 점차 그의 얼굴로 번지고 있었다.

치셤 신부는 입가에 굳은 주름살을 보이며 엎드리듯 몸을 앞으로 내밀었다.

"오늘 오후에 와이츄의 포병대 지휘관이 왔었습니다. 성당을 포격하겠다고 위협을 하며 오늘 밤 자정까지 식량과 돈을 가져오라고 요구하고 돌아갔습니다……."

그는 계속 하려다가 더 이상 설명이 필요없음을 깨닫고 말을 중단했다. 약 1분 동안 두 사람이 묵묵히 서로의 얼굴을 바라보고 있었다. 샨의 표정 없는 얼굴은 무엇인가를 궁리하는 것이 틀림없었다. 이윽고 그는 미소를 띄었으나 눈은 긴장으로 번쩍이고 있었다.

"신부님, 당신은 역시 하늘이 내게 주시는 은혜라고 생각하지 않을 수 없군요."

프랜치스의 긴장한 얼굴에 일순 검은 구름이 스쳐갔다.

"오늘 밤만큼은 천국에 대해서는 잊고 싶군요."

샨은 고개를 끄덕였으나, 그 말의 뜻을 해득한 것은 아닌 것 같았다.

"자 그럼, 어떻게 일을 진행시키느냐에 대해서 들어보십시오."

약 한 시간 후 프랜치스와 샨은 병영 뒷문으로 해서 만주문을 빠져나와 성당으로 가는 길로 들어섰다. 샨은 군복을 벗고서 대신 누더기 같은 푸른 상의에 무릎까지 걷어 올린 바지를 입고, 쿠리처럼 변장을 했다. 주름이 잡힌 납작한 모자를 쓰고 등에는 대마실로 탄탄하게 꿰맨 큰 보따리를 짊어졌다. 그러한 샨과 3백 보쯤 거리를 두고 그의 부하 20명이 묵묵히 뒤를 따랐다.

비취 언덕 길을 반쯤 올라가서 프랜치스는 샨의 팔을 잡았다.

"자, 이젠 내가 지고 가지."

"무겁지 않아요."

샨은 그렇게 말하고 다른쪽 어깨로 가만히 짐을 옮겨 졌다.

"이런 일은 제가 훨씬 익숙할 겁니다."

일행은 전도관의 담 옆까지 왔다. 어디에도 불빛 하나 없어 사방은 캄캄하기만 했다. 그가 사랑하는 모든 것을 감싸고 있는 성당의 담만이 검은 그림자처럼 버티고 서 있을 뿐이었다. 주위는 적막했다. 그때 문지기 오두막에서 미제 오르겔 시계가 정적을 깨고 정다운 멜로디로 때를 알리는 소리가 들려왔다. 그것은 프랜치스가 죠셉에게 결혼선물로 준 것이었다. 조용한 어둠 속에서 은은하게 울리는 멜로디는 11시를 알리고 있었다.

샨 중위는 부하에게 최후의 지령을 내리는 중이었다. 병사 하나가 터져나오는 기침을 참으려고 담 옆에 몸을 꾸부렸으나 역시 기침은 터지고 말아 언덕 저 아래에까지 울리는 듯했다. 샤은 나직한 목소리로 그 병사에게 마구 욕을 퍼부어댔다. 병사들의 할 일은 그다지 힘든 것은 아니었다. 중요한 임무는 샤과 프랜치스가 맡고 있었다. 프랜치스는 어둠 속에서 샤 중위가 자기를 바라보고 있다는 것을 알았다.

"일을 어떻게 해야 하는지 똑바로 알고 계시지요?"

"네."

"제가 가솔린 통을 겨냥해 발포하면 곧 불이 붙어 콜라이트가 폭발할 것입니다. 당신은 제가 권총을 들기 전에 거기서 떠나셔야 합니다. 폭발의 진동은 굉장할 테니까요."

샤은 잠깐 말을 중단했다.

"준비가 끝났으면 갑시다. 한데, 그 횃불을 제발 보따리 가까이엔 대지 마십시오."

프랜치스는 용기를 내어, 주머니에서 성냥을 꺼내 갈대뭉치에 불을 붙였다. 불이 활활 올라붙는 횃불을 높이 치켜들고 그는 삼나무 숲을 향해 앞장섰다. 샤은 되도록 요란한 소리를 내지 않도록 주의하며, 그러나 무겁다는 몸짓으로 일꾼처럼 프랜치스의 뒤를 따랐다.

그다지 먼 거리는 아니었다. 프랜치스는 커다란 나무가 있는 지점까지 오자 쥐죽은 듯이 조용한 가운데 어디선가 이쪽의 동태를 살피는 듯한 캄캄한 숲 속을 향해 말하기 시작했다.

"요구하신 대로 식량을 가지고 왔습니다. 대장에게 안내해 주시오."

잠시 아무런 응답이 없었다. 그러더니 두 사람 뒤에서 갑자기 인기척이 났다. 프랜치스가 재빨리 돌아보니 그을음이 심한 횃불의 불그림자 아래 와이츄의 병졸 두 사람이 서 있었다.

"그렇지 않아도 기다렸다, 아 마법사야. 잔소리 말고 어서 앞으로 가라."

두 사람은 감시를 받으며 여기저기 파여 있는 참호와 끝이 뾰족한 대나무로 울타리처럼 막아 놓은 사이를 조심스럽게 빠져나가 숲 속 한가운데로 걸어갔다.

한 순간, 프랜치스는 심장의 동계가 딱 멎는 것 같은 전율에 사로잡혔다. 흙과 상나무 가지로 가려진 사이로 예의 그 커다란 대포가 보였기 때문이다. 그 옆에는 포병들이 불의의 습격을 방비하기 위해서 주위에 흩어져 삼엄한 경계를 하고 있었다.

"우리가 요구한 것은 전부 가져온 거요?"

그 음성의 주인은 분명 저녁 때 성당으로 왔던 그 장교의 것임에 분명했다. 이번에는 그도 아까보다 훨씬 자연스럽게 거짓말을 할 수가 있었다.

"통조림 따위를 가져왔소."

샨은 보따리를 보여주기 위해 조금 대포 옆으로 다가섰다.

"보따리가 그다지 크진 못하군."

포병대장이 횃불 아래로 걸어나왔다.

"돈도 가져왔소?"

"네."

"어디 있소?"

대장은 보따리를 만지작거리며 살폈다.

"그 보따리에는 없어요."

프랜치스는 자기도 모르게 깜짝 놀라며 황급히 말했다.

"돈은 내 지갑 속에 있어요."

그러자 장교는 돌연 탐욕스럽게 보따리를 만지던 손을 멈추고 프랜치스를 돌아보았다. 병사의 일대가 모여들었다. 모두들 다 눈을 번득거리며 프랜치스를 내려다보고 있었다.

"여러분, 들어보시오!"

프랜치스는 긴장된 음성으로 그들의 주위를 끌기 위해 필사적인 노력을 다했다. 그 사이에 샨이 그들의 눈을 피해 살그머니 나무 그늘로 들어서서 점차로 대포 가까이에 접근하고 있음을 프랜치스는 육감으로 느끼고 있었다.

"부탁입니다.……제발 부탁드립니다.……전도관 안에 있는 우리들에겐 부디 해를 끼치지 말아 주십시오."

경멸의 빛이 대장의 얼굴에 드러났다. 그는 조롱하는 표정으로 미소를 띄었다.

"적어도 내일까지는 해를 가하진 않아……."

한 병사가 뒤쪽에서 크게 웃었다.

"그 뒤엔 우리가 당신네의 여자들을 보호해 주게 될 거요."

프랜치스는 동요의 기색을 드러내지 않으려고 마음을 굳게 가지면서 샨쪽을 살폈다. 샨은 아주 피로하다는 듯 들고 온 보따리를 포미(砲尾) 아래에 내려놓고 있었다. 그리고는 이마의 땀을 닦는 시늉을 하며 프랜치스쪽으로 조금 뒷걸음질쳐 왔다. 병사들이 더 많이 모여들었는데, 모두들 답답하다는 표정으로 프랜치스를 바라보았다. 프랜치스는 샨을 위해서 단 1분이라도 더 시간을 끌어야 한다고 생각했다.

"당신의 말을 의심하는 건 아니지만, 와이츄 장군에게 직접 보증을 받고 싶습니다."

"와이츄 장군은 계시오. 조금 있다가 뵙게 해줄테니 염려 마오."

장교는 냉랭하게 이야기를 끊어 버리고 어서 돈이나 내놓으라는 듯 프랜치스 앞으로 다가섰다. 프랜치스는 힐끔 샨을 살펴보았다. 샨 중위의 손이 웃옷 밑으로 들어가는 것이 보였다. 바로 '이때다.' 하고 생각한 그 순간에 권총의 큰 발사음과 동시에 총알이 보따리 속의 가솔린 통에 박히는 소리가 났다. 폭진(爆震)을 예기하고 매우 긴장하고 있었던 터이므로 그는 어리둥절했다. 그러나, 샨은 기름통을 향해 계속 세 발의 총을 쏘아댔어도 폭발은 일어나지 않았다. 프랜치스는 가솔린이 보따리 전체에 쏟아져 나오는 것을 보았다. 한 순간, 그의 뇌리에는 '실패다.' 하는 생각이 섬광처럼 스쳐갔다. '샨은 뭔가 잘못 생각했는지도 모른다, 탄알로는 가솔린이 발화하지 않는다, 그것도 아니라면 통에 넣은 것이 가솔린이 아니라 보통 석유였을지도 알 수 없다.'라는 생각들이 권총의 발사보다도 더 재빨리 머리로 회전해 가자, 그는 불현듯 뒤통수를 얻어맞은 듯한 현기증에 쓰러질 것만 같았다. 샨은 그래도 주저하지 않고 계속 총성을 울려 떼지어 달려오는 병사들을 막아내며 대기하고 있는 부하들에게 돌격하라고 외치는 것이었다. 그러나 이미 대장과 12,3명의 병졸이 그를 포위해 버렸다. 이제 영낙없이 '마지막이다.' 하는 생각이 들자 분노와 절망이 그의 심장을 좇아 붙이는 듯했다. 그러자 그는 마지막 힘을 다 쏟아 고기를 낚기 위해 낚싯대를 던질 때처럼 목표지점을 향해 팔을 크게 휘둘러서 횃불을 던졌다.

횃불은 적중했다. 활활 타는 불덩어리가 캄캄한 밤하늘에 포물선을 그리며 혜성처럼 날더니 가솔린이 흐르고 있는 보따리 위에 똑바로 떨어지는 것이었다. 순간 무서운 굉음이 울려 퍼지면서 눈앞이 대낮처럼 환해졌다. 땅이 벌어지고 흙더미가 튀어 오르는 순간 아찔한 현기증을 느꼈다. 그리고 그는 고막이 찢어지는 폭음과 더불어 발산한 뜨거운 열풍에 휘말려 어둠 저편으로 나가 떨어졌다. 그가 의식을 잃은 것은 이번이 처음이었다. 광막한 공간과 암흑 속으로 던져진 느낌이었다. 무엇이든 잡아보려고 해도 아무것도 잡히는 게 없었다. 허무와 망각 속으로 끝없이 떨어지고 있을 뿐.

의식이 되돌아왔을 때는 자신이 아무것도 없는 공지에 누워 있는 것을 깨달았다. 다친 데는 없는 것 같은데 온몸은 풀대처럼 늘어져서 꼼짝도 할 수가 없었다. 그 때 샨의 얼굴이 보였다. 샨은 매우 걱정스러운 표정으로, 그가 정신이 들도록 애쓰면서 그의 귀를 당기는 것이었다. 머리 위로 빨간 하늘이 보였다. 삼나무 숲 전체가 무서운 불길에 싸여 활활 타오르고 있었다.

"대포는 해치웠소?"

샨은 귀를 잡아당기던 손을 놓고 안심했다는 듯 몸을 바로 했다.

"깨끗이 끝장이 났습니다. 대포 뿐만 아니라 병사 30명 정도도 함께 날아가 버린 것 같습니다."

샨의 검게 그을린 얼굴에 흰 이가 유난히 반짝거리고 있었다.

"신부님, 솜씨가 굉장하셨습니다. 저는 아직 이처럼 시원한 싸움은 경험해 본 일이 없는 걸요. 이런 전쟁을 한 번만 더 치를 수 있다면 저도 기꺼이 가톨릭 신자가 되겠습니다."

그 다음 수일간 치섬 신부는 머리도 마음도 매우 혼란한 상태로 지냈다. 꿈에도 생각하지 못하던 모험을 겪고 난 후에 극도로 밀려온 허탈감에 빠진 것이다. 그는 결코 언제나 용맹스런 소설의 주인공은 아니었다. 이미 40 고개를 넘어섰고, 기력이 쇠진해 버린 초라하고 볼품없는 자신을 새삼 느껴야만 했다. 게다가 자주 몸이 떨려 오고, 심한 현기증마저 느꼈고, 두통이 너무 극심할 때는 아픈 다리를 이끌고 방으로 들어와서는 찬물로 머리를 식히곤 하는 것이었다. 그러나 이런 육체적인 고통은 영혼의 깊은 고뇌에 비하면 아무것도 아니었다. 하느님께 봉사한다는 사제라는 작자가 구원해 주어야 할 가엾은 인간들을 죽음으로 몰아 넣고 말았다는 자책감은 그의 마음을 어지럽혔다. 그렇다고 자신의 보호 아래 있는 신자들의 안전을 위해서 한 일이라고 변명으로 용납될 일도 아니었다. 폭발의 진동으로 의식을 잃었을 때의 기억이 자꾸만 되살아나는 것이었다. 죽음이란 바로 그런 것일까? 그렇다면 완전한 망각이 아닌가 말이다.

그 일이 있던 날 밤 그가 성당을 빠져 나갔던 일은 폴리 외에는 아무도 모르고 있었다. 폴리 역시도 그 밤의 일에 대해서는 조금도 말을 비치지 않았다. 다만 그녀의 조용한 시선이 더욱 과묵해지고 수척해진 프랜치스의 모습을 살피다가는 꺼멓게 타버린 상나무 숲 속으로 돌려지곤 하는 것이었다. 그리고, 그녀가 무심코 던지는 말투로 프랜치스에게 한 말이 그에게는 무언가 깊은 뜻이 있듯이 들려왔고, 그것이 또 그럴 수 없이 위안을 주는 것이기도 했다.

"저 짐스러운 숲을 없애서, 누가 우리에게 아주 좋은 일을 해주었구나."

그래도 전투는 끝난 게 아니었다. 아직도 교외의 동쪽 구릉지대에서 계속되고 있었다. 그 밤으로부터 4일째 되는 날 성당에 들어온 정보에 의하면 와이츄가 매우 불리한 상황으로 빠져 가고 있다는 것이었다.

검은 구름이 낮게 흐르는 음울한 주말이 되었다. 그 토요일에는 간혹 생각난 듯이 포화가 탕탕거릴 정도로 가라앉았고, 시내는 조용했다. 노대(露台)에 나와 있던 치셤 신부의 눈에는 와이츄의 녹색 군복을 입은 병종들이 서쪽 문으로 줄지어 후퇴해 나가는 모습이 손에 잡힐 듯 잘 보였다. 거의가 반군으로 잡혀 사살당할 것이 두려워 무기를 버린 채 빈 손으로 바삐 서둘러 가는 모습들이었다. 와이츄의 패배가 확연한 것일까, 아니면 내안 장군과 임시 휴전을 체결한 것일까.

전도관 담 밖의 위쪽 대나무숲이 제법 무성한 곳에, 숲에 가리워져 뚜렷하게 볼 수는 없었지만, 그곳으로도 와이츄의 피난병들이 운집해 드는 게 틀림없었다. 분명히는 판단할 수 없으나, 사기가 저하한 무기력한 군사들의 목소리가 성당 내부에까지 들려오고 있었다.

그날 오후 3시경 너무나 소란스러워 자리에 누워 있을 수 없었던 치셤 신부는 안마당으로 나와 서성거렸다. 그 때 클로틸드 수녀가 격분한 얼굴로 다가왔다.

"안나가 담너머로 군사들에게 먹을 것을 던져 주고 있어요."

그녀는 금방이라도 울음을 터뜨릴 듯 호소하고 있었다.

"분명히 그애가 사귀고 있는 병사가 끼어 있는 거예요. ……서로 이야기까지 나누고 있던 걸요."

그의 신경도 곤두세워져 있었으므로, 자연 부드러운 대답이 나오지 않았다.

"먹을 게 필요한 사람이라면 주어서 안 될 건 없을 테죠."

"그래도 그 병사는 흉악한 군대의 한 사람이잖아요. 정말 무서워서 못 견디겠어요. 이러다간 언젠가 그들이 담을 뛰어넘어와 우리를 죽이고 말 거예요."

그는 얼굴이 벌겋게 달아올랐다.

"자기 목이 달아나는 걱정만 하고 있을 건 아니잖소. 순교는 천국에 가는 좋은 길이니까."

저녁 때가 되자 와이츄군의 더 많은 패잔병들이 몇 개인가의 성문으로 떼를 지어 나오기 시작했다. 성문을 빠져나와서는 합류하여 만주교를 건너 군사들은 비취 언덕으로 올라와서는 소란스럽게 전도관 앞을 지나갔다. 더럽고 초췌한 얼굴들은 한시라도 빨리 달아나고 싶은 조바심과 피로가 한데 엉켜 있었다. 밤이 깊어 갈수록 총성과 고함소리, 평원을 달리는 말발굽 소리가 뒤엉켜 한층 더 혼란스러워졌다. 프랜치스는 성당 문 앞에서 침울한 얼굴로 밤의 소란을 지켜보고 있었다. 얼마나 지났을까, 돌연 뒤에서 발소리를 죽여가며 누군가가 다가오는 인기척을 느끼고 그는 재빨리 몸을 돌렸다. 그녀는 안나였다.

예측했던 대로 그녀는 전도관의 제복인 외투 단추를 턱까지 끼워 입고는 보따리를 가슴에 안고 있었다.

"어디로 가려고 그러냐, 안나?"

그녀는 소스라쳐 놀라 소리를 지르며 뒤로 주춤 물러섰으나, 이내 그 얼굴엔 반항적인 기색이 드러났다.

"그건 내 자유예요."

"말하지 않을 생각이지?"

"그래요."

그의 표정은 부드럽게 변했다. 더 이상 어떤 말을 해보아도 소용없는 일이었다.

"여기를 아주 떠날 결심인 게지? 안나, 잘 알고 있다. 하지만 새삼스럽게 무슨 얘긴들 해보아야 이미 소용없겠지."

그녀의 음성은 비웃음이 담겨 있었다.

"오늘 밤은 이렇듯 들켜 버렸지만 전처럼은 안 될 거예요."

"이번이고 어쩌고 할 건 없다, 안나."

그는 주머니 속에서 열쇠를 꺼내어 문을 따 주었다.

"마음대로 가도 좋다."

그녀는 매우 놀란 표정이었다. 그 커다란 눈이 놀라움에 더 커지고 있는 것이 어둠 속에서도 뚜렷이 볼 수가 있었다. 이윽고 그녀는 아무 말 없이 보따리를 꼭 움켜쥐더니 재빨리 문 밖으로 뛰쳐 나갔다. 달려가는 그녀의 모습은 곧 거리의 혼잡 속으로 묻혀 버리고 말았다.

문을 닫을 생각도 않고 그는 그대로 서 있었다. 패잔병들은 여전히 그의 눈앞으로 쓸려가고 있었다. 그 때였다. 돌연 군중의 한가운데서 고함소리가 들리더니, 말탄 군사 한 떼가 높이 쳐든 횃불을 쳐들며 달려오는 것이 보였다. 그 기마대들이 천천히 움직이는 보병들 사이를 헤치고 빠르게 문쪽으로 다가왔다. 문 앞까지 오자 그 중의 한 사람이 콧김을 내뿜는 말을 세웠다. 눈이 가늘게 찢어지고 이마가 매우 좁은 얼굴이 횃불에 비쳐 보였다. 사람의 얼굴 모습이라기엔 도무지 믿을 수 없을 정도로 포악스럽고 잔인해 보이는 인상이라, 흡사 사신(死神)의 얼굴처럼 소름이 끼쳐 프랜치스의 몸은 그대로 굳어 버리는 듯했다. 그 사나이는 말을 탄 채 증오가 가득 찬 욕설을 퍼부어 대더니 프랜치스에게 위협하듯 칼을 휘두르는 것이었다. 프랜치스는 꼼짝도 하지 않았다. 두려움을 모르는 초연한 자세에 오히려 상대는 기가 죽은 모양인지 잠깐 머뭇거리고 있을 때 뒤에서 재촉하는 다급한 외침이 들려왔다.

"전진, 전진합시다! 와이……우엔다이로, 어서 떠납시다! 추격대가 쫓고 있어요!"

와이는 칼을 쳐들었던 손을 내리고 말을 타며 박차를 가하더니, 다음 순간 몸을 굽혀 프랜치스의 얼굴에 침을 칵 뱉았다. 그리고는 황급히 말을 몰아갔다. 어둠이 곧 그의 모습을 감싸 버려 보이지가 않았다.

이튿날 아침은 쾌청하게 개인 날씨였다. 후 노인은 이르지도 않았는데 전도관의 종두로 올라가서 줄을 당겨 종을 울렸다. 그의 얼굴은 함빡 웃을 때마다 듬성듬성한 수염이 떨리곤 했다. 피난민들도 돌아갈 준비를 마치고, 기쁨에 빛나는 얼굴로 신부의 이야기를 듣기 위해 성당 안으로 모여들었다. 아이들도 마당에 나와 함성을 지르며 뛰어놀고 있었다. 말따 수녀와 베로니카 수녀도 그 전경을 지켜보며 서로 미소를 지을 정도로 사이가 좋아져 있었다.

클로틸드 수녀 역시 아이들과 함께 뛰어 놀고 있었다. 볼을 던지고 받으며 아이들과 같이 함성을 지르고 있는 그녀는 누구보다도 기운이 차 보였다. 폴리 아주머니는 자기가 좋아하는 채마밭 자리에 몸을 똑바로 세우고 앉아 새로운 털실을 감고 있었다. 그 평온한 모습은 마치 지금까지 있었던 전쟁 같은 것은 아예 없었고, 늘 평화속에서만 생활해 온 것처럼 자연스러워 보이는 것이었다.

치셤 신부는 앞에서 나와 천천히 돌 층층대로 내려갔다. 그때 죠셉이 통통한 어린애를 안고 기쁜 얼굴로 뛰어왔다.

"이제 모든 것이 끝났습니다. 신부님, 내안 장군의 승리예요. 새 장군님은 정말 좋은 분이에요. 앞으로는 이 파이탄에 전쟁은 없을 거라고 약속해 주셨어요. 이제 우리는 영원히 평화스럽게 살 수 있을 거예요."

그는 팔에 안은 아기를 자랑스럽게 얼러대며 중얼거렸다.

"요수에야, 이제 전쟁은 끝난 거란다. 이젠 눈물이나 피를 흘리지 않아도 된단다. 평화다, 평화가 왔단다."

하지만, 프랜치스는 형언할 수 없는 슬픔으로 인해 웃을 수가 없었다. 그는 보드라운 아기의 황금색 볼을 살짝 꼬집어 주며 금방이라도 터져나올 것 같은 한숨을 간신히 삼켰다. 모두들 그에게로 달려왔다. 아이들도 신자들도—자신의 소중한 신앙의 소신까지 희생해 가면서 구해 준 그들에게 휩싸여 그는 감사를 받고 있었다.

10

1월도 다 갈 무렵, 승전(勝戰) 최초의 기쁨 대신 전쟁이 지나간 슬픈 결과가 나타나기 시작했다. 프랜치스는 이런 현상을 폴리 아주머니에게 보여주지 않게 된 것을 무엇보다도 다행으로 생각했다. 그녀는 지난주에 영국을 향해 출발했었다. 이별은 서글픔을 주기도 했으나, 그래도 폴리가 떠나는 것이 마음 편했다.

오전에 정원을 지나 진료소를 가던 도중에 쌀 배급을 기다리는 사람들의 긴 뱀꼬리 같은 행렬을 보았다. 어제는 이보다도 더욱 길어서 전도관의 담을 둘러쌀 정도였었다. 와이츄는 패전의 보복으로 파이탄 주위의 수 마일에 걸친 전답의 곡식들을 깡그리 불태워 버리고 간 것이었다. 겨우 고구마가 남았다 해도 그 수확은 변변찮은 것이었고, 남자들이나 밭갈이 할 소들은 모두 군대에 징용당했으며, 농사일을 돌볼 수 있는 남은 사람들은 여자들뿐이었으므로 농작물은 예년에 비해 반도 안 되었다. 그러므로 모든 물자가 모자라 물가는 하루가 다르게 폭등하기 시작했다. 시내에서는 통조림류의 식료품이 5배로 그 값이 뛰어오르는 실정이었다. 물가는 날로 뛰기만 했으나, 어떻게 조종해 볼 생각도 못하는 듯했다.

그는 혼잡한 건물쪽으로 다가갔다.

수녀들 셋이서, 검은 쌀통에서 3온스씩 담아서는 배급타러 온 사람들이 내미는 그릇에다 쏟아주는 일을 하고 있었다.

그는 한동안 우두커니 서서 끝날 것 같지 않은 이 작업을 지켜보고 있었다. 신자들은 아무 군소리 없이 참을성 있게 차례를 기다리고 있었다. 조용한 건물 주위에는 쌀을 퍼서는 담아 주는 소리만 가득 차 있었다. 그는 베로니카 수녀에게 나직이 말했다.

"이대로 나가다간 며칠 견디지 못하겠군요. 내일부터는 배급을 반으로 줄여야 하겠어요."

"그래야 되겠어요."

그녀는 고개를 끄덕이며 낮게 중얼거렸다. 요 수주일 동안 그녀는 과로로 얼굴이 창백했고 살이 쑥 빠져 버렸다. 그녀는 쌀통에서 눈을 떼지 않고 부지런히 퍼주었다.

그는 남은 사람들의 수를 헤아려 보려고 몇 번이나 문 밖까지 나가 보곤 했다. 간신히 행렬이 끝났고 더 밀려 오지는 않았다. 그는 다행으로 생각하며 지하실의 저장실로 내려가서 식량의 재고표를 다시 확인해 보았다. 마침 2개월 전에 챠 씨에게 주문을 했던 것이 도착되어 있어서 아직은 아이들을 위해서는 그다지 걱정할 정도는 아니었다. 하지만, 가장 필요한 쌀이나 고구마는 아슬아슬할 만치 재고량이 별반 없었다.

그는 가만히 서서 생각에 잠겼다. 물가는 말할 수 없이 뛰고만 있으나 그래도 아직은 돈만 있으면 얼마든지 구입할 수가 있었다. 그는 최초로 본국의 포교단에 원조를 바라는 전보를 치기로 작정했다.

1주일이 지나자 회신이 왔다.

'자금 할당은 곤란함. 전시임을 상기하시오. 그 지역에 싸움이 없음을 매우 행운이라 여기오. 적십자 활동에 분주함. 안셀모 밀리.'

프랜치스는 무표정한 얼굴로 녹색의 전보용지를 구겨 버렸다. 그리고 그날 오후 그는 성당에 있는 돈을 있는 대로 전부 긁어모아 거리로 나갔다. 그러나, 때는 이미 늦어 버려서 돈이 있어도 물자가 없었다. 곡물시장은 닫혀 있었다. 그밖에 대개의 가게는 메론이나 무우, 조그만 민물고기 따위의 부패하기 쉬운 물품밖에 없었는데, 그것마저도 아주 조금뿐이었다.

생각을 거듭하던 그는 초롱상가의 전도관에 들러 피스크 박사와 오랫동안 이야기를 나누었다. 그러나, 별로 도움될 만한 해결책을 얻지 못했으므로 돌아오는 도중에 챠 씨의 집을 방문했다.

챠 씨는 기분 좋은 얼굴로 프랜치스를 맞았다. 두 사람은 사향과 상나무 내음이 짙게 풍기는 조그만 사무실에서 차를 마셨다.

"그렇겠군요."

챠 씨는 프랜치스의 곤란한 문제에 대해서 진지하게 동의했다.

"이건 정말 진지한 문제로군요. 포 씨가 절강에 가 있는데 새 정부의 확실한 보증을 받으려고 전력을 다하고 있어요."

"성공할 수 있을까요?"

"성공이야 틀림없지만서두요."

관리인 챠 씨는 다음과 같이 덧붙였다. 그 말들에서 프랜치스는 냉소가 서려 있음을 피부로 느꼈다.

"하지만, 아무리 보증을 받아도 물자의 뒷받침이 없으면 무슨 소용이 있겠습니까!"

"곡물 창고에 상당량의 곡식이 저장되어 있다고 들었는데요."

"내안 장군이 마지막 여덟 갈론까지 가져가 버린걸요. 거리의 식량이란 식량은 깡그리 약탈해 갔답니다."

"그러나, 설마……."

프랜치스는 미간을 찌푸렸다.

"아무리 그렇다 해도 백성들이 굶주리는 것을 그 사람도 방관할 수는 없겠지요. 현재도 그 장군은 자기 편이 되어서 싸워 주면 큰 보답을 하겠다고 민중들에게 약속까지 했으니까요."

"그랬지요. 장군은 싸움으로 인해 인구가 많이 감소되었으니, 그것으로도 큰 은혜가 아니냐고 완곡한 성명을 발표했지요."

챠 씨는 입을 다물었다. 치셤 신부는 생각을 거듭하다가, 다시 입을 열었다.

"그러나 피스크 박사에게는 상당량의 식량이 오게 되었다니까 그것만으로도 고마운 일이지요. 북경의 포교단에서 정크 3대분을 보내주겠다는 약속이 되어 있답니다."

"그렇습니까?"

챠 씨는 묵묵한 표정으로 말했다.

"믿을 수 있으시다는 것이로군요."

챠 씨는 비로소 미소를 지었다.

"북경에서 파이탄까지는 2천 리 거리입니다. 더욱이 도중엔 아사지경에 있는 민중이 우글거리고 있지요. 제가 현명하지 못한 생각을 하고 있는지는 모르지만 신부님, 아마 이 반 년 동안은 극심한 곤란을 각오해야 될 줄로 압니다. 이런 일은 중국에선 흔히 일어나는 일이니까 문제될 일도 아닙니다. 인간은 끊임없이 죽어가지만, 중국은 영원히 남아 있을 테니깐요."

다음날 아침, 치셤 신부는 쌀배급을 타기 위해 늘어선 사람들에게 안타까운 일이었지만, 돌아가 달라고 말하지 않을 수가 없었다. 어쩔 수 없이 문을 닫아야 했던 것이다. 그는 죠셉에게 말해서, 극빈자 명단만 문지기 오막에 적어 놓으라고 방을 붙이도록 했다. 그 사람들을 직접 조사해 보아서 꼭 필요한 극빈자들에게만 조금씩이라도 도와줄 생각이었다.

성당으로 돌아온 그는 곧 급식계획에 임할 새로운 안에 착수했다.

다음 주일부터 그 급식계획은 실행에 옮겨졌다. 급식계획이 시작되자 아이들은 어리둥절한 표정이더니, 이내 불평이 나오고 기운을 잃어가기 시작했다. 식사 때가 될 때마다 더 달라고 졸라대는 아이들의 투정도 심해갔다. 당분간 아이들에겐 녹말부족이 큰 고통이었고, 체중은 날로 줄어들기 시작했다.

메소디스트의 전도관에서도 그후 구호물자에 대해서는 한 마디의 언급도 없었다. 정크가 오기로 약속된 날짜가 벌써 3주일이나 지나도록 아무런 소식이 없었다. 피스크 박사의 초조한 표정은 보기에도 딱

할 정도였다. 그의 배급소는 문을 닫은 지가 벌써 한 달이 지나 있었다. 파이탄에 살고 있는 주민들은 거의가 기력을 잃은 나머지 허탈 상태로 빠지기 시작했다. 활기를 잃은 거리는 무표정한 얼굴로 먹을 것을 찾아 그림자처럼 느릿느릿 움직이는 사람들로 늘어났다.

드디어 당연한 귀결적인 현상이 두드러지기 시작했다. 느릿느릿하게 움직이던 사람들의 수가 날로 급증해 갔던 것이다. 중국대륙 여기저기에서는 먼 옛날부터 때때로 일어나던 부정기적인 이주가 일어나고 있었다. 굶주림에 견디다 못한 민중들은 아무 미련 없이 정든 고향을 버리고 남으로 남으로 아이들 손을 이끌고 묵묵히 떠나는 것이었다.

치섬 신부는 이 현상을 알아차리자 마음이 얼어버리는 듯했다. 이 작은 거리는 급기야 모두 굶주림에 쓰러지고 마을은 죽음의 정적으로 휩싸여 버리고 말리라는 무서운 예감에 사로잡혔다. 하루하루 두드러지게 늘어나는 이주민들의 완만(緩慢)한 행렬에서 그는 격렬한 충격을 받았고, 또 잠자코 있을 수만은 없어서 몸을 일으켰다. 흑사병 때처럼 그는 다시 죠셉을 불렀다. 그리고 용건을 전달해서는 급히 출발을 시켰다.

죠셉이 출발한 다음날 아침, 그는 식당으로 가서 아이들에게 특별히 쌀밥을 많이 주도록 일렀다. 저장실에는 무화과 상자가 아직도 하나 남아 있었다. 그는 긴 식탁 끝에서 그 달고 끈적끈적한 과일을 아이들에게 하나씩 나누어 주었다.

식량 사정이 좋아지려나 보다고 생각한 모두들은 매우 표정이 밝아 보였다. 하지만 말따 수녀는 어이없다는 얼굴로 프랜치스를 바라보고 있었다. 그녀는 저장실에도 아무것도 남아 있지 않다는 것을 알고 있었다.

"어찌할 셈이지요, 신부님? 필경 무언가 있는 모양이지요? 그렇죠?"

"토요일이 되면 윤곽이 드러나겠죠, 말따 수녀. 그 때까지는 원장에게도 이번 주 동안 특별급식을 계속하도록 전해 주어요."

말따 수녀는 그 전달을 하기 위하여 급히 베로니카 원장 수녀를 찾아갔지만, 전에 없이 그녀는 어디에도 보이지 않았다.

그 날 오후가 될 때까지도 베로니카 원장의 모습은 눈에 띄지 않았다. 언제나 수요일이 되면 바구니 공장으로 나와 바구니를 엮는 방법을 가르치곤 했었는데, 그 수업에도 나타나지 않았다. 오후 5시가 넘어서야 그녀는 식당에 얼굴을 내밀었다. 언제나처럼 침착한 모습이긴 했으나, 매우 창백한 얼굴이었다. 그간 어디를 갔다가 저녁식사 시간에야 겨우 왔는지에 대해서는 아무런 설명도 해주지 않았다. 그 날 밤 클로틸드 수녀와 말따 수녀는 무서운 울음소리에 잠이 깼다. 그 소리는 베로니카 수녀의 방에서 들려온 게 틀림없었다.

이튿날 아침 두 수녀가 빨래를 할 때 원장이 여전히 냉정한 얼굴로 안마당을 천천히 지나가는 것을 보았다. 그녀들은 일손을 멈추고 소근댔다.

"저분이 기어이 자신을 억제할 수 없게 됐나 보죠. 가엾게도 그런가 봐요. 당신은 어젯밤에 그 울음소리를 들었지요?"

클로틸드 수녀는 다시 빨래를 양손에 잡아 올리며 몸을 움츠렸다.

"그래요. 무슨 무서운 일이 생긴 게 틀림없어요. 난 저분이 그 저주받을 붓수(독일인을 경멸해서 부르는 별칭.)만 아니라면 동정했을 터인데."

말따 수녀는 얼굴에 깊은 주름을 짓고 있었다.

"자존심이 강한 분이니까……남보다 고통도 더 클 거예요."

"만일 우리들 나라가 먼저 항복을 했더라면 저이는 우리들을 동정해 주었을 거예요. 하지만, 난 정직하게 말하자면……그런 것은 아무래도 좋아요! 그보다도 빨리 다리미질이나 해요."

일요일 아침이었다. 말 탄 여러 명의 사람들이 산길을 돌아 전도관 쪽으로 내려왔다. 죠셉이 그것을 알려 주었으므로 프랜치스는 황급히 문지기 오막으로 가보았다. 다름 아닌 류촌(劉村) 사람들이었다. 류기(劉紀)와 또 다른 세 사람이 그의 동행인이었다. 프랜치스는 환영 인사를 하면서, 너무나 고마워서 류노인의 손을 오랫동안 잡고 놓을 생각을 안했다.

"정말 잘 오셨습니다. 이렇게 친절하게도 와주시다니. 여러분들께 하느님의 축복이 있으시길 빕니다."

류기는 다정한 환영 인사에 겸손한 감동을 보이며 활짝 웃었다.

"우리는 어서 빨리 보고 싶었답니다. 그런데, 말을 모는 데 시간을 잡아먹었지 뭡니까."

30여 마리인 털북숭이 고원말(高原馬) 등에는 커다란 짐바구니가 주렁주렁 실려 있었다. 프랜치스는 건초더미를 말에게 푸짐하게 주라고 일렀다. 그의 가슴은 시원하게 트이는 듯했다. 그는 손님들에게 다과를 권하고 편히 쉴 자리를 마련해 주라고 죠셉에게 부탁해 놓고 수녀원 마당으로 갔다.

세탁실에는 베로니카 수녀가 1주일 동안 사용할 새하얀 테이블 커버며, 시트, 그리고 타월 등을 다른 수녀와 나이 든 여생도들에게 나누어 주고 있는 중이었다. 프랜치스는 기쁜 목소리로 이야기를 시작했다.

"자, 여러분들 놀라지 마시오. 우리들은 잠시 동안 이 기근을 피해서 류촌으로 가 있게 되었소. 거기에는 먹을 것이 얼마든지 있다오."

그는 아주 천진스럽게 웃었다.

"말따 수녀는 돌아올 때쯤이면 산양요리의 명수가 되어 있을 게요. 당신은 뭐든 배우고 싶어하니까. 아이들에게도 오랜만에 즐거운 휴가가 될 것이오. 정말 좋은 기회가 아닐 수 없소."

한 순간 모두들 너무나 뜻밖이어서 아무도 입을 열지 못했다. 이윽고 말따 수녀와 클로틸드 수녀의 얼굴에 서서히 웃음꽃이 피었다. 그리고 곧 다가올 새로운 생활과 류촌행에 대한 흥분으로 눈을 반짝이기 시작했다.

"이젠 또 오 분내에 준비를 서둘라고 하시겠지요?"

말따 수녀는 요 몇 주일간에 볼 수 없었던 따뜻한 눈길로 원장을 바라보며 유쾌한 불평을 했다. 그것은 여태껏 서로 냉전을 가졌던 태도를 사과하고 싶어하는 첫번째 신호이기도 했다. 그런데도 베로니카 수녀는 생기라곤 하나도 없는 얼굴로 꼼짝도 않고 서 있었다.

"그럼, 어서들 준비를 서둘러요."

프랜치스는 들뜬 기분으로 베로니카 수녀 대신 대답을 하면서 함빡 웃음을 지었다.

"어린아이들은 짐바구니에 태워 가면 되겠군요. 좀 큰 애들은 번갈아 걷거나 말을 타거나 하면 될 테고……밤 기온이 차지 않아 다행이오. 류기 씨가 여러 분들을 잘 돌봐 주실 게요. 오늘 출발하면 1주일 이내에 마을에 도착할 겁니다."

클로틸드 수녀는 킬킬댔다.

"마치 출애굽 같군요."

프랜치스는 고개를 끄덕였다.

"죠셉에게는 내 정보원인 비둘기장을 가져가라고 하겠소. 매일 밤 한 마리씩 놓아 보내 가면서 어디까지 갔는지, 가는 도중에, 어떤 일들이 일어났는지, 상세한 편지를 내게 갖다 주도록 말이오."

"아니, 무슨 말씀이에요?"

말따와 클로틸드 수녀는 똑같이 외쳤다.

"그렇다면 신부님은 우리들과 함께 가시지 않으시겠다는 건가요?"

"나는 좀 뒤에 가게 될 거요."

프랜치스는 그래도 수녀들이 자기를 필요로 하고 있구나 하고 기쁘게 여기며 천천히 말했다.

"누구든 이 곳에 남아 지켜야 하지 않겠소. 원장님과 당신들 두 사람이 개척자가 되는 거요."

그때까지 한 마디도 말을 하지 않던 베로니카 원장 수녀는 처음으로 입을 열었다.

"저도 떠날 수가 없겠어요."

모두 입을 다물어 버렸다. 프랜치스는 조금 불쾌해지는 마음이었다. 아직도 그녀는 전에 언쟁했던 일로 두 수녀와 함께 동행하는 것을 거부하는 것일까 하고 짐작했던 것이다. 그러나, 그녀는 그 일 때문이 아닌 듯 표정이 보다 더 침통해 보였다. 그는 확실한 까닭을 알 수 없었지만 어떻게든 가게 하려고 열심히 권했다.

"분명히 기분 좋은 여행이 될 거요. 환경이 바뀌면 마음도 훨씬 가뿐해질 거라고 생각되는데요."

그녀는 천천히 고개를 가로저었다.

"전 좀더 긴 여행을 해야 할 것 같습니다. 그것도 아주 빠른 시일내로 말예요."

역시 아무도 입을 여는 사람이 없었다. 그녀는 다시 감정이 없는 목소리로 말을 이었다.

"독일로 돌아가야 할 일이 생겼어요. 우리의 수도회를 위하여……우리집 토지며 재산정리를 해야만 해요."

그녀는 먼 곳으로 시선을 돌렸다.

"저의 오빠가 명예로운 전사를 하셨어요……."

긴 침묵이, 죽음처럼 깊고 어두운 침묵이 다시 계속되었다. 그러자 클로틸드 수녀가 갑자기 울음을 터뜨렸다. 이어 말따 수녀도 침울한 얼굴을 푹 숙였다. 치셤 신부는 고통스런 얼굴로 두 수녀를 바라보다가 묵묵히 그곳을 떠났다.

일행이 류촌 마을에 도착했다는 메시지를 받은 지 2주일 후에 베로니카 수녀가 떠나게 되었다. 프랜치스에게는 그런 사실들이 도무지 현실로 받아들여지지가 않았다. 새가 가져온 소식에 의하면 마을에 도착한 아이들은 원시적이긴 하지만 좋은 숙사를 배당받았고, 고원의 맑은 공기 속에서 기운차게 뛰놀고 있다는 것이었다. 치셤 신부는 자기가 시기를 잘 택한 일을 스스로 현명하다고 생각하여 자축하고 싶은 심정이었다.

그러나 짐을 어깨에 진 두 사람의 인부를 따라 베로니카 수녀와 함께 부두로 가고 있는 그의 마음은 허전함으로 가득 차 있었다.

인부들이 트렁크 따위의 짐을 삼판선에 싣고 있는 동안 그와 베로니카 수녀는 부둣가에 우두커니 서 있었다. 등뒤로는 우울한 회색빛에 잠긴 거리에서 소음이 들려왔다. 눈앞에는 벌써 출항준비를 갖춘 정크가 강 한가운데서 흔들리고 있었고, 그 뱃전엔 황톳빛으로 찰랑거리는 탁한 물이 멀리 회색 지평선까지 이어져 있었다.

치셤 신부는 어떤 식으로 자기 감정을 전해야 좋을지 몰라 전혀 입을 열지 못하고 있었다. 자기를 도와주고 격려해 준 친구로서, 침착하고 고상한 이 여성은 자기 생애에 더할 나위 없는 큰 의미를 가지고 있었다. 장래 일에 대해서는 손바닥을 보듯 환히 볼 수 없는 일이지만, 그래도 지금까지의 일로 보아 두 사람 앞에는 협력해서 일할 양양한 미래가 펼쳐져 있는 것이다. 그런데 갑자기 도망이라도 하듯 그녀는 떠나 버리고 마는 것이다. 암흑과 혼란의 안개 속으로 휩싸이는 듯한 마음은 어쩔 수가 없었다.

그는 애써 한숨을 누르며 정다운 미소를 띄운 채 조용히 그녀를 바라보았다.

"앞으로도 계속 우리나라와 당신 나라가 전쟁을 할지라도……잊지 말아 주십시오. 나는 결코 당신의 적이 아니니까요."

그가 할 수 있는 이 겸손한 작별인사는, 단단히 굳어 있던 그녀의 마음을 흔들어 놓았다. 몹시 마른 모습, 뼈가 불거져 나온 얼굴, 어느새 희어지기 시작하는 머리, 그런 것들을 가만히 바라보는 그녀의 아름다운 눈엔 눈물이 어리기 시작했다.

"그래요.……신부님……평생 신부님을 잊지 않겠어요."

그녀는 그의 손을 꼭 잡았다가 놓고 정크까지 태워다 줄 작은 보트에 훌쩍 뛰어올랐다.

그는 낡은 체크 무늬가 있는 우산에 기대어 선 채 정크가 작은 점이 되어 이윽고 아득한 수평선 저쪽으로 사라져 버릴 때까지 물 위로 반사되는 햇볕에 눈을 껌뻑거리며 서 있었다.

그는 그녀가 알지 못하게 저 타란트 신부에게서 받은 스페인 고풍의 진귀한 성모상을 그녀의 트렁크 속에 넣어 주었던 것이다. 그것은 그의 소지품 중에서 가장 소중한 물건이었고, 그리고 또 그녀가 그것을 볼 때마다 좋은 것이라고 칭찬하던 것이기도 했다.

그는 터벅터벅 발길을 돌려 전도관으로 돌아왔다. 경내로 들어서는 입구에서 그는 발길을 멈추었다. 안마당은 어디에고 그녀의 손길이 닿아 사랑으로 가꾸어진 곳이었다. 그리고 평화로운 정적 속에 그는 감사한 마음이 되어 정원을 거닐었다. 백합의 향기가 코끝을 알싸하게 했다. 텅 빈 전도관에 그와 함께 남아준 후 노인이 허리를 굽혀 정다운 친구를 어루만지듯 진달래 나무를 가꾸고 있었다. 프랜치스는 지금까지 쌓이고 쌓여 왔던 오랜 피로가 일시에 몰려오는 듯했다. 자기의 일생의 한 장(章)이 지금 막 끝나고 있는 것이다. 비로소 자신이 매우 늙었다는 느낌이 가슴에 가득 차 올랐다. 그는 용수나무 아래 벤치에 앉아 언젠가 베로니카 수녀가 옮겨다 놓은 소나무 테이블에 팔꿈치를 고였다. 진달래 손질에 여념이 없어 보이는 후 노인은 일부러 프랜치스를 못본 척하는 듯했다. 그는 그만 두 팔에 얼굴을 깊이 묻고 말았다.

11

용수나무의 커다란 잎이 아직도 그늘을 드리우고 있는 정원의 테이블에 걸터앉아 있는 그는 일기장을 넘기고 있었다. 그를 감동하게 하는 어떤 이야기라도 읽는지 그의 손은 힘줄이 불끈 솟아 있었고 이윽고는 가늘게 떨리고 있었다. 이미 후 노인이 죽어 고인이 된 지도 오래 되었다. 후 노인 대신 두 사람의 젊은 정원사가 진달래 옆에 몸을 구부리고 손질을 하고 있었다. 또 조금 떨어진 곳에는 중국인 사제인, 자그마한 체구에 고상한 품위를 지닌 젊은 주 신부(周神父)가 기도서를 들고 그와 일정한 간격을 둔 채 거닐면서 줄곧 그 갈색 눈으로 프랜치스를 정겹게 바라보곤 했다.

성당의 경내는 건조하고 후끈후끈한 8월의 태양이 황금빛 포도주처럼 반짝반짝 빛나고 있었다. 운동시간이었으므로 운동장쪽에서는 아이들이 즐겁게 뛰노는 소리가 들려오고 있었다. 그것으로 보아서 아직 오전 11시밖에 안 되었음을 알 수가 있었다. '저애들은 나의 아이들, 아니 내 아이들의 또 아이들인 것이다.' 그는 정다운 미소를 지으면서 생각했다……. 시간의 흐름이 너무 빠른 것 같았다. 1년 또 1년, 이렇게 서둘러 왔다가는 또 그렇게 지나가 버리는 시간들……. 그 순간들을 그때마다 특별한 의미를 주고 싶어도 너무 빨라서 이젠 자기가 의식하기도 전에 지나가 버리고 마는 것이다. 이런 생각에 몰두해 있는 그의 눈앞에 우유가 가득 담긴 큰 컵을 든, 뚱뚱하고 항상 웃음보가 터질 듯한 불그레한 얼굴이 다가왔다. 원장 메시 메리가 또 그 친절한 시중을 들어주고 있는 것이었다. 그는 그 시중이 자신의 나이를 연상케 하는 것이 싫어서 일부러 얼굴을 찌푸리는 것이었다. 자기는 아직 67살에 불과하다……. 하기야 다음달이면 68세가 되지마는……그런 것은 아무것도 아니지 않은가……. 아직 젊은이들만큼 자신도 튼튼한 것이다.

"그런 것 가져오지 말라고 말했었는데……."

메시 메리 수녀는 마치 어린애를 달래기라도 하는 듯한 표정으로 미소를 머금었다. 매우 건강하고 시원스러운 여동생이었다.

"오늘은 필요하니까요. 그런데, 그런 쓸데 없는 긴 여행을 꼭 떠나셔야 한다니 말씀이에요."

그녀는 잠시 말을 끊었다.

"주 신부님과 피스크 박사만으로는 왜 안 된다는 건지 도무지 저는 알 수가 없군요."

"정말 모르신단 말이오?"

"네, 그렇다니까요."

"그래요? 그것 참 난처하군요. 당신의 머리는 망가지려는 게 분명해요."

그녀는 어이없다는 듯 웃다가 그를 달래듯 다시 낮은 목소리로 말했다.

"자, 신부님. 요수에에게 안 가시기로 했다고 전할까요?"

"요수에에게 한 시간 이내로 말에 안장을 얹고 준비하라고 일러주시오."

그녀는 고집이 대단한 분이란 듯 고개를 흔들며 돌아갔다. 그는 돌아가는 메시 메리 수녀의 뒷모습을 바라보며 다시금 미소를 띄었다. 자기는 누가 뭐래도 소신대로 움직일 뿐이라는 자신에 찬 미소였다. 그녀가 눈에 보이지 않으므로, 이제는 얼굴을 활짝 펴고 우유를 천천히 마시며 다시 일기를 계속해서 읽어 내려갔다. 이 습관은 근래에 와서 생긴 일로, 닳고 낡은 일기장을 아무 데서나 닥치는 대로 펼쳐 놓고 마음대로 자신의 과거를 되돌아보는 것이었다.

지금은 1917년 10월의 어느 날 일기가 펼쳐져 있었다.

파이탄의 사정은 나날이 좋아지고 있다. 벼농사도 풍작이고, 류촌으로 간 아이들도 무사히 돌아와 모두 기운 차 보이는데 나만 기운을 잃고 있는 것 같다. 그래도 오늘은 사소한 사건이었으나 그로 인해 아주 즐거웠다. 센샹(潘鄕)의 연차회의에 참석하기 위해 나흘쯤 집을 비웠다. 회의 장소가 센샹으로 결정된 것은 지목(知牧 : 중국과 같은 포교국에서 통상(通常)되는 재치권(裁治權)을 가진 사제(司祭))의 의견이었다. 너무 거리가 멀어서 나는 참석하지 않았으면 싶었다. 사실 우리 포교에 종사하는 자는 서로 너무 먼 거리에서 떨어져 살고, 거기에다 인원마저 아주 적음으로—치보드의 후임으로 오게 된 딱한 슈레트 신부와 절강의 세 중국인 신부와 라까이(羅開)에서 온 네덜란드인 반 드빈 신부뿐이므로—이번 회의도 일부러 긴 여행을 강행할 꼭 필요한 이유는 없는 것이다. 하지만 어쨌든 '의견교환'은 하고 온 것이다. 그뿐만 아니라 경솔하게도 나는 홍분해서 '침략적인 그리스도교 포교법'에 대한 반론을 내세우고 포 씨의 사촌이 말한 내용을 인용해 가며 '선교사인 당신네들은 입국할 때는 복음서를 들고 오나, 귀국할 때는 이 땅을 약탈해 간다.'는 말까지 해서 슈레트 신부를 불쾌하게 만들기도 하였다. 슈레트 신부는 매사에 매우 정력적으로 일하는 성격이란 평이 있다. 완력도 행사하며 센샹의 20여 리 사방에 있는 거리의 작은 불교사원들을 거의 없애 버리고, 하루에 5만 명이라는 놀라운 인원을 개종시킨 기록을 세웠다는 일화를 가진 사람이다.

귀가하는 길에 나는 내가 한 말에 대해서 얼마나 많은 후회를 씹어야 했던가. (이 일기에도 거듭 몇 번이나 써놓았을 정도로 나는 하느님에게 용서를 청했다.) "주여, 또 실수를 했습니다. 제발 저의 혀를 묶어 주십시오." 하고. 이런 까닭으로 해서 나는 센샹에서 아주 괴상한 사람으로 취급당하고 말았다.

고행하는 셈치고 배를 탄 동안은 선실에도 들어가지 않기로 했다.

갑판에서는 내 바로 옆에 웬 사나이가 서 있었는데 그는 살찐 쥐가 몇 마리나 들어 있는 상자를 들고서 그 놈들을 한 마리씩 식욕이 동한다는 듯 잡아먹고 있었다. 내가 눈을 크게 뜨고 아주 진저리치며 놀라워해도 사나이는 태연했다. 뿐만 아니라 비가 심하게 쏟아지고 배멀미까지 나서 매우 고생을 했는데, 이것만으로도 보복은 톡톡히 한 셈이었다.

드디어 파이탄에 도착했을 때는 나는 반쯤 죽은 사람처럼 파김치가 되어 있었다. 그렇게 지친 몸으로 간신히 배에서 내렸을 때는 우중이라 부두는 사람이 거의 없었다. 그런데, 뜻밖에도 나를 마중 나온 웬 노파가 있었다.

그 노파가 가까이 다가오는 것을 보자 비로소 나는 오래된 친구로, 언젠가 성당의 경내 한 구석에서 빈 우유 깡통에 콩을 요리해 먹던 스우 할머니란 것을 알 수가 있었다. 내 교구에서는 가장 가난하고 신분이 낮은 사람이었다.

그런데 경이로운 일은, 나를 발견하자 그녀의 얼굴이 활짝 밝아지는 것이었다. 그리고 할머니가 빠른 말씨로 지껄이는 내용은, 내가 없는 것이 허전해서 벌써 3일간이나 오후가 되면 으레 부두에 나와서 비를 맞으며 내가 돌아오기를 고대했다는 것이다.

할머니는 제식(祭式)에 쓸 쌀가루를 설탕으로 빚은 떡 6개쯤을 내 앞에 내밀었다. 이것은 먹기 위해서 만들어진 게 아니라—중국인이 모시는 불상—저 슈레트 신부가 완력으로 때려부순 불상 앞에 바치기 위한 것이었다. 그녀의 행동은 좀 우스꽝스럽긴 했으나……그러나 적어도 한 인간이 어느 한 사람에게 없어서는 안 되는, 다시 없는 귀한 존재가 되었다는 것을 안다는 건 기쁜 일이 아닐 수 없다.

1918년 5월. 날씨가 쾌청한 아침나절에 첫번째 이주민이 류촌으로 출발했다. 모두 해서 24명—굉장한 환영 속에 마음 좋은 원장 메시 메리로부터 상냥한 인사를 받고 실질적인 충고를 받았다. 그녀가 처음 이곳으로 부임되어 왔을 땐 웬지 매우 싫은 감정이 앞섰었는데, (그것은 아마 베로니카 수녀의 회상과 또 자꾸만 그녀와 비교되었으므로.) 메시 메리는 훌륭하고 유능했으며, 쾌활한 성격으로써 수녀로서는 보기 드물 정도로 결혼생활에 대한 이해심도 깊었다.

옛날 카넬게이트의 어부의 아내인 매그 팍스톤이라는 할머니가 곧잘, 너는 보기보다는 어리석지가 않다고 말하여 나의 용기를 고무해 준 일이 있었는데, 류촌으로 가서 살게 한다는 생각은 나로서는 여간 자랑스러운 일이 아니었다. 더욱이 이 성 안드레아 성당에서 착실한 아이들만 골라 보내는 것이다. 여기에는 이제 한창 때의 청년들에겐 충분한 일이 전혀 없다. 빈민굴에서 건져내어 기껏 하느님 덕분으로 이만큼 교육시킬 수 있었던 것을 다시 그런 곳으로 돌려 보낸다는 것은 아무 보람도 없는 일일 것이었다. 그러니까 류촌에 가서 새로운 혈통을 물려 받으면 더욱 좋아질 것이다. 땅은 넓고 기후는 맑아, 사람의 마음까지 생동케 할 것이니까. 사람들이 많이 모이는 그곳에도 젊은 사제 한 사람이 있었으면 좋을 텐데…….

안셀모 밀리에게 건의해서 한 사람 파견해 달라고 해보아야겠군. 파견이 이루어질 때까지는 성가시도록 끈질기게 편지를 내야겠어.

그날 밤, 흥분과 그리고 합동결혼식을 올린 탓으로 피로가 겹쳤다. 이런 집단을 합동 결혼시키는 일이란 결코 쉬운 일이 아니며, 게다가 중국 말로 축사를 읊으면 목소리가 괴상하게 되고 마는 것 같다. 매사에 흥이 나지 않는 것도 모름지기 육체적 반동이 아닐까. 지금은 매우 휴가가 절실하다. 머리가 활동이 좀 둔해진 듯도 하다. 피스크 부처는 늘 해오던 것처럼 6개월간의 휴가를 얻어 버지니아에 살고 있는 아들에게로 갔다. 그 두 사람이 없으면 왜 이다지도 쓸쓸한지……그들과 교대로 온 에즈라 살킨스 목사는 '이렇게 정답고 고상한 이웃을 가진 당신은 행복한 사람입니다.' 하고 말해 주었으나 사실 에즈라목사는 정답지도 고상하지도 않다. 늘 명랑한 얼굴을 하고 있으나 거인이며, 로우터리 클럽식의 악수를 하고, 웃을 땐 흡사 막 녹기 시작한 라드같이 번질거리는 얼굴이다. 게다가 이쪽 손가락 뼈가 소리가 날 만큼 꽉 잡고는 '도와드릴 수 있는 일이라면 무슨 일이든 하겠습니다. 무엇이든……' 하고 큰 소리로 인사를 하곤 하는 사람이었다.

언젠가 피스크 부처를 류촌으로 초대하고 싶다. 그렇다고 해서, 그 얘기까지 에즈라 목사에게 말할 필요는 없겠지. 그 사나이는 60초 이내에 리비에로 신부의 무덤에 '형제여, 그대는 구원받았는가?'라고 쓴 포스터를 써 붙일지도 모를 일이니까. 아니, 이래서는 안 되겠다. 아무래도 나는 마음이 비뚤어져서 괴상하게 변한 것 같군. 메시 메리가 결혼 잔치 때 저 오얏파이를 먹인 탓인지도 모르겠군…….

오늘은 참으로 즐겁다. 왜냐하면 1922년 6월 10일에 부친 긴 편지인 즉 마리아 베로니카 원장한테서 온 것이다. 그 사람의 생활에도 많은 변화가 있는 모양이다. 전쟁의 시련으로부터 휴전의 굴욕을 겪어야 했으나, 이번에야 로마의 시스티나 수도원의 원장에 임명되었다니 이제 겨우 인정받은 셈이군. 거기는 수도회가 창립된 곳이기도 한데, 크르소 거리와 퀴리나레 언덕 사이의 비탈에 옛부터 훌륭한 건물이 서 있으며, 사포레리나의 아름다운 12사도의 성당이 내려다보인다고 한다. 그런 수도원의 원장이란 최상급이라 할 수 있는 중요한 지위지만 그 사람에게는 그만한 실력이 있으니까 당연한 일이고말고. 그녀도 지금은 만족하고, 평화로이 지내고 있는 모양이다. 이 편지는 내가 오랫동안 동경의 대상이었던 성도(聖都)의 향기를 더욱 깊이 흔들어 놓았고(이건 꼭 밀리의 입버릇 같군), 로마행을 결심하고 계획을 세웠을 정도였다.

이미 두 번이나 연기되었지만, 그 휴가를 이번에 얻게 된다면 어떻게 해서든지 로마를 방문하고 성 베드로 대성당의 모자이크 바닥을 거닐어 보고, 그 기회에 마리아 베로니카 수녀까지 만나볼 작정이다. 지난 4월에 안셀모 밀리가 타인카슬 대성당의 주임사제로 임명되었다는 소식에 나는 즉각 축하편지를 냈었고, 그 회답 속에서 안셀모는 6개월 안으로 보좌신부를 파견해 줄 것이며, 또 해가 바뀌기 전에 내가 그토록 원하고 있는 휴가도 주게 될 것이라는 보장을 해주었다.

나 같은 사람에게도 이런 행복한 앞날이 기다리고 있다는 것은 온몸을 기쁨으로 넘치게 하는 일이 아닐 수 없다. 그런데, 이번에는 전과 달리 정말로 저금을 해야겠다. 옛날 벽돌을 굽던 때처럼 엉덩이를 기운 바지를 입고서야 그 멀리까지 찾아가서 열두 사도의 으리으리한 이름이 붙은 수도원장의 면회를 신청할 수는 없는 일이고, 그렇게 되면 베로니카 수녀까지도 기가 막혀 할 테니까…….

1923년 9월 17일. 숨도 제대로 쉴 수 없으리만큼 흥분의 상태다. 오늘 새로 신부가 도착한 것이다. 이윽고 나에게도 동료가 생기다니! 너무나 고마워서 정말이라고 여겨지지 않을 정도다.

안셀모 밀리의 첫 편지에 의하면, 죽은깨가 다닥다닥 있고 엷은 브론드 머리에 튼튼한 스코틀랜드 청년이라도 오는가 했더니, 그 다음의 편지로는 북경에서 신학교를 나온 중국인 사제를 파견한다고 되어 있었다. 나는 성당 가족 모두들에게 장난을 하고 싶어져서, 어떤 신부가 오게 됐는지는 일체 언급을 하지 않았다. 모두들 몇 주일 전부터 모이기만 하면 본국에서 오는 젊은 신부에 대한 이야기들만 나누는 듯했는데……. 클로틸드 수녀와 말따 수녀는 수염을 기른 프랑스인이 와주기를 고대했고, 원장 수녀인 메시 메리는 아일랜드인이었으면 해서 특별히 기도까지 드리는 모양이었다. 그러던 중 정작 사제가 도착하자 아일랜드인 특유의 혈색 좋은 얼굴의 원장이 가엾게도 자색으로 질려 황급히 내 방으로 뛰어들어왔다. '신임 신부는 중국인이로군요.' 하는 것이었다.

하지만, 체구는 작지만 똑똑한 주(周) 신부는 상냥하고 조용한 성격이었으며, 중국인의 찬탄할 만한 특성인 그 깊은 사색적 생활에서 오는 깊은 신앙심을 지닌 훌륭한 사람이었다. 나로서는 센샹에 자주 가보진 못했지만, 그곳에 가서 몇몇 중국인 신부를 만날 때마다 깊은 인상을 받곤 했었다. 좀더 현학적으로 말하자면, 그런 우수한 사제 중에는 공자의 예지와 그리스도의 덕을 함께 겸비해 지닐 수 있다고 생각하는 사람도 있었다.

이렇게 해서 나도 내달에는 로마로 출발할 수 있게 되었다.……19년 동안 일하고 이번이 처음으로 맞는 휴가인 것이다. 마치 학기말이 되어서 책상을 탕탕 두들겨대며 다음과 같은 노래를 불러대던 호리웰 신학교의 학생 같은 기분이 들기도 한다.

'앞으로 두 주일만 지나면 우리는 이 탄식의 문에서 해방되리라.'

마리아 베로니카 수녀는 맛있는 생강 조림을 좋아했는데, 이제는 그 맛을 잃어버렸을까. 선물로 그 생강 조림 한 통을 갖다 주고 싶군. 아무래도 지금쯤은 마카로니를 더 좋아할지도 모르지만……. 인생은, 참 좋은 것이다. 창 밖을 내다보니 약간의 상나무들이 바람에 흔들리는 것이 흡사 기쁨에 떨고 있는 듯 보인다.

오늘은 상해에 표를 의뢰하는 편지를 써야겠다. 만세!

1923년 10월. 어제 온 전보로 인해 나의 로마행은 취소해야만 되었다. 지금 나는 저녁 산책에서 돌아오는 길이다. 강가에 서서 안개 속에서 뜸부기를 이용해 고기를 낚고 있는 장면을 나는 오랫동안 지켜 보았었다. 그렇게 고기를 잡고 있는 사람이 슬퍼 보인 것인지, 아니면 그것을 바라보고 있는 내 마음이 양회색으로 젖어 있었던 탓인지, 아무튼 슬픔이 앙금처럼 가라앉고 있었다. 매우 커다란 뜸부기의 목에는 먹이를 삼키지 못하도록 나무를 끼워 놓았었다. 그래도 뜸부기는 아무것도 알아차리지 못한 듯 뱃전에 웅크리고 있다가 별안간 물 속으로 풍덩 뛰어들어서, 커다란 부리를 휘저어서 파닥거리는 고기를 물 위에 내놓았다. 자유롭지 못한 목으로 먹이를 어떻게 할지 몰라 떨면서……. 이윽고 뜸부기는 물고 있던 고기를 사람에게 빼앗기고는 슬픈 듯이 고개를 휘젓지만 곧 이 기억은 잊어버리는 듯 또다시 뱃전에 웅크리고 앉아 새로운 먹이를 기다리는 모습을 지켜보는 내 기분은 더욱 암울해졌다. 온 육신도 무겁게 내려앉는 듯했다. 회색으로 어두워가는 물가에 자라 있는 잡초들이 강건너에서 불어오는 밤바람에 어지러운 물결을 일으키고 있었다. 내 생각은 이상하게도 그렇게 가고 싶던 로마가 아니라, 티드사이드의 깨끗하고 잔잔한 물에 맨발을 담그고 연어를 잡으려고 버들로 만든 낚싯대를 던지던 옛날로 돌아가고 있었다.

근래에 와서는 웬지 소년시절의 추억에 잠겨 있을 때가 점점 더 많아졌다. 그 추억은 어찌나 뚜렷한지 마치 어제의 일처럼 여겨지기도

했다. 이것이야말로 늙어가는 확연한 증거가 아닐까. 더구나 소년시절의 사랑인 저 노라에 대한 사랑을―좀처럼 믿을 수 없지만―다정한 그 사랑에 아직도 미련이 남은 것 같은 느낌이며, 꿈에서까지 그 사랑을 보는 것이다.

아마 지금 내 마음이 실망으로 인해 감상적인 기분에 사로잡혔는지도 모른다. 이런 일들은 곧 잊어지겠지만, 그 전보가 도착되었을 때는 매그 할머니의 말투는 아니지만 정말 견딜 수 없는 마음이 되었다.

이젠 완전히 돌이킬 수 없는 추방을 당했다는 체념마저 갖게 되었었다. 유럽으로 돌아가면 선교사의 마음이 동요를 일으킨다는 말도 옳을는지도 모른다. 결국 우리 선교사들이란 자기 자신을 전부 바친 사람들이고, 은퇴 따위는 있을 수도 없는 것이다. 나는 내 일생을 이곳에 묻겠다. 그리고 마지막에 가서는 윌리 탈록이 잠들어 있는, 저 스코틀랜드의 혼이 묻혀진 곁에 묻어 달라고 말해 놓자.

이번 로마 여행이 나보다는 안셀모에게 더 필요하다고 하니(그건 핑계이긴 하지만) 옳다는 생각이 들기도 한다. 포교단의 자금이 두 사람에게 여비를 지불할 정도로 넉넉하지 못하다는 것도 사실일 테니까. 그러면 교황에게 그의 전도 사업의 진전 현황을 훨씬 유리하게 보고할 수도 있을 것이다. (그는 우리들 선교사들을 군대라고 부르기도 하지만…….) 내 혀는 굳어져서 잘 놀려지지 않으나, 그의 혀는 인기 절정에 올라 자금조달 문제나 해외포교단 전체를 요리할 수 있는 것이다. 그는 편지로 자기의 행동반경 모두를 세밀히 적어 주겠다고 약속했다. 즉, 로마 구경은 그가 대신 해주고 나는 상상으로 교황을 알현하고, 마리아 베로니카 수녀를 만나는 셈이 된다. 안셀모 밀리는 단기 휴가를 마닐라에서 지내면 어떻겠느냐고 건의해 왔는데, 아무래도 그런 기분이 내겐 일어나지 않는다. 그 번화한 거리에서 괴로움을 받아가며 보잘것없는 사나이가 홀로 항구의 주위를 헤매면서 폰티나(로마 근교에 있는 언덕)에 올라간 기분을 맛보려 한다는 건 스스로 생각해도 조소가 머금어질 일이다.

그로부터 한 달 후, 주 신부는 류촌에 무사히 정주하고 우리의 전서 비둘기는 신의 사도처럼 왕복하고 있었다. 나의 계획이 이처럼 훌륭하게 실천되고 있음을 되새기면 참으로 기쁜 일이 아닐 수 없다. 안셀모가 교황을 알현할 때 신 외에는 그 누구도 모르고 있을 이 거대한 황야의 계곡에, 보물처럼 숨겨진 작은 마을에 대해서도 얘기해 줬으면 좋겠다.

1928년 11월 22일. 숭고한 이 체험을 일상적인 언어 따위로 어떻게 표현할 수 있단 말인가. 내 무딘 붓으로는 도무지 그런 격정을 살리지는 못할 것이다. 어젯밤 클로틸드 수녀가 세상을 떠났다. 죽음이란 것에 대해서 나는 이 불완전한 삶의 기록에서는 별로 되새겨 본 일이 없다. 1년 전에 폴리 아주머니가 타인카슬에서 잠자듯 세상을 떠났다는—고령이기도 했으나, 임종이 편안했다는 것은 착하게 한평생을 살아간 대가이리라.—눈물이 얼룩진 쥬디의 편지가 내 손에 전달되었을 때에는 나는 다만 일기에 '폴리, 1927년 10월 17일 영면하다'라고만 적었을 뿐 아무런 감상도 쓰지 않았었다. 생전에 선량했던 사람의 죽음에는 어떤 불가피한 필연성을 느끼지만, 그렇지 않은 사람들도 있으므로 나같이 건강한 늙은 사제로 마치 하늘의 계시를 받기나 한 듯이 놀라는 일이 있는 것이다.

클로틸드 수녀의 증세는 가벼운 것으로만 여기고, 그저 며칠간 누워 있었다. 그런데 어느 날 밤 12시가 지났을 무렵, 나를 깨우러 온 사람을 따라가 보았을 때 그 갑작스런 증상에 나는 매우 놀랐다. 곧 죠셉의 장남인 요수에를 시켜, 급히 피스크 박사를 모시고 오도록 일렀으나 수녀는 그런 일을 하지 말아달라고 나를 만류했다. 그리고 그녀는 벌써 무언가 예감하고 있는 듯한 의미 있는 미소를 지으며, 심부름은 갈 필요가 없다고 요수에에게 말했다. 그 음성은 나직했으나 별로 고통을 느끼고 있는 것 같지는 않았다.

몇 년 전인가, 무슨 까닭인지 그녀가 크로다인을 마시려 했을 때 냉혹하게 나무란 일이 새삼 떠오른다. 나는 후회로 울고 싶을 정도였다. 그 일만이 아니라 해도 나는 솔직이 말해서 클로틸드 수녀를 이해해 오지 못했었다. 언제나 무엇엔가 늘 쫓기고 있는 듯한 그녀의 불안한 얼굴은 호감을 줄 수가 없었던데다가, 그녀의 말이나 처세는 민망할 정도로 부자연스럽고 우스꽝스럽기까지 했으므로 나는 사실 그녀의 곁으로 다가서는 것조차도 피해 왔는지도 모른다. 그러나, 그녀의 그 모든 것은 스스로도 어떻게 할 수 없는 정신적 질환에서 기인된 것이었다는 것을 나는 일찍이 알았어야 했을 것이다. 날 때부터 타고난 강한 수치심과, 그래서 항상 주위 사람과 자신에게까지 초조와 불안을 느끼고, 그 때문에 생긴 신경병적인 적면 공포(赤面恐怖)는 그녀를 죽도록 괴롭힌 것이다. 그러나 그녀는 그것을 극복해 내려고 남이 모르는 정신적인 고투를 겪으며 열심히 싸워 온 것이다. 때문에 언제나 피곤하고 허약해 있는 그녀에게 주위 사람들은 따뜻하게 이해해 주었어야 했을 것이다. 게다가 그녀의 내면적인 승리까지도. 하지만 우리는 실제로 표면에 드러나는 패배자의 불안감을 멀리서 가깝게 바라보았을 뿐이다.

한데 그녀는 1년 반쯤 전부터 만성 위궤양에 의한 악성 육종(肉腫) 때문에 고통을 받아왔다. 피스크 박사로부터 불치의 병이라는 진단을 받았을 때, 그녀는 다른 사람에겐 비밀에 붙여 달라고 신신당부를 했고, 그때부터 더욱 무겁게 느껴지는 육체적인 고통과 고독한 싸움을 시작했던 것이다. 방에 내가 갔을 때에는 이미 출혈의 전조를 보여 가망이 없는 듯했다. 그런데, 이튿날 아침 두 번째의 출혈이 있은 뒤 그녀는 정말 조용히 숨을 거두었다. 그 동안에 나는 그녀와 대화를 나눌 수가 있었다. 그러나 그 이야기만은 내 일기에도 기록할 수가 없는 것이다. 아직도 그녀를 이해하지 못한 사람들에겐 아무 의미도 없는 토막이 될 것이고, 또한 진실을 모르는 사람들에게는 조소의 대상이 될지도 모르니까…….

우리들 모두는 비탄에 빠졌다. 특히 말따 수녀가 심했다. 나와 같이 몹시 튼튼한 말따 수녀는 필시 오래 살 것이다. 가엾은 클로틸드! 아무 두려움도 없이 조용하게 죽음을 받아들이고 평화롭게 잠든 얼굴에서 나는 몸도 마음도 희생의 제물로 아낌없이 바치고 싶어한 갸륵한 사랑의 인간을 본 것이다. 그리고 자연으로 돌아간 고고한 인간을.

1929년 11월 30일. 오늘 죠셉의 다섯 번째 아기가 태어났다. 세월은 얼마나 빠른 것인가! 수줍음을 타는 듯하면서도 수다스럽고, 화를 잘 내며 용감한 소년이던 죠셉이 이렇게 의젓한 가장이 되리라고 누가 알 수 있었겠는가. 단것을 좋아한 것으로 미루어 뚱뚱해진 건 당연한 일이지만, 그는 뚱뚱한 풍체의 의젓한 중년이 되었다. 아직도 여전히 남의 시중들기를 좋아하고 아내에게 친절하지만, 그러나 다소 오만한 점이 있어서 내게 반갑지 않은 손님이라도 오면 얼마나 무뚝뚝해지는지 나도 깜짝깜짝 놀랄 때가 있곤 했었다.

1주일 후. 이 마을의 뉴스를 좀더 부연하자면, 챠 씨의 예장용(禮裝用) 구두가 만주문에 모셔졌다. 이 지방에서는 이 일은 대단한 영예를 나타내는 것이니…… 이 늙은 벗을 위해 아낌없이 축하를 하고 싶다. 그는 근엄하나 명상적이고 관대한 성격을 가졌으며, 항상 진(眞)과 미(美)를 위해 자기의 생애를 일관시켜 온 것이다.

어제 우편물이 왔다. 밀리의 로마 방문에서 대성공을 예측한 것은 아니었으나, 그가 고위 성직에 취임하리라는 것쯤은 나도 그 전부터 알고는 있었다. 그런데, 그의 업적에 광휘를 다하는 해외포교 사업은 바티칸으로부터도 정당한 포상을 받은 것이다. 지금은 타인카슬의 새 주교다. 남의 출세를 허심탄회하게 보는 것처럼 어려운 일은 또 없으리라. 그 눈부심에 내 눈은 어두워지기만 한다. 또 사실 나이를 먹어감으로 해서 내 눈은 오래전부터 먼 곳을 보지 못하고 있는 실정이기도 하다. 그러니까 밀리의 영광이 새삼스럽게 마음에 걸릴 리도 없다. 그 본인은 얼마나 기뻐하고 있을까를 생각하면 오히려 반가울 정도다. 질투라는 것만큼 증오해야 할 것은 없다. 패배자라도 하느님을 소유하고 있는 한 세상 전부를 소유한 것임을 항상 명기해야 할 것이다.

내가 아량이 있는 인간이라는 것만은 인정받고 싶다. 하지만, 이건 내가 뛰어나게 관대한 인간이란 뜻이 아니다. 단순히 밀리라는 인간과 나의 차이랄까……분수에도 맞지 않은 주교 자리를 흠모한 내 어리석음을 깨달았다는 것에 불과한 것이리라. 그와 나는 꼭 같은 지점에서 출발했으나 밀리는 어느 사이에 나와 멀찍이 떨어져 갔다. 그는 훌륭한 재능을 아낌없이 발휘하여 지금은 〈타인카슬 클로니클〉지(紙)에 소개되었듯이 '훌륭한 언어학자며, 훌륭한 음악가며, 교구내의 예술 및 과학의 보호자로서 많은 세력 있는 유지들을 친구로 가지고 있다.' 하지 않는가. 그는 정말 행운아임에 틀림없다. 아무 변화도 없는 평범한 내 생애 가운데는 여섯 명의 벗들이 있는데, 그나마 한 사람을 빼고는 모두 신분이 아래인 사람들뿐이다. 밀리에게 축하의 편지를 띄워야겠다. 하지만 우정을 방편으로 승진을 바라는 따위의 의사는 추호도 없다는 것을 밝힐 필요도 있겠다. —안셀모 만세! —그건 그렇고, 밀리, 자네는 자네의 인생을 얼마나 훌륭하게 살았는가. —나는 내 인생을 얼마나 허비해 왔나 하고 생각하면 역시 마음이 슬퍼지는 걸 막을 수가 없다. 나는 하느님을 믿고 의지하며 전심전력을 다한다고 했으나, 얼마나 심한 장애에 부딪쳤고 또 실패를 거듭했는가—알 수가 없는 일이다.

1929년 12월 30일. 지난 한 달 동안은 일기를 쓰지 못했다. 쥬디에게 편지를 받은 후부터가 된다. 고국에서 일어난 일.……그리고, 이곳에서 내 마음속에 일어난 일들을 기록할 여유가 없었던 것이다.

요즘 나는 귀양살이 같은 내 생애가 마지막에 도달했다고 여기며 아무 혼란 없이 조용한 체념의 세계를 가졌다고 득의의 마음을 가졌었다. 그래서 2주일 전 어느 날 나는 매우 흔쾌한 감정으로 지난해에 매입한 강가의 논 네 마지기와 뽕나무밭 앞에 만든 가축장, 말 사육장 등 제법 늘어나게 된 성당의 재산들을 돌아보고 나서는 성탄 마조(馬槽 : 아기 예수가 태어난 곳을 나타내기 위한 마구간.)를 만드는 아이들을 도와주려고 성당으로 들어갔다. 특히 나는 이런 일을 좋아하는 것이다. 좀 이기적인 생각일지는 모르지만 이건 억압된 부성본능(父性本能)이라고나 할까, 아니면 자신의 일생을 바친 것에 대한 슬픈 정도의 집착에서 오는 것이랄까, 아무튼 아이들에 관한 나의 집착은 이상할 정도로 유난스럽다. 사랑하는 예수아기는 물론이려니와, 이 성 안드레아 성당에 내버려지거나 모아들인 아이들이거나 아무리 가엾게 버림받은 황색 아이들일지라도 내게는 더할 수 없이 귀엽고 소중스러운 것이다.

우리는 멋지게 마조를 만들고, 지붕 위에는 솜으로 하얀 눈을 꾸미고 소와 당나귀도 만들어 넣을 참이었다. 그리고 색색의 작은 램프를 매단 전나무가지 꼭대기에 아름다운 수정 별을 달아매서는 아이들을 기쁘게 해주리라 생각했었다. 아이들이 기쁨으로 서로 바라보며 흥분들을 해서 재잘거리는 소리를 듣고 있으면 나도 아주 어린 시절로 돌아간 듯이 즐거운 기분이 되는 것이다. 그리고, 전 세계의 그리스도 교회가 제각기 성탄의 마조를 꾸미고, 아기예수 탄생의 축하 잔치를 벌이고 있을 경건한 광경도 내 마음속에는 훤하게 떠오르는 것이었다. 크리스마스는 그리스도 신앙이 아닌 사람들에게도 인류의 아들을 낳은 어머니에 대한 잔치로써 적어도 흐뭇한 마음이 될 것은 틀림없다.

그 때 큰 사내아이가 원장 메시 메리의 심부름으로 전보 용지를 가지고 달려왔다. 나쁜 소식이란 무엇보다도 빨리 도착하는 법이다. 그러니까 지구의 저편에서 일어난 일인데도 이처럼 빠르게 온 것이다. 전문을 읽는 중 내 안색이 변한 탓일까. 가장 어린 계집아이가 별안간 울음을 터뜨렸다. 내 가슴에 켜졌던 불길은 순식간에 꺼졌다. 쥬디의 소식으로 인해 내가 이렇게도 극심한 타격을 입었다는 것이 어이없게도 생각되었다. 확실히 그럴 것이었다. 쥬디는 내가 파이탄으로 출발할 때는 고작 10대 소녀에 불과했고, 그 동안 잊어버렸을 법도 한 아이였다. 하지만 그렇지 않았다. 적어도 내 마음속으로는 그녀와 생활을 함께 해오고 있었던 것이다. 여간해서 받아 볼 수 없는 그녀의 편지였으나 어쩌다가, 가뭄에 콩나듯이 오는 편지는 묵주와 함께 늘 내 곁에서 떠나지 않았었다.

유전적 운명처럼 쥬디는 자신마저도 무엇을 원하는지, 어떤 방향으로 나가야 되는 건지조차 깨닫지 못하고 살았던 것 같다. 폴리 아주머니가 곁에서 지켜주었을 때는 그래도 그 변덕스러운 성격이 어느 정도는 가라앉아 있었다. 전시 때에는 다른 젊은 여자들처럼 군수공장에서 일했고 급료도 꽤 많았으므로 그런대로 행복했던 모양이다.(지금도 나는 아주 기쁜 듯이 편지를 보내주었던 당시를 잘 기억하고 있다. 털 외투와 피아노도 사들였다는 이야기도 했었다.) 전시의 긴박한 공기가 그녀의 급한 성격을 어느 정도 완화시켜 직장도 충실히 나갈 수 있었던 것이다. 아마 그 기간이 그녀의 생애에서 가장 좋은 시기였던 것 같다. 드디어 전쟁이 끝났을 때 그녀의 나이는 이미 30 고개를 넘고 있었고, 취직할 자리도 마땅치 않는데다가 일할 의욕도 상실해 버려 폴리 아주머니와 둘이서 타인카슬의 조그만 아파트에서 조용히 살았었다. 나이도 들었으니 이젠 철도 들었으려니 하고 주위 친척들은 안심하고 있었다.

그런 쥬디는 어렸을 때부터 이성(異性)에 대해서는 묘한 불신을 가지고 있어서 결혼 같은 것에는 전혀 마음에도 두지 않았다. 그러다가 40줄에 들어섰을 때에 폴리 아주머니가 죽었으므로 새삼 결혼을 하리라곤 아무도 생각하지 못했다. 한데, 폴리 아주머니의 장례를 치른지 3개월도 지나지 않아 쥬디는 결혼을 했고 또 곧 버림을 받았다.

여성 갱년기 전에 일어나기 쉬운 고비를 쥬디는 잘 못 넘긴 것이다. 사실 그녀는 동물처럼 걷잡을 수 없는 성격이었다. 폴리 아주머니가 쥬디에게 남겨 준 유산은 2천 파운드쯤 되었으므로 검소하게 살아가기에는 넉넉한 돈이었다. 그러나 스카보루의 아파트에서 만났다는 그녀의 남편이 재산을 활용하려면 자기 명의로 고치는 것이 좋다는 꾀임에 빠져 버려 그 돈은 깨끗이 사라져 버렸다. 이런 따위의 얘기는 세상에 흔한 것으로 그야말로 빅토리아 왕조(영국이 가장 강대하게 발전하던 19세기에 문학은 사실주의를 배척, 유머와 센티멘탈리즘과 도덕적 경향으로 흐름.) 시대의 걸작소설로 만들어져서 속기 쉬운 인간의 우매함을 유머러스하게 묘사하여 많은 사람들을 웃길 수 있었을는지도 모른다. 하지만 현실적으로 당면한 사람들에겐 그렇게 간단하게 일소에 붙일 일이 아닌 것이다. 이 모든 사실의 결말은 성탄 마조 앞에 있던 내 손 안에서 겨우 열 마디로 씌어진 간단한 전보로 막을 내렸다. 쥬디는 그 허황한 결혼으로 아이를 갖게 되었는데, 그 아기를 낳자 그만 이내 목숨의 불을 꺼 버렸다는 것이다.

돌이켜 보면 모순투성이인 쥬디의 생애는 조금도 보람을 찾을 수 없었고, 그러므로 시종 어두운 운명이 뒤따르고 있었던 것 같다. 그녀는 자신의 죄 탓이 아니라(죄라는 말을 나는 아주 혐오하고 믿지도 않지만) 인간의 약함과 어리석음을 보여주기 위해서만 이 세상에 왔다가 가버린 생각이 든다. 그녀는 지상에 존재하는 우리가 공동으로 지니고 있는 어두운 약점의 슬픈 증거였다고 해도 과언은 아닐 것이다. 또 그녀와는 다르지만, 본질적으로 같은 슬픔을 지닌 인간의 비극은 영원히 되풀이될 것이다.

내게는 불행하게 남겨진 쥬디의 영아를 냉정한 입장에서 생각할 여유가 없다. 쥬디를 간호해 주었던 사람이라고 생각되는(쥬디의 죽음을 알려 온) 여자 외엔 그 아기를 돌보아 줄 사람도 없으리라. 어떤 류의 여자란 것도 쉽게 짐작은 간다. 궁지에 몰려 밝지 못한 생활을 하고 있는 여자들 중의 한 사람일지도 모를 일이다. 곧 답장을 해주어야 한다. 저축액이란 조금 뿐이지만, 물론 그 돈도 보내주어야겠다. 우리는 청빈(清貧)을 감수한다고 맹세는 했어도 인생이 우리에게 주고 있는 커다란 의무감을 잊고 이상하게 이기적이 되어 버리곤 한다. 가엾은 노라…… 가엾은 쥬디…… 아직 이름도 없는 가엾은 갓난아기……

1930년 6월 19일. 초여름의 태양이 내리쬐는 빛나는 날이다. 오후에 받은 편지가 내 마음을 다소는 가볍게 해주었다. 아이의 세례명은 이 교회의 이름을 따서 안드레아라고 했단다. 그 소식을 읽고 나서 나는 마치 그 어린아이의 할아버지라도 된 것 같은 기분이어서 웃음이 나왔다. 이젠 어쩔 수 없이 이 관계의 끄나풀에 묶여 버리고, 이 끄나풀은 항상 내 어깨에 걸려 있을 것이 분명하다. 아이의 아버지는 행방을 감추었지만, 사실 나는 그를 그다지 찾아내고 싶지는 않다. 매달 얼마 만큼의 양육비만 보내준다면, 이 미세스 스티븐스라는 여인은 별로 나쁜 사람 같진 않으니까 안드레아를 돌봐줄 것이다. 또 웃음이 나온다. 성직자로서의 내 경력은 우스꽝스러운 일로만 가득 차 있는데……이젠 또 8천 마일이나 멀리 떨어져 있는 아이까지 양육을 맡아야 하다니……내 인생은 더욱 기묘한 종말을 장식하려는 모양이다.

가만히 생각하니 '성직자로서의 경력'이란 내 아픈 곳을 건드리는 말이다. 전날 피스크 박사와 여느 때처럼 토론을 벌이다가 화제가 '연옥'이라는 문제에 이르렀을 때 내가 이길 것 같으니까 피스크는 열띤 어조로 '당신은 꼭 회교도와 하이 앙그리칸(영국 국교내의 고교회파(高敎會派)로 가톨릭의 전통은 중히 여기나 로마 교황을 인정치 않음.)을 짬뽕해 놓은 것 같은 소리만 하는구려.' 하고 공박했었다. 그 말에 나는 정신이 번쩍 들었다.

내 말투는 아마 나의 환경과, 그리고 좋아하던 그 다니엘 그레니 외조부에게서 짧은 기간이었으나 받은 영향이 나를 걷잡을 수 없는 자유주의자로 만들어 버린 게 아닐까. 나는 내가 물려받은 종교를 사랑하고, 또 그것을 30년 이상이나 최선을 다해 가르쳐 왔다. 또한 그 일은 온갖 기쁨과 영원히 마르지 않을 감미로운 생의 원천으로 나를 이끌어 주었다. 그리고 이런 곳에 오래 격리당하고 보니 나의 신앙도 세월에 따라 점점 단순해져서 정화되어 버린 것 같다. 교의(敎義)에 관한 복잡한 이론은 점점 흐려져 갔다. 솔직이 말해서 인간이 금요일에 고기를 먹었다고 해서 영원히 타는 불구덩이에 던져진다니 나로서는 믿어지지 않는 일이다. 그보다는 근본적인 것을 알고 있다면(다시 말해서 신에 대한 사랑이라든가, 이웃에 대한 사랑 등) 그것으로 족한 것이다. 그리고 무엇보다도 이때야말로 온 세계의 교회가 서로 질시를 버리고 하나가 되어야 할 시점이 아닌가 한다. 세계는 하나의 생명체로 호흡하며 살아 나가고, 건강은 그것을 구성하고 있는 수십 억의 인간이라는 세포에 의해 존재되고 있는 것이니 그 하나하나의 작은 세포인 인간의 마음들이 잘 어울려야 할 것일진대…….

1932년 12월 15일. 오늘로서, 이 전도관의 수호성인의 이름을 받은 그애가 세 살 되는 날이다. 즐거운 생일이 되려무나. 그리고 티드사이드의 버리 과자점에다 편지로 부탁했던 타피이를 너무 과식하지 않도록.

1935년 9월 1일. 오오 주여, 나를 어리석은 노인이 되게 하지 말아

주옵소서. ……이 일기는 아직 만난 적도 없고 이후에도 볼 수 없을 것 같이 생각되는 어린아이의 단순한 기록으로 변해 가고 있는 것 같다. 나의 귀국은 불가능할 것 같고, 그애도 여기에 올 도리가 없지 않은가. 아무리 내가 고집쟁이고 바보 같은 말을 지껄였다 해도……그러나 사실은 피스크 박사에게 의논해 보았었다. 역시 이곳 기후로는 영국의 어린아이는 위험해서 부르지 않는 것이 더 좋겠다는 얘기를 듣지 않았던가.

정직하게 말하자면, 걱정이 되어 죽을 지경이다. 몇 통인가 미세스 스티븐스가 보낸 편지를 보면 점점 더 생활이 어려워지는 모양이다. 거주지를 옮겨 커크브릿지로 이사를 갔다는데, 그곳은 맨체스타 근처로 그리 분위기가 좋지 않은 솜공장이 모여 있는 곳 같다. 편지 글들이 달라지고 있는 것으로 미루어, 저쪽에서는 안드레아보다 이쪽에서 송금하는 돈이 더 중요한 것이 아닌가 하는 생각도 든다. 어쨌든 그곳 본당 사제는 그녀를 좋은 성격의 여인이라고 말하고 있으며, 여태까지는 별다른 일은 없었다.

이건 모두 내 탓이다. 물론 안드레아를 시설이 좋은 가톨릭 고아원에 보내 버리면 앞날에 대한 걱정도 없을 것이다. 그러나, 무슨 까닭인지 그애만은 내 피붙이같이 여겨지고 옛날에 가 버린 사랑하는 노라의 살아 있는 생명처럼 여겨져서, 그런 일은 할 수가 없고 또 하고 싶지도 않은 것이다. 아마 이것도 전부터 괴벽스럽던 내 성격 탓이겠고 그 괴벽이 교회의 차가운 관료주의에 반항하는 것인지도 모르나……만일 그렇다면 나도 안드레아도 이 고립의 종말을 감수하지 않으면 안 될 것이다. ……우리는 하느님의 수중에 있으며, 그 아이도……장래도…….

치셤 신부가 또다시 페이지를 넘기려고 할 때 경내로 말발굽소리가 들려왔다. 이 귀중한 몽상을 깨뜨려 버리기가 싫어서 말발굽소리가 그대로 지나치기를 바랐다. 하지만 그 소리는 점점 더 가까이 다가오고 활기 있는 목소리까지 곁들여서 들려오는 것이었다. 그는 어쩔 도리가 없게 되었다는 듯 새로운 페이지를 펼쳐 펜을 들어 몇 줄 쓰기 시작했다.

1936년 4월 30일. 지금 곧 주 신부와 피스크 부처가 함께 류촌으로 출발할 참이다. 어제, 주 신부가 천연두 같다면서 젊은 목동 한 사람을 격리시켰는데, 어떻게 했으면 좋겠느냐고 상의하러 왔기 때문이다. 나는 곧 함께 가보리라고 결심했다. 좋은 말을 타고 새로 만든 길로 간다면 이틀 정도면 그쪽에 닿을 수 있다는 것이다. 그리고 또 피스크 부처에게는 전부터 우리의 모범 마을을 보여주겠노라고 약속했었으므로 이번 기회에 함께 가기로 결정한 것이다. 또 이번이 오래전부터 미루어 왔던 박사 부처와의 약속을 지킬 수 있는 마지막 기회이기도 하다. 부처는 이 달 말경에 미국으로 아주 귀국할 예정이 되어 있다. 벌써 두 분이 나를 부르고 있는 목소리가 들리는구나. 이 여행을 매우 기뻐하고 있는 모양이다.……가는 도중에 피스크 박사의 그 무례한 일에 대해서 보복을 해주어야지……. 나에게 회교승이라고 하다니…….

12

좁다란 계곡으로 둘러싸인 벌거벗은 산들의 봉우리 위로 태양이 넘어가고 있었다. 치섬 신부는 류촌을 떠나 말을 타고 일행들의 앞장을 달리면서, 병을 앓고 있는 목동을 위해 의약품과 주 신부를 남겨두고 온 생각이 머리에 가득 찼다. 그리고 성당까지 도착하려면 아무래도 하룻밤 야영을 해야겠다는 생각으로 모퉁이까지 왔을 때, 더러운 군복을 입고 허리에 소총을 찬, 머리를 숙인 채 걸어오는 세 사나이와 마주쳤다. 이런 일은 흔히 있는 일이었다. 성내에서도 비정규군이나 제대한 사병들이 밀입수한 무기를 휴대하고는 산야를 누비며 비적이 되는 자들도 많았다.

치섬 신부는 그들을 스쳐가면서 인사했다.

"당신들께 평화가 있기를……."

그리고 그는 일행이 따라올 때까지 걸음을 늦추었다. 뒤를 돌아본 그는 가슴이 철끔했다. 메소디스크의 전도관에서 데리고 온 짐꾼들과 그가 데리고 온 짐꾼들이 근심스러운 눈빛으로 안절부절못하는 게 보였기 때문이다.

"아무래도 와이츄의 부하 같은데요."

요수에가 작은 소리로 말하며 앞을 가리켰다.

"다른 사나이들도 또 오고 있군요."

프랜치스는 잔뜩 긴장한 얼굴로 뒤를 돌아보았다. 회녹색 군복을 입은 자들이 약 20명쯤 뿌연 먼지를 일으키며 가까이 다가왔다. 그외에도 으슥한 산길을 흩어져 오고 있는 자들도 20여 명은 훨씬 넘어 보였다. 그는 가만히 피스크와 눈짓을 했다.

"얼른 가 버려야겠군."

한참 가다가 그 무리들과 또 마주쳤다. 치셤 신부는 웃는 얼굴로 태연하게 말을 건네며 길 가운데로 말을 몰았다. 병사들은 자기들도 모르는 사이에 좌우로 길을 비키며 어이없어 하고 있었다. 말을 탄 한 병사가 프랜치스의 털투성이 작은 말을 막았다. 차양이 찌그러진 군모에 병장 계급장이 거꾸로 달린, 잘난 체하는 젊은 얼굴이었다.

"너희들은 누군데 길 한가운데로 가나? 어디로 가지!"

"우리들은 파이탄에 있는 선교사들이오."

치셤 신부는 말을 계속 몰면서 어깨너머로 조용히 대답했다. 피스크 박사 부처가 뒤를 바싹 따르고, 요수에와 짐꾼들이 차례로 달리고 있는 일행들은 더러운 군복으로 멍하니 쳐다보고 있는 군사들 사이를 거의 다 빠져나오고 있었다. 병장은 다소 의심을 품은 얼굴이었으나 그냥 가도록 내버려 두겠다는 생각인 것 같았다. 그리하여 간신히 위험이 끝나가고 있을 바로 그 찰나였다. 연장자인 짐꾼 한 사람이 마지막 군 행렬 사이를 빠져나올 때, 한 폭도가 총부리로 툭툭 건드리는 통에 완전히 공포에 휩싸여 비명을 지르며 짐을 내팽개치곤 숲 속으로 달아나기 시작한 사태가 벌어졌다.

치셤 신부는 노성이 터져나올 것 같았으나 간신히 삼켰다. 병사들은 짙어가는 황혼 속에서 일제히 숨을 죽이고 움직이지 않았다. 곧 이어 한 방의 총성이 울렸다. 그러자 모두들 따라 총을 쏘아댔으므로 적막하던 산은 순식간에 살벌한 싸움터처럼 변했다. 등을 굽히고 도망치던 짐꾼의 파란 옷자락이 숲 속으로 사라지자 "우리가 속았구나." 하는 분노의 소리들이 터져나왔다. 지금까지는 멍청하게 그들을 쳐다보던 병사들이 이젠 일행을 둘러싸고 격분해서 떠들어댔다.

"당신네들, 안 되겠어. 우리와 함께 가자구!"

병장의 태도도 싹 일변해 있었다. 그것은 프랜치스가 가장 두려워하던 반응이었다.

"우리는 보통 선교사일 뿐입니다."

피스크 박사는 화난 음성으로 항의했다.

"우린 아무것도 가진 게 없어요. 그리고 우린 모두 정직한 사람들이오."

"정직한 인간이 왜 달아나지? 그럴 필요가 없을 텐데? 총지휘관 와이츄 장군에게 가자."

"정말이라니까요."

"여보."

피스크 부인이 조용히 남편을 만류했다.

"그런 말씀 하신다고 알아주지 않아요. 오히려 귀찮아지기만 해요. 아무 소리 말고 가기로 해요."

군사들이 포위하듯 일행들을 둘러싸고 오던 길로 되돌아갔다. 5리쯤 갔을 때 젊은 병장은 서쪽으로 꾸부러져 자갈투성이로 울퉁불퉁한 마른 개천바닥을 따라 산중으로 들어갔다. 골짜기 깊숙이까지 갔을 때 군사와 치셤 신부의 일행은 걸음을 멈추었다.

그곳엔 더욱 초라한 군복을 입은 병사들이 1백여 명 가량 흩어져 쉬고 있었다. 담배를 피우는 사람, 말린 야자 열매를 씹는 사람, 또는 겨드랑이 밑에서 이를 잡아내거나 발에 묻은 흙을 털어내는 등 여러 가지 자세로 휴식을 취하고 있었다. 그 위, 모닥불을 쪼이며 편편한 돌 위에 걸터앉아 계곡의 거대한 바위에 기대어 저녁을 먹고 있는 사람이 와이츄였다. 그는 이미 쉰 살이 넘어 있었고, 살이 찐데다 배가 튀어나왔으며, 얼굴은 더 추하게 변한 모습이었다. 길게 자란 머리는 기름을 발라 늘어놓은 듯이 착 붙어 있었고, 앞가르마를 타서 양쪽으로 길게 늘어뜨리고 있었다. 또 미간은 찌푸리고 있었으므로, 사팔눈이 마치 실가죽이 찢어진 흠집처럼 더욱 가늘게 보였다. 앞니 입술에 탄환이 스쳐간 상처로 인해 더욱 험상궂어 보이는 얼굴이었다.

프랜치스는 퇴각하던 그날 밤, 성당문 옆에서 자기 얼굴에 침을 뱉던 한 사람의 얼굴을 똑똑히 기억할 수 있었다. 여태까진 줄곧 침착을 지켜 인내할 수 있었으나 지금 와이츄의 그 살기가 등등한, 도저히 인간의 눈이라곤 생각할 수 없는 무서운 시선을 가진 그 사나이가 이쪽이 누군지를 알아본 것 같다고 판단하자 그는 심장이 졸아드는 공포를 느꼈다.

병장이 일행을 끌고 올 때의 상황을 설명하고 있는 동안 와이츄는 눈썹 하나 까딱 않고 돼지고기가 든 쌀죽 그릇을 턱에 바짝 갖다 대고 계속 먹고만 있었다. 그때 병졸 두 사람이 도망쳤던 짐꾼을 질질 끌고 계곡으로 올라오고 있었다. 올라와서는 짐꾼을 모닥불이 있는 가운데로 걷어차 버리는 것이었다. 가엾게도 뒤로 손이 묶인 짐꾼은 와이츄의 바로 옆에 무릎을 꿇고 고꾸라져 버렸다. 그는 옆으로 고꾸라져서 무슨 말인지 알아들을 수 없는 소리를 공포에 질려 신음하듯 중얼거리고 있었다.

와이츄는 계속 먹고만 있었다. 이윽고 아무 생각 없는 표정으로 벨트에서 권총을 빼어들더니 그대로 방아쇠를 당기는 것이었다. 무언가 열심히 변명하려던 짐꾼은 와이츄가 쏜 총알을 맞고 그만 앞으로 푹 고꾸라지고 말았다. 사지가 꿈틀거리며 경련을 일으키더니 곧 잠잠해졌다. 총알에 부서진 머리에서는 붉은 것이 비지처럼 흘러나왔다. 갑자기 고막을 찢는 듯한 총성의 여운이 가라앉기도 전에 와이츄는 무심한 표정으로 다시 먹기 시작했다. 피스크 부인은 작은 비명 소리를 질렀다. 그러자 병사들이 모두 고개를 들어 피스크 부인을 흘낏 보았으나 곧 자기들이 하던 일을 계속했다.

짐꾼을 끌고 왔던 두 병사가 시체를 끌고 가더니 끈에 매단 동전, 구두, 옷 따위를 차근차근 가려내서 깨끗이 벗겨 버렸다. 프랜치스는 전신이 마비되고, 구토가 치미는 것을 간신히 참으며 새파랗게 질려 있는 피스크 박사에게 나직이 속삭였다.

"냉정을 찾으십시오. 아무 표정도 나타내면 안 됩니다. 그렇지 않으면 우리 모두 절망일지도……."

참혹하고 비정한 살인이 있은지라 질식할 듯한 무서운 공포를 억누르며 그들은 숨을 죽이고 있었다. 이윽고 두 번째의 짐꾼이 와이츄의 손짓에 의해 끌려나갔고, 그 짐꾼은 와들와들 떨며 발길에 채여 무릎을 꿇었다. 프랜치스는 또다시 살해당하지 않을까 해서 내장이 뒤틀리는 고통을 느꼈다. 그 때 와이츄가 일행을 돌아보며 큰 소리로 이렇게 말했다.

"곧 이놈을 파이탄으로 보내서 너희 친구들에게 너희들은 당분간 내 보호를 받고 있다는 걸 전해라. 이런 후한 대답에는 특별한 선물을 가져와야 하는 게 규칙이다. 글피쯤 내 부하 두 사람이 만주문에서 좀 떨어진 곳에서 이놈을 기다리게 하겠다. 이 짐꾼은 무슨 일이 있어도 혼자 돌아와야 한다. 그리고 이놈이 손수 그 특별한 선물을 가져오도록 해야 한다."

"우리를 잡아 가둬 봐야 아무 이익될 것도 없을 거요."

피스크 박사는 격분해서 입술을 떨며 말을 계속했다.

"재차 말하지만, 우리들에겐 당신들이 요구하는 재산 같은 건 없답니다."

"한 사람당 5천 달러를 요구한다. 그 이상은 필요 없어."

피스크는 파란 입술로 그나마 안도의 숨을 내쉬었다. 엄청난 거금이긴 하지만, 돈이 많고 그의 전도관으로서는 전혀 불가능한 일이 아니다.

"그럼, 내 아내도 저 짐꾼과 함께 가도록 해주시오. 내 아내라면 반드시 돈을 융통할 수 있을 거요."

와이츄는 딴전을 피웠다. 프랜치스는 박사가 너무 흥분해서 쓸데없이 떠들어대지나 않을까 걱정이 되었다. 그러나, 피스크는 휘청거리며 아내 옆으로 갔다.

짐꾼은 병사에게서 단단히 엄한 명령을 받은 후 뒹굴듯이 계곡을 뛰어내려갔다. 와이츄는 몸을 일으켜 부하들이 출발 준비를 하고 있는 사이에 자기 말쪽으로 걸어갔다. 말이 매여 있는 나무 옆에 벌렁 자빠져 있는 시체의 두 다리가 흡사 허깨비처럼 보였어도 그는 무표정한 얼굴로 말에 올랐다.

선교사들이 군사들이 끌어다 준 그들의 말에 오르자 이번에는 도망치지 못하도록 기다란 삼줄로 손이 묶여졌다. 그리고 짙은 어둠을 뚫고 부대는 움직이기 시작했다.

말을 빨리 몰아가는 바람에 동료들끼리 이야기 같은 것도 나눌 수가 없었다. 프랜치스는 자기 일행들을 인질로 끌고 가는 와이츄에 대한 생각을 하고 있었다.

확실히 와이츄는 요즘 사양(斜陽) 길에 접어든 것이다. 그래서 그는 자연히 극렬한 투쟁을 벌이지 않을 수 없게 되었다. 옛날엔 화려한 장군으로서 3만 군사를 거느리고 곳곳의 성(省)을 협박해서 세금을 거둬들여, 성벽으로 둘러싸인 요새 투엔나이에서 군주와 같은 호화로운 생활을 누린 적도 있었고 그것이 차츰 퇴락하여 오늘에 이른 것이다. 부귀영화를 절정으로 누리던 시절엔 5만 냥을 주고 북경에서 첩을 사들이기도 했었다. 그러던 그가 이제 치졸한 약탈자로서 그날그날 간신히 지탱하고 있는 것이다. 처음엔 가까운 지방의 직업군사와 두 번에 걸친 격전에서 참패를 당한 그는 민단과 결탁할까 했으나, 홧김에 반대파인 유격대와 손을 잡고만 것이었다. 실은 민단이나 유격대나 모두 그와 결탁하는 일을 바라지 않았다. 타락해서 자기만의 이권 밖에는 모르는 배덕자(背德者)를 결코 원할 리는 없었다. 따라서 부하들은 자연 이탈자가 늘어 그의 행동 범위도 좁혀들기 시작했다. 그러면 그럴수록 그는 더 한층 광폭해져 갔다. 겨우 부하가 2백 명 정도로 머무르는 한심하고 최악의 상태로 몰려버린 그의 잔학한 탈취와 방화(放火)는 백성들의 공포의 대상이 되어 버렸다. 영광이 땅에 떨어진 악인의 증오심은 과거의 부귀영화를 되씹으며 끝내 인류의 적이 되고 만 것이다.

밤이 매우 깊었는데도 병사들의 목적지는 나타나지 않았다. 낮은 산을 넘고 계곡의 물을 두 번이나 건넜으며, 또 한 시간쯤 늪지의 수렁 속을 지날 때 프랜치스는 머리를 들어 북극성의 위치를 보았고, 비로소 성(省)의 서쪽으로 가고 있다는 사실만 알아차렸다. 하지만, 어디를 향해 가고 있는지는 짐작조차 할 수가 없었다. 나이가 많이 들자, 늘 천천히 말을 몰던 그로서는 오랫동안 심한 질주는 참아내기가 어려웠다. 전신의 뼈마디가 몸이 흔들릴 때마다 와드득와드득 맞부딪치는 것 같아 고통은 점점 견디기 어려울 지경이었다. 그러나, 피스크 부처도 같은 고통을 하느님을 위해서 참고 있는 게 아닌가. 또한 요수에 같이 어린 동료는 얼마나 무서울까. 만약 무사히 돌아갈 수만 있다면, 말로 표현하지는 않았지만 벌써 오래전부터 매우 갖고 싶은 눈치던 그 점박이 말을 그에게 줘야겠다고 프랜치스는 생각했다. 그는 긴 생각에서 빠져나오자 일행의 안전을 위해 하느님께 짤막한 기도를 했다.

날이 새고 있었다. 여기저기엔 온통 누런 풀숲일 뿐, 인가도 초목도 없이 바람에 밀려 온 모래와 바위뿐인 황량한 들판에 와 있는 것을 프랜치스는 겨우 확인했다. 그곳을 지나 한 시간쯤 더 가자, 물소리가 들려오는 절벽 뒤로 퇴락해 가는 투엔나이 요새가 눈에 보였다. 절벽의 비탈에는 허물어져 가는 낡은 흙벽집들이 여기저기 모여 있었고 그 집들을 둘러싸고 보루로 쌓은 성벽이 서 있었다. 성벽은 수 없는 공격에 탄환자국으로 허물어져 흠집투성이였다. 강변에는 지붕이 없는, 반들반들한 옛 절터의 기둥만 서 있었다. 성안으로 들어가자 와이츄는 아무 말 없이 그 중에서도 가장 집다와 보이는 자기 처소로 들어가 버렸다. 다른 일행들도 말에서 내렸다. 아침 공기는 살을 에이듯 날카롭고 차가웠다. 성직자들은 얼아붙은 진흙 위에 내려졌으나 묶인 것을 풀어주지 않아 마냥 떨고만 있었다. 전리품이 있다는 것을 알자 여자와 늙은이들이 절벽에 벌집처럼 파여진 작은 굴속에서 우르르 몰려 나왔다. 그들은 병사들과 무어라고 지껄여대더니 일행쪽으로 다가와서 포로들을 이리저리 살펴보았다. 그 눈들은 검푸렀고, 빈곤과 악의가 번쩍거리고 있었다.

"뭐 좀 먹을 것과, 쉬도록 해주었으면 좋겠습니다……."

치셤 신부는 빙 둘러 선 사람들에게 말했다.

"음식과 쉬게 해달라구……."

그 말은 메아리처럼 구경꾼들 사이로 되풀이되었고, 모두들 재미있다는 듯 웃어댔다. 프랜치스는 끈덕지게 계속했다.

"여러분들도 보아 아시겠지만 이 부인은 아주 지쳐 있습니다."

사실 피스크 부인은 실신상태에 있었다.

"누구라도 친절한 분이 계시다면 이 부인에게 뜨거운 차를 주실 수는 없겠습니까?"

"차라구? 뜨거운 차라구……."

구경꾼들은 또다시 헤아릴 수도 없는 중창(重唱)을 하듯 웅웅거리는 반향음을 일으키며 점점 다가섰다. 이윽고 그들은 선교사들에게 손이 닿을 수 있는 곳까지 바싹 다가들었다. 그 때였다. 맨 앞에 선 노인이 갑자기 손을 원숭이같이 날쌔게 움직여 피스크 박사의 시계줄을 잡아채는 것이었다. 그것이 신호가 되어 강탈이 도발되고 말았다. 성서, 기도서, 돈, 결혼반지, 프랜치스의 낡은 샤프펜슬 등……. 이와 같은 일은 약 3분 동안에 일어난 일이었고, 일행은 구두와 입고 있는 옷 외에는 모든 것을 빼앗기고 말았다.

가져갈 건 다 가져갔는데도 그래도 미련이 남은 듯 한 여자가 피스크 부인의 모자 리본에 꽂혀 있는, 둔한 빛을 발하는 검은 버클에 눈독을 들이더니 순식간에 그것을 나꿔채려고 달려들었다. 부인은 그것만은 참을 수가 없었던지 필사적으로 소리를 지르면서 몸부림을 쳤으나 소용 없는 몸짓이었다. 버클은 모자와 가발과 함께 강탈자의 집요한 손아귀에 들어가고 말았다. 정말 눈 깜짝할 사이에 벌어진 일이었다. 그러자 부인의 머리는 머리카락 한 올 없었고, 그 대머리는 흡사 돼지기름을 바른 듯 이상한 모습으로 아침 햇볕에 번쩍거렸다.

일행들도 약탈자들도 모두 숨을 죽였다. 그러나, 곧 이어 냉소적인 조롱이 빗발처럼 날아들고, 킥킥대는 웃음소리까지 일어나고 있었다. 피스크 부인은 두 손으로 얼굴을 가리고는 절망적으로 울기 시작했다. 박사는 떨리는 손으로 수건을 들고 아내의 민숭머리를 감추려 했으나 그 비단 손수건마저 이내 빼앗기고 말았다. 프랜치스는 부인이 너무나 가엾어서 고개를 돌리고 말았다.

병사가 돌아오자 군중의 소동은 곧 진정되었다. 선교사들은 어떤 동굴로 끌려가고, 운집한 군중들도 하나 둘 흩어졌다. 동굴은 위로 창살이 하나 둘 달렸을 뿐, 무거운 골재로 만들어진 문이 덜컹 소리를 내며 닫기고 자물쇠가 채워졌다. 동굴 안은 꽉 막혀 버렸다.

"이제……." 치섬 신부가 한참 후에 입을 열었다. "겨우 우리들만 있게 되었군요."

그러나, 아무래도 대꾸를 하는 사람이 없었으므로 침묵은 계속되었다. 몸집이 자그마한 박사는 바닥에 주저앉아 울고 있는 아내를 팔로 안고는 작은 목소리로 더듬거렸다.

"내 아내는 성홍열(猩紅熱)을 앓았답니다. 처음 중국에 온 그 해였지요. 아내는 머리에 몹시 신경을 썼답니다. 아무에게도 보이지 않으려고 그렇게 애를 써 왔는데도……."

"보긴 누가 봤단 말입니까." 하고 프랜치스는 얼른 호의적인 거짓말을 했다. "요수에도 나도 입이 무거우니까요. 파이탄에만 돌아가게 된다면……손해도 곧 보상될 겁니다."

"들었소, 아네스. 자, 이제 그만 진정해요."

무거운 흐느낌이 점차 작아지더니 이윽고는 아주 들리지 않게 되었다 . 피스크 부인은 눈물이 얼룩진 눈—마치 타조와 같이 가장자리가 불그레한 눈을 천천히 들었다.

"친절하게 해주신 말씀, 정말 고마워요." 그녀는 목이 꽉 막히는 모양이었다.

"남아 있는 게 이것 뿐인데 혹시 쓸모가 있으면 쓰세요." 하고 말하며 프랜치스 신부는 안주머니에서 넓직한 차 빛깔의 손수건을 꺼내 주었다.

부인이 쑥스러운 얼굴로 받아들어서는 실내용 헤어 스카프처럼 귀 뒤에서 잡아매어 머리를 가렸다.

"아, 그거 참 근사한데." 피스크 박사가 부인의 등을 토닥이며 말했다. "정말 좋아요. 예뻐졌어."

"어머나, 정말이에요." 그녀는 희미하게 웃어 보였다. 다소 기운이 나는 모양이었다. "자, 이제 이 비참한 야오빵(지하실을 파고 만든 토굴)을 무슨 방법으로든 좀 치워서 깨끗이 만들어야겠어요."

길이 9피트가 될까말까한 동굴은 깨어진 토기그릇이 여기저기에 흩어져 있었고, 어두컴컴했으며, 눅눅한 습기가 가득 차 있어서 어떻게 치워볼 도리가 없었다. 햇빛과 공기는 울타리를 친 틈 사이로 조금 들어올 뿐 묘혈(墓穴)처럼 음침했다. 그렇다 해도 그들은 매우 지쳐 있었으므로 땅에 몸을 뻗자 곧 잠들고 말았다.

입구의 창살문이 삐거덕거리며 열리는 소리에 눈을 떴을 대는 이미 오전이 다 지나 버렸다. 꿈과 같은 햇살 한 줄기가 굴속까지 비치는가 했더니 한 여인이 따뜻한 물을 담은 주전자와 검은 빵을 두 개 가지고 들어왔다. 치셤 신부가 그 빵 하나를 집어 피스크 박사에게 주고 또 하나를 집어 요수에와 둘로 쪼개는 것을 그녀는 선 채 가만히 바라보고 있었다. 얼굴이 거무스레하고 무뚝뚝해 보이는 것이 웬지 마음을 끌어 프랜치스는 다시 한 번 그녀를 살펴보았다.

"아아니!" 그는 엉겁결에 소리쳤다. "안나가 아니냐!"

여인은 대답하지 않았다. 그저 예리한 눈으로 그를 똑바로 쏘아보고 있다가 발길을 돌려 곧장 나가 버렸다.

"저 여인을 아시는가요?" 피스크 박사가 물었다.

"확실히는 모르겠어요, 아니 분명해요. 전도관에서 길러 준 아이였는데……달아나 버렸지 뭐요."

"교육을 시킨 것도 그다지 쓸모가 없는 모양이지요?" 피스크 박사는 신랄한 어조로 중얼거렸다.

"글쎄요."

그날 밤은 한 사람도 잠을 이루지 못했다. 감금의 부자유가 시간이 흐를수록 더해 가는 것 같았다. 그들은 축축한 공기라도 마시기 위해 차례로 문쪽으로 자리를 옮겼다. 몸집이 작은 박사는 계속 신음소리를 내고 있었다.

"그 지독한 빵 때문이오! 온통 내장이 뒤틀리는 것 같군요."

다음날 정오, 안나가 다시 어제보다 좀 양이 많아 보이는 좁쌀죽과 물을 가지고 들어왔다. 치셤 신부도 어제처럼 그녀의 이름을 부르는 등의 바보스러운 짓은 이제 하지 않았다.

"우린 언제까지나 여기에 있게 되는 건가?"

처음에 여인은 전혀 대답을 하지 않을 것 같더니 냉담하게 말했다.
"군인 두 사람이 파이탄에 갔으니까, 돌아오는 대로 나갈 수 있겠죠."
피스크 박사는 더 참을 수 없다는 듯 입을 열었다.
"좀 먹을 만한 음식을 가져다 줄 수는 없겠어? 담요도 좀 갖다 주고. 돈은 줄 테니까."
여자는 겁먹은 눈으로 고개를 내젓더니 도망치듯 나가 버렸다. 그리고 밖에 나가서 문을 덜컹 잠그고 나서 창살 틈으로 말했다.
"돈을 주고 싶으면 줘요. 하지만 그다지 오래 머물지는 않을 텐데요. 대수로운 일도 아니면서."
"대수로운 일이 아니라고?" 여인이 사라지자 피스크 박사는 중얼댔다. "이 뱃속을 갈라 보이고 싶군."
"기운을 내세요, 여보. 마음 약한 말씀을 하지 마시고." 피스크 부인은 컴컴한 구석에서 조용히 말했다. "전에도 이런 일을 당한 적이 있었잖아요."
"그래, 그땐 젊었었지. 이번처럼 나이를 먹고 보면, 또 귀국을 앞두고 있을 일은 아니지 않소. 와이츄라는 녀석은 선교사 보기를 원수같이 여긴다는 거야. 나쁜 짓만 일삼고 돈을 강탈하는 녀석에게 잘 걸려든 미끼지."
그래도 그녀는 계속해서 말했다.
"모두들 기력을 잃지 말아야 해요. 무슨 방법으로든 기분을 좀 풀어 봅시다. 이러다간—또 두 분이 종교토론을 시작하고 말 테니까요. 게임이라도 해봐요. 뭐 재미있는 게임이 없을까? 아 그렇군요, 동물, 식물, 광물에 대한 스무 고개를 합시다. 요수에, 눈 떴어요? 그럼, 그럼 시작해요. 방법을 설명하겠어요."
그들은 절망감을 잊으려고 최선을 다해 게임을 이끌어 나갔다. 요수에는 놀라우리만큼 척척 맞추었다. 돌연 피스크 부인이 밝은 목소리로 웃음소리를 내었으나 곧 모두들 입을 다물어 버렸다. 급기야는 더욱 더 깊이 저며드는 듯한 음울한 침묵이 엄습해 왔다. 잠이 든 듯했으나 곧 깨어나고 모두들 안절부절못하며 움직였다.

"웬일인지 모르겠군. 이제 돌아올 때도 되었을 텐데."

다음날 하루도 피스크 박사의 입에서는 줄곧 절망적인 말이 흘러나왔다. 그는 얼굴도 손도 뜨겁게 열이 오르고 있었다. 공기와 수면 부족으로 열이 나고 있었다. 저녁 무렵이 되었을까, 사람들이 왁자지껄 떠들어대고 개들이 짖어대는 소리로 보아 병사들이 돌아온 모양이었다. 그 소동이 가라앉자 다시 정적이 왔다.

얼마나 흘렀을까, 발자욱 소리가 다가오더니 문이 활짝 열렸다. 내보내라는 명령이 내려졌는지 군사들은 네 사람을 바깥으로 끌어냈다. 신선한 공기와 자유로운 감각이 전신에 와 닿아 살아난 기분이었다.

"아아, 고맙군." 피스크 박사가 외쳤다. "이만 하면 대장부가 된 기분이야."

군사의 감시를 받으며 네 사람은 와이츄 앞으로 끌려갔다.

와이츄의 방은 램프와 긴 담뱃대가 우선 눈에 띄었고, 그는 야자껍질로 만든 방석 위에 앉아 있었다. 천장은 매우 높았고, 여기저기 헐어 버린 방 안에는 씁쓸한 아편의 악취가 코를 찔렀다. 와이츄의 옆에는 피가 스민 더러운 헝겊으로 팔을 싸맨 병사 하나가 서 있었다. 병장까지 끼어 다섯 명의 부하가 등나무 막대기를 들고 벽에 붙어 서 있었다.

포로들이 끌려 들어오자 공포가 감도는 침묵이 흘렀다. 와이츄는 깊은 생각에 잠긴 듯한 얼굴에 길게 찢어진 눈을 더욱 잔혹하게 빛내며 차례로 훑어보았다. 그 눈길의 잔인함은 일행의 심장을 그대로 얼어붙게 했다.

"선물은 오지 않았어." 나무처럼 아무런 감정도 섞여 있지 않은 말을 네 사람 앞에 던졌다.

"선물을 받으러 갔던 부하들은 대신 탄환을 맞아 하나는 죽고 하나는 부상 당했어."

프랜치스 신부는 등골에 찬물을 끼얹은 듯 소름이 오싹 끼쳤다. 두려워하던 일이 그대로 적중한 것이다. 그는 입을 열었다—.

"뭔가 말 전달이 잘못된 것 같아요. 겁이 난 짐꾼이 파이탄이 아니라 샹시(陝西)의 자기 집으로 도주했는지도 모르지요."

"네놈도 너무 말이 많다. 그 대가로 다리를 열 번 쳐라."

프랜치스는 그것을 예기하고 있었다. 그러나 벌은 엄했다. 병졸은 길고 네모난 몽둥이로 그의 종아리를 사정없이 후려쳐 살점을 찢어 놓았다.

"심부름꾼은 우리의 짐꾼이잖아요." 피스크 부인은 분노를 참지 못하여 창백한 얼굴이 빨갛게 달아 올랐다.

"그게 도망친 게 심부름 탓이 아니잖아요."

"네년도 너무 지껄이는군. 따귀를 스무 번 갈겨라."

무지막지한 손바닥이 그녀의 양 뺨을 후려치는 것을 곁에서 보고 있던 박사는 몸을 부들부들 떨며 진저리쳤다.

"자, 더 시부렁거려 보지 그래. 네놈의 짐꾼이 도망쳤다면 왜 내 부하가 총알 선물을 받았느냐 말이다."

치셤 신부는 근래 파이탄에는 수비대가 항시 경비를 하고 있으므로 와이츄의 군사라면 보는 족족 쏘는 거라고 말해 주고 싶었다. 또 사실이 그랬으나 그는 잠자코 있는 게 상책이라 여겨 입을 열지 않았다.

"이젠 입을 열지 않을 모양이구나. 부자연한 묵비권의 벌로 어깨를 열 번 쳐라."

그는 또 맞았다.

"함께 전도관으로 갑시다." 피스크는 정신 나간 사람처럼 양 손을 내저으며 애원했다.

"일각의 지체도 없이 당장 돈을 내놓겠소. 신을 두고 맹세하리라."

"내가 바보인 줄 아느냐!"

"그럼 군사 한 사람에게, 내 편지를 가지고 초롱상가(燈籠商街)로 보내시오. 당장 보내주시오."

"그래서, 그놈까지 죽이고 말겠단 말이냐. 나를 바보라고 생각한 벌로 열다섯 대를 쳐라."

고통을 참지 못한 박사는 울음까지 터뜨리고 말았다.

"당신은 불쌍하게도 독기만 남은 사람이군." 하고 박사는 울면서 계속했다. "당신을 용서하겠지만, 정말 가엾게도 독한 사람이야."

모두들 당황해졌다. 와이츄는 찢어진 눈에 둔한 빛의 호기를 띠더니 이번엔 요수에 앞으로 갔다. 소년은 아주 건강하고 강한 체력을 가지고 있었고, 와이츄에겐 그런 새 군사가 필요했다.

"어때, 네놈은 군사가 되어 보상을 하고 싶지 않나?"

"영광의 말씀입니다만." 하고 요수에는 똑똑하고 힘찬 목소리로 말했다. "그 일은 할 수가 없습니다."

"외국의 마신(魔神) 따윈 믿지 않는 게 좋아. 그러면 목숨을 살려줄 터이니."

소년이 항복하게 되면 당해야 할 고통과 굴욕을 이미 각오한 바이지만 치셤 신부에게는 잔혹한 불안의 일순간이었다.

"전 거룩하신 천주님을 위해 기쁘게 죽겠습니다."

"서른 번을 쳐라. 명령에 복종하지 않는 벌로."

요수에는 작은 소리도 내지 않았다. 눈을 내리깐 채 그 벌을 고스란히 감수하며 신음소리 한 번 흘리지 않았다. 그러나 치셤 신부는 한번 때릴 때마다 몸이 쪼그라드는 기분이었다.

"이쯤하고, 자 네놈이 저 사람에게 생각을 고치도록 하는 게 어떠냐?"

"싫습니다." 소년의 용기에 마음이 밝아진 프랜치스는 간단히 잘라 말했다.

"괘씸하게 고집을 부리는 벌로 다리를 스무 번 더 쳐라."

프랜치스는 종아리에 스무 번째 내리친 몽둥이에 뼈가 부러지고 말았다. 까무라치고 말 것같은 고통이 다리에서 뇌수를 찔렀다. "오오, 주여." 프랜치스는 꽉 다문 입술 속으로 중얼거렸다. 노인의 뼈는 마디마디 우스러지는 듯했다.

와이츄는 이제 끝났다는 듯이 일행을 둘러보았다.

"더 이상 네놈들을 보호할 수는 없다. 만약 내일까지 돈이 오지 않는다면 네놈들은 좋지 못한 일을 당하고 말 것이다."

무표정한 얼굴로 와이츄는 네 사람을 밖으로 쫓아냈다. 치셤 신부는 간신히 다리를 지탱하고 절룩거리며 안마당을 지났다. 굴속 감방으로 돌아오자, 피스크 부인은 재빨리 그를 앉히고 자기도 무릎을 꿇고 앉아서는 장화와 양말을 벗겼다. 다소 생기를 찾은 박사가 프랜치스의 부러진 뼈를 손으로 맞춰 놓았다.

"기브스할 막대기도 없고……이런 걸레쪽 같은 것밖엔 없으니." 박사의 음성은 매우 떨리고 있었다. "지독한 골절이야. 안정하지 않으면 귀찮게 되겠는걸. 이것 좀 보구려. 내 손이 이렇게 떨리니. 주여, 구해 주옵소서. 내달엔 고국에 돌아갈 참이었는데 어째서 이런……."

"여보, 제발 그만해요." 부인은 다정하게 그의 어깨에다 손을 놓고 그를 위로했다. 박사는 잠자코 붕대를 감았다. 부인이 다시 말을 이었다.

"모두들 기운을 차려야 해요. 지금부터 이런 상태면 내일은 어떡하지요?"

그 말이 효과가 있었다. 모두 단단한 각오로 몸을 곧추세웠다.

아침이 되자 네 사람은 다시 안마당으로 끌려 나갔다. 안마당엔 이미 투엔라이 주민들이 이제 곧 벌어질 구경거리를 기대하며 와글거리고 있었다. 네 사람은 각각 뒤로 묶여져서 팔 사이에다 막대기가 끼워졌다. 그 막대기의 양쪽 끝을 두 병사가 잡고는 광장을 여섯 차례 빙빙 돌리더니 탄알 자국이 가득한 집의 정면에 앉아 있는 와이츄 앞에 일렬로 세웠다.

부러진 다리의 통증으로 인하여 치섬 신부는 거의 실신할 지경이었고, 그 굴욕을 견디기 어려웠다. 다 같이 신의 손길로 만들어진 인간이 자기와 똑같은 인간의 피와 눈물로써 축연(祝宴)을 열려고 하다니, 이 무슨 절망스럽고 우울한 일이란 말인가. 신이 인간을 창조할 때는 결코 이런 의도로 만들진 않았으리라……. 아니, 어디에도 신 같은 건 존재하지 않을지도 모른다.……심한 공포심과 의혹심을 떨어 버리려고 그는 필사의 노력을 했다.

몇몇 병사들이 총을 가지고 있는 것이 눈에 띄었고, 그는 진심으로 자기의 최후가 곧 찾아오기를 고대했다. 그러나 한참 후, 와이츄의 신호에 따라 병사들은 방향을 바꾸어 일행의 다리를 잡아채고 가파른 언덕으로 끌고 내려가 강속에 쳐 넣었다. 잔뜩 흥미를 가지고 겁먹은 눈으로 지켜보고 있는 구경꾼들 앞에서 그들은 한 사람씩 깊이가 55피트쯤 되는 강물 속에 세워진 채 배를 잡아매는 막대기에 묶여졌다.

당장 총살이라고 공포감에 질려 있던 그들은 너무나 갑자기 강으로 끌려와 어리둥절했었지만, 그러나 토굴 안에서와는 대조적으로 그 케케하고 습기가 밴 불결감이 맑은 물 속에 금방 다 씻겨 가는 듯해서 오히려 상쾌했다. 무엇보다도 물에 잠기는 것이 마치 다시 태어나는 기분이어서 좋았다. 산중에서 흘러오는 물은 차고 수정같이 맑았다. 프랜치스는 다리의 아픔도 사라지는 것을 느꼈다. 피스크 부인이 미소를 지었다. 그녀의 용기는 참으로 훌륭했고, 미소를 머금은 입술은 이런 말을 하고 있는 것 같았다.

"적어도 몸은 청결해지겠죠."

하지만 30분이 지날 때는 사태가 점점 변해 갔다. 치셤 신부는 다른 사람을 쳐다볼 기력도 없었다. 처음에는 참으로 시원하다고 느껴졌던 강물이 점차 차가워져서 발끝부터 둔한 마비를 일으키는가 했더니 이제는 진저리가 쳐지도록 차갑고 예리한 감각이 전신을 꿰뚫는 것 같았다. 얼어서 조여드는 듯한 동맥에 안간힘으로 피를 보내려는 심장의 동계는 한 번씩 뛸 때마다 숨이 콱 막히는 고통을 주었다. 충혈된 두 눈은 몸뚱이에서 따로 유리되어 나가 붉은 안개 속에 떠 있는 것 같았다. 희미한 의식 속에서도 프랜치스는 이렇게 고문을 받는 까닭을 알아내려고 무척 애를 썼다. 이 고문 방법은 폭군 창제(章帝)의 창안으로 시대의 흐름에도 불구하고 많이 이용되어 왔으며, 일종의 단속적인 새디즘 행위인 '물고문'이라고 일컬어지는 것이다. 와이츄가 이 고문을 쓰고 있는 목적은 아직도 몸값에 대한 희망을 버리지 않았다는 증거도 될 것이다. 참을 수 없이 괴롭긴 하나 죽지는 않을 이 잔혹한 형벌은 와이츄에게는 더할 수 없는 오락이 될 수도 있겠지. 프랜치스는 신음을 삼켰다. 그렇다면 그들의 고통은 이것으로 끝나는 게 아니다.

"이것 참 야릇한 기분인데." 박사는 이가 딱딱 마주치도록 몸을 떨며 간신히 말했다.

"이 고통은 완전히 협심증(狹心症)에서 오는 거야……. 수축한 혈관으로 간헐적인 피를 보내려니까……오오, 주여." 그의 음성은 울음으로 변했다.

"오오 하느님 아버지시여……진정 우리를 버리시나이까? 가엾은 내 아내여……그대는 기절하고 말았는가, 차라리 그게 더 낫지. 여기는 어디일까. 아네스……아네스……."

그도 의식을 잃고 말았다.

프랜치스는 고통스러운 눈으로 요수에를 쳐다보았다. 충혈된 눈으로 소년은 머리만 간신히 떠올라 있는 듯했다. 그 모습은 마치도 세례자 요한(기원전 28년경 유대의 황야에서 많은 사람에게 세례를 주었음. 헤롯왕에게 죽음.)이 목이 잘려 큰 접시에 담긴 모습처럼 보였다. 가엾은 요수에—그리고 불쌍한 죠셉, 그는 장남인 요수에를 잃는다면 얼마나 커다란 슬픔에 빠질까. 프랜치스는 정다운 음성으로 입을 열었다.

"요수에야, 너의 그 용기와 신앙은……내게 참으로 큰 기쁨을 주었다."

"이런 정도는 아무것도 아니에요, 신부님."

그는 입을 다물었다. 프랜치스는 진심으로 감격하여 몸을 안간힘으로 버텨내며 계속 이야기했다.

"전부터 말하려고 생각해 왔는데 말이다. 전도관으로 돌아가게 되면 말을 네게 주었다."

"신부님, 정말 성당으로 돌아갈 수 있을까요?"

"돌아가지 못하게 되면 말이다, 친구에게 탈 수 있도록 하느님이 더 훌륭한 말을 네게 주실 거다."

그는 입을 다물었다. 그러자 요수에가 작은 목소리로 말했다.

"신부님, 저는 역시 전도관으로 돌아가서 그 작은 말을 타는 게 좋겠어요."

프랜치스가 귀로 큰 파도가 왈칵 덮쳐오는 것을 느낀 순간 두 사람의 대화는 캄캄한 물결 속으로 휩쓸려 가고 말았다. 프랜치스가 다시 정신을 차렸을 때는 자기가 흠뻑 젖은 몸으로 누워 있는 것을 알았다. 몽롱한 의식을 집중해 보려고 할 때 아내에게 말을 건네고 있는 피스크 박사의 목소리가 들려왔다. 여전히 불평섞인 어조로.

"그 무서운 강에서……그래, 겨우 이제야 빠져나왔단 말인가?"

"네. 여보, 이제야 꺼내 줬어요. 하지만 내일이면 그 악당이 우리를 다시 물 속으로 집어 넣을 거예요." 그녀의 어조는 마치 남편에게 점심 메뉴를 이야기하듯 상냥함이 넘치고 있었다.

"여보, 우리는 우리 자신을 속이지 말도록 해야겠어요. 이렇게 살려주는 것도 아마 될 수 있는 대로 잔학한 살인을 하기 위해서일 거예요."

"당신은……그게 무섭지 않소, 아네스?"

"무섭지 않아요. 그러니 당신도 무서워 하지 말아요. 그 불쌍한 이교도나……신부님에게도……뉴 잉글랜드의 그리스도는 어떻게 죽는가 보여줘야 해요."

"아네스……당신은 참으로 용감하구려."

프랜치스는 그녀가 남편을 가슴에 꼭 껴안고 있는 것을 감지했다. 그는 문득 도망칠 길은 없을까 하는 생각을 떠올렸다. 입술을 꼭 다물고 이마를 땅에 박은 채 어떻게든 달아날 길은 없을까 하고 새로운 문제에 골똘한 궁리를 했다.

한 시간 후 예의 그 여인이 밥을 가지고 들어오자 그는 느닷없이 여인과 문 사이를 가로막고 호소를 했다.

"안나! 너는 틀림없는 안나다. 아니라고 부인하진 못할 거야. 전도관에서 너를 길러 준 은혜를 설마 잊지 않았겠지." 그녀는 그를 밀어버리려고 했다.

"내 말을 들어줄 때까지 절대 너를 돌려보낼 수가 없어. 너는 뭐라 해도 하느님의 딸이니까. 우리가 이렇게 죽어가는 것을 잠자코 보고만 있지는 못하겠지. 하느님의 이름으로 부디 우리를 구해다오."

"난 아무 힘이 없는걸요."

동굴의 어둠 속에서는 그녀의 얼굴을 볼 수가 없었다. 그러나, 그 음성만은 다소 부드러워진 것 같았다.

"할 수 있어. 너는 얼마든지 할 수 있지 않니. 울짱을 닫지 말아다오. 아무도 너를 의심하진 않을 테니까."

"그러면 어떻게 하시려구요? 말에는 전부 감시가 딸려 있는데."

"안나야 말은 필요 없어."

어둠 속이었으나 그녀의 반쯤 내리감은 눈이 의아한 빛을 발하는게 보였다.
"투엔라이에서 걸어서 도망치면 내일은 잡히고 말아요."
"삼판선(三板船)을 타고 달아날 수가 있어. 강을 타고 내려가는 거야."
"안 돼요." 그녀는 세차게 고개를 흔들었다.
"물살이 얼마나 세다구요."
"급류에 휩쓸려 죽는 편이 이곳에 있기보다 낫단다."
"빠져 죽거나 말거나 내가 알 바 아니지." 여인은 버럭 화를 냈다.
"내가 당신네들을 살려 줄 재주가 어디에 있겠어요."
그때 어둠 속에서 피스크 박사가 팔을 뻗어 여인의 손을 더듬어 잡았다.
"이보으 안나. 내 손을 잡아 봐요. 그리고 잘 들어주어요. 당신이 알 바 아니라니, 그럴 리야 있겠어요. 오늘 밤 울짱을 잠그지 말아 주어요."
그녀는 잠시 동안 잠자코 있었다.
"안 돼요." 여인은 망설이면서 천천히 잡힌 손을 뺐다. "오늘 밤은 안 돼요."
"꼭 부탁이오."
"내일 하겠어요.……내일……내일." 그녀는 얼마 동안 부드러워지는 듯하더니, 불현듯 거칠게 머리를 저어대며 토굴 밖으로 뛰쳐나가서는 탕 하고 울짱을 닫아 버렸다. 그러자 토굴 속은 더욱 침울한 정적이 흘렀다. 그녀가 말을 들어주리라고는 아무도 믿지 않았었다. 설령 내일 약속을 지킨다고 하더라도 그들을 기다리고 있는 무서운 고문을 생각하면 그 약속의 비중은 너무나 빈약한 희망일 뿐이었다.
"난 병이 났나 봐." 피스크는 아내의 어깨에 머리를 기댄 채 투덜거렸다. 어둠 속에서 피스크가 자신의 가슴을 손으로 타진해 보는 것이 일행의 귀에도 들렸다.
"내 옷은 아직도 흠뻑 젖어 있어. 들리지, 이 소리가. 숨소리가 완전히 둔탁해졌어……폐렴이 분명해. 오오, 하느님이시여, 저는 종교재판 당시의 고문보다 더한 것이 있으리라곤 정말 생각해 보지도 않았습니다."

그날 밤은 그럭저럭 지나갔다. 춥고 흐린 아침이 왔다. 토굴 입구에 여명이 스며들어오고 안마당에서 떠들썩한 소리가 들리기 시작하자 피스크 부인은 창백하고 핼쑥한 얼굴에 결연히 숭고한 빛을 드러내더니 곧 몸을 꼿꼿이 일으켰다.

"치섬 신부님, 당신이 가장 연세가 많으신 분이에요. 오늘 순교를 하게 될지도 모르니까 그 전에 기도를 하시지 않으시렵니까?"

그는 부인 옆에 무릎을 꿇었다. 일행 모두는 손을 모았다. 이와 같이 정성을 쏟아서 기도를 한 일은 아마 그의 생애에 처음 있는 일이라. 프랜치스는 모든 심혈을 기울여서 기도했다. 기도가 끝났을 때 병졸이 왔다.

약해진 몸들이라 그런지 강물은 전날보다 더 차가웠다. 피스크는 물에 잠겨지자 외마디 소리를 질렀다. 치섬 신부에게는 모든 것이 흐릿하게 보였다.

침례식(浸禮式)이구나 하고 그는 혼란한 머리로 생각했다. 물론 깨끗하게 행해지는 예식이다. 한 방울의 물도 구함을 받는 것이다. 여기엔 몇 방울의 물이 있을까. 몇 백만……그것만 가지고는 안 된다. 여기 중국 인구 4억이 모두 기원되기를 기다리고 있다. 한 방울씩의 물로…….

"신부님! 치섬 신부님!" 피스크 부인이 불러댔다. 부인의 눈은 순식간에 열을 띠고 빛을 발했다.

"언덕에서 모두들 우리를 보고 있어요. 보여줘야 해요. 용감하게 우리 모두 노래합시다. 우리 모두가 함께 부를 수 있는 찬미가가 뭐가 있지요? 성가노래. 그래요. 아름다운 곡이에요. 자, 요수에, 윌버, 모두 다 함께 노래합시다." 부인은 떨리는 음성으로 드높이 노래하기 시작했다.

'온 세상의 동포들아 모두 함께 환희를 드높이 노래하라'

프랜치스도 세 사람의 노래에 끼어들었다.

'서로서로 손을 잡고 베들레헴으로 가자'

늦은 오후 정신이 깨어나서 보니 네 사람은 모두 토굴로 돌아와 있었다. 박사는 모로 누워 있었다. 호흡소리가 이상했다. 그는 단념한 듯한 음성으로 힘없이 말했다.

"폐렴이야, 어제부터 알고 있었지. 폐첨(肺尖)에 둔탁한 소리가 더 심해지고 있어. 게다가 염발음(捻髮音)이라니. 용서해 주오, 아네스…… 난 오히려 홀가분한 마음이오."

아무도 입을 여는 사람이 없었다. 부인은 하얗게 부풀어 오른 손바닥으로 남편의 뜨거운 이마를 짚어 주었다. 안나가 동굴에 들어왔을 때에도 그녀는 손을 떼지 않고 있었다. 안나는 먹을 것을 들고 오지 않았다.

그녀는 문 입구에 선 채 기분이 나쁜 얼굴로 일행을 쏘아보다가 겨우 입을 열었다.

"군졸들에게 당신들의 저녁밥을 주어 버렸어요. 모두 장난으로 생각하고 있어요. 그들이 눈치채기 전에 빨리 도망쳐요."

일행은 숨을 죽였다. 치섬 신부는 지쳐버린 몸이었으나 심장이 크게 뛰었고, 설마 자기네들이 이 동굴을 빠져나갈 수 있으리라고는 상상도 하지 못했다.

"하느님이 널 축복해 주실 게야, 안나. 너는 하느님을 잊지 않았고, 하느님도 역시 널 저버리지 않으신 게야."

그녀는 아무 대꾸도 하지 않았다. 오직 그 헤아릴 수 없는 눈으로 그를 쳐다볼 뿐이었다. 프랜치스는 처음, 그 눈 오던 날 보았을 때도 그 눈을 헤아릴 수가 없었다. 여하간에 피스크 박사에게 자기의 교육의 보람을 확실히 증명할 수 있었다는 것만이 무엇보다도 감격스러운 것이었다. 그녀는 잠깐 서 있더니 묵묵히 바깥 어둠 속으로 사라져 버렸다.

동굴 밖은 아주 캄캄했다. 옆 동굴에서 낮은 이야기 소리와 웃음 소리가 들려왔다. 안마당 저쪽에 와이츄 집의 불빛이 보였다. 바로 부근의 말 우리에서나 병사에서도 희미한 불빛이 보였다. 돌연 개 한 마리가 짖어댔으므로 그의 신경도 날카롭게 곤두섰다. 약한 바람이 불고 있었으나, 높아지는 심장의 고동은 그 바람만으로도 숨이 턱에까지 올라 새로운 아픔을 주었다. 그는 조심해서 몸을 일으키려고 했다. 하지만 구슬 같은 땀만 비 오듯 할 뿐 그대로 쓰러지고 말았다. 다리가 평상시보다 세 배는 족히 부어올라 있었으므로 도저히 지탱하지 못하는 듯했다.

그는 요수에에게, 반쯤 실신을 한 박사를 먼저 삼판선까지 업어다 놓고 다시 오라고 말했다. 두 사람이 피스크 부인과 함께 나가는 것을 그는 바라보고 있었다. 요수에는 작은 몸집이나 축 늘어져서 무거운 박사를 등에 업고 바위 그늘을 따라 날렵하게 강으로 내려갔다. 그때 돌 하나가 요수에의 발에 채인 듯 굴러 떨어졌다. 그 소리는 마치 죽은 사람도 일어날 정도로 엄청난 반향을 일으키는 것 같았다. 그러나 자기 외엔 아무도 들은 사람이 없는 모양이었다. 5분쯤 지나자 소년이 돌아왔다. 그는 소년의 어깨에 매달리다시피 해서, 아픈 다리를 끌고 조용조용 언덕을 내려갔다.

피스크는 이미 삼판선 바닥에 드러누워 있었고, 부인은 그 옆에 웅크리고 앉아 있었다. 프랜치스는 선미에 앉아 부풀어오른 다리를 두 손으로 끌어다 나무토막이라도 다루듯 방해가 되지 않게 옆으로 몰아놓고 이번에는 팔꿈치로 뱃전에 몸을 기댔다. 그 동안 요수에는 뱃머리에 올라 매어놓은 끈을 풀고는 뱃머리 끝에 매달린 단 하나의 노를 단단히 움켜 쥐고 떠날 채비를 했다.

그때 벼랑 위에서 갑자기 큰 소리로 떠드는 소리가 들려오고, 이어서 더 왁자지껄해지며 사람들이 달려오는 발자욱소리가 콩 튀듯 들려왔다.

요수에는 거친 숨소리를 내더니, 겨우 끈을 잡아 끊자 그만 뒤로 자빠져서 엉덩방아를 찧고 말았다. 그러자, 배는 물살에 자유로이 밀렸다.

프랜치스는 사력을 다해 세차게 흐르는 물 한가운데로 배를 밀었다. 정지해 있는, 고여 있는 물가에서 갑자기 물살로 떠밀려 나온 배는 방향을 잃고 빙빙 돌더니, 이윽고 물길을 따라 아래로 내려가기 시작했다. 멀리서 횃불이 타오르고 군인들이 한 무리 언덕을 달리는 모습이 보였다. 총성 소리가 한 방 울렸다. 이어서 불규칙적인 총성이 계속되었다. 탄알이 수면을 스쳐갔다. 그러나 삼판선은 이미 빠르게 떠밀려 내려가 사정거리에서 거의 벗어나게 되었다. 치셤 신부는 비로소 안도의 숨을 내쉬며 검은 벽처럼 보이는 눈앞의 어둠을 바라보았다. 돌연 총성이 더욱 요란해졌다. 어둠을 뚫고 매우 묵직한 것이 날아와 얼굴을 찔렀다. 머리 전체가 돌 같은 것에라도 맞을 때처럼 좌우로 흔들렸다. 푹하고 맞는 느낌 외에는 아무 아픔이 없었다. 얼굴에 손을 가져가 보았다. 피가 질펀하게 흘러 내리고 있었다. 탄알은 위턱으로 해서 오른쪽 뺨을 관통했다. 그는 입을 열지 않았다. 총탄은 그 이상 날아오지 않았고, 또 다른 일행은 무사했다.

물살은 이제 어지러울 정도로 급속히 배를 밀어내고 있었다. 결국 이 강물은 황하(黃河)로 들어갈 것이 확실했다. 그 밖에는 이어질 데가 없다. 그는 피스크 얼굴 가까이 몸을 꾸부려 보았다. 피스크는 정신을 차리고 있었다. 그는 피스크로 위로하기 위해 입을 열었다.

"기분이 어떻소?"

"죽어가는 것에 비하면 뭐 괜찮은 편이오." 그는 터져나오려는 기침을 참으려고 애를 썼다.

"마치 내가 할머니 같아 미안하군, 아네스."

"말하지 말아요, 여보."

프랜치스는 마음이 슬퍼져서 몸을 일으켰다. 프랜치스의 생명이 점진적으로 꺼져가고 있음이 분명했고 그는 울음이 터져나오려는 것을 간신히 눌렀다. 그 자신 역시도 이번 일로 몸의 저항력이 모두 쇠진해 버린 것을 느꼈다.

물결 소리가 높아지는 것으로 보아 격동이 심한 곳으로 흘러가고 있음이 분명했다. 그러나, 희미한 그의 시력마저 완전히 없어져 버렸는지 아무것도 보이는 것이 없었다. 프랜치스는 하나뿐인 노로 배를 물살 한가운데로 몰아갔다. 배는 살같이 급류에 쓸려 내려가기 시작했다. 그는 자기 일행들의 생명을 하느님의 손길에 맡겼다.

어떻게 되어서 자기네들이 그 무서운 물결에서 살아났는지 생각할 겨를도, 알려고 애쓸 기력도 없었다. 그는 저 늪과 같은 혼수상태로 빠지고 말았다. 배가 위태위태하게 기울거나 물을 뒤집어 쓰거나 할 때 그는 본능적으로 아무 도움도 되지 않는 노에 매달리곤 했다. 때때로 삼판선 밑바닥이 빠져 버렸나싶게 깊은 바닥으로 떨어져 내리기도 하고, 배가 다 박살이라도 났는가싶게 갑자기 요란한 소리가 들리다가 멈추기도 해서 이젠 침몰되고 말았나 보다 하고 마비된 머리로 단념을 하고 있으면 다시 크게 흔들리며 물을 덮어 쓰기도 하고 소용돌이에 휩쓸려 빙빙 돌면서 줄곧 떠내려 가는 것이었다. 이제 끝인가 하면 물은 다시 쿨쿨 소리를 내며 물보라를 일으켜 홀연 덮쳐들어 배를 집어 삼킬 태세였다. 배는 바위투성이인 좁은 수로를 가다가 문득 바위에 부딪쳤고, 나뭇가지에 걸려 나무가 부서지는 순간에 튀어올랐다가는 다시 빙 돌아 물결의 격랑에 세찬 난타를 받았다. 그 바람에 더욱 충격을 받은 그는 완전히 정신을 잃고 배는 아래로 아래로 떠내려 갔다.

얼마나 떠내려갔을까, 잔잔한 물결 소리에 그는 다시 희미하게 의식이 돌아왔다. 새벽의 여명이 넓고 끝없는, 망망하게 펼쳐져 있는 강의 아름다운 수면을 떠올리고 있었다. 짐작하긴 어려운 일이나, 적어도 밤새껏 떠내려왔으니 몇 십 리는 흘러왔으리라. 그리고 배는 이제 황하에 조용히 흘러가고 있다는 것을 뚜렷이 알 수 있었다.

그는 몸을 움직이려고 했으나 너무나 지쳐 있어서 쇠사슬에 묶여진 듯이 꼼짝달싹도 할 수가 없었다. 부풀어오르고 부러진 다리는 천근의 납덩이처럼 무겁고, 총탄이 관통한 얼굴의 아픔은 비로소 맹렬한 치통처럼 솟구쳐오는 듯했다. 하지만 그는 자신도 의아할 만큼 마지막 힘을 다 짜내서 몸을 굽힌 채 배 위를 기어 선수로 갔다. 점점 밝아왔다. 요수에는 뱃머리에 웅크린 채 의식을 잃고 있었으나 그래도 호흡소리는 들렸다. 푹 잠이 들어 버린 것이다. 바닥에는 피스크 부부가 나란히 누워 있었다. 부인은 남편의 머리를 팔로 받치고 물이 닿지 않도록 자기 몸으로 보호하고 있었는데, 침착하게 두 눈을 뜨고 있었다. 프랜치스는 감탄과 놀라움으로 부인을 바라보았다. 그녀는 세 사람의 남자들보다도 어려운 곤경을 가장 잘 견뎌온 것이다. 그가 피스크 박사에 대해서 궁금해 하는 눈빛을 띄우자 그녀는 조용히 고개를 저었다. 이제 가망성이 없다는 것이리라. 피스크는 곧 유명을 달리 하려고 준비하는 중이었다. 피스크는 간헐적으로 발작이라도 일으키듯 크게 숨을 내쉬었다. 그 사이가 너무 길어 이미 숨이 끊어지지 않았나 하고 마음을 졸이고 있는 순간 새로운 숨을 내쉬곤 했다. 그리고 피스크는 끊임없이 무슨 말인가를 중얼대었고, 이미 고정되어 버린 두 눈이 휑하니 뜨여져 있었다. 다음 순간 그 눈이 주위의 사람들을 알아차린 것같이 움직였다. 그리고 꼭 해야 될 이야기라도 있는 듯 입술을 조금 움직였다. 아니, 그것보다도 희미한 미소 같은 것이 겨우 떠오른 것뿐이었다. 이윽고 중얼거림이 간신히 말이 되어져 나왔다.

"득의감을 가질 건 없어……자네……안나의 일 말야." 허덕이듯 급한 숨을 내쉬었다. "자네 교육 탓만이 아니었어." 다시 발작이 시작되었다.

"내가 뇌물을 주었거든." 기력이라곤 하나도 없는 엷은 미소가 지나갔다. "늘 구두 속에 넣어 두는 50달러를 준 거야." 그는 다시 한숨을 내쉬었다. "그러나, 그렇다 해도 하느님은 자네를 축복해 주실 거야."

하고 싶은 말을 다 하자, 그는 기쁜 듯이 눈을 감았다. 아침 햇살이 눈부시게 퍼질 때 세 사람은 그가 숨을 거둔 것을 깨달았다.

배 끝에서 프랜치스는 피스크 부인이 죽은 사람의 손을 모으고 있는 것을 바라보았다. 그리고 그는 자기 손도 밝은 햇빛 아래에 펼쳐보았다. 양쪽 손목이 다 이상하게 부어 올랐고, 붉은 반점이 득시글했다. 만져보니 피부 밑에 딱딱한 것이 여기저기서 만져졌다. 의식을 잃고 있는 사이에 독벌레에게 물린 것이 분명했다.

한참 지나고 나니, 아침 안개를 통하여 멀리 하류쪽에 평평하게 생긴 뜸부기 사육배가 몇 척 수면 위에 떠 있는 것이 눈에 띄었다. 프랜치스는 팔닥거리는 맥박소리를 들으며 눈을 조용히 감았다. 삼판선은 흘러갔다.……금색의 안개를 뚫고 뜸부기 사육배 가까이로.

13

세월은 흘러 그로부터 6개월이 지난 어느 날 오후였다. 새로 부임해 온 두 사람의 전도사, 의사인 스티브 먼시 신부와 제롬 크레그 신부는 커피를 마시면서 앞으로 있을 송별회에 대해 열을 올려 이야기하고 있었다.

"모든 게 완전해야겠어. 날씨는 다행히 좋겠는데."

"태풍이 끝난 모양이지." 제롬 신부는 고개를 끄덕이다가 자랑스럽게 미소를 지었다.

"주악대까지 있으니까 잘 되지 않겠나."

두 젊은 신부들은 건강하고 정력이 넘치고 무엇보다도 신앙이 깊었다. 의사 학위를 가진 미국인 신부 먼시는 볼티모아 출신이며 키가 커서 6피트는 족히 되었다. 크레그 신부는 키는 작은 편이었으나, 어깨가 딱 벌어진 운동가로서, 호리웰에서는 권투부 선수였었다. 그는 영국인인데 샌프란시스코의 성 미카엘 신학교에서 2년간 선교사 양성과정을 거치면서 받은 영향일까, 어딘가 미국적인 상냥함과 유쾌한 성격을 지니고 있었다. 크레그가 먼시를 처음 만나게 된 곳 역시 바로 그곳에서였다. 두 사람은 처음 만나자마자 깊은 우정을 느껴 '스티브', '젤리'라고 서로 부르며 아주 막역지간이 되어 버린 것이다. 물론 때로는 위엄을 지니기 위해 점잖게 대해야 할 때도 없는 것은 아니었지만. 그리고 두 사람이 다 파이탄으로 파견된다는 것이 우정을 더욱 돈독히 해준 것이었다.

"메시 메리 원장에게 오후에 잠깐 와 달라고 부탁했어."

스티브 신부는 커피를 다시 따랐다. 짧은 머리에 남성적인 씩씩한 청년 스티브 신부는 크레그보다 두 살이 많다는 것 뿐만 아니라, 어느 모로 보다 형다운 인물이었다.

"그날 일을 함께 의논해 보려고 말일세. 그분은 친절한 양반이니까 협조해 줄 거야."

"물론 좋은 분이야. 하지만 솔직이 말하자면 젤리, 우리 둘이서 마음대로 할 수 있다면 매우 떠들썩하게 할 수도 있었을 텐데 말이야."

"쉿! 큰 소리로 말하지 말게." 스티브 신부는 손을 들어 제지했다. "노인의 귀는 자네가 생각하는 것처럼 어둡지가 않네."

"그분 좀 이상한 양반이야." 뚱한 표정이던 제롬 신부는 무엇을 생각했는지 미소를 띠었다.

"물론 그분이 위험을 넘길 수 있었던 것은 순전히 자네의 노고였네. 그 나이에 다리가 부러지고, 턱이 으스러지고, 게다가 천연두까지 겹쳤으니……그런데 굉장한 근력이야."

"그렇지도 않다네. 이젠 매우 쇠약해지셨으니까." 먼시는 진지한 어조로 말했다. "돌아가는 긴 여행에서, 제발 건강이나 잘 회복해 준다면 좋겠는데."

"괴상한 노인이야.……아니, 실언했군. 시대에 뒤떨어진 분이라는 게 더 적절하겠군. 자네, 생각나나? 그분이 중태에 빠졌을 때 피스크 부인이 귀국 전에 네 기둥짜리 고급 베드를 선물했을 때의 일을 말이야. 그 베드로 옮길 때 얼마나 힘이 들었나, '왜 멀쩡한 장부를 뉘어 놓으려고만 드느냐'고 화를 내시며 말일세."

젤리가 킬킬 웃었다.

"그리고 또 있었지. 메시 메리의 머리 위로 고기 수프 그릇이 날아간 일." 젊은 신부는 웃었다. "고만, 고만, 쓸데 없는 말은 그만두세. 그분은 보통 사람이 아니야. 잘 사귀어 보면 정말 좋은 분이야. 어느 누구라고 해도, 이런 곳에 30년 이상이나 혼자 내버려 둔다면 다소는 이상해지는 게 당연한 거야. 우리는 두 사람이니 여간 다행한 일이 아니지.……네, 들어오세요."

노크 소리에 이어 원장 메시 메리가 밝고 명랑하게 웃으며 안으로 들어왔다. 원장은 두 젊은 신부들에게 처음부터 비상한 관심을 가지고 있었다. 그러니까 다 큰 아들들을 맞아들이는 어머니 같은 그런 마음이었다고나 할까. 실제로 그녀는 어머니처럼 그들의 옷을 챙겨주고 속옷까지 꿰매주며 즐거워하는 것이었다.

"어서 오세요, 원장님. 한 잔 하시지 않겠어요. 절대로 취하는 일이 없고 원기를 돋아 주는 좋은 놈이죠. 자, 드세요. 설탕은 두 스푼?

사순절(四旬節 : 황야에서 40일간 금식, 시험받은 그리스도의 수난을 기념하기 위한 부활제 전 40일 동안 지내는 카니발.) 동안 원장님이 설탕을 즐기시나 감시해야 되겠어요. 자, 그럼 내일 치셤 신부님 송별회에 대한 말씀을 나눌까요."

세 사람은 반 시간 정도 열심히 상의를 했다. 이야기가 대충 끝나가자 원장은 어머니다운 인자한 빛으로 귀를 기울이고 있더니, 곧 걱정스러운 얼굴을 했다.

"그분의 발자욱 소리를 들으셨나요? 지금은 아무것도 안 들리는 것 같은데……. 어머, 어떡하나. 아마, 아무 말 없이 나가 버리셨나봐요."

말을 맺은 그녀는 자리에서 일어났다.

"실례해요. 뭘 하고 계신지 살펴보고 와야겠군요. 밖에 나가 발이라도 적신다면 야단일 테니까요."

치셤 신부는 낡은 우산을 지팡이 삼아 성 안드레아 성당을 마지막으로 돌아보며 산책하기 위해 밖으로 나갔다. 이젠 조금만 움직여도 전 같지 않아 몹시 피로를 느꼈다. 오래 앓은 탓으로 이제는 자기도 영 폐인이 된 모양이라고 생각하니 절로 한숨이 나왔다. 정말 나이도 많이 먹은 것이다. 이런 생각들은 그에게 견딜 수 없을 정도로 슬픔을 주었다. 자신을 놓고 볼 때는 그다지 달라진 것 같지 않다는 생각이 들었고, 또 사실이 그랬다. 오늘이 지나면 드디어 이 파이탄도 하직을 해야 하는 것이다. 믿을 수 없는 일 같았다. 자신은 성당의 경내에 윌리 탈록과 뼈를 나란히 묻으리라고 생각해 왔다. 주교에게서 온 편지가 새삼 뇌리에 떠오른다. '……각설하고, 자네의 건강도 우려되므로 그 동안의 노고에 감사하여, 이 기회에 해외포교단 일을 그만두고 떠나도록……'

—좋다, 하느님의 뜻대로 행하겠나이다!

조그만 묘지들 앞에 서 있으려니까 죽은 이에 대한 그리운 추억이 잇달아 떠오르고 있었다. 자그만 나무 십자가가 즐비한데……윌리부터 시작해서 클로틸드 수녀, 정원사 후 노인, 그밖에도 열 몇 개의 십자가가 나란히 서 있다. 인생행로에서 그 이정표가 끝났음을 보여주는 표식으로.

그는 뙤약볕이 쨍쨍한 벌판에서 파리매에게 시달리는 늙은 말처럼 고개를 저었다. 몽상 따위에 약해져서는 안 된다. 그는 낮은 담으로 둘러싸인 새로운 목초지(牧草地)에다 눈길을 돌렸다. 요수에가 말을 타고 있었고, 그것을 네 아우들이 곁에 서서 감탄의 눈으로 지켜보고 있었다. 죠셉도 그리 떨어지지 않은 곳에 서 있었다. 벌써 마흔다섯이 된 그는 더 비대해졌고, 이젠 자녀가 아홉으로 늘어난 아버지가 된 것이다. 그 나머지 아이들과 막내아이를 버드나무로 엮은 유모차에 태우고 천천히 집쪽으로 밀어가며 오후 산책에서 돌아오는 길이었다. 훌륭한 가장이자 아버지인 남편이 가족들에게 봉사하고 있는 훈훈한 정경이었다. 프랜치스는 자기도 모르게 떠오른 미소를 거둘 수가 없었다.

자신의 송별을 준비하기 위해 모두들 바쁠 것을 알고 있는 그는 되도록 남의 눈에 띄지 않도록 주위를 돌아보았다. 학교, 기숙사 식당, 레이스나 돗자리를 만드는 작업장, 작년에 그가 눈 먼 아이들을 위해 바구니를 만드는 법을 가르치는 교실로 세웠던 작은 별관 등. 그러나 생각 하기에 따라서는 아주 빈약한 사실들에 왜 이다지도 애착을 갖는가. 옛날에는 이런 것도 하나의 업적으로 생각했던 적도 있었다. 하지만, 지금은 울적한 심정으로는 이것들은 결코 성공적인 것도 그 아무것도 아닌 것이다. 그는 떨어지지 않는 발길을 간신히 돌렸다. 새로 증축한 홀에서 매우 서투른 금관악기 소리가 들려왔다. 그는 다시 이지러진 미소를 머금었다. 아니다. 그의 얼굴은 찌푸려지고 있다는 게 정확한 표현일 것이다. 젊은 사제들은 엉뚱한 생각들만 하고 있다. 어젯밤에도 이 교구의 지세를 가르쳐 주려고 했더니(물론 헛수고일 테지만) 의사 신부는 비행기를 이용하면 빨리 가고 어쩌구 운운하며 중얼거렸었다. 정말 너무나도 변했다. 류촌까지 비행기로 2시간밖에 걸리지 않는다는 것이다. 처음 내가 갈 적에는 걸어서 2주일은 족히 걸리지 않았던가.

오후가 되자 점차 기온이 차게 느껴졌다. 더 이상 멀리 가면 안 될 것 같았다. 또 누구에게 들키기라도 한다면 잔소리를 들을 게 뻔하다는 서글픈 생각을 하면서도 우산에 힘을 주어 비취 언덕으로 발걸음을 계속했다. 지금은 폐허가 되어 잊혀진 땅이지만, 그 자리는 처음 성당이 섰던 곳이기도 하다. 그는 완전히 황폐해진 폐허 위에 발길을 멈추어 섰다. 대나무가 우거진 낮은 지대는 거의 늪처럼 물이 고여 있었고, 그래도 그 옛날 흙벽돌의 외양간은 그대로 남아 있었다.

그는 금방이라도 주저앉을 것 같은 지붕 밑으로 머리를 굽히고 들어갔다. 그러자, 추억의 물결이 밀물처럼 덮쳐 왔다. 고지식하고 무뚝뚝한 젊은 신부가 중국 소년 한 사람만을 데리고 화로 앞에 앉아 있던 그 옛날의 그의 모습이 눈앞에 보이는 듯했다. 검은 생철 트렁크를 제단인 양 시중드는 복사 소년도 없이 혼자 그 최초의 감격적인 미사를 드린 곳도 바로 여기였다. 그는 그 자리에 부자유스러운 몸으로 그대로 주저앉아 서툴게 무릎을 꿇었다. 그리고 '부디 행위로써가 아니라 의도를 보아 내 생애를 심판하소서…….' 하고 탄원했다.

전도관으로 돌아오자 그는 옆 현관으로 해서 재빨리 2층으로 올라갔다. 다행하게도 아무도 만나지 않고 자기 방으로 들어갈 수가 있었다. 자기를 위해 뜨거운 물주머니 찜질이니 무어니 하고 귀찮게 하는 것이 싫어서 그는 이것을 "야단법석이군." 하고 빈정거렸던 것이다. 아무의 눈에도 발각되지 않은 것이 기분 좋았다. 그런데 방문을 연 그는 깜짝 놀라고 말았다. 뜻밖에도 챠 씨가 와 있었던 것이다. 추위에 파랗게 얼어 인상이 달라 보이던 그의 얼굴이 프랜치스를 보자 밝게 펴졌다. 예의고 뭐고 간에 그는 우선 반가움에 그 옛 친구의 손을 꽉 움켜 잡았다.

"그렇지 않아도 와주셨으면 하고 기다렸습니다."

"어찌 오지 않을 수가 있단 말입니까?"

챠 씨는 슬픈 음성으로 말했다.

"신부님, 새삼스런 말씀 같지만, 떠나시는 것이 정말 저에게는 여간 애석한 일이 아닙니다. 오랫동안 맺어오던 우의는 진실로 다시 찾을 수 없는 소중한 것이었습니다."

"나 역시 당신과 작별한다는 것이 얼마나 섭섭한지 무엇으로 표현했으면 좋을지 모르겠군요. 여태까지 제게 베풀어 주신 친절과 희사

(喜捨)는 정말로 너무나 큰 것이었습니다."

프랜치스는 조용히 대답했다.

"별 말씀을 다 하시는군요."

챠 씨는 손을 내저으며 그의 말을 막았다.

"저야말로 얼마나 은혜를 입었는지 모릅니다. 그 뿐만 아니라 성당 경내의 정원에 그렇게나 자주 와서 평화와 아름다움을 감상하지 않았습니까. 이제 신부님이 안 계시면 아주 쓸쓸해지고 말겠지요. 그러나 회복하시면 다시 이 파이탄으로 돌아오시는 거겠지요?"

"글쎄, 어려울 것 같군요. 이제는 즐거이 천국에서 만날 날을 기다려야겠지요……."

프랜치스는 엷은 미소를 떠올리며 말을 맺었다.

침묵이 흘렀다. 챠 씨는 다시 조용히 입을 열었다.

"이제 떠나야 할 시간이 임박한 마당에 서로 저 세상의 얘기란 맞지 않는 것 같습니다만……."

"난 언제나 그런 투의 얘기만 해온 걸요."

챠 씨는 생각에 잠긴 얼굴로 망설이며 다시 말했다.

"내세(來世)가 어떤 것인지 여태까지는 깊이 생각해 본 적이 없습니다. 그러나 만약 그런 곳이 있다면, 그곳에서 당신과 만날 수 있도록 꼭 부탁드리고 싶습니다."

치셤 신부는 오랜 경험을 해왔지만 이 말의 뜻은 금방 파악할 수가 없었다. 그는 미소를 지으며 조용히 다음 말을 기다렸다. 챠 씨는 매우 난처했으나 솔직이 말하지 않을 수가 없었다.

"신부님, 언젠가 전에도 말씀드린 적이 있지요. 세상에는 숱한 종교가 있고, 어느 종교에도 천국으로 들어가는 문은 있다는 애기……."

그의 거무잡잡한 얼굴에 화색이 돌았다.

"그런데, 나는 지금에야 당신 종교의 문으로 들어가고 싶다고 이상한 소망을 갖게 된 듯합니다."

죽음 같은 침묵이 흘렀다. 고개를 숙이고 바닥만 내려다보고 있던 치셤 신부는 몸이 굳어진 채 꼼짝도 할 수가 없었다.

"내게는 당신의 진실이 믿어지지 않는군요."

"벌써 오래전의 일입니다만, 제 자식의 병을 고쳐주셨을 무렵에도 저는 진정으로 생각하지 않았었습니다. 그 당시는 당신의 진정한 생활이, 그 인내와 용기가 내게는 이해되지가 않았던 것입니다. 종교의 좋고 나쁨은 그 귀의자의 신앙 태도에 따라 가장 잘 알 수 있습니다. 신부님……당신은 당신의 모범으로 저를 정복하신 것입니다."

치셤 신부는 이마에 손을 얹었다. 그것은 감동을 감출 때 하는 평소의 버릇이었다. 그는 천천히 입을 열었다.

"오늘은 줄곧 실패의 재(灰) 때문에 하루 종일 입이 썼습니다만 당신의 말씀은 내 마음을 다시금 불타오르게 해주시는군요. 이 한 순간의 일만으로도 내 사업은 무가치하지는 않았다고 생각됩니다. 하여간에……우정을 위해서만이라도 제발 그런 짓은 말아 주십시오.……신앙이 있으시다면 별 문제입니다만."

챠 씨는 결연히 대답했다.

"단단히 결심을 했습니다. 우정과 신앙을 위해 한 결심입니다. 당신과 나는 이제 형제입니다. 당신의 하느님은 저의 하느님이기도 합니다. 내일 우리 서로 작별한다고 해도 어느 날엔가는 우리 주님 앞에서 만날 수 있다고 생각하니 저는 기쁩니다."

한동안 프랜치스는 아무 말도 할 수가 없었다. 그저 깊은 감동을 감추기 위해 애쓰던 그는 챠 씨에게 손을 내밀어 나직하게 말했다.

"우리 함께 성당으로 가십시다."

다음날 아침은 아주 상쾌하고 따뜻한 날씨였다. 노랫소리에 눈을 뜬 치셤 신부는 피스크 부인에게서 선물받은 침대에서 빠져나와 비틀거리며 열려진 창가로 갔다. 베란다 아래서 아홉 살도 채 안 된 작은 소녀들이 20명쯤 모여 흰 옷에 파란 띠를 두르고 그의 방을 향해 노래 부르고 있었다.

"햇님이 방긋 웃는 이른 아침에……."

그는 아이들을 향해 얼굴을 찡그려 보였다. 10절까지 노래가 이어지자 그는 아래를 향해 소리쳤다.

"그쯤 해두고 가서 아침을 먹고 오너라."

소녀들은 악보를 손에 든 채, 노래하던 입을 다물고는 그에게 방긋 웃어 보였다.

"이 노래 좋지 않으세요, 신부님?"

"아니……그래, 좋아한다. 하지만 지금은 아침밥을 먹어야 할 시간이 아니냐."

그가 얼굴에 면도질을 하고 있는 동안에, 소녀들은 다시 그 노래를 처음부터 시작해서 끝까지 부르고는 거기에다 다른 노래까지 곁들였다. 노래 가사 가운데 '너의 성숙한 빰에……'라는 구절이 나올 때 그는 면도날에 얼굴을 베고 말았다. 조그만 손바닥만한 거울에 천연두 자국 뿐만 아니라, 지금 벤 자국에서 피가 나오고 있는 모습이 보이자 그는 혀를 끌끌 찼다.

"이건 꼭 악한같이 생겼군. 흉칙한 얼굴이 돼버렸으나, 오늘만은 산뜻하게 보이고 싶은데." 하고 중얼거리며 조심스레 얼굴을 다듬었다.

아침식사 종이 울렸다. 먼시와 크레그 신부는 매우 신경을 써서 미소를 지으며 공손히 그를 맞아들였다. 한 사람은 재빨리 의자를 내놓았고, 또 한 사람은 얼른 케저리(쌀, 콩, 옥파, 달걀, 양념 등을 섞여 요리한 인도풍의 아침밥.) 접시의 뚜껑을 열고 그의 기분을 맞추려고 제대로 자리에 앉지도 못했다. 그는 미간을 찌푸렸다.

"무슨 짓인가 자네들. 증조모 백 살되는 생일날도 아닐 테고. 나를 그렇게 다루는 건 그만두게나."

그래도 한사코 노인의 비위를 맞추고 싶다는 듯 젤리 신부가 다정스럽게 미소를 지었다.

"무슨 말씀을……. 지금 저희들은 특별한 대접을 신부님께 해드리고 있는 게 아니올시다. 다만, 이곳에 첫발을 디딘 개척자의 영예를 드리고 있을 뿐이죠. 그것은 아무리 부인해도 신부님의 것이니까 당연한 보상으로 받으셔야 하고, 또 이것은 의심할 여지도 없으리라 생각합니다."

"아닐세, 의심할 여지가 많다네."

프랜치스 신부의 무뚝뚝한 말엔 상관없이 스티브 신부가 진심으로 말했다.

"염려 마십시오. 신부님의 심정을 모를 리가 있겠습니까마는 저희들도 어떻게든 일을 잘 계속해 나갈 결심이니, 마음 푹 놓으십시오. 좌우간 젤리와……아니, 크레그 신부와 제가 성 안드레아 성당의 규모와 능률을 두 배로 올릴 계획을 세우고 있는 중입니다."

"전도사를 스무 명쯤 고용하고요. 물론 월급을 주고 말예요. 초롱상가의 신부님 친구 되시는 분이 지으셨다는 그 메소디스크 교회 앞에 급식소도 설치할 생각입니다. 여봐란 듯이 해내겠습니다."

그는 자신감에 차서 쾌활하게 웃어댔다.

"어디까지나 전통과 신뢰로 뭉쳐진 확고한 가톨릭 성당으로서 지켜 나가겠어요. 여기도 비행기가 닿을 날이 있을 테니 그 때 개종자 인원을 표시한 그래프를 전해 드리겠습니다. 기대해 주십시오. 그러면."

"암소들이 집에 돌아오는가."

하고 치섬 신부는 자기의 몽상에 빠져 이렇게 중얼거렸다.

두 사람의 신임 사제는 딱하다는 듯 서로 힐끗 쳐다보았다. 그리고 스티브 신부가 정감어린 말투로 다시 입을 열었다.

"여행중에도 약을 복용하시는 일을 잊어버리지 마십시오, 신부님. 하루에 세 차례 큰 스푼 하나씩 드셔야 합니다. 가방 속에 큰 약병을 넣어 두었습니다."

"아니, 벌써 내버렸다네. 내려오기 전에 빼버렸으니까."

갑자기 치섬 신부는 몸을 흔들어대며 크게 웃었다.

"자네들, 나 같은 건 조금도 염려 말게. 이 고집통에다 악당인 나를 뭘 그리 생각할 게 있겠나. 자네들도 자부심만 강하지 않다면 앞으로 많은 일을 할 수 있을 거네……. 항시 친절과 도량으로, 무엇보다도 서양식으로 계란 먹는 법 따위를 중국 노인들에게 가르치려 하지 말고 말일세."

"그렇겠지요.……대장부들이라면……아무튼 염려 마십시오. 잘 해 보겠습니다. 신부님."

"또 하나! 나는 비행기 같은 건 남겨 두고 갈 능력이 없지만, 실용적인 조그만 기념품을 남겨 주고 갈 생각이네. 은사인 신부님한테서 받은 것인데……대개 여행 땐 어디로 가든지 꼭 들고 다녔다네."

그는 식탁에서 일어나, 러스티 맥에게서 받은 방 한 구석에 세워둔 타이탄 체크 무늬 우산을 들고 와 스티브에게 건네주었다.

"이건 파이탄의 심볼로서도 상당한 역사를 지니고 있다네. 자네들에게 행운을 가져다 줄 걸세."

젤리 신부는 마치 성도(聖徒)의 유골이라도 받는 듯이 정중하게 우산을 받았다.

"정말 감사합니다, 신부님. 색깔이 아주 곱군요. 중국제인가요?"

"그것보다 더 못한 물건인지도 모르네."

치셤 신부는 빙긋이 웃으며 고개를 흔들고는 그 이상 아무 말도 하려 들지 않았다.

먼시 신부는 친구에게 가만히 눈짓을 하고는 자기 냅킨을 놓았다. 그 눈 속에는 어떤 계획이 들어 있는 것 같더니 곧 일어났다.

"그럼 신부님, 크레그 신부와 전 잠깐 실례하겠습니다. 시간은 자꾸 가는데……주 신부님도 오시겠지요."

두 사람은 급히 나가 버렸다.

치셤 신부는 11시에 출발할 예정이었다. 방으로 되돌아와 얼마 안 되는 짐을 모두 챙기고 나서도 출발까지는 아직도 한 시간 정도가 남아 있었다. 다시 한 바퀴 돌아보자고 생각했다. 아래층으로 내려가자 발길은 자연히 성당쪽으로 향하고 있었다. 그러나, 밖으로 나온 순간 그는 그만 격정으로 그 자리에 우뚝 멈추고 말았다. 5백 명에 가까운 신도들이 전부 마당에 나란히 서서 그가 나오기를 기다리고 있었다. 한쪽에는 주 신부가 데리고 온 류촌 신도들이었고, 그 반대쪽에는 나이가 찬 여학생들과 대바구니 공장의 견습생들이 줄지어 있었고 앞줄에는 그가 사랑하는 어린아이들이 메시 메리 원장 수녀와 말따와 그리고 네 명의 중국인 수녀가 서 있었다. 보잘것없는 자기 같은 인간에게 일제히 애정을 가지고 향해지고 있는 눈길을 보자 그의 가슴은 갑자기 화끈거리듯 격렬한 감동에 사로잡히고 말았다.

물을 뿌린 듯이 조용한 정적이 주위를 감싸고 있었다. 그 중에서 죠셉이 매우 흥분하고 있는 점으로 미루어, 송별사를 읽는 영광이 그에게 맡겨진 것이 분명했다. 그때 의자가 슬그머니 프랜치스 앞으로 놓여졌다. 노 신부가 앉자 죠셉이 허둥대는 걸음걸이로 준비된 단 위에 올라갔다. 그리고 그는 매우 떨리는 손으로 붉은 색 종이를 펼쳤다.

"가장 존경하는 천주의 사도님, 참으로 비통한 마음으로 당신의 자식들인 우리는 광막한 대양을 건너 떠나시려는 당신을 송별하고자 합니다."

죠셉의 송별사는 몇 번이나 눈물로 끊겼고, 찬사와 아름다운 말로 가득 찬 그것은 겨우 끝이 났다. 아내 앞에서 몇 십 번이나 연습했을 터인데도 죠셉의 목소리는 군중에 압도되어 형편없이 떨렸고 땀까지 뻘뻘 흘리며 뚱뚱한 몸을 떨곤 했다. 그렇게 힘들어 하는 죠셉을 보다가 프랜치스는 시선을 떨구었다. 가엾은 죠셉이여…….치셤 신부는 자신의 구두를 내려다보며 30년 전의 날씬했던 그의 소년시절을 생각했다. 그 무렵엔 너도 건강해서 내 말고삐를 잡고 달리지 않았더냐.

송별사가 끝나자 5백 명의 신자가 다 함께 영광송(榮光頌)을 부르기 시작했다. 그는 여전히 구두로 시선을 내리깐 채 둔중한 노래가 높아가는 것을 마치 자신의 늙은 뼈가 으스러져 내리는 듯한 느낌으로 듣고 있었다. 하느님!—그는 마음속으로 기도했다.—제발 제가 우스꽝스러운 짓을 벌이지 않도록 보호해 주소서.

증정식 차례였다. 그에게 바구니 만드는 법을 배운 맹인들 가운데서 가장 어린 소녀가 뽑혀 나왔다. 검정색 스커트에 흰 블라우스를 입은 소녀는 원장 메시 메리의 속삭임과 예민한 본능에 의해 똑바른 걸음걸이로 앞으로 나왔다. 소녀가 그의 앞에 무릎을 꿇고 우편으로 난낑(南京)에서 주문한 조각이 정교하게 새겨진 도금한 성찬배(聖餐杯)를 내밀었을 때 그의 눈도 눈물로 흐려져서 소녀처럼 아무것도 볼 수가 없었다.

"내 아이들아, 주님의 축복이 있을 지어다."

간신히 이 말만 중얼댄 그는 그 이상은 입을 열지 못했다.

챠 씨 소유의, 가장 고급인 가마가 눈물로 흐려진 그의 시야에 흔들흔들 가까이 오는 것이 보였다. 프랜치스는 사람들에게 부축되어 가마에 올랐다. 이윽고 가마가 움직이자 펑펑 폭죽 터지는 소리가 났고 그에 따라 요란한 연주도 올리기 시작했다.

법왕의 행차처럼, 일꾼들이 어깨로 맨 가마에 높다랗게 올라 앉은 그는 언덕을 내려가면서 우스꽝스런 악대만을 보려고 안간힘을 썼다. 하늘색 제복을 입은 스무 명 정도의 남학생들이 볼을 불룩하게 만들어가며 나팔을 불고, 시가 행진하는 앞에 지휘봉을 흔드는 것은 어여쁜 소녀였다. 깃털이 달린 군모에 흰 장화를 신은 소녀는 유연하게 지휘봉을 흔들며 발을 맞춰 걸어나간다. 거리로 나오니 다정하게 지내오던 사람들이 상점 앞마당에 떼지어 서서는 그를 기다리고 있었다. 거리에서는 다시 폭죽이 터지고 꽃이 뿌려졌다.

챠 씨의 기정(汽艇)은 조용한 기관소리를 내며 부두에서 기다리고 있었다. 가마에서 내리는 순간, 정말 작별의 시간이 왔구나 하고 그는 생각했다. 모두 그를 둘러싸고 제각기 작별 인사를 하고 있었다. 두 사람의 젊은 사제들, 주 신부, 원장 메시 메리, 말따, 챠 씨, 요수에, 모두들 나와 있었다. 여자 신자들 가운데는 무릎을 꿇고 눈물로 그의 손에 입을 맞추는 사람까지도 있었다. 그는 무슨 말이든 해야 한다고 생각을 하면서도 말이 꽉 막혀 제대로 입을 열 수가 없었다.

정신없이 그는 작은 배에 올랐다. 그러자, 미리 준비하고 있었는지 신호가 울리며 그가 가장 좋아하는 찬미가 '성신이여 임하소서'를 아이들 성가대가 부르기 시작했다. 이 찬미가는 피날레를 장식하기 위해 아껴두었던 것이다.

'성신이여 임하시어 고마운 비로 메마른 우리의 마음을 젖게 하소서'

9세기에 샬마뉴 황제(최초의 프랭크 국왕이며 신성로마제국을 일으켜 샤를 1세로 황제가 됨. 741~814년)에 의해 씌어진 고귀한 어휘이며 찬미가인 이 노래를 그는 아주 옛날부터 좋아했었다. 부둣가에 서 있던 사람들은 모두 합창을 시작했다.

'성신이여 임하시어 연약한 우리 마음을 성우로 도우소서'

오오, 이 얼마나 다정하고 친절한 배려인가. 그의 마음은 내려앉는 것만 같았다.……평생 잊지 못할 감동으로 인하여 그의 얼굴은 일순간 터질 것 같은 울음을 참느라고 심하게 일그러지고 있었다.

배가 서서히 부두를 떠나고 있었다. 일동에게 축복을 하기 위해 손을 든 프랜치스의 얼굴은 어수선하게 뒤틀어졌고, 그 위에 눈물이 비오듯 흘러 내렸다.

제5부 • 귀 국(歸國)

1

밀리 주교의 귀가는 자꾸만 늦어지고 있었다. 주교관에 있는 품위가 있어 보이는 젊은 사제가 벌써 두 번째나 문에 나타나 일러주었었다. 각하와 비서는 교구회의로 인해 부득이 늦어지고 있노라고. 치셤 신부는 줄곧 읽고 있던 자기의 일기장 너머로 날카로운 시선을 던졌다.

"시간을 엄수하는 게 고위 성직자의 예절이 아닐까요?"

"각하는 매우 바쁜 분이라……."

젊은 사제는 어벌쩡한 미소를 주며 자리를 떠났다. 마치 중국에서 온 늙은이를 혼자 내버려 두면 은그릇들이 어떻게나 될까 걱정된다는 듯한 눈초리로. 만나자는 시간은 11시로 약속되어 있었다. 그런데 벌써 시간은 12시 반이 된 것이다.

러스티 맥과의 회견을 기다리던 것도 바로 이 자리에서였다. 그것은 언제 일이었을까? 놀라운 일이지만 벌써 36년이나 지났지 않은가. 그는 슬픈 듯 고개를 저었다. 그는 혼란한 마음을 진정시키려고 애를 썼다. 주교에게 부탁해야 할 일들 때문에 신경이 자꾸만 곤두섰던 것이다. 그는 남에게 부탁하는 것을 싫어했고, 또 여태껏 한 일도 없었다. 그런데 이번 만큼은 부탁을 하지 않을 수 없는 일이었다. 그는 리버풀에서 배에 내린 이래, 숙소로 정한 싸구려 호텔에서 회견에 응하겠다는 회신을 받았을 때부터 흥분했던 것이다.

그는 구겨진 옷을 부지런히 손질하고, 칼라를 깨끗이 했다. 그리고 약속한 시간에 맞추어 급히 뛰어온 것이었다.

그는 자기가 그렇게 늙지는 않았다는 생각을 했다. 아직도 기력은 충분히 있다고 믿으면서 다시 한 번 시계를 보았다. 정오가 훨씬 지나 있다. 필경 안셀모가 함께 점심식사를 하자고 전하겠지. 곧잘 화를 내는 혀이긴 하지만 잘 다스리고, 안셀모의 이야기를 들어주면서 농담도 나누고, 할 수 있는 한 아첨이라도 해주자. 그건 그렇다 치고라도 뺨의 상처자국에 경련이 시작되면 꼭 미친 사람같이 보일 테니까…….

1시 10분 전이 될 즈음 복도 밖에서 시끄러운 소리가 심상치 않게 들리더니 곧 이어 가벼운 발걸음으로 밀리 주교가 방으로 들어섰다. 급히 온 듯 흘끔 시계를 보더니, 곧 쾌활한 시선으로 프랜치스를 바라보았다.

"여어, 프랜치스. 자네를 다시 만날 수 있다니, 고마운 일이야. 늦어서 미안하군. 아니, 괜찮아. 일어나지 말고, 그대로 앉아 있게. 여기서 이야기하는 게 좋겠군. 이 방이, 내 방보다 훨씬 자유스러울 테니."

밀리는 프랜치스 옆으로 의자를 끌어당겨 점잖게 앉았다. 그리고는 잘 다듬어진 포동포동한 손을 반갑다는 듯이 상대편의 어깨에 얹으며 잠깐, 이 사람 왜 이렇게 볼품없이 늙어 버렸을까 하고 생각했다.

"그래, 파이탄은 어떤가? 상당히 발전했다고 스리스 신부가 말하더군. 나는 그 무서운 페스트가 휩쓸고 간 후의 그 참혹한 거리 모습을 잊을 수가 없다네. 그러나 확실히 신의 손길이 함께 계셨던 거야. 아, 그 무렵이 나에겐 개척 시대였다네, 프랜치스. 그 당시 일이 난 가끔 그리워지거든."

그는 미소를 떠올렸다.

"나는 현재 주교에 불과하지만……그러나, 동양의 강가에서 작별하던 때와는 나도 상당히 달라졌다고 생각지 않나?"

프랜치스는 옛친구를 야릇한 기분으로 바라보며 결의가 서린 듯 고개를 끄덕이고 있었다. 확실히 세월은 안셀모 밀리를 더욱 훌륭하게 만들어 주었음을 시인하지 않을 수 없었다. 고위 성직자다운 고상한 위험을 드러내고 있는 그에겐 이미 젊은 시절에 지니고 있던 화려한 기질도 점잖고 원숙한 품위로 변해 있었던 것이다. 게다가, 놀랍게도 나이에 비해 젊어 보였고 풍채는 늠름했으며, 부드러운 얼굴엔 그 눈빛이 옛날과 조금도 다름없이 밝게 빛나고 있었다. 프랜치스는 아직도 그에게 젊음의 싱싱함이 노출되고 있는 것에 감탄하여 솔직한 말을 했다.

"자네가 이토록 훌륭하게 보인 것은 나도 처음인 것 같아."

주교도 만족한 얼굴로 고개를 끄덕였다.

"자네나 나나 옛날처럼 젊진 않네. 하지만, 나는 아직 매우 건강하네. 솔직히 말하자면, 일하기 위해서는 건강해야지 않겠나. 한데 이 건강을 지키기 위해서 내가 얼마나 고통받고 있는지 자네가 안다면 필경 놀라고 말걸세. 영양식을 먹으라는 명령을 받아야 하는 것까진 좋으나 맛사지까지 해야 한다네. 스웨덴 안마사인데, 말 그대로 하느님이 무서워질 정도의 힘센 손으로 주물러댄단 말일세. 그러나, 걱정인 것은……."

그는 갑작스레 정말 걱정스럽다는 어조로 말을 계속했다.

"자네쪽이야……. 그간 자네는 건강에 너무 소홀한 것 같군."

"글쎄, 자네 곁에 있으니 나는 마치 낡은 걸레뭉치가 돼버린 기분이군, 안셀모. 어쩌면 이것이 하느님이 보여주신 진리인지도 모를 일이야. 하지만 나도 마음은 아직 무척 젊다네. 적어도 생각은 그렇지. 그리고, 또 아직 얼마든지 봉사할 수 있는 자신감도 있으니 말일세. 그 파이탄에서의 내 사업도 자넨 그다지 불만이지 않을 거라고 여기네만……."

"아니, 프랜치스군, 자네의 노력은 영웅적이었네. 물론 숫자상으로는 조금 실망도 했지만. 스리스 비서신부가 마침 어제 보여주었지!"

그 목소리에는 상당한 호의가 곁들여 있었다.

"그 보고서에 의하면 자네가 36년 동안 개종시킨 신자의 수는 로마신부가 5년 동안 올린 실적보다 오히려 적었다네. 그렇다고, 뭐 자네를 비난할 생각으로 하는 말은 아닐세. 우리는 친구 사이니까. 하여간에 언젠가 틈이 생기면 또 이 문제에 대해서 충분히 얘기 해보세. 그런데……."

그의 눈길이 급히 탁상시계쪽으로 갔다.

"뭐 내가 도움이 될 일이라도 있나?"

프랜치스는 한참 동안 입을 다물고 있다가 낮은 음성으로 대답했다.

"그렇다네…… 한 가지가 있어, 밀리 각하……나에게 본당을 하나 주었으면 하네."

그때까지 부드러운 미소를 띄고 있던 표정이 그만 싹 일변하고 있었다. 그는 천천히 눈썹을 치켜올리며 치셤 신부의 조용하나 열의가 담긴 어조로 얘기하는 것을 계속 듣고 있었다.

"티드사이드를 주었으면 좋겠네, 안셀모. 렌톤에 자리가 났다니까 말일세. 그건 보다 크고, 좋은 성당이지 않나. 그러니, 티드사이드에 있는 사제를 렌톤으로 영전시켜 주고 나를……나를 고향으로 돌아가도록 해주었으면 하네."

밀리 주교의 얼굴은 이미 굳어져서 어색한 표정이 되어 있었다.

"프랜치스, 마치 자네는 내 교구를 관리하고 싶어하는 것만 같군 그래."

"내가 자네에게 이런 부탁을 하는 것은 그만한 이유가 있다네. 그렇게만 해준다면 그 기쁨은 말로 표현할 수도 없을 정도일 걸세."

치셤 신부는 흠칫 입을 다물었다. 자신도 모르게 음성이 떨려 나오고 있었기 때문이다. 잠깐 쉬었다가 그는 다시 쉰 음성으로 계속했다.

"마그냅 주교가 옛날에 약속해 주었다네. 만일 내가 귀국하게 되면 성당 하나 맡기겠다고……."

하고 그는 안주머니를 뒤졌다.

"여기 그 편지를 가지고 있네만……."

안셀모는 그 행동을 막듯이 손을 들었다.

"선임자가 남긴 약속을 내가 대행해야 할 의무는 없다고 생각하네."

두 사람은 잠시 입을 다물었다. 이윽고 밀리 주교는 자못 다정하고 은근한 음성으로 말했다.

"자네 얘기는 물론 고려해 보겠네. 하지만 지금 뭐라고 약속하기란 곤란한 일이야. 내게도 티드사이드는 매우 그리운 고향이지. 성당 주교 자리의 직책을 벗게 되면 나도 그곳으로 가서 영주하고 싶기도 했었지. 자그마한 별장 같은 것이나 지어서 말이네."

그는 거기에서 말을 중단했다. 아직 청각은 활발한 듯 밖에서 나는 자동차 소리와 곧 이어 현관의 인기척을 들은 것이다. 그러나 밀리 주교는 탁상시계를 보더니 바쁘나마 상냥한 태도로 일어섰다.

"자, 그럼……무슨 일이든 하느님의 손에 달려 있네. 이제 알게 될 거야, 이제……."

"아직 조금 더 이야기할 것이 남아 있네. 물론 자네만 좋다면……."

프랜치스는 급히 말했다.

"나는……집이 필요 하다네. 어떤 사람 때문에 집이 꼭 있어야 할 입장이네."

"그런 얘기라면……프랜치스, 다른 때라도 할 수 있지 않겠나."

차가 또 한 대 도착한 듯 좀더 소란스러워졌다. 밀리 주교는 보라색 승복의 앞을 여미며 못내 유감스럽다는 듯 말했다.

"이거 정말 미안하네, 프랜치스. 꼭 가야 할 곳이 있다네. 두루두루 오래 얘기하려고 매우 기대했었는데 말일세. 1시에 시장과 시의회의원과 점심을 하기로 약속되어 있다네. 역시 정치가 필요하거든. 제기랄, 교육위원회, 수도원연합회 재정……모두가 주고받은 거래야. 요즘은 간혹 주식(株式)의 브로커도 돼야 하는 입장이지. 그러나 솔직이 말하자면 나는 그런 일이 싫지 않거든, 프랜치스."

"일 분 이상은 지체하지 않겠네만……."

프랜치스는 말을 끊고 마룻바닥으로 눈을 떨어뜨렸다. 밀리 주교는 몸을 일으켜 치셤 신부의 어깨를 한 팔로 가볍게 감싸듯 방문까지 이끌고 나갔다.

"자네가 돌아와줘서 정말 반갑네. 그럼, 오늘은 이만 실례하겠네. 곧 연락을 줄 테니 걱정말고 기다리게. 잘 가게, 프랜치스. 자네에게 신의 은총이 있기를 빌겠네."

현관 밖에는 대형의 검은 리무진이 높이 올려다보이는 주교관 현관까지 여러 대 세워져 있었다. 바다 너구리로 만든 모자를 쓴 붉은 얼굴, 위엄 있고 존귀해 보이는 얼굴들이, 작위를 나타내는 금줄을 늘어뜨린 모피 외투를 입고 있는 모습들이 치셤 신부의 눈에 띄었다. 안개 바람이 불고 있었다. 얇은 여름 옷을 입은, 여태껏 햇볕에만 익숙해 왔던 그의 몸에는 몹시 쌀쌀하게 느껴지는 바람이었다. 그가 터벅터벅 걸어 모퉁이로 돌아갈 때 뒤에서 차가 오는 소리가 났다. 그는 몸을 비켰다. 차가 뒤뚱하고 흔들거리니 옆으로 물러나 있는 그의 얼굴에 흙탕물을 튀기고는 달아나 버렸다. 그는 쓴웃음을 지으며 조용히 흙탕물을 닦았다. 문득 수십 년 전의 옛날 일이 떠올랐다. 안셀모를 진흙탕에 빠뜨렸던 일이 이렇게 해서 복수로 갚아지는 건지도 모른다. 가슴속에서 실망과 피로가 피어오르고 있었으나, 그래도 그 깊은 밑바닥엔 무엇으로도 끌 수 없는 빨간 불꽃이 타오르고 있었다.

그는 아무 데건 좋았다. 아무 성당에라도 들어가고 싶었다. 거리 저만치에 높다랗게 돔을 위로 한 거대한 대성당이 보였다. 그 새로운 모습은 마치도 1백만 파운드란 금액을 무거운 대리석과 맞바꾼 듯한 느낌을 주기도 했다. 그는 그쪽으로 뒤뚱거리며 걸어가고 있었다.

넓은 계단을 따라 입구로 올라가다가 그는 문득 발길을 멈추었다. 문 앞의 젖은 돌층계 위에는 해어진 옷을 입은 불구자가 바람 속에 웅크리고 앉아 있었는데, '상이 용사를 살려주세요.'라고 쓴 쪽지를 가슴에 핀으로 붙이고 있었다.

프랜치스는 가만히 서서 그 가엾은 모습을 지켜보았다. 그리고, 그는 호주머니에 손을 넣어 하나밖에 없는 은화를 꺼내어 깡통 속에 넣어 주었다. 두 사람의 늙은 상이군인은 서로 잠자코 마주보다가 눈을 돌렸다.

프랜치스는 임시 주교좌 성당으로 이용되고 있는 성당 안으로 들어갔다. 조용한 실내는 황홀하도록 아름다웠다. 대리석 기둥과 청동과 회나무를 풍부히 사용한 벽과 높다란 천장엔 우아한 조각으로 장식되어 있었다. 그의 전도관 성당 따위는 그 한 귀퉁이에 갖다 붙인다 해도 아무도 쳐다보지 않을 정도로 이 성당은 웅장한 규모였다. 프랜치스는 서슴없이 높은 제단 앞으로 나가 무릎을 꿇었다.

"오, 주여, 내 평생 단 한 번의 소망이옵니다. 당신의 뜻이 아니라 제발 저의 뜻을 이루게 해주옵소서."

2

다섯 주일이 지난 후, 치셤 신부는 오랫동안 뒤로 미루었던 카크브릿지를 향해 길을 떠났다. 그곳에 내려 역을 빠져나올 때는 점심 때였다. 마침 이 대공업지의 목면 공장에서 직공들이 쏟아져 나오고 있었다. 몇 백 명이나 되는 여자들이 머리부터 숄을 뒤집어 쓰고 내리는 빗속을 급히 가다가 기름투성이인 포도에서 덜컹대며 지나가는 전차 때문에 잠시 발이 묶였다가 다시 달려가는 것이었다.

신작로의 끝부분에서 그는 길을 물어서 오른쪽으로 꺾었다. 그리고 이 시(市)의 실(絲) 생산계의 왕이었던 사람의 거대한 동상 앞을 지나 가난한 주민들이 사는 마을로 들어갔다. 높다란 서민 아파트 건물에 둘러싸인 너저분한 광장을 가로질러 골목으로 들어서니, 지독한 악취가 코를 찔렀다. 어두컴컴한 골목이라, 아무리 날씨가 화창한 날이라 해도 태양이 들지 않는 듯했다.

그때까지는 기쁨과 흥분에 들떠 있던 프랜치스도 이 지저분한 길로 접어들면서부터 갑자기 우울해졌다. 다소 가난하리란 건 예상하고 왔으나 설마 이 정도라고는 생각지 못했었다. '나는 얼마나 바보였나. 이런 곳에 방치해 두었다니……이건 하수구 속에 살고 있는 거나 하나도 진배 없잖은가.' 그런 생각을 하니 후회가 되었다. 프랜치스는 아파트 방 번호를 찾기 위해 차례로 보고 다니다가 겨우 주소에 적힌 호수를 발견하고 계단을 올라갔다. 배수관이 새는 듯 계단이 축축하게 젖어 있었고, 창은 더러웠으며, 가스관조차 막혀 있는데다가 햇볕은커녕 공기도 통하지 않는 것 같았다. 3층까지 올라갔을 때 그는 무엇엔가에 발이 걸려 하마터면 계단 아래로 굴러 떨어질 뻔했다. 거기에는 사내아이가 계단에 걸터앉아 있었던 것이다. 안개라도 낀듯 어둡침침한 속에 조그만 육봉(肉峰)을 가진 꼽추아이가 뼈가 앙상하여 툭 불거져 보이는 팔꿈치를 무릎 위에 얹고, 무거운 머리를 손으로 괴고 있었다. 얼핏 보기엔 지친 노인 같았으나, 겨우 일곱 살이나 되었을까 했고, 피부는 양초 같은 빛깔로 조금 투명해 보였다. 갑자기 아이가 얼굴을 들었다. 창으로 스며든 한 줄기 빛이 그 모습을 비추었다. 비로소 아이의 얼굴을 보게 된 프랜치스는 하마터면 소리를 지를 뻔했다. 그는 집채 만한 파도에 휩쓸리는 조각배처럼 격렬한 감정에 휩싸여 주춤 벽에 몸을 기댔다. 고개를 들어 그를 쳐다본 아이의 창백한 얼굴은 꼭 닮아 있었다. 깡마른 얼굴에 터무니없이 큰 눈은 틀림없는 노라였다.

"이름이 뭐지?"

아이는 입을 꼭 다문 채 앉아 있다니 한참만에야 대답했다.

"안드레아."

계단을 올라가자 바로 문 뒤의 한 칸짜리 방안에서는 한 여인이 누더기 이불 위에 발을 꼬고 앉아 빠른 속도로 재봉틀을 돌리고 있었다. 가제 도구라고는 눈에 띄는 게 없었다. 달걀 빈 상자 위에 병이 하나 놓여 있었고, 주전자와 헝겁 주머니가 몇 개, 귀가 떨어져 나간 컵이 하나 있을 뿐이었다. 달걀 상자 저쪽에는 반쯤 만들어진 허름한 바지가 산더미처럼 쌓여 있었다.

프랜치스는 너무나 격심한 광경을 보고는 한참이나 말문을 열지 못했다.

"미세스 스티븐스 댁이지요?"

여인은 고개를 끄덕였다.

"나는, 아이 때문에 온 사람입니다."

여인은 너무 놀란 듯 정신을 잃고 바느질감을 무릎 위에 떨어뜨렸다. 그다지 나이가 많은 것 같지는 않았고, 마음도 나쁜 사람 같진 않았는데 곤경에 시달리다 보니 그런지 매우 늙어 보이는 모습이었다.

"저, 편지는 잘 받았어요."

여인은 우는 듯한 소리로 사정을 늘어놓으면서 쓸데없는 이야기까지 복잡하게 얘기하고 있었다. 프랜치스는 상대방의 이야기를 조용히 가로막았다. 전부 듣지 않더라도 그녀의 얼굴에 다 나타나 있는 것이었다.

"오늘 저 애를 데려갔으면 합니다만."

프랜치스의 부드러운 말을 듣자 그녀는 눈을 떨어뜨리고 바늘 자국으로 인해서 퍼렇게 부어 오른 손을 보았다. 이렇게 부드럽게 나오는 상대의 온화한 태도가 차라리 욕설을 퍼붓는 것보다 더 괴로운 모양이었다. 그녀는 소리내어 울기 시작했다.

"그애를 천대시했다고는 생각지 말아 주십시오. 아주 잘 보살펴 주고 있었어요. 나도 그애한텐 될 수 있는 한 썩 잘해 주고 싶었습니다만, 생활이 어려워서……."

여인은 입을 다물더니 갑자기 도전하듯 고개를 쳐들었다.

안드레아는 종이에 싼 꾸러미를 깡마른 가슴에 껴안고 프랜치스 곁을 따랐다. 그는 매우 착잡한 심정이었다. 아이는 낯선 사람과 처음으로 먼 길을 떠나는 것을 두려워하고 있고, 게다가 경계심까지 품고 있다는 것을 느낄 수 있었다. 그러나 지금은 아무 말도 하지 않는 것이 그 아이를 안심시키는 가장 최선의 방법이라고 그는 생각했다. 그는 입을 다물고는 안드레아가 따라올 수 있도록 천천히 걷고 있었다. 비로소 그의 마음에 서서히 기쁨이 차 올랐다.

'하느님이 나를 중국에서 떠나 여기에 오도록 하신 것은 오로지 이 조그마한 아이 때문인 것이다.'

두 사람은 한 마디도 건네지 않고 역까지 걸었다. 기차에 올라서도 아이는 꼼짝도 없이 다리를 좌석 끝에 늘어뜨린 채 창 밖만 내다보고 있었다. 삭정이처럼 여위어 보이는 앙상한 목덜미에는 때가 시꺼멓게 끼어 있었다. 아이는 한두 번 곁눈으로 프랜치스를 엿보는 듯하다가 고개를 돌려 버리곤 했다. 무슨 생각이 그 작은 머리에 차 있는지는 알 수 없었지만, 커다란 눈 속에는 여전히 공포와 불신감이 어둡게 빛나고 있었다.

"무서워하지 않아도 괜찮아."

"안 무서워."

하지만 아이의 아랫입술은 떨리고 있었다.

기차는 카크부릿지의 매연 속을 지나, 강과 푸른 전원 사이로 달렸다. 소년의 얼굴엔 감탄한 듯 차츰 밝은 빛이 드러났다.

자연의 빛깔이란 그 빈민굴의 어두운 납덩이처럼 내려앉은 하늘과는 이토록 대조적이란 것을 한 번도 생각해 보지 않았을 것이다. 넓은 들녘과 밭은 이윽고 울창한 푸른 숲지대로 바뀌었다. 갑자기 신록의 숲 사이로 은빛 물줄기가 물거품을 뿜으며 골짜기로 흘러 내리는 전경이 나타나기도 했다.

"우리가 가는 곳이 여기야?"

"음, 조금만 더 가면 된단다."

오후 3시가 되어서야 티드사이드에 기차가 도착했다. 티드 강변의 경사진 길을 따라서 인가가 들어찬 이 오래된 마을은 그가 어제 떠난 것과 똑같은 옛날 그대로의 모습으로, 햇빛을 가득 받고 아름답게 펼쳐져 있었다. 눈에 익은 경계 푯말이 차례차례로 보이자, 프랜치스는 기쁨과 그리움으로 숨이 막힐 지경이었다.

두 사람은 조그만 역을 나와 성 콜롬바 사제관을 향해서 나란히 걸었다.

第6部 • 시작의 끝머리

비서신부 스리스는 자기 방의 창가에 서서 얼굴을 찌푸리고 정원을 내려다보고 있었다. 안드레아 소년과 치섬 신부, 그리고 바구니를 든 미스 모파스가 일꾼의 도움을 받으며 식사 준비를 하기 위해 밭에서 채소를 뽑고 있었다. 이 네 사람이 의좋게 둘러싼 온화한 분위기는 비서신부 자기만이 소외당한 듯한 느낌을 더 강하게 주어 좀전에 결심한 일을 더욱 굳게 했다. 등뒤의 테이블에는 휴대용 타이프라이터로 찍은 보고서가 놓여 있었다. 그 서류에는 치섬 신부에게 치명적인 타격을 주게 될 내용이 담겨 있다. 그는 1시간 후에 카인카슬로 출발하기로 되어 있었다. 그러니까 서류는 오늘 밤 밀리 주교의 손에 들어갈 것이었다. 그는 일을 끝낸 뒤의 만족을 느끼고 있었다. 게다가 성 콜롬바 성당에서 보낸 이 1주일은 결코 좋은 기간만은 아니었으므로, 일을 마치고 떠난다는 것은 매우 시원한 일이었다. 이곳에서 매일같이 겪어온 일이란 어떻다고 딱 꼬집어 말할 순 없지만 불안하고 어수선할 때가 많았다. 미세스 글렌드닌이란 상류층 여인을 중심으로 한 그룹 외에 성당의 신자들은 거의 모두가 다 괴상한 치섬 신부에 대해 어떤 존경심과 상당한 애정을 가지고 있는 것이었다. 바로 어제만 하더라도 치섬 신부에게 충성을 바치겠다고 온 신자 대표와 격심한 말다툼을 하지 않으면 안 되었다. 어느 곳을 가나 사람들은 자기 고장 출신의 인물을 치켜세우는 것은 흔히 있는 일이다. 또 그것을 모르는 스리스 신부도 아니었다. 그러나, 아무래도 좋게만 받아들일 수 없는 일은 장로교회 목사까지 찾아와서는, 요즘엔 거리의 감정도 매우 부드러워졌으니 치셤 신부가 제발 거리의 사람들을 버리고 떠나는 일이 없도록 빈다는 말 따위를 한 것이었다. 무척 부드러워졌다니, 이건 뜻밖에도 놀라운 일이다.

그런 생각을 하고 있는 동안 아래 정원의 네 사람은 각자 흩어졌다. 안드레아는 연을 가지러 뛰어가는 모양이었다. 치셤 신부는 연을 만드는 데는 특별한 손재주가 있었다. 지금 막 그 날씬하게 만들어진 종이 연이 긴 꼬리를 나부끼며 하늘로 날아오르는 모습을 스리스 비서 신부는 결코 좋은 감정이 아니어도 인정하지 않을 수 없는 근사한 광경이었다. 그것은 마치 한 마리의 거대한 괴조(怪鳥)처럼 날았었는데, 지난 화요일은 그것 때문에 충고까지 했었던 것이다. 왜냐하면 연을 날리면서 연싸움을 했었는데 그것은 상서롭지 못한 일이었던 것이다.

"신부님은 이런 놀이가 정말 성직자로서 해도 좋을 만큼 고상한 일이라고 여기시는가요?"

노신부 프랜치스는 그저 빙긋 웃기만 했다. 언제나 그랬었다. 결코 대항하려 들지 않고 오히려 이쪽을 불안하게 만드는 다정하고 조용한 미소를 짓는 것이다.

"중국인들은 연싸움을 아주 좋게 여기는 모양입니다. 그들은 여간 고상한 국민이 아니거든요."

"그건, 그들, 이교도(異敎徒)들의 풍습이 아닌가요?"

"네, 그들의 풍습이지요. 참 근사한 민족입니다."

스리스 신부는 혼자 떨어져서 찬바람에 코를 빨갛게 얼리도록 입을 다문 채 두 사람을 바라볼 수밖에 없었다. 노신부 프랜치스는 안드레아와 그렇게 노는 가운데도 교육을 하는 모양이었다. 간혹 프랜치스가 연실을 쥐고 무슨 이야긴가를 하면 안드레아 소년은 정자에 걸터앉아 열심히 그 이야기하는 것을 받아 쓰곤 했다. 그리고 그 쓰는 것이 끝나면 두 사람은 그것을 실에 꿰어 하늘 높이 날려 보내고는 좋아라 소리를 치곤 했다. 스리스는 호기심으로 소년이 쓴 종이를 빼앗아 본 일이 있었다. 백치처럼만 보이던 안드레아는 뜻밖에도 정확히 썼고, 철자법도 틀리지 않았다.

'나는 모든 어리석음과 포악함에 맞서 싸울 것을 진실로 맹세한다.

안드레아, 관용은 최상의 덕이다. 겸허는 그 다음이다.'

스리스는 그 종이를 소년에게 돌려주기를 잊고 못박힌 듯 오래오래 응시하고 있었다. 그리고, 그는 다음 내용이 씌어질 때까지 굳은 채로 기다리고 있었다.

'우리는 육신은 썩어 들판의 흙이 된다 해도 영혼은 광명과 영광이 있는 천상으로 갈지니, 하느님은 모든 인류의 어버이로다.'

스리스는 마음속으로 호의를 갖고 치셤 신부에게 눈을 주었다.

"멋진 말입니다. 이건 성 바오로가 하신 말씀이지요?"

"아닙니다."

치셤 신부는 마치 사과라도 하듯 고개를 저었다.

"그건 공자의 말씀이지요."

스리스는 너무 놀라서 한 마디도 입을 열지 못하고 그 자리를 떴다.

그날 밤 스리스는 썩 마음이 내키지 않는 토론회를 열었다. 치셤 신부는 스리스가 호응할 수 없는 말을 늘어놓고는 논지를 교묘한 방향으로 이탈하곤 했다. 스리스는 참다 못하여 치셤 신부를 논박했다.

"유일신인 하느님에 대한 당신의 견해는 생판 다르군요."

"하느님에 대한 견해라구요? 아, 우리들 가운데 과연 누가 그분에 대한 관념을 가질 수 있을까요?"

노사제는 웃음을 띄우며 계속 말했다.

"하느님이란 낱말은 단지 인간이 만들어 낸 말에 불과하며, 우리 인간들은 창조자에 대한 경외감을 갖고 있으며, 그분을 하느님이라고 마음으로 나타내는 것일 뿐입니다. 그러므로 그 경외감이 마음에 있다면 우리 눈에도 하느님이 보일 것입니다. 진실로 두려움 없이 말입니다." 스리스 신부는 분명히 난처함을 느끼고 얼굴을 붉혔다.

"신부님은 신성한 성당을 매우 경시하시는 것 같습니다."

"천만에요. 나는 평생 성당의 품안에 있는 것을 느끼는데, 그것을 얼마나 기뻐하는지 모를 정도입니다. 성당은 우리들의 위대한 어머니지요. 뿐만 아니라 우리들, 어두운 밤길을 더듬어 가는 순례자의 무리들을 인도해 주고 계십니다. 하지만, 또 다른 의미에서 어머니라고 부를 수도 있겠지요. 그리고, 개중에는 휘청거리며 홀로 집으로 돌아가는 고독하고 가엾은 순례자도 있겠지요."

이 얘기들은 한 부분에 지나지 않는다. 스리스는 분명 동요되었었고 그날 밤에는 불쾌하고 두려운 악몽을 꾸기도 했다. 꿈속에서는 모든 사람이 다 잠든 사이에 치셤 신부의 수호 천사와 자신의 수호 천사가 본래의 직분을 내던지고는 한 시간쯤 아래층 방으로 술을 마시러 내려갔다. 자신의 천사는 날개를 곤두세우고 눈에는 잔뜩 불만을 품은 늙은 천사였으나, 치셤의 천사는 작은 아기 천사 같았다. 두 천사는 날개를 의자 뒤에 올리고, 술을 마시면서 서로 담당자에 대한 이야기를 하고 있었다. 그의 담당 수호신은 입이 걸어서 말을 거리낌 없이 해서 그를 향한 욕지거리를 퍼부으며 떠들어댔는데, 그는 그 얘기를 들으면서 진땀을 뺐다. 그러나 치셤의 천사는 치셤은 감상가라고 공격했을 뿐 그 이상의 것은 없었다. 그의 담당 천사는 말했었다.

'여태껏 맡은 자 중에서도 가장 곤란한 놈이야. 지나친 야심가이고, 이상한 편견에 사로잡혀 있으며, 현학적인데다가 무엇보다 나쁜 것은 입이 말썽이란 말이야.'

스리스는 어둠 속에서 눈을 번쩍 떴다. 이 무슨 해괴한 꿈이란 말인가. 정신이 번쩍 났으나, 몸이 떨리고 머리에 열도 있는 것 같았다. 그런 악몽 따위에 매달릴 필요가 없는 것이고, 그것은 오늘 낮에 있었던 일들이 이상한 형상으로 왜곡되어 나타났을 뿐이란 걸 잘 알고 있었다. 그러니까 고대 이집트 왕 파라오의 아내가 꾼 꿈(파라오의 꿈은 구약성서 창세기에 나와 있다.)처럼 성서에도 나타날 만큼 신비성 있는 꿈과는 전연 다른 것이다. 그는 마치 징그러운 벌레라도 털어버리듯 꿈에 대한 생각을 잊으려고 애를 썼다.

그러자 지금 이렇게 창가에 서서 있으려니까 '지나친 야심가이고, 이상한 편견에 사로잡혀 있으며, 현학적인데다가 무엇보다 나쁜 것은 입이 말썽이란 말이야.'라는 말이 귀에 쟁쟁하게 들려오는 것이었다. 분명 그는 소년에 대해서도 오해를 하고 있었던 것 같았다. 그 때 막 안드레아가, 연이 아니라 버들 바구니를 들고 정자에서 나와 도우갈과 함께 금방 딴 오얏과 배를 그 바구니에 담기 시작했다. 담기를 끝내자 소년은 바구니 손잡이를 팔에 걸고 집쪽으로 향해 오고 있었다. 스리스는 소년의 행동을 엿보기 위해 숨어 볼까 하는 생각을 했다. 그 과일은 자기에게 가져오는 선물임에 틀림없을 텐데, 자기가 없는 것을 보고 소년이 어떻게 하는가 보고 싶은 마음이 들었기 때문이다. 순간적인 생각이었지만 스리스는 이것을 의식하자 그런 생각을 하게 된 자신에 화가 치밀어올라 또다시 혼란하고 초조해졌다. 그 때 문을 노크하는 소리가 들렸다. 그는 마음을 평온히 가지려고 애를 쓰며 대답했다.

"들어오너라."

소년이 방으로 들어오더니 먼저 과일을 책상 위에 올려놓았다. 소년은 스리스에게 좋은 인상을 주고 있지 못하다는 걸 느끼고 있음이 확연했다. 2층으로 올라오면서 그 동안 줄곧 외우고 온 것 같은 전갈을 한 마디도 빠뜨려서는 안 되겠다는 듯 힘을 주어 말하는 그 얼굴이 매우 부자연스러워 보였다.

"치섬 신부님이 갖다 드리라고 하셨습니다. 오얏은 매우 달고, 배는 마지막으로 딴 것들입니다."

스리스는 소년을 보면서 이 단순한 말에 또 다른 의미가 곁들여 있는 건 아닐까 하고 불안을 느꼈다

"치섬 신부는 어디에 계시지?"

"아래에서 신부님을 기다리고 계십니다."

"그리고, 내 차는?"

"도우갈이 지금 현관 앞에 돌려 놓았습니다."

스리스는 잠시 입을 다물었다. 안드레아는 잠깐 망설이다가 그대로 문쪽으로 나가려 했다.

"잠깐 멈추어라."

스리스는 한 걸음 다가섰다.

"내려가는 김에 그 바구니를 내 차 속에다 넣어 주겠니? 그렇게 하면 나도 좋고 너도 예의를 하나 더 배우게 될 터이니."

안드레아의 얼굴은 금방 새빨개졌다. 그리고 묵묵히 돌아서서 책상 위에 놓았던 바구니를 집어들었다. 그 순간, 오얏 하나가 떨어져서

침대 아래로 굴러갔다. 소년은 귓불까지 빨개져서 급히 오얏을 집어 들었다. 오얏은 떨어진 탓으로 찌그러지고 물이 흘렀다. 스리스는 싸늘한 미소를 머금고 아이를 똑바로 쳐다보았다.

"오얏을 떨어뜨리다니, 잘못하지 않았느냐. 그러냐, 안 그러냐?"

소년은 대답을 못하고 있었다.

"어떠냐고 묻고 있지 않니?"

"네, 잘못했습니다."

스리스의 차갑고 야릇한 미소가 더욱 깊어지고 있었다.

"너는 고집이 여간 아닌 모양이구나. 이 한 주일 동안 줄곧 너를 관찰했다만, 고집도 세고 버릇도 좋지 않아. 왜 내 얼굴을 똑바로 쳐다보지 못하지?"

소년의 시선이 간신히 마루에서 올려졌다. 다음 순간, 스리스와 눈이 마주치자 그만 겁을 먹은 망아지처럼 몸을 떨었다.

"남의 얼굴을 똑바로 쳐다보지 못하는 것은 양심이 나쁘다는 증거야. 더욱이 버릇도 좋지 못하고. 그러니 렐스톤에 가서 예의를 배워야 할 필요가 있구나."

소년은 아무 대꾸도 하지 못했고 얼굴이 새파랗게 질려 있었다. 스리스는 여전히 미소를 거두지 않고 입술을 움직였다.

"왜 대답을 안 하지? 고아원에 가기 싫어서인가?"

소년은 더듬거리며 대답했다.

"가기 싫어요."

"호, 그래? 그렇지만 옳은 일은 하고 싶겠지?"

"네."

"그럼 가야지. 또 사실이 곧 가게 될 거구. 자, 과일을 차에 갖다 다오. 한 개라도 더 떨어뜨리지 않게끔 조심해서 말이다."

소년이 나간 뒤에도 스리스 신부는 아직도 다 못한 일이 남아 있는 듯 입을 꼭 다물고 두 주먹을 꽉 쥔 채 굳어 있었다.

이윽고 그는 테이블로 갔다. 얼굴에는 차가운 미소가 굳어 있었다. 그는 방금 전에 소년에게 가혹하게 대해 준 자신의 소행에 스스로 경악하지 않을 수가 없었다. 자기 내부에 그와 같은 새디즘이 도사리고 있으리라고는 생각하지도 못했었다. 하지만 그 잔혹한 태도는 오히려 그의 그늘진 영혼을 정화시켜 주는 그 무엇이 있었다. 그는 조금도 주저함 없이 보고서를 집어들고 벌써부터 마음먹었던 일처럼 갈기갈기 찢은 것이다. 마지막까지 잘게잘게 찢어서 그것을 마룻바닥에다 던져버렸다. 그리고 그는 쓰러지듯 마룻바닥에 푹 무릎을 대었다. 단순하나 매우 간절한 탄원이 자기도 모르게 그의 입으로부터 서슴없이 흘러나왔다.

"주여, 저에게 저 노인으로부터 어떤 교훈을 감화받게 해주시옵소서. 그리고 제발 말썽을 일으키는 인간이 안 되도록 제 입을 지켜 주옵소서."

그날 오후 스리스 비서신부가 떠나자 치섬 신부와 안드레아는 뒷문을 빠져나갔다. 소년의 눈은 아직도 눈물자국으로 젖어 있었으나 다시 안심을 얻었다는 듯 희망과 기대감으로 빛나고 있었다.

"안드레아, 한련꽃을 주의해라."

프랜치스는 동년배 친구에게나 하듯이 나직한 음성으로 속삭였다.

"도우갈에게도 놀림을 당하지 않도록 해라. 오늘만 해도 벌써 많이 당한 듯하니까."

소년이 화단에서 지렁이를 파내고 있는 동안 노인은 연장을 보관하는 창고로 가서 연어 낚싯대를 찾아들고 문 앞에서 기다리고 있었다. 소년이 지렁이를 가득 담은 통을 들고 허겁스럽게 뛰어나오자 그는 크게 웃었다.

"티드사이드에서 제일 가는 어부와 연어를 낚으러 가다니, 넌 참 행운아로구나. 하느님께서는 우리들에게 낚으라고 예쁜 물고기를 만드셨단다, 안드레아."

손을 꼭 잡은 채 집을 나서는 그들의 뒷모습이 차츰 작아지더니 이윽고 좁은 길을 따라 강쪽으로 사라져 갔다.

역자 후기

《천국의 열쇠》는 크로닌의 장편소설 중 일곱번째 작품으로, 1941년 미국에서 간행되었다. 이 작품은 《모자집의 성》, 《성채》와 더불어 크로닌의 3대 걸작 소설 중의 하나라고 불려지기도 한다.

이 작품이 간행되자 불과 반 년 만에 60만부라는 놀라운 판매부수를 기록하여 미국 베스트셀러의 수위를 차지했었다는 사실은 이 작품이 얼마나 많은 독자들로부터 호평을 받았는가를 단적으로 말해 주는 것이라고 생각된다.

《천국의 열쇠》라고 하는 제목은 예수가 그의 제자 베드로에게 말한 '나의 천국의 열쇠를 너희에게 주노니'(신약성서 마태복음)라고 한 말에서 인용했다 한다. 그러나 이 내용은 그리스도교 전도 문제를 주제로 다루고 있다. 주인공 치셤 신부의 인간상은 크로닌이 창조해 낸 어떤 작품에서의 인간상과도 달라 주인공 치셤 신부가 바로 크로닌 자신이 아닌가 하는 생각이 든다. 즉, 크로닌 자신이 이상으로 여기는 성직자상의 대부분을 이 인물 속에 투영시키고 있기 때문이다. 아직도 민족적 전통 속에서 그리스도교를 쉽게 받아들이려 하지 않고 있는 우리들로서는 작가가 이러한 신부상을 창조해 냈다는 사실만으로도 놀랍다 하지 않을 수 없는 것이다. 단순하며, 격분을 잘하고 감수성이 강하며 완고하리만큼 정직한 아름다운 혼을 가진 자유사상가인 주인공은 가톨릭 신학교의 획일적인 공기에 대항하여 여러 가지의 반항적 언행을 하여 주위의 냉대 속에서 간신히 졸업한다. 졸업 후 셀즈리의 성당에 보좌신부로 부임하지만, 그곳 신부와의 불화로 다시 타인카슬의 성 도미니크 성당으로 전임 명령을 받는다. 그러나 여기에서도 반항적인 성격으로 말미암아 오래 머물지 못하고 중국의 천진에서도 1천 마일이나 떨어진 벽지인 절강성 파이탄에 로마 해외포교단의 중국 최초 선교사로서 파견된다. 여기서부터가 이 이야기의 줄거리라고 말해도 좋을 것이다.

그레고리 팩 주연의 미국 영화 〈천국의 열쇠〉도 이 곳에서 스토리가 시작된 것으로 알고 있다. 성당도 없고, 전도관도 없는 파이탄에 도착한 치섬 신부(소설의 치섬 신부는 그레고리 팩과 같은 장신의 미남자가 아니다. 아주 못생긴 키가 작은 사나이로 묘사된다.)는, "하느님, 당신은 이 저에게 무(無)에서부터 시작하는 것을 원하시지는 않겠지요……. 그러나 당신의 뜻이라면 따르겠습니다." 하고 결의를 말하는 것으로부터 시작된다.

내부에 커다란 불덩이를 숨기고 있는 치섬 신부의 전도사업은 고투의 세월로 점철된다. 흑사병의 유행에 대한 헌신적인 노력, 끝없는 내전과 기근 등에 대처하는 그의 강인한 인내력은 너무나 감동적이다. 금욕주의적인 끝이 없는 인내력과 내면의 용기로 말없이 실행하여 나가는 그의 모습은 가히 영웅적이라 하지 않을 수 없다.

그의 고난은 줄곧 계속되어, 겨우 세운 성당이 홍수로 일시에 붕괴해 버린다. 그러나 로마 교황은 개종율 최하인 치셤의 교구에 성당을 재건하여 줄 생각을 갖지 않는다. 부임한 지 10년 동안에 치셤이 얻은 신자는 2백 명이 넘지 않았다. 하지만 성직자로서의 그의 고결함에 감동한 독일인 수녀가 고국의 오빠에게 이야기하여 성당 재건자금을 얻는다. 정말로 하느님은 벽지에서 고군분투하는 그를 버리지는 않았던 것이다. 그러나 치셤 신부는 아직도 '신은 정말로 존재하는가?' 라고 의심의 소리를 필사적으로 쫓지 않을 수 없었다. 산적에게 감금되었다가 불구의 몸으로 겨우 도망쳐 오나 곧 은퇴할 것을 명령받는다.

인내와 청빈과 용기로 일관하고 관용과 겸양과 미덕을 체험하여 신과 이웃에 대한 지고한 사랑을 마음에서 끊이지 않았던 프랜치스 치셤의 생애는 오직 신만이 알 수 있을 뿐, 교회라는 조직 속에서는 누구로부터도 그 공을 인정받지 못하는 맨 밑바닥에 남는 것이다.

신학교 시절의 친우인, 그와는 대조적으로 사교적인 성격을 갖고 있는 안셀모 밀리 신부가 이야기의 요소요소에 등장하여 출세의 계단으로써는 최고의 지위에 올라가는 것을 효과적으로 묘사하고 있지만, 작가가 말하고자 하는 것은 '천국의 열쇠'를 쥘 수 있는 인물은 안셀모 밀리보다는 프랜치스 치셤 쪽이라는 것을 보여주는 것이 아닐까.

역자의 좁은 소견이지만, 이 책의 주인공인 치셤 신부 같은 인물들이 그리스도 교단에서 냉대를 받는 일이 없이 종교활동을 할 수 있는 풍토가 조성될 때 그리스도교는 깊은 뿌리를 내릴 수 있으리라 생각되는 것이다.

천국의 열쇠

2004년 1월 5일 인쇄
2004년 1월 10일 발행
2008년 11월 10일 2판 발행
2010년 7월 15일 3판 발행
2016년 4월 25일 4판 발행
2020년 2월 25일 5판 발행
2024년 2월 20일 6판 발행

지은이 | A.J.크로닌
옮긴이 | 최 봉 식
펴낸이 | 김 용 성
펴낸곳 | 지성문화사
등 록 | 제5-14호 (1976. 10. 21)
주 소 | 서울시 동대문구 신설동 117-8 예일빌딩
전 화 | 02) 2236-0654
팩 스 | 02) 2236-0655

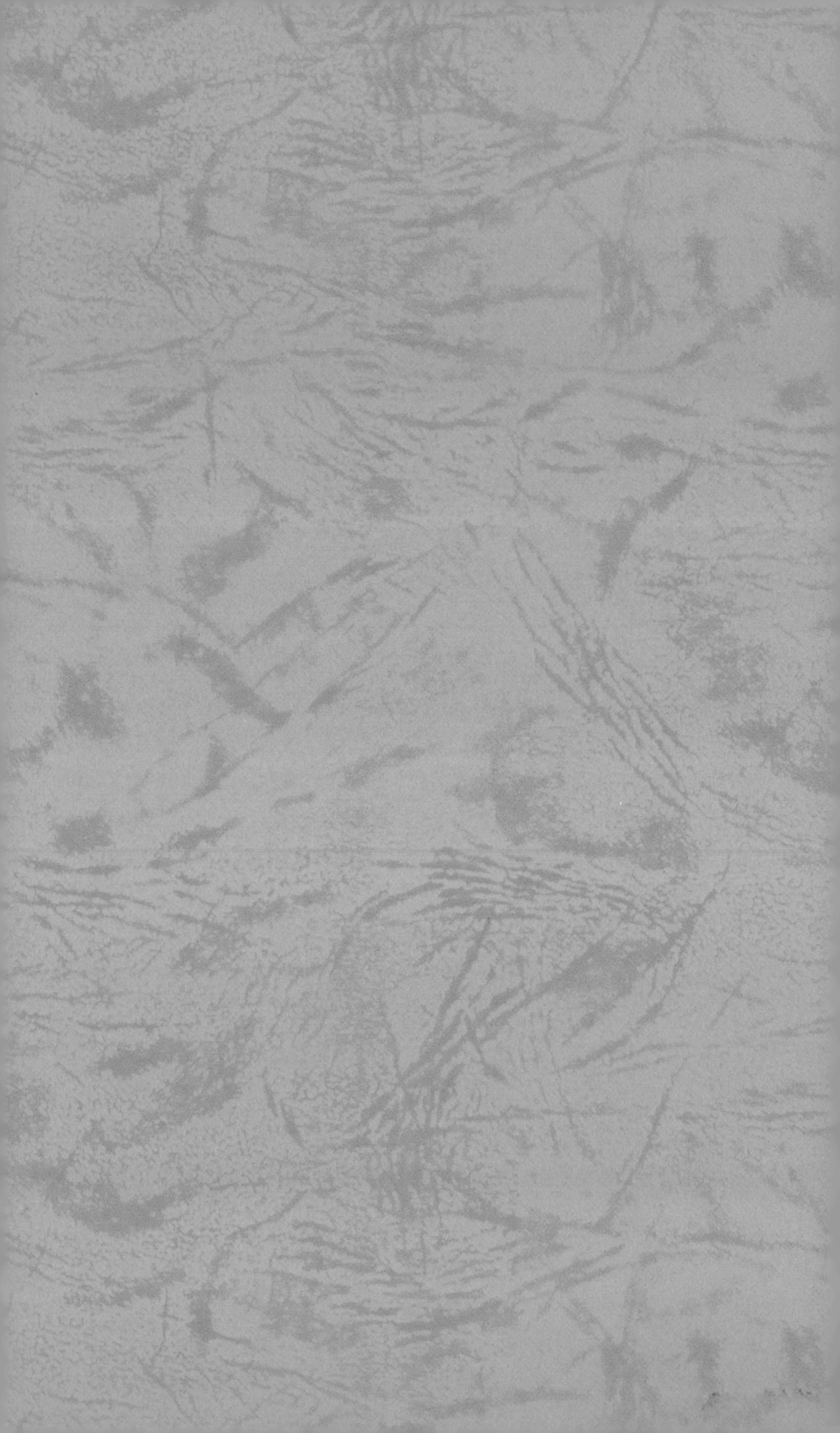